Krystal Marquis

Die Davenports

Liebe und andere Vorfälle

Krystal Marquis

DIE DAVENPORTS

LIEBE UND ANDERE VORFÄLLE

Roman

Aus dem amerikanischen Englisch
von Katja Hildebrandt

dtv

Deutsche Erstausgabe

Titel der amerikanischen Originalausgabe:
›The Davenports‹, 2023 erschienen bei Dial Books,
einem Imprint von Penguin Random House LLC

Lektorat: Barbara König
Umschlaggestaltung: Alexander Kopainski, kopainski.com
Umschlagmotive: shutterstock.com / © HiSunnySky; Lipik Stock Media; Bokeh Blur Background; Svitlana Holovei
Gesetzt aus der Palatino
Satz: Fotosatz Amann, Memmingen
Druck und Bindung: CPI books GmbH, Leck
Printed in Germany · ISBN 978-3-423-76469-8

Für meine Eltern, dafür, dass ihr akzeptiert habt,
dass ein Medizinstudium nichts für mich ist.
Eure Liebe, Unterstützung und euer Verzicht haben
mich ermutigt, diesen Traum zu verfolgen.

Personenverzeichnis

Barton, Harrison: reicher Junggeselle; kürzlich von Louisiana nach Chicago gezogen; Sohn eines weißen Sklavenhalters und einer Schwarzen Sklavin

Booker, Mary: Mitarbeiterin im Gemeindezentrum

Davenport (geb. Smith), Emmeline: Mutter von John, Olivia und Helen; Hausherrin von Freeport Manor

Davenport, Helen Marie: jüngere Schwester von Olivia und John

Davenport, John: älterer Bruder von Olivia und Helen

Davenport, Olivia Elise: Schwester von John und Helen

Davenport, William: Vater von John, Olivia und Helen; Firmengründer der *Davenport Carriage Company*

Davis, Maude: Freundin der Davenports, vermögende Geschäftsfrau

DeWight, Washington: Junggeselle, Anwalt aus Alabama und politischer Aktivist

Edward: Butler der Davenports

Ethel: Dienstmädchen der Davenports

Greenfield, Louis: Freund von John

Harold: Kutscher der Davenports

Henrietta (Hetty): Dienstmädchen der Davenports

Henry: Zwillingsbruder von Isaac, Mechaniker bei der *Davenport Carriage Company*

Isaac: Zwillingsbruder von Henry, Mechaniker bei der *Davenport Carriage Company*

Jessie: Köchin der Davenports

Lawrence, Jacob: reicher Junggeselle aus London; Eigentümer einer Reederei

Leary, Agatha: junge Dame; Bekannte von Ruby und Olivia

Malcolm: Mechaniker bei der *Davenport Carriage Company*

Margaret: Dienstmädchen der Tremaines

Mrs Milford: Gesellschaftsdame von Helen

Shepherd, Amy-Rose: Dienstmädchen der Davenports; uneheliche Tochter eines weißen Plantagenbesitzers aus Georgia und einer Schwarzen Mutter

Shepherd, Clara: Mutter von Amy-Rose; vor dreizehn Jahren mit ihrer Tochter von der Karibikinsel St. Lucia nach Chicago gekommen, seitdem Dienstmädchen der Davenports bis zu ihrem Tod 1907

Mr Spencer: Besitzer eines Friseurladens

Tommy: Sohn des Kutschers Harold und enger Freund von Amy-Rose

Tremaine, Henry: Vater von Ruby; Besitzer einer Textilfabrik; kandidiert für das Amt des Bürgermeisters von Chicago

Mrs Tremaine: Mutter von Ruby

Tremaine, Ruby: beste Freundin von Olivia

Mrs Woodard: politische Aktivistin

CHICAGO, 1910

Kapitel 1

Olivia

Olivia Elise Davenport zog einen Ballen leuchtend gelben Seidenstoff aus der Auslage und hielt sich ein Stück davon an ihre dunkle Haut. Der helle Stoff, der zwischen den gedeckten Pastelltönen gerade noch zu sehen war, hatte sie sofort gereizt: Als würde die Sonne durch die Wolken brechen.

Sie fragte sich, ob der Farbton für den Beginn der Saison vielleicht zu hell war. In der anderen Hand hielt sie ein Muster perlenbesetzter Spitzenborte und sie stellte sich den Klang vor, den die Borte machen würde, wenn sie beim Tanzen sanft um Olivias Knöchel strich. *Und dazu wird es mehr als genug Gelegenheiten geben*, dachte sie.

Sofort verspürte sie ein aufgeregtes Flattern in der Brust. Im Anschluss an die Osterfeierlichkeiten begann die Ballsaison mit ihren Kleidern und jeder Menge Champagner. Da Olivia nun offiziell in die Gesellschaft eingeführt worden war, wurde es Zeit für sie, einen Ehemann zu finden. Es war ihre zweite Saison und sie war bereit. Bereit, ihre Pflicht zu erfüllen und ihre Eltern stolz zu machen, so wie sie es schon immer getan hatte.

Das einzige Problem dabei war, einen geeigneten Gentleman zu finden: aus einer passenden Familie stammend, gebildet und dazu bestimmt, ein großes Vermögen zu erben – und noch dazu Schwarz.

Olivia nahm einen tiefen Atemzug und dabei rutschte ihr der gelbe Stoff aus der Hand. Sie wusste, was ihre Mutter dazu sagen würde – nämlich, dass der Farbton viel zu grell sei. Außerdem war sie eigentlich nur in den Laden gekommen, um ein paar umgenähte Kleidungsstücke abzuholen.

»Kann ich Ihnen helfen?«

Die Stimme hinter ihr ließ Olivia zusammenzucken. Sie wandte sich um und sah sich einer jungen Verkäuferin mit gefalteten Händen gegenüber, und obwohl sie Olivia anlächelte, gaben ihre kalten blauen Augen ihre wahre Haltung preis.

»Ich habe nur die Stoffauswahl bewundert.« Olivia drehte sich zu der Auslage breitkrempiger Hüte um und ignorierte den Blick der Verkäuferin, der sich in ihren Rücken bohrte. »Und ich warte auf meine Freundin«, fügte sie hinzu. *Wo bleibt Ruby nur?* Schließlich war es Olivias beste Freundin gewesen, die darauf bestanden hatte, die Bediensteten mitsamt den Paketen vorauszuschicken und ohne Begleitung bei *Marshall Field's* zu stöbern. Und nun war sie unauffindbar.

Die Verkäuferin räusperte sich. »Sie können die Bestellung Ihrer Herrin am Tresen abholen. Ich bringe Sie gern dorthin, falls Sie sich verlaufen haben.«

»Ich weiß, wo der Tresen ist, vielen Dank.« Olivia überhörte die Beleidigung und rang sich ein Lächeln ab. Um sie herum beobachtete ein Meer von bleichen Gesichtern den Wortwechsel mit zunehmender Neugierde. Hinter sich hörte sie jemanden kichern.

Sie dachte an die Worte ihrer Mutter: *Zeige stets Größe.* Denn ihre Familie war etwas Besonderes. Wohlhabend. Schön. *Schwarz.* Ruby trug ihren Reichtum wie eine Rüstung, meist in Form von Schmuck und Pelzen. Olivia zog das dezentere Auftreten ihrer Mutter vor.

Gute Manieren reichten heute jedoch nicht aus, ihre Schönheit schützte sie nicht. Alles, was die junge Verkäuferin wahrnahm, war Olivias Hautfarbe. Sie richtete sich zur vollen Länge auf. Dann deutete sie auf die größte, mit Edelsteinen versetzte Brosche in der Auslage vor ihr. »Packen Sie mir die bitte ein. Und diesen Hut nehme ich auch mit, für meine Schwester. Sonst ist sie wieder verärgert, wenn sie leer ausgeht«, sagte sie verschwörerisch an die anderen Kunden gewandt – obwohl sie wusste, dass Helen eine Zange als Mitbringsel viel lieber gewesen wäre. Langsam schritt Olivia weiter durch den Verkaufsraum. »Diese Handschuhe.« Nachdenklich fasste sie sich ans Kinn. »Fünf Meter von dem gelben Seidenstoff …«

»Entschuldigen Sie –«

»Miss«, warf Olivia ein.

Die Verkäuferin errötete.

Gut, dachte Olivia, *jetzt weiß sie, dass sie einen Fehler gemacht hat.*

»Miss«, schnaubte die Verkäuferin verärgert. Sie schien allmählich mit den Nerven am Ende zu sein. »Was Sie da ausgewählt haben, ist alles ziemlich teuer.«

»Tja«, erwiderte Olivia, diesmal ohne jeden spielerischen Tonfall in der Stimme, »ich habe eben einen teuren Geschmack. Stellen Sie es bitte meiner Familie in Rechnung.« Sie warf der Verkäuferin einen scharfen Blick zu. »Der Name ist Davenport.«

Schwarze Kunden, die weiße Angestellte in einem Kaufhaus herumkommandierten, gab es nicht viele. Doch der Name Davenport war bestens bekannt – dafür hatten die harte Arbeit ihres Vaters und die Entschlossenheit ihrer Mutter gesorgt. Inzwischen war der Name so machtvoll, dass Olivias Vater Zugang zu fast allen elitären Clubs Chicagos erhielt, ihre Mutter in den meisten Wohltätigkeitsausschüssen saß und ihr Bruder die Universität besuchte. Chicago mochte zwar im Norden Amerikas ein Leuchtfeuer sein, weil hier viele Unternehmen Schwarzer – wegen der Gesetzesbestimmungen, die nach dem Sezessionskrieg und während des Wiederaufbaus erlassen worden waren – wachsen und gedeihen konnten. Allerdings kam es trotzdem immer wieder vor, dass sie auf so schmerzliche Weise an ihre Hautfarbe erinnert wurde – und jedes Mal erwischte es Olivia vollkommen unvorbereitet.

Eine ältere Verkäuferin mit mehr Anstand trat aus der Menge

hervor. »Ich bin Ihnen gern behilflich, Miss Davenport. Eliza, du kannst jetzt gehen«, fügte sie an die unfreundliche junge Frau gewandt hinzu. Olivia erkannte in der zweiten Verkäuferin die Angestellte des Kaufhauses, die sonst immer ihre Mutter bediente. »Wie geht es Ihnen, meine Liebe?«

Olivias Ärger legte sich, als sie der älteren Verkäuferin dabei zusah, wie sie umherhuschte und Dinge in Papier einschlug. Olivia wusste, dass sie zu empfindlich reagiert hatte. Alles in allem führte sie ein privilegiertes Leben. Kurz überlegte sie, die Einkäufe zurückzunehmen, darum zu bitten, alles wieder an seinen Platz zu legen, doch sie spürte, dass die junge Verkäuferin sie noch immer von Weitem beobachtete. Und Stolz war auch etwas, das bei den Davenports im Überfluss vorhanden war.

Endlich betrat Ruby das Geschäft. Olivia war erleichtert, ihre Freundin zu sehen und nicht mehr die einzige Schwarze Person auf weiter Flur zu sein.

Rubys Wangen waren gerötet und ihre Augen hoben sich funkelnd von ihrem dunklen Teint ab. »Hier soll es einen Tumult gegeben haben«, sagte sie mit einem Grinsen im Gesicht. »Was ist passiert?«

Harold, der Kutscher, lenkte das Gefährt von *Marshall Field's* in den Verkehr auf der State Street. Es war später Nachmittag an einem der ersten Frühlingstage und in Chicago herrschte geschäftiges Treiben. Von Säulen eingerahmte Restaurants befanden sich Seite an Seite mit Ziegel- und Glasfabriken, die menschengemachte Wolken in den Himmel bliesen. Das Bimmeln der Straßenbahnen konkurrierte mit dem Hupen motorisierter Autos. Männer in Tweedanzügen eilten an rufenden Zeitungsleuten vorbei. Die Straßen waren voller Menschen aller Art, als Olivia aus dem Fenster der Kutsche sah. Es war eine von vielen, die ihre Familie besaß, überdacht und luxuriös ausgestattet mit einem mit Seide gefütterten Vordach.

»Ach, Olivia.« Ruby ergriff ihre Hand. »Dieses Mädchen wusste ganz genau, dass dein Kleid mehr kostet, als sie in einem Monat verdient. Da sprach ganz klar die Eifersucht aus ihr.«

Olivia versuchte sich an einem Lächeln und faltete die Hände erneut in ihrem Schoß. Ihre Freundin hatte bestimmt recht damit, aber das war bei Weitem nicht der alleinige Grund für dieses Verhalten gewesen. Die Verkäuferin hatte Olivia angesehen, als wäre sie eine Diebin. Eine Hochstaplerin. Jemand Minderwertiges.

Olivia würde sich nie an solche Blicke gewöhnen.

Neben ihr begutachtete Ruby das Fuchsfell der Handschuhe, die Olivia während ihres Einkaufsbummels gekauft hatte. »Behalte sie«, sagte Olivia. Eine Sache weniger, die sie an diese Szene erinnerte.

Ruby zog die Handschuhe an, hielt sich beide Hände an die Wangen und warf sich in Pose. Dann wackelte sie mit den Augenbrauen und streckte die Zunge raus, bis Olivia ihr ein echtes Lächeln schenkte und beide einen Lachanfall bekamen.

Harold hielt kurz an einer Straßenkreuzung an. Weiter geradeaus verlief die Straße nach Norden, wo Chicagos reichste und wohlhabendste Anwohner lebten. Dort waren die Davenports beheimatet.

»Ach übrigens«, sagte Ruby. »Habe ich mir das nur eingebildet oder kam Helen letztens tatsächlich von oben bis unten mit Öl beschmiert aus eurer Werkstatt?« Sie unterdruckte ein erneutes Lachen.

Olivia verdrehte die Augen. Ihre kleine Schwester war fest entschlossen, sich so wenig heiratsfähig wie möglich zu geben. »Sie sollte sich besser vorsehen. Wenn Daddy das mitkriegt, bekommt er einen Anfall.«

Als sie noch Kinder waren, hatten Olivia und Helen sich nahegestanden. Zusammen mit ihrem Dienstmädchen Amy-Rose und später mit Ruby hatten sie das Gelände des Familienanwesens zu ihrem eigenen Königreich erklärt. Immer wieder entwischten sie ihrer Gouvernante und verbrachten Stunden in den Gärten. Aber als im vergangenen Frühling Olivias Einführung in die Gesellschaft näher rückte, ließ sie all diese kindischen Dinge hinter sich, in der Hoffnung, Helen würde ihrem Beispiel folgen. Doch stattdessen schien es, als steuerte ihre Schwester in genau die entgegengesetzte Richtung.

Während Harold die Kutsche durch das Tor des Freeport Manor dirigierte, konnte Olivia sich kein schöneres Willkommen nach einem langen Tag vorstellen. Der Herrensitz der Davenports befand sich am Rande einer der elitärsten Nachbarschaften Chicagos, wobei ihr Anwesen die umliegenden klein erscheinen ließ. Als Olivia noch jünger war, hatte sie geglaubt, das läge am Geld ihrer Familie. Später wurde ihr klar, dass der Grund ein anderer war: Niemand wollte Land kaufen, das an das Anwesen einer Schwarzen Familie grenzte. Das Gelände umfasste mehrere Morgen an Gärten, Ställen und Feldern für die Pferde. Der neuste Zuwachs war eine Werkstatt für die Reparatur der Davenport'schen Kutschen und Automobile, die ihr Bruder John anschleppte.

Die *Davenport Carriage Company* war ein Wagnis gewesen, das Olivias Vater viele Jahre zuvor eingegangen war. Als junger Mann war er der Versklavung entkommen und hatte sich auf die gefährliche Reise gen Norden begeben, wo Schwarze eine Chance auf so etwas wie Frieden hatten. Er träumte davon, Pferdekutschen mit einer so luxuriösen Ausstattung zu entwickeln, dass sie mehr als nur ein Fortbewegungsmittel waren. Und er hatte Erfolg. Kurz nachdem man ihn in der Werkstatt, in der er damals angestellt war, ausgelacht hatte und er entlassen worden war, investierte er seine Ersparnisse und startete mit ein paar verdrossenen Angestellten seine eigene Firma. Es lief gut und mit der Zeit wurden seine Kutschen die begehrtesten der Welt.

Doch nun, da Automobile mehr und mehr Platz auf den Straßen der Stadt forderten, hatte John begonnen, Druck auf ihren Vater auszuüben, damit sie sich an die neuen Begebenheiten anpassten.

»Sieh mal.« Ruby deutete auf eine Kutsche, ein Phaeton, die in der Nähe der Werkstatt stand. »Ist das eine von euren?«

Das Design des Phaeton war spartanisch. Gehalten in einem matten Schwarz mit schmalen Rädern und dafür ausgelegt, ohne Kutscher gesteuert zu werden, war es in jeder Hinsicht das Gegenteil der Davenport-Modelle, die ausgestattet waren mit samtüberzogenen Sitzen, breiten, stabilen Rädern für eine reibungslose Fahrt und mit einer Lackierung, in der man sich spiegeln konnte. Das Wappen der Davenports, ein goldenes Blatt, schmückte stets den hinteren Teil der Kutsche.

Olivia raffte ihre Röcke zusammen. »Wahrscheinlich eins von Johns Projekten. Allerdings erschließt sich mir nicht, warum er es hier abgestellt hat. Seit er dieses Automobil hergebracht hat, sprechen er und Helen über nichts anderes mehr.«

»Wird John heute beim Abendessen dabei sein?«, fragte Ruby gespielt lässig.

Olivia verdrehte die Augen. Ihre beste Freundin schaffte es kaum, ihr Interesse an Olivias Bruder zu verheimlichen. »Irgendwann muss er ja etwas essen«, zog sie Ruby auf.

Als die Kutsche zum Stehen kam, stieg Olivia die Stufen hinab und betrachtete Freeport, das ihr Zuhause war, seit sie denken konnte. Das dreistöckige, in einem zarten Blau gehaltene Gebäude in viktorianischem Stil war mit spitzen Giebeldächern und zwei Mauertürmchen versehen. In das hölzerne Geländer der großzügigen Veranda waren Efeublätter geschnitzt worden, die so echt aussahen, dass sie den Eindruck erweckten, sich in einer lauen Brise zu bewegen. Die riesigen Eichentüren wurden geöffnet und gaben den Blick auf die große Treppe frei, die sich auf der einen Seite der Eingangshalle nach oben schlängelte. Alles war in das helle Licht der Nachmittagssonne getaucht, das durch die mit Buntglas versehene Kuppel drang.

Edward, der Butler, stand bereit, um ihre Hüte und Handschuhe entgegenzunehmen. »Sie sind spät dran, Miss, der Tee wurde bereits serviert«, flüsterte er.

»Der Tee?«, fragte sie. Ihre Mutter hatte nichts dergleichen gesagt. Olivia zupfte an der Schleife unterhalb ihres Kinns und sah Ruby verwirrt an.

Die Mädchen eilten über den polierten Holzfußboden und vorbei an dem goldumrahmten Spiegel in Richtung Salon. Olivia hielt den Atem an und öffnete mit gerunzelter Stirn die Tür. »Es tut mir leid, dass ich …«

Sie ließ ihre Entschuldigung unvollendet, als sie den gut aussehenden Fremden erblickte, der ihren Eltern gegenübersaß. Der hellbraune Tweedanzug hob sich von seiner dunklen Haut ab.

»Ah, da ist sie ja.« Emmeline Davenport erhob sich vom Sofa, wobei sich der Rock ihres Kleides elegant entfaltete. Sie hielt sich kerzengerade, ob aufgrund ihres geschnürten Korsetts oder aus purer Entschlossenheit, vermochte Olivia nicht zu sagen. Mrs Davenport warf ihrer Tochter mit den ausdrucksstarken, mandelförmigen Augen, die sie Olivia vererbt hatte, einen kurzen Blick zu und drehte ihren Gast sanft von Mr Davenport und den Teetassen in ihre Richtung. »Das ist unsere Tochter Olivia. Liebes, darf ich dir Mr Lawrence vorstellen?«

Der Gentleman, der auf Olivia zukam, war ganz anders als die übrigen Junggesellen, die sie bisher kennengelernt hatte. Er ragte so sehr über ihr auf, dass sie nicht umhinkam, seine breiten Schultern zu bemerken. Sein Haar war ordentlich und glatt zu einer Seite gekämmt. Er war wie aus dem Ei gepellt. Ein dicker Schnurrbart umgab seine vollen Lippen, die sich bei Olivias Anblick zu einem selbstsicheren Grinsen öffneten und gerade weiße Zähne offenbarten. Seine glatt rasierten Wangen endeten in einem runden Kinn mit einem Grübchen.

Er sah wirklich sehr gut aus.

»Es freut mich, Sie kennenzulernen.« Olivia hielt ihm die Hand hin.

»Die Freude ist ganz meinerseits«, sagte er, schüttelte ihre Hand und neigte den Kopf. Er sprach mit einem Akzent und seine Stimme war so tief, dass sie eine Gänsehaut bekam.

Olivia bemerkte das Lächeln und den sanften Ausdruck auf dem Gesicht ihres Vaters. Mr Davenport nahm die Brille von seiner Nase und steckte sie in eine seiner Jackentaschen. Er ließ den Gehstock, wo er war – gegen einen Sessel gelehnt –, und ging hinüber zur Fensterseite, um sich zu seiner Frau zu gesellen. Wie sie so nebeneinanderstanden, versinnbildlichten sie genau das, was Olivia sich selbst wünschte – ein perfektes Paar.

Eine Bewegung neben ihr lenkte ihre Aufmerksamkeit wieder zurück zu ihrem Gast.

»Ruby Tremaine. Ich glaube, wir wurden einander noch nicht vorgestellt«, sagte Ruby und schob ihre Hand zwischen Olivia und Mr Lawrence, die einen Blick tauschten, beide leicht belustigt wegen Rubys Forschheit.

»Jacob Lawrence. Es freut mich, auch Ihre Bekanntschaft zu machen«, sagte er.

»Mr Lawrence ist vor Kurzem aus London hierhergezogen«, erklärte Mrs Davenport lächelnd, bevor sie sich wieder Olivias Vater zuwandte.

»Ach? Und was führt Sie nach Chicago?«, fragte Olivia.

Seine Augen fanden ihre. »Die Suche nach neuen Möglichkeiten.«

Tatsächlich, dachte Olivia. »Möglichkeiten welcher Art?« Sie konnte kaum den flirtenden Unterton in ihrer Stimme vermeiden.

Mr Lawrence grinste. »Ich möchte meine Reederei vergrößern, sie nicht mehr nur auf die Britischen Inseln beschränken. Vor ein paar Tagen habe ich Ihren Vater an einem Zeitungsstand kennengelernt und er bot netterweise an, mich einigen Leuten vorzustellen. Ich bin hier, um mich dafür zu bedanken.«

Olivia spürte die Blicke ihrer Eltern, die sie ihnen durch den Raum zuwarfen, und rückte etwas näher an Mr Lawrence heran. »Bitte entschuldigen Sie meine Verspätung. Hätte ich von Ihrem Besuch gewusst, hätte ich Sie nicht warten lassen.«

Ohne seinen Blick von Olivia abzuwenden, sagte Mr Lawrence: »Kein Grund, sich zu entschuldigen. Ich hatte mein Kommen nicht angekündigt. Ich bedaure allerdings, dass wir keine Zeit haben, uns besser kennenzulernen.«

Olivias Herz begann zu rasen.

Ruby schob sich halb zwischen die beiden. »Ich bestehe darauf, dass Sie am Freitag zur Party meines Vaters kommen.«

»Es ist eine Wohltätigkeitsveranstaltung im Zuge von Mr Tremaines Wahlkampf. Er kandidiert für das Amt des Bürgermeisters«, sagte Olivias Mutter und kam näher. »Der Ballsaal der Tremaines ist nicht so groß wie unserer, eher schlicht, doch es wird mit Sicherheit eine gemütliche, vertrauliche Zusammenkunft.«

Olivia sah ihre Freundin entschuldigend an. »Der Garten der Tremaines ist um diese Jahreszeit immer besonders hübsch. Wird der für die Gäste auch zugänglich sein, Ruby?«

»Natürlich.« Ruby schnaubte. »Wir haben weder Kosten noch Mühen gescheut.«

Mr Davenport tauchte an Mr Lawrences Seite auf. »Es ist die perfekte Gelegenheit, die einflussreichsten Leute Chicagos zu treffen.«

»Das ist sehr nett von Ihnen. Ich kann mir nichts Besseres an einem Freitagabend vorstellen.« Mr Lawrence drehte sich zu Olivia. »Werde ich Sie dort wiedersehen?«

Ihr Magen kribbelte vor Aufregung. Die Saison hatte gerade erst begonnen und hier in ihrem Salon stand der wohl begehrteste Junggeselle, den sie je gesehen hatte. Vielleicht würde die Suche nach einem Ehemann doch leichter sein als gedacht.

»Natürlich«, sagte sie, ein Lächeln auf den Lippen. »Womöglich reserviere ich Ihnen sogar einen Tanz.«

Kapitel 2

Helen

Das sieht der Skizze überhaupt nicht ähnlich, dachte Helen, während sie das Fahrgestell des defekten Ford-Modells T untersuchte, das John am Morgen in die Werkstatt gebracht hatte. Für Helen war so eine Lieferung wie Weihnachten: Sie spürte die gleiche Vorfreude und Spannung, jedes Fahrzeug barg ein Geheimnis. Auch wenn die Reparatur von Automobilen eigentlich nicht zu den Davenport-Leistungen zählte, hatte John ohne viel Aufhebens die besten Mechaniker Chicagos angeheuert, damit sie ihn bei der Wartung und Reparatur der neuen pferdelosen Kutschen unterstützten, die sich im ganzen Land immer weiter verbreiteten.

Zu ihnen gehörte auch Helen. Sie starrte auf das demolierte Innenleben der neusten Errungenschaft ihres Bruders und war sich sicher, dass John ihr den falschen Schaltplan gegeben hatte. Die Skizzen sahen simpel aus, doch in Wirklichkeit kamen die inneren Mechanismen des Automobils einem verwobenen Netz gleich. Es half auch nicht gerade, dass John und die anderen Mechaniker über ihren Kopf hinweg ständig Vorschläge machten. Zudem war es nur noch eine Frage der Zeit, bis die Zwillinge Isaac und Henry anfingen, sich zu streiten. Helen rieb sich die Schläfe, um die beginnenden Kopfschmerzen noch für einen Moment abzuwenden.

»Gib mir mal den Schraubenschlüssel«, sagte John. Seine Hand stieß gegen ihre Wange, als er ohne hinzusehen in ihre Richtung griff.

Sie schlug seine Hand weg und setzte sich auf den Boden. Dreck und Öl zogen sich über das bereits verschmutzte Muster des alten Overalls, der einmal John gehört hatte. »Warum lässt du mich nicht einfach machen? Meine Hände sind kleiner als deine.«

»Gut, dann bring du es in Ordnung.« Die Herausforderung in Johns frustriertem Tonfall war kaum zu überhören. Die Männer um sie herum verstummten. Sogar der stets mürrisch dreinblickende Malcolm trat einen Schritt näher. Helen war klar, dass die Männer jede ihrer Bewegungen genau verfolgten. Als John ihr das erste Mal eine Reparatur anvertraut hatte, hatten alle in der Werkstatt protestiert, Malcolm am lautesten. Seitdem beobachteten die Mechaniker sie mit einer Mischung aus Belustigung und Ehrfurcht. Malcolm allerdings grummelte meistens in einer Ecke etwas vor sich hin über Frauen, die lieber ihrer Rolle gerecht werden sollten. Über reiche Kinder, die seinen Arbeitsplatz als Spielfeld missbrauchten.

Doch die Männer hatten sich alle der Geheimhaltung verpflichtet.

Helen Marie Davenport durchsuchte das herumliegende Werkzeug und rieb sich mit dem Handrücken über das Kinn. Hier, inmitten einer Öllache, war sie mehr sie selbst als irgendwo sonst. In dieser Werkstatt erwartete niemand von ihr, dass sie das Richtige sagte und den neusten Klatsch oder die zurzeit angesagten Trends kannte. Hier konnte sie ihrer Neugierde freien Lauf lassen.

John störte sich nicht an ihren ständigen Fragen und er ließ sie zu Wort kommen, wenn sie eine Meinung zu etwas hatte. Helen bewunderte ihren großen Bruder. Sie waren sich sehr ähnlich, beide hatten ein ansteckendes Lachen, die prominente Nase ihres Vaters und eine ruhige Art. Und sie waren beide Träumer.

»Hast du vergessen, wie ein Schraubenschlüssel aussieht?«, zog John sie auf.

Die Männer lachten. Isaac deutete auf die Skizzen, die Helen auf dem Boden liegen gelassen hatte. Der gelernte Architekt war zu der *Davenport Carriage Company* gekommen, nachdem er die Anzeige in der Zeitung gesehen hatte. »Wenn Sie möchten, kann ich mir die Skizzen ansehen, Helen.«

Das war auch so eine Sache. Hier war sie weder Miss Davenport noch Miss Helen. Abgesehen von Malcolm, der sie nie direkt ansprach, nannten die Männer sie beim Vornamen. Sie hatte sich ihren Platz unter ihnen erarbeitet und dafür behandelten die Männer sie wie eine von ihnen.

Hier in der Werkstatt war sie eine echte Auszubildende.

Im Vergleich zu der Fabrik, in der die Kutschen hergestellt wurden, war die Werkstatt nicht besonders schick, aber sie war mit allem ausgestattet, was sie zum Arbeiten benötigten. Die Außenfassade war im gleichen blassblauen Farbton gehalten wie das Herrenhaus. Zwei große Flügeltüren ermöglichten es ihnen, an mehr als einem Automobil gleichzeitig zu arbeiten, vor allem, seit Johns Ford im Kutschenhaus untergestellt war. An der hinteren Wand hing sowohl neues als auch gebrauchtes Werkzeug über einer Werkbank aus Holz, die sich entlang der kompletten Rückwand erstreckte, bis zu dem kleinen Büro, in dem Helen und ihr Bruder häufig über die Zukunft des Geschäfts diskutierten.

Bevor Helen die Skizzen weitergeben konnte, fiel ihr plötzlich etwas ins Auge, und auf einmal offenbarte sich ihr das Geheimnis des Motors. Sie sammelte die benötigten Werkzeuge zusammen, während sie alles um sich herum ausblendete. Sie beugte sich über den ausgebauten Motor, wachsam und atemlos. Das hier war ihre Bestimmung.

Eine Weile sahen die Männer ihr zu, doch nach und nach kehrten sie zu ihrer eigenen Arbeit zurück, nur John trat näher. Als Erstgeborener und einziger Sohn war es Johns Pflicht, eines Tages das Familienunternehmen weiterzuführen. Alle Frauen verfielen seinem sympathischen Lächeln und seiner sanftmütigen Art.

Dann war da noch Olivia, ihre Schwester, die immer das Richtige sagte und nie Tinte am Ärmel oder einen Fettfleck am Kinn hatte. Sie würde einen passenden Ehemann finden, ihre Eltern stolz machen und ihr Leben mit Einkaufsbummeln und gesellschaftlichen Anlässen verbringen, so wie sie es das vergangene Jahr bereits getan hatte.

Helen schloss die Augen und atmete tief durch, um sich zu sammeln. Sie vermisste ihre Schwester – die Version von ihr, die sie einmal gewesen war. Helen wollte ihren Verstand für mehr benutzen, als Abendessen zu planen und Porzellangeschirr auszusuchen.

John zupfte an ihrem Ohr. »Alles in Ordnung?«

Helen schüttelte den Kopf. »Ich finde, du solltest Daddy sagen, dass die Firma zu einem Automobilwerk umfunktioniert werden muss. Allein mit der Reparatur von Ford- und General-Motors-Automobilen hat das Unternehmen keine Zukunft. Studebaker und Patterson sind schon dabei –«

»Helen.« Er seufzte. »Das hatten wir doch schon. Er würde uns noch nicht mal erlauben, die *Reparatur* von Automobilen anzubieten. Einer eigenen Fabrik würde er niemals zustimmen.«

Sie sah zu ihm auf. »Das würde er, wenn du es ihm nur richtig präsentierst. Er mag eine festgefahrene Meinung haben, aber Daddy liebt Fakten. Es ist riskant, da stimme ich dir zu. Aber wir müssen das Risiko eingehen.«

»Ich kann das Ganze nicht so rüberbringen wie du.« John jonglierte das Planetengetriebe hin und her. »Du hast die Zahlen abgestimmt, die Pläne gemacht, das Budget ausgerechnet.«

»Und du hast eine Prognose über den neuen Trend auf dem Markt abgegeben, hast einen Standort in der Innenstadt aufgetrieben, an dem wir eine größere Fabrik eröffnen könnten, und« – sie stieß ihm leicht gegen die Brust – »du hast erkannt, was ich draufhabe.«

»Du hast recht, wir sind ein Team.« Er massierte sich eine

Stelle unterhalb seiner linken Schulter und runzelte die Stirn. »Es würde sich nicht richtig anfühlen, deine Arbeit vor Daddy als meine auszugeben.«

Helen ächzte. Angesichts Johns Unentschlossenheit wurde ihr ganz heiß. »Du weißt doch genau, dass Daddy mich auslachen würde.«

Nachdem sie ein paar Dinge am Fahrwerk des Modells T angepasst hatte, nahm sie ihrem Bruder das Getriebe aus der Hand und setzte es an seinen Platz. Ihr Magen zog sich zusammen bei dem Gedanken daran, ihren innersten Wunsch – ganz offiziell für die Firma zu arbeiten – ihrem Vater zu offenbaren. John würde ihr Geheimnis so lange für sich behalten, bis sie dazu bereit war, bis sie genug Erfahrung gesammelt hatte, um ihrem Vater zu *beweisen*, dass sie genauso viel zur Familie beizutragen hatte wie ihre Geschwister.

»Ich finde einfach nur, dass du ihm nicht mal eine Chance gibst«, sagte ihr Bruder. »Vielleicht überrascht er dich ja.«

Helen kaute auf ihrer Unterlippe herum. Was, wenn John recht hatte? Sie stellte sich vor, wie sie mitsamt ihren Notizen und Zahlen in das Arbeitszimmer ihres Vaters ging. Im Kopf hatte sie ihre Rede bereits so oft durchgespielt, dass sie die Worte im Schlaf aufsagen konnte. In ihren besten und wildesten Träumen war ihr Dad beeindruckt – und *stolz*.

Johns Mundwinkel verzogen sich zu einem Lächeln. »Daddy hat den gleichen Gesichtsausdruck wie du, wenn er eine Idee hat. Ihr seid euch ähnlicher, als du denkst.«

Hoffnung stieg in ihr auf. Bevor Helen darauf davonschweben konnte, öffnete sich die Seitentür der Werkstatt.

Im Türrahmen stand Amy-Rose. Ihre Ärmel waren mit Mehl bestäubt und ein paar lose Haarsträhnen klebten ihr im Nacken. Ausdrucksstarke, haselnussbraune Augen hoben sich aus ihrem mit Sommersprossen übersäten hellbraunen Gesicht hervor und richteten sich nun auf Helen.

»Da bist du ja! Ich schwöre …« Amy-Rose trat in die Werkstatt. »Deine Mutter hat nach dir gefragt«, sagte sie ganz außer Atem und mit glühenden Wangen. »Ich habe ihr gesagt, dass du ein Bad nimmst.«

Helen hatte geglaubt, ihre Freundin könnte nicht noch mehr erröten – doch dann fiel Amy-Roses Blick auf John, der auf dem Boden neben Helen saß.

John erhob sich als Erster. »Danke, Amy-Rose.« Er hielt seiner Schwester die Hände hin und zog sie hoch. »Geh rein, bevor Mama und Daddy dich hier finden.«

An manchen Tagen wünschte sich Helen, sie würden genau das tun. Dann müsste sie einen Teil von sich nicht vor ihnen verheimlichen.

Aber für den Moment wischte sie sich ihre Hände an den Oberschenkeln ab und umarmte ihren Bruder kurz, nicht sicher, wer von ihnen beiden schlimmer roch. Dann folgte sie Amy-Rose, den Blick suchend auf die Fenster des Herrenhauses gerichtet, während sie sich beeilte hineinzukommen.

Kapitel 3

Amy-Rose

Amy-Rose hob Helens noch feuchtes Handtuch vom Boden des Schlafzimmers auf und hängte es zum Trocknen ins Bad. Nachdem sie Helen bei John in der Werkstatt entdeckt hatte, war sie mit der Jüngsten der Davenports so schnell wie möglich ins Haus gehuscht und hatte sie nach einer gründlichen Wäsche für das Abendessen angekleidet. Inzwischen war Helen mit der restlichen Familie unten und Amy-Rose räumte auf. Sobald sie hier fertig war, wurde sie in der Küche gebraucht.

Eine weitere Flügeltür führte zu Olivias Schlafzimmer. Was die Einrichtung betraf, mochten die Zimmer der Mädchen zwar identische Abbilder voneinander sein – beide waren mit einem großen Himmelbett, dicken persischen Teppichen und satt leuchtenden Tapeten ausgestattet –, aber damit endeten die Ähnlichkeiten auch schon. Olivias Zimmer war makellos aufgeräumt: Alles hatte seinen Platz. Abgelegte Kleidungsstücke auf dem Boden waren hier nie zu finden. Die Bücher standen geordnet im Regal. Auf dem Kaminsims befanden sich ein paar Familienfotos.

Als Kind hatte Amy-Rose viele Stunden in diesem Zimmer verbracht. Sie und die Davenport-Schwestern hatten kunstvoll arrangierte Teepartys für ihre Puppen veranstaltet und sich ihre Hoffnungen und Träume zugeflüstert, nachdem ihre Mütter längst zu Bett gegangen waren.

Damals war ihre Mutter noch am Leben gewesen.

Amy-Rose dachte an den Tag zurück, an dem sie mit ihrer

Mutter, Clara Shepherd, den langen Schotterweg entlanggegangen war, an dessen Ende Freeport Manor in den Himmel ragte. Es war das größte Haus, das sie je gesehen hatte, alles hier war beeindruckend, glitzernd und wunderschön. Vor allem die Familie, die hier zu Hause war. Die Davenports waren die Einzigen, die ein Dienstmädchen anstellten, das ein Kind hatte; niemand sonst wollte ein weiteres Maul stopfen müssen. An diesem neuen, seltsamen Ort, so weit weg von ihrem Zuhause, hatte Amy-Rose Freunde gefunden.

Seit dem Tod ihrer Mutter waren nun schon drei Jahre vergangen. Hin und wieder tat Amy-Rose so, als befände sich ihre Mutter nur in einem anderen Raum, als wäre sie dabei, einen Kronleuchter zu entstauben oder ein Bett aufzuschütteln, während sie französische Schlaflieder vor sich hin sang. Manchmal rannte Amy-Rose sogar in ihr gemeinsames Schlafzimmer, wo sie die Erkenntnis über den Tod ihrer Mutter jedes Mal so traf, dass der Schmerz sie in die Knie zwang. Wenn er allmählich nachließ, erinnerte sie sich an die glücklichen Momente. Das Beste waren die Geschichten ihrer Mutter aus der Karibik, von St. Lucia – von farbenfrohen Vögeln, die um ihr Haus flogen, von Mangos, die im Hof wuchsen, und vom süßen Duft der Bougainvilleen, der sich mit der salzigen Meeresbrise vermischte. Sie vermisste den Blick über die Berge Gros Piton und Petit Piton, die sich dem Himmel entgegenreckten. Amy-Rose war erst fünf Jahre alt gewesen, als sie die Insel verließen, weshalb sie selbst kaum noch etwas von damals wusste. Die Erinnerungen ihrer Mutter fühlten sich an wie ihre eigenen.

Über den Sturm, der ihnen die restliche Familie und ihr Zuhause genommen hatte, hatten sie nach ihrer Ankunft auf Freeport dagegen kaum gesprochen. Das Herrenhaus der Davenports war ihr neues Zuhause geworden.

Ein mit Teppich ausgestatteter Flur führte zu dem kleinen Salon, in dem die Mädchen die meiste Zeit verbrachten. Ein kleiner Terrier lag faul auf einem großen Seidenkissen in einer

Ecke, ansonsten mischte sich hier Olivias geordneter, klassischer Stil mit Helens aktuellen Interessen: Bücher über Rom und Anleitungen für Automobilmotoren. Sogar Rubys Spuren fanden sich hier in Form von Parfümproben von *Marshall Field's*, die den kleinen, für Tee vorgesehenen Rollwagen übersäten.

Seufzend stieg Amy-Rose eine Treppe hinab zu der beeindruckenden Küche der Davenports.

»Du bist hier, gut«, dröhnte eine Stimme aus der Speisekammer. »Nimm das. Und das.« Jessie, die Chefköchin, ließ einen Eierkarton in Amy-Roses Arme fallen, ohne darauf zu achten, ob Amy-Rose auch bereit war, ihn entgegenzunehmen.

Jessie hievte einen Sack Mehl mit solcher Wucht auf ein Schneidebrett, dass Mrs Davenports liebstes Teeservice, das auf einen Tablett danebenstand, aneinanderklirrte. Die Köchin stemmte ihre Fäuste in die ausladenden Hüften und drehte sich langsam zu Amy-Rose. »Diesem Mädchen das Korsett zu schnüren dauert nicht derart lange.« Erneut wandte sie sich um und schob mit ihren großen Händen Geschirr in die Spüle.

Offensichtlich hatte Jessie noch nie versucht, Helen Davenport anzukleiden. »Sie musste noch mal frisiert werden«, erklärte Amy-Rose. »Ihre Locken lösen sich viel schneller auf als Olivias.«

Henrietta und Ethel kamen durch einen weiteren Gang in die Küche. Jessie beachtete sie nicht, obwohl Ethel ihr sogar eine Hand auf die Schulter legte. Stattdessen fixierte die Köchin Amy-Rose, als wüsste sie, dass die Gedanken des jungen Dienstmädchens weit weg von ihren bevorstehenden Aufgaben waren.

»Du hilfst der jungen Dame, mit diesem Unfug davonzukommen, obwohl dich das nichts angeht.« Jessie stieß einen langen, tiefen Seufzer aus und ihr ruppiger Tonfall wurde sanfter. »Ich weiß, die Mädchen sind für dich wie Schwestern, aber denk dran – sie *sind* es nicht. Du musst aufhören, davon zu träumen, wie es früher einmal war, und anfangen, daran zu denken, wie es jetzt ist. Die beiden werden bald heiraten.« Jessie zeigte auf die sich im Abwasch stapelnden Töpfe und die anderen Dienstmädchen, die nun das feine Silber polierten. »Die Davenports brauchen dich dann nicht mehr.«

Amy-Rose zwängte sich neben sie, um ihre Hände zu waschen, bevor sie sich eine Schürze vom Haken nahm. Ihr war bewusst, dass Jessies Worte der Wahrheit entsprachen, doch sie ignorierte sie und wanderte stattdessen in Gedanken zu Mr Spencers Laden und dem Tag, an dem sie das Schild an der Eingangstür von »Geschlossen« zu »Geöffnet« umdrehen würde. Zu dem Tag, an dem über dem Eingang ihr Name stünde und Kunden darauf warteten, ihre Produkte zu kaufen und von gelernten Stylisten bedient zu werden. Dann würde die Schürze um ihren Hals sie nicht mehr vor Kartoffelschalen oder Soßenflecken schützen, sondern davor, dass weder Haarbutter noch Shampoo auf ihre Kleidung tropfte. »Wer sagt, dass ich dann überhaupt noch hier bin?«, schnaubte sie. »Ich habe vor, in wenigen Wochen genug Geld auf der Bank zu haben, um Mr Spencers Laden zu pachten.«

Amy-Rose sah zu der Frau, die älter war als sie und die seit Jahren über sie wachte wie eine herrische Patentante. Jessie von ihren Plänen zu erzählen machten sie zu etwas Realem – viel mehr, als wenn sie mit ihrem Freund Tommy, Harolds Sohn, draußen bei den Ställen über ihre Träume sprach. Dort waren sie nicht mehr als ein Wunsch. Tommy war der Einzige, der wusste, wie sehr sie das Anwesen verlassen wollte, um selbst ein Geschäft zu eröffnen. Er hatte sie begleitet, als sie das Darlehen dafür beantragt hatte, zu dessen Genehmigung sie eine Anzahlung leisten musste. Und Tommy glaubte fast so fest an die Erfüllung ihres Traums wie sie selbst.

Als Jessie nichts erwiderte, fuhr Amy-Rose fort: »Vor ungefähr zwei Monaten habe ich Mr Spencer gefragt, ob er Interesse hätte, eine meiner Haarkuren in seinem Friseurladen zu verkaufen.« Eine wohltuende Wärme breitete sich bei der Erinnerung daran in ihr aus. »Sie waren der Renner. Er sagte, sie verkauften sich praktisch wie geschnitten Brot. Kurz darauf hat er sich wieder mit seiner Tochter versöhnt, die in Georgia wohnt. Er ist bereits Großvater und –«

Jessie strich über den Rand einer Schüssel, um das überschüssige Mehl zu entfernen. »Mädchen, komm zum Punkt. Was ist mit dem Laden?« Sie drehte sich zu Amy-Rose und sah sie mit trüben Augen an, eine Hand erneut in ihre Hüfte gestemmt. Nachdem sie sich geräuspert hatte, fuhr sie fort: »Nun erzähl schon.«

Amy-Rose errötete. »Mr Spencer will mir seinen Laden überlassen und in den Süden ziehen.« Sie sprach die Worte so schnell aus, dass ihr alle Luft aus der Lunge entwich. Sie bemerkte, wie die anderen Frauen in ihren Bewegungen erstarrten. Ihr Herz raste, während Henrietta und Ethel mit aufgerissenen Augen langsam zu Jessie aufsahen. Die Köchin der Davenports und selbst ernannte Haushaltschefin schlug sich die Hände vors Gesicht und ging um die Arbeitsplatte herum, um Amy-Rose zu umarmen.

»Deine Mama wäre so stolz auf dich!«, rief Henrietta von ihrem Platz am Poliertisch aus.

»Hetty hat recht, das wäre sie.« Jessie tätschelte Amy-Roses Wange. »Bis es aber so weit ist, kannst du hier noch die Eier trennen.« Die Anweisung klang weniger streng als sonst und Amy-Rose machte sich gehorsam an die Arbeit.

Hetty schlenderte zu ihr hinüber. »Was ist mit Mr John?«, fragte sie in einer Tonlage, die wohl ein Flüstern sein sollte.

»Er wird eines Tages die Firma seines Vaters übernehmen.« Angestrengt vertrieb Amy-Rose das Bild von John in der Werkstatt aus ihrem Kopf – er in seinen abgetragenen Hosen, mit den bis zu den Ellbogen hochgekrempelten Ärmeln, wodurch die Muskeln seiner Unterarme deutlich zur Geltung kamen. »Und ich werde meine eigene haben.«

Jessie wandte sich ihr zu, mit einem Gesichtsausdruck, der

eine Standpauke verhieß, als etwas vor dem Fenster ihre Aufmerksamkeit erregte. »Was will der Junge denn jetzt schon wieder?«

Amy-Rose folgte dem Blick der Köchin und erkannte Tommy, der ihr vom Garten aus zuwinkte. Seine Hautfarbe hatte ein warmes Braun und seine großen, eifrigen Augen strahlten solch eine Ruhe aus, dass sie sich auf jeden übertrug, der ihn ansah. Nach dem Tod ihrer Mutter hatte Amy-Rose viel Zeit damit verbracht, Tommy beim Füttern und Striegeln der Pferde zuzusehen, während sie selbst den Tieren Äpfel und andere Leckereien zugeschoben hatte. Lange Ausritte über das Anwesen hatten zu einer tiefen Freundschaft zwischen den beiden geführt. Amy-Rose hatte ihm gegenüber ihren Traum von einem Friseursalon für Schwarze Frauen geäußert und Tommy hatte ihr dazu gratuliert, als hätte sie den Salon bereits eröffnet. Seine Hoffnung hielt ihre eigene aufrecht.

»Das kann warten«, murrte Jessie. Doch Amy-Rose war bereits auf dem Weg nach draußen.

Tommy ging am Zaun auf und ab und schwenkte einen Hut zwischen seinen Händen hin und her. Seine Augen strahlten einen ungewöhnlichen Eifer aus und die Energie, die ihn umgab, erfüllte Amy-Rose sowohl mit Spannung als auch mit Furcht. Genau wie sie war Tommy zusammen mit den Davenport-Geschwistern aufgewachsen, aber er hatte stets mehr Distanz zu der Familie gewahrt. Zwischen ihm und John hatte sich nie eine Freundschaft entwickelt, obwohl John in seinem Alter war und ebenso viel Zeit in der Werkstatt und in den Ställen verbrachte wie Tommy. Der Sohn des obersten Kutschers schien der Einzige zu sein, der dem einnehmenden Charme des Davenport-Sprösslings widerstehen konnte.

»Ich gehe fort«, sagte Tommy anstelle einer Begrüßung.

Amy-Rose blieb abrupt stehen.

Schnell sprach Tommy weiter. »Ich habe mit dem Schaffner der Santa-Fe-Eisenbahn gesprochen und er hat zugestimmt, mir ein Sparticket für einen interkontinentalen Zug Richtung Westen zu verkaufen.«

»Richtung Westen?« Amy-Rose hatte Mühe, Tommys Worten zu folgen, obwohl das Ganze eigentlich keine Überraschung war. Seit er alt genug war, um zu arbeiten – oder, wie sein Vater sagte, um »seinen Lebensunterhalt zu verdienen« –, hatte Tommy versucht, Freeport zu entkommen. Er hatte geschworen, diesen Ort zu verlassen und sich selbst ein Vermögen zu erarbeiten.

»Ich habe mit einem ortsansässigen Mitglied der *Chicago National Negro Business League* gesprochen. Er meinte, dass überall im Land neue Städte wie Pilze aus dem Boden sprießen. Voller neuer Möglichkeiten.«

»Wo könntest du mehr Optionen haben als hier?«

»Ich muss ganz neu anfangen, irgendwo, wo ich nicht *einer von den Davenport-Jungen* bin. Sonst muss ich am Ende das Zaumzeug gegen einen Schuhputzkasten eintauschen, wenn sie irgendwann nur noch pferdelose Kutschen betreiben.« Tommy drehte seinen Hut immer weiter hin und her. Er war schon ganz zerknautscht. »Der Mann hat mir einen Job in seiner Versicherungsfirma angeboten, Amy-Rose.«

Sie war verwirrt. »Du willst Versicherungen verkaufen?«

Er lachte. »Sie machen mehr als das, sichern Darlehen und Grundbesitz für Schwarze Unternehmer ab. So ist die South Side entstanden.« Tommy trat näher zu ihr und nahm ihre Hände in seine. »Ich habe vor, in sechs Wochen in den California Express zu steigen.« Er umfasste ihre Schultern. »Ich wollte dir das so schnell wie möglich sagen, nach meinem Dad natürlich.« Er senkte die Arme und schüttelte den Kopf, als sei er von seinen eigenen Neuigkeiten überrascht. »Außerdem wollte ich dir danken.«

»Mir danken?«

»Dafür, dass du mich inspiriert hast. Schließlich hast du mir von deinen Plänen für einen Friseursalon erzählt, ich war dabei, als du jeden einzelnen Ladenbesitzer gelöchert hast, bis sie genug davon hatten und dich aus dem Geschäft schmissen.« Sie lächelten beide bei dem Gedanken daran, dass Clyde, der Kurzwarenhändler, genau das eines Tages getan hatte. »Du hast einen beeindruckenden Auftritt hingelegt, als du deine Ersparnisse zur Bank gebracht hast.« Er musste lachen. »Da brauchtest du mich eigentlich gar nicht.« Tommy sah sie so aufrichtig an, dass ihr ganz warm ums Herz wurde. »Du bist auf dem besten Wege, deine Träume wahr werden zu lassen. Und ich wünsche dir, dass es funktioniert. Und mir selbst wünsche ich das auch.«

Amy-Rose fiel ihm um den Hals. Er roch nach Heu und Pferden, nach Schweiß und Entschlossenheit. Tommy war Balsam für ihre geschundene Seele, immer wenn sie einen Freund brauchte. Ein guter Mann, fleißig und stolz. Sie gönnte ihm alles Glück dieser Welt.

»Keine Sorge«, fuhr er fort. »Ich werde regelmäßig herkommen, um meinen Vater zu besuchen. Und natürlich um bei deiner Eröffnungsfeier dabei zu sein.«

Seine Worte brachten sie zum Lachen, vertrieben wie so oft den Kloß in ihrem Hals, während sie sich wieder von ihm löste. Sie versuchte sich Freeport – Chicago – ohne ihn vorzustellen und allein der Gedanke daran ließ alles um sie herum trüber erscheinen.

Als wüsste er, woran sie gerade dachte, strich er mit einem Finger über ihre Wange und fing die herunterlaufende Träne auf. »Jeder muss irgendwann sein Zuhause hinter sich lassen.«

Kapitel 4

Ruby

Ruby Tremaine liebte ihre beste Freundin, das tat sie wirklich. Doch nichts machte die Veränderung ihrer eigenen Lebensumstände so deutlich, wie nach einem langen Einkaufsbummel – an dem sie Dinge gekauft hatten, die Olivia kaum interessierten – auf Olivias mit einem Seidenbaldachin überzogenen Himmelbett zu liegen.

Rubys Leben bestand auf einmal nur noch aus Budgetfragen und einem höflichen Lächeln, wenn Margaret – das Dienstmädchen, das sie sich nun mit ihrer Mutter teilte – ihre alten Kleider in dem Versuch auftrennte, daraus etwas anderes, Gewagtes zu nähen, das als Neuanschaffung durchging. Ein Glück, dass schmale, kürzere Röcke der neuste Trend waren, so gab es mehr Stoff, aus dem etwas Neues geschneidert werden konnte.

Zunächst hatte Ruby versucht, die Zeichen zu ignorieren – wie ihr Vater ihre Ausgaben immer weiter einschränkte –, vor allem, da die einflussreichsten Abgeordneten weiterhin jede Woche zum Abendessen kamen und ihre Familie immer noch den guten Blick aus ihrer Privatloge auf die Pferderennbahn genoss. Doch im letzten Frühling beorderte Henry Tremaine schließlich seine Frau und seine Tochter in sein Arbeitszimmer und eröffnete ihnen, dass er für das Amt des Bürgermeisters kandidieren würde. »Wir müssen alle unseren Beitrag leisten«, hatte er gesagt.

Unseren Beitrag.

Dieser Beitrag fühlte sich inzwischen immer mehr so an, als würde allein Ruby die Konsequenzen für die Entscheidungen ihrer Eltern tragen müssen. Doch sie versuchte stets, das Positive zu sehen, sich darauf zu konzentrieren, dass sich am Ende, *sollte* ihr Vater die Wahl zum Bürgermeister gewinnen, die Mühe gelohnt haben würde. Zudem hatte sie es immerhin noch besser getroffen als ihre Cousinen in Georgia, die mit der Hilfe ihres Vaters erst kürzlich das Land erworben hatten, das ihr Onkel als Landwirt gepachtet hatte. Die dort angebaute Baumwolle versorgte die Fabrik der Tremaines mit dem benötigten Rohstoff, um Textilien herzustellen. Doch Missernten in Kombination mit der finanziellen Herausforderung des Wahlkampfs forderten ihren Tribut.

Zuerst hatten Ruby die neuen Pflichten sogar Spaß gemacht. Noch unbekannten, gut aussehenden Politikern zu begegnen, mit denen sie flirten konnte, auch wenn sie dafür endlose Debatten über Löhne und die Überfüllung der Fabriken ertragen musste, war nicht das Schlechteste.

Doch jetzt, ein knappes Jahr später, war Ruby sich nicht mehr sicher, ob ihr Vater dem Amt als erster Schwarzer Bürgermeister näher gekommen war. Auch wenn sie es hasste, Zweifel daran zu haben. Was sie aber sicher wusste, war, dass ein Sommerurlaub in Paris in immer weitere Ferne rückte.

Natürlich hatte Ruby schon etliche Male vorgehabt, all das ihrer besten Freundin anzuvertrauen, doch immer wieder waren ihr die Worte im Hals stecken geblieben. Jede neue Anschaffung, die Olivia tätigte, versetzte Rubys Stolz einen Stich und sie musste gegen den bitteren Beigeschmack ankämpfen, der sie von innen heraus zu vergiften drohte. War sie bei einem von Olivias Einkaufsbummeln dabei, zog sie sich im Geschäft zurück, wanderte zwischen den Auslagen umher und bewunderte die verschiedenen Waren. Dabei redete sie sich ein, dass es eine Erleichterung wäre, nicht gezwungenermaßen etwas erwerben zu müssen. Zumindest konnte sie zwischen den Regalen unbeobachtet vor sich hin schmollen – neben ihrer Freundin war das unmöglich.

Olivia betrat ihr Schlafzimmer vom kleinen Salon aus, den sie sich mit Helen teilte. »Was weißt du über diesen Jacob Lawrence?«, fragte sie. Die Augen ihrer Freundin leuchteten, während sie aus dem Fenster blickte.

Ruby zuckte mit den Schultern. »Nichts, und du?«

Olivia schüttelte den Kopf. »Er hat was, oder? Ich würde gerne mehr über ihn erfahren, aber ich befürchte, Mama wird mich noch weniger aus den Augen lassen als eh schon, wenn ich zu viel Interesse zeige.« Sie lächelte. »Meinst du, es gibt einen geheimen Katalog, aus dem Eltern dir einen passenden Ehemann aussuchen?«

»Falls ja, hätte ich gerne ein Abo.« Ruby seufzte und ihr Herz wurde schwer, als sie an John dachte.

Olivia runzelte ihre zarten Augenbrauen. Sie musste Rubys Sorge gespürt haben, denn sie sagte: »Nicht mehr lang und wir sind echte Schwestern. Sobald John den Stress hinter sich hat, Daddy beeindrucken zu wollen, wird er dir einen prunkvollen Antrag machen, da bin ich mir sicher.«

Rubys Hand griff automatisch an ihren Hals, um mit dem Kettenanhänger zu spielen, wie es ihre Angewohnheit war. Zu spät erinnerte sie sich daran, dass die Kette nicht mehr dort war. Schnell zog sie eines der Dekokissen auf ihren Schoß und klammerte sich daran wie an die Aufmunterung ihrer Freundin. »Das hoffe ich.«

In Johns Nähe bekam Ruby einen trockenen Hals und einen nervösen Magen; sie liebte ihn schon, solange sie denken konnte. Doch trotz kleinerer Flirtereien, ein paar flüchtigen Küssen und der klaren Unterstützung ihrer beider Familien musste John ihr immer noch einen Antrag machen.

Das bereitete ihr Sorgen.

Genau wie Olivia war Ruby nun im passenden Alter, es war an der Zeit, sich niederzulassen und zu heiraten. Zudem erhöhte ihre immer schlimmer werdende familiäre Situation den Druck, eine gute Partie zu finden, die Rubys Wohlstand und ihren Platz in der Gesellschaft sicherstellte. Genau dafür würde John sorgen, aber viel wichtiger war, dass sie nie einen anderen gewollt hatte.

Ruby senkte den Blick und bemerkte, dass sie die Fransen des in ihrem Schoß liegenden Kissens entwirrt hatte. Sie legte es zur Seite und griff erneut an ihren Hals, wo der Edelstein mit ihrem Namen einmal in der kleinen Kuhle unterhalb der Kehle gelegen hatte. Plötzlich überkam sie der dringende Wunsch, John zu sehen. Ihn daran zu erinnern, warum sie zusammengehörten. »Lass uns nach unten gehen«, schlug sie vor. »Zum Tee vorhin sind wir zu spät gekommen, vielleicht können wir es wiedergutmachen, wenn wir früher zum Abendessen erscheinen?«

Ruby ging voraus. Freeport war ihr so vertraut wie ihr eigenes Zuhause, das nicht weit vom Anwesen der Davenports entfernt lag. Sie stiegen die prachtvolle Treppe hinab und folgten den in die Eingangshalle dringenden Stimmen in den Salon, wo sich die restlichen Familienmitglieder tatsächlich bereits versammelten. In diesem Raum, der in dunklen Rot- und satten Goldtönen gehalten war, empfingen die Davenports oft Gäste. Die Person, die Ruby am allermeisten sehen wollte, hielt sich etwas abseits von den anderen. In der Hand ein Glas mit bernsteinfarbener Flüssigkeit schwenkend, stand John vor dem Kamin.

Das ist meine Chance, dachte Ruby. Sie ging auf das Feuer zu, ihre Haut prickelte bereits bei seinem Anblick. Mit einem sanften Lächeln auf den Lippen berührte sie ihn an der Schulter.

»Guten Abend«, sagte sie in einem lässigen Tonfall, um ihre Nervosität zu verstecken.

Überrascht zuckte John zusammen und drehte sich zu ihr um.

Sie legte eine Hand auf seinen Arm. »Ich wollte dich nicht erschrecken.«

»Ich war in Gedanken.« John lächelte und blickte ihr nun direkt in die Augen.

Einen Moment später sah sie es wieder vor sich, war zurück an jenem Ort: unter einer der Weißeichen, die den Grund der Davenports säumten. Helen hatte Ruby und Olivia zu einem Wettreiten herausgefordert. Rubys Pferd hatte sie aus dem Sattel geworfen und war im Wald verschwunden. Helen und Olivia waren bereits zu weit vorausgeritten, sodass sie nicht mitbekamen, was passiert war, doch ihr Bruder eilte Ruby zu Hilfe.

Während John ihren Knöchel untersuchte, konnte Ruby nur daran denken, wie attraktiv er war. Und wie sehr sie ihn küssen wollte. Bevor sie die Nerven verlor, beugte sie sich zu ihm runter.

Erst wurde er ganz starr, eine Hand ruhte noch immer auf ihrem Knöchel. Doch dann entspannte er sich und erwiderte den sanften Druck ihrer Lippen. Ein heftiges Flattern brach sich in ihrer Brust Bahn. Ruby kam auf die Knie und überwand die letzten Zentimeter, die sie voneinander trennten. Sie zitterte, als seine Hände ihre Schultern berührten, über ihren Rücken strichen und in ihrem Nacken verharrten, während der Kuss inniger wurde.

Als er sich schließlich ganz außer Atem von ihr löste, wäre Ruby beinahe auf seinen Schoß gefallen. Sie spürte sein heftig schlagendes Herz unter ihrer Hand und er lächelte sie an. Wortlos half er ihr auf die Beine und geleitete sie zum Haus zurück. Es war ihr erster Kuss gewesen, aber keineswegs ihr letzter.

Nun starrte er auf ihre Lippen, als wäre auch er in derselben Erinnerung gefangen.

Ruby errötete und sie trat noch einen Schritt näher.

»Reitest du noch?«, fragte John. Anscheinend konnte er tatsächlich Gedanken lesen.

»Nicht so oft, wie ich gern würde«, antwortete sie mit einem Lächeln auf den Lippen. Dass ihre Familie alle bis auf zwei Pferde verkauft hatte, behielt sie für sich.

John trank einen kleinen Schluck aus seinem Glas. »Wenn das Wetter mitspielt, sollten wir für nächste Woche irgendwann nachmittags einen Ausritt planen.«

Rubys Lächeln blieb gesittet. »Ich bin mir sicher, wir finden den Schatten eines Eichenbaums, wenn es in der Sonne zu heiß wird.«

Johns Augen weiteten sich, doch gerade als sie endlich seine volle Aufmerksamkeit hatte, erschien Amy-Rose neben ihnen, in der Hand eine Flasche mit der bernsteinfarbenen Flüssigkeit.

»Danke, Amy-Rose.« John hielt ihr sein Glas hin und sofort war der entstandene Zauber ihrer gemeinsamen Erinnerungen dahin. »Und danke auch für heute Nachmittag. Ich weiß, wie schwierig Helen sein kann.«

»Überhaupt kein Problem«, entgegnete Amy-Rose und senkte den Blick. Wie immer sah sie für ein Dienstmädchen unverschämt hübsch aus. Ruby hatte noch nie eine Frau gesehen, deren Gesichtszüge sogar von Nahem und noch dazu ohne Schminke oder Juwelen so makellos waren.

Ruby trat noch dichter an John heran. Die Nähe zu ihm und dem Feuer und dazu der Blick, den er Amy-Rose zuwarf – das alles sorgte dafür, dass ihr der Schweiß den Rücken hinunterlief. »Komm, lass uns irgendwo hingehen, wo wir mehr Privatsphäre haben«, sagte sie zu John, erpicht darauf, ihre Unterhaltung wieder aufzunehmen. Sie sah Amy-Rose scharf an, die nickte und sich entfernte.

Ruby musste John daran erinnern, was sie einmal gewesen waren und was sie immer noch sein könnten. Und das würde ihr nicht gelingen, wenn er das Dienstmädchen derart anstarrte.

Von außen wirkte Rubys Zuhause leer und verlassen. Das gemauerte Herrenhaus der Tremaines war etwas näher zur geschäftigen Innenstadt Chicagos gelegen als das der Davenports.

Vor der gewaltigen Eingangstür stieg sie aus der Kutsche. Gegen ihren Willen erschien Ruby ihr Zuhause wie ein Spukschloss im Vergleich zu Freeport. Hier fehlte es an Wärme und an einer Familie, die ihm Leben einhauchte.

Als sie das leere Foyer betrat, kam sie sich vor wie ein Geist, der hier leise ein und aus ging. Doch sie war froh über die Dunkelheit. So sah man nicht die Veränderungen, die eine tiefe Traurigkeit in ihr auslösten – fehlende Gemälde, verkaufte Erinnerungsstücke, Dinge, die ihr wichtig gewesen waren, selbst wenn sie kaum einen Wert hatten. Die Liste war endlos.

»Ruby, Liebes, bist du das?«

Fast hatte sie den Treppenabsatz erreicht, als ihre Mutter ihr von dem schwach beleuchteten Raum am Ende des Korridors zurief. »Ja«, antwortete sie leise und ließ die Schultern sinken. Ihr Magen zog sich zusammen, als sie sich den Flur entlangschleppte, dem einst ein edler Aubusson-Teppichläufer Wärme verliehen hatte.

Mr und Mrs Tremaine saßen links und rechts vor einem langsam verglimmenden Feuer und tranken Sherry. Ruby blieb vor ihnen stehen, als wäre sie wegen eines Regelverstoßes hinzitiert worden.

»Wie war dein Abend?«, fragte ihre Mutter.

Ruby starrte auf die rot glimmende Glut im Kamin. »Schön.« Sie bemühte sich, nicht zu zappeln; ihre Mutter verabscheute das.

»Geht es den Davenports gut?«, fragte Mrs Tremaine weiter. Ruby betrachtete ihre Mutter und sah, wie sie selbst in zwanzig Jahren aussehen würde. Trotz des schwachen Lichts erkannte sie die feine Nase und die vollen Lippen. Auch wenn sie nicht ganz so schlank war wie Ruby, könnte man Mrs Tremaine ohne Weiteres für ihre Schwester halten.

»Ja.«

Mit einem Knall stellte ihr Vater sein Kristallglas auf dem Beistelltisch ab. »Schluss mit den Höflichkeiten. Hast du mit John gesprochen?« Mr Tremaine blickte sie an und runzelte die Stirn. Er war ein hochgewachsener Mann mit einem runden Bauch. An den Schläfen zeigte sich der erste Hauch weißer Haare – schließlich war er zehn Jahre älter als seine Frau –, doch der scharfe, durchdringende Ausdruck in seinen Augen war kein bisschen schwächer geworden.

»John und ich hatten nach dem Essen ein bisschen Zeit für uns«, begann Ruby. »Wir sind noch eine Weile im Speisesaal geblieben, während die anderen schon für Kaffee und Brandy nach nebenan gingen. Wir haben über ein paar gemeinsame Abenteuer als Kinder gelacht –«

»Ruby«, unterbrach sie ihre Mutter. »Du schweifst ab.« Mrs Tremaine war nicht laut geworden, doch etwas in ihrem ruhigen, beherrschten Tonfall löste eine Gänsehaut bei Ruby aus.

»Er hat mich zu einem Ausritt eingeladen.« Sie trat einen Schritt näher zu ihnen.

»Wann?« Mr Tremaines Stimme dröhnte durch die Stille des Hauses und ließ Mutter und Tochter zusammenfahren.

Ruby sah zwischen ihren Eltern hin und her, und ihr wurde klar, dass sie die Sache falsch angegangen war. Sie hätte sagen sollen, dass sie John darauf vorbereitete, ihr die Frage zu stellen, auf die ihre Eltern so sehr hofften. »Wir … haben noch kein genaues Datum festgelegt.«

Der Mund ihrer Mutter wurde zu einem schmalen Strich.

Mr Tremaine schlug sich auf die Knie und stemmte sich aus dem Stuhl hoch. »Ich hatte vor, deine Verlobung mit John Davenport bei der Veranstaltung am Freitag zu verkünden.«

Ruby holte tief Luft. Wie konnte er bereits die Ankündigung planen, wenn John ihr noch gar keinen Antrag gemacht hatte?

»Liebes.« Ihre Mutter erhob sich ebenfalls und nahm Rubys Hand, auf ihrem Gesicht lag nun ein etwas sanfterer Ausdruck. »John ist ein guter Mann aus einer wunderbaren Familie. Deine Vermählung mit ihm könnte *unsere* Familie retten. Eine solche Vereinigung der Davenports und der Tremaines könnte deutlich machen, wozu wir hier imstande sind. Ich hoffe inständig, dass du dich bemühst.« Zwar klang sie, als wollte sie ihrer Tochter eine Stütze sein, doch der feste Griff um Rubys Hand sprach eine andere Sprache.

»Das tue ich, Mutter«, sagte Ruby mit sorgsam kontrollierter Stimme, während sie einen Schritt zurücktrat, fort von ihren Eltern. Wie konnte ihre Mutter ihre Bemühungen überhaupt infrage stellen? Schließlich hatte Ruby stets alles versucht, mit jedem bescheidenen Lächeln und genau abgepassten Lachen, jeder hochgezogenen Augenbraue oder zufälligen Begegnung auf dem Anwesen. Wie sollte Ruby ihren Eltern erklären, dass, egal wie sehr sie sich bemühte, es womöglich dennoch nicht so laufen könnte, wie sie es sich vorstellten? Niemand hatte sie je gefragt, ob sie ihr Gesicht als Symbol für Schwarzen Fortschritt hergeben wollte. Ihre Eltern setzten alles aufs Spiel, was sie besaßen – und noch dazu sowohl Rubys Zukunft als auch ihre eigene –, um eine Stadt davon zu überzeugen, dass der Erfolg dieser Familie ohne Weiteres wiederholt werden könnte.

Mit einem Stich im Herzen verließ Ruby den Raum und fragte sich, wer von ihnen die Verlobung wohl mehr wollte – ihre Eltern oder sie?

Kapitel 5

Olivia

»Denk daran, das dann gleich reinzubringen.«

»Ja, Mama.« Olivias Arme schmerzten unter der Last des Korbes. Ihre Mutter hatte Muffins für die Suppenküche in der South Side zusammengestellt.

Mrs Davenport legte noch zwei weitere Muffins in den Korb. »Es ist wichtig, den Ärmeren zu helfen, Olivia. Dein Vater und ich wären nicht dort, wo wir heute sind, hätte uns auf dem Weg keiner unter die Arme gegriffen.«

Olivia richtete sich auf. »Ich weiß.« Es war ein herrlicher Nachmittag, genau richtig für einen Spaziergang am Fluss oder eine Spritztour mit einer offenen Kutsche. Aber ihre Mutter hatte sie gebeten, die Fahrt in die Innenstadt zu übernehmen. Eigentlich wäre Helen dran gewesen, doch ihre Schwester hatte sich noch vor dem Frühstück aus dem Staub gemacht. Olivias Verärgerung darüber war groß, aber sie schalt sich selbst dafür. Natürlich konnte ihre Mutter sich auf sie verlassen.

»Ich sehe zu, dass die Muffins so schnell wie möglich zu den freiwilligen Helfern kommen.«

Emmeline Davenport legte ihre Hand an Olivias Wange. Mehr Zuspruch war nicht nötig. Der Korb stieß gegen Olivias Hüfte, als sie aus der Küche hinaus zu den Ställen ging. Draußen machte Tommy die Pferde fertig.

»Miss«, sagte er, nahm ihr den Korb ab und half ihr mit einer Hand in die Kutsche. Sie ließ sich auf dem weichen Leder nieder, den Korb stellte sie neben sich und schon verschwand Freeport Manor zwischen den Bäumen.

Als sie die Stadt erreichten, zogen Restaurants und Geschäfte an ihnen vorbei. Bald darauf gelangten sie in die South Street, eine kleinere Version der State Street mit unzähligen Boutiquen, Märkten und von Schwarzen geführten Geschäften wie Salons und Anwaltskanzleien, auch ein Krankenhaus gab es hier. Bevor Amy-Rose für das Haarstyling der Davenports zuständig war, hatten Emmeline und ihre Töchter immer einen Abstecher in den Friseursalon gemacht, wenn sie zum Einkaufsbummel in der Stadt waren. Bei ihrem ersten Besuch in so einem Salon war Olivia überwältigt von den vielen Menschen gewesen, die genauso aussahen wie sie. Manche waren ehemalige Sklaven wie ihr Vater. Andere waren im Osten und damit als freie Menschen geboren wie ihre Mutter. Sie alle hofften darauf, sich ein neues Leben aufzubauen in dieser Stadt, die ihnen dafür die Möglichkeiten bot. Blecherne Jazzmusik erfüllte stets den Salon wie der Duft nach frisch gebackenem Brot. Vor der Tür ließen Männer sich die Schuhe polieren, während sie über Geschäftliches diskutierten, und Mütter hielten ihre Kinder dicht bei sich. Für Olivia war das alles jedes Mal sehr aufregend gewesen, und wenn sie ehrlich war, hatte es sie gleichzeitig nervös gemacht.

Als sie ihr Ziel erreicht hatten, stieg Olivia mit dem Korb in der Hand aus der Kutsche. »Ich bringe die Muffins hinein und bin gleich wieder da«, sagte sie über die Schulter hinweg zu Tommy.

Dem Gemeindezentrum einen Besuch abzustatten erfüllte sie jedes Mal mit Demut. Sie wusste, dass sie ein ganz anderes Leben führte als die Leute hier, die Schlange standen für Konservendosen oder eine warme Mahlzeit.

»Miss Olivia, schön, Sie wiederzusehen.« Mary Booker war für die Organisation von Kleidung und Lebensmitteln zuständig und beaufsichtigte die Suppenküche.

»Hallo, Miss Mary.« Olivia stellte den Korb auf den Tisch hinter der Theke.

Die Hände in der Schürze, sah Mary ihr über die Schulter. »Ich wette, die schmecken genauso gut, wie sie riechen. Richten Sie Ihrer Mutter unseren Dank aus.«

»Natürlich.« Froh darüber, den schweren Korb los zu sein, blickte Olivia sich im Raum um. Die Wände waren kahl und viele der Stühle standen unbesetzt an die Tische geschoben. Zu den Osterfeierlichkeiten vor drei Wochen war der Raum voller Leben gewesen. Dagegen war er heute beinahe wie leer gefegt. »Bin ich spät dran oder zu früh?«, fragte Olivia.

»Weder noch. Anscheinend haben sie alle gerade Besseres zu tun.« Während Mary das sagte, brachte ein junger Mann sein Tablett zurück und eilte gleich wieder zur Tür hinaus.

Olivia verabschiedete sich von Mary und versprach, dass ihre Schwester den Korb nächste Woche abholen würde.

Auf dem Weg nach draußen bemerkte sie eine Gruppe Schwarzer Männer und Frauen, die ungefähr in ihrem Alter waren. Sie flüsterten in einer Ecke miteinander und lachten nervös. Olivia packte die Neugierde. Sie selbst hatte natürlich auch Freunde – Ruby und ein paar andere Mädchen, mit denen sie sich, neben ihrer Schwester und Amy-Rose, regelmäßig unterhielt –, aber die Art, wie diese Gruppe von Freunden gemeinsam flüsterte und lachte, löste irgendetwas in Olivia aus.

Ohne zu wissen, was sie da tat, folgte sie ihnen hinaus und an der Newberry Library vorbei. In einer Straße mit Kopfsteinpflaster blieb die Gruppe vor einem unscheinbar wirkenden Haus stehen, das aus einfachen, schnörkellosen Ziegelsteinen bestand. Die Vorhänge vor den Fenstern waren zugezogen. Olivia beobachtete, wie die Gruppe im Gebäude verschwand, gefolgt von drei weiteren Personen: einem Herrn, ungefähr im selben Alter wie ihr Vater, und einer älteren Dame, die sich bei einem jungen Mann eingehakt hatte, der ihr gerade etwas ins Ohr flüsterte. Was auch immer sich im Inneren des Gebäudes abspielte, Olivia wusste instinktiv, dass das dortige Geschehen der Grund dafür war, warum sich so wenige Leute im Gemeindezentrum aufhielten. Und dass es wichtig genug war, um Jung und Alt gleichermaßen in das dunkle Haus zu ziehen.

Die Eingangstreppe führte nach rechts, ein großer Mann in einem zu engen Anzug begrüßte sie. »Die Veranstaltung ist unten. Stoßen Sie sich nicht den Kopf.«

Sie duckte sich unter den niedrigen Balken des Treppenabsatzes. Die gedämpften Stimmen, die von unten zu ihr drangen, erinnerten sie an einen Kolibri – voller Energie und zu schnell, um ihn einfangen zu können. Im Untergeschoss war es dunkler als oben, schmale, bis zur Decke gezogene Fenster ließen nur wenig Licht hineinfallen. Die Menschen, mit Hautfarben in den unterschiedlichsten Brauntönen, sahen immer wieder zu dem anderen Eingang neben einer provisorischen Bühne. Olivias umherschweifender Blick verharrte jedes Mal kurz, wenn er auf eines der wenigen weißen Gesichter fiel. Niemand hier kam aus den sozialen Kreisen, in die Mr und Mrs Davenport ihre Kinder eingeführt hatten.

»Sie sehen aus, als hätten Sie sich verlaufen«, sagte eine Stimme hinter ihr.

Olivia verstärkte den Druck ihrer Hand, mit der sie Handtasche und Handschuhe gegen die Brust presste. »Ich habe mich nicht verlaufen.« Unter der Krempe ihres Huts, den sie immer noch auf dem Kopf trug, spähte sie zu dem Fremden hinauf. Der Mann hob das Kinn, um die Menge zu überblicken.

»Oh«, sagte er. »Sie sind also verabredet.« Er hakte die Daumen unter die Revers seines Sakkos. Der grau gestreifte Anzug war maßgeschneidert, aber man sah ihm an, dass er bereits häufig getragen wurde. Olivia und der Mann waren beinahe gleich groß, was an den Absätzen ihrer Schuhe lag und es ihr erschwerte, den Blick abzuwenden. Er betrachtete sie aufmerksam und Olivia verschlug es die Sprache, als sie seine hellen, honigfarbenen Augen, die hohen Wangenknochen und die weißen Zähne bemerkte, die sein nun entwaffnendes Lächeln zum Vorschein brachte.

»Nein«, begann sie, hielt dann jedoch inne. Er war ein Fremder. Sie musste ihm nichts erklären.

»Also haben Sie sich doch verlaufen.« Er nickte, als er ihr Erscheinungsbild unter die Lupe nahm. »Ein hübsches Kleid. Polierte Schuhe. Ihre Hände sehen aus, als hätten sie noch nie einen harten Arbeitstag erlebt.« Er lachte leise über Olivias offen stehenden Mund und ihren schockierten Gesichtsausdruck. Dabei versprühte er eine Freude, die ansteckend war. Fast vergaß sie, dass er sich auf ihre Kosten amüsierte.

»Nur weil meine Kleidung elegant ist –«

»Elegant? Miss, machen Sie die Augen auf.«

Olivia folgte seinem Blick. Die umstehenden Leute in ihren Schuhen aus zweiter Hand und den schlecht sitzenden Anzügen kannten Nöte, die sie sich nicht einmal vorstellen konnte. Sie vermutete, dass einige von ihnen der Generation nach der Sklaverei angehörten, so wie sie auch. Ihr Vater sprach eigentlich nie von seiner Familie, von dem Leben, das er zurückgelassen hatte, und was es ihm abverlangt hatte, in den Norden zu gelangen. Es war, als hätte sein Leben erst in Chicago begonnen, als er Emmeline Smith während seiner Arbeit in der Kutschenwerkstatt kennengelernt hatte.

Olivias Hände berührten die großen goldenen Knöpfe ihrer Bluse. Die Erkenntnis, dass jeder einzelne von ihnen vermutlich genug wert war, um jemanden eine ganze Woche lang mit Essen zu versorgen, trieb ihr Hitze in die Wangen. Die Menschen um sie herum drängten sich immer mehr zusammen, sodass Olivia zwischen dem Mann und einer Frau mittleren Alters eingezwängt wurde. Die Frau stieß mit der Schulter gegen Olivias und hüllte sie in eine Wolke aus Puder und Sheabutter.

»Mrs Woodard«, sagte Olivia, als sie die Dame schließlich erkannte. Sie war mit Reverend Andrews befreundet und setzte sich sehr für das Gemeindezentrum ein.

Die Frau ergriff Olivias Hand und schüttelte sie kräftig, dann verschränkte sie die Arme vor der Brust. Ihr zweireihiger Mantel war cremefarben, genau wie ihre Bluse, die sie darunter trug. Eine perlenbesetzte Haarspange hinderte ihre Haarpracht daran, ihr ins Gesicht zu fallen. »Schließen Sie sich der Frauenversammlung an?«

Olivia blickte sich erneut um. Tatsächlich sah sie in der Menge eine ausgewogene Anzahl Frauen und Männer.

»Wir wollen auch eine Stimme haben, wissen Sie?«, sagte eine jüngere Frau, die auf der anderen Seite von Mrs Woodard stand. Ihr dunkelblaues Kleid sah aus wie eine Uniform, dazu trug sie weiße Strumpfhosen und Schuhe. Mit vorgeschobenem Kinn fuhr sie fort: »Wir haben ein Mitspracherecht verdient.« Dabei blickte sie die Männer vor ihnen an. »Genauso wie sie.« Es dauerte nicht lange und Olivia war umringt von Frauen, die über ihre Arbeit und über Politik diskutierten. Und das taten sie mit einem Selbstvertrauen und einer Direktheit, die Olivia sofort sympathisch war. Die Frauen erinnerten sie an Helen, auch sie war selbstbewusst und willensstark. Während Olivia den Gesprächen lauschte, war ihr schmerzlich bewusst, dass der äußerst selbstherrliche junge Mann neben ihr sie die ganze Zeit über nicht aus den Augen ließ.

»Und aus welchem Grund haben *Sie* heute das alte Samson House aufgesucht?«, fragte er Olivia nach einer Weile. Seine tiefe Stimme war ein überraschender Kontrast zu den hohen Frauenstimmen um sie herum.

»Ich weiß nicht, warum ich hier bin«, gab sie zu. »Ich bin einer Gruppe aus dem Gemeindezentrum hierher gefolgt.« Sie deutete auf die Jugendlichen, die sich im vorderen Teil des Raumes zusammengedrängt hatten.

Er nickte. »Sie sind hier, um Mr DeWight zu sehen.«

Olivia wartete vergebens auf mehr Informationen. »Und er ist …?« Ihre Frustration über sein Verhalten nahm weiter zu. Erst gab er ihr zu verstehen, dass sie nicht hierhergehörte, jetzt hielt er sie absichtlich hin.

»Ein Anwalt aus Alabama.«

Das Gemurmel der Menge schwoll weiter an und die Luft in dem Raum wurde immer stickiger. All das wegen eines Anwalts?

»Seine Artikel im *Defender* brachten die Leute dazu, über ihre Rechte und Jim Crow zu reden«, fuhr der Fremde fort.

»Jim Crow?« Sie mied seinen Blick und versuchte angestrengt, sich daran zu erinnern, was sie über die Gesetze aufgeschnappt hatte, mit denen die Rechte Schwarzer Menschen in den Südstaaten eingeschränkt wurden. Peinlich berührt kaute sie auf ihrer Unterlippe, denn sie hatte nur wenig darüber behalten.

Ein demonstratives Grinsen zuckte um seine Mundwinkel. Olivia kam es so vor, als wüsste er genau, wie er seine hohen Wangenknochen zur Geltung brachte. »Schlimmer, als ich angenommen habe«, kommentierte er ihr Unwissen. Aufgebracht wollte sie diese Annahme korrigieren, doch bevor sie etwas sagen konnte, fuhr er fort: »Gut, dass Sie hier sind.« Er deutete mit dem Kinn hinter sie, wo gerade Reverend Andrews die Reihen passierte, bevor er die Bühne betrat, sich auf eine umgedrehte Kiste stellte und in die Menge blickte. Eine Stille legte sich über den Raum wie bei einer Gemeinde, bevor die Orgel die erste Hymne anstimmt. Doch dies hier war kein Gottesdienst, wie Olivia ihn kannte.

Der Geistliche räusperte sich. »Danke, dass ihr alle heute hier erschienen seid. Ich weiß, dies sind harte Zeiten, gefährliche Zeiten. Es mag so aussehen, als würde eine Kraft, größer als wir selbst, jeden Schritt zur Gleichberechtigung wieder aufheben.«

Frauen nickten hinter ihren Fächern und die Gesichter der Männer verhärteten sich. Einige murmelten zwischen kaum geöffneten Lippen Gebete vor sich hin.

»Aber wir dürfen den Glauben nicht verlieren.« Die Menschen in Olivias Nähe antworteten mit einem gemeinsam gesprochenen *Amen*. »Und nun, ohne weitere Verzögerung: Mr Washington DeWight.«

»Entschuldigen Sie mich bitte«, sagte der geheimnisvolle junge Mann, der sie gerade noch ausgefragt hatte. Sie sah ihm hinterher, wie er sich vorsichtig einen Weg durch die Menge und auf die Bühne bahnte.

Sie brauchte einen Moment, um zu verstehen, was hier vor sich ging.

Er war Mr DeWight?

Der Mann sprang auf die Kiste, dorthin, wo kurz zuvor noch der Geistliche gestanden hatte. Seine Augen fanden Olivia in der Menge und er zwinkerte ihr zu. Ihr Puls pochte laut in ihren Ohren. Am liebsten wäre sie verschwunden, die Treppe hinaufgerannt, doch sie wollte ihn nicht wissen lassen, wie sehr er sie durcheinandergebracht hatte. Sie zwang sich dazu, ihre Füße mit dem Boden zu verankern und seinem Blick, der sich anscheinend fest auf sie geheftet hatte, nicht zu entfliehen.

Washington DeWight, der Anwalt aus Alabama, sprach mit gleichbleibendem Selbstvertrauen über die zunehmende Arbeitslosigkeit und den begrenzten Zugang zu Anstellungen und Bildung sowie über Hungersnot und Gewalt – alles Auslöser dafür, dass Schwarze in den Norden und den Westen getrieben wurden. Er vermittelte das Bild einer Welt, die – abgesehen von gelegentlichen Beleidigungen einer Verkäuferin – so fern von ihrer eigenen war, dass sie die Wahrhaftigkeit anzweifelte. Doch dann sah sie zu den Männern und Frauen um sie herum, sah die Tränen auf so vielen stolzen Gesichtern. Olivia zog sich der Magen zusammen und ihr Atem wurde flach.

»Die Jim-Crow-Gesetze aus dem Süden breiten sich immer weiter gen Norden aus«, rief Mr DeWight scharf, woraufhin die Menge aufjohlte und begann, wild durcheinanderzureden. Der Geistliche versuchte, sie zur Ruhe zu bringen. Ein kleiner Junge schob ein zerfleddertes blaues Pamphlet in Olivias Hände und sie las die Gesetze, die kürzlich in Mr DeWights Heimatstaat Alabama verabschiedet wurden. Jeder Satz begann mit *Es ist gesetzwidrig* in fetten schwarzen Buchstaben. Und jeder Satz verweigerte ein Recht, das sie ihr ganzes Leben lang für selbstverständlich gehalten hatte: Schwarzen wurde der Zugang zu Einrichtungen aller Art verwehrt, ebenso wie das Betreiben eines eigenes Geschäfts und der gemeinsame Aufenthalt mit Weißen im öffentlichen Raum. Die Auflistung ging auf einer zweiten Seite weiter.

»Die Ansicht, dass unsere dunkle Hautfarbe gefürchtet werden muss, bestimmt die Politik, zerstört den öffentlichen Raum, beraubt uns unserer gerade errungenen Freiheiten!«, fuhr Mr DeWight fort. Seine Worte sorgten immer mehr dafür, dass innerhalb der Menschenmenge einzelne Unterhaltungen entstanden. Die Frau neben Olivia nickte zustimmend, während sie den gemurmelten Kommentaren ihrer Freundinnen zuhörte. »Ich bitte euch alle, wachsam zu sein«, rief der Anwalt laut über die Gespräche hinweg. »Die grausamen Zeiten der jüngsten Vergangenheit sind noch nicht vorüber.« Seine Worte waren wie eiskaltes Wasser, das sich seinen Weg über Olivias Rücken bahnte. Sie steckte das Pamphlet in ihre Handtasche, während sie fieberhaft überlegte, welche Auswirkungen diese Gesetze auf ihre Familie haben würden und inwieweit sie das zerstören konnten, was ihre Eltern sich mit harter Arbeit aufgebaut hatten, all das, was ihr Bruder zukünftig weiterführen sollte.

Ihre Mutter bezeichnete ihre Familie stets als außergewöhnlich. Ihr Vater war als Sklave aufgewachsen, so wie sein Vater und seine Mutter und die übrigen Generationen vor ihm. Darüber geredet hatte er nie. Ihre Mutter bat stets um Geduld, sagte, er würde die Erlebnisse mit ihnen teilen, wenn er so weit war. Was den Betroffenen widerfahren war, haben die Davenport-Geschwister nur im Geschichtsunterricht von ihrer Gouvernante erfahren und sich den Rest zusammengereimt, wobei sie vom Schlimmsten ausgegangen waren. Olivia konnte sich noch genau an den Moment erinnern, in dem ihr bewusst wurde, dass jede Schwarze Person in ihrem Umfeld auf die ein oder andere Weise mit Sklaverei und den damit verbundenen Schrecken in Berührung gekommen war. Manchmal erschien ihr diese Tatsache wie eine tiefe Wunde, die unter der Haut verborgen war – eine Wunde, von der man nicht mehr wusste, wie man sie sich zugezogen hatte, aber eine, die dennoch schmerzte.

Ungefähr einmal im Monat verschanzte sich ihr Vater mit Mr Tremaine und ihren Kontaktpersonen aus den Südstaaten, die dafür arbeiteten, vermisste Familienmitglieder aufzuspüren, in seinem Arbeitszimmer. Olivias Onkel, der Bruder ihres Vaters, hatte ihm bei seiner Flucht geholfen und war seitdem unauffindbar.

John war als Erstem aufgefallen, dass ihre Mutter an solchen Tagen stets dafür sorgte, ihre Kinder mit Außer-Haus-Aktivitäten zu beschäftigen. Mrs Davenport war nicht versklavt gewesen, aber sie hatte ihr eigenes Päckchen zu tragen – doch auch sie sprach nie darüber. Stattdessen rüstete sie ihre Kinder mit dem Besten aus, was man für Geld kaufen konnte. Mithilfe ihrer Weitsicht konnten sich die Geschwister sicher innerhalb der Stadt bewegen und in Cafés und Restaurants an Tischen Platz nehmen, die zwar ungewollt für Aufmerksamkeit sorgten, die aber gleichzeitig als Symbol für ihren Erfolg standen. Und mit dem, was sie zu viel hatten, konnten sie anderen helfen. Es erschien Olivia unmöglich, dass diese Welt, in der ihr Vater seine eigene Firma, die *Davenport Carriage Company*, gegründet hatte, aus dem Fugen geraten sollte.

Olivias Wangen brannten und ihr Brustkorb schnürte sich zusammen. Stimmte es, dass alles, was sie kannte, alles, was ihre Welt ausmachte, von etwas bedroht wurde, das nicht greifbar war und vor dem ihre Eltern sie nicht gewarnt hatten? Wussten sie überhaupt davon? Das *mussten* sie. Wenn sie jetzt darüber nachdachte, kam es ihr naiv vor zu glauben, sie wüssten nichts von den Gesetzen, denn wann immer sie in der Stadt unterwegs waren, behielten ihre Eltern sie genau im Auge. Selbst auf dem Weg zum Gemeindezentrum wurden sie stets von einem Angestellten begleitet. Oh nein, Tommy – wie lange war sie schon hier bei dieser Versammlung?

Olivia stürzte auf den Eingang zu, als die Stimmen um sie herum lauter wurden.

»Sie gehen doch nicht schon, oder?« Washington DeWight hatte die Bühne verlassen und sie eingeholt.

»Ich … ich habe die Zeit vergessen. Ich komme zu spät zu einem anderen Termin«, stammelte sie. Ihr Blick huschte über den Raum.

»Wie fanden Sie meine Rede?«, rief Mr DeWight ihr nach.

»Ich … ich …« Was sollte sie dazu sagen? Einerseits glaubte sie ihm jedes Wort und auf der anderen Seite kein einziges.

»Miss Olivia!« Tommy sprang vom Fahrersitz herunter, als sie hinaus ins Sonnenlicht trat. Ein Schweißfilm zeichnete sich auf seiner Stirn ab und seine Kappe hielt er zerdrückt in den Händen. Er warf Mr DeWight einen Blick zu und runzelte die Stirn. »Es tut mir leid, wenn ich Sie erschreckt habe, Miss, aber ich habe Sie überall gesucht. Wir müssen los.«

»Ja, natürlich«, antwortete sie zerstreut, immer noch überwältigt.

Washington DeWight berührte sie leicht an der Schulter und der Nebel in Olivias Kopf lichtete sich ein wenig.

»Kommen Sie zum nächsten Treffen? Wir haben diesen Raum für die nächsten Monate gemietet.«

»Mr DeWight –«

»Bitte nennen Sie mich Washington.«

Die Leichtigkeit, mit der er Förmlichkeiten wegwischte, als wären sie alte Freunde, löste ein seltsames Gefühl in ihrem Magen aus. Sie sah, wie Tommy die Kutschentür für sie öffnete. »Mr DeWight«, wiederholte sie und spürte ein Flattern in der Brust. »Ich glaube, das wäre keine gute Idee.«

Wieder lachte er, aber diesmal war es kein freundliches Lachen. »Ich verstehe.« Mr DeWight nahm ihre Hand und half ihr dabei, in die Kutsche zu steigen. Er beugte sich zu ihr. »Zerbrechen Sie sich bloß nicht ihren hübschen Kopf über diese albernen Dinge.« Sein Blick huschte kurz über die luxuriöse Innenausstattung der Kutsche, bevor er ihr wieder in die Augen sah. »Ich bin mir sicher, Sie haben schon genug damit zu tun, sich Gedanken über Perlen, Partys und all die feinen Dinge in Ihrem Leben zu machen. Genießen Sie das nur.«

Damit schloss er die Tür und die Kutsche setzte sich in Bewegung. Er blieb auf dem Gehweg stehen, während die Pferde in die Straße einbogen, seine Beleidigung brannte auf ihren Wangen.

Kapitel 6

Helen

Nur mit einem Bademantel bekleidet, starrte Helen ihr Spiegelbild im Schminktisch an. Am Abend fand die große Gala im Anwesen der Tremaines statt und Amy-Rose hatte alles dafür getan, um Helens Locken zu bändigen und sie auf ihrem Kopf zusammenzuhalten. Helen hatte noch nie verstanden, warum ihre Haare erst geglättet werden mussten, um sie danach mit einem Lockenstab zu bearbeiten, obwohl sie beim Trocken von allein lockig wurden. Hatte sie kein Mitspracherecht, was ihre Frisur anging? Und wer entschied eigentlich darüber, wie Haare auszusehen hatten?

Die ganze Zeit über dachte sie bloß an die verlorenen Stunden, die sie nicht in der Bibliothek oder in der Werkstatt hatte verbringen können, weil sie sich stattdessen in ihrem Zimmer fertig machen musste. Irgendwo unter diesem Spinnennetz von Haarklammern juckte ihre Kopfhaut, doch sie wusste, wenn sie auch nur die Spitze ihres kleinen Fingers hineinstecken würde, ihre Mutter würde die Stelle sofort bemerken.

Sie besah sich das Kleid, das auf der Chaiselongue hinter ihr drapiert war, und seufzte. Es war hoch tailliert und mit einem Bleistiftrockteil versehen. Die Kristalle am Ausschnitt funkelten. Helen war nicht erpicht darauf, zu dieser Party zu gehen. Es graute ihr vor dem Small Talk, den Bemerkungen darüber, wie erwachsen sie geworden war, und vor den Fragen zu ihrem – nicht vorhandenen – Talent im Klavierunterricht.

Helen war ganz in Gedanken versunken, als es an der Tür klopfte.

»Herein.«

William Davenport schob sich in den Türrahmen. Helen bemerkte sein steifes weißes Hemd, das im starken Kontrast zu seiner schwarzen Hose stand. Sie folgte seinem Blick, den er durch ihr Zimmer schweifen ließ. Sie gestattete niemandem, hier Ordnung zu halten. Überall lagen nicht nur Bücher und Skizzen herum, sondern auch abgelegte Schuhe und benutzte Teetassen und Teller. Amy-Rose und Olivia beschwerten sich ständig über das Durcheinander, doch Helen behauptete, Genies lebten immer im Chaos. In einem ihrer Bücher hatte sie gelesen, es würde die Kreativität fördern. Während sie sich langsam auf ihrem Stuhl umdrehte, fragte sie sich nun, ob ihr Vater sie für schlampig hielt.

Früher hatte er sie gehütet wie seinen Augapfel. Hatte sie auf seinen Schoß genommen, sich von ihr an den Ohren ziehen und die Konturen seines Gesichts mit den Fingern nachfahren lassen, hatte ihre Fragen beantwortet – Fragen aller Art, auch solche zu seinen Pferden und Kutschen. Helen erinnerte sich an einen Nachmittag, an dem ihr Vater in einer so sorglosen, ausgelassenen Stimmung gewesen war, dass er jedes seiner Kinder einen Pferdewagen die Einfahrt hinauf- und wieder hinunterfahren ließ. Olivia lenkte die Pferde in einem langsamen und gleichmäßigen Tempo den Weg entlang. John, der schon etliche Male zuvor so einen Wagen gefahren war, steuerte ihn mit einem Selbstvertrauen, das Helen unter die Haut fuhr. Als sie selbst an der Reihe war, schnappte sie sich die Zügel und ließ die Pferde die Einfahrt hinunterrasen. Die Luft peitschte ihr ins Gesicht, dass ihre Wangen rot wurden und ihr Hut davonflog. Mr Davenport warf seinen Kopf in den Nacken und lachte. »Das ist mein Mädchen!«, hatte er gerufen.

»Helen«, sagte ihr Vater jetzt und nahm seine Brille ab, »müsstest du nicht schon für die Party angekleidet sein?«

»Warum versuchen nur alle immer wieder, mich anzukleiden?«, murmelte sie vor sich hin.

Mr Davenport beugte sich über ihren Schreibtisch, stieß seinen Gehstock dagegen und schob einige der Atlanten, die sie dort hatte liegen lassen, hin und her. »Ich hatte heute eine interessante Unterhaltung mit John«, sagte er.

»Ach ja?«, fragte Helen, diesmal neugierig. Sie wandte sich zurück zum Schminktisch und beobachtete im Spiegel, wie er sich in ihrem Zimmer umschaute und ein anderes Buch von ihrem Nachttisch in die Hand nahm. Als sie ihn so ansah, bemerkte sie die Ähnlichkeit zwischen ihnen beiden. Die prominente Nase und großen braunen Augen hatte sie von ihm geerbt.

»Ja. Er hat mir von dem Ford-Modell T erzählt, das er gekauft hat und das nicht anspringt. Und von einer Wette, die darüber läuft, wer den Grund dafür herausfinden wird. Eine Person ist wohl nah dran.«

Ein leises Lächeln umspielte ihre Mundwinkel. Die letzten Tage hatte sie in der Werkstatt verbracht und am Motor gearbeitet. Heute hatte John sie vor dem Mittagessen aus der Werkstatt gescheucht.

Mr Davenport stand nun direkt hinter ihr. Wortlos legte er ein Autohandbuch vor sie auf den Schminktisch. »Die Mechaniker erzählen davon, dass sie jeden Morgen ein anderes Teil abmontiert und gereinigt vorfinden. Wirklich außergewöhnliche lösungsorientierte Fähigkeiten. Ich wollte dem Mechaniker, der dafür verantwortlich ist, gratulieren, vielleicht gelingt es der Mannschaft bald, den Wagen zu reparieren. Doch niemand hatte auch nur die leiseste Ahnung, wer dahintersteckt«, sagte er und ihr Herz begann zu rasen.

Helen starrte auf das Handbuch, rang verzweifelt nach Worten. War er verärgert? Eigentlich wirkte er beeindruckt … Sie atmete tief ein, suchte seinen Blick im Spiegel.

Und hielt inne.

»Schon merkwürdig, auf jemanden zu setzen, dessen Namen keiner kennt.« Jetzt flüsterte er nur noch. »Zeig mir deine Hände.«

Helens Magen zog sich zusammen. Widerwillig tat sie, wie ihr geheißen. Behutsam öffnete er eine ihrer zu Fäusten geballten Hände. Obwohl Helen sie mit einer feinen Zahnbürste geschrubbt hatte, sah man noch immer die verräterischen Ölreste an den Rändern ihrer Fingernägel. Sein nächster Atemzug zeugte von größerer Enttäuschung, als sie ertragen konnte.

»Das ist Dreck«, sagte sie. Die Lüge kam einem Verrat ihres Stolzes gleich. »Ich war mit Jessie im Gemüsegarten.«

»Ich dulde keine Lügen, Helen«, sagte er scharf. »Dir ist es nicht erlaubt, in die Werkstatt zu gehen und mit diesen Rabauken Umgang zu pflegen.«

Sie senkte ihren Blick. »Sie sind meine Freunde.«

Mr Davenport schnaubte. »Das sind sie nicht. Sie sind meine Angestellten. Malcolm macht sich anscheinend Sorgen –«

»Malcolm!«, rief Helen empört. Der grantige Mechaniker hielt so starr an veralteten Vorstellungen fest. Sie hätte wissen müssen, dass es einmal so weit kommen würde.

»In der Werkstatt ist kein Platz für eine Lady. Dort arbeiten diejenigen, die es müssen, aber sie dient nicht als Spielplatz für dich. Du bist ein hübsches Mädchen und darauf solltest du stolz sein. Es ist an der Zeit für dich, erwachsen zu werden, Helen.«

Sie duckte sich tiefer in ihren Stuhl. Unzählige Male hatte sie sich ausgemalt, wie er ihre Leistung würdigen würde – mit einem erfreuten Lächeln auf den Lippen –, doch diese Vorstellung zerplatzte nun wie eine Seifenblase. »Ich bin keine Lady. Und ich würde einen wertvollen Beitrag für die Firma leisten, wenn du mir nur eine Chance geben würdest. Könnte ich bloß –«

Mr Davenports Schweigen dröhnte in Helens Ohren wie kein anderes Geräusch, das sie je gehört hatte – lauter als ihr bebender Atem. Sein Blick verhärtete sich und ließ sie innehalten, doch das warme Braun kehrte wieder zurück, als Erschöpfung die Oberhand gewann. Er nahm ihr Kinn zwischen seine Finger und sah sie direkt an. Sie könnte wetten, in seinen Augen denselben Anflug von Traurigkeit zu erkennen, der auch in ihren eigenen lag. »John wird sich um die Firma kümmern.«

Die Worte ihres Vaters rissen eine klaffende Wunde in ihr Herz und entzogen ihm jede Hoffnung.

»Und jetzt beeil dich«, sagte er. »Wir brechen bald auf.«

Mr Davenports Spiegelbild verschwamm vor Helens Augen, als er ihr Zimmer verließ. Sie presste sich die Hand auf den Mund und holte tief und zitternd Luft, während die Tür hinter ihrem Vater ins Schloss fiel.

Kapitel 7

Amy-Rose

Nachdem die Davenports zu der Party bei den Tremaines aufgebrochen waren, herrschte Stille im Haus. Amy-Rose und das übrige Personal erwarteten ihre Rückkehr nicht vor der Morgendämmerung, wenn ein weiterer langer Arbeitstag für die Angestellten begann. Sie zählte sich dabei jedoch zu den Glücklichen. Ihre Aufgaben bestanden hauptsächlich darin, Olivia und Helen zu umsorgen. Olivia war so ordentlich, dass Amy-Rose beinahe nichts zu tun blieb, und Helen ließ das Dienstmädchen in ihrem Zimmer nicht aufräumen, aus Angst, ihr kreativer Rückzugsort könnte zerstört werden. So bestanden Amy-Roses Morgen daraus, die Kleider der Schwestern zu bügeln und ihre Haare zu frisieren. Danach konnte sie mit ihrer Zeit anfangen, wonach ihr der Sinn stand.

Sie seufzte. Wie mochte es wohl sein, die ganze Nacht über unterwegs zu sein, zu tanzen und Champagner zu trinken, frei von allen Sorgen? Sie legte Olivias Puder und Rouge in den Schminkkoffer und löschte das Licht.

Im gegenüberliegenden Flügel des Hauses richtete Henrietta – Hetty – gerade Mr und Mrs Davenports Schlafzimmer her. Zwar hatte dieser Teil des Freeport Manor weniger Zimmer, doch dafür waren sie umso prächtiger. Mrs Davenport umgab sich gern mit exklusiven Teppichläufern und übergroßen Sofas, die so starr und unnachgiebig waren wie sie selbst. Ihr Kleiderschrank war geräumiger als das Apartment, in dem Amy-Rose mit ihrer Mutter gewohnt hatte, bevor sie nach Freeport kamen. Amy-Rose lehnte sich gegen den Türrahmen, während Henrietta die Bettdecke mit schnellen Handgriffen glatt strich.

»Ich bin hier gleich fertig«, sagte Hetty. »Geh doch schon mal in die Küche hinunter und sieh nach, ob alles für Jessies Rückkehr bereitsteht.«

Amy-Rose nickte. Die Köchin der Davenports war am frühen Morgen zu den Tremaines aufgebrochen, um dort bei den Vorbereitungen zu helfen. Mrs Tremaine hatte ihre Hilfe erbeten in der Hoffnung, Jessies Nachtischspezialität ihren Gästen servieren zu können.

In der Küche angekommen, sah sie, dass Jessie bereits alles gründlich geschrubbt und poliert hatte. Ein leises Dankgebet murmelnd setzte Amy-Rose sich an den langen Küchentisch, um weiter an ihren Plänen für den Salon und die Produktherstellung zu arbeiten. Jeden Abend, wenn sie ihre Aufgaben erledigt hatte, verbrachte sie Stunden damit, auf dem Bleistift kauend Überlegungen anzustellen und ihre Aufzeichnungen so zu verändern und neu zu entwerfen, bis sie zufrieden war – nur um dann auf einem leeren Blatt Papier noch einmal komplett von vorne zu beginnen. Ihre Finger strichen sanft über die Ecke einer Seite ihres Notizbuchs, so, wie ihre Mutter vor dem Zubettgehen ihre Wange berührt hatte.

Amy-Rose ging ihre Rezepte durch, sammelte Zutaten zusammen, um ein neues auszuprobieren. Ein Honigglas. Verdrückte Bananen vermischt mit zuckerreduziertem Sirup. Aus den Gartenpflanzen und -kräutern gepresstes Öl, das sie in den obersten Schränken aufbewahrte. Alles, was man für die Herstellung eines perfekten Shampoos zur Vorbehandlung der Haare benötigte. Amy-Rose war keine Expertin darin, wie man ein Unternehmen führte, doch sie wusste, was Haare brauchten, um glänzend und gesund auszusehen. Die Zutaten zu mischen beruhigte sie, schaffte in ihren Gedanken Raum für die Möglichkeiten, die die Zukunft bereithielt.

Seufzend kritzelte sie mit dem Bleistift auf den Seiten ihres Journals herum, brachte neben dem Honig-Bananen-Rezept auch Ideen für die Gestaltung ihres Salons zu Papier. Sie stellte ihn sich hell und einladend vor – alles in einem Lavendelton gehalten, der Lieblingsfarbe ihrer Mutter –, mit Tee und Kanapees für die Kunden. Es sollte an jedem Frisiertisch einen großen, goldgerahmten Spiegel geben, wodurch die fein gemusterte Tapete durch den gesamten Raum widergespiegelt würde. Außerdem angemessene Waschbecken für das Waschen und Spülen der Haare, ein elegantes Label, das die Produktfläschchen zierte, und auf dem Schild über dem Eingang der Name des Salons … Wenn sie sich doch nur für einen entscheiden könnte.

Auf einmal ertönten laute Schritte in der Küche. Es war John Davenport, der mit gelöster Krawatte und Jackett unterm Arm auf sie zukam. Seine feine, maßgeschneiderte Hose umspielte seine langen, schlanken Beine. Amy-Rose war davon ausgegangen, dass bereits alle Davenports zu der Party aufgebrochen waren. *Was macht er hier?*

John sah sie an und lächelte. Er war in einer unbeschwerten, ausgelassenen Stimmung, die seine Mrs Davenport so ähnlich sehenden Gesichtszüge weicher werden ließ. »Wie genau willst du dich mit einem Glätteisen gegen Einbrecher zur Wehr setzen?« Er streckte ihr die Fingerspitzen entgegen. »Es ist nicht heiß, oder?«

»Wie bitte?« Amy-Rose sah an sich herunter. Tatsächlich hielt sie ein solches Eisen gegen ihre Brust gepresst. Sie hatte nicht gemerkt, wie sie es zur Hand genommen hatte. »Es tut mir leid. Ich dachte, alle wären bereits außer Haus.« Röte schoss ihr in die Wangen.

»Ich wurde in der Werkstatt aufgehalten. Und in der Eile habe ich mir beim Ankleiden einen Knopf abgerissen«, sagte er, auf sein Hemd deutend. »Wie steht's mit deinen Nähkünsten?«

»Ganz ordentlich«, erwiderte sie, die Augen auf den Boden zwischen ihnen gerichtet.

»Ich habe es selbst versucht, aber mir immer wieder in den Finger gepikt.«

»Ich bin mir nicht sicher, ob einen Knopf zu fixieren als nähen durchgeht«, scherzte sie. Einen Moment später bereute sie schon ihre Worte, denn ihr Tonfall erweckte den Eindruck, sie wären immer noch so vertraut miteinander wie früher, als sie noch Spielkameraden waren. Doch als Amy-Rose eine Bedienstete im Hause Davenport geworden war, war der lockere Umgang untereinander verloren gegangen. Ein Stechen in ihrem Brustkorb erinnerte sie an Jessies Rat. Sie sollte die Vergangenheit ruhen lassen. Wegen ihrer kühnen Antwort wurde ihr jetzt der Mund ganz trocken, doch John lachte nur. Amy-Rose beobachtete, wie sein Adamsapfel auf und ab hüpfte und sich auf der frisch rasierten Wange ein Grübchen bildete. Sie fiel mit einem etwas wackeligen Lachen mit ein.

Dann öffnete John mit schnellen Handgriffen sein Hemd. »Das brauchst du dafür«, sagte er und reichte es ihr.

Amy-Rose versuchte, ihre Aufmerksamkeit auf das Hemd zu richten und nicht auf seine definierten Armmuskeln, die sein ärmelloses Unterhemd zur Geltung brachte. Oder darauf, wie die frisch gebügelte Hose auf seiner Hüfte saß. Sie suchte im Nähkasten nach der passenden Nadel und einem seidenen Faden, der stark genug war, um den Knopf so festzunähen, dass das Hemd über seiner breiten Brust zusammengehalten wurde. »Was hättest du getan, wenn du niemanden gefunden hättest, der dir den Knopf annäht?«

»Ich wäre wohl nackt herumgelaufen.«

Fast hätte sich Amy-Rose selbst mit der Nadel in den Finger gepikt. Ihre Wangen glühten und sie gab vor, ihn nicht gehört zu haben.

John trat näher, um sie bei der Arbeit zu beobachten. Er stieß mit der Hüfte gegen den Küchentisch und war ihr so nah, dass sie die Seife roch, mit der er sich gewaschen hatte, und die Wärme spürte, die von seinem Körper abstrahlte. Ihre Haut begann zu kribbeln, weil er so dicht bei ihr stand. Nach einigen wenigen Stichen war der Knopf angenäht.

»Danke, Amy-Rose.« Er hielt sich das Hemd vors Gesicht. »Das nenne ich mal besser als ›ganz ordentlich‹. Nicht mal Mutter wird es bemerken.« Er fuhr mit den Armen in die Ärmel, der Stoff spannte sich über seine breiten Schultern.

Amy-Rose lächelte, während sie das Nähkästchen schloss.

»Was ist das?«, fragte er und nickte zu dem Notizbuch auf dem Tisch.

Auf diese Frage war sie nicht vorbereitet. John hielt den Entwurf ihres Salons in den Händen. Mit gerunzelter Stirn begutachtete er ihren zu Papier gebrachten Traum.

Konnte sie ihn einweihen? Nicht mal Jessie hatte ihre Pläne zu Gesicht bekommen.

Johns Finger streiften ihre. Sie sah ihm in die Augen und erkannte etwas darin, was sie mutig werden ließ.

»Ich möchte meinen eigenen Salon eröffnen«, sagte sie, »in dem sich Schwarze Frauen die Haare machen lassen können. Wir richten uns in so vielen Dingen nach Magazinen, die voll sind mit Menschen, die gar nicht so aussehen wie wir.« Amy-Rose wandte sich ihrem Notizbuch zu und blätterte die Seiten durch, die gefüllt waren mit Mitteln und Produkten zum Glätten oder Frisieren von natürlichen Locken – und zwar sowohl auf Französisch als auch auf Englisch. Ihre Schultern entspannten sich und ihre Stimme wurde lauter. Sie hatte sorgfältig recherchiert und führte die Arbeit von anderen Pionieren der Haarkunst fort, hatte die Frauen in Drogerien in der South Side mit Fragen darüber gelöchert, was sie für die besten Mittel hielten. Und ihre Mutter hatte ebenfalls ihren Beitrag geleistet. Alles, was sie Amy-Rose beigebracht hatte, fand sich niedergeschrieben in diesem Buch. »Es gibt nicht nur eine Art von Schönheit.«

Sie hob den Blick zu John, der sie anstarrte. Wie oft hatte sie sich schon einen Moment wie diesen ausgemalt? Johns kantiges Gesicht war nur Zentimeter von ihrem entfernt. Das weiße Hemd bildete einen starken Kontrast zu seiner glatten braunen Haut.

Er sah sie überrascht an. »Das ist eine wunderbare Idee.« Erneut berührten seine Finger ihre und ein Schauer durchfuhr sie von der Hand bis hinunter zu den Zehenspitzen. Ihre Haut begann vor Energie zu vibrieren und auf ihrem Arm bildete sich eine Gänsehaut.

»*Hier* bist du!« Ethel blieb abrupt stehen, als sie das aufgeknöpfte Hemd des jungen Mr Davenport und Amy-Roses errötetes Gesicht sah. Die beiden schossen auseinander wie sich abstoßende Magnete. »Entschuldigen Sie, Mister John«, sagte Ethel und beäugte die zwei. »Ich war auf der Suche nach Amy-Rose.«

»Guten Abend«, entgegnete John förmlich. Dann wandte er sich an Amy-Rose. »Nochmals vielen Dank, Amy-Rose. Ich wüsste nicht, was ich ohne dich täte.« Dabei sah er ihr direkt in die Augen und ihr Herz raste.

Kapitel 8

Ruby

Bereits früh am Morgen trafen die zusätzlichen Helferinnen und Helfer ein, über den Seiteneingang eilten angestellte Dienstmädchen und die Köchin der Davenports herein, um das Haus der Tremaines für die Feierlichkeiten vorzubereiten. Kurz darauf erschien auch die Band. Sie alle waren zur Verschwiegenheit verpflichtet, was die schwindenden Ressourcen der Familie anging. Durch die fehlenden Textilien aus der Fabrik war die Haupteinnahmequelle der Tremaines ins Stocken geraten. Die Mieten der Tremaine'schen Pension deckten gerade so die Kosten des Gebäudes, aber es stand außer Frage, sie zu erhöhen.

Das Rennen um das Bürgermeisteramt wartete jedoch nicht. Genauso wenig wie Rubys Vater.

Während sie sich ohne Margarets Hilfe ankleidete, versuchte Ruby, diese Gedanken aus ihrem Kopf zu verbannen. Ihr Kleid umschmeichelte ihre Kurven und war etwas gewagter, als es ihrer Mutter recht war. Doch das Erscheinungsbild war wichtig – es gehörte sich für eine Tremaine, sich im aktuell angesagten Stil zu zeigen, selbst wenn es bedeutete, ein Kleidungsstück der letzten Saison dafür opfern zu müssen. Um ihren langen Hals und ihre anmutigen Schultern zur Geltung zu bringen, hatte Ruby ihr Haar zusammengebunden.

Sie sah wunderschön aus, doch etwas fehlte noch.

Ruby starrte auf ihren bloßen Hals und runzelte die Stirn. Schnell sah sie zur Tür, leicht verängstigt, ihre Mutter könnte hereinkommen.

Nur ein kurzer Blick, sagte sie sich. Als sie den Deckel der mahagonihölzernen Kiste öffnete, die auf ihrer Kommode stand, ertönte blecherne Musik, die sie an ein Schlaflied erinnerte. Die Ohrringe und das fragile goldene Kreuz samt Kette legte sie zur Seite. Dann löste sie vorsichtig den Boden der Kiste. Als das Licht auf den dort verborgenen scharfkantigen Rubin in Tropfenform fiel, funkelte er ihr wunderschön entgegen.

Ihn zu sehen raubte Ruby immer noch den Atem. Der Stein, mit dem sie sich ihren Namen teilte, war ein Geschenk ihrer Eltern zu ihrem sechzehnten Geburtstag gewesen – bevor ihre Träume größer wurden als ihr Glück. Noch einmal warf sie einen Blick auf die geschlossene Tür, bevor sie die Kette am Hummerscherenverschluss hochnahm.

Der tiefrote Stein saß in der Kuhle unterhalb ihrer Kehle und harmonierte mit dem aufwendigen Stoff ihres Kleides. *Das würde perfekt zusammenpassen*, dachte sie und wurde von einer Traurigkeit eingenommen, die sie am liebsten heruntergeschluckt hätte. Doch sie konnte nichts gegen die bitteren Gefühle tun, die sie bei dem Gedanken überkamen, dass sie ihren wertvollsten Besitz verstecken musste. Dieser Umstand machte ihr beinahe genauso zu schaffen wie die Tatsache, dass ihre Eltern sie darum gebeten hatten, die Kette zu verkaufen. Wie hatten sie das bloß tun können? Dieses Geschenk von ihnen – es war weit mehr als ein Schmuckstück. Es war stark, wunderschön und in Gold gefasst. Ein perfektes Sinnbild ihres Selbstbewusstseins, wenn sie sich neben ihrer besten Freundin nicht gerade wie die zweite Wahl vorkam. Hielt sie das Geschenk ihrer Eltern in Händen, verlieh es ihr Kühnheit und Stärke, und dieser Effekt wurde noch größer, wenn sie das Schmuckstück um den Hals trug.

Ruby bereute nicht, anstelle ihrer eigenen Kette eine von ihrer Mutter versetzt zu haben. Dafür, dass sie ihre Tochter um so etwas Ungeheuerliches gebeten hatte, geschah es ihr nur recht. Zudem vermisste ihre Mutter die Kette nicht, was Ruby in ihrer Entscheidung bestätigte.

Die Musik aus der kleinen Holzkiste verstummte und in der plötzlichen Stille vernahm Ruby Schritte, die vor ihrer Tür zum Stehen kamen. Während sie noch mit dem Verschluss im Nacken hantierte, sah sie bereits, wie der Türknauf sich drehte. Es blieb keine Zeit mehr, die Kette zu verstecken, doch niemand durfte wissen, dass sie den Rubin behalten hatte. Hastig ließ sie den Stein und die zarte Kette im Ausschnitt des Kleides verschwinden.

»Bist du langsam so weit?«, fragte Mrs Tremaine von der Tür aus.

»Ja«, beeilte Ruby sich zu antworten. Sie verlagerte ihr Gewicht in der Hoffnung, die Sicht auf das kaputt wirkende Schmuckkästchen auf ihrer Kommode zu verdecken. Als sie den Blick ihrer Mutter bemerkte, wurde ihr ganz heiß.

Mrs Tremaine seufzte und ging auf Ruby zu. »Ich weiß, dass alles viel schwerer ist als erwartet, seit dein Vater kandidiert, aber dieser Zustand wird nicht für immer anhalten. Die Baumwollernte ist nicht komplett verloren und dein Onkel arbeitet daran, Verträge mit anderen Farmen zu schließen. Wir müssen dem Ganzen etwas Zeit geben.«

Ruby nickte nur leicht, als ihre Mutter ihr Kleid an den Schultern zurechtzog. Die Kette kitzelte über ihre Haut und rutschte tiefer. Ruby hoffte, dass das Korsett eng genug saß, damit der Stein nicht zu ihren Füßen auf den Boden fiel.

»Vielleicht zeigt dein Vater es nicht immer, aber er ist stolz auf dich«, fuhr ihre Mutter fort.

Ruby versteifte sich. Sie hatte noch ein wenig länger an ihrem Ärger festhalten wollen.

»Halte dich einfach an den Plan und alles andere wird sich von selbst lösen.«

Der Plan. Da war der Ärger wieder und ballte sich in ihrer Brust zusammen. Der Plan, bei dem sie kein Mitspracherecht hatte. Sie entschied sich dazu, weiterhin die Dinge, die ihr wichtig waren, zu schützen – angefangen bei dem kleinen Stück ihrer Identität, das irgendwo zwischen den Stofflagen ihres Kleides gefangen war. Sie ersehnte den Tag, an dem sie die Hausherrin ihres eigenen Heims wäre – von einem liebevollen Mann bewundert und umgeben von ihren Kindern – und nicht mehr wie ein Werkzeug behandelt wurde, mit dessen Hilfe ihre Eltern ihre Ziele erreichten.

»Ruby, was hast du mit deinem Schmuckkästchen gemacht?« Mrs Tremaine griff nach den scheinbar zerbrochenen Holzstücken.

»Ist es noch ein Schmuckkästchen, wenn sich darin kein Schmuck befindet?«, fragte sie.

Ihre Mutter sah sie unverwandt an, in ihren Augen lag so etwas wie Mitgefühl. Doch dann schien sie eine Entscheidung zu treffen, ihre Miene verhärtete sich. Tonlos sagte sie: »Du tust besser etwas gegen deine schlechte Stimmung, bevor du dich den Gästen zeigst.«

Meine Stimmung. Ruby stieß stoßweise Luft aus – und entließ damit auch ihre Wut –, wodurch das Korsett sich verschob. Klackernd fiel ihre kostbare Kette zu Boden. Sie rutschte über das Parkett und blieb vor dem Seidenschuh ihrer Mutter liegen.

»Ruby«, sagte Mrs Tremaine, wobei ihre Stimme vorübergehend leiser wurde, als sie sich bückte, um den Edelstein aufzuheben. »Ich dachte, den hättest du zusammen mit den anderen Dingen zum Pfandleiher gebracht? Du solltest ihm doch alle kleinen wertvollen Gegenstände bringen, als er hier war.«

Ruby betrachtete die im Licht funkelnde zarte Kette. Der leuchtende Stein war in der geschlossenen Handfläche ihrer Mutter verschwunden und mit ihm jede Ausrede, die sie hätte vorbringen können.

»Ruby?«

»Ich habe ihn gegen etwas anderes ausgetauscht«, sagte sie. Hinter ihren Ohren spürte sie ihren Puls pochen. »Er gehört mir. Ich verstehe nicht, warum ich ihn nicht behalten kann. Ihr habt beinahe alles andere verkauft.«

Mrs Tremaine blieb standhaft. »Hast du eine Vorstellung davon, wie vielen Menschen dieser Stein helfen könnte?«

Anderen Menschen, dachte Ruby. Niemals ihr. Nicht ihrer Tochter, die stets zu lächeln hatte und so tun musste, als wäre alles in bester Ordnung. Zudem floss das Geld streng genommen in den Wahlkampf. »Was ist mit mir?« Rubys Stimme hatte eine nicht mehr akzeptable Lautstärke angenommen. Ihre Brust hob sich mit jedem Atemzug. Alles, was sie wollte, war, sich die Kette zurückzuholen und ihr tröstliches Gewicht um ihren Hals zu spüren. Doch sie wusste, dass auch nur die kleinste Bewegung erst recht für ihren Verlust sorgen würde. Schon jetzt befand Ruby sich auf dünnem Eis, was die bereits schwindende Geduld ihrer Eltern betraf. »Was ist mit mir?«, fragte sie noch einmal ruhiger, als wäre ihr Herz nicht kurz davor zu brechen.

Stumm beobachtete sie, wie ihre Mutter um eine Entscheidung rang. Dann erkannte Ruby an ihrem Gesichtsausdruck, dass sie gefallen war. Mrs Tremaine straffte ihre Schultern und ließ die Kette in einer Falte ihres Rocks verschwinden. »Eines Tages wirst du es verstehen. Und jetzt zieh dich bitte zu Ende an.«

Ein kleiner Laut entwich Ruby. Sie bewegte sich keinen Zentimeter. Die Tür wurde so fest geschlossen, dass von den Zimmerwänden ein Echo widerhallte, während sich in ihr eine tonnenschwere Leere ausbreitete.

Es gab nur einen Weg, um das zurückzubekommen, was ihr gehörte.

Wenig später stand Ruby neben ihrer Mutter im Foyer, ein Lächeln in ihr Gesicht gemeißelt. Ihr Kiefer schmerzte von den zurückgehaltenen Worten und den Nettigkeiten, die sie stattdessen zwanghaft hervorbrachte. Gutes Benehmen war ihre einzige Hoffnung. Ruby beobachtete die Partygäste, während sie unter der gewölbten Decke das Foyer durchschritten. Die Damen trugen Hochsteckfrisuren zu langen Roben und wurden von Gentlemen in edlen maßgeschneiderten Smokings begleitet. Die Liveband sorgte für musikalische Untermalung, Kellner boten Champagner und Horsd'œuvres auf Silbertabletts an und Hunderte Laternen erhellten die Veranda vor den Türen des Hauses.

Das Ganze war eine glamouröse Angelegenheit, aber alles, woran Ruby denken konnte, war: Konnten die Gäste den Schatten an der Wand sehen, wo einst das Werk eines alten Meisters gehangen hatte? Ihre Mutter hatte den Leuten erzählt, es wäre als Leihgabe in einem entfernten Museum. »Ist das nicht großartig, wie Mrs Tremaine das Kunstgewerbe unterstützt?«, hörte Ruby immer wieder jemanden sagen. Doch sie fragte sich, ob die Gäste sich hinter ihren Rücken nicht zuraunten: »Oh, sieh nur, wie die Mächtigen gefallen sind.« Für ein Amt zu kandidieren war das eine, doch mittellos daraus hervorzugehen, das andere. Sie kämpfte gegen den Drang an, nach der Kette zu greifen, die, wie sie nur zu gut wusste, nicht an ihrem Platz war.

»Könntest du wenigstens so aussehen, als würdest du das hier genießen?«, fragte ihre Mutter mit zu einem Lächeln geformten Lippen.

»Ich würde es mehr genießen, wenn ich meine Kette hätte«, murmelte sie.

»Sei dir gewiss, dass sie bis Ende nächster Woche verkauft sein wird.« Ihre Mutter warf ihr einen vielsagenden Blick zu.

Ruby wusste, dass es ihr besser gehen würde, sobald sie sich unter die Leute mischte und sich der Musik hingab, mit einem Glas Champagner in der Hand, um ihre Nerven zu beruhigen und um die bitteren Gefühle, die sich in ihr festgesetzt hatten, zu vertreiben.

Bei der ersten Gelegenheit, die sich ihr bot, flüchtete sie aus dem Foyer und wehrte geschickt Fragen nach ihren Plänen für den Sommer ab, während sie auf die Jagd nach einem Glas prickelndem Champagner ging.

Olivia scheint sich zu amüsieren, dachte sie. Ihre beste Freundin und Mr Lawrence waren *das* Gesprächsthema des Balls. Sie freute sich für Olivia, das tat sie wirklich. Doch ein paar Stunden zuvor hatte Ruby eine weitere Lektion ihrer Eltern über sich ergehen lassen müssen, dass sie in Bezug auf John auch ja das Bestmögliche aus diesem Abend herausholen sollte. Und jetzt stand sie hier, während von John noch jede Spur fehlte. Stattdessen hatte sie Louis Greenfield am Hals, einen Freund aus der Kindheit, der über nichts anderes als Rennpferde sprach.

Als John endlich durch die Tür trat, legte sich eine Stille über den Raum, als würde jede noch unverheiratete Frau – seine eigenen Schwestern ausgenommen – den Atem anhalten. Der Smoking saß wie angegossen und verbarg die Muskeln, die darunterlagen. John war der begehrteste Junggeselle unter den Anwesenden und trotzdem strahlte er eine Sorglosigkeit aus, bei der man sich nicht sicher sein konnte, wo sie herrührte: davon, dass ihm die Tatsache nicht bewusst war, oder von seiner mangelnden Lust, sich mit so einem Unsinn zu beschäftigten. Doch was auch immer es war – es machte ihn noch attraktiver.

Ruby stellte ihr leeres Champagnerglas ab und bahnte sich einen Weg durch die Menge. Die Perlen am Saum ihres Kleides klackerten an ihren Absätzen. Kurz bevor die rehäugige Tochter eines neuen Freundes ihres Vaters – ein Mitglied des Stadtrates – Johns Aufmerksamkeit auf sich ziehen konnte, tauchte Ruby neben ihm auf.

Als sie ihn am Arm berührte, drehte John sich zu ihr. Sein Grübchen brachte ihr Herz in Aufruhr. Der Geruch nach Seife und Rasierwasser hing noch an ihm. Ruby war dankbar für den Schal, der um ihre Schultern hing – so hatte sie etwas, womit sie ihre Hände beschäftigen konnte.

»Wie schön, dass du dich zu uns gesellst«, sagte sie und sackte sogleich ein wenig in sich zusammen. Es hatte neckend klingen sollen, doch es war tadelnd rübergekommen.

Zum Glück schien John davon keine Notiz zu nehmen. Er

lächelte. »Es tut mir leid, Ruby. Ich habe die Zeit vergessen. Ich arbeite gerade an einem neuen Projekt«, fügte er als Erklärung hinzu.

»Dein Einsatz ist bewundernswert«, sagte sie. »Ich hoffe, eines Tages auch etwas zu finden, was ich so sehr liebe wie du deine Automobile.« Ruby rückte die Nadel an seinem Revers zurecht, wobei sie sich dicht zu ihm lehnte und versuchte, das umgenähte, ihren Körper umschmeichelnde Kleid besonders zur Geltung zu bringen.

»Möchtest du tanzen?«, fragte sie, als er im selben Moment »Hast du Helen gesehen?« von ihr wissen wollte.

»Nein«, antwortete sie, enttäuscht von seiner Frage. Krampfhaft überlegte sie, wie sie ihn in ihrer Nähe halten konnte. »Ich kann dir helfen, sie zu suchen. Vielleicht ist sie im Garten.« Dabei dachte sie an den Irrgarten und dass sie dort ungestört sein würden.

»Ich weiß das Angebot zu schätzen, Ruby«, erwiderte er, während er den Blick weiter über den Raum schweifen ließ. »Aber ihr habt heute Abend Gäste. Ich hätte ein schlechtes Gewissen, dich ihnen zu berauben.« Er drückte ihr einen Kuss auf den Handrücken. »Du siehst übrigens wunderschön aus.«

Ruby entwich ein kleiner Laut, als sie überlegte, was sie sagen könnte, um ihn zum Bleiben zu bewegen. Doch bevor ihr etwas einfiel, stand sie auch schon allein am Rande der Tanzfläche und starrte auf Johns Rücken, der sich auf die andere Seite des Raumes zubewegte. Sie spürte den stechenden Blick ihrer Mutter, die gemeinsam mit anderen Damen auf einem der Sofas beim Kamin saß.

Ruby bewahrte eine ruhige Miene, während sie sich ein weiteres Glas Champagner nahm, und als ihre Mutter endlich den Blick abwandte, kippte Ruby den kompletten Inhalt hinunter. Der Champagner war herb und sprudelnd und stand im genauen Gegensatz zu Rubys Gefühlslage. Sie fragte sich, ob es eine damenhafte Art und Weise gab, die Erdbeere, die sich auf dem Grund der Flöte befand, herauszufischen. Nicht, dass irgendjemand auf sie geachtet hätte. Olivia und Mr Lawrence wirbelten über die »schlichte« Tanzfläche, wie Mrs Davenport es ausgedrückt hatte, und zogen die Blicke aller Anwesenden auf sich, begleitet von wohlwollenden Seufzern. Sogar Helen – in einer blassrosa Robe gekleidet, die wunderschön hin und her schwenkte, selbst als sie von Tisch zu Tisch stampfte, um heimlich eine Zigarette zu schnorren – hatte bei ihrer Ankunft mehr Aufmerksamkeit erregt als Ruby.

Als ein weiteres Mal ein Tablett an ihr vorbeizog, griff sie erneut nach einer Champagnerflöte. Sie schwankte leicht, doch glücklicherweise stand sie neben einem Tisch, an dem sie sich festhalten und ihr Gleichgewicht wiedererlangen konnte.

»Sie müssen sich wohl Mut antrinken, was?«

Aufgeschreckt von der Stimme über ihrer Schulter sah Ruby auf. Harrison Barton, der letzten Sommer von Louisiana nach Chicago gezogen war, deutete auf das Glas in ihrer Hand. Er hatte aufgrund seines Reichtums eine Einladung für den heutigen Abend erhalten, doch kein Geld der Welt könnte jemanden die Tatsache vergessen lassen, dass sein weißer Vater einmal seine Mutter sein Eigentum nannte. Harrison hatte den gleichen hellen Teint wie Olivias frühere Spielkameradin Amy-Rose, die jetzt ihr Dienstmädchen war. Und als Ruby ihren Blick hob, erinnerte sie sich auch daran, welche Farbe seine Augen hatten: ein helles, wässriges Braun mit grünen Sprenkeln. Viele der hier Anwesenden würden ihm die Verbindung zwischen seinen Eltern zur Last legen. Sein charakteristisches Aussehen war in der Regel ein Resultat von Gewalt, eine Erinnerung an unausgesprochenen Schmerz. Seine bloße Existenz war gleichermaßen für weiße wie für Schwarze Menschen eine Herausforderung.

Ruby brachte er nicht aus der Fassung. »Und wozu habe ich Mut nötig, Mr Barton?«, fragte sie. Sie ließ sich von ihm das Glas abnehmen und gegen ein mundgerechtes Stück Himbeertorte eintauschen. Die buttrige Kruste zerging auf der Zunge, dann folgte eine Geschmacksexplosion von süßer Frucht und cremiger Füllung.

»Habe ich Mut gesagt?«, stellte Mr Barton seine Aussage infrage, wobei ihm die Röte unter dem Hemdkragen den Hals hochkroch. Ruby spürte ein leichtes Prickeln auf der Haut und konnte ein Lächeln kaum unterdrücken. Sie mochte die Art, wie er in einer Art Singsang jede Silbe betonte. »Vielleicht brauchen Sie bloß ein bisschen Spaß.« Diesmal klang er weniger selbstsicher, doch das warme Lächeln verschwand nicht aus seinem Gesicht.

»Spaß ist mein liebster Zeitvertreib. Denn wenn man keinen Spaß hat, wo bleibt da der Sinn?«

Mr Barton verlagerte sein Gewicht und gab Ruby damit den Blick frei auf John, der am anderen Ende des Raums mit seinem Vater sprach. Doch zu ihrer Überraschung blickte er dabei zu ihr und Harrison Barton, die Stirn in Falten gelegt. War er … *eifersüchtig*? Sie legte ihre Hand sacht auf Harrisons Unterarm. Dabei sah sie unauffällig zu John und durch ihre Wimpern hindurch bemerkte sie, wie er erstarrte. *Typisch*, dachte sie. Männer würden immer Sandkastenrivalen bleiben und sich in einem ewigen Wettstreit befinden. Nun gut, wenn es das war, was sie tun musste, um Johns Augenmerk auf sich zu lenken, dann sollte es ihr recht sein.

»Möchten Sie tanzen?«, fragte Harrison.

Ruby wandte ihren Blick von John ab und konzentrierte sich auf den Mann vor ihr. »Das wollte ich Sie auch gerade fragen, aber Sie waren schneller!«

Er legte seine Hand auf ihren Rücken und geleitete sie in die Mitte des Saals. Während sie mit ihrem gut aussehenden Tanzpartner über das Parkett schwebte, spürte sie Johns Blick, und zum ersten Mal an diesem Abend stahl sich ein echtes Lächeln auf ihre Lippen. Ein Plan nahm Gestalt an … Ruby ging bei Mr Barton in die Charmeoffensive, lehnte sich so nah an ihn, wie vertretbar war, und nachdem sie Johns Standort verinnerlicht hatte, hielt sie sich davon ab, in seine Richtung zu sehen, und richtete stattdessen ihre volle Aufmerksamkeit auf ihren Tanzpartner.

Harrison Barton erwies sich als hervorragender Tänzer und schockierenderweise als ein noch besserer Gesprächspartner. Er beschrieb seine Familie und die Kleinstadt, in der er aufgewachsen war, mit einer solch liebevollen Hingabe, dass es Ruby einen Stich versetzte. Sie war so gefesselt von seiner Erzählung, wie sein Bruder sich einmal den Arm gebrochen hatte, als er auf einen Baum geklettert war, dass sie weder bemerkte, wie ein neues Lied begann, noch, dass ihre Mutter sich einen Weg zu ihr bahnte.

»Ruby«, sagte Mrs Tremaine mit zusammengebissenen Zähnen, als sie ihre Tochter erreichte. »Du musst dich um *all* unsere Gäste kümmern und ihnen einen Tanz gewähren.«

Befeuert von dem Champagner in ihren Adern und dem immer noch unter ihrer Haut brodelnden Ärger, wirbelte Ruby zu ihrer Mutter herum.

»Bitte entschuldigen Sie, Mrs Tremaine«, ergriff Harrison das Wort, bevor Ruby Gelegenheit hatte, ihrem Frust Luft zu machen. »Ihre Tochter ist eine exzellente Tanzpartnerin. Ich habe ihre Gesellschaft genossen, wollte sie aber keineswegs den anderen Gästen vorenthalten.« Seine Worte mochten zwar an ihre Mutter gerichtet sein, doch seine braunen Augen verweilten auf Ruby. Und falls er dennoch bemerkte, wie Mrs Tremaines Augenbraue zuckte, so ließ er es sich nicht anmerken. »Haben Sie vielen Dank für diesen Tanz, Miss Tremaine«, sagte er. Ruby konnte sehen, wie Agatha Leary auf ihn zusteuerte, und im nächsten Moment verschwanden die beiden in der Menge. Kein Wunder, ein Junggeselle blieb nie lange allein.

Ruby ließ ihre Mutter stehen und flüchtete an die Bar, bevor sie noch etwas sagte, was sie später bereute. Aber als sie die Schlange dort sah, entschied sie sich um, bog scharf nach links ab und fand Zuflucht in der Eingangshalle. Die Luft war hier deutlich kühler, aber erfrischend. Ruby lehnte sich an die Wand und schloss die Augen. *Nur noch ein paar Stunden*, redete sie sich gut zu. Gedämpftes Flüstern drang über die Musik zu ihr herüber. Ruby konnte nicht widerstehen. Auf Zehenspitzen schlich sie zum Salon, der für den heutigen Abend zum Gesellschaftsraum der Damen umfunktioniert worden war.

»Also ich hoffe inständig, dass er gewinnt.«

Ruby stellte sich kerzengerade hin und presste sich an die Wand der Eingangshalle, damit sie nicht in das Blickfeld der Sprechenden geriet.

Da ertönte eine zweite Stimme. »Für einen Sieg benötigt er weiße Stimmen. Und zwar viel mehr als die paar der heute hier Anwesenden.«

»Hm«, machte die erste Sprecherin. »Wenn er es nicht schafft, sind die Tremaines mittellos.«

Schmerzhaft drückte sich Rubys Brust bei jedem Atemzug gegen ihr eng anliegendes Kleid.

»Darf ich um den nächsten Tanz bitten?«, murmelte da eine Stimme an ihrem Ohr.

Sie zuckte zusammen. Doch im nächsten Moment umgab sie der Geruch von Bergamotte und Rasierwasser, und ihre Anspannung legte sich wieder. Richtig, dies war der wahre Grund, warum sie überhaupt mit Mr Barton getanzt hatte. Beinahe hätte sie es vergessen.

Lächelnd wandte sie sich John Davenport zu, die Genugtuung, die sie bei dem Wissen verspürte, dass ihr Plan aufgegangen war, formte ihre Mundwinkel zu einem Grinsen.

»Ich dachte schon, du fragst nie.«

Kapitel 9

Olivia

Ganz außer Atem umklammerte Olivia Mr Lawrences Schultern, während er sie auf der Tanzfläche herumwirbelte. Seine Hand drückte gegen ihre Wirbelsäule und sie versuchten, die anderen Tanzpaare zu überdauern und dabei mit dem Tempo, das die Band stetig steigerte, Schritt zu halten. Ausgeschiedene Paare gesellten sich zu den Zuschauern, die den Takt mitklatschten. Alle sahen zu ihr und ausnahmsweise stellte Olivia mal nicht jede ihrer Bewegungen infrage. Sie bemühte sich nicht um Perfektion.

Sie hatte einfach Spaß.

Ihre Wangen waren rosig und in ihrem Nacken sammelten sich Schweißtropfen. Und obwohl ihr die Waden brannten und die Zehen schmerzten, wollte sie nicht aufhören.

»Als ich Sie um einen Tanz gebeten habe«, rief Mr Lawrence über die Musik hinweg, »hatte ich einen etwas langsameren im Sinn.«

»Wir können das Tempo drosseln, wenn Ihnen das zu viel ist«, sagte sie mit hochgezogener Augenbraue, um ihn herauszufordern.

»Und verlieren?« Er schüttelte den Kopf und sah ihr direkt in die Augen. »Wenn ich mich für etwas entschieden habe, beabsichtige ich, es auch zu bekommen.«

Das brachte ihre Wangen zum Glühen.

Die Gesichter der Umstehenden flogen an ihnen vorbei. Ihre Schritte wurden unbeholfener, als das Tempo erneut angezogen wurde und ein weiteres Paar sich verbeugte und aufgab. Olivia ließ einen Schritt aus, ihr Fuß kam dem von Mr Lawrence in die Quere. Sie stolperten von der Tanzfläche, seine Arme umfassten ihre Hüfte, sein Gesicht nur Zentimeter vor ihrem. Beide brachen sie in Gelächter aus.

»Es tut mir leid«, brachte sie keuchend hervor.

Mr Lawrence betrachtete das letzte verbliebene Tanzpaar, das triumphierend über das Parkett schwebte. »Wir haben unser Bestes gegeben. Und es wird ein nächstes Mal geben.« Er lächelte. »Ich besorge uns etwas zu trinken.« Sie nickte und sah ihm hinterher, als er den Ballsaal durchschritt.

»Olivia.« Mrs Davenport trat eilig auf ihre Tochter zu, umfasste ihre Arme und drückte sie. »Ihr zwei seid so ein hübsches Paar«, flüsterte sie.

Olivia lächelte, als ihre Mutter ihr liebevoll in die Wange zwickte und ihren Weg durch den Raum fortsetzte.

Seit Jacob Lawrence bei der Party erschienen war, war er kaum von Olivias Seite gewichen. Unzählige Male hatte sie ihm jemanden vorgestellt und er war trotzdem die ganze Zeit über höflich und liebenswürdig geblieben und hatte sie mehrmals zum Lachen gebracht. Er war klug und charmant. Gut aussehend. Er war alles, was sie sich von einem Partner wünschte. Und sie war sich ziemlich sicher, dass es ihm genauso ging. Nachdem sie sich ein Jahr lang gefragt hatte, wie sie einen geeigneten Ehemann finden sollte – könnte es tatsächlich so einfach sein?

Sie beobachtete ihn, wie er an der Bar stand, zwei Champagnerflöten in der Hand, und sich mit Mr Tremaine unterhielt. Er blickte in ihre Richtung und lächelte.

»Wo sonst, wenn nicht hier, sollte ich Sie wiedersehen.« Eine ihr bekannte Stimme beendete Olivias Träumerei. Sie drehte sich um und blickte in Washington DeWights feixendes Gesicht. Er trug einen einfachen dunklen Anzug und die gleiche Selbstsicherheit, die er bereits auf der Bühne ausgestrahlt hatte. Die

Hände in die Hosentaschen gesteckt und die Schultern gestrafft, ließ er seinen Blick gemächlich durch den Raum schweifen. »Hier passen Sie besser hin, nicht wahr?«

Ihr drehte sich der Magen um und ihr Mund wurde trocken. »Was machen Sie hier?«, fragte sie, ihre Stimme rauer als beabsichtigt.

Er lachte. »Die Freude, Sie zu sehen, ist ganz meinerseits. Die Tremaines haben mich eingeladen.«

»Ach ja?«

Mr DeWight sah sie streng an. »Jeder, der für ein öffentliches Amt kandidiert, weiß, wie wichtig die Unterstützung der Arbeiterklasse ist.« Er nickte wissend. »Ich hatte recht, was Sie angeht.«

»Inwiefern?«, fragte sie, die Augen verengt und seinen Tonfall imitierend.

Er machte eine ausladende Geste, die den kompletten Ballsaal einschloss. »Ein reiches Mädchen, das sich im armen Viertel der Stadt unters gemeine Volk gemischt hat.«

»Ich habe mich *nicht* unters Volk gemischt, sondern Spenden zum Gemeindezentrum gebracht. Ich –«

»Bitte verzeihen Sie mir, ein *wohltätiges* reiches Mädchen …«

»Sie wissen gar nichts über mich.« Olivia war ihm auf einmal näher als zuvor, die geballten Fäuste in die Seiten gestemmt.

»Sie und dieser Gentleman sind das Gesprächsthema des Abends«, sagte er. Olivia antwortete auf diesen plötzlichen Themenwechsel nur mit einem stummen Blinzeln.

Aus dem Augenwinkel sah sie, wie Mrs Johnson, eine Freundin ihrer Mutter und unerträgliche Klatschtante, sie mit einem leichten Stirnrunzeln beobachtete. Auch einige andere schauten in ihre Richtung und tuschelten miteinander. Olivia schenkte ihnen mit erhobenem Kinn ein breites Lächeln.

Mr DeWights Mundwinkel hoben sich ebenfalls, als er ihre offensichtliche Verdrossenheit bemerkte. »Sie mögen aus Neugierde zu der Versammlung gekommen sein, aber ich vermute, dass Sie aus Mitgefühl dortgeblieben sind. Es ist eine schöne Welt, in der Sie hier leben.« Noch einmal sah er sich im Raum um, bevor er seine Augen wieder auf sie richtete. »Doch jetzt wissen Sie, was auf dem Spiel steht.« Er hielt ihrem Blick stand.

Olivias Atmung wurde langsamer. Sosehr sie auch versucht hatte, seine Worte aus ihrem Kopf zu vertreiben, sie hatten einen Eindruck hinterlassen. Beinahe hätte sie am nächsten Morgen Hetty darum gebeten, ein Exemplar des *Defender* zu besorgen, aber ... was hätte sie damit erreicht? Ihr Vater hatte sein Leben lang dafür gearbeitet, sie vor den Schrecken des Südens zu bewahren. Er wollte, dass sie genau dieses Leben hier führte, für das sie sich sehr glücklich schätzte.

Die Band stimmte ein neues Lied an und die Gäste der Tremaines drängten auf die Tanzfläche. Halb vertilgte Delikatessen und leere Champagnerflöten säumten jede verfügbare Oberfläche. In einem Meer aus Seide, Tüll und Satin bewegten sich die Tanzpaare zum Takt der Musik. Olivia sah an ihrer eigenen Robe hinunter und musste an die ordentlichen, aber abgetragenen Kleider denken, die dennoch mit starkem Selbstvertrauen von den Frauen in dem überfüllten Kellerraum getragen worden waren. Keine der jungen Frauen in ihrem Bekanntenkreis nahm an Kundgebungen teil. Sie organisierten Wohltätigkeitsgalas und Benefizveranstaltungen, spendeten Geld und Waren.

Auf einmal tauchte Mr Lawrence neben ihr auf. »Ist hier alles in Ordnung?«, fragte er, reichte Olivia ein Glas und sah sie forschend an.

»Ja!«, sagte sie und schüttelte die Gedanken mit einer schnellen Kopfbewegung ab. »Mr Lawrence, das ist Washington – Mr Washington DeWight.« Sie inhalierte beinahe den Champagner, als die beiden Männer sich kurz die Hände schüttelten.

Mr Lawrences Kiefer verhärtete sich. »Woher kennen Sie beide sich?«

Olivia sah Mr DeWight Hilfe suchend an. Natürlich war Mr Lawrence nicht entgangen, dass sie Mr DeWights Vornamen genannt hatte. Der skeptische Blick des britischen Junggesellen brachte sie ganz durcheinander, während sie verzweifelt nach Worten suchte. Mr DeWight stand jedoch einfach nur ruhig da, die Hände immer noch in den Taschen vergraben, und auf seinem Gesicht lag ein beinahe belustigter Ausdruck. Er schwieg absichtlich, während sie sich in diesem viel zu heißen, viel zu lauten Raum unter Mr Lawrences prüfendem Blick wand. »Wir …«, begann sie und stockte. Was sollte sie nur sagen?

Endlich ergriff Mr DeWight das Wort. »Miss Davenport und ich haben uns gerade bloß amüsiert.« Er lachte leise, als ginge es dabei um einen Witz nur zwischen ihnen beiden. »Ich hielt sie für eine alte Bekannte. Doch jetzt, da ich darüber nachdenke« – er taxierte sie mit seinem Blick –, »habe ich wohl nur ein Bild von Ihnen in einem der Gesellschaftsblätter gesehen.« Ohne es zu merken, hatte Olivia die Luft angehalten, doch jetzt strömte der Sauerstoff so schnell wieder in ihre Lunge, dass ihr schwindelig wurde. »Wenn Sie mich bitte entschuldigen würden.« Washington DeWight lächelte Olivia kurz zu und verabschiedete sich von Mr Lawrence mit einem Tippen an einen imaginären Hut.

Olivia sah ihm mit klopfendem Herzen hinterher, eine Gänsehaut breitete sich auf ihrem ganzen Körper aus. Sie wandte sich wieder Mr Lawrence zu und lächelte ihn so breit an wie den ganzen Abend noch nicht. »Also, wo waren wir?«, fragte sie, während sie ihre Hand in seine Armbeuge legte.

Als Mr Lawrence sie zurück auf die Tanzfläche führte, stellte Olivia erleichtert fest, dass der Anwalt aus den Südstaaten in der Menge verschwunden war.

Kapitel 10

Helen

Helen wusste, dass es eine lange Nacht werden würde. Sobald ihre Familie die Stufen des Tremaine'schen Anwesens hinaufgestiegen waren, war sie entwischt. Sie sah keine Notwendigkeit darin, in einer Schlange darauf zu warten, Leuten vorgestellt zu werden, die sie bereits kannte. Zu diesen Veranstaltungen erschienen immer die gleichen Teilnehmer, die stets dasselbe veraltete Gedankengut darüber vertraten, wie junge Damen sich zu benehmen hatten. Nach dem Gespräch mit ihrem Vater brauchte sie nicht noch mehr davon, vielen Dank auch.

Bei der ersten sich ihr bietenden Gelegenheit schlüpfte Helen in den Ballsaal und ging zwischen den Gästen in Deckung. Sie stibitzte eine Schale mit Crab Cake, dazu zwei Champagnerflöten und machte es sich auf einem Stuhl in einer Ecke bequem. Von dort beobachtete sie die Party um sich herum, die jungen Mädchen in ihrem Alter, wie sie miteinander flüsterten und kicherten. Sie alle schienen unbekümmert damit umzugehen, dass sie hauptsächlich zur Unterhaltung ihrer Eltern hier waren, verbunden mit der etwaigen Pflicht, einen geeigneten Ehemann zu finden. Nicht mehr lange und sie würden in die Gesellschaft eingeführt werden, der Druck, eine gute Partie zu wählen – oder besser: gewählt *zu werden* –, würde von da an jeden Schritt ihres Lebens beeinflussen. Helen feierte Ende des Sommers ihren achtzehnten Geburtstag, und wenn Olivia diese Saison einen Ehemann fand, würde von da an Helen mit einer neuen Schar von Junggesellen tanzen müssen – eine Vorstellung, die ihr zuwider war. Helen verdrehte die Augen und wandte sich zu dem großen Fenster, durch das man in den Garten blicken konnte. Vielleicht würde ihr etwas frische Luft guttun.

Der Garten der Tremaines glich einem märchenhaften Labyrinth aus sorgsam geschnittenen Hecken, an denen kleine Lichter hingen, die wie Glühwürmchen leuchteten. Helen schritt zielstrebig auf den Sohn eines befreundeten Geschäftspartners ihres Vaters zu, Josiah Andrews, und überredete ihn, ihr eine Zigarette und Feuer zu geben.

Als Josiah sich wieder entfernte, nahm Helen einen tiefen Zug und blies den Rauch in einer wabernden Wolke gen Himmel. Sie versuchte, die Worte ihres Vaters aus ihrem Kopf zu verdrängen. Erkannte er denn nicht, wie viel sie zu bieten hatte? Mehr als nur ein hübsches Gesicht? Sie schnippte die Asche in den Wind und räusperte sich. Sie würde nicht noch einmal in Tränen ausbrechen.

»Oh, hallo.«

Helen hielt inne und verfluchte sich dafür, so in Gedanken versunken gewesen zu sein, dass sie gar nicht bemerkt hatte, wie jemand sich ihr näherte. Es hätte ja auch ihr Vater oder, noch schlimmer, ihre Mutter sein können. Emmeline Davenport hielt Rauchen für einen Zeitvertreib von Frauen aus unteren Schichten. Helen wandte sich an den Störenfried.

Es war Jacob Lawrence.

Der junge Mann, mit dem Olivia die meiste Zeit des Abends verbracht hatte. Helen und er hatten sich vor dem Abendessen kurz einander vorgestellt. Sie hatte auf den ersten Blick erkannt, dass er groß und schlank war, zudem verdeutlichte seine Haltung die Zuversicht, dass er alles haben könnte, wenn er nur danach fragte. Und in der Tat machte es den Anschein, als würde er schon bald ihre Schwester sein Eigen nennen.

Nun stellte er sich neben Helen, doch nicht zu nah. Er tippte mit einer Zigarette auf eine gravierte, goldene Schatulle und wartete. »Wie wäre es, wenn wir eine Vereinbarung treffen würden?«, fragte er schließlich, als sie sich nicht rührte. »Ich verliere kein Wort darüber, dass Sie hier draußen sind, und Sie leihen mir dafür ein Streichholz aus der Schachtel da in Ihrer Hand.«

Helen betrachtete ihn kritisch, nicht sicher, ob sie ihm trauen konnte. Sein Lächeln war zu breit, sein Blick zu intensiv. Er hielt ihrem stand, als sie ihm die Streichholzschachtel reichte.

»Ich will noch eine Zigarette dazu«, sagte sie und trat den Stummel der alten mit dem Fuß aus.

Mr Lawrence lachte und Helen fuhr ein kalter Schauer über den Rücken.

»Was für eine schöne Nacht«, sagte er dann, während er ihr Feuer gab.

»Ja«, erwiderte sie knapp, in der Hoffnung, er würde wieder gehen und sie mit ihren Gedanken alleine lassen.

»Ist das hier ein echtes Labyrinth?« Er trat einen Schritt die Stufen hinab und in das feuchte Gras.

Sie nickte. »In der Mitte befindet sich ein Springbrunnen.« Sie hob ihr Kinn und verschränkte die Arme vor der Brust.

Er sah wieder zu ihr. »Sie scheinen von mir nicht beeindruckt zu sein.«

»Sollte ich?«

Er lachte erneut, wodurch ihre Nervosität sich noch verstärkte. Sein Lachen kam ihr vor wie ein Motor, den sie in den Händen hielt – mächtig, voller Erwartung und ein wenig gefährlich.

»Die meisten Leute sind der Meinung, dass ich sehr eindrucksvoll bin.«

Sie konnte das Lachen, das nun aus ihr herausbrach und durch die Nacht hallte, nicht aufhalten. Trotz der Dunkelheit sah sie deutlich, wie sein Grinsen breiter und sein bereits vorhandenes Selbstbewusstsein noch größer wurde.

»Ich bin vermögend. Belesen. Habe viel von der Welt gesehen«, zählte er an den Fingern der freien Hand ab.

»Oh, vergessen Sie bloß nicht gut aussehend«, sagte sie.

»Ich dachte, das versteht sich von selbst.« Er räusperte sich und stieg wieder die Stufen hinauf, um sich neben sie zu stellen. Die Hitze, die von seinem Körper abstrahlte, bescherte ihr eine Gänsehaut auf den Armen. Sie nahm einen tiefen Atemzug. Der Zedernholzgeruch seines Eau de Cologne vermischt mit dem Zigarettenrauch verursachte ein merkwürdiges Gefühl in ihrer Brust.

»Was ist mit Ihnen?«, fragte er.

Helen war verwirrt. »Was soll mit mir sein?«

Mr Lawrence lachte schon wieder. »Erzählen Sie mir etwas über sich.«

Seine Bitte überrumpelte sie. Helen begriff, dass sie noch nie jemandem begegnet war, der nicht bereits wusste, wer sie war, zu welcher Familie sie gehörte. Sie war die Jüngste der Davenport-Kinder, Olivias Schwester, diejenige, die weder gut nähen, singen noch Tee servieren konnte. Was gab es sonst noch über sie zu sagen?

»Auch ich bin belesen«, begann sie. Er nickte, als hätte er es nicht anders erwartet, und sie schnaubte leise. Dann straffte sie ihre Schultern und fuhr fort: »Vor allem, was Zeitschriften und Handbücher für Mechaniker angeht. Lyrik langweilt mich.« Sie sah ihn herausfordernd an.

»Fantastisch. Was Maschinen betrifft, bin ich eine Niete. Wie steht es um Ihr elektronisches Können? In meinem Hotelzimmer gibt es einen Schalter, der mir jedes Mal einen Schlag versetzt, wenn ich das Licht lösche.«

»Das wäre sicher kein Problem für mich.« Bei dem Gedanken daran, in seinem Zimmer zu sein, errötete sie.

Für den Bruchteil einer Sekunde hoben sich seine Augenbrauen, doch er fing sich schnell wieder und formte stattdessen seine Lippen zu einem Lächeln. »Das werde ich mir merken.«

Mit einem Mal fühlte Helen sich unwohl in ihrer Haut. Was um Himmels willen machte sie hier bloß? Zwar war er noch nicht mit ihrer Schwester verlobt, aber das war mit Sicherheit nur eine Frage der Zeit. Helen rief sich Olivias Lächeln in Erinnerung, als Mr Lawrence sie über die Tanzfläche geführt hatte. Selbst dort in der Ecke, in der Helen gesessen hatte, war das erleichterte Seufzen ihrer Mutter über die Musik hinweg zu hören gewesen. Genau das hatte Emmeline Davenport immer gewollt.

Und trotz allem – was war dieses Gefühl in ihrer Brust?

»Ich muss wieder rein«, sagte er. Und mit diesen Worten nahm Mr Lawrence ihre Hand und küsste sie, wobei seine Lippen, so glaubte sie, eine Spur zu lange auf ihrer Haut verweilten. Helen sagte nichts dazu, wurde stattdessen ganz ruhig. Alles, was sie noch wahrnahm, war der gut aussehende junge Mann, der da direkt vor ihr stand.

»Gute Nacht, Miss Davenport.«

»Gute Nacht, Mr Lawrence«, erwiderte sie und entzog ihm ihre Hand. »Und vielleicht sollten Sie eine Kerze anzünden, bis Sie einen Elektriker gerufen haben.«

Er lachte, seine Hand schwebte über dem Knauf der Verandatür. »Rufen Sie mich zuerst an. Ich werde eine Kanne Tee bereithalten.«

Kapitel 11

Amy-Rose

Amy-Rose fuhr mit den Fingern durch Helens Haare und sammelte dabei die Haarnadeln ein. Sie versuchte sich zu konzentrieren, aber als eine Nadel sie gepikt hatte, nur ganz leicht, musste sie an die Nähnadel denken, die sie zum Befestigen von Johns Knopf verwendet hatte. Zudem stieg ihr ein Hauch bitteren Kaffeegeruchs in die Nase, den Helen – genau wie John – schwarz trank und der Amy-Rose die Sinne benebelte. Jede noch so winzige Kleinigkeit erinnerte sie an John. Es hatte da diesen Moment zwischen ihnen gegeben, oder nicht? In Amy-Roses Bauch kribbelte es, als sie an seine schwieligen Finger dachte, die ihr Handgelenk berührt hatten. An seine Wärme auf ihrer Haut. Doch sie nahm die Begegnung zu ernst. Das war nichts als ein bisschen Spaß gewesen.

»Geht es dir gut, Amy-Rose?« Helen sah sie aufmerksam an, ihre Finger umklammerten ihr Handgelenk.

Amy-Rose spürte das Schlagen ihres Pulses gegen den sanften Druck, der von dem Mädchen neben ihr ausging, dessen Hände genauso rau waren wie die seines Bruders. Erneut nahm John ihre Gedanken komplett in Beschlag. Sie räusperte sich und zuckte mit den Schultern. »Ja, natürlich«, antwortete sie.

Helen sah sie mit zusammengekniffenen Augen an. Amy-Rose erwiderte ihren Blick und versuchte sich daran zu erinnern, worüber Helen gerade gesprochen hatte. Hatte es etwas mit Autos zu tun gehabt? Über die redete Helen normalerweise.

Oder über eine neue Erfindung, von der sie in der Zeitung ihres Vaters erfahren hatte?

»Also, was soll ich deiner Meinung nach tun?«

»Tun?« Amy-Rose drehte Helen in ihrem Sitz zurück. Sie kramte in ihrem Kopf nach Helens Worten, aber ihre Gedanken hatten alles ausgeblendet und nur dem Tagtraum nachgehangen, wie John sie in seinen Armen hielt.

Helen verdrehte die Augen. »Ende des Sommers habe ich Geburtstag und werde achtzehn. Mama wird keinen Grund mehr haben, mit der Suche nach einem geeigneten Ehemann für mich zu warten. Bisher wurde ich nur davor bewahrt, weil Olivia so wählerisch ist.« Helen seufzte und einen Moment lang sah sie beinahe wieder so aus wie das junge, dünne Mädchen, das sie noch vor einem Jahr gewesen war. Doch in den letzten Monaten hatte sie Kurven bekommen, auch die Züge in ihrem Gesicht wirkten erwachsener und die Intelligenz in ihren Augen ließ eine Stärke in ihr erahnen, die – so hoffte Amy-Rose – heiratsfähige Junggesellen nicht abschrecken würde.

Wegen Helens harter Worte über ihre ältere Schwester war Amy-Rose geneigt, sie an den Druck zu erinnern, mit dem Olivia sehr wahrscheinlich zu kämpfen hatte: sich im Alter von neunzehn Jahren für einen Ehemann entscheiden zu müssen und dabei gleichzeitig die Eltern zufriedenzustellen sowie die Erwartungen der Gesellschaft zu erfüllen.

»Ist sie wirklich wählerisch? Oder weiß sie, was sie will, und ist bereit, darauf zu warten?« Amy-Rose hatte nicht vorgehabt, diese Fragen laut zu stellen. Um sich abzulenken, bearbeiteten ihre Finger Helens Kopf nun mit noch schnelleren Handgriffen. Sie befürchtete, dass sie sich sonst nicht davon abhalten könnte, noch weiterzureden. Seit der zufälligen Begegnung mit John am vergangenen Abend hatte sie ihre Fassung verloren und nun wusste Amy-Rose nicht mehr, wo vorne und hinten war. Sie hatte kaum in den Schlaf gefunden und war am Morgen mit pochenden Kopfschmerzen aufgewacht. Nicht einmal das Niederschreiben weiterer Ideen für ihren Salon hatte geholfen, ihre Nerven zu beruhigen.

»Ich glaube, du hast recht.« Helen nahm eine andere Zeitung zur Hand. »Livy weiß, was sie will, und sie ist niemand, der sich leicht zufriedengibt.« Ihre Augen begegneten Amy-Roses im Spiegel. »Und wir beide sollten das natürlich auch nicht tun.«

Der Wind peitschte gegen die Kleider, die auf der Leine hingen. Amy-Rose befühlte eine von Olivias Blusen am Ärmel – sie war noch feucht. Einen Moment lang wägte sie die Wahrscheinlichkeit, dass eine Windböe die Kleidung von der Leine riss, gegen die Mühe ab, die es sie kosten würde, die Sachen in dem kleinen Raum aufzuhängen, in dem sie Näharbeiten erledigte. Die aufziehenden dunklen Wolken nahmen ihr die Entscheidung ab. Sie begann, die Hemden und Kleider von der Leine zu sammeln, und legte sie sorgsam zusammen, um Knitterfalten zu vermeiden. Je weniger sie glätten musste, desto besser.

Bis auf das Rascheln der Bäume, deren Äste sich im Wind bogen, war kein Geräusch zu hören und Amy-Roses Gedanken kehrten erneut zu ihrer Begegnung mit John in der Küche zurück. Ihre Haut kribbelte bei der Erinnerung daran, wie nah sich ihre Körper gewesen waren, wie sein Duft ihren Verstand benebelt hatte. Eine Mischung aus Rasierwasser, Bergamotte und einem Hauch von etwas Einzigartigem, das ihm eigen war. Die vergangenen Monate hatte John an der Universität verbracht und zu Beginn war ihr das Haus ohne ihn sehr leer vorgekommen. Helen hatte sich komplett verloren gefühlt, aber Amy-Rose hatte der damit verbundenen Distanz etwas abgewinnen können. Der Schmerz, den sie sonst in seiner Nähe verspürt hatte, weil sie sich unsichtbar vorkam, hatte nachgelassen.

Inzwischen gab es auf dem Anwesen keine Kinder mehr, die

im Garten spielten oder sich am Lagerfeuer Geschichten erzählten. Doch sie würde nie den Tag vergessen, an dem Tommy sich so lange über ihre Sommersprossen lustig gemacht hatte, dass sie in Tränen ausgebrochen war – und John ihr gesagt hatte, sie sei das hübscheste Mädchen, das er kenne. Ihre Nase sähe aus, als wäre sie mit Dreck besprenkelt, hatte Tommy gesagt. John dagegen hatte ihr die Seife aus der Hand genommen und sie vom Waschbecken weggeführt. Die Wärme seiner Hand und sein Lächeln hatten sie ihre schmerzenden, rissigen Finger und die vor Scham geröteten Wangen vergessen lassen. *Das hübscheste Mädchen.* Er hatte es ganz nüchtern gesagt, doch ihr war klar gewesen, dass sie ihn von da an mit anderen Augen betrachten würde. Seine arglose Bemerkung hatte den Beginn einer unerschütterlichen Schwärmerei ausgelöst, selbst wenn sie damals noch zu jung gewesen war, um dem Gefühl den richtigen Namen geben zu können.

Jetzt kannte sie den Namen ganz genau: Problem.

Andererseits war er in die Küche gekommen und hatte sie darum gebeten, den Knopf anzunähen.

Sie wusste nicht, was sie denken sollte. *Hat er einfach nur mit mir geflirtet?* Mit jeder Minute, die verstrich, wurden ihre Zweifel größer. Sie hielt sich eine Bluse an die Brust und rief sich in Erinnerung, wie seine Stimme durch ihren gesamten Körper gefahren war. Sie stellte sich vor, wie ihr gemeinsames Leben aussehen könnte, wenn er seinen Abschluss gemacht hatte und bereit war, die Firma seines Vaters zu übernehmen. Vermutlich wäre sie da, um mit ihm zu feiern. Aber nicht mehr als Dienstmädchen.

Sie wäre dann eine ganz neue Version ihrer selbst. Ihr Salon hätte bereits den Betrieb aufgenommen, das Geschäft wäre ein Erfolg und sie eine gute Partie. Er war der Erbe des Davenport'schen Familienunternehmens und des damit einhergehenden Vermögens. Er brauchte eine kultivierte Frau an seiner Seite, eine, die dazu in der Lage wäre, Dinnerpartys zu veranstalten, sich in der aktuellen Mode zu kleiden und – irgendwann – für die nächsten Erben zu sorgen.

»Bin ich das?«, flüsterte sie dem trüben Nachmittagshimmel entgegen. *Ist es das, was ich will?* Amy-Rose dachte an ihr Notizbuch voller Wünsche und Träume. Helens Worte kamen ihr wieder in den Sinn, durchfluteten Amy-Rose wie eine Welle und brachten ihr Blut zum Brodeln. *Livy weiß, was sie will, und sie ist niemand, der sich leicht zufriedengibt. Und wir beide sollten das natürlich auch nicht tun.*

Als sie plötzlich ein Tippen auf ihrer Schulter spürte, zuckte sie zusammen. Schnell drehte sie sich um und verlor dabei das Gleichgewicht. John, eine Hand an ihrem Ellbogen, gab ihr Halt. Sein verschmitztes Lächeln nahm Amy-Roses Aufmerksamkeit einen Tick zu lange in Beschlag. *Oh, und dieses Grübchen!*

Amy-Rose warf einen Blick über ihre Schulter. Ihre Kehle war trocken und wie zugeschnürt. Hitze stieg ihr ins Gesicht und breitete sich weiter aus, als sie bemerkte, dass die oberen Knöpfe seines Hemdes offen standen. Seine Haut war glatt und dunkel, es juckte ihr in den Fingern, über seine Wangen zu streichen. Die erneute Erinnerung an die Wärme seines Körpers, als er in der Küche neben ihr gestanden hatte, ließ sie erschaudern.

»Ist dir kalt?«, fragte er und runzelte besorgt die Stirn.

»Nein – ja.«

Johns Lächeln wurde breiter. »Mache ich dich nervös?«

»Nein, natürlich nicht.« Ihre Worte klangen überzeugter, als sie das tatsächlich war. Amy-Rose zwang sich dazu, den Blick von der feuchten Bluse in ihren Händen zu ihm zu heben. Sie nahm wahr, wie seine Augen aufleuchteten.

»Hab noch einmal vielen Dank für deine Hilfe gestern Abend. Du hast nicht nur mein Hemd, sondern auch mich gerettet – nämlich davor, einen wohlverdienten Vortrag darüber zu erhalten, dass es sich gehört, vorbereitet und präsentabel zu sein.«

»Gern geschehen. Hast du dich auf der Party amüsiert?«,

fragte sie. Amy-Rose war noch nie bei einer der noblen Veranstaltungen der Tremaines dabei gewesen. Und bei den Bällen hier auf Freeport hatte sie als Dienstmädchen nur am Rande zugesehen und, ganz die gute und verlässliche Bedienstete, unsichtbar wie ein Geist ihre Aufgaben erledigt.

»Ja, es war nett, ein paar meiner Freunde zu sehen. Aber auch seltsam. Wenn ich an der Universität bin, treffe ich alle Entscheidungen. Angefangen mit dem, was ich trage« – er deutete auf seinen Overall und das ausgeblichene Hemd, dessen Ärmel hochgekrempelt waren –, »bis hin zu größeren Dingen wie … mir meine Zeit selbst einzuteilen oder zu entscheiden, wo ich wohne. Und sobald ich hier in die Einfahrt einbiege, ist all das« – er schnippte mit den Fingern – »wie weggeblasen. Und dazu auch mein Selbstvertrauen, das sich durch diese … *Illusion* aufgebaut hatte, eigenständig zu sein.«

»Ich bin mir sicher, es ist nicht nur eine Illusion«, sagte sie. Doch Amy-Rose kannte das Gefühl. Nachdem sie ihre Haarprodukte in einem kleinen Gemischtwarenladen in der South Side verkauft hatte, war sie selbstbewusst nach Freeport zurückgekehrt. Doch sobald sie ihre Schürze angelegt und ein Geschirrtuch zur Hand genommen hatte, war ihr kühnes geschäftsmäßiges Auftreten verschwunden. Vielleicht waren John und sie sich gar nicht so unähnlich. »Es muss bei der Party doch etwas gegeben haben, was dir gefallen hat. Die Musik vielleicht?«

John lachte und Amy-Rose musste einen Seufzer unterdrücken. »Ja, die Musik und das Tanzen haben Spaß gemacht.« Er sah sie an. »Was ist?«

Amy-Rose faltete die Bluse noch einmal und legte sie dann in den Korb. »Ich sehe das alles gerade bildlich vor mir. Den Zauber so einer Nacht. Ich war schon mit Tommy und Hetty in Tanzhäusern, aber das war nichts Besonderes. Das Tanzen allerdings …« Sie beendete den Satz nicht.

»Es ist gar nicht so schwer. Der Gentleman führt die Dame.«

»Ich …« Seine ausgestreckte Hand ließ sie verstummen. Ihre

eigenen Hände waren in den Falten ihres Rocks versteckt. Sie wusste, wie trocken und aufgescheuert sie vom Waschen waren.

»Darf ich Sie um diesen Tanz bitten, Miss Shepherd?«, fragte er und legte seine andere Hand auf seine Brust. Amy-Rose konnte nichts gegen das Lächeln tun, das sich auf ihrem ganzen Gesicht ausbreitete.

Sie starrte auf seine dargebotene Hand, die einer Einladung gleichkam, in eine Traumwelt einzutreten, in der sie einfach zwei Menschen wären, die sich bei einer Tanzveranstaltung begegneten. Eine Welt, in der sie nicht das Dienstmädchen und er nicht der Sohn ihres Arbeitgebers wäre. *Nur so tun als ob.* Ihre Finger prickelten, bis sie seine berührten. Sanft legte er die andere Hand an ihre Hüfte und begann zu zählen. Sie kannte die Schritte, hatte mit den Davenport-Schwestern getanzt, als sie Unterricht bekamen, hatte ihnen dabei zugesehen, wie sie mit ihrem Lehrer übten, und war bei Tanzveranstaltungen auf Freeport stille Beobachterin am Rande der Zuschauermenge gewesen. Heute hielt sie Johns Hand anstelle eines Tabletts.

Sie duckten sich, als sie unter der Wäscheleine hindurchtraten. Der Wind ließ auch die Hemden und Blusen tanzen, und Amy-Rose stellte sich vor, die Kleidungsstücke wären andere Paare auf der Tanzfläche, die ihnen elegant auswichen. Er lobte sie für ihre Haltung und scherzte, wie froh er sei, sich keine Sorgen um seine Zehen machen zu müssen. Leise fing er an, vor sich hin zu summen, und zog sie näher an sich ran, so nah, dass ihre Bewegungen langsamer wurden. Auch ihre Gesichter trennten nur wenige Zentimeter. So nah war sie ihm wohl noch nie zuvor gewesen. Ihr stockte der Atem, der verführerische Duft seines Eau de Colognes war zu berauschend.

Amy-Roses Herz raste. Mit dem Fuß trat sie in den Korb voller zusammengelegter Wäsche. Bevor sie sichs versah, kam sie ins Wanken, und gemeinsam mit John, der die Kleidungsstücke von der Leine mit sich riss, fielen sie in einem Durcheinander aus Gliedmaßen und feuchter Wäsche zu Boden. Behutsam entfernte er einen Unterrock von ihrem Gesicht. Sie setzte sich auf und besah sich die Bescherung, all die Kleidungsstücke, die sie noch einmal würde waschen müssen – doch neben ihr saß John und blickte sie an, als wäre sie der Sinn seines Lebens. Dann brach er in schallendes, ansteckendes Gelächter aus.

»Zumindest bin ich nicht auf deine Zehen getreten«, sagte sie.

Kapitel 12

Olivia

Olivia blickte aus dem Fenster und beobachtete, wie eine Windböe weiße Blütenblätter durch den hinteren Teil des Gartens wirbelte. Sie trug ein neues Tageskleid, zartblau mit elfenbeinfarbener Spitze. Adrett, aber schlicht. Und es hatte eine Unzahl anderer wichtiger Eigenschaften, die man laut ihrer Mutter mit Kleidung zum Ausdruck bringen konnte. Sollte Mr Lawrence ihrem Bruder auch nur ein bisschen ähneln, so würde er wohl dessen Meinung teilen, dass zumeist die Figur der Frau den Ausschlag dafür gab, ob ein Kleid vorteilhaft war oder hässlich. »Es kommt auf die Größe an«, hatte John einmal zu ihr gesagt. »Auf die Proportionen. Das Zusammenspiel.« Dabei hatte er geklungen, als redete er über Automobile. Sie schüttelte leicht den Kopf, das eng geschnürte Korsett sorgte dafür, dass sie nur flach atmen konnte.

Der englische Junggeselle Jacob Lawrence und sie waren das Gesprächsthema Nummer eins in der Schwarzen Gesellschaftsszene, seit sie im Ballsaal der Tremaines gemeinsam das Tanzbein geschwungen hatten. Die Einzige, die wegen dieser beginnenden Romanze noch aufgeregter war als Olivia selbst, war ihre Mutter.

In der auf den Ball folgenden Woche war Mr Lawrence zum Tee nach Freeport gekommen, hatte mit ihrem Vater in der Stadt zu Mittag gegessen und war am vergangenen Sonntag zum Gottesdienst in ihrer Kirche erschienen – wo er obendrein auf der Bank der Familie Davenport Platz genommen hatte. Das

Getuschel war inzwischen sehr laut. Erstickend. Ermutigend und beängstigend zugleich.

Es war genauso, wie sie es sich immer gewünscht hatte.

Olivia hatte alles getan, was von ihr erwartet worden war, und nun bekam sie ihren gerechten Lohn: einen starken, gut aussehenden Gentleman, der genau den Vorstellungen ihrer Eltern entsprach und ihre stillen Hoffnungen erfüllte.

Als ihr auf einmal der junge Anwalt Washington DeWight in den Sinn kam, veränderte sie ihre Sitzposition. Sein Leben schien voller Möglichkeiten und Pläne zu sein. Und er wirkte restlos unbeeindruckt angesichts dessen, was Olivia bisher in ihrem Leben erreicht hatte. Als wäre all die harte Arbeit, die sie geleistet hatte, Zeitverschwendung gewesen. Bei dem Gedanken, er könnte sie womöglich für ein oberflächliches, albernes Mädchen halten, biss sie die Zähne fest aufeinander.

Emmeline Davenport platzte laut vor sich hin summend in den Salon. Olivia merkte sofort, dass sie außergewöhnlich gute Laune hatte. Ihre Mutter war eine elegante Frau, immer ordentlich frisiert, und obwohl sie auch schwierige Zeiten erlebt hatte, war ihr Ausdruck stets aufgeschlossen und konnte nichts verbergen. Ihre mandelförmigen Augen leuchteten wie glühende Kohlen, warm und hypnotisierend. Sowohl Freude als auch Enttäuschung zeichneten sich stets deutlich auf Mrs Davenports Gesicht ab – zusammengezogene Augenbrauen oder gehobene Mundwinkel verrieten ihre jeweilige Gefühlslage. Ihre Mimik gab vor, wie Olivia zu reagieren hatte: Sie wusste genau, wann sie verhandeln oder etwas bestreiten konnte und wann sie einlenken musste. Schlussendlich wollte Emmeline nur eins: dass ihre Kinder von allem das Beste hätten und keine Wünsche offen blieben. Wie könnte Olivia sie dafür verurteilen?

Olivia schob ihre Gedanken beiseite und bemerkte, wie ihre Mutter sie anlächelte – so als würde sie ihr gleich ein Geheimnis verraten.

»Da träumt aber jemand vor sich hin«, sagte Mrs Davenport

und es war mehr eine Feststellung denn eine Frage. »Du bist ja ganz rosig im Gesicht.«

Olivia legte eine Hand an ihre Wange. Sie war tatsächlich warm. Dass Mr DeWight und nicht Mr Lawrence dafür verantwortlich war, würde ihre Mutter beunruhigen. Und auch sie selbst erschreckte diese Erkenntnis.

Emmeline Davenport tätschelte Olivias Hand und setzte sich auf den Stuhl ihr gegenüber. »Ich bin sehr erfreut über den Zuspruch, den ihr, du und Mr Lawrence, bekommt. Ihr zwei seid ein so hübsches Paar.« Sie wandte sich zum Fenster, durch das Olivia gerade noch hinausgesehen hatte. Olivias Magen begann zu kribbeln. Das war, was sie immer gewollt hatte. Alles lief nach Plan. Sie spürte, wie allmählich eine große Last von ihren Schultern abfiel, jeden Tag, den sie mit Mr Lawrence verbrachte, ein Stück mehr.

Ihre Mutter seufzte, als ginge es ihr genauso. Mrs Davenport griff nach einem Paar Handschuhen, die auf dem Beistelltisch neben einem großen Ohrensessel lagen, und tätschelte Olivias Knie. »Heute ist doch wirklich ein schöner Tag für einen Spaziergang und ein Picknick.« Gerade als sie sich erhob, betrat ein Diener den Raum und verkündete die Ankunft von Mr Lawrence.

Olivia warf einen Blick auf die Uhr, die auf dem Kamin stand. Es war genau ein Uhr nachmittags – Mr Lawrence war pünktlich auf die Minute. Sie folgte ihrer Mutter hinaus in die große Eingangshalle, wo der englische Gentleman, den Hut in der Hand, ein Gemälde in Augenschein nahm, auf dem ein Schuppen inmitten eines hübschen Baumwollfeldes zu sehen war. Kleine weiße Baumwollbüschel stiegen dank einer lauen Brise in einen wolkenlosen Himmel auf.

Als er sie näher kommen hörte, drehte er sich mit einem Lächeln auf den Lippen zu ihnen um. Mr Lawrences Anzüge – ob im Hahnentritt- oder Fischgrätmuster – waren stets maßgeschneidert und tadellos, so auch der aus edlem Tweedstoff, den er heute trug. Sein intensiver Blick brachte Olivia dazu, an den Knöpfen ihrer Handschuhe zu zupfen. Sie deutete auf das Gemälde. »Daddy hat es geschenkt bekommen. Es zeigt die Plantage, wo er und sein Bruder als Sklaven gearbeitet haben. Der Künstler ist einer der Männer, die damit beauftragt wurden, meinen Onkel ausfindig zu machen. Er hat das Bild anhand der Beschreibung meines Vaters gemalt.«

»Es ist beeindruckend.«

»Er hätte es beinahe ins Feuer geworfen, als es hergebracht wurde. Aber sehen Sie mal hier …« Olivia zeigte auf zwei Figuren im Hintergrund des Bildes.

Mr Lawrence betrachtete die Stelle. »Sind das Ihr Vater und sein Bruder?«

Sie nickte. Ihr Vater war ganz ergriffen gewesen, als er dieses Detail auf dem Gemälde entdeckt hatte, und es war eines der wenigen Male gewesen, dass Olivia ihren Vater hatte weinen sehen. Ihre Mutter – die in Freiheit geboren wurde und, wenn auch in Armut, in einer liebevollen Familie aufgewachsen war – hatte ihn von hinten umarmt, ihr Gesicht in seinen Rücken gepresst, sodass er ihre Tränen nicht sehen konnte. Seitdem hing das Gemälde in der Eingangshalle.

»Mr Lawrence«, sagte Mrs Davenport, die ebenfalls ihren Hut in der Hand hielt. Sie strahlte die beiden an, nur ein kurzer Blick streifte das Bild hinter ihnen. Dennoch erkannte Olivia das kurze Aufflackern von Traurigkeit im Gesicht ihrer Mutter. »Wie geht es Ihnen heute?«

»Guten Tag, Mrs Davenport«, entgegnete er mit butterweicher Stimme und einem Akzent, der deutlich herauszuhören war und ohne Zweifel erkennen ließ, dass er in London aufgewachsen war. »Danke, mir geht es gut und ich hoffe, Sie haben nichts dagegen, dass ich diesen üppigen Korb aus Ihrer Küche entgegengenommen habe.«

»Ah, Jessie verwöhnt uns nur zu gern«, sagte Mrs Davenport. Sie warf ihrer Tochter einen Seitenblick zu.

Olivia räusperte sich. »Ich habe die Speisen selbst ausgesucht. Eine Mischung aus englischen Delikatessen und amerikanischen Süßwaren – und noch ein paar französische Leckereien zum Probieren. Ich hoffe, sie werden Ihnen schmecken.«

Mr Lawrence nahm den schweren Korb in die linke Hand und bot ihr seinen anderen Arm an. Olivia reckte das Kinn in die Höhe und schob ihre behandschuhte Hand in seine Armbeuge. Er wandte sich ihr zu und flüsterte, fast verschwörerisch: »Ich werde mit Sicherheit alles mögen, was Sie ausgesucht haben.« Olivia kämpfte gegen das Bedürfnis an, ihr Lächeln hinter einer Hand zu verbergen.

Am Fuße der Eingangstreppe wartete eine der größeren Familienkutschen auf sie. Das offene Verdeck bot den Fahrgästen eine uneingeschränkte Sicht auf ihre Umgebung – und der Öffentlichkeit eine uneingeschränkte Sicht auf die Fahrgäste. Als Mr Lawrence beiden Frauen half einzusteigen, warf Olivia einen Blick zu ihrer Mutter, überzeugt, dass sie für die Auswahl der Kutsche verantwortlich war. Mrs Davenports Augen strahlten, ihre offensichtliche Begeisterung erinnerte Olivia daran, was alles auf dem Spiel stand.

Sobald sie Platz genommen hatte, brachte Olivia keinen Ton heraus, ganz im Gegensatz zu ihrer Mutter und Mr Lawrence, die sich über das Wetter und die vielen Möglichkeiten, die Chicago zu bieten hatte, unterhielten. Mr Lawrence sah Olivia immer wieder von der Seite an. Und jedes Mal, wenn er das tat, wurde ihr ganz warm. Sie war davon überzeugt, dass er auch andere Frauen schon auf diese Weise angesehen hatte – absichtlich und vor den Augen ihrer Eltern, während die sich glücklich schätzten. Olivia stellte fest, wie erleichtert sie darüber war, ihn nicht mit einem schlimmen Fauxpas vergrault zu haben. Er war gebildet und kultiviert, hatte schon viel von der Welt gesehen – alles Eigenschaften, auf die ihre Eltern und sie gehofft hatten.

Die Fahrt dauerte nicht lange und bei ihrer Ankunft half

Mr Lawrence, ganz der Gentleman, den Damen aus der Kutsche und trug den großen Korb.

Olivia liebte diesen Park und den großen, graublauen Lake Michigan, der sich auf der gegenüberliegenden Seite erstreckte.

Als sie gemeinsam einen schattigen Hügel bestiegen, von dem aus man einen Blick über den See genießen konnte, war Olivia sich der Blicke um sie herum bewusst. Einige der meist weißen Parkgäste besuchten dieselben Teehäuser wie sie – sie sah mehrere bekannte Gesichter – und alle waren ebenfalls für ein Picknick hergekommen. Die Herren waren Söhne verschiedener weißer Geschäftsmänner, mit denen ihr Vater zusammenarbeitete. Diejenigen, die sie erkannten, nickten und lächelten ihr höflich zu oder hoben diskret die Hand. Schwarze Gesichter gab es kaum, aber die wenigen, die Olivia ausmachte, stachen zwischen den zerstreut sitzenden Parkbesuchern hervor.

Mrs Davenport öffnete ihren Fächer und winkte Mrs Johnson und Mrs Tremaine zu, die in der Nähe des Pavillons bei einer Tasse Tee saßen. »Ich lasse euch jungen Leute mal allein«, sagte sie, die Hand ihrer Tochter tätschelnd.

Olivia bemühte sich, nicht ihre wahren Gefühle zu zeigen, als das Lächeln ihrer Mutter breiter wurde. Vermutlich hatte Mrs Davenport es absichtlich so eingefädelt, dass ihre Freundinnen ebenfalls hier waren, damit sie einen Vorwand hatte, sich zu ihnen zu gesellen. Zwar war ihre Mutter auf diese Weise immer noch in ihrer unmittelbaren Nähe und zudem befanden sie sich in einem öffentlichen Park – trotzdem befiel Olivia das seltsame Gefühl, dass der heutige Tag eine Art Wendepunkt ihrer Beziehung zu Mr Lawrence sein würde.

Beziehung. Dieses Wort schien zu gewichtig zu sein, um das zu beschreiben, was Mr Lawrence und sie verband. Es gab so viel, was sie noch nicht von ihm wusste.

Er stellte den Korb am Fuße eines Baumes auf einem Bett aus blassrosa Blütenblättern ab, die von den Ästen herabgefallen waren. Mit einer schnellen Handbewegung schüttelte er die Decke aus und breitete sie auf den Blättern aus. In seinen Augen lag dasselbe Selbstvertrauen, das sie bei ihrer ersten Begegnung im Salon des Herrenhauses in seinen Bann gezogen hatte.

»Nach Ihnen«, sagte er. Sie nahm seine Hand und ließ sich auf der Decke nieder, wobei sie darauf achtete, ihre Röcke zu ordnen. Das Korsett drückte gegen ihre Hüften und sie spürte, wie jeder einzelne Stab sich gegen ihre Rippen presste. Jacob Lawrence setzte sich schweigend ihr gegenüber und betrachtete sie auf eine Art, die ihr sowohl heiße als auch kalte Schauer über den Rücken jagte. Sie kaute auf ihrer Unterlippe und hörte im nächsten Moment wieder damit auf, als sie sich in Erinnerung rief, dass ihre Mutter in der Nähe war und jede ihrer Bewegungen mit Adleraugen beobachtete.

»Die Crêpes mag ich am liebsten«, sagte sie in der Hoffnung, dass ein neutrales Thema das Gespräch zum Laufen bringen würde. Olivia holte Jessies Kreationen aus dem Korb und breitete sie auf der Decke aus.

»Ich musste mich beherrschen, nicht schon einen Blick hineinzuwerfen bei dem süßen Duft, der aus dem Korb dringt.« Mr Lawrences Worte waren scherzhaft, seine Augen mehr an ihr als am Essen interessiert. Sie reichte ihm die Leckerei, seine Finger fuhren sanft über ihre.

»Was sagen Sie?«, fragte sie, nachdem er einen Bissen genommen hatte.

»Ich werde einen zweiten essen müssen«, sagte er mit halb vollem Mund. »Um ein besseres Urteil fällen zu können.«

Olivia lachte. Es war doch ein gutes Zeichen, dass sie sich in diesem Punkt einig waren, oder nicht? Sie fügte die Vorliebe für Crêpes zu der Liste derjenigen Dinge hinzu, die Mr Lawrence und sie gemeinsam hatten, und biss von ihrem eigenen ab.

»Worüber, glauben Sie, sprechen die beiden dort drüben?« Mr Lawrence deutete mit dem Kopf zu einem weißen Paar, das Olivia kannte – beide älter als sie, aber jünger als ihre Eltern.

Der Herr blickte mit einem gequälten Gesichtsausdruck in die Ferne. Seine Frau umklammerte seinen Arm, ihre Lippen bewegten sich unaufhörlich, was deutlich machte, dass sie nicht bloß über Belanglosigkeiten sprach, die zwei Verliebte während eines Spaziergangs austauschten.

»Das sind Mr und Mrs Weathers. Es sieht sehr danach aus, als würde sie ihm den neusten Klatsch und Tratsch erzählen.«

Mr Lawrence rieb sich das Kinn. »Nein, ich glaube, das ist es nicht.« Olivia sah ihm dabei zu, wie seine gepflegten Finger nun den Schnauzbart lang zogen. Bevor sie sich vorzustellen begann, wie sich die Lippen darunter wohl anfühlen würden, wandte sie sich wieder dem Paar zu … als auf einmal ein anderes lächelndes Gesicht samt der hohen Wangenknochen vor ihrem inneren Auge erschien – das von Washington DeWight. Um sich davon abzulenken, starrte sie weiter in Richtung des Paars und hätte ihren neuen Hut darauf verwettet, dass Mrs Weathers Lippen gerade den Namen *Davenport* formten. Sie öffnete ihren eigenen Mund, um Mr Lawrence darauf hinzuweisen, als er sagte: »Genau wie ich dachte, sie geht zum hundertsten Mal den Plan für den Diamantenraub mit ihm durch. Sehen Sie nicht, wie gelangweilt er deswegen ist? Der arme Mann hat den Ablauf schon längst verinnerlicht.«

Das Funkeln, das anscheinend nie aus Jacob Lawrences Augen verschwand, wurde noch leuchtender. Für einen Moment vergaß Olivia die durchaus belastende Tatsache, dass sie sich unter dem wachsamen Blick ihrer Mutter befand und andere Schaulustige sie beobachteten. Diese absurde Geschichte ließ alles andere in den Hintergrund treten. Sie lachte auf und mehrere Minuten machten sie genauso weiter – beobachteten die anderen Leute und dachten sich für sie ausgeklügelte Gespräche aus, während sie nebenbei die Leckereien verputzten, die zwischen ihnen aufgereiht standen.

Doch als neue Darsteller für ihre Geschichten allmählich ausblieben, wurde das Schweigen zwischen jedem Bissen länger.

Olivia räusperte sich und dachte daran, was ihr beigebracht wurde. *Männer mögen es, über sich selbst zu sprechen. Aufmerksame Ehefrauen sorgen für eine stabile Ehe.* Sie wusste kaum etwas über Mr Lawrences Leben in London. Zwar redete er ausführlich über die Stadt und ihre Besonderheiten, aber nicht darüber, was ihm wichtig war. Und auch nicht über seine Familie.

Zum ersten Mal waren die beiden sich gewissermaßen selbst überlassen. Olivias Mutter war außer Hörweite, sie waren nicht von einer Menge Tanzpaaren umgeben und auch sonst gab es keine neugierigen Zuschauer, die ihrer Unterhaltung folgten. Olivia studierte sein Profil, das kantige Kinn, die ordentlich frisierten Haare, der wohlgepflegte Schnurrbart. Unterhalb seines Ohrs erkannte sie eine blasse Narbe. Sein Blick war auf die kleinen Jungen gerichtet, die Holzboote über die glatte Oberfläche eines Spiegelteichs schwimmen ließen.

»Noch ein letztes Paar gefällig?«, fragte Mr Lawrence. »Hoffnungslose Romantiker.« Er deutete auf ein Schwarzes Paar nicht weit von ihnen entfernt. Olivias Schultern entspannten sich, als sie den selbstsicheren und ihr vertrauten Gang ihrer Freundin erkannte. Ruby bemerkte sie ebenfalls, verließ den Weg und kam mit Harrison Barton an ihrer Seite auf sie zu. Inmitten der gedeckten Frühlingsfarben um sie herum war Ruby wie ein warmer Farbspritzer. Das Lächeln, das sie Mr Barton schenkte, wirkte neckisch, aber dennoch zurückhaltend. Anscheinend hatten sie sich auf der Party der Tremaines gut verstanden, doch Olivia wusste, dass Ruby genauso pragmatisch wie auch impulsiv war.

»Da könnten Sie zum Teil recht haben«, sagte sie zu Mr Lawrence.

Ein paar Schaulustige verfolgten den Weg des Paars, verloren jedoch das Interesse, als Ruby sich auf den Rand der Picknickdecke fallen ließ. Sie nahm ihren breitkrempigen Hut ab, der denselben malvenfarbigen Ton hatte wie ihre Bluse und Jacke. »Ich brauche nur ein paar Minuten Verschnaufpause im Schatten«, sagte Ruby. »Mr Jacob Lawrence, darf ich Ihnen Mr Harrison Barton vorstellen?« Sie zwinkerte Olivia zu und nahm das vor ihr ausgebreitete Essen unter die Lupe.

Mr Barton zögerte einen Moment lang, dann setzte auch er sich zu ihnen. »Freut mich, Sie persönlich kennenzulernen«, sagte er und schüttelte Mr Lawrences Hand. Ruby warf sich mehrere Weintrauben in den Mund, während Mr Barton knapp von seinem Umzug nach Chicago berichtete. Die South Side bezeichnete er als »Stadt innerhalb der Stadt« mit allem, was sie an Schönheit und Trubel zu bieten hatte. Während er sprach, wich sein Blick nicht von Ruby. Olivia konnte ein Lächeln nicht unterdrücken, als sie bemerkte, wie ihre Freundin – die stets nach Aufmerksamkeit heischte – Mr Bartons Worten einfach lauschte, ohne etwas dazu zu sagen oder, wie es sonst ihre Art war, sich in Pose zu werfen.

»Wie kommt es, dass ihr hier im Park herumspaziert?«, fragte Olivia schließlich.

Ruby blickte zu ihren beiden Müttern herüber. »Mutter bespricht die letzten Details für die große Spendengala im Juni.« Ihre Augen leuchteten. »Meine Eltern sind sehr dankbar, dass deine zugestimmt haben, sie anstelle ihres jährlichen Balls abzuhalten. Das wird ein Spaß!«

Olivia lachte. »Ich weiß nicht, wer aufgeregter ist deswegen, deine Eltern oder meine. Oder *du*.«

Ruby strich Marmelade auf ein Stück Gebäck. »Sei bloß froh, dass sie zu beschäftigt sind, um uns ständig im Auge zu behalten. Sonst würden wir jetzt dort bei ihnen festsitzen.« Sie wandte sich an Mr Barton. »Dieser Gentleman hier war so freundlich, seine Mittagspause mit mir zu verbringen.«

»Ich freue mich auch schon auf die Spendengala«, sagte Mr Barton und strahlte angesichts Rubys selbstgefälligem Grinsen. »Es ist fantastisch, was Ihr Vater für das Gemeinwesen zu tun versucht.« Für einen kurzen Moment hatte er nicht mehr nur Augen für Ruby, sondern ließ den Blick stattdessen über die Spaziergänger schweifen, die schnell in eine andere Richtung guckten. Damit wandte er sich wieder ihrer kleinen Gruppe zu. »Gäbe es hier mehr Schwarze wie uns, dann würden die Leute uns vielleicht nicht so anstarren.« Dass Menschen wie sie hier in vollem Staat saßen und den Luxus hatten, an einem Arbeitstag das schöne Wetter zu genießen, statt in einem Geschäft oder einer Fabrik zu schuften, war durchaus ungewöhnlich.

Ruby räusperte sich. »Ja, Papa wäre sehr glücklich über Ihre Unterstützung. Und Ihre Stimme. Die Gala ist übrigens ein Maskenball« – sie wackelte mit ihren Augenbrauen – »und es werden größtenteils dieselben Leute kommen, die auch schon bei unserer Party waren, und noch einige führende Politiker.« Sie richtete ihren Blick auf den Lake Michigan. »Sowohl Schwarze als auch weiße, die dieselben Ziele verfolgen.«

»Klingt, als würde es eine ziemlich große Sache werden«, sagte Mr Lawrence.

»Es wird der Höhepunkt der Saison.« Ruby schenkte Olivia einen vielversprechenden Blick und ein kleines Lächeln. »Bei dem ›Wir-heißen-den-Sommer-willkommen-Ball‹ der Davenports geht es meistens hoch her.«

Olivia lachte. »Das klingt ja nach ganz großem Theater!«

Ruby nickte. »Besonders wenn man einen guten Platz hat!« Sie fiel in Olivias Kichern ein, bis sie sah, wie Mr Barton einen Blick auf seine Uhr warf.

»Ich muss wieder zurück«, sagte er, nahm ihre Hand und half ihr hoch.

Ruby zog eine Schnute, woraufhin sein Lächeln breiter wurde.

»Bis später«, sagte sie an Olivia gewandt.

Nachdem Ruby sich zu ihrer Mutter gesellt hatte, fragte Olivia: »Erinnert Sie irgendetwas hier an Ihr Zuhause?«

Mr Lawrence sah von den spielenden Kindern im Park zu ihr. »Nein, ich habe meine Zeit dort anderweitig verbracht.«

Olivia pickte einen Krümel von ihrer Serviette auf. »Haben Sie viele Geschwister, mit denen Sie aufgewachsen sind?«

»Ich bin ein Einzelkind.« Er senkte den Blick.

»Ich wüsste nicht, was ich ohne meine Geschwister täte«, sagte sie. So frustrierend John und Helen auch manchmal sein konnten, Olivia war dennoch der Meinung, dass es die Dinge vereinfachte, Geschwister zu haben und die Aufmerksamkeit ihrer Eltern mit ihnen zu teilen – und nicht die volle Wucht der Erwartungen abzubekommen. »Das muss schwer sein. Und auch einsam?«, fragte sie. »Ich kann mir ein Leben ohne meine Geschwister kaum vorstellen.«

»Ich kenne es nicht anders.« Er sah nur flüchtig zu ihr auf.

»Bitte verzeihen Sie«, sagte sie verlegen. »Ruby ist auch ein Einzelkind und hat sich nie beschwert.«

»Sie müssen sich nicht entschuldigen«, erwiderte er. »Hin und wieder« – er nickte einmal – »war es einsam. Aber ich habe Cousinen und Cousins, die mir oft Gesellschaft geleistet haben. Ich bin mir sicher, dass Ruby Ihre Freundschaft sehr zu schätzen weiß.«

Olivia zog an ihrer Unterlippe, nicht wissend, wie sie das Gespräch am Laufen halten sollte. »Gefällt Ihnen die Arbeit mit Ihrem Vater?«

Mr Lawrence zog an den Enden seines Schnurrbarts. »Familiengeschäfte zu führen … ist kompliziert«, antwortete er und nahm sich einen weiteren Crêpe. »Die schmecken wirklich hervorragend.« Lächelnd biss er in den Teig, doch ein Schatten lag über seinem Gesicht, etwas, das Olivia nicht deuten konnte. Sie sah, wie sich seine Augenbrauen zusammenzogen, und verspürte auf einmal den dringenden Wunsch, darüberzustreichen, den Stress, der sich auf seinem Gesicht abzeichnete, wegzuwischen. Und ihr war auch nicht entgangen, dass er die Frage nur sehr vage beantwortet hatte.

Olivia spürte den Blick, den ihre Mutter zu ihnen hinüberwarf. Es war ein wunderschöner Nachmittag und mittlerweile war kaum noch ein freies Fleckchen Rasen übrig, der Park war bevölkert von »Chicagos Müßiggängern«, wie Helen zu sagen pflegte. Und damit meinte sie weiße Damen und Herren, die vermögend genug waren, um die Zeit für einen Spaziergang durch die Gärten und Museen der Stadt zu nutzen. Auch wenn ihre Familie das »Double-Duty-Dollar-Prinzip« anwandte, also bei Unternehmen kaufte, die Schwarze anstellten und somit die Schwarze Gemeinschaft unterstützten, sorgten weiße Stammkunden und Geschäftspartner dafür, dass die *Davenport Carriage Company* zu den Marktführern gehörte. Nur wenige Leute würden einem Davenport unhöflich oder gar feindselig begegnen – doch das bedeutete nicht, dass sie aufhörten zu starren.

»Haben Sie eigentlich schon bemerkt, wie die Leute einen angaffen?«, fragte sie.

Mr Lawrence folgte ihrem Blick und lehnte sich zurück. Mit einem kecken Grinsen sagte er: »Ich habe die Erfahrung gemacht, dass man nichts dagegen tun kann, wie die Leute einen ansehen.« Er lächelte den Vorbeigehenden freundlich zu. »Ich bin mir sicher, dass Sie nicht zum ersten Mal alle Blicke auf sich ziehen.«

Sie dachte an neulich Nachmittag, als die Verkäuferin bei *Marshall Field's* so unfreundlich zu ihr gewesen war, dass ihre Wangen vor Wut zu glühen angefangen und sie die Rechnung in die Höhe getrieben hatte.

»An den meisten Tagen frage ich mich allerdings, wie oder warum ich da bin, wo ich bin.« Er schwenkte sein leeres Weinglas hin und her. »Mir ist durchaus klar, dass meine Familie über Generationen hinweg hart dafür gearbeitet hat, sich einen Namen zu machen. Aber ich war ein Schwarzer Mann in England, in jeder Hinsicht gehörte ich zu einer Minderheit. Ich war stets der Exot. Und hier ist es genau wie in meiner Heimat: Ich werde sowohl bejubelt als auch verdammt für meine Lebensumstände. An denen ich nichts ändern und für die ich auch keine Lorbeeren einheimsen kann.«

»Aber es erfüllt Sie doch bestimmt mit einem gewissen Stolz, das Vermächtnis Ihrer Familie fortführen zu können«, sagte

Olivia. So zumindest ging es ihr jedes Mal, wenn eine Davenport'sche Kutsche an ihr vorbeifuhr. Sie vermutete, dass dies auch der Grund dafür war, warum ihre Eltern die alltäglichen Arbeiten des wachsenden Geschäfts so sehr im Auge behielten und so viel Wert auf Johns Ausbildung legten. Olivia fragte sich, wie es der nächsten Davenport-Generation ergehen würde. *Besser als uns*, so hoffte sie, blickte zu dem Gentleman neben ihr und versuchte, die Jim-Crow-Gesetze, über die sie in dem Pamphlet gelesen hatte und die sich in ihr Gedächtnis drängten, schnell wieder zu verbannen.

Mr Lawrence senkte den Blick. Sie hatte nicht erwartet, so etwas von ihm zu hören. Es war, als hätte jemand die Worte aus ihrem Herzen genommen und ihm in den Mund gelegt. Jacob Lawrence wusste, was so ein Leben wie ihres ausmachte. Genau wie sie war er in eine reiche Familie geboren und mit einem Namen aufgewachsen, mit dem Verpflichtungen einhergingen. Hinter seiner Prahlerei, seinem Charme und den maßgeschneiderten Anzügen verbarg sich ein verwandter Geist.

Ich habe ihn wohl falsch eingeschätzt, dachte sie. Mit der Zeit würde die Vertrautheit zwischen ihnen zunehmen und das Unbehagen, die gefühlte Distanz vertreiben. Olivia streckte ihre Hand nach ihm aus, als Zeichen dafür, dass sie ihn verstand. Er legte seine in ihre und drückte sie.

Kapitel 13

Helen

Das blaue Porzellanservice ihrer Mutter hob sich von der weißen Tischdecke ab, die so sorgfältig glatt gezogen worden war, dass Helen keinen Grund sah, etwas daran zu korrigieren. Draußen war ein herrlicher Tag und vor etwa einer halben Stunde war John am Speisesaal vorbeigeschlendert, die Ärmel hochgekrempelt, ein Handtuch und einen Schraubenschlüssel in den hinteren Hosentaschen. Ihre Hände gierten danach, selbst den Schraubenschlüssel zu halten, in dem Automobil herumzuwerkeln, das er vor Kurzem angeschafft hatte. Doch stattdessen starrte sie auf das Arrangement auf dem Tisch und versuchte herauszufinden, was damit nicht stimmte. Die unnachgiebige Frau neben ihr beobachtete sie aufmerksam. Mrs Milfords Augen hatten zwar einen warmen Braunton, doch ihr prüfender Blick ließ Helen erschaudern.

Am Morgen hatte sie ein einfaches, grob gewebtes Kleid angezogen, das ihr eigentlich längst zu klein war – perfekt für das, was sie vorhatte. Sie hatte Amy-Rose darum bitten wollen, ihr Haar in zwei ordentliche Zöpfe zu flechten, damit es ihr nicht ins Gesicht fiel. Ihre Mutter und Olivia würden die meiste Zeit des Nachmittags außer Haus sein, weshalb Helen dem nachgehen konnte, was sie am liebsten tat. Zumindest hatte sie das angenommen.

Doch dann hatte ihre Mutter von unten nach ihr gerufen: »Helen, Liebes, kommst du bitte mal?«

Helen hatte am Treppenansatz innegehalten. Wenn sie hinunter und nach rechts zur Küche ging, so hatte sie gehofft, würde sie unbemerkt in Johns Werkstatt gelangen. Die Stimme ihrer Mutter hatte jedoch die hohe Tonlage, mit der sie immer sprach, wenn Besuch da war und wenn sie Angst hatte, dass Helen ohne diese unterschwellige Warnung jegliche Manieren vermissen lassen könnte.

Helens Brustkorb schnürte sich zusammen. So gern sie auch Reißaus genommen hätte, war ihr bewusst, dass sie nicht weit kommen würde. »Ja?«, fragte sie gedehnt und drückte sich am Treppenpfosten vorbei. Worum auch immer es gehen mochte, hoffentlich würde es sie nur kurz aufhalten.

Als sie unten ankam, erblickte sie in der Eingangshalle eine Frau, die älter war als ihre Mutter. Ihre Miene war genauso trostlos wie ihr Kleid. Nur langsam ging Helen auf sie und ihre Mutter zu.

»Darf ich dir Mrs Milford vorstellen?«, sagte Mrs Davenport breit lächelnd. »Mrs Milford, das ist meine Tochter Helen.«

Mrs Milford war von kleiner Statur, gekleidet in einem streng wirkenden Kleid und festen Stiefeln, die auf Hochglanz poliert waren. Verglichen mit Mrs Davenports mauvefarbenem Tageskleid verhieß die Kombination nichts Gutes. Die Frau hielt ihren Hut in den Händen, ihr Haar – schwarz mit grauen Strähnen – hatte sie sorgfältig aus ihrem tiefbraunen Gesicht gekämmt und im Nacken zu einem straffen Knoten zusammengebunden. Sie nahm jede Bewegung von Helen und ihr Erscheinungsbild genauestens in Augenschein.

»Es freut mich, Sie kennenzulernen.« Obwohl sich ihr Magen verkrampfte, vergaß Helen ihre Manieren nicht vollständig.

»Die Freude ist ganz meinerseits.« Mrs Milfords Missfallen schien nachzulassen, zumindest für diesen Moment.

Helen sah zu ihrer Mutter, beunruhigt, was diese Besucherin zu bedeuten hatte. Mit jedem lauten Ticken der Standuhr neben ihnen wurde ihr mulmiger zumute.

»Mrs Milford ist – war – die Ehefrau eines Pastors.«

»Sagt Ihnen der Pastor nicht mehr zu?«, fragte Helen zum Entsetzen ihrer Mutter.

»Ich bin seit Kurzem verwitwet.«

Nun war Helen es, die entsetzt war. Ihr kurzzeitiges Hochgefühl, dass ihre Mutter in einen Skandal verwickelt sein könnte – und *ihr davon erzählt hätte* –, wurde sogleich von Mitgefühl abgelöst, das sie nicht in Worte fassen konnte. Sie bereute ihre herzlose Frage, Schamesröte kroch ihren Nacken hoch.

»Schon gut«, sagte Mrs Milford. »Zwischen uns sollte kein Unbehagen herrschen, wenn wir miteinander arbeiten wollen. Und die Gegenwartsform ist in Ordnung. Es fühlt sich so an, als wäre er noch immer bei mir.« Ihre Gesichtszüge wurden weicher, als sie ein zartes Lächeln zeigte, doch ihr Seitenblick zu Mrs Davenport und das unauffällige Nicken verrieten einen Hinterhalt.

Das mulmige, beängstigende Gefühl in Helens Magen war zurück, als sie den beiden Frauen in den Speisesaal folgte. Ein schwerer Brokatstoff ergoss sich wie flüssiges Gold auf der Tischoberfläche. Jedes Gedeck war etwas unterschiedlich angeordnet. Helen sah zu ihrer Mutter.

Mrs Davenport räusperte sich und bedachte ihre Tochter mit einem so strengen Blick, dass Helen der Atem stockte. »Wie ich schon sagte, ist Mrs Milford die Frau eines Pastors mit genauen Vorstellungen davon, wie eine Dame sich zu verhalten hat. Sie hat sich auf die Anzeige in der Zeitung beworben.«

»Welche Anzeige?«, krächzte Helen.

»›Gesellschaftsdame gesucht. Sie sollte belesen sein, umfangreiche Kenntnis der gesellschaftlichen Etikette haben und vor allem Geduld mitbringen‹«, zitierte Mrs Milford und faltete ihre Hände.

»Was?«, schrie Helen auf. Sie hatte nicht laut werden wollen, aber das klang nicht gut. Ganz und gar nicht gut. »Wie kannst du mir das antun, Mama? Ich brauche keinen Anstandsunterricht. Nicht schon wieder!«

»Ganz offensichtlich brauchst du ihn. Dein momentanes Verhalten ist nicht nur kindisch, sondern auch unhöflich.«

Helens Pläne für den heutigen Tag hatten sich damit also ganz offiziell erledigt. Als Erstes wurde sie wieder nach oben in ihr Zimmer geschickt, um sich umzuziehen – um etwas »Angemesseneres« anzuziehen. Ihre neue Gesellschaftsdame begleitete sie, dicht gefolgt von Mrs Davenport. Helen versuchte, nicht zu erschaudern, als sie die Tür ihres Zimmers öffnete.

»Oh Helen«, kam von ihrer Mutter, die auf der Türschwelle stehen geblieben war. Dann musste Helen mit ansehen, wie Mrs Davenport in stillem Entsetzen durch ihren Rückzugsort schritt. Bücher und Zeichnungen lagen überall im Raum verteilt. Ein Paar Schuhe lugte halb unter dem Bettvolant hervor. Auf dem Schminktisch, wo eigentlich Parfümfläschchen und Schminkutensilien stehen sollten, stapelten sich leere Teller und Teetassen. »Das geht so nicht«, sagte ihre Mutter und drehte sich zu Mrs Milford. »Sehen Sie, wie verzweifelt wir Ihre Hilfe benötigen?« Helen ärgerte sich über das Wort *verzweifelt*, hielt aber den Mund.

Einige beschämende Augenblicke später hatte Helen sich umgezogen. Inklusive Korsett und alldem. Sie strich über die mehrstufigen Rüschen im Nacken und blies gegen die ungünstig nach unten in ihr Gesicht hängende Feder auf ihrem Hut. *Ich bin doch zu Hause*, dachte sie und hatte Mühe, ihre Gefühle unter Kontrolle zu halten. Die Kleidung war schwer und scheuerte, weil sie noch neu war.

Zurück im Speisesaal, stand sie hungrig und atemlos vor den Gedecken, ohne die Aussicht auf eine Mahlzeit. *Was habe ich getan, um das hier zu verdienen?*, fragte sie sich. Doch sie kannte die Antwort. Von ihr wurde erwartet, diese Dinge hier zu wissen, bevor sie die Dame ihres eigenen Zuhauses würde. Bei dem Gedanken an diese nahende Zukunft – in der sie keine Möglichkeit mehr hätte, sich in die Werkstatt zu schleichen und zu basteln, wo sie ihre Geheimnisse nicht mehr den Pferden ihres Vaters zuflüstern oder ganz allgemein nicht mehr das tun konnte, was sie wollte – verging ihr der Appetit. Zumindest fast.

Helen fuhr mit dem Finger über den Griff einer Gabel, in den ein Efeublatt eingraviert war. *Du solltest das hier wissen*, dachte sie. *Es ist ja nicht so, als würdest du nicht jeden Tag eine davon in die Hand nehmen.* Ihre Mutter bestand darauf, dass der Tisch jeden Abend ganz formell eingedeckt wurde. Auf einmal fragte Helen sich, ob sie schon immer die falsche Gabel beim Abendessen benutzt hatte, ohne es zu wissen. *Das ist lächerlich.* Sie legte eine Gabel auf die andere Seite des Gedecks und hob triumphierend ihren Blick zu ihrer neuen Gesellschafterin.

Mrs Milfords Mundwinkel zogen sich nach unten, wodurch ihre ohnehin schon schmalen Gesichtszüge noch länger wirkten. »Miss Helen, eigentlich hatte ich den Eindruck, dass Sie ein kluges Mädchen sind.«

»Das bin ich auch«, erwiderte Helen und ärgerte sich über ihren zögerlichen Tonfall.

»Versuchen Sie mit Absicht, begriffsstutzig zu sein? Bereitet es Ihnen Vergnügen, unsere Zeit und das Geld Ihrer Eltern zu verschwenden?«

»Nein.« Helen tauschte zwei der links vom Gedeck liegenden Gabeln aus.

Mrs Milfords Fragenkatalog war noch nicht erschöpft. »Welchen Typ Mann hoffen Sie mit so einem schlechten Auge fürs Details für sich zu gewinnen?«

Helen schluckte ihre Verärgerung herunter. Sie hatte bereits eine Lektion über sich ergehen lassen müssen – darüber, wie sie ihre Gefühle besser kontrollieren oder verbergen konnte – und sie wollte nicht weiter auf dem Prüfstand stehen. Zweifellos erwartete ihre Mutter einen täglichen Bericht über ihre Fortschritte. Und was ihr Auge fürs Detail betraf – das war sogar besser als gut! Wie sonst hätte sie die Ursache für die Fehlzündung eines Motors exakt lokalisieren oder die unzähligen anderen Dinge vollbringen können, zu denen sie fähig war? Kein

Mechaniker, der etwas auf sich hielt, konnte das, ohne kluge Überlegungen anzustellen und einen scharfen Blick zu haben. Doch davon wollte Mrs Milford nichts hören. Nein, natürlich nicht. Und ihre Eltern ebenfalls nicht. Wenn sie wenigstens die Bedeutsamkeit von Helens Fähigkeiten außerhalb des Hauses *erkennen* würden. Und irgendwo da draußen musste es doch einen Mann geben, der ihr Können wertschätzte.

Mrs Milford redete weiter, und ohne es zu wollen, ließ Helen zu, dass ihre Gedanken zu Mr Lawrence wanderten. Zu Jacob. Dem Fast-Verlobten ihrer Schwester. Noch nie zuvor hatte sie eine so ungezwungene Unterhaltung mit einer Person des anderen Geschlechts geführt, ohne dass sich ein Fahrzeug zwischen ihr und ihrem Gegenüber befand. Er war witzig. Und allein nach ihrer kurzen Begegnung auf der Veranda der Tremaines vermutete Helen, dass er wissen würde, wie nützlich ihre Interessen waren, dass er ihre Fähigkeiten, die sie heimlich immer weiterentwickelte, erkennen würde. Sie ertappte sich dabei, wie sich ein Lächeln auf ihrem Gesicht ausbreitete. Sie errötete und schüttelte sich. Und schlimmer noch – ihr wurde bewusst, dass ihr etwas, was Mrs Milford gesagt hatte, entgangen war.

»Kommen Sie schon, Kindchen. Deswegen muss man sich nicht aufreiben.« Mrs Milford ging hinüber zu einem der Stühle, die an der dunkel getäfelten Wand standen. Sie griff in einen alten Stoffbeutel mit verblichenem Blumenmuster, holte ein Buch heraus und kam um den großen Tisch herum.

Aus der Nähe bemerkte Helen an Mrs Milfords Kinn eine Narbe, die bis unter den Kragen ihrer hochgeschlossenen Bluse verlief. Helen fragte sich, ob ihre Gesellschaftsdame selbst einige Geheimnisse barg und ob hinter ihrem strengen Kleid mehr steckte als die Trauer um ihren Mann. Das Buch in ihrer Hand war in hellblauen Stoff eingeschlagen. Sie reichte es Helen, ihre Augen fest auf das Gesicht des jungen Mädchens geheftet.

»*Von der Kunst, eine liebenswürdige Dame zu werden* von Margaret E. Sangster. Sobald Sie das ausgelesen haben, gebe ich Ihnen ein weiteres Buch.«

Helen las gern Handbücher. Ratgeber waren immer ihre erste Wahl, um sich Wissen anzueignen. Bücher waren ihr stetiger Begleiter, seit ihre Schwester erwachsen und Teil dieser Welt geworden war, der Helen so unbedingt entfliehen wollte. Verhielt sie sich kindisch? Weil sie auf ihrem Standpunkt verharrte, weil sie das Unausweichliche hinauszögerte?

Helen nahm das Buch von Mrs Milford entgegen, auf einen neutralen Gesichtsausdruck bedacht. Es lag tonnenschwer in ihren Händen. Der Wälzer war um einiges schwerer als das Planetengetriebe, das sie erst vor ein paar Wochen in der Werkstatt gehalten hatte.

»Sie haben noch viel zu lernen«, sagte ihre Gesellschaftsdame. »Aber dies hier ist ein Anfang.«

Helen blickte auf den Tisch, immer noch unsicher, ob sie das Gedeck richtig angeordnet hatte. *Das wird ein einziger Albtraum.*

Kapitel 14

Ruby

Die Luft war warm und stickig, und etwas Nervtötendes schwirrte an ihrem Ohr vorbei und verstärkte Rubys Ärger. Womöglich lag der aber auch an Agatha Leary. Gewiss war Agatha ein netter Mensch, doch ihre Anwesenheit erinnerte Ruby stetig daran, dass ihre beste Freundin anderweitig beschäftigt war.

In letzter Zeit verbrachte Olivia jede freie Minute mit Mr Lawrence. Und wenn nicht mit ihm, dann mit Mrs Davenport, um mit ihr darüber zu beraten, wie sie ihm zufälligerweise begegnen könnte. Ruby vermisste die Nachmittage, an denen sie in der South Side bummeln gewesen waren oder ein Museum während der für Schwarze Besucher vorgesehenen Zeiten besichtigt hatten. Manchmal waren sie auch während der normalen Öffnungszeit hineingegangen, wenn Olivia gelangweilt und in der passenden Stimmung gewesen war, um sich ihren Familiennamen zunutze zu machen. Aber ganz gleich, wie – sie hatten immer eine Beschäftigung gefunden, um sich die Zeit zu vertreiben.

Vor allem jetzt, da Rubys Eltern sie ständig im Auge behielten – sie hatte kaum Luft zum Atmen! –, vermisste sie Olivia. Und sie hatte das Gefühl, dass ihr die Zeit davonrannte. John verlor immer mehr das Interesse an ihr. Sein Fokus schien stets auf anderen Dingen zu liegen. Wegen des Ausritts, über den sie gesprochen hatten, wartete sie immer noch auf ein Zeichen von ihm. Nach dem Ball war sie sich sicher gewesen, dass die Einladung dazu noch stand. Sie hatte John ganz eindeutig die Verärgerung angemerkt – der Anblick von Harrison Barton und ihr, wie sie gemeinsam über das Tanzparkett geschwebt waren, hatte anscheinend ein Feuer in ihm entfacht. Doch seitdem war über eine Woche vergangen und die Flamme war zu einem schwachen Glimmen heruntergebrannt.

Nach der Party hatte sie auf eine Nachricht gewartet, war täglich dem Briefträger entgegengerannt, bevor ihre Mutter überhaupt nach draußen treten konnte. Doch abgesehen von Olivias Briefen, die Ruby über deren Beziehungsstatus auf dem Laufenden hielt, war nie etwas für sie dabei gewesen. Rasch war Ruby jedes Mal in ihr Zimmer zurückgekehrt, in dem sich zumindest noch einige schöne Dinge befanden – unberührt von den Verkäufen, die getätigt worden waren, um die Wahlkampagne ihres Vater zu unterstützen. Johns Hand zu ergattern – ihr Beitrag für die Bestrebungen ihres Vater und das damit einhergehende große Ganze – wurde mit jedem Tag unwahrscheinlicher. Sie hatte darüber nachgedacht, Olivia um Rat zu bitten, aber sie konnte ihre älteste Freundin ja schlecht fragen: *Wie schaffe ich es, das Interesse deines Bruder an mir aufrechtzuerhalten?*

Und so stand sie nun hinter einem Maschendrahtzaun mit Agatha Leary an ihrer Seite, die redete und redete, während sie den jungen Männern aus ihrem Gesellschaftskreis beim Baseballspielen zusahen.

»Siehst du Mr Davenport irgendwo, Agatha?«

Rubys plötzliche Unterbrechung ihres Redeflusses brachte Agatha kurz aus dem Konzept, aber sie fing sich schnell wieder. »Nein, ich sehe ihn nicht. Wegen seines Hinkens kann ich mir kaum vorstellen, dass er hier über das Feld rennt. Aber Ruby, das solltest du doch wissen!«

»Ich meinte Mr *John* Davenport.« Ruby unterdrückte den Drang, die Augen zu verdrehen. Sie hatte gehofft, John würde sich zu ihnen gesellen oder in der Menge zu finden sein, sodass sie die Gelegenheit hätten, sich zu unterhalten. Die restlichen Zuschauer würden als Anstandsdame fungieren und zudem als

Puffer zwischen ihr und Agatha, die es offenbar als ihre Pflicht ansah, Ruby auf Schritt und Tritt zu folgen und ihr dabei auch noch ein Ohr abzukauen.

»Oh, natürlich! Er ist nicht hier. Ich habe gehört, dass er nach seinem ersten Jahr an der Universität mit jeder Menge Ideen nach Hause gekommen ist, wie er das Familienunternehmen verändern könnte, und dass er nicht die Absicht hat, sein Studium fortzuführen. Mr Davenport war förmlich außer sich.«

Ruby wandte sich abrupt zu ihr. »Woher weißt du das?«

»Meine Cousine ist Mr Davenports Sekretärin.« Agatha lächelte, zufrieden mit der Tatsache, dass sie etwas über die Davenports berichten konnte, was Ruby noch nicht wusste. Ruby stellte sich vor, wie Agatha diese Neuigkeit verbreitete, sie jedem erzählte, egal ob es die Leute interessierte oder nicht. Ihr Nacken versteifte sich bei dem Gedanken.

»Anstelle deiner Cousine wäre ich vorsichtig«, entgegnete Ruby kühl. »Ich bezweifle, dass die Davenports es gutheißen, wenn ihre Angelegenheiten wie geschmacklose Gerüchte weitererzählt werden.« Mit einem gezwungenen Lächeln verschränkte sie ihre Arme und wandte sich wieder den Spielern auf dem Platz zu.

»Tja«, begann Agatha mit belegter Stimme, »wenn du nach etwas oder jemandem Ausschau hältst, der dein Interesse wecken könnte – Mr Barton steht am Außenfeld.«

Ruby entspannte ihre Gesichtszüge, bevor sie das Feld ihrerseits absuchte. Und tatsächlich, Harrison stand – mit gestrecktem Rücken, die breiten Hände auf den Knien abgestützt – keine dreißig Meter von ihr entfernt an der dritten Base. Er konzentrierte sich voll und ganz auf den Schläger schwingenden Mann auf dem Homeplate. Sie ertappte sich dabei, wie sie bei seinem Anblick zu lächeln begann, während Agatha sie aufmerksam beobachtete.

»Vorsicht«, warnte Agatha sie. »Einen Mann auf diese Weise anzusehen bringt deine eigene Gerüchteküche zum Brodeln.«

Als sie mit Mr Barton durch den Park geschlendert war, hatte er über seine Arbeit bei der Bank und seine Zukunftspläne gesprochen – er wollte in eine Schwarze Firma investieren und eine Familie gründen. »Ich möchte hier in Chicago richtig Wurzeln schlagen«, hatte er gesagt. Sie dachte daran, wie das Aufleuchten seiner Augen und das ernsthafte, unaufgeregt selbstsichere Lächeln seinen Worten mehr Gewicht verliehen hatten. Als er erwähnte, er wolle mehreren Herrenclubs beitreten, hatte sie sich dunkle, von Zigarrenqualm vernebelte Räume vorgestellt, kein Baseballfeld. Sie begann sich zu fragen, was *sie* eigentlich wollte, abgesehen davon, die Erwartungen ihrer Eltern zu erfüllen.

Ruby warf einen Blick hinüber zu ihrer Mutter. Mrs Tremaine – stets im Dienste des Wahlkampfs unterwegs – machte ihre Runde, drängte darauf, dass mehr Schwarze ihre Stimmen erhoben, um auf die Nöte in der South Side aufmerksam zu machen. Ruby wandte sich wieder Agatha zu. Liebend gern würde sie eine Szene machen, nur um Agatha Leary das Grinsen aus dem Gesicht zu vertreiben! Und als könnte Agatha ihre Gedanken lesen, ging sie davon, stolzierte mit gerümpfter Nase zu der Gruppe junger Frauen hinüber.

Ruby wusste zwar, dass Agathas Mutmaßungen sich vor allem auf die Tatsache stützten, dass Mr Barton Ruby regelmäßig besuchte, doch ein Teil von ihr konnte nicht vergessen, was sie während der Party durch Zufall vor dem Gesellschaftsraum der Damen mit angehört hatte. Aus diesem Grund musste ihr Plan reibungslos aufgehen. Nie hatte John ihr so große Aufmerksamkeit geschenkt wie in dem Moment, als sie auf der Tanzfläche in Mr Bartons Armen gelegen hatte. Es war ihr so vorgekommen, als hätte er sich auf einmal an sie erinnert. Zwar waren sie einander noch nicht offiziell versprochen, aber zwischen ihnen existierte ein stilles Einvernehmen, das über die Erwartungen ihrer Eltern hinausging. Sie waren beide damit einverstanden gewesen, die Dinge auf Eis zu legen, solange er zur Universität ging, aber sie hatte nicht erwartet, dass er so ehrgeizig und fokussiert zurückkehren würde. Sie hatte den Eindruck, dass ihn zurzeit nichts anderes interessierte als das Davenport'sche Familienunternehmen – dass er lieber Automobile zusammenbaute, als sie selbst zu fahren.

Ruby war klar, dass Harrison Barton der Schlüssel für einen Antrag von John war. Harrison war eifrig und süß, er wollte unbedingt zu ihrem engsten Kreis gehören, wollte eine der einflussreicheren Personen in Chicago werden. Sie hatte ihn bereits am Haken. *Das wird ein Kinderspiel*, dachte sie. Und sobald John zu ihr zurückkehrte, konnte Mr Barton in ihrer Nähe verweilen oder wieder aus ihrem Dunstkreis verschwinden.

Ruby betrachtete ihn genau, bemerkte seine athletische Figur und wie sich seine Hose um die Waden spannte.

Das könnte sogar spaßig werden.

Genau in dem Moment ließ Mr Barton den Blick in ihre Richtung schweifen. Er stellte sich aufrecht hin, sah sie direkt an, dann nahm er den Arm hoch und tippte zum Gruß an seine Kappe. Er sah nicht, wie der Pitcher sich drehte und seine Haltung anpasste, sah nicht den Abwurf, bemerkte nicht, wie die Menge den Atem anhielt, während der Ball in Richtung Homeplate flog. Das Klackgeräusch, als der Ball am Schläger abprallte, war zwar eine Warnung, aber sie kam zu spät. Athleten wie Zuschauer sahen hilflos dabei zu, wie der Ball nach dem Abprall Kurs auf Harrisons Position an der dritten Base nahm.

Es war, als würde die Welt aufhören, sich zu drehen. Das Spiel war wie eingefroren, als wäre es eine Fotografie. Doch dann wandten sich alle Feldspieler zu Harrison Barton, der der Länge nach auf dem Sand und dem frisch geschnittenen Gras lag. Bevor sie überhaupt begriff, was gerade passiert war, sprintete Ruby schon los. Mit ihren Händen raffte sie ihr Kleid an den Seiten zusammen, um mehr Bewegungsfreiheit zu haben, rannte am Zaun entlang, vorbei an der Spielerbank und auf das Feld. Sie rang nach Atem, wollte nicht schreien. Die Menschenmenge versperrte ihr die Sicht. Dass sich so viele Leute um ihn herum versammelt hatten, verstärkte ihre Panik. *Warum stehen sie bloß herum?* Mit den Ellbogen bahnte sie sich einen Weg hindurch. Als sie seine Füße sah, die Zehen gen Himmel gerichtet, verlor sie beinahe die Fassung. Doch sie drängte weiter vor, hielt den Atem an, bis ihr fast schwindelig wurde.

Als sie endlich in die Mitte der Menschenmenge gelangte, saß Mr Barton bereits wieder aufrecht. Je ein Spieler aus den beiden Mannschaften kniete rechts und links von ihm. Sie halfen ihm aufzustehen und gaben ihm Halt, als er probeweise das Gewicht auf den linken Fuß verlagerte. Eine Welle der Erleichterung durchströmte Ruby, sodass sie kaum mitbekam, was gesprochen wurde. Sie hielt sich davon ab, ihn zu berühren. Zwar war seinetwegen die Party ihrer Eltern weniger furchtbar geworden, aber dennoch – sie kannten sich kaum.

Sie rümpfte die Nase, als sie die Mischung aus Schweiß und Grasbüschel auf ihrem Körper bemerkte. *Bin ich gerade mitten auf dieses Spielfeld gerannt?* Sie schüttelte sich und blickte genau im richtigen Moment zum Zaun, um Agathas Feixen zu sehen. Agatha, die größte Klatschtante, die Ruby kannte.

»Mir geht es gut«, sagte Mr Barton, befreite sich behutsam und hielt die Hände vor sich, um sich seine Mitspieler vom Leib zu halten. Seine Handinnenflächen waren aufgeschürft und eine klaffende Wunde an seinem rechten Handgelenk verlief bis zum Ellbogen. Als er einen ersten wackeligen Schritt nach vorne trat, griffen ihm seine Teamkameraden erneut unter die Arme.

»Oh!« Ruby fuhr erschrocken mit der Hand an die Wange. Sie stürzte sich wieder ins Getümmel, wobei sie sicherstellte, dass sie weiterhin in Agathas Blickfeld blieb. *Lächele*, ermahnte sie sich. »Ab hier übernehme ich, Gentlemen«, sagte sie an niemanden Bestimmtes gerichtet.

Harrison schenkte ihr ein verlegenes Grinsen. »Es sieht sicher schlimmer aus, als es ist.«

Ruby reichte ihm ein Taschentuch. Ein strahlend weißes Stück Stoff, bestickt mit ihren Initialen.

»Spielen Sie jetzt bloß nicht den Helden.« Sie blickte zu den Zuschauerreihen. »Kommen Sie, wir bringen Sie in den Schatten.« Er ließ sich von ihr zu einem nicht weit entfernten Baum führen. Nah genug am Spielfeldrand, damit man sie leicht zusammen sehen konnte, aber weit genug weg, um miteinander reden zu können, ohne belauscht zu werden. Abrupt setzte er sich hin und zog sie mit sich hinunter. So albern und ungeschickt das war, so musste Ruby doch lachen.

Sie dachte an das letzte Mal, als sie mit einem Mann unter einem Baum gesessen hatte. Das war bereits der Gipfel ihrer Schwärmerei gewesen, die gerade erst in Schwung gekommen war – und für ihren Geschmack hätte es davon noch viel mehr geben können.

»Vielleicht sollte ich mich öfter von Bällen umwerfen lassen«, sagte er lächelnd, bevor er vor Schmerz zusammenzuckte.

Sie zog ihre Hand weg. »Also wirklich! Sie hätten sich eine schwere Verletzung zuziehen können.«

Mr Bartons Mundwinkel zuckten und Rubys Schultern entspannten sich. *Hör auf,* schalt sie sich.

»Sie sind meinetwegen besorgt«, sagte er.

»Nicht mehr, als ich mich wegen jedem anderen sorgen würde, der eine ähnliche Verletzung erlitten hätte. Sie sollten wirklich besser aufpassen. Dieses Spiel erfordert höchste Aufmerksamkeit.«

Er sah sie feixend an. »Tja, jemand an der Seitenlinie hat sie mir gestohlen.«

»Ha«, gab Ruby zurück. »Geben Sie mir nicht die Schuld an Ihrer mangelnden Konzentration.« Damit wandte Ruby sich ab und sah nur aus dem Augenwinkel, wie er sich den Sand abklopfte. »Das muss jemand Besonderes sein«, fügte sie hinzu.

»Ja, das ist sie in der Tat. Vermutlich das hübscheste Mädchen in ganz Chicago.«

Hitze schoss Ruby in die Wangen und sie schenkte ihm einen herausfordernden Blick. »Vermutlich?«

Überrascht lachte er auf, dann zuckte er erneut vor Schmerz zusammen. Ruby gefiel sein Lachen. Und die Art, wie er sie ansah. »Miss Tremaine, sobald ich mich wieder aufrecht halten kann, würde ich Sie gern zum Tanz ausführen.«

Ruby lächelte wie eine Siegerin. »Das würde mir sehr gefallen.«

Kapitel 15

Amy-Rose

Es war still in der Küche. Sauber und verlassen. Amy-Rose mochte es, spät am Abend auf dem Stuhl hier in der Ecke zu arbeiten, mit den Füßen unter dem Tresen, wo der Ofen – noch warm vom Backen eines Kuchens oder Bratens – sie wärmte. Meistens war an solchen Abenden nichts weiter als das Kratzen ihres Bleistifts in ihrem Notizbuch zu hören. Sie wollte all ihre Ideen so schnell wie möglich zu Papier bringen. Und wenn sie fertig war, fühlte sie sich leichter, mutiger.

Heute Abend war sie sogar mutig genug, um das Letzte, was ihre Mutter aufgeschrieben hatte, noch einmal zu lesen: eine Einkaufsliste. Genau auf dem Stuhl, auf dem Amy-Rose nun saß, hatte Clara Shepherd Platz genommen, um die Zutaten für eines ihrer selbst gemachten Pflegeprodukte aufzuschreiben. Fast konnte Amy-Rose hören, wie ihre Mutter, über die zischende Pfanne gebeugt, mit Jessie über die richtige Zubereitung der Fischfrikadellen stritt, fast konnte sie den Duft des geschnittenen Gemüses und der Zwiebeln riechen. Sie hatte es genossen, diesen Wortgefechten zuzuhören und ihre Mutter dabei zu beobachten, wie sie die Zutaten abwog und mit ihren starken, schlanken Händen vermengte. Jeden im Haus zog es regelmäßig in die Küche.

Amy-Rose massierte sich die Schläfen, wandte sich von ihrer Arbeit ab und dachte daran, wie schnell sich doch alles änderte. Sobald die Schwestern verheiratet wären, gäbe es für sie kaum noch einen Grund, bei den Davenports zu bleiben. Doch hier an diesem Tresen am Fenster hatte ihre Mutter sie getröstet, nachdem sie sich das Knie aufgeschlagen hatte bei dem Versuch, gemeinsam mit Olivia und John Pferde aus dem Stall zu schmuggeln. Ihr Zimmer im oberen Stockwerk war das, was sie sich geteilt hatten, dort hatte sie den Geschichten ihrer Mutter über St. Lucia gelauscht, die sie so ausgeschmückt hatte, dass Amy-Rose glaubte, sie hätte sie selbst erlebt. Alles um sie herum rief Erinnerungen an den einzigen Elternteil hervor, den sie je gekannt, an die einzige Familie, die sie je gehabt hatte.

Das stimmt nicht ganz, dachte sie. Die Davenport-Mädchen mochten zwar nicht ihre Schwestern sein, doch früher war es ihr genau so vorgekommen. Und Jessie und Ethel – die im Morgengrauen anfingen zu zanken und erst aufhörten, wenn sie am späten Abend in ihren Zimmern verschwanden – verkörperten für Amy-Rose die Tanten, die sie nie gehabt hatte. Freundschaftliche Momente zwischen den beiden waren spärlich gesät, doch für Amy-Rose hatten sie immer mehr als genug liebevolle Worte übrig. Harold, Tommys Vater und der Kutscher der Davenports, hatte ihr ein kleines Pferd aus Holz geschnitzt, das auf ihrem Nachttisch stand. Schöne Erinnerungen steckten hier in jeder Ecke. Die kleine Familie Shepherd, bestehend aus zwei Mitgliedern, war in diesem Haus Teil einer Großfamilie geworden.

Wie würde sich das Leben anfühlen, wenn ich in einem neuen Zuhause aufwache? Umgeben von anderen Menschen? Dieser Gedanke löste Unbehagen und Aufregung gleichermaßen in ihr aus.

Amy-Rose nahm ihr Notizbuch und den Bleistift und schlich auf Zehenspitzen durch die Tür, die zum Garten hinausführte. Der frische Wind wehte ihr ins Gesicht, kühlte ihre Wangen, die wegen der plötzlich aufwallenden Panik in ihrem Innern ganz erhitzt waren. Sie überquerte den Hinterhof, immer darauf bedacht, durch die Fenster nicht gesehen zu werden, da sie sich zu so später Stunde nicht draußen aufhalten sollte. Sie umfasste ihren Sweater und verließ den Pfad an der Stelle, wo sich eine

Ansammlung von sowohl einheimischen als auch aus New England stammenden Sträuchern und Bäumen befand. Mrs Davenport kümmerte sich mit großer Hingabe um die Pflege ihres Gartens, da sie in einem kleinen Bostoner Mietshaus aufgewachsen war, weit entfernt vom Boston Public Garden.

Nun war dieser Ort für Amy-Rose ein Refugium geworden. Sobald das Haus außer Sichtweite war, lehnte sie sich an den Stamm einer großen Eiche. Sie blickte zu den Sternen auf, die zwischen den Blättern aufblitzten, und ihr Herzschlag beruhigte sich allmählich. Genau wie die Bäume von der Ostküste um sie herum konnte auch sie umgepflanzt werden.

»Wenn ich es nicht besser wüsste, würde ich sagen, dass du mich verfolgst.«

Vor Schreck fuhr Amy-Roses Hand an ihre Kehle. Im hellen Mondschein sah sie, dass John ihr gegenüber an einen Baum gelehnt saß, die Ellbogen auf die Knie gestützt. Nun erhob er sich, sein Anzug zerknittert und die Knöpfe am Hemdskragen geöffnet.

»Ich dachte, niemand außer mir ist hier draußen«, sagte sie. So versucht sie auch war, auf die Stelle unterhalb seines Halses zu schauen, die aufgrund des geöffneten Hemdes einen Teil seines Brustkorbs zeigte, hielt sie ihren Blick auf seinen geheftet. Mit langsamen Schritten, bei denen er bewusst vermied, auf Wurzeln zu treten, kam er näher. Ein Schauer überkam sie, als er so dicht vor ihr stand, dass sein Körper sie vor dem nächsten Windstoß schützte, der durch die Gärten fegte, und sie mit dem Geruch von frisch gemähtem Rasen und seinem Rasierwasser mit der berauschenden Balsamnote umgab. Sie atmete tief ein und widerstand dem Drang, die Augen zu schließen.

John bückte sich und hob ihr Notizbuch auf. »Darauf solltest du gut aufpassen.«

Sein einnehmendes Lächeln ließ sie erröten. Sie streckte die Hand nach ihrem Buch aus.

»Willst du dich für einen Moment zu mir setzen?« Nun sah er sehr ernsthaft aus.

»Ja, warum nicht«, antwortete sie und folgte John zu einer nahe gelegenen kleinen Bank neben einem Beet mit Roten Akeleien. *Der perfekte Rückzugsort für zwei Verliebte,* dachte sie, als sich ihre Oberschenkel leicht berührten und sie die Wärme seines Körpers spürte. Es war vertraulich und behaglich und sorgte nur dafür, dass sie noch verwirrter war. Sie betrachtete sein Profil. Sein Kiefer war angespannt, seine Stirn in Falten gelegt.

»Beschäftigt dich etwas?«, fragte sie. Es stand ihr nicht zu, ihm diese Frage zu stellen. Schließlich war sie immer noch das Dienstmädchen. Doch die Worte waren aus ihr herausgesprudelt, bevor sie sich davon abhalten konnte.

John fuhr sich mit den Händen über das Gesicht und seufzte so tief, dass sie es bis in ihre Knochen spürte. Beides drückte eine Form von Erschöpfung aus, die sie nur zu gut kannte.

»Wie bist du eigentlich hier gelandet?«, fragte er, anstatt ihre Frage zu beantworten. Selbst im schwachen Mondschein erkannte sie in seinen Augen eine solch neugierige Intensität, dass sie den Blick senkte. »Es tut mir leid, dass ich es nicht weiß. Es fühlt sich einfach so an, als wärst du schon immer hier gewesen, schon immer ein Teil der Familie. Mir ist gerade erst bewusst geworden, dass dem nicht so ist.«

»Dass ich davor auch ein Leben hatte?«

»Nimm es mir bitte nicht übel. Ich glaube … Es ist eher so, dass mir bewusst geworden ist, wie sehr ich in mir selbst gefangen war – und was meine Eltern sich für mich erhoffen. Wenn man fort ist von zu Hause, stellt man fest, wie anders die Dinge laufen …« Er kniff sich in die Unterlippe und die Schmetterlinge in Amy-Roses Bauch begannen zu flattern. »Ich weiß, dass sie es gut meinen, aber ich …«

Er hielt so abrupt inne, dass sie schon Angst hatte, er würde sie nun mit ihren Gedanken alleine lassen. Jessies Warnung hallte in ihrem Hinterkopf wider, verspottete sie. Die Davenports würden ihrer Wege gehen und das sollte sie auch tun.

»Bitte entschuldige, dass ich mich hier so darüber beschwere, dass sich sowohl mein Vater als auch meine Mutter um mich sorgen, während du …« Er machte eine Bewegung, als wollte er seine Hand auf ihre legen, tat es aber doch nicht. Sie dachte an seine kurze Berührung in jener Nacht in der Küche, bevor er zu dem Ball der Tremaines aufgebrochen war, und nahm seine Hand. Die Wärme spendete ihr Trost. Er betrachtete ihre ineinanderliegenden Hände. »Es tut mir leid.«

Sie rief sich den Tag in Erinnerung, an dem ihre Mutter nicht weit von hier beerdigt worden war. Mrs Davenport hatte alles organisiert. Amy-Rose wusste kaum noch etwas von der Zeit zwischen dem Moment, als ihre Mutter starb, und dem, als der mit Rosen bedeckte Sarg in die Erde gelassen worden war. Sie schloss ihre Augen und sah ihre Mutter vor sich, sah, wie sie beide die lange Reise angetreten hatten, die vor dem Eingangstor von Freeport Manor ein Ende gefunden hatte.

»Ich war noch ziemlich jung, als Mama und ich hierherkamen. Ursprünglich stammen wir aus St. Lucia. Für Mama war das immer ihr ›Zuhause‹. Ich kann mich nur daran erinnern, dass ich stets von Menschen umgeben war. Es mangelte mir nie an Spielkameraden und auch nicht an Erwachsenen, die mich schrecklich verwöhnten, selbst wenn sie untereinander darüber tuschelten, wie meine Mama von einem Seemann hereingelegt worden war, der niemals wiederkommen würde. Sie glaubten, ich wäre zu klein, um ihr Gerede zu verstehen.« Ihr lief ein Schauer über den Rücken, als sie daran dachte, was als Nächstes passiert war. Der Regen, der Wind, der Sturm, der alles davontrug. Ihre Stimme zitterte, als sie davon erzählte. Von dem Bangen, das sie alle ergriffen hatte, während sie darauf warteten, dass der Sturm sich wieder legte. »Als der Himmel endlich wieder aufklarte, hell und wunderschön, war es, als wäre nichts geschehen. Fast der gesamte Ort war zerstört, auch unser Zuhause. Mama hat mir erzählt, dass Nachbarn uns sowohl einen Platz zum Schlafen als auch ihre Hilfe beim Wiederaufbau angeboten hatten. Doch sie hat auch gesagt, dass es dort zu viele Erinnerungen gab – an die Menschen, die wir verloren hatten.«

»Also seid ihr danach nicht mehr lange geblieben?«

Amy-Rose schüttelte den Kopf und lächelte. »Mama meinte, es sei die perfekte Zeit für ein Abenteuer. Wir nahmen nur so viel von unseren Besitztümern mit, wie in eine Tasche passte. Mein Vater lebte in Georgia.« Sie warf John einen Blick zu. Er sah ihr fest in die Augen und nickte, damit sie weitersprach. »Er war ein weißer Mann aus den Staaten. Mama sagte immer, sie seien einen zauberhaften Sommer lang ineinander verliebt gewesen, als er auf der Insel Urlaub machte. Sie schrieb ihm Briefe, selbst dann noch, als von ihm keine Antworten mehr kamen. In meinem Zimmer habe ich eine Kiste, in der ich sie aufbewahre. Auf manchen erkennt man sogar noch das Symbol des Wachssiegels. Eine fünfblättrige Blume, durch die sich der Buchstabe G schlängelt.« Amy-Rose zupfte an einer ausgefransten Seite ihres Notizbuchs. Eine Traurigkeit, die sie selten zuließ, überkam sie. »Erst als wir bei der Plantage seiner Familie ankamen, erfuhren wir, dass er gestorben war. Am Fieber, so sagte man uns, bevor man uns bat zu gehen.«

Ein Schwarzer Mann mit krummem Rücken hatte ihnen an jenem Tag die Tür geöffnet. Er hatte sie nicht hineingebeten, nur gesagt, sie sollten warten, bevor er die Tür wieder schloss. Sie warteten. Und warteten. Clara Shepherd war auf und ab gegangen, hatte nur angehalten, um Amy-Roses Kragen zu richten und ihre Tochter darum zu bitten, nicht so zappelig zu sein. Es war ihnen wie eine Ewigkeit vorgekommen, bis die Tür wieder aufflog. Amy-Rose klammerte sich an das Bein ihrer Mutter, während Clara mit dem weißen Paar auf der Veranda sprach. Sie mochte nicht, wie die beiden sie anstarrten – Stirn gerunzelt und die Lippen zu einer schmalen Linie zusammengepresst, bevor sie etwas sagten. Während Amy-Rose ihrer Mutter dabei zuhörte, wie sie dem Paar die ihr vertraute Geschichte von Clara und ihrem Vater erzählte, blickte sie durch die Tür ins Innere des Hauses und in das Gesicht eines blauäugigen Mädchens, etwas älter als sie, mit einem spitzen Kinn und einer Handvoll Sommersprossen im Gesicht, genau wie Amy-Rose. In ihrer Erinnerung wurden die Stimmen immer lauter und mit ihnen wuchs auch der Kloß in ihrem Hals. John blickte sie weiter an und drückte ganz leicht ihre Hand.

Sie würde es nicht ertragen, ihn noch einmal »Es tut mir leid« sagen zu hören, also fuhr sie fort. »Meine Mutter war am Boden zerstört«, sagte sie, ohne darauf zu achten, dass ihre Augen und ihre Nase brannten. »Manchmal frage ich mich, wie mein Leben jetzt aussehen würde, wäre er noch am Leben gewesen.«

Jener Nachmittag war etwas sehr Persönliches und gehörte ihrer Mutter und ihr. Es wäre zu schmerzhaft, davon zu erzählen. Der Sohn des weißen Paares war tot und konnte nicht mehr Amy-Roses Vater sein. Das blauäugige Mädchen hatte von ihr zu den Erwachsenen gesehen und geschrien: »Lügner!« Amy-Rose würde wohl nie vergessen, wie der Mund des Mädchens sich zu einem O geformt hatte oder wie rasch sie weggetragen worden war. Genauso hatte sie noch vor Augen, wie klein ihre Mutter ausgesehen hatte, als sie auf die Tür starrte, die zugeschlagen wurde. Der Mann, der ihrer Mutter einst geschworen hatte, er würde sie beide lieben und eines Tages sein Versprechen halten und zu ihnen zurückkehren – er war nicht mehr da. Und obwohl die Trauer in Claras Gesichtsausdruck deutlich zu erkennen war, blieben ihre Augen trocken, der Griff um die Hand ihrer Tochter fest.

»Was ist als Nächstes passiert?«, fragte John.

»Wir sind viel herumgezogen, nie mehr als ein paar Tage an einem Ort geblieben, bis wir Chicago erreichten. Wir kamen mit dem Zug an der Grand Central Station an. Meine Mutter hatte gehört, dass man am ehesten eine Stelle als Haushaltshilfe bekäme, doch deine Familie war die einzige, die sich bereit erklärte, uns beide bei sich aufzunehmen.«

John blickte lächelnd in die Dunkelheit. »Olivia und ich hatten uns hinter dem Vorhang versteckt, aber unsere Füße guckten hervor. Ich weiß noch, wie Livy flüsterte: ›Ich glaube, sie ist dazu bestimmt, unsere Freundin zu sein.‹«

»Und so war es auch.« Amy-Roses Gedanken wanderten von dem, was sie verloren hatte, zu dem, was sie gewonnen hatte – das Zusammensein mit Kindern in ihrem Alter, zugleich die ständige Nähe ihrer Mutter und ein Gefühl der Zugehörigkeit. Amy-Rose presste ihre freie Hand auf ihr Notizbuch. »Meine Mutter hat mich ermutigt, meinen Träumen nachzugehen. Sie kaufte Notizbücher für mich, damit ich sie aufschreiben konnte. Damit ich sie nie vergessen würde.« Außerdem hatte ihre Mutter immer darauf bestanden, dass ihre Tochter eigene Entscheidungen traf. Dass sie das tat, was für sie selbst das Beste war. Aber von Liebe sprach Clara Shepherd nach jenem Tag in Georgia nur noch selten.

Schweigend saßen Amy-Rose und John auf der Bank, immer noch Hand in Hand. Keiner von beiden machte Anstalten, die Hand wegzuziehen. Die Stille zwischen ihnen war leicht und angenehm. Das nervöse Kribbeln in Amy-Roses Bauch beruhigte sich und sie schaffte es sogar, sich zu entspannen. *Ich könnte mich auf dich verlassen, wenn es drauf ankommt*, dachte sie mit einem Blick auf sein Profil. »Worüber hast du nachgedacht, als ich vorhin hier aufgetaucht bin?«

John warf einen Blick in Richtung Freeport Manor, dorthin, wo man das große Haus zwischen den Büschen erkennen konnte. »Ich möchte meine Eltern stolz machen.« Seine Stimme war leiser als zuvor.

Obwohl ihre Mutter nicht mehr bei ihr war, waren es die Erinnerungen an sie, die Amy-Rose Tag für Tag dabei halfen, Entscheidungen zu treffen. Ihre Träume erschienen ihr nur wegen der Stärke ihrer Mutter erreichbar zu sein.

»Das sind sie bereits«, sagte sie. »Ich erkenne es daran, wie sie dich ansehen. Und ich glaube, es gibt nicht viel, was du tun könntest, um das zu ändern.«

Amy-Rose war nicht bewusst gewesen, dass sie ihm näher gekommen war, bis sein Gesicht nur noch Zentimeter von ihrem entfernt war. So dicht, dass sie glaubte, er könnte ihr pochendes Herz hören. Ihre Haut kribbelte, als sie so verharrte, abwartend. Die Hand, mit der sie seine hielt, begann zu zittern und ihre Augen schlossen sich flatternd, erwartungsvoll. Johns Lippen streiften ihre, durchfluteten sie mit Wärme. Ein Keuchen entwich ihren Lippen. Er hielt inne. Amy-Rose befürchtete schon, sie hätte den Moment zerstört, und ihr stockte der Atem. Sie konnte seinen Gesichtsausdruck nicht deuten und saugte sorgenvoll an ihrer Unterlippe.

»Nicht«, flüsterte er und zog ihr Kinn nach unten, bis ihre Lippe wieder zum Vorschein kam. Dann drückte er seinen Mund auf ihren. John Davenport küsste sie. Sanft strich seine Hand ihre Wange hinab, glitt ihren Hals entlang, als ihr Puls heftig dagegenschlug. Vorsichtig schmiegte sie sich in seine Hand. Sie war völlig fasziniert von seinem Mund. Wie oft hatte sie sich gefragt, wie sich seine Lippen auf ihren wohl anfühlten? Unsicher, was sie mit ihren Händen anfangen sollte, strich sie über seinen festen Oberkörper und fragte sich verwundert, ob er es womöglich genauso genoss wie sie.

John zog sie dichter an sich heran, eine Hand an ihrem Rücken. Dann verstärkte er den Druck seiner Lippen auf ihren, der Kuss wurde intensiver. Ihr Buch fiel auf den Boden und sie schlang ihre Arme um seinen Hals.

Ihr Körper drängte noch dichter an seinen und er beugte sich über sie, gab ihr mit der Hand an ihrem Rücken Halt, der Geschmack seiner Lippen berauschte sie. Das hier war keineswegs der unschuldige, lustig romantische Kuss, den sie sich vorgestellt hatte. Vielmehr war er getrieben von einer Sehnsucht, die sie dazu brachte, mit den Lippen an seinem Mund aufzustöhnen. Das Knurren aus seiner Kehle als Antwort machte sie atemlos und schwindelig. Sie neigte ihren Kopf gen Himmel und erschauderte, als er ganz dicht an ihrer Haut ihren Namen hauchte und ihr Schlüsselbein mit federleichten Küsschen bedeckte.

Trotz der geschlossenen Augen nahm sie plötzlich eine ungewöhnliche Helligkeit wahr. »Wer ist da?« Harolds Stimme dröhnte durch die Nacht, viel zu laut für ihre benommenen Sinne.

Als das Licht näher kam, sprang ihr das Herz in die Kehle. John zog sie hinter eine Reihe dicht gewachsener Büsche und sie klammerte sich fest an ihn. Er lachte leise, als das Licht der Laterne wieder schwächer wurde. Der Moment, auf den sie immer und immer wieder gehofft hatte, den sie sich so sehr gewünscht hatte – er war vorüber. Doch sein unterdrücktes Lachen, dieses Glück verströmende Geräusch war schwindelerregend. Sie fühlte sich ihm jetzt näher, da sie ihm ihre Geschichte erzählt hatte. Und auch er war ihr gegenüber offen gewesen, hatte einen Teil seiner Sorgen mit ihr geteilt.

Leise lachend rannten sie in der Dunkelheit zurück zum Haus.

Kapitel 16

Olivia

Kein Liebesroman der Welt konnte Olivia an diesem Nachmittag in seinen Bann ziehen. Sie musste jede Zeile bestimmt fünf Mal gelesen haben. Immer wieder wanderten ihre Gedanken zu dem Picknick im Park zurück. Seitdem waren fast zwei Wochen vergangen und Mr Lawrence und sie hatten etliche gemeinsame Mittagessen und Spaziergänge in der Stadt genossen – immer unter den wachsamen Augen ihrer Mutter natürlich, wodurch sie nur selten die Gelegenheit gehabt hatten, offen miteinander zu sprechen. Doch Mr Lawrence schaffte es immer wieder, sie zu überraschen.

Olivia ließ das Buch mit einem dumpfen Schlag auf den Tisch fallen und schreckte damit die Terrierhündin auf, die in ihrem Schoß lag. »Entschuldige, Sophie«, sagte sie zu dem missmutigen Hündchen. Dann drückte sie die Finger an ihre Schläfen, um ihre frustrierenden Gedanken wegzumassieren.

Beinahe wäre sie in den Schlaf geglitten, doch ein Tumult vor ihrem Zimmer ließ sie hochschrecken. Da öffnete sich die Tür einen Spaltbreit, Helen schlüpfte hindurch und schloss sie wieder fest hinter sich. Olivia beobachtete ihre Schwester, wie sie sich gegen die Tür lehnte, als wäre sie der letzte noch lebende Soldat, der den Schutz eines Hauses sicherstellte.

»Was ist denn mit dir los?«, fragte sie.

»*Sch!*«, zischte Helen. »Ich versuche mich vor Mrs Milford zu verstecken. Meinst du, ich passe noch in den Kleiderschrank?«

»Auf keinen Fall!«, antwortete Olivia. »So schlimm kann die Frau doch gar nicht sein.« Sie bemerkte, wie sehr ihre Schwester nach Luft rang.

»Lass dich bloß nicht täuschen. Sie hat all diese Benimmbücher auswendig gelernt, kann daraus zitieren – inklusive Seitenangabe. Und sie sieht *alles*. Ihretwegen und wegen Malcolm, dieser Petze, konnte ich noch fast gar nicht an dem Automobil arbeiten, das John angeschafft hat. Es ist ein Modell T aus dem letzten Jahr in ziemlich gutem Zustand, wenn man von einigen Beulen absieht … und von dem rätselhaften Defekt. Doch statt den Zylinderkopf genauer unter die Lupe zu nehmen, spiele ich mit einer Gouvernante Verstecken.«

»Sie ist keine Gouvernante. Helen, du übertreibst«, sagte Olivia und setzte sich auf. »Trägst du etwa ein *Korsett*?«

Helen warf ihr einen gequälten Blick zu und Olivia gab sich Mühe, nicht loszulachen.

»Livy, kann ich mich bitte hier verstecken? Nur für einen Moment?«

Da Helen ihren Spitznamen benutzte, ließ Olivia sich erweichen. »Na schön.« Das Gesicht ihrer Schwester hellte sich auf und Olivia erkannte so viel von ihrem Vater darin – auch in seinem Ausdruck lag stets eine ähnliche Entschlossenheit. »Es tut mir leid, was mit Malcolm geschehen ist. John hat mir davon erzählt«, fügte sie als Erklärung hinzu. Es versetzte ihr einen Stich, als Helen nur mit den Schultern zuckte. »Zudem meinte er, du seist wesentlich für die Reparaturen, die sie an dem Automobil vornehmen, und dass er weiß, dass du es *sehr wohl* geschafft hast, dich in die Werkstatt zu schmuggeln und einen Blick darauf zu werfen.«

Nun lächelte Helen, genau wie Olivia erwartet hatte.

»Komm«, sagte Olivia.

Helen setzte sich zu ihr auf die Chaiselongue und zog sogleich ein Buch aus ihrer Rocktasche. Ihren Kopf legte sie auf Olivias Schulter. Ihre duftende Lockenpracht war zu einer noch feuchten Rolle im Nacken zusammengebunden. »Das ist einfach nicht fair«, sagte sie.

Olivia seufzte und strich ihrer Schwester über die Haare. »Ich weiß.«

»Malcolm findet, Frauen gehören ins Haus«, sagte Helen verächtlich. Dann fügte sie leiser und mit wenig Hoffnung in der Stimme hinzu: »Daddy würde es nie erlauben.«

Olivia linste zu dem Buch, das Helen las, und bereute es sofort. Die Diagramme verursachten ihr Kopfschmerzen. Wie war es möglich, dass das Familienunternehmen für ihren Bruder und ihre Schwester so einen Stellenwert einnahm? Natürlich wurde von ihr nicht erwartet, viel über die Fahrzeuge zu wissen oder darüber, wie die Firma geführt wurde, aber es war mehr als deutlich, wie sehr es ihre Geschwister zusammenschweißte. Und da Ruby zurzeit ständig mit Mr Barton unterwegs war … Sie konnte sich allerdings nicht vorstellen, dass ihre Freundin mit Mr Barton so viele Gemeinsamkeiten hatte – abgesehen von ein paar Bekannten. Sicher würde sie bald gelangweilt von ihm sein. Zwar ging Olivia nicht besonders gern einkaufen, doch sie vermisste die Zeit, die sie dabei immer mit Ruby verbracht hatte. In den letzten Jahren hatten sie sich normalerweise nie länger als zwei Tage nicht gesehen – außer die Tremaines unternahmen einen Familienausflug.

Sie sehnte sich danach, die kleinen Alltagsdinge mit jemandem zu teilen, wünschte sich eine Person, an deren Seite sie lachen und wachsen konnte. Da tauchte Jacob Lawrence mit seinem trägen Lächeln vor ihrem inneren Auge auf.

»Warum machst du so ein Gesicht?« Helen hatte ihr Buch zugeschlagen und sah sie an.

Olivia fuhr sich mit der Hand über die Wangen. »Was denn für eins?«

Helen seufzte, blickte über Olivias Schulter hinweg ins Leere und grinste sie dann an. »So eins. Ein Ich-träum-vor-mich-hin-Gesicht. Wegen Mr Lawrence, stimmt's?« Sie zupfte an ihrer

Kleidung und ihre Miene bekam einen eigensinnigen Ausdruck. »Ich verstehe den Sinn von diesen Tees und Anstandsbesuchen nicht. Findest du die ewigen Konversationen nicht irgendwann langweilig? Was machst du währenddessen mit deinen Händen? Und sind diese Dinger« – Helen sah auf ihr Korsett hinab – »wirklich notwendig?«

Olivia überlegte, was sie antworten sollte, wobei ihr Lächeln wieder breiter wurde. Helen hatte bisher noch nie Fragen darüber gestellt, wie man sich beim Umwerben eines Mannes verhielt. Olivia setzte sich aufrechter hin und senkte ihre Stimme. »Meine Hände lasse ich natürlich bei mir«, sagte sie dann. »Eines Tages wirst du jemanden kennenlernen, der sogar die banalsten Dinge magisch erscheinen lässt.«

»Und so fühlt es sich an? Magisch?«

Olivia legte sich eine Hand auf den Bauch und dachte an das kribbelige Gefühl, das sie jedes Mal überkam, wenn Jacob Lawrence in ihrer Nähe war. Sie dachte an ihre Gespräche und wie sie sich verändert hatten – von unbeschwerten Neckereien zu ernsteren Themen. »Manchmal schon.«

Helen verdrehte die Augen und schlug ihr Buch wieder auf. »Wenn du das sagst«, grummelte sie.

Olivia lachte und erhob sich. »Kommst du mit nach unten? Ich will mir was anderes zu lesen holen.«

Helen bedachte sie mit einem entsetzten Blick. »Um das perfekte Versteck zu verlieren? Auf gar keinen Fall.«

Olivias Magen zog sich zusammen, als sie daran dachte, dass sie in ihrem Bücherregal eine Ausgabe der Jim-Crow-Gesetze versteckt hatte. Aber Helen würde nicht durch ihre Sachen gehen. *Sie ist bereits ganz vertieft in ihr Buch.* Olivia strich die Röcke ihres schlichten Tageskleids zurecht. Ihre Mutter hatte sich heute Morgen beim Frühstück über die Wahl ihrer Kleidung beschwert, doch Olivia sah keinen Sinn darin, sich für einen Tag in ihrem Zimmer schick anzuziehen, um die Prozedur für den Abend, wenn Mr Lawrence zum Essen kommen würde, noch einmal zu wiederholen. Auf bloßen Sohlen – ihre weichen Pantoffeln lagen noch unter der Chaiselongue in ihrem Zimmer – stieg sie schnell die Treppen hinab. Der polierte Holzfußboden war kühl an den nackten Füßen. Auf einmal flog die Tür zu dem Arbeitszimmer ihres Vaters auf und Olivia kam stolpernd zum Stehen. Dort im Türrahmen stand ein unerwarteter Gast, der seinen leicht schuldbewussten Ausdruck im Gesicht hinter einem Lächeln verbarg.

»Washington DeWight.«

Sein Lächeln wurde breiter. Er trat ein Stück vor und zog die Tür hinter sich zu. »Sie erkennen mich wieder? Ich schätze, das Licht hier ist besser als in einem überfüllten Ballsaal.« Er richtete sich auf und straffte die breiten Schultern. In einer Hand hielt er einen Aktenkoffer, mit der anderen tippte er seinen Hut sacht gegen seine Brust.

Olivia verschränkte ihre Hände hinter ihrem Rücken, um das Zittern ihrer Finger vor ihm zu verbergen. Der Geruch nach Stumpenzigarre drang ihr in die Nase. Ihr Vater war also noch in seinem Arbeitszimmer. Mit zusammengekniffenen Augen sah sie wieder zu Mr DeWight.

»Ich war bei Ihrem Vater«, sagte er leise. »Er hat ein so bewegtes Leben hinter sich, ich dachte, er hätte vielleicht Interesse daran, sich unserer Bewegung anzuschließen.«

»Ja, er ist sehr einflussreich. Leute kommen von weit her, um mit ihm zu sprechen. Manchmal schmeicheln sie sich sogar bei seinen Kindern ein, um ihn für sich einzunehmen.«

»Und Sie? Sind Sie hier, um ihr Taschengeld bei ihm abzuholen, damit Sie sich eine neue Schleife kaufen können? Oder vielleicht einen Hut?« Er lächelte, während Olivia den Mund verzog. Mit seinem eigenen Hut zeigte er auf sie. »Nein, womöglich ist es ein neues Kleid, mit dem Sie den armen, ahnungslosen Mr Lawrence dazu verführen wollen, mit Ihnen ein Arrangement einzugehen.«

»Ist es das, wofür Sie mich halten? Ein albernes Mädchen, das sich an materiellen Dinge bereichert und sich in eine gute Partie schummeln muss?«

»Sie reden stets davon, dass Sie mehr als das sind. Doch davon muss ich mich erst noch überzeugen. Oh, mir ist wohl bekannt, dass Ihre Familie sehr wohltätig ist. Dass sie Geld für das Waisenhaus und das von Schwarzen geführte Krankenhaus spendet. Sie und Ihre Mutter bringen Essen ins Gemeindezentrum. Alles schön und gut. Wichtig. Doch kaum gefährlich. Sie riskieren weder Ihren Namen noch Ihr Ansehen mit einer dieser Gesten, wo doch aber genau solch ein Wagnis den Unterschied machen und für eine echte Veränderung sorgen könnte. Die aktuelle Lage verlangt danach und Mr Tremaine versteht das.«

»Und deshalb verspotten Sie Mr Davenports Kinder, wenn er gerade so außer Hörweite ist?«

»Olivia …«

»Miss Davenport«, korrigierte sie ihn, die Augen auf die Tür hinter ihm gerichtet.

»Es war nicht meine Absicht, Sie zu beleidigen, *Miss Davenport*. Im Gegenteil, ich sehe, welches Potenzial in Ihnen schlummert. Ein Feuer, das aufgrund eines sittsamen weiblichen Idealbilds erstickt wurde, dem Sie sich so penibel verschrieben haben.«

Olivia war sprachlos, schockiert von der Leidenschaft, die in den mit jeder Silbe leiser gesprochenen Worten mitschwang. Nur wenige Zentimeter stand sie von ihm entfernt, ohne Schuhe oder Korsett. Sie hörte ihm dabei zu, wie er ihre Arbeit schmälerte, und seine Aufzählung ihrer Mängel trieb ihr Schamesröte ins Gesicht. Sie wünschte inständig, sie könnte ihm zeigen, dass er unrecht hatte. Dass sie mehr als eine Puppe war, die nur darauf wartete, in ein neues Puppenhaus gesetzt zu werden.

»Jetzt erkenne ich das Feuer nur zu gut«, sagte er, offensichtlich zufrieden mit sich. Sein starr auf sie gerichteter Blick war herausfordernd. »Haben Sie sich Gedanken über das gemacht, worüber wir bei unserer letzten Begegnung gesprochen haben?«

Sie nickte. »Ich bin nicht so, wie Sie denken. Und ich muss weder Ihnen noch anderen etwas beweisen.«

Er lächelte. »Das stimmt. Aber sich selbst – würde es sich nicht lohnen, sich selbst etwas zu beweisen?«

Der Nachmittag rauschte an ihr vorbei. Als sie sich für den Abend umgezogen hatte, leistete sie ihrem Vater in seinem Arbeitszimmer Gesellschaft und versuchte es noch einmal mit Lesen. Doch sie starrte nur auf das Buch in ihrem Schoß hinab, blätterte die Seiten um, ohne etwas von ihrem Inhalt behalten zu haben, während er Zeitung las. Sie spürte seinen Blick, hielt aber ihren Kopf gesenkt. In Gedanken wägte sie ab, was William Davenport wohl von Mr DeWights Beobachtungen halten würde. Sie fragte sich, was ihr Vater und der junge Anwalt aus den Südstaaten besprochen haben mochten. Falls er irgendeine Ahnung davon hatte, worum genau dieser Mann seine ältere Tochter gebeten hatte, dann ließ er es sich nicht anmerken.

Schließlich faltete er die Zeitung zusammen. »Olivia, du sitzt schon seit fast einer Stunde hier und ich habe dich kaum eine Seite umblättern sehen.« Mr Davenport nahm seine Brille ab und steckte sie in sein Sakko.

Olivia blinzelte, um ihre Gedanken abzuschütteln. Ihr Vater beobachtete sie, ein sanftes Lächeln im Gesicht.

»Das war mir nicht bewusst«, sagte sie.

»Worüber denkst du nach?«

Ihr Mund war trocken. Washington DeWights Worte wirbelten in ihrem Kopf herum. Sie konnte ihren Vater nicht nach ihm fragen, ohne zu offenbaren, woher sie ihn kannte.

»Geht es um Mr Lawrence?«, fragte er. »Ihr beide habt in den letzten paar Wochen viel Zeit miteinander verbracht. Sag nicht, du bist wegen des kleinen Familiendinners heute Abend nervös.«

Olivia fehlten die Worte. Es sah ihrem Vater gar nicht ähnlich, den Gentleman, der sie umwarb, zur Sprache zu bringen. Das überließ er normalerweise ihrer Mutter, doch Olivia nahm an, er war enttäuscht darüber gewesen, dass sie nicht schon letzten Sommer einen geeigneten Ehemann gefunden hatte.

»Mr Lawrence – genau. Chestnut hat kürzlich zugelassen, dass er ihr einen Apfel gibt.« Olivias Pferd war bekanntermaßen wählerisch und ließ sich nur von Tommy oder Olivia füttern.

Mr Davenport schmunzelte. Doch als er wieder sprach, war sein Tonfall ernst. »Eure Mutter macht sich Sorgen um euch Mädchen. Sie kann nicht anders. Sie hatte eine schwierige Kindheit.« Er drückte kurz die Lippen aufeinander. »Als Kind jede Nacht hungrig ins Bett zu gehen verursacht einen anderen Hunger, als wenn man das als Erwachsener tut.« Das wussten Olivia und ihre Geschwister. Es war der Grund, warum Mrs Davenport immer wieder betonte, wie wichtig es war, Essen für das Obdachlosenheim und die Tafel zu spenden, und warum sie sich bei der Arbeitsvermittlung engagierten. Olivia bemerkte, wie ihr Vater mit mildem Gesichtsausdruck zur Tür blickte. Die Stimme ihrer Mutter hallte durch den Flur. »Wir wollen für euch nur das Beste.«

Olivia nickte, ihre Kehle noch immer trocken und zugeschnürt.

Mithilfe seines Stocks erhob er sich. »Lass uns nachsehen, was Jessie Schönes für uns vorbereitet hat.« Olivia nahm seine Hand, die sich warm und rau anfühlte. Mr Davenport gab ihr einen Kuss auf den Kopf und Olivia nahm den Geruch von Stumpenzigarre wahr, der an seiner Kleidung hing. Sie hakte ihren Arm bei ihm unter und er führte sie zum Speisesaal.

Olivia umklammerte ihr kleines Weinglas, das sie den ganzen Abend über noch nicht angerührt hatte. Das Essen war gut verlaufen, besser sogar, als sie erwartet hatte. Mr Lawrence saß zu ihrer Linken, wo sie ihn genau beobachten konnte. In seinen schokoladenbraunen Augen lag ein Lächeln, sein gepflegter Schnauzbart zuckte leicht. Jacob Lawrence hatte Humor und Charme. Er ging von einem Gespräch zum nächsten über, so mühelos wie ein Schmetterling. Er war wortgewandt. Routiniert. Perfekt.

»Haben Sie schon die große Tour gemacht?«, fragte Helen. Die Stimme ihrer Schwester holte Olivia zurück ins Hier und Jetzt.

»Die Fabriken sind ein wahres Wunderwerk, Mr Davenport«, erwiderte er und blickte an Olivia vorbei zum Ende des Tisches, wo ihr Vater saß.

Mr Davenport neigte den Kopf. Seine Brust schwoll vor Stolz an. »Es war ein großes Wagnis damals.« Olivia bemerkte den liebevollen Blick, den sich ihre Eltern über den Tisch hinweg zuwarfen.

»Doch wir haben uns darauf eingelassen und hart gearbeitet«, sagte Mrs Davenport.

Mr Lawrence nickte. »Natürlich.« Er nahm einen Schluck Wein, sein Charme war für einen Moment dahin und ein Schatten huschte über sein Gesicht. Olivia setzte sich auf, doch der Moment war so schnell verflogen, wie er gekommen war. Schon war Jacob Lawrence wieder so heiter wie immer. »Welche Pläne haben Sie für das angrenzende Grundstück? Bitte verzeihen Sie, aber ich habe die Gentlemen vor Ihrem Büro über eine Erweiterung reden hören.«

Statt einer Antwort strich Mr Davenport sein Hemd glatt.

Helens Gesicht hellte sich auf. »Daddy, eröffnest du eine Werkstatt?«

»Nein …«

John stützte seine Ellbogen rechts und links von seinem Teller auf, obwohl ihre Mutter ihn strafend ansah. »Warum nicht? Es wäre der perfekte Ort, um Automobile zu reparieren, viel besser als hier auf Freeport.«

»Wir stellen Kutschen her«, entgegnete ihr Vater.

Helen legte geräuschvoll ihr Besteck auf den Teller. »Automobile sind pferdelose Kutschen.«

Mr Davenport bedachte seine jüngere Tochter mit einem strengen Blick. Olivia sah, wie Helen stur ihr Kinn vorschob, um sich entweder davon abzuhalten, einen Schmollmund zu ziehen, oder davon, eine schroffe Antwort zu geben. Ihr Vater seufzte. »Und deswegen besprechen wir beim Abendessen keine geschäftlichen Themen.«

Mit hochgezogenen Brauen sah Helen zu John und seufzte ihrerseits. Olivia fühlte ein Ziehen in der Brust. *Helen sollte es doch besser wissen*, dachte sie.

John blickte zu Mr Lawrence, dem er gegenübersaß. »Pferde oder Ring?« Mit noch immer angespannten Schultern lehnte er sich in seinem Stuhl zurück.

»Wie bitte?«

»Wetten Sie beim Pferderennen oder bevorzugen Sie einen guten Boxkampf?«

»Ich spiele nicht, aber habe Respekt vor dem, was in beiden Sportarten geleistet wird«, antwortet Mr Lawrence. Er und John verfielen in eine lange Unterhaltung über Boxen, Baseball und Cricket, auch wenn Olivia sich nicht erinnern konnte, dass John jemals irgendeine Art Schläger in der Hand gehabt hätte. Ihre Kindheit war stets mit Klavier- und Reitunterricht gefüllt gewesen. Zudem hatten sie einen Privatlehrer gehabt und die meiste Zeit zu Hause verbracht. Washington DeWights Worte kamen ihr erneut in den Sinn. Dass sie behütet war. Sie sah zu ihren Eltern, die je an einem Ende des gedeckten Tisches saßen. Beide versteckten den Schmerz ihrer Kindheit und Jugend unter einem Schleier aus Silber und Seide.

Die Schwierigkeiten, mit denen die Leute in der South Side

zu kämpfen hatten, gehörten zu den Tabus, über die man bei Tisch nicht sprach. Genauso wenig wie über die Narben auf dem Rücken ihres Vaters oder über die Firma, die er trotz dieser Narben auf die Beine gestellt hatte.

»Ich habe in deinem Terminkalender gesehen, dass du dich mit einem Anwalt getroffen hast.« Johns Worte unterbrachen Olivias Gedanken. So viel dazu, dass geschäftliche Dinge nicht bei Tisch besprochen wurden. »Überlegst du, jemand Neues anstelle der Howards zu engagieren?«

Mr Davenport legte Messer und Gabel auf den Tisch. »Keineswegs. Der Herr, mit dem ich einen Termin hatte, ist aus Tuskegee in Alabama. Er geht davon aus, dass viele Schwarze in den Norden ziehen werden, um hier Arbeit zu finden.«

»Wegen der Jim-Crow-Gesetze?« Die Worte waren ausgesprochen, bevor Olivia sich davon abhalten konnte. Ihr Vater zog sein Jackett zurecht, seine Augen starr auf sie gerichtet. Ebenso spürte sie die neugierigen Blicke der anderen.

»Ja«, erwiderte er. »Unter anderem.«

John sah Olivia mit gerunzelter Stirn an und war drauf und dran, die nächste Frage hinterherzuschieben, aber sie war schneller. »Weshalb noch?«

Mr Davenport schien sich nun noch unwohler zu fühlen als vorhin, als er das Gespräch über die Werkstatt im Keim erstickt hatte. Er zögerte mit der Antwort, doch nach einem Blick zu seiner Frau sprach er schließlich weiter. »Keine Chancengleichheit. Gewalt.« Er nahm Messer und Gabel wieder in die Hand.

»Und was wollte der Anwalt von dir?« Wieder spürte Olivia die Blicke ihrer Mutter und Geschwister, mehr als dass sie sie sah. Mr Lawrence lehnte sich leicht nach vorne. Aus dem Augenwinkel nahm sie wahr, wie er seine Aufmerksamkeit abwechselnd auf sie und ihren Vater richtete.

»Er wollte Kontakte knüpfen. Er sucht Unterstützung, um Gewerkschaften für Arbeiter zu gründen, ebenso wie Koalitionen zum Schutz des Gleichstellungsprozesses. Ich sagte ihm, ich könne seine Visitenkarte an die führenden Leute der Organisationen weitergeben, die nach der Tragödie von Springfield ins Leben gerufen wurden.« Daraufhin herrschte Schweigen am Tisch. Damals hatten es selbst ihre Eltern nicht geschafft, das Ausmaß dessen, was im Sommer vor zwei Jahren in Springfield geschehen war, vor Olivia und ihren Geschwister fernzuhalten.

»Tragödie in Springfield?«, fragte Mr Lawrence.

»Drei Tage lang wurden damals Schwarze Firmen zerstört und Schwarze Bewohner bei lebendigem Leib in ihren Häusern verbrannt«, erklärte Mr Davenport schroff. »Ich kann die Bewegung des Anwalts aus Alabama finanziell unterstützen und ihn und andere mit Leuten bekannt machen, die mehr Hilfe anbieten können. Abgesehen davon sind mir leider die Hände gebunden.«

»Ich denke, das ist vernünftig«, sagte Mr Lawrence. »Solche Angelegenheiten sollte man wohl besser Anwälten, Politikern und Aktivisten überlassen.«

Olivia blickte auf das Essen auf dem weißen Porzellanteller vor ihr. Das Deckenlicht brachte das von Henrietta fein säuberlich polierte Silberbesteck zum Glänzen. »Mit Sicherheit kann noch mehr getan werden.«

Mrs Davenports Lächeln gefror. Sie warf einen Blick zu Mr Lawrence, aber Olivia tat so, als würde sie es nicht bemerken. Sie konnte doch unmöglich die Einzige hier am Tisch sein, der bewusst war, was für ein privilegiertes Leben sie im Vergleich zu den Menschen führten, über die Washington DeWight berichtet hatte.

»Ich werde hier kein Treffen veranstalten, bei dem derartige Themen besprochen werden, und euch alle damit in Gefahr bringen.« Auf Mr Davenports Gesicht zeigte sich eine Traurigkeit, die Olivias Frustration dämpfte. »Und ich muss auch an meine Angestellten denken. Wer würde das Geld für Essen und Miete nach Hause bringen, wenn das Geschäft oder die Werkstatt in einem Akt der Vergeltung mutwillig zerstört werden?«

Seine Worte waren ernüchternd. Es stand viel mehr auf dem Spiel als nur die materiellen Dinge, die sie für selbstverständlich hielt. »Du hast recht«, sagte sie, auch wenn die Worte bitter schmeckten und ihr einen Stich versetzten. Sie lächelte und blieb stumm, als John begann, wieder über Pferderennen zu sprechen, bis ihre Mutter ihn unterbrach und darum bat, dass der Nachtisch – Kirschtorte – serviert wurde. Bei dem süßen Duft drehte sich Olivia der Magen um. Sie entfernte die Fruchtfüllung aus ihrem Kuchenstück, ihr Appetit war wie weggeblasen. Stattdessen beobachtete sie Mr Lawrence neben sich. Es Politikern und Aktivisten überlassen, hatte er gesagt. Die Worte schwebten über ihr und legten sich schwer auf ihre Schultern.

»Wissen Sie«, flüsterte er ihr auf einmal zu, »ich bewundere die Leidenschaft, mit der Sie sich für diese Sache einsetzen wollen.« Der Blick, mit dem er sie bedachte, war ermutigend.

»Ich würde gern mehr tun.« Sie wusste nicht, wo sie damit anfangen sollte, doch sie war sich sicher, sie würde es herausfinden. Selbst wenn das bedeutete, mit Mr DeWight sprechen zu müssen. Ihr Vater schien das, was der Anwalt plante, zu befürworten.

»Selbstverständlich. Ihre Mutter erwähnte, dass Sie ein Juniormitglied eines der Wohltätigkeitsorganisationen der Stadt sind. Und Sie unterstützen die Spendensammlung der Tremaines?«

»Ja«, antwortete Olivia zögernd. »Aber das ist nicht alles, was ich tun möchte. Ich …« Die Worte blieben ihr in der Kehle stecken, als die Stimme ihres Vaters erklang. Mr Lawrence wandte ihm seine Aufmerksamkeit zu, da er wegen etwas anderem um seine Meinung gebeten wurde. Kurz darauf hob er sein Glas, um mit Mr Davenport anzustoßen. Olivia ertappte sich dabei, wie sie auf ein Fleckchen Haut am Handgelenk ihres Vaters starrte. Unter dem Ärmel seines Hemdes zeichnete sich eine unebene Narbe ab.

Ein Brandfleck, um ein Brandmal zu verbergen.

Olivia erinnerte sich daran, wie sie als kleines Kind eines Nachmittags mit ihrer Mutter in der Werkstatt bei ihrem Vater gewesen war und wie ein weißer Investor sich das Brandmal angesehen hatte. Ihr Vater hatte die Ärmel hochgekrempelt, um einem Mechaniker zur Hand zu gehen. Und obwohl seine Hände und Arme von Narben übersät waren, gab es eine, die den weißen Investor innehalten ließ. Eine, die bei manchen Menschen einen Schauder auslöste und bei anderen ein Grinsen. Damals hatte Olivia die Blicke, die makabre Neugierde nicht verstanden. Doch inzwischen wusste sie viel besser Bescheid. Das Springfield Massaker, die Lynchmorde, über die nur im *Defender* berichtet worden war, die als Gesetze getarnten Einschränkungen für Schwarze – all das ließ sie Schlimmes befürchten. Von einem plötzlichen Schwindel erfasst, war sie froh darüber, auf einem Stuhl zu sitzen. Ihr Puls hämmerte in einem ungewöhnlich schnellen Rhythmus.

Washington DeWight hatte Alarm geschlagen.

»Olivia? Ist alles in Ordnung, Liebes?«, fragte Mrs Davenport leise. Sie ergriff Olivias Handgelenk, damit das volle Glas, das sie noch immer umklammerte, nicht umfiel. Der Tonfall ihrer Mutter entging ihr nicht, ebenso wenig wie die Tatsache, dass sie nicht bemerkt hatte, wie Mrs Davenport aufgestanden und zu ihr gekommen war. Olivia schob die Gedanken an den Anwalt, sein Hilfsgesuch und alles, wofür er stand, beiseite. Der warnende Unterton, der in der Frage ihrer Mutter mitschwang, half ihr dabei, ihre Aufmerksamkeit auf etwas anderes zu lenken.

»Natürlich, Mama«, sagte sie. »Alles ist in bester Ordnung.« Und endlich trank sie einen Schluck Wein in der Hoffnung, er würde die Gedanken in ihrem Kopf, die immer lauter zu werden drohten, verstummen lassen.

Kapitel 17

Helen

Das laute Ticken der großen Uhr zerrte an Helens Nerven. Jede weitere Sekunde, die verging, brachte sie näher an ihre Belastungsgrenze. Die Dame, die ihre Mutter dafür bezahlte, ihr besseres Benehmen beizubringen, entpuppte sich als eine humorlose Frau, die auf Umgangsformen bestand, als würden sie ständig die Queen von England in Empfang nehmen. Zudem benebelte der Duft nach Zitrone und süßem Kuchen Helens Sinne.

Anders als früher war nun jede Minute ihres Tages durchgetaktet. Der Musikunterricht wurde fortgesetzt, aber ansonsten ließ Mrs Milford Helen keine Sekunde aus den Augen. Heute saßen sie an einem Ecktisch im gut besuchten Teesalon von *Marshall Field's*. Mit der Wand im Rücken hatte Helen eine gute Sicht auf die anderen Damen, die in ihrem Essen herumstocherten, die Füße umgeben von Einkaufstaschen. Beim Lachen hielten sie sich ihre Servietten vor den Mund und lose hellblonde oder rabenschwarze Haarsträhnen wurden aus dem Gesicht gestrichen. Helen nippte öfter an ihrem Tee, als sie normalerweise getan hätte, wobei ihr etwas deutlich bewusst wurde: Wenn sie alles richtig machte – in den Augen von Mrs Milford, ihrer Eltern und der Gesellschaft –, dann würde ein Leben geprägt von vollkommener Langeweile vor ihr liegen.

Sie zupfte an ihrem Korsett herum, in der Hoffnung, ein wenig mehr Luft zu bekommen, und um Platz zu schaffen für die Macarons, die auf einem Teller vor ihr standen. Wenn Helen mal kein Korsett trug, bemerkte es Mrs Milford sofort und dachte sich die quälendsten Strafen dafür aus – wie zum Beispiel stundenlange Stickarbeiten –, mit denen sie Helen an die Bedeutung von angemessener Kleidung erinnern wollte. Dabei sprachen die Mädchen in ihrem Alter über nichts anderes als die neuste Mode von *Marshall Field's* und über die Kleider im Werbekatalog eines Geschäfts namens *Bloomingdale's* in New York City. Keines der dort gezeigten Modestücke benötigte ein Korsett. Helen beäugte ihre Anstandsdame missmutig.

»Schultern nach hinten, Miss Davenport«, sagte Mrs Milford in diesem Moment und deutete gleich darauf auf die Kanne in der Mitte des Tisches. Während Helen ihre beiden Tassen auffüllte, bemerkte ihre Begleiterin: »Sie haben nicht sonderlich viele gleichaltrige Freunde, nicht wahr?«

Helens Magen krampfte sich zusammen. »Ich habe kaum etwas mit den Mädchen in meinem Alter gemein.«

Sie fragte sich, ob das anders wäre, wenn sie nicht das Gewicht eines Schraubenschlüssels in ihren Händen lieben würde oder den Geruch nach Öl und das Gefühl, etwas Sinnvolles vollbracht zu haben, das sie überkam, wenn sie mit den bloßen Händen Dinge zusammengebaut hatte. Muskelkater nannte Olivia den Schmerz in Helens Knochen, den sie verspürte, wenn sie unter einer Kutsche oder einem Automobil hervorgekrochen kam. Helen selbst hatte dafür keine Bezeichnung, aber sie wusste, dass kein neues Kleid und keine Party sie auf die gleiche Weise glücklich machen konnte. Ihr war das Herz schwer geworden, als sie am Morgen John und die anderen Mechaniker auf dem Weg zur Werkstatt gesehen hatte, während sie mit der Kutsche davongefahren wurde.

»Oh, das bezweifele ich«, sagte Mrs Milford. »Glauben Sie etwa, Sie sind die Einzige, deren Interessen außerhalb des häuslichen Bereichs liegen?«

Helen biss sich auf die Innenseiten ihrer Wangen und ließ den Blick durch den Salon schweifen. *Haben all die Mädchen hier versteckte Leidenschaften?* Sie musste an ihre Schwester denken.

»Olivia ist früher oft geritten«, sagte Helen. »Selbst die störrischsten Pferde brachte sie dazu, über Hindernisse zu springen oder sich vor eine Kutsche spannen zu lassen. Sie liebte das Reiten.«

Mrs Milford führte ihre Tasse an die Lippen. »Mich würde interessieren, wie sie mit der Umstellung zurechtgekommen ist. Denn wenn ich Sie recht verstehe, reitet sie heute nicht mehr so oft wie damals.« Ihre hochgezogenen Augenbrauen kamen einer Herausforderung gleich. Und sie hatte recht. Helen machte sich kaum Gedanken darum, was Olivia sich womöglich einmal für ihre Zukunft ausgemalt hatte, sie sah nur, wie mühelos ihre Schwester die ihr auferlegten Erwartungen erfüllte.

Helen richtete ihren Blick wieder auf die ältere Dame. »Warum haben Sie diesen Posten übernommen? Mich zu unterrichten?«

Mrs Milford betrachtete Helens Gesicht eingehend und es schien, als sehe sie eine andere Person vor sich. Ein kurzes Zucken fuhr durch ihre starr aufrecht gehaltenen Schultern. »Ich denke, für heute sind wir fertig.« Damit gab sie der Bedienung einen Wink.

Helen sollte es nur recht sein. Der Tee war inzwischen ohnehin kalt geworden.

Helen nahm Hut und Sonnenschirm zur Hand und flüchtete durch die Küche nach draußen. Nach einer qualvollen halben Stunde Klavierunterricht hatte Mrs Milford aufgegeben und den Lehrer fortgeschickt. »Amüsieren Sie sich ein wenig, aber gehen Sie nicht zu weit weg«, hatte sie Helen angewiesen, die absolut nichts dagegen hatte. »Und seien Sie bis drei Uhr nachmittags zurück.«

Die aus der Werkstatt kommenden Geräusche zogen sie magisch an. Letzte Nacht war sie hinausgeschlichen, um den Fortschritt des Modells T zu begutachten. *Ob sie schon bemerkt haben, was ich daran verändert habe?* Sie erkannte die Stimmen von Malcolm und Isaac, dem Architekten, der jetzt Mechaniker war. Helen wägte ab, wie hoch die Chancen standen, dass ihr Vater davon nichts erfahren würde, wenn sie jetzt in der Werkstatt auftauchte. Mit einem tiefen Atemzug versuchte sie, das einengende Gefühl in der Brust zu vertreiben, das sie nicht ihren Unterkleidern zuschreiben konnte, und wandte sich in Richtung der Auffahrt – unentschlossen, was sie als Nächstes tun sollte.

In diesem Moment bog eine schwarz-rote Davenport-Kutsche um die Ecke auf den Zufahrtsweg des Freeport Manors. Helen erstarrte. *Wer kommt da?* Panik überkam sie bei dem Gedanken, es könnten ihre Mutter und Mrs Johnson in deren Familienkutsche sein. Ihre Mutter ging mit Sicherheit davon aus, dass Helen sich bei Mrs Milford aufhielt oder in ihrem Zimmer, um etwas zu lernen – nicht hier draußen, wo sie auf dem Anwesen und in der Nähe der Werkstatt herumschleichen konnte. Helen lief auf die vordere Veranda zu, doch um unbemerkt im Haus zu verschwinden, war es bereits zu spät. Wie angewurzelt stand sie auf den Stufen, den Hut immer noch in der Hand. Mit vor Schweiß rutschigen Fingern setzte sie ihn auf und schob lose Haarsträhnen darunter. Sie verfluchte sich dafür, nicht einfach in die Werkstatt geschlüpft zu sein, als sie noch die Gelegenheit dazu gehabt hatte.

Als die Kutsche sich näherte, sah Helen jedoch schnell, dass nicht ihre Mutter darin saß. Stattdessen erblickte sie ein Stück von Mr Lawrences Hinterkopf – wobei es ihr seltsam erschien, ihn daran erkannt zu haben.

Das Pferd kam am Fuße der Treppe zum Stehen. Jacob Lawrence stieg aus und sein Blick richtete sich ohne Umschweife auf sie. Er kam die Treppe hinauf, blieb jedoch ein paar Stufen unter ihr stehen, sodass ihre Gesichter auf gleicher Höhe waren. So hatte er schon im Garten der Tremaines bei der Benefizveranstaltung vor ihr gestanden.

»Miss Davenport, ich hatte gehofft, Ihre Schwester hier an diesem schönen Nachmittag anzutreffen«, sagte er und strich dabei die Enden seines Schnauzbarts zurecht.

Helen nahm einen tiefen Atemzug, um ihre kurz aufgekommene Panik vollständig abzuschütteln. »Olivia ist nicht da, sie ist mit Ruby unterwegs. Die beiden müssten vor dem Abendessen zurück sein.«

Er nickte und steckte die Hände in die Hosentaschen. »Gut, dann fahre ich wieder. Sagen Sie ihr bitte, dass ich hier war?«

Helen sah zum großen Eingangstor am Ende der Einfahrt und dann zurück zum Haus.

»Miss Davenport?«

Helen ärgerte sich über seinen Tonfall, aber entschied sich, ihn zu ihrem eigenen Vorteil zu nutzen. »Das werde ich. Wenn Sie mir helfen.«

Mr Lawrence nahm seinen Hut ab und verbeugte sich. »Wie kann ich Ihnen zu Diensten sein?«

Sie tippte mit dem Finger an ihr Kinn und gab vor, scharf nachzudenken. »Es gibt da dieses Edelfräulein, das aus großer Not befreit werden muss.«

»Gehe ich recht in der Annahme, dass Sie dieses Fräulein sind?«

»Aber nicht doch, Knappe. Wir werden sie gemeinsam retten«, entgegnete Helen und wartete ab.

Mr Lawrence trat einen Schritt näher an sie heran und senkte seine Stimme. »Ist es ein Drache oder ein Zauberer, der unser Fräulein in seiner Gewalt hat?«

»Vielleicht sogar beides.« Helen konnte sich ein Lachen nicht verkneifen.

Er hob eine Augenbraue und ein Lächeln zuckte um seine Mundwinkel. »In diesem Fall sollten wir sie keineswegs warten lassen.« Er hielt ihr seine Hand hin. »Wo ist ihr Versteck?«, flüsterte er.

Mit einem letzten flüchtigen Blick zum Herrenhaus ergriff

Helen seine Hand und stieg in die Kutsche. »In der Stadt gibt es einen Buchladen. Ich bin mir sicher, dort werden wir sie finden. Ich weise Ihnen den Weg.«

Neben Mr Lawrence in einer Kutsche ihres Vaters zu sitzen fühlte sich an, als würde sie etwas Verbotenes tun. Sie strich mit der Hand über den vornehmen Sitz. »Wo haben Sie die Kutsche her?«

»Ihr Vater war so nett, mir eine zur Verfügung zu stellen. Womöglich wusste er, dass sie zu Größerem bestimmt war.«

Wieder musste Helen lachen. Sie war froh, dem Haus entflohen zu sein, aber gleichermaßen erschrocken, dass sie an der Seite des Mannes davonfuhr, der ihre Schwester umwarb. Die von Bäumen gesäumte Einfahrt von Freeport Manor verschwand hinter ihnen und sie trafen auf lauteren, dichteren Verkehr.

»Haben Sie vielen Dank«, sagte Helen. »Ich musste einfach mal raus aus dem Haus.«

»Spukt es darin?«

Helen runzelte die Stirn. »Nein, natürlich nicht.«

»Sie sehen so aus, als hätten Sie einen Geist gesehen.« Er lächelte. »Sind Sie sicher, dass nicht Sie das Edelfräulein sind? Ist das hier ein Test?«

Helen verpasste ihm einen Schlag mit dem Sonnenschirm auf sein Bein. »Ich bin kein Edelfräulein!« Sie bekämpfte den Drang, ihre Arme wie ein trotziges Kind vor der Brust zu verschränken. Mr Lawrence war ungefähr so alt wie John und die anderen jungen Männer, die in der Werkstatt arbeiteten. Es überraschte sie, wie wohl sie sich in seiner Gegenwart fühlte. Sonst belief sich ihr Umgang mit Männern auf Gespräche über Kutschen oder Automobile. Nicht über die missliche Lage, in der sie sich befand, weil sie gezwungen war, die gesellschaftlichen Normen einzuhalten.

»Ich bin kein Edelfräulein«, wiederholte sie. »Aber gut möglich, dass ich ein bisschen gerettet werden musste.«

Er sah sie von der Seite an. »Vor welchem schrecklichen Schicksal habe ich Sie denn bewahrt?«

Helen blickte zu den vorbeiziehenden Schaufenstern, nahm sie aber kaum wahr. »Ich flüchte vor meinem *Anstandsunterricht*. Mein Verhalten wurde als ungenügend befunden, und obwohl ich zu alt für eine Gouvernante bin, hat meine Mutter so eine Dame eingestellt, die mir angemessenes Benehmen beibringen soll, damit ich nicht sämtliche geeignete Junggesellen vergraule, die Olivia übrig gelassen hat.« Als sie ihre Schwester erwähnte, verzog Mr Lawrence seinen Mund. War ihm etwa nicht bewusst, dass er nicht der Einzige war, der um die Hand ihrer Schwester warb? Doch Helen redete einfach weiter. »Und es ist wirklich furchtbar. Nichts von dem, was mir beigebracht wird, hat einen praktischen Wert. Ich würde viel darum geben, stattdessen meinen eigenen Interessen nachgehen zu können. Es muss doch jemanden geben, der etwas für eine dauerhaft nicht perfekt gepflegte Dame übrighat, die zwar keinen Haushalt führen kann, dafür aber kein Problem damit hat, ein Pferd zu satteln, eine Achse zu reparieren oder sich ganz allgemein die Hände schmutzig zu machen.«

Mr Lawrence und Helen sahen gleichzeitig auf ihre ölverschmierten Hände mit den abgebrochenen Nägeln. Ein Teil von ihr wünschte sich die Handschuhe herbei, die sie auf ihrem Stuhl hatte liegen lassen, doch der größere, ehrlichere Teil von ihr war gleichermaßen mit Trotz und Stolz erfüllt.

Ihr stockte der Atem, als sie die Andeutung eines Lächelns in Mr Lawrences Gesicht bemerkte. Die Zügel lässig in den Händen liegend, hielt er den Blick auf die Straße gerichtet. Helens Magen verkrampfte sich. Genau dieses Benehmen versuchten ihre Mutter und Mrs Milford ihr auszutreiben. *Großartig, jetzt denkt er bestimmt, ich bin ein hoffnungsloser Fall. Andererseits – warum kümmert mich das überhaupt?* Und bei diesem Gedanken löste sich ihr restlicher Groll in Luft auf.

»Eine Balance zu finden zwischen dem, was man für sich

selbst will, und dem, was die Familie sich für einen ausgemalt hat, ist kein einfaches Unterfangen.« Er setzte sich etwas aufrechter hin. »Ich bin nicht nur hier in Chicago, um nach neuen Chancen für den Betrieb meiner Familie zu suchen, sondern auch, um ihn abzusichern. Der Name Lawrence bedeutet etwas in gewissen Kreisen, genau wie Ihr Familienname, davon gehe ich jedenfalls aus. Es ist Fluch und Segen zugleich, ein Einzelkind zu sein – als alleiniger Erbe erhält man zwar das gesamte Vermögen, trägt aber auch die Last der Verantwortung allein. Alles, was ich tue, betrifft auch meine Eltern und unsere Zukunft.«

»Ich weiß, wie viel Glück ich habe.« Helen nestelte an der Spitze des Sonnenschirms herum. »Olivia glänzt unter Mamas Aufmerksamkeit und John war immer klar, dass er eines Tages die Firma übernehmen würde.«

Mr Lawrence sah sie unter seinen langen Wimpern hervor an. »Und was ist mit Ihnen? Womit verbringen Sie Ihre Zeit? Keine zugesprochene Rolle zu haben ist sicherlich auch nicht zufriedenstellend.«

»Wovon reden Sie? Wir sind doch gerade dabei, ein Edelfräulein zu retten!« Sie lächelte. Da ihre Eltern viel beschäftigte Leute waren, nutzte sie jede sich ihr bietende Gelegenheit, um zu tun, wonach ihr der Sinn stand. Das war ihr durchaus bewusst. Sie wurde weder ignoriert noch fühlte sie sich vernachlässigt, und sie kannte ihren Platz im Familiengefüge. »Nein, ich denke immer noch, dass ich mich glücklich schätzen kann.« Geld und Privilegien unterschieden ihre Familie von anderen und zudem wurde sie geliebt.

»Ich bin mir sicher, Ihre Zukunft wird nicht so freudlos, wie Sie annehmen.«

Helen legte die Stirn in Falten. »Meine Eltern haben Verstärkung geholt.« Sie erinnerte sich noch genau, wie überrumpelt sie gewesen war, als ihre Mutter ihr Mrs Milford vorgestellt hatte. Sie wusste, dass sie zu allem, was sie sich in den Kopf setzte, fähig wäre. »Einmal habe ich auf einer Geburtstagsparty ein Fahrrad auseinandergebaut, nur um zu sehen, ob ich es konnte. Als die anderen kamen und Kuchen essen wollten, saß ich im Gras inmitten eines Haufens verbogenen Metalls.« Mr Lawrence hörte ihr ganz gelassen zu und so redete sie weiter. »Es war nicht meine Geburtstagsfeier und das Rad gehörte dem neunjährigen Sohn eines Freundes meines Vaters. Niemanden interessierte, dass ich selbst erst sieben war.« Sie seufzte, als Mr Lawrence auflachte. »Sie haben völlig überreagiert. Ich hätte das Rad wieder zusammenbauen können, wenn sie mich gelassen hätten.« Der Laut, den er daraufhin von sich gab, machte sie stolz. Er war von ihrem Verhalten nicht entsetzt. Und das war erfrischend und verwirrend gleichermaßen.

»Ich habe mal unsichtbare Tinte in das Tintenfass auf dem Schreibtisch meines Vaters geschüttet. Das ging leider ähnlich nach hinten los wie Ihre Radreparatur.«

Helen hielt sich den Bauch und ihnen beiden liefen Lachtränen über die Wangen. Als sie wieder zu Atem kam, sagte sie: »Ich habe die Ärmel von Johns Lieblingsjackett zugenäht, nachdem er meine Nähkünste grässlich nannte.« Sie wischte sich eine Träne weg. »Das ist noch gar nicht lange her. Und es war ein besonders furchtbarer Versuch, meine Fähigkeiten unter Beweis zu stellen.«

Mr Lawrence warf den Kopf in den Nacken. Sein Lachen klang wunderbar in ihren Ohren, es vertrieb die Frustration, die sie seit heute Morgen eingenommen hatte, und gab ihr ein warmes Gefühl von Leichtigkeit.

»Ich nehme mal an, er war wenig erfreut darüber?«

»Da haben Sie recht«, bestätigte Helen. »Das Innenfutter ging kaputt, als er das Jackett anziehen und seine Arme durchzwängen wollte.« Sie sah Mr Lawrence von der Seite an. »Meine Freundin Amy-Rose schaffte es, den Riss zu nähen, aber Sie hätten sein Gesicht sehen sollen!«

Mr Lawrence lachte erneut auf und warf ihr dann einen verschmitzten Blick zu. »Wo lang?«, fragte er, als sie sich einer Kreuzung näherten.

Helen wollte noch nicht aussteigen. »Nehmen wir doch lieber eine landschaftlich schönere Strecke.« Damit zeigte sie in die Richtung, die aus der Stadt herausführte.

Kurz zögerte er, doch dann lenkte er die Kutsche auf die Straße, wie ihm geheißen. »Bei Ihnen sollte man sich wohl besser nicht unbeliebt machen«, sagte er schmunzelnd.

»Das sollten Sie lieber vermeiden, ja.«

Irgendwann während der Fahrt waren sie näher aneinandergerückt. Der Rock ihres Kleides bedeckte sein Knie und sie berührten sich immer wieder mit den Schultern, während die Kutsche über die unebene Straße ruckelte. Schließlich wurde der Weg unbefestigter, die Pflastersteine verschwanden und sie fuhren auf Sand weiter – bis die Kutsche sich plötzlich stark nach links neigte. Mr Lawrence legte seinen Arm um ihre Schulter und zog sie schützend an sich. Mit der anderen Hand, die noch die Zügel hielt, stützte er sich am vorderen Teil der Kutsche ab. Sie wurden von ihren Sitzen gehoben, als das Pferd sich auf seine Hinterbeine stellte, die Sonne spiegelte sich auf seinem Rücken. Schließlich kamen sie ruckelnd zum Stehen. Erneut bäumte das Pferd sich auf und wieherte. Mr Lawrence sprang von der Kutsche und versuchte, die Zügel zu erhaschen. »Ruhig!«, rief er dem verängstigten Tier zu, als es ihm auswich.

Einen Moment lang sah Helen ihm bei dem Versuch zu, Herr der Lage zu werden, dann setzte sie ihren Hut ab und schob sich die Ärmel hoch. Der Sprung von der Kutsche war tiefer, als sie gedacht hatte. Der Matsch, in dem sie landete, bedeckte schnell ihre Füße bis zu den Knöcheln. *Es wird schwierig werden, dafür eine Erklärung zu finden,* dachte sie. Schwankend ging sie auf das Pferd zu. »Wie heißt sie?«

Mr Lawrence kratzte sich am Hinterkopf. »Irgendwas mit einer Blume? Ich erinnere mich nicht.«

Sie verdrehte die Augen, lächelte aber dabei. »Damit hätten

wir also Ihr erstes Problem schon gefunden.« Helen blickte zu der schönen dunkelbraunen Stute auf. »Hey, meine Süße«, raunte sie leise und legte ihre Handfläche sanft an den Hals des Pferdes. Das majestätische Tier bockte zunächst, doch Helen redete weiter behutsam auf die Stute ein, bis sie sich beruhigte. »Sie steckt fest«, sagte Helen dann und deutete auf die Hinterläufe, die im Schlamm versunken waren. Bei jedem Versuch, die Stute freizubekommen, gab der schlammige Boden ein saugendes Geräusch von sich, als wollte er sie ganz verschlingen. Helen versuchte den Blick von Mr Lawrence zu ignorieren, der sie dabei beobachtete, wie sie weiter leise auf die Stute einredete, während sie ihr half, sich zu befreien. Helens Haut begann zu prickeln und neben dem Geruch nach nasser Erde und feuchtem Tier nahm sie einen Hauch von Zedernholz wahr. *Konzentrier dich*, ermahnte sie sich selbst.

»So ist gut«, sagte sie, als die Hinterläufe des Pferdes aus dem Schlamm zum Vorschein kamen und das Tier wieder auf festem Boden stand.

Helen jubelte und sah zu Mr Lawrence, der Beifall klatschte. »Tatsächlich mag ich Mädchen, die sich auch mal die Hände schmutzig machen.« Er sah auf ihre Schuhe hinab, die schlammüberzogen waren. »Oder in Ihrem Fall die Füße.«

Helen lachte und wartete einen Herzschlag zu lang, um von der Stute wegzutreten. Als sie es schließlich tat, stieg sie dabei aus ihrem Schuh, der fest im Schlamm steckte. Bevor sie sich fangen konnte, stolperte sie zurück, denn ihr anderer Fuß bewegte sich keinen Zentimeter vorwärts – und eine Sekunde später fiel sie der Länge nach auf den nassen, dreckigen Boden.

Mr Lawrence beugte sich über sie und kaute auf seiner Unterlippe herum, während sein Schnauzbart zuckte.

Helen stützte sich auf, die Arme bis zu den Ellbogen mit Schlamm übersät. Sie spürte, wie etwas Nasses ihr Kinn hinunterrutschte und auf ihrer Bluse landete, und hörte das unterdrückte Prusten über ihr.

Einen Moment später konnte Mr Lawrence nicht mehr an sich halten. Sein Gelächter war laut und ansteckend. Helen, die vorgab, beschämt und entsetzt zu sein, griff sich eine Handvoll Schlamm und warf ihn in seine Richtung. Sie hatte gut gezielt, denn die Schlammladung traf Mr Lawrence mitten auf der Brust. Sie presste die Lippen aufeinander und wartete auf seine Reaktion, aber sie war sich sicher, er würde ihr diesen kleinen Angriff nicht allzu übel nehmen.

Langsam beugte Mr Lawrence sich nach unten. Seine Finger gruben sich in die Erde, sein Blick war auf sie gerichtet, jede seiner Bewegungen wohlüberlegt. Helen befeuchtete ihre Lippen und sah, dass er dasselbe tat. Und in dieser Millisekunde schleuderte Helen eine weitere Ladung los, die ihn an der Schulter traf. Damit war die Schlacht eröffnet. Das Pferd und die Kutsche dienten ihnen als Schutzschild, während sie laut kreischend wie Kinder hin und her liefen und sich gegenseitig bewarfen, bis sie beide von oben bis unten mit Schlamm und Gras übersät waren.

Als Helen ausrutschte und seitlich gegen die Kutsche schlitterte, war Mr Lawrence an ihrer Seite, um sie aufzufangen. Er hielt sie am Ellbogen und ließ sie erst wieder los, als sie schon längst ihr Gleichgewicht wiedergefunden hatte. Er sah zu ihr hinab, während sie beide nach Luft rangen. »Ich sollte Sie besser wieder zurück nach Hause bringen, Helen.« Der Klang ihres Namens ließ sie innehalten. Nicht sicher, was sie sagen sollte, nickte sie nur und gemeinsam machten sie sich an die Arbeit, die Kutsche aus dem Schlamm zu befreien und das Pferd dazu zu überreden, sie erneut zu ziehen.

Es kam ihr so vor, als verginge die Fahrt zurück nach Freeport Manor viel schneller als die Hinfahrt. Erneut tauschten sie Geschichten von früher aus, eine alberner als die andere. Irgendwo in ihrem Hinterkopf war Helen klar, dass sie sich fürchterlich verhielt. Aber das war ihr egal. Mit Jacob Lawrence zu reden war so einfach, viel einfacher, als sie sich Gespräche mit Männern, die nicht John waren, vorgestellt hatte. Dieser Gedanke schnürte ihr beinahe die Luft ab, bis schließlich die viktorianischen Türme des großen Herrenhauses zwischen den Bäumen auftauchten. Augenblicklich spürte sie nur zu bewusst, wie steif und fest das Kleid an ihrem Körper klebte. Sobald sie sich bewegte, bekam der getrocknete Schlamm Risse und blätterte vom Stoff ab. »Am besten fahren Sie außen herum und lassen mich bei der Werkstatt aussteigen«, sagte sie.

»Dafür könnte es schon zu spät sein.«

Helen folgte seinem Blick zu Amy-Rose, die sich auf der Treppe zur Eingangstür Luft zufächerte. Schock stand ihr ins Gesicht geschrieben. Helen wusste, dass Mrs Milford bereits auf sie wartete – schließlich war es schon nach drei Uhr. Sie hoffte nur, dass ihre Abwesenheit nicht auch bis zu ihrer Mutter durchgedrungen war.

Mr Lawrence machte Anstalten auszusteigen, doch Helen ergriff seinen Arm, um ihn daran zu hindern. »Ich schaffe das schon. Lassen Sie uns das Ganze nicht noch schlimmer machen.«

»Sollte sie Ihnen Ärger machen«, flüsterte er ihr ins Ohr, »zeigen Sie ihr doch Ihren Schleuderball.«

Gegen ihren Willen und trotz der ihr bevorstehenden Lektion musste Helen lachen. Und diese Freude verlieh ihr Kraft, während sie von der Kutsche zu ihrer Freundin lief. Kurz bevor Helen ins Haus trat, blickte sie noch einmal über die Schulter zurück und sah, dass Mr Lawrence ihr immer noch lächelnd hinterherschaute.

Kapitel 18

Ruby

Ruby schwenkte das Glas leicht in ihrer Hand hin und her. Der Jazzclub war ihre Idee gewesen. Die laute Musik und dazu das konstante Geplapper der Menge durchströmten sie wie elektrisch geladene Wellen. Sie lehnte sich gegen die Bar und spielte gedankenverloren mit den Perlen, die an ihrer Hüfte baumelten, während sie den Blick über den Raum schweifen ließ und genoss, wie der Drink ihr ein warmes Gefühl verlieh.

Harrison Barton war zur Bühne gegangen, um sich einen Song zu wünschen. Sie liebte es zu tanzen und er kam ihrer Aufforderung nur zu gern nach. Sie musste zugeben, dass sie sich gut amüsierte. Wenn sie jetzt noch auf John treffen würden – oder wenigstens auf einen gemeinsamen Bekannten –, dann würde der junge Mr Davenport erfahren, dass Ruby mit einem neuen Verehrer unterwegs war, gefolgt von dem Rat, sich zu beeilen, wenn er seine Chance nicht verspielen wollte. Das würde diesen Abend perfekt machen.

Sie nahm noch einen weiteren Schluck von ihrem Cocktail und lachte, als Mr Barton sich tanzend wieder zu ihr gesellte. Er trug einen perfekt geschnittenen Anzug. Mit einem erstaunten Gesichtsausdruck beobachtete er die anderen Tanzpaare.

»Gibt es dort, wo Sie herkommen, keine Tanzhäuser wie dieses hier?«

Mr Barton nickte, immer noch lächelnd, aber in seinen Augen lag eine gewisse Traurigkeit. »Doch, die gibt es. Aber da, wo ich herkomme, sehen es die meisten Tanzhäuser – egal ob solche für

Schwarze oder solche für Weiße – nicht so gern, wenn Leute aus gemischten Beziehungen dort auftauchen, es sei denn, man sorgt selbst für das Entertainment. Offiziell gibt es keine Rassentrennung. Und für mich ist es wahrscheinlich leichter, einen Club zu betreten, der von Weißen betrieben wird, als für meine Geschwister, die dunkler sind als ich. Doch woanders … wird meine Hautfarbe als Beleidigung aufgefasst.« Trotz seines Schulterzuckens erkannte Ruby, wie sehr ihn diese Tatsache schmerzte.

Sie fühlte sich schuldig, weil sie selbst vorschnell über ihn geurteilt hatte, und mied seinen Blick.

»Haben Sie bitte bloß kein Mitleid mit mir.«

»Habe ich nicht«, behauptete sie. Ruby wusste, wie schlimm es war, das Mitleid von anderen ertragen zu müssen. Sie richtete sich auf und sah ihm nun doch in die Augen. »Alles, was ich gehört habe, sind nur Gerüchte.«

Dieses Mal war er es, der wegschaute. Er starrte auf sein Glas, schwenkte es hin und her. »Mein Vater und meine Mutter sind zusammen aufgewachsen. Also beinahe.« Offenbar unsicher verlagerte er sein Gewicht von einem Fuß auf den anderen, doch dann schien er eine Entscheidung getroffen zu haben. »Meine Mutter war versklavt.« Er hob den Blick und wich ihrem nicht mehr aus. »Sie haben ihre Freundschaft, und später ihre Liebe, geheim gehalten, bis sein Vater starb und sie frei war. Doch auch dann sind sie stets für sich geblieben.« Ein leises Lächeln vertrieb die Düsternis, die sich auf seinem Gesicht abgezeichnet hatte. »Es schien ihnen nichts auszumachen. Offenbar brauchten sie niemand anderen außer uns – meine Geschwister und mich.«

Die Gerüchte waren schlimmer gewesen als die Wirklichkeit. Ruby spürte einen bitter schmeckenden Kloß in ihrer Kehle und verzog das Gesicht. Während sie einen tiefen Atemzug nahm, wurde ihr bewusst, dass, selbst wenn Harrison Barton das Ergebnis eines gewaltsamen Akts und nicht einer Liebesbeziehung gewesen wäre, sie ihn nicht weniger gemocht hätte. »Und darum sind Sie gegangen«, sagte sie.

Mr Barton richtete seinen Blick auf die Tanzpaare. »Niemand versteht, dass meine Eltern sich genauso lieben wie andere Paare. Vielmehr wird die Liebe der beiden als Verrat angesehen. Meine Eltern haben meine Geschwister und mich so lange wie möglich beschützt, so ähnlich, wie das bei Ihrer Freundin Olivia der Fall ist. Nur dass sie nicht das nötige Geld hatten, um uns vor allem zu bewahren. Doch wir haben füreinander gesorgt.« Seine Stimme wankte nicht und auch seine Worte zeigten keine Spur des Schmerzes, den er mit Sicherheit ertragen hatte. Stattdessen lag auf seinem Gesicht ein beinahe glücklicher Ausdruck, während er die talentierteren Tanzpaare beobachtete. »Ich habe mir das nicht ausgesucht und ich kann es auch nicht ändern. Das Beste ist, mich auf die Dinge zu konzentrieren, bei denen mir das möglich ist.«

Ruby sah ihn nur an. Wie schaffte er es, so im Frieden damit zu sein? Sie dagegen war aufbrausend und neigte dazu, Unrecht zu vergelten. Ruby Tremaine liebte Drama. *Aus diesem Grund bist du jetzt auch hier – weil du vorgibst, Zuneigung für einen Mann zu empfinden; für einen Mann, der so selbstbewusst dazu steht, wer er ist, und der sich seiner Familie so sicher ist, dass er sich von der Außenwelt nicht beeinflussen lässt.* Sie spielte mit den Fingern an dem Kreuz herum, das sie seit Kurzem um ihren Hals trug. Seine Worte gingen ihr unter die Haut und vermischten sich mit ihren eigenen Gefühlen.

Das Vermögen ihrer Familie war auf ein Minimum zusammengeschrumpft. Sie bemühten sich, den Schein zu wahren, in der Hoffnung, dass die Kandidatur ihres Vaters sich auszahlen und sein Traum, das Leben von Schwarzen Menschen zu verbessern, sich erfüllen würde. Ruby sah ihre eigene Familie ausschließlich durch die Augen der anderen einflussreichen Schwarzen Familien und durch die der weißen Geschäftsmänner, die sich innerhalb dieses Kreises bewegten. Egal wie sehr sie sich bemühte, sich davon freizumachen – das Urteil dieser Leute konnte sie nicht abschütteln. Niemand wusste, wie es wirklich um ihre Familie stand. Olivia vielleicht, aber sie war wohl zu höflich, als dass sie Ruby darauf ansprechen würde.

Und obwohl ihre Eltern sie darauf eingeschworen hatten, ihre familiäre Situation mit niemandem außerhalb ihres immer kleiner werdenden Hausstandes zu besprechen, fasste Ruby ihre Misere in knappen Worte zusammen, als sie sagte: »Wir sind finanziell ruiniert.«

Die Worte platzten aus ihr heraus, bevor sie es verhindern konnte, und nun wartete sie darauf, es zu bereuen. Doch das tat sie nicht.

Mr Barton wandte sich ihr zu, sein Gesichtsausdruck war offen und abwartend. Er hatte ihre Familie vorher nicht gekannt – nicht so wie die Davenports. Ruby wusste, dass es Olivia nichts ausmachen würde, wenn sie von der finanziellen Situation der Tremaines erführe, denn ihre Freundschaft basierte auf Zuneigung und gemeinsamen Erlebnissen. Aber je mehr der Status ihrer Familie bröckelte, desto unsicherer wurde Ruby in Bezug auf sich selbst. *Ich habe keine Ahnung, wie ich Ruby Tremaine sein soll – ohne das Geld und die Juwelen, ohne die Partys und den uneingeschränkten Lebensstil.* Trotz ihrer verschwommenen Sicht bemerkte sie, wie er sie mit offener und urteilsfreier Miene beobachtete. Sie blinzelte.

»Mein Vater kandidiert als Bürgermeister – um Teil einer Minderheit zu sein, die Entscheidungen tatsächlich auch trifft, statt nur nach ihnen zu leben. Zuerst dachte ich, er macht dies nur, um mehr Ansehen zu erlangen. Für eine weitere Sache, die er sein Eigen nennen kann, die seinen Namen trägt. Aber inzwischen habe ich viele seiner neuen Bekanntschaften kennengelernt, habe genug Gespräche mitbekommen, um zu wissen, dass er sich für jeden Menschen einsetzen will, der so aussieht wie wir. Für alle, die aus der Sklaverei befreit wurden.« Sie sah Harrison an. »Ich war wütend auf ihn. Und jetzt habe ich Sorge, dass niemand je erfahren wird, was er alles aufs Spiel gesetzt hat. Er will nicht, dass wir etwas Besonderes sind. Vielmehr ist sein Ziel, dass wir – Schwarze Menschen mit Vermögen und Bildung, denen etliche Möglichkeiten offenstehen – ganz gewöhnlich sind. Und das im besten Sinne des Wortes.«

Zunächst erwiderte Harrison Barton nichts darauf. Aber der Ausdruck in seinen Augen jagte einen Schauer über ihren Rücken, und das in diesem überhitzten, rauchvernebelten Raum, in dem man leicht ins Schwitzen kam. »Sie könnten niemals gewöhnlich sein, Ruby«, sagte er schließlich. »Sie sind alles andere als das.«

Ruby gefiel es, wie er ihren Namen sagte – sanft, wie eine Liebkosung. »Natürlich nicht«, fing sie sich schnell wieder. Dann verblasste ihr Lächeln erneut. »Meine Eltern haben Schwierigkeiten damit zu akzeptieren, dass ich nicht mehr ihre Erlaubnis brauche – nicht dafür, was ich anziehe oder mit wem ich meine Zeit verbringe. Ich bin nicht so wie diese Mädchen, die darauf warten, dass ein Mann ihre Eltern um ihre Hand bittet.« Sie sah ihn eindringlich an. »Der Zeit voraus zu sein hat aber auch seinen Preis.« Ihre Finger wanderten erneut zu ihrem Hals. »Mir gehörte einmal eine wunderschöne Kette mit einem Rubin daran. Es war ein Geschenk meiner Eltern. Auf einem kleinen Amulett am Verschluss waren meine Initialen eingraviert.« In Rubys Kopf spulte sich noch einmal die schreckliche Szene ab, wie ihre Mutter am Abend der Spendengala die Kette entdeckt hatte, wie sie in Rubys Zimmer gestanden und das Schmuckstück in ihrer Faust nahezu zerdrückt hatte. Der Gedanke, dass jemand anderes nun ihren Edelstein trug …

Ihre Mutter hatte die Kette verschwinden lassen, und als sie beide kurz darauf die Gäste begrüßt hatten, hatte Ruby mit zusammengebissenen Zähnen die Worte ihrer Mutter ertragen müssen – dass sie die Kette verkaufen würde. Ruby fragte sich, ob sie ihr liebstes Schmuckstück wiederbekommen hätte, wenn sie darum gebettelt und sich wie ein Kleinkind am Rock ihrer Mutter festgekrallt und heftig geweint hätte. Sie bezweifelte es. Auf der Suche nach der Kette hatte sie das ganze Haus auf den

Kopf gestellt. Mrs Tremaine hatte Wort gehalten und Ruby war tagelang untröstlich gewesen. Ihre Treffen mit Harrison Barton waren mitunter die einzigen Lichtblicke der Woche. Olivia war so sehr mit ihrem britischen Junggesellen beschäftigt, dass Ruby unverhofft viel freie Zeit hatte.

Sie schüttelte die Gedanken ab und lächelte Mr Barton an. »Ich weiß, wie das klingen muss, aber die Kette hat mir viel bedeutet. Mehr, als dass ich sie für schnelles Geld eintauschen wollte.«

Mr Barton rieb nachdenklich über sein Kinn. Dann nahm er Rubys Hand in seine, sein Blick wanderte von dem Kreuz um ihren Hals zu ihren Augen. »Das tut mir leid. Besteht eine Chance, dass Sie die Kette zurückbekommen?«

Sie schüttelte den Kopf. »Ich wüsste nicht, wo ich anfangen sollte, danach zu suchen.« Sein Blick linderte ihren Schmerz ein Stück weit und sie spürte, wie die bedrückende Erinnerung an den Verlust – der damit verbundene Ärger ihrer Mutter und ihre eigene Wut – sich auflöste.

Sie hakte sich bei Harrison unter und führte ihn weg von der Bar. Sie hatte ihm mehr über sich selbst verraten, als sie vorgehabt hatte. *Tanzen, das ist es, was ich jetzt brauche.* »Na kommen Sie«, sagte sie, gerade als am Clubeingang etwas vor sich ging, was die Aufmerksamkeit der Anwesenden erregte. Die Gespräche verstummten, stattdessen schauten die meisten in die Richtung, aus der die Aufregung kam.

John Davenport war hier. Und mit ihm die Greenfield-Brüder. Ruby erinnerte sich noch gut daran, wie der ältere der beiden versucht hatte, Olivia den Hof zu machen. Es schien, als würde die Menge sich für die drei Herren teilen. Unverheiratete Damen traten kurz vor und begrüßten John.

Ein neues Lied begann und diesmal war es ein langsameres, verträumtes, doch Rubys Herz raste. Sie erkannte genau, in welchem Moment John sie und Mr Barton erblickte. Seine Kiefermuskeln verhärteten sich und Mr Bartons Schulter an ihrer Seite spannte sich an. *Ruhig bleiben,* beschwor sie sich.

»Du gehst unter der Woche aus, John?«, neckte sie ihn, als er vor ihnen stand. Ihr war klar gewesen, dass sie sich heute hier begegnen könnten. Sie hatte ja sogar darauf gehofft.

»Hallo, Ruby«, sagte er. Ihrer Begleitung nickte er nur zu.

»Mr Barton, haben Sie schon mit John Davenport Bekanntschaft gemacht? Unsere Familien kennen sich bereits seit unserer Kindheit.«

»Ja, wir sind einander vorgestellt worden. Miss Tremaine spricht in höchsten Tönen von Ihrer Schwester«, sagte Mr Barton an John gewandt, seine Hand schwebte in der Luft zwischen ihnen.

Johns Hände verschwanden in seinen Hosentaschen. Er schien auf den Hacken etwas nach hinten zu wippen. »Ihr zwei verbringt inzwischen ziemlich viel Zeit miteinander.«

Ja! Genau so eine Reaktion hatte Ruby erreichen wollen.

Harrison Barton ergriff Rubys Hand. »Ich hatte Glück, beim Barbier Mr Tremaine zu begegnen. Er lud mich zu seiner Party ein, wo ich die Möglichkeit hatte, mit seiner reizenden Tochter zu tanzen.«

John sah zu Ruby. »Dabei handelt es sich nicht um Glück, sondern um ein Privileg.« Damit ging er fort und ließ Ruby mit klopfendem Herzen zurück.

Es funktioniert!

Als Ruby die Tür hinter sich ins Schloss zog, summte sie immer noch die im Club zuletzt gespielte Melodie vor sich hin. Harrison Barton hatte sie in seiner Kutsche nach Hause gefahren – was einem Skandal gleichkam, wenn jemand sie gesehen hätte. Doch zu dieser späten Stunde waren nur noch wenige Menschen unterwegs, und wenn, dann waren es Gleichaltrige aus ihrem Kreis, deren Moralvorstellungen nicht so streng waren wie die ihrer Eltern.

Vom anderen Ende des Raums hatte John sie ein, zwei Lieder lang dabei beobachtet, wie sie mit Mr Barton tanzte. Unter seinem wachsamen Blick hatte Ruby jedes Mal, wenn sie Harrison Barton zu nah gekommen war, das Kinn gereckt. Ihr Begleiter mochte vielleicht ein Lückenbüßer sein, aber Ruby genoss seine Gesellschaft durchaus. Er war überraschend scharfsinnig und versprühte Optimismus, war erst kürzlich vermögend geworden, prahlte damit aber nicht wie ein aufgeblasener Wichtigtuer. Vielmehr war er zurückhaltend. Sie mochte vor allem, wie ruhig und verstanden sie sich in seiner Gegenwart fühlte – in *Harrisons* Gegenwart, denn wie könnte er nach diesem Abend und nach allem, was er nun über sie wusste, in ihren Gedanken immer noch Mr Barton sein?

Am Ende des Korridors erhellte ein Lichtschein die Wände. Ihre Eltern.

Seit dem Ball hielten sie jedes Mal, wenn Ruby ausging, Nachtwache – in der Erwartung eines Ereignisses, das längst hätte eintreten sollen. Es wurde immer schwerer, eine Entschuldigung für ihren Misserfolg zu finden. *Ja, John hat mich bemerkt*, würde sie sagen. *Nein, wir haben noch nichts geplant*. Sie wappnete sich und betrat seufzend das Arbeitszimmer ihres Vaters.

Heute war ein guter Abend.

Im Kamin loderte ein Feuer. Das Büro war mit großen, schweren Regalen aus Mahagoniholz ausgestattet, voller Bücher und Nippes. Die Sitzmöbel waren groß und mit dunklem Samt überzogen, ein dicker burgunderroter Aubusson-Teppich lag unter dem breiten Schreibtisch ihres Vaters. Mr Tremaine saß dahinter, den Stuhl zurückgeschoben. Den Arm auf seinem Oberschenkel abgestützt, ließ er die bernsteinfarbene Flüssigkeit in dem Glas in seiner Hand kreisen. Mrs Tremaine saß auf einer Couch zu seiner Rechten in einer Robe, die Röcke elegant zusammengerafft. Ihre Locken waren zu einer kunstvollen Frisur hochgesteckt worden. Ruby schloss daraus, dass auch ihre Eltern ausgegangen waren. Mr Tremaine hatte seine

Krawatte gelockert, sein bestes Jackett hing über der Lehne seines Stuhls.

Ruby trat aus dem Schatten des Korridors zur Tür hinein und ihre Eltern sahen ihr bereits entgegen. Ihr Vater wedelte mit dem Finger in ihre Richtung. »Ich habe dich summen gehört.« Er schaute zu Rubys Mutter und die beiden tauschten einen wissenden Blick. »Verlangt das nach Champagner?«

Ruby blieb am Rande des Teppichs stehen. In Gedanken sah sie sich, die Hände an die vor Glück glühenden Wangen gepresst.

»Ich weiß, dass du mit Mr Barton unterwegs warst«, sagte ihre Mutter. »Da waren wir etwas nachlässig, aber er ist doch sicherlich nicht der Grund für das Lächeln in deinem Gesicht.« Ihre Worte, wenn auch behutsam gewählt, verdeutlichten ihr Missfallen.

»Natürlich war ich mit Harrison – Mr Barton – unterwegs. Eine Dame lässt ihre Verabredung doch nicht sitzen.« Diesmal sahen ihre Eltern sich skeptisch an. »Ich bin kein Flittchen«, schnaubte sie. »Ich habe einen Plan und er *funktioniert*.«

Mr Tremaines Blick verweilte auf ihr. »Hüte deine Zunge, junge Dame.« Ruby unterdrückte ein Augenrollen. Angesichts dessen, was von ihr erwartet wurde, erschien es ihr nicht gerecht, für ihre Ausdrucksweise getadelt zu werden. Im Gegenzug nahm sie ihnen übel, in Bezug auf John so unter Druck gesetzt zu werden, auch wenn sie ihre Gründe dafür hatten. Es war eine Herausforderung, kein Zweifel, aber sie könnten ihr wenigstens etwas Vertrauen schenken.

Mrs Tremaine zog ihre Handschuhe aus und Rubys Vater lehnte sich in seinem Stuhl zurück. »Was für einen Plan?«, fragte ihre Mutter.

Ruby räusperte sich, um den aufkommenden Kloß loszuwerden. »Macht euch keine –«

»John ist dir immer noch wichtig, oder nicht?«, unterbrach ihr Vater sie.

»Ja!«, sagte sie nachdrücklich und war selbst überrascht davon. Sie trat einen Schritt zurück und konzentrierte sich auf das Muster des Teppichs. Auf einmal hatte sie das starke Bedürfnis, sich hinzusetzen. Nur nicht hier, wo ihre Eltern sie weiter mit Fragen löchern würden. Wenn sie ehrlich war, schockierte es sie, dass ihre Eltern überhaupt *wissen* wollten, wie es ihr ging.

Ihre Mutter erhob sich. »Du darfst nur nie aus den Augen verlieren, was wirklich wichtig ist, meine Liebe. Sich mit weniger zu begnügen ist nie richtig.«

Schon halb auf dem Weg hinaus, die Erwartungen ihrer Eltern tonnenschwer auf ihren Schultern, sagte Ruby: »Macht euch keine Sorgen. Ich weiß, was ich tue.«

Kapitel 19

Amy-Rose

Ein Mann hielt ihr die Tür auf und Amy-Rose trat in das geschäftige Treiben der Binga Bank. Es kam ihr so vor, als würde der Geist ihrer Mutter sie anspornen. Sie hatte viel Zeit investiert, um ihre Geschäftsidee auf Karten aus festem Karton zu schreiben, die sie sich von Helen geliehen hatte. Jede Einzelheit hatte sie sorgsam in ihre Liste eingetragen. All ihre Träume, ihr Herz und ihre Seele hatte sie zu Papier gebracht – und nun war sie bereit, alles aus der Hand zu geben. »Außerdem liegt meine nächste Anzahlung bei«, fügte sie hinzu.

»Ich sorge dafür, dass dies alles an Mr Binga weitergegeben wird«, sagte der Bankangestellte. »Meiner Meinung nach sind Sie auf dem richtigen Weg.« Er schob seine Brille zurecht und trug Amy-Roses neueste Anzahlung in das Kassenbuch auf seinem Schreibtisch ein. Dann sprach er weiter. Sie sah, wie seine Lippen sich bewegten. *Mr Binga,* dachte sie und konnte ihr Glück kaum fassen.

Als er den Beleg abriss, besann sie sich wieder.

»Bitte sehr, junge Dame«, sagte er mit einem ruhigen Lächeln. »Darf ich Sie fragen, wofür Sie sparen?«

»Ich eröffne mein eigenes Geschäft. Einen Friseursalon.« Diese Aussage hatte sie so lange geübt, bis die vorgetäuschte Selbstsicherheit echt klang. Wenn sie wollte, dass ihr Traum wahr wurde, dann musste sie ihn so behandeln, als wäre er eine Tatsache.

»Ist Ihr Ehemann damit einverstanden, dass Sie all das Geld dafür ausgeben?«

»Ich bin nicht verheiratet, Sir«, erwiderte sie in dem gleichen freundlichen Tonfall wie zuvor. Ihre Hand schwebte noch in der Luft, bereit, den Beleg entgegenzunehmen. Aber der Angestellte behielt ihn bei sich. »Ich habe das alles selbst verdient.«

»Verstehe.«

»Was verstehen Sie?«, frage Amy-Rose und spürte, wie sie errötete.

»Es ist ungewöhnlich für eine junge Frau, allein und auf sich gestellt, noch dazu ohne Erfahrung, ein Geschäft zu eröffnen.«

»Ich habe gründlich recherchiert«, erklärte sie. »Zumindest theoretisch habe ich mir alles erarbeitet und außerdem werde ich Hilfe haben. Abgesehen davon hat hier in der Stadt fast jeder Schwarze Geschäftsmann und jede Schwarze Geschäftsfrau so angefangen wie ich.« Amy-Rose wusste nicht genau, warum sie das Gefühl hatte, sich rechtfertigen zu müssen. Schließlich *war* es ihr Geld. Aber sie hatte die Befürchtung, dass etwas Furchtbares geschehen würde, wenn sie das nicht tat. Das veränderte Verhalten des Bankangestellten sorgte dafür, dass sich ihr Magen schmerzhaft zusammenzog.

Außerdem war ihr nicht entgangen, wie verkrampft er dasaß, seit sie von Schwarzen gesprochen hatte. Als würde ihr etwas hellerer Teint den Teil ihrer Identität verleugnen, der von ihrer Mutter stammte. Es stimmte zwar, dass sie sich dadurch etwas leichter unter Weißen bewegen konnte. Doch das bedeutete nicht, dass es weniger schmerzte, wenn diese Tatsache an anderer Stelle gegen sie verwendet wurde und sie sich deswegen minderwertig fühlte. Aber das hier war nur die Meinung eines einzelnen Mannes und die Binga Bank hatte es sich zur Aufgabe gemacht, Schwarze Unternehmerinnen und Unternehmer zu unterstützen. Amy-Rose setzte sich aufrechter hin.

Der Bankangestellte kramte in den Papieren auf seinem Schreibtisch. Anscheinend war keines dabei, das zu ihrem Konto gehörte. Als er seine Augenbrauen hochzog, geriet ihr Lächeln ins Wanken. »Und wo wollen Sie dieses … Geschäft eröffnen?«

»Bei Mr Spencer's. Der Friseursalon, nicht weit von hier.«

Er nickte gemächlich. »Den kenne ich.« Wieder nickte er. »Ich wünsche Ihnen viel Glück.«

Den nächsten Schritt geschafft. Amy-Rose nahm den Beleg entgegen und steckte ihn in ihr Notizbuch, das John als wertvoll bezeichnet hatte. Wenn ihre Berechnungen stimmten, würde es nur noch wenige Wochen dauern und es wäre so weit. Schon jetzt war sie so viel weiter, als alle erwartet hatten.

»Glück ist gar nicht nötig«, sagte sie leichthin. Ihre Mutter hatte Amy-Rose beigebracht, dass man es weit bringen konnte, wenn man hart dafür arbeitete. Sie stellte sich vor, wie stolz Clara Shepherd auf sie wäre, auf das, was sie bisher schon erreicht hatte. Mit klackernden Absätzen verließ sie die Bank.

Bevor sie sich auf den Weg zurück nach Freeport machte, holte sie im Kurzwarenladen noch Jessies Bestellung ab. Normalerweise unterhielt sie sich dort mit anderen Kunden und fragte den Verkäufer, wie es seiner Familie ging. Doch heute war sie in Gedanken noch bei dem, was gerade in der Bank vorgefallen war. Der Kassierer schob Artikel für Artikel über den Verkaufstresen, die Kosten stellte er den Davenports in Rechnung.

»Vielen Dank«, sagte sie und ging nach Verlassen des Geschäfts flotten Schrittes den Bürgersteig entlang. Ihre Schuhe begannen zu drücken, während ihre Füße den Weg zu Mr Spencers Friseursalon fanden.

Als sie davor stand, hielt sie inne. Ihr Spiegelbild in der Glasfront zeigte eine Geschäftsfrau. Den ganzen Morgen über hatte sie wegen ihres Kleids und ihrer Frisur hin und her überlegt. Jetzt steckten ihre dicken, welligen Haare unter einem breitkrempigen Hut. Der trapezförmig geschnittene Rock und der einfach gehaltene Blazer verliehen ihr ein seriöses, vertrauenswürdiges Aussehen. Sie hoffte, dass ihre Ersparnisse und die getroffenen Vorbereitungen ausreichten.

»Claras Schönheitssalon«, flüsterte sie. So würde sie ihren

Laden nennen. Auf einmal kam es ihr so vor, als hätte daran nie Zweifel bestanden. Amy-Rose richtete sich weiter auf. Das Erlebnis in der Bank war vergessen. Stattdessen stellte sie sich vor, wie ihre Pläne die Außenfassade verändern würden. Sie würde sich um die leeren Blumenkästen unterhalb des Fensters kümmern. Ein frischer Anstrich mit weißer Farbe würde den Laden von den Ziegelsteinfassaden zur Linken wie zur Rechten abheben. Hier herrschte reger Fußgängerverkehr, der, so hoffte sie, ihr viele Stammkunden verschaffen würde. Leute, die ihr Können erkannten und sie deshalb erneut aufsuchten.

Sie trat ins Innere des Ladens und sah Mr Spencer bei einem Kunden stehen. Sie befanden sich an einem Frisierplatz im hinteren Teil direkt neben der Kasse. Über den übrigen Frisierstühlen hingen weiße Tücher. Es roch nach Holzlack, Zigaretten und Desinfektionsmittel. Es war wunderbar – und nicht mehr lang, und das alles würde ihr gehören.

»Clyde, schauen Sie mal, wer uns hier besuchen kommt«, sagte Mr Spencer an den Mann im Frisierstuhl gewandt, dessen Gesicht sich unter einem warmen Tuch verbarg. »Gehen Sie bloß nicht hier herum, als würden Sie bereits alles umgestalten wollen«, sagte er dann zu Amy-Rose, während er einen Umhang über Clydes Schultern warf. Sein Lächeln milderte seine Worte ab.

Doch Amy-Rose konnte nicht anders. Der Holzboden war auf Hochglanz poliert und reflektierte das Licht, das durch die hohen, gewölbten Fenster hineinfiel. *Keine altmodischen Tapeten mehr, neue Stühle, im vorderen Bereich eine Loungeecke.* Der Platz würde ausreichen.

Clyde spähte mit einem Auge zu ihr, als Mr Spencer das Tuch von seinem Gesicht nahm. »Ist das Amy-Rose?«

»Ganz genau. Sie schmiedet Pläne.«

»Ach, Sie wissen doch, dass ich meine Pläne längst gemacht habe«, sagte sie.

Mr Spencer lachte und folgte ihrem Blick. »Was ich hier alles erlebt habe«, sagte er dann mit einem verträumten Gesichtsausdruck. Seine Züge entspannten sich und nur sein grau meliertes Haar deutete auf sein Alter hin. Leise vor sich hin summend stutzte er Clydes unregelmäßig gewachsenen Bart.

Die beiden Männer tauschten Neuigkeiten über ihre Liebsten und die Nachbarschaft aus – Altherrenklatsch und -tratsch. Und das war genau das, was sie wollte: ein Ort, der ihr gehörte, wo sie die Kunden so gut kannte, als wären sie Freunde. Wenn Amy-Rose Helen die Haare machte, war es ähnlich. Dann tratschten sie und gaben einander unaufgeforderte Ratschläge. Das und ein Gefühl von Zuhause – ein Zuhause, das sie nach ihren Vorstellungen gestalten würde, in ihrem eigenen Laden.

Sie wünschte den Gentlemen einen schönen Abend und machte sich auf den Weg zurück nach Freeport. Die bereits tief stehende Sonne tauchte alles in ein goldenes Licht und heizte die Straßen auf, sodass auch die letzten Pfützen vom gestrigen Regen verschwanden. Amy-Rose versuchte die Schweißperlen, die ihr den Rücken runterliefen, zu ignorieren. Die Waren, die sie für Jessie abgeholt hatte, wurden immer schwerer in ihren Armen und sie murmelte leise Klageworte vor sich hin, die sie der Köchin gegenüber niemals äußern würde.

Gerade versuchte sie, ihre Last auf die andere Hüfte zu laden, als sie ein Hupen hinter sich hörte. Amy-Rose trat zur Seite und wandte sich um. Ein glänzend schwarzes Automobil näherte sich ihr und verlangsamte sein Tempo. Sie kannte dieses Modell. Fast täglich ging sie auf ihrem Weg in den Garten, der hinter der Davenport'schen Küche lag, daran vorbei. Sie blickte zu allen Seiten, aber als die übrigen Passanten weiterliefen, war ihr klar, was das bedeutete. John war ihretwegen langsamer geworden.

»Soll ich dich mitnehmen?«, fragte er. Das Grübchen in seiner Wange beschleunigte ihren Herzschlag. Nicht zum ersten Mal sah sie ihren Kuss wieder vor sich und ihr wurde noch heißer als ohnehin schon. Seit diesem Abend im Garten war fast ein ganzer Monat vergangen. Nur ein kleiner Ausrutscher, sagte sie sich. In jener Nacht hatten ihre Gefühle einfach ein wenig verrücktgespielt.

Er öffnete ihr die Beifahrertür. Die Sitze waren aus weichem Leder und sie bewunderte die Handwerkskunst, die Schönheit.

»Das Wetter ist tatsächlich besser heute als erwartet, aber du bist noch meilenweit von zu Hause entfernt. Warum hast du dir keine Kutsche genommen?«

Amy-Rose dachte daran, wie sie durch die Küchentür verschwunden war und Jessie ihr noch fehlende Zutaten hinterhergerufen hatte. »Ich wollte nur ein paar kleine Besorgungen machen und hatte nicht erwartet, dass so viele Bestellungen schon da sind. Noch dazu in so großen Mengen.«

Als John lächelte, war Amy-Rose ganz verzaubert davon, wie seine Lippen sich formten. »Tja, dann hatten wir wohl Glück, dass ich gerade hier vorbeigekommen bin.«

Wir hatten Glück.

Diese einfachen Worte hallten in Amy-Roses Kopf nach, als John das Fahrzeug zurück auf die Straßen lenkte. Sein Oberschenkel berührte ihr Knie. Seine Schulter streifte ganz leicht ihre. Eine kleine Brise schien sie beide näher aneinanderzudrücken. Auf einmal war es ganz leicht, sich das hier als ihr Leben vorzustellen – ein Leben, in dem sie am Nachmittag mit John nach Hause fuhr, nachdem sie am Vormittag sämtliche Dinge für ihren gemeinsamen Hausstand eingekauft hatte. Nein, nachdem sie beide ihrer jeweiligen Arbeit nachgegangen waren. Ihren Salon würde sie nicht so leicht aufgeben.

Seufzend schob sie die Vorstellung von ihnen beiden beiseite.

»Hast du alles geschafft, was du dir vorgenommen hast?«

Amy-Rose überlegte, wie viel sie ihm über ihren Fortschritt bezüglich des Salons erzählen sollte. Trotz ihres Kusses im Garten hatte er danach nicht mehr Interesse für sie gezeigt als vorher. Und sie hatte sich auch nicht um ihn bemüht. Doch jetzt sah er sie neugierig an, bevor er den Blick wieder auf die beinahe verlassene Straße vor ihnen warf. Die Bäume links und rechts entlang des Weges schienen sich einander entgegenzustrecken. Das Sonnenlicht, das durch die Zweige hindurchblitzte, bildete ein Kaleidoskop aus Grün und Gold. Die Luft kühlte allmählich ab und die Temperatur wurde erträglicher. *Er weiß doch längst, dass ich davon träume, einen Salon zu eröffnen,* rief sie sich in Erinnerung.

»Ich war heute in der Binga Bank«, begann sie. »Ich habe Geld gespart, um eine Ladenzeile erwerben zu können – die von Mr Spencer, um genau zu sein. Er hat mir ein faires Angebot gemacht und die Anzahlung habe ich schon fast beisammen.« Sie zögerte, bevor sie weitersprach, nicht sicher, warum der nun folgende Teil ihrer Erklärung sie innehalten ließ. »Sobald ich genug Geld dafür gespart habe, werde ich Freeport verlassen und neu anfangen.«

Über Johns Gesicht huschten so viele verschiedene Gefühle, dass Amy-Rose sie kaum erfassen konnte. Ihre Hände wurden feucht und ihr Magen krampfte sich zusammen. *Warum?* Warum ließ sie zu, dass seine Reaktion ihr überhaupt in irgendeiner Weise zusetzte? Sie lebten doch schon seit Jahren unter einem Dach. Und noch bis vor Kurzem hätte sie ihn als nett und höflich beschrieben, aber keineswegs mit Worten, die ihre nun wachsende Angst rechtfertigten und ihr die Brust zuschnürten.

John lenkte das Automobil an den holprigen Straßenrand. Sie wurden ordentlich durchgeschüttelt und kamen dann zum Stehen. Als er sich zu ihr drehte, verstärkte er gleichzeitig den Druck seines Beins gegen ihres. »Das sind tolle Neuigkeiten!« Er legte einen Arm auf die Rückenlehne hinter ihr, beinahe fühlte es sich wie eine Umarmung an. Dann sah sie, wie seine Begeisterung schwand. »Ich werde dich vermissen«, sagte er schlicht.

Diese Aussage und der leicht verlegene Blick, mit dem er sie bedachte und der sein zum Dahinschmelzen schönes Grübchen immer wieder aufblitzen ließ, machte sie ganz nervös. Doch sie schnaubte nur und sagte: »Denk bloß nicht, dass ich dir das glaube. Du wirst viel zu beschäftigt sein, um zu bemerken, dass ich nicht mehr da bin.«

John legte einen Finger unter ihr Kinn und zog es sanft nach oben. Sie spürte, wie schwielig und aufgerissen seine Haut an ihrer war, und hätte diesen Augenblick am liebsten festgehalten. Er sah ihr direkt in die Augen. »Ich hatte schon immer Gefühle für dich.«

»Nein«, entgegnete sie unsicher. Amy-Rose wandte sich ab und sah auf die Motorhaube – irgendwohin, nur nicht in sein schönes Gesicht oder in seine Augen, die ihren Blick suchten.

»Du glaubst mir nicht«, stellte er fest. »Das sehe ich dir an. Aber ich weiß noch, wie du früher die Spinnen im Haus jedes Mal eingefangen und ins Freie gesetzt hast, anstatt sie zu töten. Als wir noch jünger waren, hast du mit Olivia zusammen Kleider aus Seidenlaken genäht, die ihr in einem Wäscheschrank gefunden hattet. Ihr habt jede Menge Ärger deswegen bekommen.« Er lehnte sich mit halb geschlossenen Augen in seinem Sitz zurück, während ihr Hitze in die Wangen schoss. »Du bist die Einzige, die Helen dazu überreden kann, etwas zu tun, was sie eigentlich gar nicht will. Deine Sommersprossen und die Art, wie deine Zungenspitze an deine Oberlippe tippt, wenn du über etwas nachdenkst – all das …«

Ertappt zog sie ihre Zunge zurück und er lachte auf. *Mache ich das wirklich so häufig?*

»Wenn ich also sage, dass ich dich vermissen werde«, fuhr er fort, »dann meine ich das auch so.«

Nun erwiderte Amy-Rose seinen Blick. In seinen Augen lag so etwas wie Sehnsucht und ihre Haut begann zu prickeln. Seine vollen Lippen waren leicht geöffnet und sie dachte an seinen Geruch, daran, wie sie sich geküsst hatten.

»Ich hatte auch Gefühle für dich«, sagte sie.

»Du hattest?«

»Ja.«

»Amy-Rose, ich glaube, du hast mich nicht richtig verstanden. Meine Gefühle gehören nicht der Vergangenheit an.«

Er beugte sich langsam zu ihr rüber, wartete auf ein Zeichen von ihr, dass er aufhören solle. Als sie es nicht tat, verringerte er den Abstand noch weiter. Sie keuchte auf, als sein Mund auf ihren traf, seine Lippen bewegten sich sanft, behutsam. Seine Hände strichen ihre Wangen hinauf und hinterließen ein Prickeln auf ihrer Haut, verharrten in ihrem Nacken und jagten einen Schauer über ihren Rücken. Ein Hupen ertönte und sie fuhren auseinander. Völlig außer Atem sahen sie sich nach einem anderen Fahrzeug um. Doch da war keins.

»Ich glaube, das warst du«, sagte Amy-Rose kichernd.

John drückte ihre Hand an seine Brust. Sein Herz raste wie wild, genau wie ihres. »Was ich eben gesagt habe, meine ich auch so«, wiederholte er. Langsam, so als wollte er sie nicht loslassen, löste er seine Hand aus ihrer und lenkte das Automobil zurück auf die Straße. Auch sie wollte ihn nicht loslassen. Sie wollte das hier mit ihm genießen, solange sie die Möglichkeit dazu hatte.

Das Bild von ihnen beiden in einer gemeinsamen Zukunft erschien erneut vor ihrem inneren Auge.

Es würde nicht halten, sagte sie sich, als trotz allem Hoffnung in ihr aufkeimte.

Kapitel 20

Olivia

»Miss Olivia, hiervon wurden zwei geschickt.« Hetty hielt in jeder Hand einen runden Serviettenhalter.

Olivia besah sich die silbernen ringförmigen Halter, einer hatte ein Blattmuster, der andere war mit Perlen verziert. In ein paar Tagen würden ihre Eltern gemeinsam mit ihren Freunden und der städtischen Oberschicht ihren fünfundzwanzigsten Hochzeitstag feiern. Mit Olivias Hilfe würde ihre Mutter den riesigen Ballsaal der Davenports für dieses besondere Ereignis stimmungsvoll herrichten. Olivia bewunderte, wie ihre Mutter die vielen Aufgaben auf einmal meisterte, und sie hoffte, eines Tages auch einmal einen Haushalt so reibungslos führen zu können.

Ruby sah über Olivias Schulter. »Du hast keinen von beiden ausgesucht.«

»Ja, ich weiß, aber ich habe keine Zeit, noch eine neue Bestellung aufzugeben.« Olivia stöhnte. »Wir nehmen den linken.« Sie bedeutete einem Diener, zu ihr zu treten. »Bitte sagen Sie den Männern, die herkommen, um die Tische aufzubauen, dass sie das Klavier in die Ecke am Fenster stellen sollen.« Mit einer Hand knetete sie die angespannten Muskeln in ihrem Nacken. Sie sehnte den Tag der Party jetzt schon herbei.

»Du machst das alles hier wirklich großartig«, sagte Ruby und lächelte sie mitfühlend an. »Deine Mutter hätte dir nicht so viel Verantwortung übertragen, wenn sie nicht davon überzeugt wäre, dass du der Aufgabe gewachsen bist.«

Olivia hakte sich bei ihrer Freundin ein. Sie hoffte, Ruby hatte recht. So nervös und angespannt, wie sie war, hatte sie schon die ganze Woche über kaum etwas gegessen. »Danke.« Sie betrachtete Ruby eingehend. »Wie geht es dir?«

Ruby zuckte mit den Schultern. »Meine Eltern haben viel zu tun, beide arbeiten daran, so viele Leute wie möglich dazu zu bewegen, in die Kandidatur meines Vaters zu investieren. Wenn ich nicht gerade Zeit mit dir oder Mr Barton verbringe«, fügte Ruby hinzu, während sie Olivia durch den Ballsaal und hinaus in die Eingangshalle zog, wo Helen und ihre Mütter auf sie warteten, »dann helfe ich ihnen. Papa denkt, dass er eine echte Chance hat und die Menschen wirklich an ihn glauben.« Stolz zeichnete sich in Rubys Gesicht ab.

»Und was denkst du?«

»Er sagt, die wirksamste Kraft, die eine Veränderung in der Stadt bringen kann, sind die Menschen selbst.«

Olivia ließ Rubys Arm los. Mr Tremaines Worte – und das noch dazu von Rubys Lippen – erschütterten Olivia bis ins Mark. Natürlich hatte er recht. Niemand wusste besser, was Chicago brauchte, als diejenigen, die sich jeden Tag darin aufhielten. Dass sie selbst zu der Bewegung wirklich etwas beizutragen hatte, bezweifelte sie. Aber sie wusste, dass die Männer und Frauen, die zu den Versammlungen ins Samson House gingen – um Nachrichten aus den Südstaaten und Ideen auszutauschen und sich für ihre Stadt einzusetzen –, bereits dabei waren, eine umfassendere Gesetzgebung auf den Weg zu bringen. »Das ist keine richtige Antwort auf meine Frage«, sagte sie sanft.

»Ich will, dass er gewinnt.« Ruby senkte ihren Blick. »Es ist schwer, sich etwas vorzustellen, was es noch nie gab. Einen Schwarzen Bürgermeister.«

»Oklahoma hat einen Schwarzen Bürgermeister gewählt«, warf Olivia ein.

»Wir sind hier nicht in Oklahoma«, gab Ruby zurück.

»Wohl wahr, aber das bedeutet nicht, dass es hier nicht auch passieren kann.«

Der Diener von eben kehrte zu ihnen zurück. »Miss Olivia, die Tische sind eingetroffen.« Er wartete auf eine Reaktion. »Miss Olivia?«

»Vielen Dank«, antwortete sie abwesend. *Das ist es, was ich tun kann.* Bis zur Spendengala zu Beginn des Sommers würde Olivia die Wählerstimmen all jener wohlhabenden und einflussreichen Schwarzen und weißen Menschen einbringen, die sie aufgrund ihrer privilegierten Stellung kannte. Die Wohltätigkeitsveranstaltungen, für die ihre Mutter sich engagierte, könnte sie zu ihrem – und damit zu Mr Tremaines – Vorteil nutzen. Schwarzer Fortschritt, die Schwarze Gemeinschaft musste von innen heraus unterstützt und gestärkt werden.

Olivia trat zu ihrer Mutter und Schwester nach draußen und umarmte Ruby, bevor ihre Freundin zu Mrs Tremaine in die Kutsche stieg. »Danke für deine Hilfe.«

Ruby runzelte die Stirn. »Ich habe dir nur bei der Arbeit zugesehen, aber … gern geschehen.«

Die Kutsche war bereits ein ganzes Stück entfernt, als Mrs Davenport fragte: »Was hast du für den Nachmittag geplant, Olivia?«

Helen starrte wehmütig in Richtung Werkstatt.

»Ich hatte gehofft, Helen würde mit mir meinen Kleiderschrank durchsehen, da Mr Lawrence heute wieder zum Abendessen kommt.« Olivia versuchte, Helens Blick zu erhaschen. Vielleicht konnten sie einander helfen, konnten sich gegenseitig Alibis verschaffen.

»Was?«, rief Helen aus. Sie hatte sich ruckartig aufgerichtet und ihre Stimme schallte über das Anwesen. Entschuldigend blickte sie zu ihrer Mutter, bevor sie sich an Olivia wandte. »Ich denke nicht, Olivia, liebste Schwester, aber vielen Dank für das Angebot.«

Olivia lachte auf, doch dann zögerte sie. Washington DeWights

Worte kamen ihr wieder in den Sinn. Seit sie vor ein paar Wochen im Flur vor dem Arbeitszimmer ihres Vaters beinahe mit ihm zusammengestoßen wäre, hatte sie ihren Einsatz für das Gemeindezentrum verdoppelt, in der Hoffnung, ihn – oder andere Aktivisten – noch einmal bei einer Versammlung sprechen zu hören. Doch das Warten auf diese Gelegenheit raubte ihr allmählich sämtliche Energie und noch dazu Tommys Geduld, da sie ihn ständig von seinen Pflichten abhielt, weil er sie so oft in die Stadt fahren musste. Sie war froh darüber, dass ihre Mutter ein aktives Mitglied in zahlreichen Wohltätigkeitsorganisationen war. Olivia war Mrs Davenport in letzter Zeit oft zur Hand gegangen, hatte eine Buchmesse organisiert, einen Kleiderbasar und mehrere Teekränzchen für Schwarze und weiße Frauen, die alle sehr daran interessiert waren, verschiedene Initiativen zu unterstützen. Wenn ihre Mutter wegen anderweitiger Verpflichtungen einen Termin nicht wahrnehmen konnte, sprang Olivia für sie ein. Das waren immer die besten Tage.

»Ich glaube, ich gehe nach dem Abendessen gleich auf mein Zimmer und komme ein bisschen zur Ruhe.« Olivia folgte ihrer Mutter zurück ins Haus. Sie blieben vor einem Bild stehen, auf dem Mr und Mrs Davenport sich umarmten, den Blick einander zugewandt anstatt auf den Maler gerichtet.

»Dein Vater und ich schätzen deine Hilfe und all die Arbeit, die du leitest, sehr. Mrs Johnson hat uns berichtet, dass die Damen ausgesprochen dankbar sind und nichts als nette Worte für dich haben.« Mrs Davenport lächelte ihrer Tochter zu und Olivia sah feine Fältchen um ihre mandelförmigen Augen.

Olivia erwiderte ihr Lächeln, aber es fühlte sich an wie eine Grimasse. Es stimmte zwar, dass sie sich in letzter Zeit viel mehr für die Wohltätigkeitsorganisationen eingesetzt hatte, doch die meisten Veranstaltungen hatte sie unter dem Vorwand unterstützt, dort vielleicht auf andere Aktivisten zu treffen. *Aber sie setzen sich alle dafür ein, denselben Leuten zu helfen*, sagte sie sich, die Enge in ihrer Brust ignorierend.

»Übertreib es nur nicht«, sagte Mrs Davenport.

»Mach ich nicht«, versprach Olivia. Sie sah ihrer Mutter hinterher, wie sie den Flur entlang in Richtung Arbeitszimmer ging. Als Olivia sich dem unteren Treppenabsatz näherte, der zur Küche hinabführte, vernahm sie von der anderen Seite der Tür Stimmen. Sie fragte sich – zum ersten Mal und damit wohl reichlich spät –, wie viele Unterhaltungen in dieser ruhigen Ecke bereits belauscht worden waren, doch da fiel ein Wort, das sie alles andere vergessen ließ. Sogleich stand sie direkt vor der einfachen Kiefernholztür, das Ohr dagegengepresst: *Bürgerrechte*, hörte sie erneut.

»Es findet wieder eine Versammlung im alten Samson House in der South Side statt.«

»Geh du besser, Hetty«, sagte Jessie. »Ich hab für so was keine Zeit. Dann wisst ihr Jungspunde endlich auch mal, wie es ist, zusammengetrieben und verprügelt zu werden.«

»Das meinst du doch nicht ernst, Jessie«, sagte Hetty.

»Und ob ich das ernst meine. Und morgen erwarte ich, dass du genauso fleißig rumhüpfst wie sonst auch. Wir haben noch eine Menge zu tun.«

Plötzlich ging die Tür auf und Hetty stand vor ihr, einen Stapel Tischdecken in den Armen.

»Miss Olivia«, sagte Hetty, »ist alles in Ordnung?«

War es das? Olivias Herz hämmerte gegen ihren Brustkorb, und wie an jenem Nachmittag im Gemeindezentrum spürte sie die Anziehungskraft der South Side. »Haben Sie vor, zu der Bürgerrechtsversammlung heute Abend zu gehen?«, fragte sie, als sich die Küchentür hinter Hetty schloss. Das Dienstmädchen wich erschrocken zurück. Olivia hob schnell eine Hand. »Keine Angst. Ich möchte Sie nur begleiten, wenn Sie heute Abend in die Stadt fahren.«

»Aber, Miss …« Hetty sah sie entsetzt an und warf einen Blick zurück auf die geschlossene Küchentür. »Ich habe gehört, was Ihr Vater bei dem Abendessen mit Mr Lawrence gesagt hat. Er möchte nicht, dass Ihre Familie damit was zu tun hat. Ich weiß nicht, ob …«

»Machen Sie sich keine Sorgen. Ich überlege mir was und treffe Sie später bei den Ställen.« Olivia unterdrückte den Impuls, Hettys Arm zu ergreifen. Sie konnte nicht in Worte fassen, warum sie so dringend zu der Versammlung gehen wollte, deshalb wartete sie einfach ab. Als die junge Hausangestellte schließlich zustimmend nickte, schenkte Olivia ihr ein Lächeln.

Nach dem Hauptgang täuschte Olivia einen Migräneanfall vor und entschuldigte sich. Da so etwas nur äußerst selten vorkam, protestierten ihre Eltern kaum, und ihr Bruder und ihre Schwester wünschten Olivia gute Besserung, bevor sie zu ihrer Unterhaltung über ein Pferd zurückkehrten, das John auf der Rennbahn beobachtet hatte. Mr Lawrence, ganz der Gentleman, zog den Stuhl für sie zurück und wünschte ihr ebenfalls schnelle Genesung. Zurück in ihrem Zimmer, kämpfte sie sich aus dem bodenlangen Seidenkleid, das sie sich anlässlich des Abendessens ausgesucht hatte, die lange Knopfleiste am Rücken machte das Ganze noch mühsamer. Sie wartete, bis sie hören konnte, wie die anderen vom Speisesaal zum Salon hinübergingen. Wenig später tönte Musik zu ihr nach oben.

Jetzt oder nie.

Vorsichtig schloss sie ihre Zimmertür, darauf bedacht, keinerlei Geräusche zu machen. Es war ein Leichtes, aus der Seitentür zu schlüpfen und in die Garage zu schleichen. Ihr Vater hatte seinen drei Kindern beigebracht, wie man ein Pferd sattelte und ritt, aber auch, wie man es vor einen einfachen Wagen spannte, wofür sie nun sehr dankbar war. Als Hetty schließlich eintraf, war die offene Kutsche, mit der die Angestellten häufig in die Stadt fuhren, bereit zur Abfahrt.

Es dauerte gar nicht lange und sie erreichten das Samson

House. Olivia lenkte das Pferd in die Gasse und band es an einem Laternenpfahl fest. Wie schon beim letzten Mal stiegen Menschen aus allen Gesellschaftsschichten die Treppe hinauf, liefen über die leicht geneigte Veranda und traten in das unscheinbare Gebäude.

Hetty drehte sich zu ihr. »Miss Olivia, ich habe zwar zugestimmt, mit Ihnen hierherzufahren, aber wenn Ihr Vater das jemals herausfindet …«

»Ich versichere Ihnen, Hetty, dass er dann auf *mich* wütend sein wird.« Doch als sie gemeinsam das Haus betraten, bemerkte Olivia Hettys unbehagliche Miene.

Das Stimmengemurmel im unteren Stockwerk kam ihr lauter vor als bei ihrem ersten Besuch hier. Da Olivia sich so beeilt hatte, um ungesehen und pünktlich aus dem Haus zu gelangen, war sie ohne Hut und Handschuhe aufgebrochen. Auch ohne Handtasche … Sie war nur schnell in das einfache Kleid geschlüpft, das sie tagsüber während der Vorbereitungen für den Ball getragen hatte. Sie konnte sich nicht verstecken, sich nicht vor neugierigen Blicken schützen. Andererseits war ihr so auch nicht anzusehen, dass sie eine Davenport war. Und Mrs Woodard, die Aktivistin, war diskret gewesen und hatte Olivia nach ihrer ersten Versammlung nicht verraten.

Sie mischte sich unter die Leute, und obwohl ihre Kleidung etwas vornehmer war als die der meisten anderen, fühlte sie sich wohler als beim ersten Mal, was vor allem auch an Hettys vertrautem Gesicht an ihrer Seite lag. Das Mädchen gab ihr Halt und sie konnte kaum erwarten, dass es losging.

»Hier entlang«, sagte Hetty. Olivia folgte ihrer noch immer zögerlichen Begleitung zu einer Gruppe von Frauen, die Hetty eine nach der anderen umarmte. Dann wandte sie sich an Olivia, machte ihr Platz, damit sie sich dazustellen konnte. »Das ist –«

»Mein Name ist Olivia«, unterbrach sie Hetty, bevor diese noch etwas hinzufügen konnte.

Hettys Augen weiteten sich, doch das Lächeln verschwand nicht aus ihrem Gesicht. »Genau, das ist Olivia.«

»Wie nett«, sagte die Frau direkt neben ihnen. Ihr zu einem ordentlichen Knoten zusammengebundenes weißes Haar bildete einen leuchtenden Kontrast zu ihrer dunklen Hautfarbe. »Woher kennt ihr euch?«

»Von der Arbeit«, antwortete Hetty.

Olivia nickte und versuchte, trotz der neugierigen Blicke ruhig zu bleiben. Sie hörte aufmerksam zu, als sich die Frauen ihr vorstellten und erzählten, warum sie sich der Bewegung angeschlossen hatten. Als eine ältere Frau von der Verschleppung und Ermordung ihres Mannes berichtete, war Olivia den Tränen nahe, bevor sie sich in Was-wäre-wenn-Gedanken verlor. Wie viele glückliche Zufälle hatten dazu geführt, dass ihre Eltern sich kennengelernt hatten und dass sie mit ihrem Geschäftsmodell erfolgreich waren – was dafür sorgte, dass Olivia dieses bessere Leben führte. Sie hatte immer gewusst, wie glücklich sie sich schätzen konnte, und sie ging ihren Aufgaben mit Freude nach – doch nun fragte sie sich, noch mehr als je zuvor, was sie abgesehen davon noch erreichen könnte.

»Miss«, sagte Hetty und holte sie in die Gegenwart zurück.

Olivia zuckte zusammen. Den anderen entging dieses kleine Wort keineswegs.

»Haben Sie etwas dagegen, wenn ich zu meinem Cousin dort drüben gehe?« Hetty deutete auf einen jungen Mann, etwas älter als John, der nur wenige Schritte von ihnen entfernt stand. »Sie können gerne mitkommen.«

Olivia schüttelte den Kopf. Sie musste ohnehin Washington DeWight finden. »Hetty, wenn wir … hier sind«, sagte sie leise, »nennen Sie mich doch bitte Olivia. Das wäre mir wirklich lieber.« Hetty legte ihre Stirn erneut in Falten und Olivia fügte hinzu: »Alles gut, ich komme allein zurecht.«

Sie beobachtete, wie Hetty den jungen Mann zur Begrüßung umarmte, und ließ dann ihren Blick durch den Raum schweifen. Er war bis zum Bersten gefüllt. Viele der Anwesenden sahen sich ebenfalls verstohlen um. Immer wieder schnappte Olivia Gesprächsfetzen auf, in denen es um zunehmende Gewalt und die Angst ging, weitere Gesetze wie die Jim-Crow-Gesetze könnten sich verbreiten – zum Beispiel solche, die Beziehungen zwischen Menschen verschiedener Hautfarben verboten.

»… und nachts werden Männer wie Vieh zusammengepfercht …«

»… Meine Schwester muss nach Hause laufen, um auf die Toilette zu gehen. In der Fabrik gibt es keine für Schwarze …«

»… Sie sind in den Norden geflüchtet, nach New York, meinte er … Durch ihre Hochzeit sind sie zur Zielscheibe geworden. Erst kürzlich wurden nachts Steine durch all ihre Fensterscheiben geworfen …«

Es gab aber auch optimistische Stimmen. Einige erwähnten Mr Tremaine und die Bemühungen früherer Abolitionisten, die sich nun für ihn einsetzten.

Dann hörte Olivia eine ihr inzwischen vertraute Stimme. Warm, voll und mit Südstaatenakzent.

Sie spähte zwischen anderen Besuchern hindurch, bis sie schließlich einen Blick auf sein Gesicht erhaschte. Washington DeWight trug keinen Hut und ein Bartschatten zeichnete sich auf seinem Gesicht ab. Obwohl er müde und leicht zerzaust aussah, strahlten seine Augen einen Enthusiasmus aus, der sie vollständig einnahm. Dass er eine ungeheure Anziehungskraft auf die um ihn versammelten Menschen ausstrahlte, war unbestreitbar. Er schrieb etwas in ein Notizbuch, das mit bunten Flyern und Karten vollgestopft war, von denen gerade ein Teil auf den Boden segelte.

Olivia sah ihm an, in welchem Augenblick er sie bemerkte, denn seine Augen weiteten sich.

Der Gentleman zu seiner Linken wiederholte seinen Namen. Mr DeWight dankte ihm fürs Kommen und entfernte sich von der Gruppe.

Ein selbstgefälliger Ausdruck breitete sich auf Olivias Gesicht aus, sie konnte nicht anders. Sie hatte es geschafft. Spät zwar, aber sie war hier. Doch als sein Lächeln zunahm, schwand ihres. *Warum sieht er so drein, als wäre er derjenige, der gewonnen hat?*

»Sie haben meine Rede verpasst«, sagte er. »Oder haben Sie sich womöglich erneut verlaufen? Die Kosmetiksalons sind um diese Uhrzeit bereits geschlossen.« Er zog eine Taschenuhr aus seinem Mantel und tat erstaunt. »Ich bin überrascht, Sie hier zu sehen.« Und bevor sie etwas entgegnen konnte, fügte er hinzu: »Mussten Sie einen Ihrer Diener dafür bezahlen, Sie herzubringen?«

»Nein.« Sie nahm wahr, dass die Menge um sie herum sich immer mehr in kleine Gruppen aufspaltete. »Ich habe mich aus dem Haus geschlichen, aber ich bin nicht allein hier. Im Gegensatz zu Ihnen kann ich nicht kommen und gehen, wie es mir beliebt. Ich habe Verpflichtungen, so banal Sie die auch finden mögen.« Sie war mit einem Plan hergekommen, aber allmählich beschlichen sie leise Zweifel. Um hierherzugelangen, hatte sie gelogen, hatte ihren Nachnamen verheimlicht und Hetty in eine unangenehme Situation gebracht. Sie sah sich um und entdeckte ihre Begleiterin neben einer anderen jungen Frau, mit der sie in ein Gespräch vertieft war. Ob sie es wiedergutmachen sollte? Vielleicht hätte sie das Dienstmädchen von Anfang an heraushalten sollen. Schließlich kannte sie ja den Weg.

Mr DeWight räusperte sich. »Ich bin froh, dass Sie es einrichten konnten«, sagte er nun in freundlicherem Tonfall. Er rieb sich das Kinn und sah sich ebenfalls um.

Olivias Unsicherheit schwand ein wenig. »Ich habe gehofft, etwas mehr zu erfahren«, sagte sie. »Ist die Versammlung denn beendet? Es sind ja noch alle hier.«

»Das wird noch eine Weile so bleiben«, sagte er. »Jetzt ist die Zeit, um Ideen und Geschichten auszutauschen.« Mr DeWight führte sie zu einem kleinen Tisch, auf dem Getränke angerichtet waren, und wies sie auf die bedeutenden Anführer der Gruppe hin. Sie führten alle ganz unterschiedliche Leben – arbeiteten als Schaffner, kämpften in der Union Army oder führten Märsche in den Landeshauptstädten an.

Sie alle waren hier, weil sie glaubten, Chicago wäre eine Stadt voller Möglichkeiten und sozialer und kultureller Vielfalt, in der man auf einen Neustart hoffen durfte – und damit hatten sie auch recht. Olivias Vater und Mr Tremaine hatten genau das bewiesen. Jetzt mussten diese Errungenschaften geschützt und erweitert werden. Olivia inspirierte dieser Gedanke und ihr wurde bewusst, dass Chicago ebenso im Mittelpunkt des Aufruhrs und des Wandels stand wie jeder andere Ort des Bundesstaates.

»Miss Davenport?« Eine Frau mit dunkler, satter Hautfarbe, nur wenige Jahre älter als Olivia und mit einem schlafenden Kleinkind auf dem Arm, stand neben ihr. »Oh, Sie sind es wirklich.«

Olivia lächelte sie höflich an, sah aber schnell zu beiden Seiten, aus Angst, jemand könnte ihren Namen gehört haben. »Bitte nennen Sie mich Olivia. Sind wir uns schon mal begegnet?«

»Nicht offiziell«, antwortete die Frau. »Man hat uns gesagt, dass Ihre Familie für die Kinderbibliothek gespendet hat und Sie einige Bücher persönlich vorbeigebracht haben. Ich wollte nur sagen, dass sie meinem Großen gut gefallen.« Sie schob das Kind etwas höher auf ihre Schulter. »Leute wie Sie und Mr Tremaine sind wirklich selbstlos.«

Olivia erstarrte. »Mr Tremaine?« Ihr Mund wurde trocken. Unruhig blickte sie erneut umher. Bei all ihren Überlegungen, wie sie unbemerkt aus dem Haus entschwinden könnte, hatte sie nicht an die Möglichkeit gedacht, bei so einem politischen Treffen erkannt zu werden.

»Ja, mein Ehemann beteiligt sich am Wahlkampf, bis er eine Anstellung findet.«

Olivia betrachtete die dankbar lächelnde Frau. »Wie schön«,

brachte sie hervor. Wie hatte sie nur so unvorsichtig sein können? Es kam ihr so vor, als würde der kleine Raum immer weiter zusammenschrumpfen, und die Stimmen um sie herum schienen immer lauter zu werden. Erneut suchte sie die Menge nach Mr Tremaine ab – oder vielmehr nach allen, die ihren Eltern von ihrer Anwesenheit hier berichten könnten.

»Sehr schade, dass er schon gehen musste. Es war nett, Sie kennenzulernen«, sagte die Frau noch über ihre Schulter, als sie davonging.

Erleichterung überkam Olivia wie eine Welle. Ihr wurde schwindelig. Mr DeWight schien zu merken, dass etwas mit ihr nicht stimmte, denn er wandte sich zum Ausgang und fragte: »Gehen Sie ein Stück mit mir?«

Sie nickte und ließ sich von ihm zur Tür führen. Nach den vielen dicht gedrängt stehenden Menschen war die sommerliche Luft herrlich erfrischend. Es roch nach verbrannter Holzkohle. Sie gingen an einem Paar vorbei, das sich in einer Hausecke eng umschlungen hielt. Olivias Ohren wurden heiß. Washington DeWight war im Grunde ein Fremder und niemand außer Hetty wusste, dass sie das Haus verlassen hatte.

»Worüber haben Sie sich erhofft, mehr zu erfahren, *Olivia*?«, fragte er.

Sie waren unter einer Laterne vor einem Diner stehen geblieben. Das leise Klimpern von Besteck vermischt mit Stimmengewirr drang durch die immer wieder aufschwingende Tür.

»Das kann ich so genau nicht sagen«, gab sie zu. »Es gibt so viel, was ich nicht weiß oder verstehe.«

»Auch ich lerne jeden Tag etwas Neues dazu.« Washington DeWight schob seine Hände in die Hosentaschen. »Sie sollten nicht so hart zu sich selbst sein.«

Sie schnaubte und zog die Augenbrauen hoch. »Das sollte ich besser Ihnen überlassen, *Washington*?«

»Das wäre nur fair«, sagte er lächelnd. »Diese Arbeit ist sowohl schwer als auch bereichernd.«

Olivia beobachtete ihn, wie er in die Richtung zurückblickte, aus der sie gekommen waren. Dabei schien ihm etwas aufzufallen, was sie nicht sehen konnte.

»Wie sind Sie dazu gekommen, sich der Bewegung anzuschließen?«, fragte sie.

»Meine Eltern waren Aktivisten. Mein Vater arbeitete als Anwalt, meine Mutter war Lehrerin. Ich war stets von Leuten umgeben, die kämpften, die sich dafür einsetzten, dass sich etwas zum Besseren veränderte.«

»Also wollten Sie immer schon Anwalt werden?«

»Nein, ich wollte als Saxofonist in einer Jazzband spielen.«

Olivia musste lachen. Als er nicht mit einfiel, fragte sie: »Das war kein Scherz?«

Mit wehmütiger Miene zuckte Mr DeWight die Schultern. »Ich war talentiert. Zielstrebig. Aber mit Eltern wie meinen habe ich dann doch die Schule abgeschlossen.«

»Ich denke, egal wo man herkommt, es läuft immer auf dasselbe hinaus: Jeder hat irgendwelche Erwartungen zu erfüllen.«

»Da haben Sie wohl recht. Doch ich bereue es nicht. Ich fühle mich ihnen, meiner Gemeinschaft und jeder Person, der ich begegne, näher, weil ich Teil von etwas bin, das größer ist als ich selbst.« Er stand nur wenige Zentimeter vor ihr. Olivia bewegte sich nicht, ließ seine Nähe zu. Ja, er trieb sie in den Wahnsinn, aber er war eben auch wahnsinnig interessant. »Was wären Sie gern, wenn Sie die Wahl hätten?«

Olivia sah überrascht auf, direkt in seine Augen. Ihr Herz raste, als sie um eine Antwort rang. Stammelnd entschied sie sich für die Wahrheit. »Darüber habe ich noch nie nachgedacht.« Plötzlich überkam sie eine eisige Kälte. »Ähm, ich habe nie …« Sie ließ den Satz unvollendet, als ihr klar wurde, dass sie bisher noch nie jemand gefragt hatte, wie sie sich ihre Zukunft vorstellte. Nicht einmal sie selbst. »Ich … Bitte entschuldigen Sie mich«, sagte sie.

Sie eilte an Mr DeWight vorbei, weg von ihm und dem Gebäude, das voll von Menschen war, die ein klares Ziel vor Augen hatten, die einer Leidenschaft nachgingen. Sie dagegen hätte nicht die geringste Ahnung, was sie mit ihrer Zeit anstellen sollte, würde ihre Mutter oder die Gesellschaft oder manchmal sogar Ruby sie nicht ständig verpflichten. *Weiß ich tatsächlich nicht, was ich eigentlich will?*

»Hey«, flüsterte er in ihr Ohr. Sanft berührte er sie am Ellbogen und sie wandte sich zu ihm um. »Alles gut«, sagte er freundlich. »Sie haben noch mehr als genug Zeit, um zu entscheiden, wer Sie sein wollen.«

Olivia blinzelte gegen die Tränen an und schluckte den Kloß in ihrem Hals hinunter. Noch immer hielt er ihren Ellbogen, sein Daumen lag auf der empfindlichen Stelle in ihrer Armbeuge. Seine Berührung wärmte sie und hatte etwas Tröstliches an sich, was sie verwirrte. Noch vor ein paar Tagen hätte sie ihm bestimmt für so eine Aufdringlichkeit eine Ohrfeige verpasst. Doch jetzt glühten ihre Wangen bei dem Gedanken daran, ihn zu berühren.

Schließlich zog er seine Hand weg und trat einen Schritt zurück. »Was machen Sie am liebsten?«, fragte er. »Etwas, das nur für Sie selbst ist.«

Sie dachte an die Momente, in denen sie wirklich glücklich und unbeschwert war: den Wind im Gesicht, in Bewegung und keinen anderen Gedanken im Kopf als den, im Sattel zu bleiben. »Reiten«, sagte sie und dachte an die unterschiedlichen Persönlichkeiten der Pferde im Stall der Davenports. Und daran, wie selten sie seit ihrer Einführung in die Gesellschaft geritten war.

»Tja, also ich habe gerade kürzlich diesen Gentleman kennengelernt, der Inhaber einer Kutschenfabrik ist, und wie es scheint, verfügt er über eine große Anzahl an Pferden. Ich kann Sie gern miteinander bekannt machen.«

»Wie nett von Ihnen.« Olivia musste lachen und entspannte sich wieder.

Sie gingen weiter und Olivia erblickte ihr Pferd Chestnut, das Hetty und sie hergebracht hatte. Zu ihrem großen Erstaunen fraß es gerade Äpfel, die zwei Kinder ihm anboten.

»Und reitet Jacob Lawrence auch gern?«

Olivia starrte ihn überrascht an. So eine neugierige Frage war völlig unangemessen. Anscheinend hielt er sich nur an die Regeln der gepflegten Konversation, wenn es ihm gelegen kam. »Das weiß ich nicht«, antwortete sie.

»Ich habe gehört, dass sich die Dinge zwischen Ihnen beiden schnell entwickeln.«

»Das stimmt.«

»Lieben Sie ihn?«

»Liebe«, keuchte sie. Inzwischen war ihre Kutsche nur noch wenige Meter entfernt. Aus dem Gebäude, in dem die Versammlung stattgefunden hatte, traten nach und nach immer wieder Aktivisten, die ihrer Wege gingen. Als Hetty sich der Kutsche näherte und Mr DeWight bei Olivia stehen sah, verlangsamte sie ihre Schritte, machte einen weiten Bogen um sie und bestieg dann die Kutsche.

Olivia kannte die Antwort auf Washington DeWights Frage. Von dem Moment an, als sie in die feine Gesellschaft aufgenommen worden war, hatte sie zugestimmt, dass ihre Zukunft auf diese Weise verplant wurde. Doch dieser Gesellschaft gehörte ihr Gegenüber nicht an. Niemand, den sie sonst kannte, würde so eine unverschämte Frage stellen. *Aber bis jetzt sind wir ehrlich zueinander gewesen.* »So weit sind wir womöglich noch nicht, aber wir kommen aus ähnlichen Verhältnissen, teilen dieselben Werte. Wir mögen dieselben Dinge.«

»Was für *Dinge* genau? Picknicks im Park und Tanzpartys?« Er verschränkte die Arme vor der Brust. »Diese Dinge sind nicht echt.«

Olivia dachte an Mr Lawrence und seine Bemühungen ihr gegenüber. Sie *waren* echt. Ihre gemeinsam verbrachte Zeit war echt. »Sie wissen nichts über meine Beziehung zu Mr Lawrence.«

Zum ersten Mal erlebte sie Mr DeWight sprachlos. Seine in Falten gelegte Stirn machte deutlich, dass er um Worte rang. »Dann frage ich Sie einfach ganz direkt.«

»Als hätten Sie das nicht schon den ganzen Abend getan.« Ungläubig musste Olivia lachen. Es war höchste Zeit, nach Hause zu fahren. Sie hätte gleich gehen sollen, als er gesagt hatte, sie hätte seine Rede verpasst. Sie musste hier weg oder – der Himmel stehe ihr bei – sie würde ihn früher oder später doch noch ohrfeigen. Sie löste die Zügel und schnalzte, damit Chestnut sich in Bewegung setzte.

Mr DeWight legte eine Hand auf den Nacken des Pferdes. Olivia beobachtete, wie Chestnut an seiner Schulter schnupperte. »Stellen Sie sich doch mal Ihre Zukunft mit ihm vor. Sind Sie glücklich?«

»Mr DeWight!« Er warf einen flüchtigen Blick in die Richtung, aus der der Ruf kam.

Langsam zog er die Hand zurück. Sein Blick blieb auf sie gerichtet, ihr ganzer Körper schien in Flammen zu stehen. »Ich sehe es Ihnen an. Sie wollen Leidenschaft. Eine Bestimmung. Das werden Sie mit ihm nicht bekommen.« Er begann, sich von ihr zu entfernen, machte ein paar Schritte rückwärts. »Was weiß er denn wirklich von Ihnen? Und damit meine ich etwas Echtes.« Er machte eine ausschweifende Armbewegung, als wollte er die gesamte South Side inklusive des Samson Houses miteinbeziehen. »Und was wissen Sie über ihn?«

Kapitel 21

Helen

Der Schraubenschlüssel glänzte silbern in Helens linker Hand, spiegelte das Licht von der nackten Glühbirne an der Decke wider. Sie bemühte sich, nicht auf die Uhr am Ende der Werkbank zu sehen. Oder an den verletzten Gesichtsausdruck ihrer Schwester zu denken, als sie abgelehnt hatte, mit ihr den Kleiderschrank nach einer verführerischen Abendgarderobe zu durchforsten.

Eigentlich hatte Helen vorgehabt, sich nach dem Abendessen bei ihr zu entschuldigen, und war sogar zu Olivia hochgegangen, um sie zu fragen, ob sie etwas von dem Dessert abhaben wollte. Doch da hatte Helen gesehen, wie ihre Schwester vollständig angekleidet über die Hintertreppe, die sonst nur die Angestellten benutzten, in Richtung Küche ging. Helen war ihr natürlich sofort gefolgt und hatte beobachtet, wie Olivia – während ihre Eltern und Mr Lawrence sich gerade in das Arbeitszimmer zurückzogen – gemeinsam mit Hetty in einer Kutsche davonfuhr. *Was hat sie bloß vor?*

Was immer es war, Helen fühlte sich nun viel weniger schuldig wegen ihrer eigenen Heimlichkeiten. Nach dem Abendessen war auch sie aus dem Haus, aber in die Werkstatt geschlichen und hatte begonnen, die kleinen Handwerkzeuge zu sortieren und zu reinigen, die um das von John vor einigen Wochen hergebrachte Automobil herumlagen. Die Mechaniker legten nur selten die Dinge wieder an ihren Platz zurück und Helen fand diese wenn auch langwierige Aufgabe irgendwie beruhigend. Sie musste weder groß darüber nachdenken, was sie tat, noch sich besonders anstrengen. Sie hatte sich schon oft gefragt, ob es das war, was die anderen Frauen empfanden, wenn sie über ihrer Stickerei saßen.

Gerade wollte sie nach einem Satz Schellen greifen, als hinter ihr die Tür aufgeschoben wurde. Da die anderen entweder außer Haus oder beschäftigt waren, hatte sie nicht daran gedacht, sie abzuschließen. Helen hielt den Atem an. Mit geschlossenen Augen wartete sie auf das klackende Geräusch, das der Stock ihres Vaters auf dem Fußboden machte, und auf seine Worte, die sie ins Verderben stürzen würden.

»Hilf mir bitte mal.« John schob die Tür mit seinem Fuß beiseite. An seinen beiden Schultern hing je eine Werkzeugtasche und in den Händen hielt er backsteindicke Stapel Unterlagen. Helen ließ den Schraubenschlüssel fallen und nahm ihm die Papiere ab. »Leg sie bitte dort drüben hin«, sagte er und deutete auf den wackeligen Tisch, den sie als Schreibtisch benutzten.

»Was ist das?«

»Die Einkünfte der Davenport'schen Kutschenfabrik über die vergangenen Jahrzehnte. Wenn wir versuchen wollen, Daddy die Automobile schmackhaft zu machen, wird er sehr wahrscheinlich als Erstes fragen: ›Und wie habt ihr vor, das Ganze zu finanzieren?‹ Ich werde mich also in das Thema einlesen müssen. Und du auch.«

Helen starrte ihren Bruder ungläubig an. »Meinst du das ernst?«, fragte sie und konnte ihr Glück kaum fassen. Dann fiel sie ihm um den Hals. Das war das Beste, was sie seit Langem gehört hatte. »Das ist ja wunderbar!«

Er legte die Werkzeugtaschen auf der Werkbank ab. »Das wird es sein.«

Sie pikte ihm sanft in das Grübchen auf seiner Wange. »Ist das der Grund, weshalb du in letzter Zeit ständig lächelst und vor dich hin summst?«

Er lachte nur und wandte sich ab.

»Jetzt wirst du auch noch rot! Olivia glaubt, du hast dich verliebt.« Noch nie zuvor hatte sie ihren Bruder so gesehen.

Immer noch lächelnd legte John seine Hände auf ihre. »Pass auf, wir machen das gemeinsam. Aber du musst dir wirklich Mühe geben. Wenn möglich, mehr als bei deinem Anstandsunterricht.«

»Bäh.« Helen runzelte die Stirn und sah in Richtung Haus. Dann wirbelte sie herum und sah ihren Bruder mit verengten Augen an. »Entschuldige mal, ich gebe mir dabei wirklich Mühe.« Sie ließ die Schultern sinken. »So ein bisschen jedenfalls. Es ist einfach fürchterlich. Mrs Milford lässt mich keine Sekunde aus den Augen.«

»Und dennoch hast du es geschafft, einen kompletten Nachmittag von hier zu verschwinden. Hast du Amy-Rose damit beauftragt, die Beweise zu vernichten?«

»Nein.« Sie seufzte. »Sie hat mir nur geholfen, mich wieder zurechtzumachen, jedenfalls größtenteils. Mrs Milford hat mich den restlichen Tag nur noch skeptisch angesehen. Eine Stelle hinter meinen Ohr hatten wir nämlich übersehen.«

John schüttelte den Kopf, ein schwermütiges Lächeln im Gesicht. »Von oben bis unten voll mit Matsch.«

Helen musste lachen, doch im nächsten Moment hielt sie sich eine Hand vor den Mund. »Hör auf – sonst verrate ich mich hier noch.« Erneut seufzte sie bei dem Gedanken daran, wie Amy-Rose sie angesehen hatte, als sie die Eingangstreppe hinaufgestiegen war. Bei jedem Schritt hatten ihre Schuhe ein schmatzendes Geräusch von sich gegeben. »Du hättest mal die Kutsche sehen sollen.«

An jenem Tag war sie mehr als dankbar gewesen, dass sie nur Amy-Rose in die Arme gelaufen war, und hatte ihr Klagen über die noch vor ihr liegende Stickübung heruntergeschluckt. Doch im Nachhinein wunderte sie sich darüber, wie es möglich war, dass tatsächlich nur ihre Freundin sie in Empfang genommen hatte. Mrs Milford war immer noch an Ort und Stelle gewesen –

dort, wo Helen sie zurückgelassen hatte – und hatte mit einer neuen Aufgabe auf sie gewartet. Helen dachte daran, wie sehr sie sich bemüht hatte, ihren Familiennamen in den Rahmen zu sticken. Das D war so groß geworden, dass sie den Rahmen zweimal neu hatte ausrichten müssen. Jetzt musste sie mit einem schief geratenen Kissenbezug vorliebnehmen.

Sie sah zu ihrem Bruder, räusperte sich und setzte einen würdevollen Gesichtsausdruck auf. »Tja, der Schlamm war an diesem Tag wirklich nicht das Schlimmste.«

»Du kannst froh sein, dass du nicht auf Mama getroffen bist.« John tippte ihr an die Nase. Sie schlug seine Hand weg, doch er hatte natürlich recht. »Wende ein wenig von deiner Geschicklichkeit auch auf die Dinge an, die Mama wichtig sind – vielleicht räumt sie dir dann etwas mehr Spielraum für andere Beschäftigungen ein. Und den kannst du dann gleich dafür einsetzen, mit mir das alles hier durchzugehen.« Er wedelte mit den Papierstapeln, bevor er sie im Aktenschrank einschloss.

»Na gut«, willigte sie ein.

»Schön.« Er gab ihr den Schlüssel.

Helen beobachtete ihren Bruder, wie er die Werkzeugtaschen auspackte, das Grübchen war immer noch auf seiner Wange zu sehen. »John«, begann sie zögerlich, »*bist* du verliebt?«

Er hielt inne und erwiderte ihren Blick. Sie erkannte einen Glanz in seinen Augen, der bei seiner Rückkehr von der Universität noch nicht da gewesen war. Helen fragte sich, wie es sich wohl anfühlte. Vermutlich war es so wie zwischen ihren Eltern, auch wenn sie sich nicht vorstellen konnte, mit einer anderen Person dermaßen viel Zeit verbringen zu wollen. *Gibt es tatsächlich so viel, über das man reden kann?* Doch Johns Gesichtsausdruck erinnerte sie daran, wie sie sich fühlte, wenn sie einen Motor reparierte. »Also?«, beharrte sie.

»Vielleicht«, antwortete er schüchtern.

Vor Freude konnte sie kaum noch still stehen. *Olivia hat recht – er ist verliebt.* »Ist es Ruby?«

John zögerte. »Keine weiteren Fragen.«

Aber sie hatte so viele davon. Helen atmete tief ein und machte sich bereit, ihn dennoch zu löchern.

»Hallo?«, ertönte da eine Stimme.

Schnell duckte Helen sich hinter das Fahrzeug. Das Letzte, was sie jetzt brauchte, war, dass jemand sie hier entdeckte und ihrer Mutter davon berichtete – oder gar ihrem Vater. Sie zog sich eine Kappe über den Kopf und benutzte Johns Bein als zusätzlichen Sichtschutz. Hoffentlich würde sie für einen anderen Mechaniker gehalten.

»Mr Lawrence«, sagte John. Wider besseres Wissen wagte Helen einen Blick über das Auto hinweg. Und tatsächlich stand dort der britische Junggeselle. In seinem eleganten Anzug wirkte er zwischen den achtlos hingeworfenen ölverschmierten Lappen und dem zum Teil demontierten Automobil ziemlich fehl am Platz. Sein Haar war streng zur Seite gekämmt, in einer Hand hielt er seinen Hut, mit der anderen schüttelte er Johns.

Ihr Bruder lenkte Mr Lawrence in Richtung Tür, warf Helen aber über seine Schulter noch einen Blick zu, der wohl *Bleib dort* bedeuten sollte. »Ich habe die Zeit vergessen. Wir treffen uns am Auto.« Sie hörte, wie die beiden die Werkstatt verließen. Jeder ihrer Muskeln kribbelte, als sie sich erleichtert auf die Knie fallen ließ. Helen schalt sich selbst dafür, so unvorsichtig gewesen zu sein. Bei dem Gedanken daran, dass jemand anderes hier hereingekommen wäre, erschauderte sie. Sowohl sie als auch John hätten sich dadurch viel Ärger eingehandelt. Die Verbitterung darüber, wie unfair das alles war, verdarb ihr beinahe die gute Laune – aber wirklich nur beinahe. Denn John hatte sie um Hilfe bezüglich der finanziellen Lage des Unternehmens gebeten und sie beabsichtigte, auf jedes Argument, das ihr Vater ihnen entgegenschleudern könnte, vorbereitet zu sein.

Helen richtete sich auf, streckte sich – und sah augenblicklich etwas, das nicht hierhergehörte.

Der Hut, den Mr Lawrence gerade noch in der Hand gehalten

hatte. Sie starrte darauf, fragte sich, ob sie ihm hinterhergehen sollte.

»Also haben Sie sich eben dort versteckt?«, sagte eine amüsierte Stimme.

Helen zuckte zusammen. Ihre Finger hatten beinahe schon den Hut berührt. Doch jetzt verschränkte sie die Arme vor der Brust und hielt ausreichend Abstand, als Jacob Lawrence danach griff.

»Nein, ich habe gearbeitet.« Sie deutete auf die Werkzeuge und Lappen auf der Werkbank, die sich entlang der Wand erstreckte. Da John neues Werkzeug mitgebracht hatte, war die Ordnung, für die Helen gerade gesorgt hatte, wieder dahin. Als sie sich erneut an Mr Lawrence wandte, erwiderte er mit belustigter Miene ihren Blick.

»Ich mag Ihre Kappe.«

Helen zog sie sich vom Kopf und musste lächeln. »Sie und mein Bruder haben wohl noch etwas vor?«

»Wir treffen uns mit ein paar seiner Freunde. Was genau auf dem Programm steht, wird sich noch zeigen.«

»Karten spielen, rauchen, boxen«, zählte sie an ihren Fingern ab.

Seine Augen weiteten sich.

Helen lächelte erneut. Es gefiel ihr, dass sie ihn überrascht hatte. Sie zuckte mit den Schultern. »Johns Freundeskreis ist nicht gerade besonders originell.«

Mr Lawrence fing sich schnell wieder, kam um das Automobil herum und lehnte sich dagegen, seine langen Beine in ihre Richtung gestreckt. »Hier arbeiten Sie also, wenn Sie nicht … anderweitig beschäftigt sind.«

Helen nickte. »Ich komme manchmal hierher. Um den Kopf freizubekommen und um zu basteln.«

Er hob den Schraubenschlüssel auf, den sie vorhin gereinigt hatte. »Basteln.« Er schüttelte den Kopf. »Ich kenne sonst keine junge Dame, die freiwillig eins dieser Werkzeuge in die Hand nehmen würde. Damit möchte ich natürlich sagen, wie beeindruckend das ist«, fügte er hinzu.

Helens Haut begann zu prickeln. Nachdem er ihr vor ein paar Tagen geholfen hatte, dem Haus zu entkommen, hatte sie beschlossen, dass sie Freunde waren. Es gab nicht viele Menschen, denen sie vertraute. Ihr fiel es nicht leicht, zu Mädchen in ihrem Alter Anschluss zu finden. Die meisten wollten mit ihr befreundet sein, um an John heranzukommen, und sie hatte mit ihnen und Olivia so wenig gemein. Sie dachte daran, was Mrs Milford darüber gesagt hatte, dass sie kaum Freunde hatte – auch wenn Jacob Lawrence bestimmt nicht die Person war, die ihre Gesellschaftsdame für diesen Posten im Sinn gehabt hatte. *Irgendwo muss ich ja anfangen*, dachte sie.

»Was wollen Sie mit all dieser Bastelarbeit erreichen, Miss Davenport?« Er begutachtete einen Schraubenzieher und sah ihr dabei zu, wie sie Johns Arbeit von vorhin fortsetzte und die Werkzeuge aus der Tasche zog und auf der Werkbank verteilte.

»Oh, bitte nicht«, sagte sie, sich aufrichtend. »Helen reicht völlig aus.« Das hier war ihr Territorium, in dem sie genauso behandelt werden wollte wie alle anderen.

»In Ordnung.« Sein Lächeln verlieh seiner Stimme einen warmen Unterton. »Aber nur, wenn Sie mich Jacob nennen.«

Helen dachte darüber nach. Es gehörte sich eigentlich nicht, aber sie waren schließlich Freunde, oder nicht? Und bald sogar Familie. »Jacob, ich frage mich, wie es wäre, eines Tages für die *Davenport Carriage Company* zu arbeiten.« Etwas an der Art, wie Mr Lawrence – Jacob – sie ansah, kam einer Aufforderung gleich weiterzusprechen. Sie bemühte sich, nicht darüber nachzudenken, wie sein Vorname auf ihrer Zunge schmeckte. Süß und wie kein anderer. »Ich weiß, dass John dazu bestimmt ist, die Firma zu übernehmen. Aber ich bin mir sicher, dass es für mich ebenfalls einen Platz gäbe – wenn ich ein Junge wäre.«

»Und Sie glauben, jetzt gibt es keinen Platz für Sie?«

Helen warf ein ölverschmiertes Tuch in einen Wäschekorb.

»Wenn John bereits die Firma leiten würde, vielleicht.« Sie seufzte. »Wäre ich ein Junge, hätte ich eine Ausbildung zum Mechaniker absolvieren können, statt gezwungen zu sein, mich hier spät in der Nacht reinzuschleichen. Ich würde Notizblöcke und Handbücher bei mir haben und keine Röcke oder Sonnenschirme tragen.« Bei diesen Worten schoss ihr die Röte in die Wangen.

Mr Lawrence stieß sich vom Automobil ab. Er sagte nichts, reichte ihr nur den Schraubenzieher. Seine Finger streiften ihre. Es fühlte sich an wie der erste Schluck Kaffee am frühen Morgen – sanft und kräftig zugleich und mit einem Schuss Energie, der ihren Körper in Schwung brachte. Ihr Mund war auf einmal ganz trocken, der Raum viel zu warm.

Sie atmete geräuschvoll aus. Es verwirrte sie, wie ihr Körper reagierte, denn es war so ganz anders, als wenn sie mit Johns Mannschaft interagierte. Die Zwillinge gingen locker mit ihr um, machten sogar Scherze. Vor allem Henry ließ sie an seinem Wissen teilhaben, da er wusste, wie gern sie eine Ausbildung zur Mechanikerin machen würde. Doch wenn sie sich gegenseitig die Werkzeuge reichten und versehentlich berührten, löste das nie etwas in ihr aus.

Eine unerwartete Freundschaft. *Das ist das hier*, sagte sie sich. Sie legte den Schraubenzieher wieder zurück in die Tasche, nicht wirklich bei der Sache, weil sie Mr Lawrences Blick auf sich spürte. Tief im Inneren wusste sie, dass er mehr in ihr sah als viele andere.

John erschien in der Eingangstür, er hatte ein frisches Hemd an und sein Haar war mit Haarwachs nach hinten gekämmt. »Ach, hier sind Sie.« Mit den Augen maß er den Abstand zwischen Helen und Mr Lawrence.

»Ich habe meinen Hut vergessen.«

John hielt seinen Blick Helens Meinung nach etwas länger als nötig auf Mr Lawrence gerichtet, bevor er fragte: »Bereit?«

Das Sortieren der Werkzeuge hatte Helen wieder ein wenig entspannt und so hob sie ihren Blick zu Jacob Lawrence, als er sich verabschieden wollte. »Spielen Sie bloß kein Poker mit Lonnie Lynch«, sagte sie. »Er schummelt.«

Jacob lachte. »Gut zu wissen. Haben Sie sonst noch einen Tipp?«

»Viel Glück.«

Wie schon an dem Tag, als er ihr geholfen hatte, Mrs Milford zu entkommen, verbeugte er sich vor ihr. Helen hätte schwören können, dass er auf den Weg nach draußen *außergewöhnlich* vor sich hin flüsterte.

Kapitel 22

Ruby

Ruby behielt die kleine Uhr auf dem Kaminsims im Blick, während sie in der Eingangshalle wartete. Harrison Barton sollte jeden Moment hier sein, um sie, wie er es ausgedrückt hatte, an einen besonderen Ort zu entführen. Das hatte natürlich ihr Interesse geweckt. Sie hatten bereits alle Orte besucht, die sich gerade der allgemeinen Beliebtheit erfreuten – wo wollte er sie also jetzt noch hinführen? Sie seufzte und lief mit Hut und Handschuhen in der Hand vor dem Arbeitszimmer ihres Vaters auf und ab, in dem er sich gerade mit Mr Davenport und John unterhielt. Eine perfekt getaktete *zufällige* Begegnung von John und Harrison Barton wäre jetzt genau das Richtige, um ihren Plan endlich weiter voranzutreiben. Die Stimmen der Männer waren leider nur gedämpft zu hören. Schade, sie hätte wenigstens gerne ein bisschen interessanten Klatsch mitbekommen, um ihn dann Olivia weiterzuerzählen.

Als sie Stühle rücken hörte, richtete sie sich schnell auf und tat so, als liefe sie gerade erst den Korridor entlang. Gleich darauf öffnete sich die Tür.

»Guten Tag, Mr Davenport«, sagte sie. Dann schenkte sie seinem Sohn ihr strahlendstes Lächeln. »Hallo, John.« Die beiden Gentlemen begrüßten Ruby.

John ging auf sie zu. Sie reckte ihren Hals, um seinen Blick zu erhaschen, der auf ihrem Gesicht ruhten. »Hübsch siehst du heute aus, Ruby. Wie immer«, sagte er.

Ruby stellte sich noch aufrechter hin. »Und immer wieder schön, das zu hören.«

Johns Mundwinkel zuckten. »Ich habe dich in letzter Zeit gar nicht mehr auf Freeport gesehen. Wir haben dich beim Abendessen vermisst.«

Das Wörtchen *wir* nahm Ruby etwas den Wind aus den Segeln.

»Allerdings habe ich auch Olivia in letzter Zeit kaum zu Gesicht bekommen«, fuhr er fort. »Ich freue mich, dass ihr beide so unzertrennlich seid wie immer.«

Wovon redet er da? Ruby runzelte die Stirn, fing sich aber schnell wieder. Olivia und sie verbrachten im Moment viel weniger Zeit miteinander, als ihnen beiden lieb war, aber das konnte sie wohl kaum zugeben. Ihre Freundin war allerdings auch nicht derart häufig mit Mr Lawrence unterwegs. *Was macht Olivia denn dann, wenn sie nicht mit mir zusammen ist?* »Das sind wir«, sagte Ruby dennoch, »unzertrennlich wie immer.« Was es auch war, womit Olivia ihre Zeit verbrachte, Ruby würde sie auf keinen Fall bloßstellen.

»Euer gemeinsames ehrenamtliches Engagement wird dem Wahlkampf deines Vaters sicher helfen.«

Ruby zwang sich ein Lächeln auf die Lippen. Sie und ihre beste Freundin mussten sich offensichtlich dringend auf den neusten Stand bringen. »Das wird es. Und wie laufen deine Projekte? Ich hoffe, sie halten dich nicht allzu sehr vom Müßiggang ab.«

Nun musste auch John lächeln. »Bei der nächsten Party bin ich dabei, versprochen.«

»Davon gehe ich aus«, sagte sie. »Schließlich findet sie auf Freeport statt!« Sein Lachen war Lohn für ihre Anspannung. Er hielt die Hände hinter dem Rücken, wodurch sich das Hemd und die Weste unter seiner breiten Brust spannten. Der waldige Duft seines Rasierwassers lenkte sie fast von der Szene ab, die sie eingefädelt hatte. Denn über seine Schulter hinweg konnte sie sehen, wie ihr Vater gerade Mr Barton begrüßte. Sie gaben sich die Hand und Mr Tremaine stellte ihm Mr Davenport vor.

»Wir sind auf dem Sprung zum Club, um dort mit ein paar weiteren Geschäftspartnern zu Mittag zu essen. Ich würde gern hierbleiben, aber wir werden erwartet.« John folgte ihrem Blick und wandte sich um. Sein Lächeln verschwand.

»Wir können ja zum Ende der Woche hin etwas vereinbaren«, sagte sie, etwas übertrieben fröhlich.

»Das wäre schön«, antwortete er. Er ließ Mr Barton nicht aus den Augen.

Mr Barton stand vor ihr, den Hut in der Hand. Als Ruby ihn ansah, strahlte er übers ganze Gesicht. Sie gingen nun schon seit einer Weile ganz offiziell miteinander aus und Ruby genoss seine Gesellschaft durchaus. Mit den Bürden, die ihm das Leben auferlegt hatte, ging er vollkommen selbstverständlich und offen um und das ließ ihre eigene Mühsal leichter erscheinen. Ihre Beziehung entwickelte sich immer mehr zu einer wahren Freundschaft. Ruby versuchte die nagenden Zweifel, dass sie dieser Situation nicht gewachsen war, beiseitezuschieben. *Was, wenn er mehr als Freundschaft erwartet?* Sie schüttelte den Gedanken ab.

»Guten Tag, Miss Tremaine«, sagte Harrison Barton und wandte sich dann nach links. »Davenport.«

»Barton«, entgegnete John kühl.

Sie starrten einander einen Moment zu lange an. Ruby wurde ganz kribbelig. Sie hakte sich bei Mr Barton ein. »Wollen wir?« Dann ließ sie sich von ihm an ihrem Vater und Mr Davenport vorbeiführen.

»Sei bitte zum Abendessen wieder zurück«, rief Mr Tremaine ihr hinterher.

»Das werde ich, Papa.« Ruby winkte den Davenports zu und ihr entging weder die mürrische Miene von John noch die ihres Vaters.

Mr Barton sah sie an. »Bereit?« Sein Grinsen war ansteckend.

Draußen setzte Ruby ihren breitkrempigen Hut auf. »Oh, ich liebe Überraschungen! Darf ich raten, was es ist?«

Mr Barton geleitete sie die Treppe hinunter. »Sie können es versuchen.«

Ihr Blick fiel auf das Fahrzeug, das am Straßenrand parkte. Es lief im Leerlauf. »Ich darf fahren?« Sie ließ ihn los und öffnete die Tür. Als sie sich reinsetzte, vibrierte die Sitzbank unter ihr. »Bringen Sie es mir bei?«

»Nein, das ist es nicht«, sagte er. »Also, Sie können gerne fahren!« Er rieb sich das Kinn. »Ich kann es Ihnen beibringen, aber … nicht heute. Die Überraschung ist an einem Ort, den nur ich kenne.« Er trat grinsend von einem Fuß auf den anderen.

Sie machte einen Schmollmund, dann rutschte sie auf der Bank ein Stück zur Seite und er setzte sich neben sie. Als sein Körper ihren streifte, fuhr ihr trotz des warmen Wetters ein Schauer über den Rücken. Das Fordmodell war oben offen, sodass eine leichte Brise ihre Wangen umspielte. »Wenn die Überraschung also nicht das Fahren dieses prachtvollen Fahrzeugs ist und auch nicht der Ort selbst, dann ist es eine *Sache*.«

Mit einem Ruck fuhr das Auto an. »Entschuldigung«, sagte er. »Ich muss mich noch daran gewöhnen.«

Ruby hielt den Hut mit der Hand fest. »Wo ist denn heute Ihre Kutsche, Harrison?« Sie mochte die Fahrt in dem komfortablen Gefährt.

»Zu Hause.« Sie ließen die Nachbarschaft hinter sich und reihten sich schon bald in den Stadtverkehr ein. Ruby blickte sich staunend um, aus dieser neuen Perspektive sah alles ganz anders aus: schneller, dichter, erfüllt von einer Energie, die sie noch nie zuvor verspürt hatte. Es kam ihr so vor, als hätte sich seit ihrem letztem Ausflug in die Stadt sowohl ihre Größe als auch ihre Einwohnerzahl verdoppelt und als wäre jeder hergekommen, um ihre Musik und ihren Rhythmus mitzugestalten. Wagen fuhren quietschend an ihnen vorbei und weiter oben auf den Schienen rollte ein Zug. Ruby schnappte aus allen möglichen Richtungen Gesprächsfetzen auf und der Geruch nach Essen, der vom Imbisswagen am Straßenrand zu ihnen herüberwehte, ließ ihr das Wasser im Mund zusammenlaufen.

»Und hier sind wir auch schon.«

Ruby blickte zu dem Juweliergeschäft, vor dem Harrison gehalten hatte. »Das habe ich nun nicht erwartet«, gab sie zu und ignorierte ihren knurrenden Magen. Ein Mittagessen stand anscheinend nicht auf dem Plan. Aber das Geschäft jagte ihr einen aufgeregten Schauer über den Rücken. Oh, wie sehr sie diese Besuche beim Juwelier vermisste, um dann mit einem neuen Schmuckstück in einer samtenen Schatulle nach Hause zu gehen. Und da Olivia jedes Mal, wenn sie Geld mit vollen Händen ausgab, mit unerklärlichen Schuldgefühle zu kämpfen hatte, konnte Ruby noch nicht einmal indirekt über ihre Freundin so einen Einkaufsbummel genießen.

Mr Barton hatte sehr guten Geschmack, was Mode anging. Seine Anzüge waren stets tadellose Maßanfertigungen und bestanden aus hochwertiger Seide oder Wolle. Ruby war neugierig, aus welchem Grund er sie hierhergeführt hatte.

»Na los«, sagte er, als er den Motor abstellte. Dann ging er um das Automobil herum und öffnete ihr die Tür. »Vorweg möchte ich noch sagen: Ich bin kein Spielertyp. Ich möchte nicht zu dem Elend meiner Kindheit zurückkehren. Doch bei einem Pokerspiel inmitten einer Unmenge von Zigarrenrauch habe ich etwas entdeckt, das ich nicht ziehen lassen konnte.«

Ruby musterte ihn. *Warum erzählt er mir das?*

»Lonnie Lynch ist manchmal ein sturer Dickkopf. Der Preis war happig, aber das war es mir wert.«

Ruby erwiderte sein Lächeln und sie betraten das Geschäft. Die Holzverkleidung an den Wänden ließ den Raum dunkel erscheinen. Das einzige Licht kam von den vielen Glaskästen, in denen wertvolle Schmuckstücke unter dem warmen Schein der Gaslampen glitzerten.

Über einen dieser Kästen gebeugt stand eine Frau, die den

Blick hob, als sie eintraten. »Mr Barton«, sagte sie blinzelnd und richtete sich auf. »Sie kommen genau richtig!« Damit verschwand die Frau hinter einem Vorhang.

»Sind Sie öfter hier?«, fragte Ruby leise.

»Das Geschäft wurde mir empfohlen. Man sagte mir, hier könnte man wertvolle Erinnerungsstücke schätzen und polieren lassen. Und ich musste erst sicherstellen, dass meine Beute seiner Trägerin auch würdig ist.« Dann deutete er mit dem Kopf zu der Frau, die in diesem Moment zu ihnen zurückkam.

Ruby stockte der Atem. Die Frau hatte ein Kissen aus schwarzem Leder in der Hand – und darauf lag ihre Kette. Der Stein war heller als in ihrer Erinnerung, die Kette zarter, zerbrechlicher. Es war ein recht einfaches Schmuckstück, doch sie würde es immer wiedererkennen, auch ohne ihre Initialen am Verschluss zu sehen. »Sie haben gewonnen?«, fragte sie und ihre Stimme war kaum mehr als ein Flüstern.

»Ich mag Glücksspiele nicht besonders. Aber ich bin recht gut darin.« Er nahm die Kette vom Kissen und der leuchtende Rubin baumelte vor Rubys Augen. Ihre Mutter hatte die Kette also tatsächlich zum Pfandleiher gebracht. Doch irgendwie hatte sie ihren Weg zurück zu Ruby gefunden. »Darf ich?«, fragte er.

Die Ladenbesitzerin stellte einen Spiegel vor sie hin. Ruby stand still, während Mr Barton die Kette an ihren rechtmäßigen Platz legte. Ein Schauer durchfuhr sie, doch dort in der Kuhle unter ihrer Kehle nahm der Stein schnell die Wärme ihres Körpers an. Trotz ihres sich selbst gegebenen Versprechens, nie wieder wegen eines Schmuckstücks Tränen zu vergießen, lief ihr eine über die Wange und sie wischte sie hastig weg. Panik stieg tief aus ihrem Inneren in ihr auf.

»Ich kann nicht.« Mit einer Hand hielt sie den Rubin umschlossen, nicht sicher, ob sie sich ihn vom Hals reißen oder für immer festhalten wollte.

Mr Barton legte ihr sanft eine Hand auf die Schulter und

drehte sie zurück zum Spiegel. Sie beide hatten gerötete Wangen. Seine Freude war so echt, dass ihr sein Anblick wehtat.

Seine Augen suchten im Spiegel ihre. »Dafür ist es zu spät.« Er lächelte der Ladenbesitzerin zu und führte Ruby nach draußen. Sie schwebte – oder zumindest fühlte es sich so an. Während sie nach dem Gewicht an ihrem Hals tastete, ließ sie sich von ihm in den Wagen helfen. Die Stadt rauschte verschwommen an ihr vorbei und verschwand irgendwann hinter ihnen. Als sie ihre Sinne wieder beisammenhatte, war das Auto am Lake Shore Drive zum Stehen gekommen, dort, wo eine breite Strandpromenade die Straße vom schmalen Sandstreifen am Lake Michigan abgrenzte.

Habe ich mich schon bei ihm bedankt?, fragte sie sich, schockiert über ihr Verhalten. Sie öffnete den Mund, kam jedoch nicht dazu, etwas zu sagen.

»Es tut mir leid«, platzte es in dem Moment aus Mr Barton heraus. »Ich hätte Sie damit nicht einfach überrumpeln sollen. Womöglich ist es Ihnen nicht recht, dass ich mich eingemischt habe und –«

»Danke schön«, unterbrach sie ihn. Ruby griff nach seinen starken, warmen Händen und hielt sie fest in ihren.

Er entspannte sich wieder. »Ich wusste ja, wie sehr Sie die Kette vermisst haben. Als Sie von Ihrem Verlust erzählten, schienen Sie gar nicht Sie selbst zu sein. Doch auch jetzt, da Sie sie wiederhaben, bin ich mir nicht sicher, ob es Ihnen gut geht.«

Ruby entwich ein erstickter Laut, irgendetwas zwischen einem Husten und einem Lachen. »Ich versichere Ihnen, es geht mir besser als gut.« Sie drückte seine Hände noch fester, bevor sie sie losließ, um die Kette und den Rubin zu berühren. *Beides noch da.* Als sie glaubte, ihrer Stimme wieder trauen zu können, sagte sie: »Ich weiß nicht, wann ich Ihnen das Geld zurückzahlen kann.« *Er hat es bei einem Pokerspiel gewonnen?*

»Davon will ich nichts hören. Ich wollte Ihnen die Kette schenken.«

Normalerweise hatte sie keine Probleme damit, Geschenke anzunehmen. Sie gehörten dazu, wurden freudig entgegengenommen und bei anderer Gelegenheit zur Schau gestellt. Doch das hier war etwas anderes. Es war persönlich und intim. Harrison Barton hatte ihr einen Teil ihrer selbst zurückgegeben. Sie blinzelte gegen die Tränen an, nickte und wartete darauf, dass sie wieder besser Luft bekam. »Ich glaube, ich werde die Kette nie wieder ablegen«, sagte sie schließlich. Ihr Magen zog sich schmerzhaft zusammen. Er war ihr gegenüber so lieb und aufmerksam. Und sie benutzte ihn nur.

Sie wusste nicht, wie lange sie das noch durchhalten konnte.

Jetzt grinste er sie breit an, rückte näher zu ihr ran, sein Arm hinter ihr ausgestreckt. Sie stellte sich schon den Druck seiner Lippen auf ihren vor und die Luft blieb ihr weg. Mit rasendem Herzen erwiderte sie seinen Blick. Doch in dem Moment wandte er sich ab und zog einen kleinen Weidenkorb auf seinen Schoß. »Was für ein wunderschöner Tag. Haben Sie Hunger?«

Ruby versuchte, die verwirrenden Gedanken beiseitezuschieben. »Ja.« Sie beide könnten Freunde sein. Freunde machten sich hin und wieder Geschenke. Oder trafen sich zum Picknick. Sie hatte doch vorhin Hunger gehabt. Wenn sie jetzt etwas aß, würde ihr Magen sich schon wieder beruhigen.

Die Wellen schwappten träge ans Ufer des Lake Michigan. Ein Junge lief mit einem Spielzeugsegelboot am Wasser entlang, seine Mutter ein paar Schritte hinter ihm. Kutschen und Automobile fuhren auf der Straße an der Strandpromenade vorbei. Ruby und Mr Barton fanden einen ruhig gelegenen Platz, an dem wild wachsendes Gras sich einen Weg durch Sand und Steine bahnte und ein paar Büsche den Blick aufs Wasser versperrten. Die Bäume in der Nähe spendeten Schatten und Sonnenlicht blitzte durch das Blätterwerk.

Mr Bartons Arm streifte ihre Schulter und ließ sie erschaudern. »Alles in Ordnung, Miss Tremaine?«

Obwohl sie wusste, dass die unklare Grenze zwischen ihren

Gefühlen für ihn und ihrem Plan verschwimmen würde, wollte sie von ihm geküsst werden. »Ja.«

Er beugte sich zu ihr, wartete ab. »Auch, wenn ich das hier tue?«, fragte er dann und küsste die Haut unter ihrem Ohr.

Rubys Augenlider begannen zu flattern und schlossen sich. »Ja.« Sie nahm den Salbeiduft in sich auf, den seine Haut verströmte.

»Oder das?« Ein Kuss auf ihre Wange. Dann noch einer. Mr Barton bewegte sich langsam auf ihren Mund zu und hinterließ dabei eine kribbelnde Spur auf ihrer Haut. Hitze breitete sich an den Stellen aus, an denen seine Lippen sie berührten, und elektrisierende Wellen strömten von ihrem Gesicht bis in ihre Zehenspitzen. Sie schwächten ihre bereits schwindende Entschlossenheit, ihn weiter nur als Freund zu betrachten, und nährten ein Verlangen tief in ihrem Inneren. Sie wollte mehr. Noch nie zuvor hatte sie jemanden so sehr gewollt. Es war beängstigend und aufregend zugleich.

Als sich sein Mund endlich auf ihren drückte, verflogen alle Gedanken daran, wie sie sich aus dieser Situation befreien könnte. Den Geschmack seiner Lippen auszukosten war alles, wozu sie imstande war. Seine Zunge suchte sich ihren Weg zwischen ihre Lippen; sie keuchte auf und wich ein Stück zurück. Aber nicht weit, nur so viel, um seine gesenkten Augenlider und seine halb geöffneten Lippen zu sehen. Sein Atem ging stoßweise. Sie sog sein Verlangen in sich auf und ließ zu, dass es mit ihrem verschmolz. Und bevor sie sich davon abhalten konnte, küsste sie ihn noch einmal, küsste ihn so lange, bis ihre Lippen brannten und ihr Herz schmerzhaft gegen ihre Rippen hämmerte.

»Ruby …«, brachte er gegen ihre Lippen, ihren Kiefer und an ihrem Nacken hervor. Sie liebte es, wie er ihren Namen sagte – wie ein Gebet. Dann spürte sie einen sanften Druck an den Schultern. Mr Barton richtete sich auf und die Welt um sie herum erwachte wieder zum Leben. Ruby brauchte ein paar

Minuten, bis sie ihre Umgebung richtig wahrnahm, bis sie die Geräusche des Parks über ihrem schwerfälligen Atem und das Pochen in ihren Ohren hörte.

Harrison Barton räusperte sich. »Ich glaube, wir sollten mal etwas essen.«

Ruby lachte auf. Dass sie hungrig war, hatte sie ganz vergessen.

Kapitel 23

Olivia

Auf Freeport Manor herrschte lebhaftes Treiben. Während die Gäste noch das Dessert zu sich nahmen, machte Olivia einen letzten Rundgang durch den Ballsaal. Die Kristalle der Kronleuchter brachen das Licht in ein Kaleidoskop aus Farben, das über das frisch polierte Parkett tanzte. Während des Fünf-Gänge-Menüs hatte die Band für leise musikalische Untermalung gesorgt, nun packte sie die großen Instrumente aus, um diesen Abend zu einem rauschenden Fest zu machen. Die voll ausgestattete Bar sowie die Sitzmöbel und Stehtische neben der Verandatür boten die Möglichkeit, sich in jeder Hinsicht zu erfrischen. Die silber und schwarz gehaltene Dekoration bildeten einen nahtlosen Übergang vom Speisesaal bis zur Veranda. Da alles den Eindruck machte, als würde es auch den anspruchsvollen Maßstäben ihrer Mutter genügen, kehrte Olivia in den Speisesaal zurück.

Als ihre Mutter ihr ein aufmunterndes Nicken schenkte, hatte Olivia das Gefühl, eine Art Prüfung bestanden zu haben. Mrs Davenport saß rechts von ihrem Mann, ihre ineinander verschränkten Hände lagen für alle sichtbar auf dem Tisch. Olivia warf einen verstohlenen Blick auf Mr Lawrence, der ihr gegenübersaß und in ein Gespräch mit Mrs Johnson vertieft war. Sie beobachtete die beiden und die Enge in ihrer Brust, die sie den ganzen Tag über gespürt hatte, löste sich langsam auf. *Alles wird gut*, dachte sie.

Pling, pling, pling.

Mr Davenport stand am Kopf des Tisches und hielt eine Champagnerflöte in der Hand. »Wir danken Ihnen allen, dass Sie diesen besonderen Tag heute gemeinsam mit uns feiern.« Er sah seine Frau an und selbst von Weitem war die Zuneigung und Dankbarkeit in seinen tiefbraunen Augen zu erkennen. »Ich mache normalerweise nicht viele Worte.« Er blickte zu seinen Kindern, zu seinen Gästen. »Und nun lassen Sie uns tanzen.« Lachen erfüllte den Speisesaal. Olivia fing Mr Lawrences Blick über den Rand ihres erhobenen Glases auf. Sein Zwinkern verscheuchte ihre Erschöpfung wie ein Schluck Kaffee. Die Gäste folgten der Aufforderung ihres Vaters und strömten aus dem Saal, um den restlichen Abend zu genießen.

Olivias Kleid – an dem sie in ihrem Zimmer, bevor die Gäste kamen, noch den Saum gerichtet hatte – war so wunderschön, dass es auch ein Brautkleid hätte sein können. Der Gedanke erfüllte sie mit einer Vorahnung und mit einem Gefühl, das sie nicht benennen konnte. Es beruhigte sie, dass sie dank Emmeline Davenports Vorstellung davon, wie ihre Kinder auszusehen hatten, nicht die Einzige in Weiß war. Auch John und Helen stachen aus der Masse an schwarzen Smokings wie Sterne am Nachthimmel heraus. Mr Lawrence hatte Olivia im Gedränge aus den Augen verloren.

Aus einer Ecke neben der Tür zum Ballsaal winkte Ruby ihr zu. »Du hast dich selbst übertroffen«, sagte sie. »Fünfundzwanzig Jahre«, fügte ihre Freundin dann hinzu. »Das sind sechs Jahre *mehr,* als wir auf der Welt sind. Kannst du dir vorstellen, so lange mit einer Person zusammen zu sein?«

Olivia musterte ihre Freundin. Seit zwei Jahren sprachen sie fast über nichts anderes.

»Was ist?«, fragte Ruby. »Du und Mr Lawrence treibt all die alten Wachteln hier beinahe in den Wahnsinn, alle setzen darauf, dass endlich die große Ankündigung kommt. Ich bin ja dafür, dass ihr durchbrennt und für einen Skandal sorgt, der seinesgleichen sucht.«

»Durchzubrennen klingt immer nur theoretisch gut.« Nicht zum ersten Mal fragte Olivia sich, was den britischen Junggesellen davon abhielt, seine Absichten deutlicher zu machen. Er zeigte kaum Interesse an den anderen jungen Frauen um sie herum, und das, was sie Mr DeWight gesagt hatte, stimmte: Sie passten hervorragend zusammen. Liebe würde sich später ergeben.

Doch die Worte des Anwalts hatten ihr Selbstvertrauen erschüttert. Seit der letzten Versammlung hatte er sich immer wieder in ihre Gedanken geschlichen. Alles, was sie für selbstverständlich hielt, stellte er infrage. Sie dachte daran, wie es wäre, all die – in seinen Augen – Albernheiten und Privilegien dafür zu nutzen, um die Reichweite der Aktivisten zu vergrößern. Mr DeWight unterschätzte sie. *Mr Tremaines Spendengala in sechs Wochen ist die perfekte Gelegenheit, ihm zu zeigen, wozu ich fähig bin.*

Washington DeWights Lebensweise, so ganz anders als ihre, verhieß Dinge, die sie selbst nie in Betracht gezogen hatte: den Ausbruch aus ihrem routinierten Leben. Reisen. Das Kämpfen um Gerechtigkeit. Eine Bestimmung.

Und darüber hinaus: Leidenschaft.

Noch nie zuvor hatte sie den Wunsch verspürt, mehr über etwas zu wissen, und nun interessierte sie sich für Zivilrecht, die Wahlprozesse und, ja, sogar für Gesetzesvorlagen. In den vergangenen Tagen hatte sie die öffentliche Bibliothek Chicagos häufiger aufgesucht als im gesamten letzten Jahr. Immer wieder schossen ihr neue Fragen durch den Kopf. Wenn es nach Mrs Woodard ginge, würden Frauen schon bald das Wahlrecht erhalten. Es war also wichtig, Bescheid zu wissen. Olivia war überrascht, dass Helen sie bei diesen Ausflügen begleitete. Und wenn Tommy oder Hetty keine Zeit hatten, sie mit der Kutsche zu fahren, ließen sie das Fahrzeug stehen und ritten gemeinsam auf Chestnut in die Stadt, ignorierten die Blicke und das Hupen der rasenden Autofahrer. *Wie konnte ich nur vergessen, wie sehr ich das Reiten liebe?* Sobald sie bei der Bibliothek ankamen, ließ Helen Olivia bereitwillig ihren Nachforschungen nachgehen, ohne sie dabei zu stören.

Das Grinsen auf Rubys Gesicht brachte Olivia in die Gegenwart zurück. »Du solltest dir lieber um dich selbst Gedanken machen«, rügte Olivia ihre Freundin. »Was läuft da zwischen dir und Harrison Barton? Ihr habt in den letzten Wochen viel Zeit miteinander verbracht. Wenn die alten Wachteln über jemanden reden, dann ja wohl über euch.«

Ruby verzog das Gesicht. »Was hast du gehört?«

Olivia verschränkte ihre Arme und flüsterte: »Dass du womöglich noch vor mir heiraten wirst, so wie Mr Barton dich anhimmelt. Ich kann es kaum fassen, dass du John hast ziehen lassen.«

»Ein Mädchen könnte Moos ansetzen, bevor dein Bruder sich endlich entscheidet.«

Olivia griff nach Rubys Hand. »Ich kann es dir nicht verübeln. Er tut so, als hätte er alle Zeit der Welt. Er und Helen führen etwas im Schilde und ich denke, das hat ihn für alles andere blind gemacht.« Sie bemerkte, wie Rubys Miene düsterer wurde. »Gib ihn noch nicht auf. Es sei denn, deine Gefühle für Harrison Barton sind …?« Sie beendete den Satz nicht, doch Ruby stieg nicht darauf ein.

Als Olivia gerade ihre Enttäuschung darüber zum Ausdruck bringen wollte, dass sie womöglich nie richtige Schwestern sein würden, fiel ihr Blick auf Washington DeWight. Seine Anwesenheit erfüllte sie mit einer Mischung aus Verzweiflung und Sorge. Nur ein lautes *Pling* sorgte dafür, dass sie den Blick abwandte. John hatte einen Löffel gegen ein Glas getippt, stand vor der Band und trug pflichtschuldig die von Olivia verfasste Rede vor, die einen kleinen Abriss über das bisherige Leben ihrer Eltern gab. Darin hob John ihre Verbundenheit und die gemeinsam erreichten Erfolge hervor.

Ich kann auch etwas erreichen, dachte Olivia. Mit der richtigen

Person an ihrer Seite würde sie es schaffen, dem Ruf nach mehr, der jeden Tag in ihrem Inneren lauter wurde, auf den Grund zu gehen. Und als ihre Eltern begannen, vor ihren Gästen zu tanzen, wanderte ihre Aufmerksamkeit nicht zu Jacob Lawrence, der von einer kleinen Gruppe von Menschen umgeben war, sondern zu dem freimütigen Anwalt Washington DeWight.

Applaus brandete in dem großen Saal auf und nun kam die Party richtig in Gang. Die Band spielte ohne Unterlass. Olivia überlegte, ob sie ihre Zweifel, was ihre Verbindung mit Mr Lawrence betraf, ansprechen sollte. Wenn es irgendjemanden gab, der ihr Geheimnis für sich behalten würde, dann war es Ruby. Außerdem war ihrer Freundin der Verstoß gegen gesellschaftliche Konventionen nicht fremd.

»Ruby, siehst du den Gentleman, der sich dort drüben gerade einen Weg durch die Menge bahnt?«

Ruby folgte Olivias Blick. »Meinst du Mr DeWight?«

»Kennst du ihn?«

»Nicht besonders gut.« Ruby zuckte mit den Schultern. »Er hat meinem Vater vor ein paar Tagen einen Besuch abgestattet. Du hättest sie mal streiten hören sollen.«

»Streiten?«

Inzwischen befand sich Washington DeWight fast in Hörweite.

»Vielleicht war es kein richtiges Streitgespräch. Aber Papa reagiert meist recht laut, wenn jemand seinen Vorschlägen nicht zustimmt. Mr DeWight ist nicht optimistisch, was die Zukunftsaussichten dieser Stadt angeht.«

»Ich kenne seine Ansichten«, gab Olivia zu. Mit überrascht aufgerissenen Augen sah Ruby ihre Freundin an. »Er ist häufig im Gemeindezentrum, wo ich mich ehrenamtlich engagiere«, erklärte Olivia hastig. »Auch er engagiert sich dort und wir haben einige gemeinsame Bekannte. Eine davon ist tatsächlich die Ehefrau eines Wahlhelfers deines Vaters –«

»Ach richtig, das *ehrenamtliche* Engagement«, unterbrach

Ruby sie neckend. »Ich habe gehört, dass wir beide uns gemeinsam auch sehr für ehrenamtliche Tätigkeiten einsetzen.« Ruby stellte sich aufrechter hin und nickte der Person zu, die sich ihnen näherte. Der Tonfall ihrer Freundin ließ Olivias Mund trocken werden.

»Guten Abend, Miss Tremaine, Miss Davenport.« Washington DeWight wandte sich an Olivia, zögerte nur für den Bruchteil einer Sekunde, bevor er fragte: »Darf ich Sie um diesen Tanz bitten?«

Sie warf Ruby einen Blick zu, der – so hoffte sie – ihrer Freundin einbläute, ihre Gesichtszüge unter Kontrolle zu halten. »Sie dürfen«, sagte sie und legte ihre Hand in seine. Er verbeugte sich und gab ihr damit die Möglichkeit, ihn anzusehen, ohne von seinen hohen Wangenknochen abgelenkt zu werden. Mr DeWight war dem Anlass angemessen gekleidet. Die Einladung hatte um vornehme Abendgarderobe gebeten, und obwohl der Smoking nicht wie angegossen saß, sah Washington DeWight darin sehr gut aus.

»Ist mit Miss Tremaine alles in Ordnung?«, fragte er.

»Das wird es bald sein«, sagte Olivia. Ruby hatte John nun doch noch gefunden. Die beiden drehten sich anmutig im Kreis. »Gefällt ihnen die Party?«

»Jetzt gefällt sie mir eindeutig besser.« Er hielt sie etwas steif in den Armen, als hätte er abgesehen von ein paar wenigen Unterrichtsstunden kaum Tanzpraxis genossen. Doch seine Berührung war sanft und sein Lächeln ließ nicht nach. »Ihre Eltern haben einen interessanten Freundes- und Bekanntenkreis. Schwarze und weiße Gewerkschaftler. Lehrer, Mediziner, Anwälte, Banker. Genau die Mischung, die wir gesellschaftlich brauchen.«

Olivia blickte sich im Saal um und versuchte zu sehen, was er sah. Die Leichtigkeit, mit der die Leute um sie herum lachten, tanzten und aßen, musste für jemanden, der nicht Teil der High Society war, frustrierend sein.

»Bitte entschuldigen Sie. Ich will Ihnen nicht die Party verderben«, sagte er.

»Das tun Sie nicht«, entgegnete sie. »Sie zeigen mir vielmehr, was das alles hier so besonders macht.«

»Stets zu Diensten, Miss Davenport«, sagte er mit ironischem Unterton. In dem Licht, das die Kronleuchter auf sie hinabwarf, strahlten seine Augen in einem honigfarbenen Braunton.

»Ein schlechter Tanzpartner sind Sie auch nicht. Kein besonders *guter*, aber –«

»Sind Sie davon ausgegangen, dass ich schlecht tanze?«, fragte er und tat ganz schockiert. Sein Atem war warm auf ihrer Wange. »Miss Davenport, liegen Sie etwa des Nachts wach und denken über meine beiden linken Füße nach?«

»Nein!« Olivia schnaubte. »Sie sind bloß immer so ernsthaft.« Sie hatte keine Ahnung, was sie erwartet hatte. Nun war sie sich nur allzu bewusst, wie seine Hand auf ihrem Rücken lag, wie er ihr mit sanftem Druck die Tanzrichtung vorgab und dass ihr jedes Mal heiß wurde, wenn ihre Körper sich zufällig berührten.

»Meine Arbeit ist eine ernsthafte Angelegenheit. Aber niemand verkörpert nur seine Arbeit.« Sein strenger Gesichtsausdruck brachte seine kantige Kieferpartie zur Geltung.

»Ich habe schon mit einigen Anwälten getanzt«, sagte sie. »Nur wenige können mit Ihren … Fähigkeiten mithalten.«

Washington DeWight sah sich um und machte dann so seltsam übertriebene Bewegungen, dass Olivia laut auflachte und sich Leute nach ihnen umwandten. »Wo sind diese Burschen? Sie verbreiten hier einen schlechten Ruf über Anwälte. Allerdings – hätten diese Gentlemen bessere Tanzkünste vorzuweisen, dann würde ich Sie jetzt wohl kaum in meinen Armen halten.« Er zwinkerte ihr zu und Olivias Herz setzte einen Schlag aus.

»Ich sollte ihnen ebenfalls dankbar sein«, flüsterte sie und ertappte sich dabei, wie sie sich wünschte, sie wären allein. Dann könnte sie sich noch enger in seine Arme schmiegen, sich von dem Geruch seines Aftershaves – nach Kiefernnadeln und mit einer erdigen Note – einhüllen lassen, ohne von den vielen Menschen um sie herum abgelenkt zu werden.

Als das Lied endete, erschien Mrs Davenport geräuschlos an ihrer Seite. »Mr DeWight, wie schön, Sie wiederzusehen. Allerdings muss ich Ihnen meine Tochter entführen. Olivia, komm bitte mit.«

Olivias Herz begann zu rasen. Washington DeWight und sie hielten viel zu geringen Abstand zueinander. Er gratulierte ihrer Mutter zum Hochzeitstag und nahm seine Hand so langsam von ihrer Hüfte, als würde er sie streicheln. Sie folgte ihrer Mutter, die auf ihrem Weg dankend die Glückwünsche von Mrs Johnson, Mrs Davis und ihrem Hausarzt entgegennahm. Als sie beide sich ein Stück von den feiernden Gästen entfernt hatten, fragte Mrs Davenport: »Gibt es etwas, was du mir sagen willst?«

Olivias Mund war augenblicklich staubtrocken. »Ich weiß nicht, was du meinst.«

Mrs Davenport beugte sich dichter zu ihr. »Ich wollte dich nicht von deiner Arbeit abhalten und habe erst angefangen mir Sorgen zu machen, als ich dich eben beim Tanzen beobachtet habe.« Olivia folgte dem Blick ihrer Mutter, obwohl sie schon wusste, wen Mrs Davenport in Augenschein nahm. »Wenn mich nicht alles täuscht, ist der junge Mann dort drüben nicht derjenige, der dir den Hof macht.«

»Mama, wir haben nur getanzt. Das hier ist eine Party –«, begann Olivia.

»Du bist neulich Nacht verschwunden. Das blieb nicht unbemerkt und – nein«, sagte sie, als Olivia versuchte, zu Wort zu kommen, »ich will darüber nichts hören.« Mrs Davenports Blick wurde weicher. Ihre Hand lag warm auf Olivias bloßer Schulter. »Du und Mr Lawrence«, seufzte sie, »ihr beide habt die wunderbare Chance, gemeinsam glücklich zu werden. Ich will nicht, dass du das einfach so aus einer Laune heraus wegwirfst. Deshalb frage ich dich noch einmal: Gibt es etwas, was du mir sagen willst?«

Olivia holte tief Luft. »Jacob Lawrence ist ein wunderbarer Mann. Ich hoffe, genau wie du und Daddy eine glückliche Ehe zu führen.« Sie gab ihrer Mutter einen Kuss auf die Wange. »Alles Gute zum Hochzeitstag.« Ihr Lächeln fühlte sich wackelig an, aber es beruhigte Mrs Davenport. Als ihre Mutter erleichtert ausatmete, überkamen Olivia Schuldgefühle.

»Gut«, sagte Mrs Davenport und legte ihrer Tochter einen Arm um die Schulter. »Es ist beinahe unmöglich, Helens Eigensinn zu bremsen, und dein Bruder kann seine Augen nicht von dem Dienstmädchen lassen.« Ihre Mutter war so in Gedanken versunken, dass sie nicht bemerkte, wie Olivia sich versteifte. Tatsächlich sah sie in dem Moment, wie John jede Bewegung von Amy-Rose, die am Rande der Menge auf- und abging, verfolgte. »Es ist eine enorme Erleichterung zu wissen, dass wir uns um dich keine Sorgen machen müssen.«

Olivia nickte nur benommen.

Kapitel 24

Helen

Helen hasste Partys. Und noch schlimmer war es, wenn sie in ihrem Zuhause stattfanden, ihre Eltern die Gastgeber waren. Dann gab es keine Möglichkeit, sich zu verstecken.

Der Tag hatte sehr früh begonnen. Mit einem langen Bad in nach Rosen duftendem Wasser, stillhalten, während ihr das Glätteisen fast die Ohren verbrannte – und dann noch das Korsett! Sie konnte auch nichts dafür, dass die von John mitgebrachten Unterlagen ein völliges Durcheinander waren, das sie die ganze Nacht über wach gehalten hatte und dafür sorgte, dass sie immer wieder einnickte, während Amy-Rose versuchte, sie *salonfähig* zu machen. Ein einfaches Bad und nicht so aufwendig frisierte Haare – geflochtene Zöpfe oder Twists, die sie problemlos zusammenbinden konnte – wären ihr lieber gewesen.

Als die Feier losging, zerrten ihre Pflichten als Gastgeberin an ihren Nerven. Und jedes Mal, wenn sich vor Helen eine Möglichkeit zur Flucht auftat, tauchte ihre Anstandsdame neben ihr auf. Als wäre Mrs Milford eine Löwenbändigerin im Zoo, die ihren Schützling wieder einfangen musste. Auf Partys, die bei anderen Leuten stattfanden, konnte Helen zumindest hinausschleichen, doch als Gastgeberin wurde von ihr erwartet, jeden Neuankömmling lächelnd zu begrüßen.

Einschließlich Jacob Lawrence. Es wäre eine Lüge, wenn sie behaupten würde, sie hätte nur aus geschäftlichen Gründen nicht schlafen können. Manchmal waren in der Stille der Nacht ihre Gedanken zu dem britischen Mann gewandert, der nach

Chicago gekommen war. Genau wie sie war er ein Außenseiter. Das gab ihr das Gefühl, von ihm weniger missverstanden zu werden als von der Welt, in der sie lebte, wo ihre Herkunft und ihre Verwandtschaft dafür sorgten, dass ihre Bedürfnisse und Wünsche keine Rolle spielen durften. Dass er wusste, wie viel lieber sie jetzt in der Werkstatt sein würde als irgendwo sonst, gefiel Helen – und auch, dass sie ihm nichts vormachen musste. Ihr wurde klar, dass er der Einzige war, über dessen Anwesenheit sie sich freute.

Und er war für ihre Schwester bestimmt.

Selbst als Olivia elegant wie immer mit anderen Gentlemen tanzte, war Mr Lawrence nicht fern. Er sah höflich dabei zu, wie ihre Schwester einen Tanz mit Mr Greenfield überstehen musste, und sprach dann mit einem jungen Anwalt, den Helen nicht kannte – ein Empörkömmling, wenn die Gerüchte stimmten. Olivia tanzte auch mit diesem Anwalt und hatte dabei ein lebhaftes Mienenspiel, erst angeregt, dann ernsthafter. Auch als die Band schon ein neues Lied anstimmte, hielten die beiden sich noch in den Armen – bis ihre Mutter sie unterbrach.

Und wieder war Jacob Lawrence an Olivias Seite. Er spielte die Rolle des vernarrten Verehrers hervorragend. Helen schlug das Ganze auf den Magen. Sie wusste ohne Zweifel, dass die furchtbaren und zugleich wunderbaren Gefühle, die sie in seiner Nähe empfand, echt waren. Doch die Art und Weise, wie er Olivia ansah, wie er mit ihr tanzte – das alles war so perfekt. Wie sollte sie dagegen ankommen? Verärgert suchte Helen nach einer Fluchtmöglichkeit. Sie wollte von der Party verschwinden, vorzugsweise unbemerkt. Frustriert wandte sie sich an ihre Aufpasserin: »Ich muss mir mal die Nase pudern, wenn Sie gestatten?«

Durch die vielen fröhlichen Menschen um sie herum wurde ihre Laune immer schlechter.

Mrs Milford runzelte die Stirn. »Ich vertraue darauf, dass Sie auch den Weg zurück finden.«

»Natürlich«, sagte Helen und unterdrückte das Bedürfnis, die Augen zu verdrehen. Sie ging in Richtung Damentoilette, doch sobald sich ihre Anstandsdame wieder den Tanzpaaren zuwandte, eilte Helen in die Bibliothek. Der Schreibtisch stand an der hinteren Wand, sodass ihr Vater von dort den gesamten Raum überblicken konnte. Regale, die bis unter die Decke reichten, rahmten die Fenster ein, unter denen gepolsterte Bänke standen. Die zwei Stühle vor dem Schreibtisch waren weitaus weniger gemütlich als die beiden Sessel vor dem Kamin.

In der Hoffnung, dass ihre Gesellschaftsdame weder das Haus noch sie gut genug kannte, um zu wissen, wo sie sich verstecken würde, nahm Helen einen Atlas aus dem Regal und setzte sich in einen der gepolsterten Sessel mit hoher Rückenlehne vor dem Kamin. Sie drückte sich das Buch an die Brust, schloss die Augen und genoss für einen Moment, wie gedämpft hier alles klang, wie die laute Musik und das Gelächter von den Büchern um sie herum geschluckt wurden. Nur einen Augenblick Ruhe, das war alles, was sie wollte.

Ein Klopfen an der Tür ließ sie zusammenzucken. Helen spähte um die Armlehne des Sessels herum. Jacob Lawrence trat in den Raum und schloss die Tür hinter sich. Gerade erst hatte sie es geschafft, ihn aus ihren Gedanken zu vertreiben. Und jetzt stand er da, mit dem Rücken gegen die Tür gelehnt. Er nahm die Bücherregale in Augenschein, besah sich die Titel auf den ledergebundenen Sammelbänden und die vielen kleinen Kunstgegenstände, die dazwischen verteilt waren. Sie duckte sich so tief sie konnte in dem großen Sessel und stieß einen leisen Fluch aus. Dieses weiße Kleid, auf dem ihre Mutter bestanden hatte, war einfach nicht zu übersehen, egal wie sehr sie versuchte, sich zu verstecken. Als Amy-Rose sie heute Nachmittag zum Spiegel gedreht hatte, war sie selbst von ihrem Anblick überrascht gewesen und war im Kopf noch einmal durchgegangen, wie man eine Serviette benutzte und die Schleppe seines Kleides hochsteckte.

»Was für ein hervorragendes Versteck«, sagte Jacob Lawrence, kam auf sie zu und ließ sich in den zweiten Sessel fallen. *Viel zu nah*, dachte sie. *Und doch nicht nah genug. Wenn ich mich in den Salon zurückgezogen hätte, hätten wir uns den Diwan teilen müssen …* Ihre Haut brannte, als wäre es im Raum plötzlich glühend heiß geworden.

Mit einem Griff lockerte er die Krawattenschleife und löste die zwei oberen Knöpfe seines Hemdes. »Ich mag Partys, verstehen Sie mich nicht falsch.« Er deutete zur Tür. »Da draußen ist wirklich was los. Als ich gesehen habe, wie Sie aus dem Saal entkommen sind, habe ich mir schon gedacht, dass Sie hier irgendwo einen Schlupfwinkel haben. Wie viel Zeit bleibt uns, bis sie uns finden?«

Helen starrte auf seinen Halsansatz, die zarten Schlüsselbeinknochen, die sich unter der Haut abzeichneten, und beobachtete, wie sich sein Adamsapfel auf und ab bewegte, wenn er sprach. Daran war absolut nichts Anstößiges – doch warum konnte sie nicht wegsehen?

»Helen?« Sanft berührte er ihre Schulter.

»Also«, begann sie und zwang sich dazu, den Nebel aus ihrem Kopf zu vertreiben und sich an seine Frage zu erinnern. *Denk nach!* »Es kommt darauf an, wen sie losschicken. John weiß bestimmt, wo ich bin, und würde die anderen in die falsche Richtung lenken.« Ihr Lächeln wurde schmaler. »Olivia wird irgendwann diejenige sein, die mich findet und zurückbringt.« Helen starrte an die Wand und sah ihre Schwester vor sich, wie sie über das Tanzparkett schwebte und sich unter die Gäste mischte. »Sie liebt solche Partys. Erinnert sich an die Namen der Leute, fragt, wie es den Familienmitgliedern geht, wo der nächste Ausflug hingeht, und vergisst auch nicht, sich nach einem schmerzenden Knie zu erkundigen. Und sie liebt es, sich prächtig zu kleiden.«

Jacob Lawrence sah sie an. »Dann können wir wohl froh sein, dass wir am besten Ort im ganzen Haus untergekommen sind, um das Ende abzuwarten. Und ich erinnere mich noch zu gut an die lange Liste Ihrer besonderen Fähigkeiten, die Sie mir bei einer gemeinsamen Zigarette verraten haben. Leider hat der Hotelbesitzer den Schalter tatsächlich bereits reparieren lassen.«

Bei seinem Lächeln überzog sich ihr ganzer Körper mit einer Gänsehaut. Sie war so verwirrt. Ihre Gefühle konnten keineswegs normal sein. Und wie war es möglich, dass er es vorzog, hier bei ihr zu sein statt bei ihrer Schwester?

»Hören Sie, Sie müssen sich wirklich nicht um die unscheinbare kleine Schwester kümmern«, sagte Helen. »Sie und Olivia passen perfekt zusammen. Sie wird eine großartige Ehefrau sein, so wie sie in allem immer großartig ist. Sie ist mitfühlend und wunderschön. Und sie …« Helen fand keine Worte mehr. Sie konnte nur noch an ihre eigenen Fehler denken, sah jede ihrer Ecken und Kanten, die Mama und Mrs Milford versuchten, runder zu machen und glatt zu polieren. Neben ihrer Schwester war sie so unvollkommen. Doch es führte zu nichts, sich mit ihr zu messen. Nicht in dieser Hinsicht. Und Helen wollte, dass ihre Schwester glücklich war.

Bei jedem Atemzug schmerzte ihr die Brust. Sie stand auf, um etwas Abstand zwischen sich und Mr Lawrence zu bringen, und drückte ihre Stirn gegen das kühle Holz eines der Bücherregale. Mr Lawrence erhob sich ebenfalls, als wollte er ihr folgen, doch er blieb, wo er war.

»Helen.« Sie wandte sich halb um. Nun trat er doch einen Schritt auf sie zu, zögerlich zwar, aber dann streckte er ihr eine Hand entgegen. »Darf ich?«

Sie nickte und er kam näher, wischte ihr eine Träne von der Nase. Mit der Hand drehte er ihr Gesicht zu seinem. Er sah sie an, sein Blick bohrte sich in ihren. »Sie sind wunderschön«, sagte er.

Er beugte sich zu ihr, sie spürte seinen Atem auf ihrem Haar. Er roch nach Zedernholz und würzigem Wein, vermischt mit schwachem Zigarettengeruch. Sie fragte sich, wie es sich anfühlen würde, ihn zu küssen. Er war ihr so nah. Es schien, als wartete er darauf, dass sie eine Entscheidung traf.

Und das tat sie.

Helen presste ihre Lippen auf seine. Seit dem Schlamm-Nachmittag hatte sie sich genau das jeden Tag vorgestellt. Mr Lawrences Reaktion befeuerte ihr Verlangen. Er erwiderte den Kuss mit derselben Leidenschaft, die sie so verzweifelt versucht hatte zu verbergen. Doch als ihr plötzlich einfiel, warum ihre Gefühle für ihn geheim bleiben mussten, wurde sie unsicher. Die Vollkommenheit dieses Moments begann, bitter zu schmecken. Und als würde es ihm genauso gehen, ließ Mr Lawrence sie los.

Auf einmal wurde Helen ganz kalt und ein Schwindelgefühl erfasste sie. Der Ausdruck in seinen Augen wechselte von Verlangen zu Schmerz. Und das traf sie wie ein Schlag. Sie wich zum Stuhl zurück und setzte sich. Und obwohl sie Mr Lawrence ansah, dass er sie nur trösten wollte, wollte sie genau das nicht.

»Es tut mir leid«, flüsterte er irgendwo über ihr. Sie hielt ihren Kopf gesenkt, konzentrierte sich auf ihre Füße, die mit dem Fußboden verschwammen. »Olivia und ich …« Seine Stimme brach und Helen spürte, wie ihr Herz dasselbe tat. »Ich bitte um Entschuldigung. Das hätte nicht passieren dürfen.«

Es war zu viel. Sie stand auf und sah ihm in die Augen. Mit einer Stimme, die weniger zitterte als ihre Beine, sagte sie: »Ich muss jetzt gehen.«

»Helen, warten Sie«, bat er.

Doch sie öffnete die Tür und schlüpfte in den Flur hinaus. Sie wusste, er würde ihr nicht folgen.

Kapitel 25

Amy-Rose

Nachdem sie sich darum gekümmert hatte, dass die Mädchen für die Party präsentabel waren, hatte Amy-Rose ihr strenges schwarzes Kleid mit der weißen Bluse vom Kleiderbügel hinter ihrer Tür genommen. Harold und Edward, die sich immer pedantisch an die Vorgaben hielten, waren auch an normalen Tagen stets herausgeputzt, aber Amy-Rose, Jessie und die anderen mussten keine Uniform tragen – nur zu besonderen Anlässen. Nun stand sie hier, aufgrund ihrer Position und Kleidung praktisch unsichtbar, und beobachtete das Geschehen von Weitem, während sie an ihrem Kleid herumzupfte.

Schon bald liegt das alles hier hinter mir, dachte sie.

Olivia sah wunderschön aus in ihrem weißen Chiffonkleid, Mr Lawrences Hand lag an ihrer schmalen Hüfte und zur Freude der Anwesenden führte er sie über das Tanzparkett. Nachdem Amy-Rose Olivias Haare frisiert hatte, war ihr aufgefallen, wie still ihre alte Freundin beim Anziehen war – genauso wenig euphorisch wie Helen, die recht schnell verschwunden war, nachdem sich das Geschehen vom Speisesaal in den Tanzsaal verlagert hatte. Der Abend war bisher ohne Probleme verlaufen; Amy-Rose freute sich, dass Olivia sich amüsierte.

Sie machte sich wieder daran, wie eine unsichtbare Fee durch den Raum zu gleiten, Champagnerflöten aufzufüllen und leere Dessertschalen wegzubringen. Das Abendessen war hervorragend angekommen, was zu erwarten gewesen war. Auf den kleinen Tischen ringsum standen überall frisch geschnittene Blumen aus den Gärten und mit jedem neuen Lied wechselten die Tanzenden den Partner, die Wangen dank der Drinks und der allgemeinen Heiterkeit gerötet. Es war, als würde man dabei zusehen, wie ein Gemälde zum Leben erwachte.

»Amy-Rose!«

»Bitte entschuldigen Sie vielmals, Mr Tremaine«, sagte sie und zog die Stoffserviette von ihrer Schulter, um den verschütteten Champagner aufzusaugen.

»Meine Liebe, wo *haben* Sie nur ihre Augen?«

»Bei Olivia?« Sie hoffte, ihre Stimme klang nicht so unsicher, wie sie sich fühlte. Zwar hatte sie Olivia tatsächlich beim Tanzen zugesehen, aber das war es nicht, was ihre Aufmerksamkeit erregt hatte.

John war in ihr Blickfeld getreten. Jedes Mal, wenn das passierte, dachte sie sofort an ihre gemeinsamen Momente, an die Küsse. Diese Bilder in ihrem Kopf erhöhten ihren Puls. Nur der Gedanke an seine Hand auf ihrer nackten Haut oder an die Art, wie seine Lippen sich auf ihre drückten, ließ sie erschaudern. Von Weitem bewunderte sie den Sitz seines Smokings. John war mit Abstand der bestaussehende Mann im Saal. Sein Selbstvertrauen umgab ihn wie ein Leuchten, während er sich unter die Leute mischte, die Gäste bezauberte. Als er Ruby auf der Tanzfläche herumwirbelte, konnte sie nicht anders, als sich vorzustellen, das wäre sie.

Reiß dich zusammen! Amy-Rose lächelte Mr Tremaine entschuldigend an und ging weiter.

Bevor sie noch mehr anrichten konnte, wurde sie von einer älteren Schwarzen Dame in einem modischen Kleid zur Seite genommen. Diamanten hingen an ihren Ohren und glitzerten an ihren Handgelenken. Sie hatte ein offenes Lächeln und ihre Augen leuchteten, als hüte sie ein Geheimnis.

»Mein Name ist Mrs Davis«, sagte sie und mustere Amy-Rose eingehend, was das junge Dienstmädchen in Panik versetzte.

Maude Davis war bereits dreifache Witwe, ihr dadurch angehäuftes kleines Vermögen vermehrte sie mit klugen Investitionen in der South Side. *Hat sie gesehen, wie ich John angestarrt habe?*, fragte Amy-Rose sich erschrocken.

»Kann ich Ihnen etwas bringen, Ma'am?«

»Die Davenport-Mädchen sehen heute Abend wirklich prächtig aus, selbst für ihre Verhältnisse. Gehe ich recht in der Annahme, dass Sie einen großen Anteil daran tragen?« Mrs Davis deutete mit der ausgestreckten Hand auf Olivia, die nun mit einem neuen Partner tanzte.

»Ja, Ma'am. Mein Name ist Amy-Rose Shepherd.« Sie wappnete sich. Jedes Dienstmädchen hatte schon einmal eine Horrorgeschichte darüber gehört, wie man eine von ihnen »gehen ließ«, weil sie einem Mann des Hauses zu nahe gekommen war. Sie wusste, dass Mrs Davenport Amy-Roses Wohlergehen am Herzen lag, aber ihre Kinder standen an erster Stelle. So ein Skandal wäre Gift für das Ansehen ihrer Mädchen. Amy-Rose gab ihr Bestes, Ruhe zu bewahren.

Mrs Davis nickte. »Sie haben Talent.«

Amy-Rose atmete erleichtert aus. »Vielen Dank.« Sie hatte gewusst, dass Mrs Davenport mit den anderen Damen über ihr Können sprach, aber sie hätte nie gedacht, dass sich eine von ihnen daran erinnern würde.

»Ich werde Sie im Auge behalten.«

Als Mrs Davis davonging, platzte Amy-Rose fast vor Stolz. Die Begegnung mit dieser versierten Geschäftsfrau war der Beweis dafür, dass ihre Selbstzweifel nicht unüberwindbar waren. Die Ansicht dieser Dame bedeutete etwas. Sie hatte so viel Gewicht wie die Meinung der Davenports.

Was, wenn John Davenport – dieser gut aussehende Junggeselle – sie tatsächlich auserwählte, zur Frau zu nehmen? Solche Geschichten erzählten sich die Dienstmädchen untereinander auch. Solche *Märchen.* Aber dennoch – sah er sie wirklich nur als Hausmädchen, obwohl sie so vertraute Momente miteinander geteilt hatten? Sie lief Gefahr, immer tiefere Gefühle für ihn zu entwickeln.

Und dann schenkte John ihr ein Lächeln. Eines, das er, wie es schien, nur für sie aufgespart hatte. In diesem Augenblick veränderte sich etwas – etwas Tiefgehendes, Entscheidendes.

Vielleicht musste er sie gar nicht vermissen, wenn sie nicht mehr als Dienstmädchen hier arbeitete.

Sie nahm sich eine volle Champagnerflasche und drehte eine Runde um die Tanzfläche. Die Gäste, die Musik und die Alarmglocken in ihrem Kopf – all das trat in den Hintergrund. Während ihres kurzen Rendezvous hatten sie mehr miteinander geteilt als Umarmungen und Küsse. Sie hatten über ihre geheimen Träume und Enttäuschungen gesprochen, ja sogar über ihre Ängste, die sie mithilfe von hoffnungsvollen Plänen und einem tapferen Lächeln in Schach hielten. Langsam näherte sie sich Johns Gruppe.

»Ich arbeite gerade daran, dem Vorstand etwas präsentieren zu können«, erklärte John den umstehenden Gästen.

»Champagner!«, rief einer seiner Freunde.

John lachte. Da war wieder dieses Grübchen! »Das hier könnte das letzte Mal sein, dass ich Zeit zum Feiern habe, bevor ich zurück zur Uni gehe oder den ganzen Tag im Büro arbeite«, sagte er.

»Jetzt schon?«, fragte der etwas kleinere Mann zu Johns Rechter. Amy-Rose sah ihn an und der Name Greenfield schoss ihr durch den Kopf. Olivia hatte ihr von ihm erzählt. »Was ist mit unserer Reise im Sommer?«

John sah von einem zum anderen, als sich die Aufmerksamkeit der ganzen Gruppe auf ihn richtete. »Ich denke, es gibt keinen Grund, *keine* Pläne für den Sommer zu schmieden. Die Firma ist das Einzige, was mich hier halten könnte.«

»Das Einzige?« Ein halbes Dutzend Augenpaare flogen in Amy-Roses Richtung. Obwohl ihre Wangen glühten, war ihr auf einmal sehr kalt. Sie hatte nicht vorgehabt, diese Frage laut zu stellen. Hatte sie etwas missverstanden? Nein, er hatte gesagt, dass er sie vermissen würde, wenn sie Freeport Manor verließe. Aber warum sagte er das, wenn er womöglich selbst fortging? Der Plan, den er mit Helen geschmiedet hatte, war doch dazu bestimmt, erfolgreich zu sein. Dann würde er mit Sicherheit bleiben.

Aber nicht ihretwegen. Und falls die Geschäftsidee scheiterte, dann bedeutete das …

Amy-Rose spürte die Blicke auf ihr. Die Worte seiner Freunde waren in der Musik untergegangen, die nun in ihren Ohren dröhnte.

Mr Greenfields schrilles Lachen schaffte es, zu ihr durchzudringen. »Immer noch ganz der Herzensbrecher, was, Davenport?«

Amy-Rose räusperte sich. »Bitte verzeihen Sie. Meine Bemerkung war unpassend«, sagte sie in neutralem Tonfall. Sie rief sich in Erinnerung, dass Johns Pläne keine Bedeutung hatten. Nur ihre eigenen.

»Weißt du denn nicht, dass du so eine Geschichte besser wie die Adeligen abziehst – will sagen, außerhalb der Palastmauern?« Das schrille Lachen ertönte erneut, die anderen fielen mit ein. Sie warf John, der seine Freunde um eine Kopflänge überragte, einen Blick zu. Sein Mund, der ihren mit einer unglaublichen Sanftheit erkundet hatte, verzog sich nun zu einem schmalen Strich.

»Das reicht, Greenie«, sagte er. Und da wusste sie, dass, egal ob sie ihm tatsächlich wichtig war oder nicht, er immer dieses Leben wählen würde. Diese Leute. Nicht sie.

Als sie sich abwandte, war Amy-Roses Brust wie zugeschnürt. Doch sie würde nicht auf ihn warten. Als Tochter von Clara Shepherd ließ man weder stillschweigend Hohn über sich ergehen noch verpasste man die eigenen Träume dafür, dass ein Mann vielleicht, vielleicht aber auch nicht zu einem zurückkehrte. Sie kämpfte darum, nicht die Beherrschung zu verlieren, den Raum in angemessenem Schritttempo zu durchqueren und ihre Atmung zu beruhigen. Obwohl die Champagnerflasche in ihrer Hand noch halb voll war, lief sie an mehreren Gästen vorbei, die ihr ihre Gläser zum Auffüllen entgegenstreckten. Sie hielt sich gerade lang genug aufrecht, um es in die Küche zu schaffen.

Hatte sich etwas verändert? Hatte sie seine Absichten falsch aufgefasst? Nein, er war deutlich gewesen. Noch vor ein paar Tagen hatte John Davenport gesagt, er würde sie vermissen. Sie hatte seine Gefühle für sie nicht missverstanden. Dadurch, dass er ihr seine Ängste und Hoffnungen anvertraut hatte, wusste sie, dass sie ihm wichtig war. Und die Art, wie er sie geküsst hatte … Amy-Rose stürmte in die Küche. Sie wollte nicht wahrhaben, dass er so kaltherzig sein konnte. Er hatte sie behandelt wie eine … Ihr blieb die Luft weg.

Die Tränen, die sie bisher erfolgreich zurückgehalten hatte, brachen sich nun Bahn. Jessie scheuchte die anderen aus der Küche und zog Amy-Rose in eine feste Umarmung. Schluchzend erzählte Amy-Rose ihr alles – angefangen von den gemeinsamen Momenten mit John bis hin zu der demütigenden Szene vor wenigen Minuten.

Jessie wiegte sie in ihrem Arm und strich ihr über den Rücken, bis Amy-Roses Atmung wieder langsamer wurde und ihre Anspannung sich legte. Dann verkündete Jessie eine Wahrheit, die Amy-Rose nicht mehr länger übergehen konnte.

»Er wird dich nicht heiraten, Süße. Du weißt doch – im wahren Leben gibt's keine Märchen.«

Kapitel 26

Ruby

Ruby hielt in der Menge Ausschau nach Mr Barton. Sie hatte sich besonders viel Mühe mit ihren Haaren gegeben und sich selbst eingeredet, dass er nicht der Grund dafür wäre. Genauso wenig wie das tief ausgeschnittene Mieder des Kleides, für das sie sich entschieden hatte. Es betonte ihre Figur und gab einen ungehinderten Blick auf die Kette frei, die er ihr geschenkt hatte. Natürlich hatte sie ihren Eltern die Wahrheit darüber gesagt. Harrison hatte sie ihr gekauft, um sie glücklich zu machen. Wenn Mrs und Mr Tremaine etwas dagegen hätten, könnten sie ihre Einwände jedoch nicht in der Öffentlichkeit äußern, ohne dass sie damit Rubys Plan untergraben würden. Sie konnten die Kette unmöglich noch einmal verkaufen. Und er sollte sehen, dass Ruby sie voller Stolz trug. Ihre Mutter warf einen skeptischen Blick darauf, ihr Vater aber überraschte sie, indem er ihr ein schroffes Kompliment machte.

Sie umschloss den Rubin mit einer Hand und musste daran denken, mit welch federleichter Berührung Harrison ihr die Kette um den Hals gelegt hatte. Die Art, wie er sie ansah, raubte ihr den Atem. Der Kuss hatte Gefühle in ihr ausgelöst, die sie nicht erwartet hatte. Es war magisch gewesen. Die Welt um sie herum hatte sie vollständig ausgeblendet, alles, woran sie hatte denken können, waren seine Lippen auf ihren und ihre auf seinen. Der Kuss war nicht Teil ihres Plans. Ebenso wenig wie ihre Gefühle für ihn.

So froh sie darüber war, ihren Rubin zurückzuhaben, so sehr

erinnerte er sie auch daran, dass ihr eigentliches Ziel ein Antrag des Davenport-Erben war. Nur so konnte der Wunsch ihrer Eltern in Erfüllung gehen. *Und auch mein eigener,* dachte sie. *Jedenfalls habe ich mir das mal gewünscht.* Jetzt war sie sich nicht mehr so sicher. Denn wenn sie Zeit mit Mr Barton verbrachte, wollte sie nirgendwo anders sein.

»Darf ich um den nächsten Tanz bitten?«, fragte John in diesem Moment. »Entschuldige, ich wollte dich nicht erschrecken.«

Ruby presste ihre Hand fest gegen ihre Brust, dort, wo ihr Herz wie wild schlug – vor Schreck diesmal, nicht vor Erregung, weil John sie ausgewählt hatte. »Ja, natürlich«, sagte sie und hielt ihm ihre Hand hin. Ruby fragte sich, was ihn dazu gebracht hatte, sie zu diesem Tanz aufzufordern. Flüchtig blickte sie über ihre Schulter. Ihre Mutter und Mrs Davenport standen nur ein paar Meter entfernt an der Bar. Sie schwenkten ihre Fächer, doch ihre leuchtenden Augen und ihr breites Lächeln waren nicht zu übersehen. Verschwörerisch steckten sie ihre Köpfe zusammen und flüsterten miteinander. Sie hatten nachgeholfen. Genau das hatte sie immer gewollt.

Ruby umfasste Johns Hand noch fester und folgte ihm. Im Vergleich zu ihrem ersten gemeinsamen Tanz waren seine Schritte nicht mehr so schwungvoll. *Was hat sich verändert?* Sie sah sich im Saal um. Noch immer keine Spur von Mr Barton. Olivia und sie hatten lange über die Gästeliste diskutiert. Und er hatte die Einladung zur Silberhochzeit der Davenports angenommen. *Wo bleibt er bloß?* Aber das spielte jetzt keine Rolle. Sie musste sich auf John konzentrieren, denn sie hatte seine Tanzaufforderung angenommen.

John merkte wohl, dass sie ihn musterte, denn er setzte ein freundliches Gesicht auf und sagte: »Wie ich sehe, trägst du deine Kette wieder. Sie steht dir.« Als er sie anlächelte, kam sein Grübchen zum Vorschein.

Sie spürte den Drang, den Rubin zu berühren, richtete ihre Aufmerksamkeit aber auf die Musik und darauf, wie Johns Arm um ihre Hüfte lag. »Dich bekomme ich ja nur noch selten zu Gesicht«, sagte sie. »Was beschäftigt John Davenport bloß derart?«

Seine Miene hellte sich auf. »Ich arbeite gerade an einem Projekt für das Familienunternehmen. Mein Vater hat zugestimmt, sich unsere Pläne über eine Erweiterung der Firma anzuhören. Dabei geht es um eine Serie mit pferdelosen Fahrzeugen. Es war eine Herausforderung, aber wir waren zuvor noch nie so nah dran, dass er etwas in die Richtung überhaupt in Betracht zieht.«

»Wir?«

»Helen und ich arbeiten gemeinsam an dem Projekt.« John grinste, und was immer es war, das bis eben noch seine Laune beeinträchtigt hatte, war nun wie weggeblasen. Er berichtete genauer von den Plänen und in diesem Moment blitzte wieder der Junge in ihm auf, den sie früher gekannt hatte. Groß und schlaksig, ständig umringt von seinen Schwestern und ihren Freundinnen, was ihn aber nie aus der Ruhe gebracht hatte. Und auch als er dann älter wurde, hatte er immer Zeit für die Familie eingeräumt. Ruby war praktisch gemeinsam mit den Davenport-Geschwistern aufgewachsen. John gab ihr immer das Gefühl, gesehen zu werden. Und er sah so gut aus! Sie wünschte, seine Aufmerksamkeit ihr gegenüber hätte nichts mit dem Druck zu tun, den ihre Eltern auf sie beide ausübten. Sie wünschte, sie könnten wieder dahin zurückkehren, als Ausritte auf dem Anwesen oder Süßigkeiten aus der Küche schmuggeln noch alles war, worum sich ihr Leben drehte.

Warum konnte sie nicht einfach glücklich sein, jetzt mit ihm zu tanzen?

»Ruby?« John sah zu ihr hinab. Sie waren von anderen Tanzpaaren umgeben, die sich zu den langsamen Streichinstrumenten der Band bewegten. »Wenn du müde bist, können wir uns auch hinsetzen.«

Sie schüttelte ihren Kopf. »Nein, alles gut.« Noch vor Kurzem hatte sie Momente wie diese voll und ganz ausgekostet. Momente mit John. Sie hatten gereicht, um ihren Herzschlag zu beschleunigen.

Aber jetzt?

Jetzt war sie in Gedanken versunken. Immer wieder wanderte ihr Blick zum Eingang des Saals, auf der Suche nach einem bestimmten Gesicht, während John weiter von seinen und Helens Plänen sprach und von den Kursen an der Universität erzählte, die er – sollte sein Vater seinen Plänen nicht zustimmen – im nächsten Semester belegen wollte. Ruby nickte immer wieder und gab zustimmende Laute von sich.

Gerade als sie schon dachte, er würde gar nicht mehr kommen, betrat Harrison Barton den Ballsaal. Die Tanzpaare wurden langsamer und die Musik leiser. Alles um Mr Barton herum war verschwommen, nur er stach aus der Masse heraus. Ruby seufzte erleichtert.

Das Lied endete, und ohne lange darüber nachzudenken, was sie da tat, sagte Ruby: »Entschuldige mich.« Bevor John überhaupt antworten konnte, hatte sie sich schon von ihm gelöst. Sie bahnte sich einen Weg in die Richtung, wo sie Mr Barton zuletzt gesehen hatte, vorbei an Tischen, an denen Freunde ihrer Eltern und Geschäftsmänner saßen, die sie nur von Bildern aus der Zeitung kannte. Da schloss sich eine Hand um ihren Arm und hinderte sie daran weiterzugehen.

»Du wundervolles Mädchen.«

Ruby sah zu ihrer Mutter, die ihr eine Locke aus dem Gesicht strich und sie in eine Nische zog.

»Dein Vater und ich hätten dich nicht unterschätzen dürfen«, sagte sie. Mrs Tremaine tippte an ihre Nase, als hüte sie ein Geheimnis. »Du und John seid so ein hübsches Paar.«

»Ich sagte doch, ich habe einen Plan.« Ruby versuchte, ihrer Mutter ihren Arm zu entziehen. Sie hatte Harrison in der Menge verloren und wollte dieses Gespräch nicht hier führen.

Mrs Tremaine legte einen Finger auf den Stein an Rubys Kette. »Also, was auch immer du da mit Harrison Barton treibst, es scheint zu funktionieren. John ist offensichtlich ganz verzaubert von dir.«

Ruby verdrehte die Augen und schaffte es endlich, ihren Arm zu befreien. »Ich verstehe nicht, wie ihr an mir zweifeln konntet.« Sie versuchte sich an ihrer Mutter vorbeizudrängeln, doch Mrs Tremaine hielt Ruby sanft am Ellbogen fest. Sie strich ihrer Tochter über die Wange und Ruby gab nach. *Das* hier war es, was sie wollte. Zum ersten Mal seit Wochen sah ihre Mutter weder verkniffen noch angespannt aus. Ruby drückte die Hand ihrer Mutter, die noch immer an ihrer Wange lag. Sie sog das veränderte Mienenspiel ihrer Mutter in sich auf – viel zu selten zeigte diese ihre Zuneigung so deutlich –, bevor sie ihre Hand sanft wieder löste.

»Ich bin so stolz auf dich«, sagte Mrs Tremaine.

Ihre Worte lösten etwas in Ruby aus. Viel mehr als das Erscheinen von Harrison Barton.

Aus dem Augenwinkel nahm sie eine Bewegung wahr – und ihr Herz zog sich schmerzhaft zusammen.

»Guten Abend, Mrs Tremaine«, sagte Mr Barton.

»Mr Barton.« Rubys Mutter sah ein letztes Mal zu ihrer Tochter, bevor sie aus der Nische trat.

Er stand nur Zentimeter vor ihr, zögernd, die Stirn gerunzelt. »Miss Tremaine, können wir uns unterhalten?«

Ruby brachte ein Nicken zustande. In ihrem Kopf ging sie das Gespräch mit ihrer Mutter noch einmal durch, die Worte wirbelten durcheinander und sie versuchte abzuschätzen, wie viel er gehört haben mochte. Wahrscheinlich mehr als genug.

Er ließ ihr den Vortritt und ging dicht hinter ihr, der Stoff seines neuen Smokings streifte ihren Arm. Sie blickte sich kurz zu ihm um. Er wirkte ruhig, doch sie sah seinen angestrengten Blick. Als sie die riesige Eingangshalle betraten, wurden die Musik und das Geplapper der Leute leiser. Zu so später Stunde hatten die Gäste sich im Ballsaal oder im Garten versammelt, die Hausangestellten gingen ihren Aufgaben nach. Sie waren allein.

Ruby befeuchtete ihre Lippen, ihr Mund war ganz trocken. Die Worte, die sie sich schon etliche Male zurechtgelegt hatte, klangen plötzlich hohl in ihrem Kopf. *Es war schön, aber es hätte zwischen uns nie funktioniert … Meine Hand und mein Herz gehören einem anderen.* Schluck. Nichts davon würde sie jetzt hier über die Lippen bringen. Nicht, nachdem er mit ihr so offen über seine Familie und sein Leben gesprochen hatte, nicht, nachdem sie *ihm* – statt Olivia – ihre Geheimnisse offenbart hatte. Ihr Kuss hatte ihr verdeutlicht, wie verzweifelt sie die Bestätigung brauchte, dass sie, so wie sie war, genügte. Er hatte ein Selbstvertrauen in ihr zum Leben erweckt, das ihr eine Leichtigkeit verlieh – als wäre alles möglich. Wenn Harrison Barton in ihrer Nähe war, wurde sie von überbordendem Glück erfüllt, das Gefühl von seiner Hand in ihrer war wie endloses Achterbahnfahren. In der Nacht, als sie nach dem Jazzclub nach Hause gekommen war, hatte sie vor sich hin *gesummt*! Und die Kette …

Er schob die Hände in die Taschen und wippte auf den Fersen hin und her. Er sah genauso wenig erfreut darüber aus, dieses Gespräch zu führen, wie sie. »Was ist hier los, Ruby?« Er zog den Kopf ein, als erwarte er einen Sturm. »Was war das gerade da drinnen?« Er schüttelte den Kopf. »Bitte, sag mir die Wahrheit.«

Ruby spürte einen Kloß in ihrem Hals. Sie wollte nicht antworten. Sie konnte nicht.

»Vielleicht wollte ich zu sehr glauben, dass du anders bist als andere Mädchen, die nur hinter meinem Geld her sind.«

Ruby sah ihn verwirrt an. »Ich wollte nie dein Geld.«

Mr Barton fuhr sich mit den Händen über das Gesicht. »Was hat deine Mutter dann gemeint? Was ist das für ein Plan?«

Ruby betrachtete die Anstecknadel an seinem Revers. Bisher war ihr noch nicht aufgefallen, dass es ein tränenförmiger Stein war. Ein Rubin. Ihr wurde schwer ums Herz und sie wünschte, sie wären woanders, nur nicht hier. Sein Anblick war kaum auszuhalten. »Ich …« Nein, sie konnte ihm nicht die Wahrheit sagen. Es war zwecklos, sich etwas vorzumachen. Ihr war klar, dass, sobald er die Wahrheit kannte, es das zwischen ihnen gewesen wäre. Er würde nichts mehr mit ihr zu tun haben wollen. Was, wenn sie ihn jetzt verlor?

Ruby sah ihm in die Augen. Sie strahlten eine solche Wertschätzung aus – die Wahrheit würde das zerstören. Und dennoch schaffte sie es nicht, ihn zu belügen. Er verdiente so viel mehr als das, was sie ihm bisher gegeben hatte, aber vor allem verdiente er die Wahrheit. Erneut befeuchtete sie ihre Lippen und schluckte gegen die Trockenheit in ihrer Kehle an.

»Als John von der Universität nach Hause kam, war er abgelenkt«, begann sie, hielt aber gleich wieder inne. Nein, das hier war nicht Johns Schuld. Also setzte sie noch einmal neu an: »Ich wollte Johns Aufmerksamkeit wiedererlangen, als er nach Hause zurückkehrte. Doch meine Flirtversuche funktionierten nicht, darum musste ich auf andere Weise dafür sorgen, dass er mich wieder wahrnimmt – indem ich jemand anderem nahekomme. Dir.«

»Also war ich bloß Mittel zum Zweck, um ihn eifersüchtig zu machen.« Er sah sie forschend an. Je länger er sie anstarrte, desto mehr schnürte sich ihr die Kehle zusammen.

Ruby ergriff seinen Arm. »Du musst das verstehen – ich bin ein Einzelkind und die Davenports sind schon ewig mit meinen Eltern befreundet. Sie alle hegen schon lange die Hoffnung, dass wir zu einer Familie werden.« Ruby wartete kurz ab, während er über ihre Worte nachdachte. »Es tut mir leid«, flüsterte sie dann.

»Was tut dir leid? Dass du mich die ganze Zeit nur benutzt hast?« Er ging einige Mal auf und ab, und als er sich wieder ihr zuwandte, sah er sie mit harter Miene an. »Das zwischen uns war also alles nur eine Lüge.« Es war keine Frage.

»Zuerst ja«, gab sie zu. »Doch jetzt haben sich die Dinge geändert.«

»Wie denn?« Er schüttelte den Kopf. »Willst du mir sagen,

dass es zwischen dir und Davenport aus ist? Dass du ihn aufgegeben hast?«

»Ich …« Sie blinzelte gegen die Tränen an, die sein Gesicht verschwimmen ließen. Ihr Atem ging zu schnell, Schweißperlen bildeten sich an ihren Schläfen. Ruby wollte Ja sagen.

Ich bin so stolz auf dich. Die Worte ihrer Mutter hatten Rubys Welt aus den Angeln gehoben. Einen Moment lang war sie endlich so angenommen worden, wie sie war. Und sie wusste einfach nicht, wie sie die Erwartungshaltung ihrer Eltern, den Druck, der auf ihr lastete, weil sie es ihnen recht machen wollte, erklären sollte – alles klang nach einer schlechten Ausrede, als könnte sie Richtig nicht von Falsch unterscheiden. Alles, was sie stattdessen sagen konnte, war: »Es ist kompliziert.«

Ruby zwang sich, seine Reaktion darauf zu beobachten – wie er sich auf die Innenseiten der Wangen biss, um seine Lippen vom Beben abzuhalten. »Kompliziert?« Er räusperte sich. »Dann werde dir klar darüber, was du willst. Ich werde nicht ewig warten.«

Tränen rollten über ihre Wangen und sie nickte. »Es tut mir leid.« Und das entsprach voll und ganz der Wahrheit. Als sie nichts weiter sagte, spürte sie, wie Harrison Barton sich zurückzog.

Als hätte er in ihre Seele schauen können, sagte er: »Mir auch.«

»Entschuldige«, sagte Olivia und zog die Tür hinter sich zu. »Ich wurde aufgehalten. Die Pflichten, die man als Gastgeberin so hat …«

Ruby nahm ihre Füße von der Couch und klopfte auf den Platz neben sich. Nach den Gesprächen mit ihrer Mutter und Mr Barton hatte sie sich eine Flasche Champagner und zwei Gläser geschnappt. Der kleine Salon, der zwischen Olivias und

Helens Schlafzimmern lag, war als Rückzugsort bestens geeignet. In dem gemeinschaftlichen Zimmer befand sich nicht nur eine Mischung aus Olivias und Helens Besitztümern, sondern auch ein paar von Rubys Sachen waren darunter. Während sie auf ihre Freundin gewartet hatte, hatte sie durch einen der herumliegenden Kataloge geblättert, ohne die Bilder darin wirklich wahrzunehmen. Der Raum war ihr vertraut und Olivia wusste immer, was zu tun war.

Doch jetzt, da ihre Freundin hier war, hatte Ruby keine Ahnung, wo sie anfangen sollte. Wie viel sie offenbaren sollte. Hier ging es nicht um irgendeinen jungen Mann, der sie mit Aufmerksamkeit überhäufte.

Olivia setzte sich neben sie auf die Couch, kickte ihre Schuhe von den Füßen und schob sie unter sich. »Ich habe Nachtisch mitgebracht.« Das Stück Devil's Food Cake, das sie auf den Beistelltisch gestellt hatte, verströmte einen süßlichen Duft. Im schwachen Licht der Lavendelkerzen sah Ruby, wie sich die Augenbrauen ihrer Freundin zusammenzogen. »Deinen Lieblingskuchen.« Olivia hielt ihr den Teller hin. Als sie nicht reagierte, sagte Olivia: »Was ist passiert? Du kannst es mir sagen.«

Ruby lehnte sich an ihre Freundin und entschied sich dafür, nicht lange drum herumzureden. »Ich glaube, ich habe mich in Mr Barton verliebt«, sagte sie.

»Das ist doch wunderbar«, sagte Olivia. »Oder nicht?«

»Meine Eltern sind vollkommen dagegen. Sie haben eine konkrete Vorstellung davon, wie mein Leben zu sein hat, aber … Ich weiß einfach nicht, was ich tun soll.« Ruby stöhnte auf und ließ sich gegen die Rückenlehne fallen. Sie fühlte sich miserabel. Und sie war völlig durcheinander.

Olivia hatte den Blick abgewandt und war ungewöhnlich still. Ruby hatte erwartet, dass ihre Freundin sie mit Fragen löchern würde. Doch stattdessen starrte sie in die Flamme einer Kerze auf dem Beistelltisch.

»Olivia?«

»Hm?« Ihre Freundin kam langsam wieder ins Hier und Jetzt zurück. »Es tut mir leid, Ruby.« Sie lächelte traurig, nahm die Flasche vom Tisch und schenkte ihnen beiden Champagner ein. Die kleinen Bläschen trieben an die Oberfläche und explodierten wie winzige Feuerwerkskörper. »Das Schwierigste im Leben ist zu entscheiden, was wir selber wollen, und es dann auch anzugehen.«

Ruby nahm ihr das Glas ab. Sie hatte recht behalten – Olivia wusste, was zu tun war. Doch die Erinnerung an den gequälten Ausdruck auf Mr Bartons Gesicht machte es ihr immer noch schwer zu atmen. Für den Moment wollte sie ihn lieber vergessen. »Was hast du damit gemeint, als du gesagt hast, du würdest Mr DeWights Ansichten kennen? Hast du eine seiner Reden gehört?«

Ihre Freundin sah sie verlegen an. »Ich bin zufällig in eine seiner Versammlungen geraten. Er hat von seinen Reisen berichtet und wollte Unterstützung für ein paar Demonstrationen, die er organisiert.« Ruby hörte Olivia zu, ohne sie zu unterbrechen. Das alles war ihr nicht neu. Während der vielen Abendessen mit den unterschiedlichsten politischen Führungskräften und Geschäftspartnern war es immer wieder um diese Themen gegangen. Allerdings war sie erstaunt über Olivias großes Engagement und ihren starken Wunsch, sich noch weiter einzubringen. Ihre Freundin sprach vom Wahlrecht der Frauen. Sie wiederholte Dinge, die Ruby den forschen Anwalt hatte sagen hören, und redete darüber, wie er andere dazu inspirierte, etwas zu unternehmen. Vielleicht hatte Olivia nicht vorgehabt, es zuzugeben, aber so, wie sie klang, befand sie sich wohl im gleichen Dilemma wie Ruby.

»Sei vorsichtig. Ich habe gehört, dass er sich nie lange in einer Stadt aufhält«, sagte sie und blickte Olivia eindringlich an.

Ihre Freundin ließ die Champagnerflöte in ihren Händen kreisen. »Ich weiß«, sagte sie seufzend und legte ihren Kopf an Rubys Schulter.

»Na, wir sind ja ein tolles Paar.« Ruby hielt ihr Glas hoch. »Zum Wohlsein?« Ihre Gläser klirrten, als sie gegeneinanderstießen, dann lehnten sie sich auf der Couch zurück und lauschten den Partygeräuschen, die von unten zu ihnen hinaufdrangen.

Kapitel 27

Olivia

Die Party war ein voller Erfolg. Freeport Manor war von Musik erfüllt, es wurde getanzt und Champagner getrunken – und das bis in die frühen Morgenstunden. Kurz vor der Morgendämmerung kroch Olivia mit schmerzenden Füßen und Beinen in ihr Bett. Sie war zu müde, um darüber nachzudenken, wohin Mr Lawrence mittendrin verschwunden war und warum er nach seiner Rückkehr so verändert wirkte. Sie fiel in einen tiefen Schlaf, aus dem sie viel zu früh wieder geweckt wurde.

»Raus aus den Federn.« Mit schweren Schritten, die das Dröhnen in Olivias Kopf noch verschlimmerten, betrat Amy-Rose das Schlafzimmer. Die Vorhänge wurden zurückgezogen und ein heller Lichtstrahl durchbrach die Dunkelheit und Olivias Gedanken. Stöhnend legte sie sich einen Arm über die Augen.

Amy-Rose zerrte an ihrer Hand. »Es ist schon weit nach Mittag und deine Eltern erwarten dich zum Essen. Mr Lawrence und dein Vater kommen jeden Moment von der Fabrik zurück.«

»Was?« Olivia setzte sich abrupt auf – viel zu schnell, denn der Raum begann, sich zu drehen. Erst da fiel ihr wieder ein, dass sie sich spät am Abend – oder war es schon am frühen Morgen gewesen? – mit Ruby in den kleinen Salon geschlichen hatte, wo sie sich zusammen auf der Couch Kuchen und eine Flasche Champagner geteilt hatten, während nur der Mond ihren Worten lauschte. Ihre Freundin hatte ihr nicht alles erzählt. Und Olivia womöglich zu viel.

Noch bevor die Nacht zu Ende gegangen war, hatte Olivia sich ein weiteres Mal in Mr DeWights Armen wiedergefunden. Rubys wenn auch dezente Warnung hallte so laut wie Amy-Roses Schritte in ihrem Kopf wider. Olivia fragte sich, was Ruby davon hielt, dass sie nicht gerade wenig Zeit mit Mr DeWight verbrachte. *Bin ich dieser Sache wirklich gewachsen?* Jetzt rügte sie sich selbst dafür, so gefangen in ihren eigenen Sorgen gewesen zu sein, dass sie nicht einmal versucht hatte herauszufinden, was genau den Abend für ihre Freundin ruiniert hatte. Und ob Mr Barton damit etwas zu tun gehabt hatte. Er war viel zu kurz bei der Party gewesen, das sprach nicht gerade dafür, dass zwischen ihm und Ruby alles in Ordnung war.

Ein Blick auf Amy-Rose machte deutlich, dass auch ihr Abend kein bisschen besser gewesen war. Die Augen des Dienstmädchens waren verquollen und sie bewegte sich durch den Raum mit einer Schroffheit, die keine Fragen zuließ.

»Dein Bad ist eingelassen und das Kleid zum Anziehen liegt bereit. Ich kann hier warten oder du klingelst, wenn du so weit bist, dass ich dir das Korsett schnüren kann.« Amy-Rose hielt den Blick gesenkt. Es hatte einmal eine Zeit gegeben, in der sie und Olivia ihre zahlreichen Geheimnisse und Träume geteilt hatten. Sie waren enge Freundinnen gewesen, die sich jederzeit gegenseitig Trost spendeten. Olivia wusste, dass sie selbst für dieses Zerwürfnis zwischen ihnen verantwortlich war. Ob sie das wiedergutmachen konnte, wusste sie allerdings nicht.

»Amy-Rose«, begann sie und schwang die Füße seitlich aus dem Bett, »ist alles in Ordnung bei dir?« Sie musterte das Profil ihrer ältesten Freundin, sah die Art, wie sie ihren Rücken gerade hielt, und die in einem unordentlichen Knoten zusammengehaltenen Locken. Olivia überkam ein seltsames Gefühl. Es war fast so, als würde sie Amy-Rose nicht mehr wiedererkennen.

Das Dienstmädchen strich ihre Schürze glatt. Ihr Lächeln wirkte gezwungen und war nicht so herzlich wie sonst. »Mir geht es gut, Miss Olivia. Soll ich hier warten?«

Olivia hielt in ihrer Bewegung inne. Amy-Rose redete mit ihr sonst nur so förmlich, wenn sie Besuch hatten. Ihre Mutter legte Wert auf Anstand und Schicklichkeit, aber forderte von Amy-Rose nicht das Gleiche, das sie von den anderen Dienstboten erwartete. Ihre früher so unkomplizierte Freundschaft schien auf einmal in so weiter Ferne zu liegen, dass Olivia nicht wusste, ob sie trotzdem nachhaken sollte – und wenn es nur war, um herauszufinden, ob sie irgendwie helfen konnte. Amy-Rose rang die Hände, so sehr, dass es wehtun musste. Es war wohl das Beste, sie gehen zu lassen. »Ich komme schon zurecht«, sagte sie, stand auf und ging zum Schminktisch hinüber.

Mechanisch breitete Amy-Rose das Kleid auf Olivias Bett aus. Olivia erinnerte sich daran, wie sie im Schneidersitz am Fuße genau dieses Bettes gesessen und gespielt hatten, ihre Finger in einem Gewirr aus Fäden miteinander verhakt, und sich dabei Geschichten über ihr zukünftiges Leben ausgedacht hatten.

»Weißt du noch, als wir einmal die Nacht über draußen saßen und auf eine Sternschnuppe gewartet haben?«, fragte Olivia. Amy-Rose drehte sich zu den Balkontüren um. Sie hatten sich gegen die Kälte eine Decke geteilt und waren aneinander gelehnt eingeschlafen. »Wenn wir eine sehen, hatte deine Mutter gesagt, können wir uns etwas wünschen.«

Amy-Rose wandte sich halb zu ihr, ein leises Lächeln auf den Lippen. »Es war unglaublich kalt. Ich weiß noch, wie unsere Zähne geklappert haben.« Jetzt lachte sie und steckte ihre Hände in die Schürze. »John und Helen waren neidisch, weil sie nicht dabei waren.«

Olivia stand vom Schminktisch auf. Sie überlegte, ihre Hand auf Amy-Roses Schulter zu legen, entschied sich aber doch dagegen und zog ihren Arm zurück. Weil sie es so eilig gehabt hatte, erwachsen zu werden, hatte sie ihre Freundin im Stich gelassen. »Dein Wunsch war, dass wir für immer Freundinnen bleiben. Und ich habe mir dasselbe gewünscht. Es tut mir leid, dass ich das vergessen habe.«

»Ich habe es für uns beide in Erinnerung behalten.« Amy-Roses ernste Miene entspannte sich allmählich, genau wie der Knoten in Olivias Bauch.

»Ich verspreche, mir Mühe zu geben und dir von jetzt an wieder eine bessere Freundin zu sein«, sagte Olivia und erwiderte Amy-Roses zaghaftes Lächeln. Und wo sie eben noch gezögert hatte, tat sie es nun nicht mehr, sondern ergriff ihre Hand und zog sie in eine feste Umarmung.

Das Mittagessen wurde draußen auf der Veranda serviert. Es war Mitte Mai und die Luft mild. Ein Stoffzelt, das noch von der gestrigen Party stehen geblieben war, spendete den nötigen Schatten. Jacob Lawrence und Mr Davenport schienen sich in der Gegenwart des anderen wohlzufühlen, die Beine ihres Vaters waren zwischen ihnen ausgestreckt. Mr Lawrence sagte immer das Richtige. Er brachte ihre Eltern zum Lachen. Olivia konnte sich ziemlich genau ausmalen, wie das Leben mit ihm aussehen würde: erfüllt von vielen Möglichkeiten und voller Luxus – etwas, wovon andere nur träumen konnten. Sie würde zufrieden sein. Und er? Wenn sie ehrlich zu sich selbst war, erkannte sie auf einmal eine Traurigkeit in seinen Augen, die auch durch sein Lächeln und seine Scherze nicht vertrieben wurde. Was genau nicht mit ihm stimmte, vermochte Olivia nicht zu sagen, aber irgendetwas hatte sich verändert.

Mr Davenport stieß seinen Gehstock gedankenverloren in die Erde und grub damit ein Loch in den akkurat gepflegten Rasen. Ihre Mutter saß ihr gegenüber.

»Ich würde sagen, der gestrige Abend war ein voller Erfolg, findest du nicht, Emmie?« Mr Davenport ergriff die Hand seiner Frau. Ihre Finger verhakten sich ineinander und der Blick, den sie sich zuwarfen, ließ Olivia rot werden. In Momenten wie diesem schien sich der Druck, eine gute Partie zu finden, auszuzahlen – denn er versprach eine glückliche Ehe. Mit verschmitztem Blick wandte Mr Davenport sich wieder Mr Lawrence und Olivia zu. »Wann können wir mit einem Antrag rechnen?«

Olivia schnappte nach Luft und Mr Lawrence versteifte sich.

»Ach kommt schon, Kinder. Warum das Unumgängliche in die Länge ziehen?«, fragte ihr Vater.

Mr Lawrence räusperte sich. Der Korbstuhl knackte, als er sein Gewicht verlagerte. Olivia starrte ihre Eltern unverhohlen an, ihr Atem ging flach. Das konnte nicht ihr Ernst sein.

Mrs Davenport entfuhr ein Quietschen und sie legte sich eine Hand an die Wange. Olivia war sich nicht sicher, ob sie je zuvor so einen Laut von ihrer Mutter gehört hatte. »Wir könnten hier feiern, William«, sagte sie. »Wie wäre es im Spätsommer? Wir könnten eine Laube oder einen Pavillon für die Zeremonie aufstellen lassen. Die Lindley-Mentzelie und die Seidenpflanze sind dann in Blüte, den Empfang könnten wir im Ballsaal abhalten …« Den Rest ihrer Worte bekam Olivia gar nicht mehr mit. *Das Unumgängliche.* Als hätte sie keine Wahl, kein Mitspracherecht.

Mr Davenport setzte sich aufrechter hin. »Wir werden ein angemessenes Zuhause für euch finden müssen. Ihr könnt auch gern hier wohnen, aber ein junges Paar braucht seine Privatsphäre.«

»Und wir wollen Enkelkinder!«, warf ihre Mutter ein. Olivia ertrug ihre Blicke mit so viel Würde, wie sie aufbringen konnte. Ihre kurze Unterhaltung mit Amy-Rose hatte ihre Stimmung ein wenig gehoben, aber die Nachwehen des Champagners waren noch deutlich zu spüren und ihr Gespräch mit Ruby hatte auch seine Spuren hinterlassen. *Das Schwierigste im Leben ist zu entscheiden, was wir selber wollen, und es dann auch anzugehen,* hatte sie zu ihrer Freundin gesagt.

Olivias Gesicht glühte. Mr Lawrence neben ihr lachte nervös. Ihr ganzer Körper war so angespannt wie der ihrer Stute Chestnut, bevor Olivia sie antrieb, über eine Hecke zu springen. Obwohl sie sich draußen aufhielten, kam es ihr so vor, als würden die Wände immer näher kommen und ihr die Luft zum Atmen nehmen. Vielleicht war es auch ihr Korsett, das zu eng geschnürt war. Zum ersten Mal kam sie in Berührung mit den Ungerechtigkeiten, unter denen laut Helen junge Frauen durch die an sie gestellten Erwartungen zu leiden hatten. Hinter ihrem Lächeln verborgen biss Olivia fest die Zähne zusammen und das Blut in ihren Adern brodelte. *Wie können sie meine Zukunft nur derart diskutieren?* Die Stimmen ihrer Eltern verschwammen zu einem Rauschen in ihren Ohren.

Als spürte er ihre wachsende Verzweiflung, nahm Jacob Lawrence ihre Hand in seine und drückte sie. Diese Berührung ließ sie auf einmal wieder schneller atmen. Von der plötzlichen Sauerstoffzufuhr leicht benommen, zog Olivia ihre Hand zurück und legte sie an ihre kalte, verschwitzte Wange.

»Olivia, Liebes, du wirst eine wundervolle Braut sein«, sagte Mrs Davenport mit verträumtem Blick. »Was meinen Sie, Mr Lawrence?«

»Niemand wird sich an Ihnen sattsehen können.« Doch selbst bei diesen Worten schien er ihrem Blick auszuweichen.

Olivia stand auf und ihr Stuhl kippte nach hinten. Mr Lawrence fing ihn problemlos auf und legte ihr eine Hand auf den Rücken. Und auf einmal wurde ihr klar, was nicht stimmte. Als sie mit Jacob Lawrence getanzt hatte, als er sie in seinen Armen gehalten hatte – jetzt fiel es ihr wie Schuppen von den Augen. Ja, sie könnte lernen, ihn zu lieben, aber wie lange würde das dauern? Und wie würde diese Liebe aussehen, wie sich anfühlen? Da war kein Feuer, das sie zu ihm zog, kein Herzrasen, das für eine tiefere Verbundenheit sprach. Sie verbrachte gern Zeit mit ihm. Sie könnten gemeinsam ein glückliches Leben führen. Allerdings eines ohne Leidenschaft. *Wann haben die Schmetterlinge im Bauch aufgehört zu fliegen?* Olivia wusste es nicht. Ihre Gefühle für Mr Lawrence waren verbunden mit dem Glück ihrer Eltern und Olivias Wunsch, sie zufriedenzustellen und ihrer Herkunft gerecht zu werden.

Es stimmte, was Ruby sagte. Er sah sehr gut aus. Doch Olivias Gedanken wanderten erneut zu dem jungen Anwalt und zu der Zukunft, die auf sie wartete, wenn sie den Weg fortsetzte, der sich ihr aufgetan hatte.

Das hier ist falsch, dachte sie. *Mr Lawrence liebt mich nicht. Er kennt mich kaum, wir beide haben mehr verdient als das.* »Entschuldigt mich bitte«, sagte sie. Olivia hob die Serviette auf, die ihr vom Schoß gerutscht war, und legte sie auf ihren Stuhl. Dann überquerte sie die Veranda, hin- und hergerissen, ob sie ins Haus oder zu den Ställen gehen sollte. Doch egal wohin, alles war besser, als weiter an diesem Tisch zu sitzen, an dem Pläne für ihre Zukunft geschmiedet wurden, ohne dass sie etwas dazu beitragen konnte. *Helen hätte mit ihnen diskutiert*. Bei einem kleinen Wäldchen neben den Ställen blieb sie stehen und war schon bereit zurückzugehen, als sie ihren Namen hörte.

Mr Lawrence kam langsam auf sie zu. Er hielt die Hände von sich gestreckt, als wäre sie ein Reh, das jede Sekunde davonzuspringen drohte.

»Es tut mir leid«, sagte sie. »Das war ein Überfall. Ich möchte, dass Sie wissen, dass ich Sie keinesfalls in so eine Situation bringen wollte.« Olivia bemühte sich, ruhiger zu atmen. »Und ich bin mir nicht sicher, ob ich schon bereit dazu bin.« Hinter ihm konnte sie ihre Eltern auf der Veranda sehen, beide beobachteten sie. Olivia wandte sich ab und ging den Weg zwischen den Bäumen entlang. Mr Lawrence, die Hände nun in die Taschen gesteckt, lief lockeren Schritts neben ihr.

Als sie ihren Ärger wieder unter Kontrolle hatte, entschuldigte Olivia sich erneut, so sehr schämte sie sich.

Mr Lawrence seufzte. »Schon gut. Wir wussten wohl beide, dass gewisse Erwartungen an unsere Beziehung gestellt werden.« Olivia gab einen unverbindlichen Laut von sich. Hier unter den Bäumen schien er sich entspannt zu haben. Der verzweifelte Ausdruck war verschwunden, stattdessen erkannte sie eine leichte Belustigung in seiner Miene.

»Gut, dass Sie das – ganz im Gegensatz zu mir – alles so amüsant finden.« Sein mattes Lächeln verlieh ihr den Mut, eine kühne Frage zu stellen. »Haben Sie etwas dagegen, wenn wir meine Eltern in dem Glauben lassen, wir wären zu einer Einigung gekommen?«

Seine Schritte wurden langsamer und schließlich blieb er stehen, seine Miene ausdruckslos, undurchdringlich.

Was habe ich getan?, dachte sie.

Es war ein ungehöriger Vorschlag, alles andere als das, was ihre Eltern sich erhofft hatten. Doch es würde ihr das geben, was sie brauchte – Zeit. Nach jeder Begegnung mit Mr DeWight war sie vollkommen durcheinander. Und sie hatte den Verdacht, dass Mr Lawrence einer Hochzeit auch eher widerwillig gegenüberstand. Oder hatte sie seine Reaktion falsch gedeutet? In jedem Fall wäre es von Vorteil, wenn sie wenigstens den Schein wahren würden, denn dann hätte ihre Mutter keinen Grund, ihre verzweifelte Suche nach einem Ehemann für Olivia wiederaufzunehmen. Ihr Vorschlag würde ihr den Sommer über Zeit verschaffen, um sich über einige Dinge klar zu werden.

Sie sah ihn an, ruhig und konzentriert diesmal, auch wenn ihre Bitte von einer enormen Belastung zeugte, von der er – so hoffte sie inständig – nichts bemerkte. Zu Beginn hatte sie tatsächlich einen Antrag erwartet, einen der pompösen Art, so wie in den Romanen, die sie gern las. Mit großen Gesten – nicht einen schlecht getarnten Schubs von ihren Eltern, der ihren potenziellen Verlobten überrumpelte. *Warum war das alles so schiefgelaufen?*

Ihr britischer Junggeselle sah jetzt so aus, wie sie sich fühlte. Panisch. »Es gibt etwas, dass ich Ihnen sagen muss, Olivia. Sie müssen wissen –«

Sie spähte um ihn herum. Ihre Eltern taten am Mittagstisch nun ganz beschäftigt, um ihnen vorzugaukeln, sie hätten so etwas wie Privatsphäre.

»Olivia.«

Sie schenkte ihm wieder ihre Aufmerksamkeit. Er erwiderte ihren Blick, schien etwas abzuwägen.

»Was immer es ist«, sagte sie schließlich, »es ist in Ordnung. Wenigstens bis zur Spendengala? Die ist in sechs Wochen.«

Er betrachtete sie eingehend. »Ich schätze«, begann er dann zögerlich, »wir könnten Ihre Eltern in dem Glauben lassen, dass ein Antrag bevorsteht. Dass wir das Ganze auf unsere Art machen wollen.«

Olivia merkte, wie ein wenig von ihrer Anspannung abfiel. Sie musterte ihn, überrascht von seinem Entgegenkommen. »Ich danke Ihnen.« Sie warf noch einmal einen Blick hinter ihn. »Wir dürfen niemandem davon erzählen«, fügte sie dann hinzu und sah ihm direkt in die Augen. »Geben Sie mir darauf Ihr Wort, als Ehrenmann?«

Mr Lawrence richtete sich mit feierlicher Miene zu voller Größe auf. »Sie haben mein Wort.«

»Ich bin froh, dass du mitgekommen bist«, sagte Olivia. Nachdem Mr Lawrence gegangen war, hatte sie sich von Tommy zu Ruby fahren lassen. Ihre Freundin litt ebenfalls unter Kopfschmerzen und war zunächst nicht zu einem Bummel in der Stadt aufgelegt gewesen. Stattdessen zog Ruby es vor, mit einem kalten Umschlag auf den Augen und hochgelegten Füßen in einem Sessel sitzen zu bleiben. Aber Olivia hatte sich so lange und lautstark geweigert zu gehen, bis Ruby sich schließlich erweichen ließ.

»Du hast mir kaum eine Wahl gelassen«, sagte ihre Freundin jetzt. Sie stieß mit der Hüfte leicht gegen Olivias. »Aber du hattest recht, mir geht es schon besser. Hast du ein bestimmtes Ziel im Kopf oder willst du einfach nur die Wabash Avenue entlangschlendern?«

»Einfach nur schlendern«, entgegnete Olivia. In ihrer Handtasche hatte sie ein ledergebundenes Notizbuch für Washington mit seinen Initialen auf dem Einband. Sie hoffte, er würde seine Reden dort hineinschreiben. Sie waren so wichtig, so bewegend, dass ihnen eine besondere Aufbewahrung gebührte. Olivia hatte das Notizbuch bestellt, nachdem sie gesehen hatte, wie zerfleddert seines war. Es war die perfekte Art, um ihm zu sagen, dass sie sich mehr für die Bewegung engagieren wollte, egal wie. Menschen, die aussahen wie sie, die wie ihr Vater überlebt hatten, die wie ihre Mutter liebten – sie alle verdienten es, ihr Leben nach ihren eigenen Wünschen auszurichten. Sie sollten dieselben Freiheiten und denselben Schutz genießen können wie alle anderen Amerikanerinnen und Amerikaner auch.

Es war ein wunderschöner Tag und in den Straßen der South Side tummelten sich die Menschen. Wenn sie und Ruby entlang der Schaufenster in der Nähe des Gemeindezentrums herumliefen, würden sie ihm – so hoffte Olivia – irgendwann begegnen. Und tatsächlich: Draußen vor dem Verkaufsfenster einer der Bäckereien, die von Schwarzen betrieben wurden, entdeckte sie ihn. Oder vielleicht war es auch andersherum. Er stand an eine Häuserecke gelehnt, eine Hand zum Schutz vor der Sonne an die Stirn gelegt, und blickte in ihre Richtung.

»Ruby, hättest du etwas dagegen, uns aus der Bäckerei zwei süße Teilchen zu holen?«

Ihre Freundin sah sie erstaunt an. »Um damit Jessies Zorn auf uns zu ziehen? Du solltest dich hüten, fremde Backwaren zu dir zu nehmen.«

Olivia musste lachen. »Ja, ich weiß, aber ich habe so einen Appetit darauf. Ich habe fast nichts zu Mittag gegessen.« Und das stimmte. Sie hatte kaum einen Bissen herunterbekommen – wegen dem, was sie getan, was sie zu Mr Lawrence gesagt hatte. Aber sie beide würden zusammen niemals richtig glücklich werden. Nicht, wenn sie Gefühle für Washington DeWight hegte. Wie zur Bestätigung grummelte ihr Magen. Sie gab ihrer

Freundin ein Geldstück aus ihrer Handtasche. »Ich warte hier draußen.« Damit schob sie Ruby beinahe in die Bäckerei.

»Auf deine Verantwortung«, rief Ruby ihr noch über die Schulter hinweg zu.

Sobald sie sich sicher war, dass ihre Freundin nicht mehr auf sie achtete, blickte Olivia zu der Hausecke zurück. Doch er war nicht mehr dort.

Mr DeWight kam bereits auf sie zu, sein Gang sicher und bedächtig. Auf seinem Gesicht erkannte sie den Anflug eines Lächelns, das ein Kribbeln in ihrem Bauch auslöste. Sie hielt die Luft an, bis er so dicht vor ihr stand, dass sie ihn hätte berühren können. Ihre Hand sehnte sich danach, seine zu ergreifen.

»Wie schön, Sie hier anzutreffen.« Mit einem Blick über die Schulter führte sie ihn zu einem nahe stehenden Baum.

»Ich habe nicht erwartet, Sie so schnell wiederzusehen«, sagte er und schenkte ihr ein Lächeln.

»Ich habe gehofft, Sie zu erwischen« – Olivia holte das Notizbuch hervor –, »um Ihnen das hier zu geben.«

Washington wendete das Buch von einer Seite zur anderen, die Überraschung war ihm deutlich anzusehen. »Vielen Dank«, sagte er dann und blickte zu ihr auf.

Olivia zupfte nervös an ihren Handschuhen herum. »Ich möchte mitmachen – bei Ihrer Bewegung. Ich kann nicht einfach nur danebenstehen und nichts tun. Nicht mit dem Wissen, das ich habe. Und auch nicht mit dem Bewusstsein, dass es noch so viel gibt, was ich nicht weiß.«

Mr DeWight hielt ihr Geschenk dicht an sein Herz. »Vielen Dank.«

Sie erwiderte sein Lächeln, reckte ihr Kinn in die Höhe. Sie war froh, ihn hier getroffen zu haben. »Was ist?«, fragte sie, als sein Mund sich zu einer Seite verzog.

»Was hat Sie überzeugt?«

Olivia zuckte mit den Schultern. Sie würde ihm bestimmt nicht erzählen, wie sehr sie von ihren alltäglichen Aufgaben gelangweilt war oder wie sehr sie es genoss, das Geben und Nehmen unter den Aktivistinnen und Aktivisten zu beobachten – und mit Sicherheit würde sie die Gefühle, die sich gerade jetzt in ihr regten, nicht erwähnen.

Er beugte sich näher zu ihr. »Es waren meine Tanzkünste, habe ich recht?«

Olivia lachte auf und wurde mit einem Grinsen, das sein ganzes Gesicht zum Strahlen brachte, belohnt. Noch lange, nachdem er seinen Weg fortgesetzt hatte, lächelte sie vor sich hin, bis Ruby mit zwei süßen Teilchen in der Hand aus der Bäckerei trat.

Kapitel 28

Helen

Mrs Milford stand in der Mitte des Davenport'schen Ballsaals, ihre Hand schwebte über dem Griff des Grammofons. Die Musik schallte blechern durch den großen Raum, ganz anders als die Musik der Livebands, die ihre Eltern zumeist für ihre Feiern engagierten. So ganz allein auf der Tanzfläche war jeder von Helens Schritten deutlich zu hören – und jeder falsche Schritt führte dazu, dass ihre Anstandsdame sie von vorne anfangen ließ.

Mit einem Partner zu tanzen war für Helen in Ordnung. Auch wenn es nicht ihre Stärke war, ein talentierter Gentleman machte das Unterfangen erträglich. Allein, ohne Partner, stolperte Helen über ihre eigenen Füße. Sie dachte daran, wie anmutig ihre Schwester und Ruby sich bewegten. Sie stellte sich vor, in Jacobs Armen zu stehen.

Und dort würde der Gedanke auch bleiben – in ihrer Vorstellung. Er und Olivia, so schien es, waren zu einer Übereinkunft gekommen. Zwar wusste sie nicht, was das genau heißen sollte, doch es machte ihre Eltern – ganz im Gegensatz zu Helen – außerordentlich glücklich. Dieser Gedanke ließ sie zusammenzucken.

Es war ihr unmöglich, an ihn zu denken, ohne dabei die Szene in der Bibliothek wieder vor Augen zu haben und den Stich zu spüren, der damit einherging. Sie war so dumm gewesen. Hatte sich vollkommen danebenbenommen. Wie sie sich an ihn rangeschmissen hatte, als niemand sie hatte sehen können! Nach einer erfolglosen Suche im vergangenen Jahr hatte Olivia endlich jemanden gefunden – und schon kam Helen und ruinierte alles. Schuldgefühle nagten an ihr und bei dem Gedanken an Essen wurde ihr übel. Das Frühstück hatte sie ausfallen lassen, stattdessen war sie in die Werkstatt gegangen, aber auch dort hatte sie sich nicht auf die Arbeit konzentrieren können.

Die Schallplatte hatte einen Sprung. Völlig eingenommen von ihrem selbst geschaffenen Elend, verlor Helen beim nächsten Schritt einen Schuh. Der Schmerz kam heiß und stechend, wanderte ihr Bein zur Hälfte hinauf, bevor ihr bewusst wurde, was passiert war, und schon fiel sie zu Boden. Das Pochen in ihrem Knöchel konnte die Erinnerung an das letzte Mal, als sie gestolpert war, nicht vertreiben. Wie Jacob Lawrence versucht hatte, nicht zu lachen, wie sie beide über und über mit Schlamm bedeckt gewesen waren. Damals hatte sie nicht geahnt, dass die in ihr aufkeimenden Gefühle zu so großem Kummer führen würden.

»Oje, Miss Helen, bleiben Sie, wo Sie sind.« Mrs Milford stellte die Musik ab.

»Es geht mir gut«, sagte Helen. Ihr Knöchel fühlte sich warm an, aber der Schmerz ließ schnell nach. Sie schleuderte den anderen Schuh ebenfalls vom Fuß und blieb auf dem Boden sitzen.

Mrs Milford ging um sie herum, die Hände gegen die Hüften gestützt. »Geht es hier um Mr Lawrence?«

Helens Kopf schnellte in die Höhe. Mrs Milford sah sie unverwandt an. Helen versuchte, dem Blick standzuhalten, doch ihre Schultern sackten zusammen. Es war wohl mehr als offensichtlich, dass sie seit dem heimlichen Kuss in der Bibliothek an fast nichts anderes denken konnte.

Mrs Milford verdrehte die Augen, wodurch sie viel jünger aussah, wie eine weniger strenge Version ihrer selbst. Sie seufzte und ging langsam vor Helen in die Hocke. »Ich hatte denselben Gesichtsausdruck wie Sie, als ich damals meinen Robert kennengelernt habe. Ich war noch jünger, als Sie es jetzt sind, lebte ohne Familie in einer Mietwohnung zusammen mit drei anderen ehemalig Versklavten in Philadelphia.« Sie lächelte und Helen bemerkte, wie dadurch ihre Gesichtszüge weicher wurden.

»Haben Sie ihn geheiratet? War das der Pastor?«

»Das war er. Wir hatten nicht viel, aber wir waren glücklich.« Sie zupfte an ihrem Kragen, wodurch Helen erneut die Narben an ihrem Hals sah. Als Mrs Milford bemerkte, wo Helen hinschaute, wich sie nicht zurück. »Die stammen von einem Feuer. Mein Ehemann und ich sind kurz vor den Ausschreitungen nach Springfield gezogen. Ich habe für eine weiße Familie gearbeitet, mich um ihre Tochter gekümmert.« Mrs Milfords Blick war auf den Boden zwischen ihnen gerichtet. »Ich sah die Flammen schon, als sie noch meilenweit entfernt waren. In der Luft hingen überall Rauchschwaden. Ich spürte die Hitze. Bei jedem Atemzug brannte sie in meiner Lunge, ließ meine Augen tränen.«

Sie hielt inne. Ihre Miene war so ruhig wie ihre Stimme. Doch die Trauer in ihren Augen schnürte Helen die Luft ab.

Mrs Milford hob ihren Blick zu Helen, bevor sie weitersprach. »Das ganze Viertel, in dem wir wohnten, wurde von den Flammen verschlungen. Man sagte mir, er habe einer dreiköpfigen Familie aus ihrer Wohnung geholfen, bevor er noch einmal hineingelaufen ist. Ich kann mich nicht mal daran erinnern, das Haus betreten zu haben. Oder an den Gentleman, der mich wieder hinausgebracht hat. Alles, woran ich denken konnte, war mein Mann und dass er immer noch da drin war. Er kam nicht wieder heraus.«

Helen hielt sich die Hände vors Gesicht, der Schmerz in ihrem Knöchel war vergessen. »Es tut mir so leid, Mrs Milford.« Sie wollte sich den Schock und den tiefen Schmerz dieses Verlusts gar nicht vorstellen, doch sie zwang sich dazu, diese Gefühle zuzulassen. Ihre Augen brannten. Sie schniefte und sagte: »Und ich war so schrecklich zu Ihnen, als Sie hier ankamen.«

»Ich habe Ihnen nicht davon erzählt, damit Sie mich bemitleiden. Ich wollte Ihnen einzig verdeutlichen, wie *wertvoll* das Leben ist.« Mrs Milford zog ihre Röcke zurecht. »Ihr Verhalten heute war überraschend erfrischend. Wohl das normalste, seit ich hier bin.«

Helen schluckte schwer und sah sich im verlassenen Ballsaal um. Dann befeuchtete sie ihre trockenen Lippen. »Ich wollte nicht, dass so etwas passiert«, begann sie. »Es kommt mir so unwirklich vor.« Sie beobachtete die Staubpartikel, die im Licht tanzten, aus Angst, Mrs Milford in die Augen zu blicken. »Wir haben uns auf der Party der Tremaines unterhalten …« Sie stockte und hob eine Hand, als würde sie ihre eigenen Worte wegwischen. »Hier geht es nicht mal um Leben oder Tod.« Das war wirklich das Letzte, was sie wollte – wegen Mr Lawrence in Tränen auszubrechen vor Mrs Milford, vor allem jetzt, wo sie wusste, was die ältere Frau durchgemacht hatte.

Aber Mrs Milford hielt Helen ein Taschentuch hin. »Für nichts in der Welt würde ich mein Leben mit Robert eintauschen«, sagte sie. »Vieles, was unser Leben beeinflusst, liegt außerhalb unserer Kontrolle. Wir sollten uns immer bemühen, die Dinge, die in unserer Hand liegen, selbst zu entscheiden. Das Leben ist zu kurz, es gibt genug Kummer.«

Helen nickte. »Aber was ist mit Olivia? Zuerst schien sie so glücklich, sie und Mr Lawrence haben sich fast jeden Tag gesehen. Und jetzt …« Sie hielt inne, um nicht den Verdacht auszuplaudern, der ihr auf der Zunge lag: Olivia war spät am Abend aus dem Haus geschlichen, so wie es sonst Helens Art war. Allerdings hatte ihre Schwester sogar das Anwesen verlassen. Helen wischte sich über das Gesicht und ließ sich von Mrs Milford auf die Füße helfen.

»Und jetzt«, nahm ihre Gesellschaftsdame den Faden wieder auf, »hat sich etwas verändert?« Ihre Miene ließ darauf schließen, dass sie mehr sah, als sie zugab. »Vielleicht hat Ihre Schwester sich verändert?«

Helen musste an das Abendessen denken, bei dem Olivia die Haltung ihres Vaters infrage gestellt hatte. In letzter Zeit hatte sie Helen weder mit ihrem fehlenden ehrenamtlichen Engagement in den Ohren gelegen noch sich darüber beklagt, dass sie mit ihrer Mutter zu den Sitzungen der Wohltätigkeitsvereine gehen musste. Sie dachte, es läge daran, dass Ruby so viel Zeit mit Mr Barton verbrachte und Olivia nichts Besseres zu tun hatte. Doch könnte es sein, dass auch Olivia etwas im Schilde führte?

»Wenn Sie tatsächlich so starke Gefühle für den Engländer hegen, dann sollten Sie mit Ihrer Schwester darüber reden, bevor die beiden auf ihrem bisherigen Weg weiter fortschreiten.«

Und dieser Weg würde bis zum Traualtar führen. Mrs Milford hob die Augenbrauen, als wüsste sie, dass Helen genau diesen Schluss aus ihren Worten gezogen hatte. Helen nickte. Die Gesellschaft dieser Dame war doch besser, als sie gedacht hatte. Als Mrs Milford ihre Sachen zusammensammelte und verkündete, dass sie für heute fertig wären, geleitete Helen sie noch zur Eingangstür.

»Ein paar Dinge scheinen doch hängen geblieben zu sein«, neckte Mrs Milford sie.

»Da haben Sie wohl recht.« Helen zog die große Eichenholztür auf. Ihr entgleisten die Gesichtszüge, als sie sah, wer vor ihr stand: Jacob Lawrence. Mit erhobenem Arm war er gerade im Begriff, den Türklopfer zu betätigen. Helen konnte ihn nur anstarren.

»Guten Tag, Mr Lawrence«, sagte Mrs Milford. Sie zwängte sich an den beiden jungen Leuten vorbei. Helen gab ihr mit einem flehentlichen Blick zu verstehen, dass sie bleiben solle. Mrs Milford schüttelte nur leicht den Kopf und stieg die Stufen hinab. »Die Zeit vergeht wie im Flug«, fügte sie hinzu.

Helens Herz raste. Ihr Atem kam stoßweise.

Und sie machte die Tür vor seiner Nase zu.

Das tat sie wirklich – sie schloss die Tür und lehnte sich dagegen, brachte Abstand zwischen sich und ihn und atmete gegen die unangenehme Enge in ihrem Brustkorb an. *Ich kann das meiner Schwester nicht antun.*

Dann öffnete sie erneut die Tür.

Mit erhobenen Augenbrauen stand Jacob Lawrence immer noch dort. Hinter ihm sah Helen Mrs Milford an der Kutsche innehalten. Sie schenkte Helen einen ungläubigen Blick.

»Ich bin hier, um Olivia zu besuchen«, sagte er.

»Natürlich«, antwortete sie barsch und hasste sich sofort dafür. Bei der Feier ihrer Eltern hatte sie sich an ihn rangeschmissen, ihn in einen Verrat an ihrer Schwester hineingezogen und jetzt schlug sie ihm die Tür vor der Nase zu. Wenn es jemanden gab, der Verachtung verdiente, dann war sie es.

»Helen, wir sollten reden.«

»Das ist eine sehr gute Idee.« Mrs Davenport tauchte neben Helen auf. »Olivia ist nicht zu Hause. Kaum zu glauben, bis zum Ende des Jahres wird sie wohl im Vorstand von jedem gemeinnützigen Verein in Chicago sein.« Sie zog den Kragen von Helens Bluse zurecht. »Ich finde, ihr beide solltet etwas Zeit miteinander verbringen, um euch besser kennenzulernen. Mr Lawrence wird ja bald zur Familie gehören.« Ihr Strahlen machte der Sonne Konkurrenz. »Helen, du kannst Mr Lawrence doch bestimmt für ein paar Stunden unterhalten?«

»Mama«, begann Helen, »ich glaube, du hast vergessen, dass –«

»Was immer es ist, ich bin mir sicher, es kann warten.« Mrs Davenport winkte Mrs Milford zu. Die beiden Frauen unterhielten sich neben der Kutsche, während Helen auf dem Treppenabsatz stehen blieb. Ihre Verzweiflung wurde stärker und innerlich beschwor sie Mrs Milford, ihr beizustehen, indem sie sagte, Helen hätte keine Zeit.

Mr Lawrence mahlte mit den Kiefern, so als würden ihm die nächsten Worte schon jetzt Schmerzen bereiten. »Wir müssen das nicht machen, wenn Sie nicht wollen.«

Helen seufzte, dann stieg sie die Treppe hinab und ging die Einfahrt entlang. Vor einem Automobil blieb sie stehen, um die Details an der Zierleiste zu bewundern. Sie hörte, dass Mr Lawrence hinter sie trat, und sagte: »Sie würde Verdacht schöpfen.« Sie warf ihm einen Blick über die Schulter zu. »Mama merkt immer alles. Wo ist Ihre Kutsche?«

»Ihr Bruder hat mich überredet, es mal mit diesem hier zu versuchen. Ich bin mir noch nicht sicher, wie ich das finde.« Er machte ihr die Tür auf. »Wo soll es hingehen?«, fragte er.

Mrs Milford kam zu ihnen hinüber und sah von dem Automobil zu dem widerwilligen Paar. »Sieht so aus, als könnte es eng werden, aber es wird schon gehen«, sagte sie.

Sie quetschte sich an den beiden vorbei, stieg ein und machte es sich in der Mitte der Sitzbank bequem.

Helen schluckte gegen den Kloß in ihrem Hals an. »In die Stadt«, antwortete sie.

Wenig später stand Helen auf den Eingangsstufen vor dem Field Museum of Natural History im Jackson Park, die Säulen des Gebäudes ragten vor ihr in die Höhe. Die Fahrt hierher war reinste Folter gewesen. Jacob war zwar zum Greifen nah, aber noch nie zuvor hatte sie sich so weit von jemandem entfernt gefühlt wie in diesem Auto.

Eine teuflische Mischung aus Reue und Sehnsucht lieferte sich in ihrem Inneren einen Widerstreit. Durch seine Versuche, Konversation zu machen, wurde dieses ungewollte Beisammensein noch unangenehmer, vor allem mit ihrer Anstandsdame als Wachhund zwischen ihnen. Seit sie beim Museum angekommen waren, hielt Mrs Milford dankenswerterweise einen diskreten Abstand zu ihnen.

»Sollen wir hineingehen?«, fragte er.

»Ja.« Helen trat einen Schritt vor, dann wandte sie sich wieder um. »Also eigentlich – lieber nicht sofort. Sie haben recht, wir sollten reden.« Sie setzte sich auf die steinernen Stufen und blickte zum Seeufer. Jacob nahm neben ihr Platz, streckte ein Bein aus und stützte einen Ellbogen auf das aufgestellte Knie. Ein Blick zum Museumseingang zeigte Helen, dass Mrs Milford nirgends zu sehen war. Helen atmete tief ein – was ein Fehler war, denn so sog sie den Duft von Mr Lawrences Rasierwasser oder Seife in sich auf. Roch es nach Zedernholz und gewürztem Wein? Aber es spielte keine Rolle, welcher Duft es war, er war so außergewöhnlich wie Jacob selbst.

»Es tut mir leid«, sagte sie. Dann zwang sie sich, zu ihm zu schauen, ihn genau anzusehen. Womöglich hätte sie nie wieder die Möglichkeit, seinen Anblick so unverhohlen in sich aufzunehmen. Seine scharfkantige Kieferpartie und den ordentlich gestutzten Schnauzbart. Helen gab sich Mühe, die Erinnerung daran, wie sich sein Mund auf ihrem angefühlt hatte und wie ihre Körper zueinandergepasst hatten, beiseitezuschieben. Denn es konnte nie mehr sein als das. Eine Erinnerung. Während der Autofahrt war Helen klar geworden, dass es bei dieser Sache um mehr ging als nur um ihr zukünftiges Glück. Und obwohl Olivia anscheinend kalte Füße bekommen hatte, war diese Vereinbarung, diese Übereinkunft etwas, was ihre Schwester wollte. Und Mr Lawrence hatte dem zugestimmt, *nachdem* sie beide sich in der Bibliothek begegnet waren.

Sein Blick wanderte von Helens gefalteten Händen zu ihren Augen hinauf. Den Ausdruck in seinem Gesicht hatte sie noch nie zuvor gesehen. Sie konnte sich kaum rühren. »Mir nicht«, sagte er. »Mir tut es nicht leid.« Sie saßen dicht beieinander, aber nicht zu dicht. Am liebsten wäre sie noch näher an ihn herangerückt, egal wer sie dabei sehen könnte. Ihre Haut begann zu kribbeln, als sich die Szene in der Bibliothek noch einmal vor ihrem inneren Auge abspielte. Sie durchlebte jeden Seufzer und jede Berührung. Und hier in diesem Moment öffneten sich seine Lippen, als sein Blick auf ihre fiel. Er nahm mehrere tiefe Atemzüge und sie hätte schwören können, dass sich ihr eigenes Verlangen in seinen Augen widerspiegelte.

Doch was ist mit Olivia?

Sie sah zu, wie seine Finger sich mit ihren verhakten, spürte den sanften Druck seiner Hände. Sie rief sich das Verhalten ihrer Schwester ins Gedächtnis. Olivia hatte gar nicht mehr besonders erfreut gewirkt über die Möglichkeit einer bevorstehenden Hochzeit. Vielmehr hatte sie so ausgesehen, wie Helen sich gefühlt hatte, als Mrs Milford zum ersten Mal nach Freeport gekommen war.

Zweifel regten sich in ihr. Es wäre geschmacklos von ihm, eine Schwester gegen die andere zu tauschen. Sie selbst müsste sich untugendhaftes Benehmen vorwerfen lassen, für Olivia wäre es zutiefst beschämend … möglicherweise wäre sie dadurch zur Ehelosigkeit verdammt.

Es sei denn, Olivia wäre diejenige, die die Verbindung auflöste. Aber das würde niemals geschehen … oder?

»Wenn es Ihnen nicht leidtut, dann …« Helen suchte nach den richtigen Worten. »Ich … verstehe das nicht.« Es passte doch einfach nicht zusammen, wie er einerseits hier mit ihr saß und andererseits immer noch Olivia den Hof machte.

»Ich wünschte wirklich, die Dinge wären anders. Und das werden sie auch sein. Alles, was ich im Moment sagen kann, ist, dass ich ihr mein Wort gegeben habe und dass der Schmerz, den wir zurzeit durchleiden … Ich glaube, er wird vergehen.«

Helen löste den Blickkontakt. Sie wollte mehr daran glauben, als sie ausdrücken konnte, wollte darauf vertrauen, dass es einen Grund dafür gab, warum er und Olivia mit ihrer Übereinkunft die Spekulationen über ihre Beziehung schürten. *Warum steht über so etwas nichts in den Benimmregeln?*

»Sollen wir?« Mr Lawrence erhob sich und half Helen ebenfalls auf.

»Ja.« Sie hakte sich bei ihm ein, wagte es kaum zu hoffen, doch sie war bereit, es darauf ankommen zu lassen.

Kapitel 29

Amy-Rose

»Hast du überhaupt geschlafen, mein Kind?« Jessie hob eine Pfanne aus dem Schaumberg, der bereits über die Spüle trat. Das Mittagessen der Davenports war schon fast servierfertig und sie war dabei, die Küche wieder auf Vordermann zu bringen und die nächste Mahlzeit vorzubereiten.

»Genug«, sagte Amy-Rose. Sie hatte sich eine Stunde lang hin und her gewälzt. Als sie nicht hatte einschlafen können, war sie aufgestanden, um an den Plänen für ihr Geschäft zu arbeiten. Sie brauchte eine Marke, um sich von den anderen Geschäftsfrauen abzusetzen, die ebenfalls Haar-Produkte für mehr Haarwachstum und Haarkuren verkauften. Und so war sie ein paar halb fertige Entwürfe durchgegangen, während sie versucht hatte, die peinliche Szene auf der Party, die sie dazu gebracht hatte, sich in der Küche zu verstecken, aus ihrem Kopf zu verbannen. Erst als sie merkte, dass auf den Seiten ihres Notizbuches mehr Tränen als Tinte waren, hatte sie es beiseitegelegt. Sie wusste einfach nicht, wo sie hingehörte. Wie sollte sie noch durch diese Flure gehen, nach dem, was letzte Nacht vorgefallen war? Sie musste fort von Freeport – und das schneller als geplant.

Du Idiotin. Wie konntest du nur glauben, dass es irgendeine Zukunftsversion geben könnte, in der du an John Davenports Seite gehörst?

Zum Glück hatte Jessie für Amy-Rose genug zu tun gehabt, um sie für den größten Teil des Tages auf Trab zu halten. Während sie die übliche Hausarbeit verrichtete und noch dazu Aufgaben, die sie freiwillig von Hetty übernommen hatte, vergaß sie zeitweise, was passiert war. Sie kümmerte sich um die Wäsche, polierte das Tafelsilber, ölte den Holzfußboden. Als es Zeit war, Helen zu frisieren, hatte die, zu Amy-Roses Überraschung, zum ersten Mal seit Langem still gesessen. Gesprochen hatten sie nicht miteinander. Die Prozedur ging leicht von der Hand, doch diesmal tauschten sie keinen Klatsch und Tratsch aus wie sonst. Und auch Olivia hatte sie überrascht – mit einer Entschuldigung und einem Versprechen. Dann hatte Amy-Rose weiter ihre Liste abgearbeitet. Und konnte so jeden Gedanken an John wegschieben. Bevor es sie erneut wie ein Schlag traf.

»Das war's mit Gemüseschneiden für dich heute.« Jessie nahm Amy-Rose das Messer aus der Hand und schob die gewürfelten Mohrrüben in eine Schüssel. »Ich will ja nicht ein Stück von deinen Fingern im Eintopf haben.«

»Ich weiß nicht, was in mich gefahren ist, Jessie.«

Ihnen war beiden klar, dass Amy-Rose damit nicht ihre Schneidekünste meinte. »Schätzchen, wir können nicht alles kontrollieren. Manchmal überkommen uns diese Gefühle einfach und lassen uns nicht mehr los.«

Amy-Rose ließ ihre Stirn auf die kühle Tischoberfläche sinken. Das half gegen die Kopfschmerzen. Sosehr sie sich auch bemühte – diese Gefühle hatten sie vollkommen übermannt. Sie ließen sie einfach nicht mehr los.

»Und jetzt mach, dass du aus dem Haus kommst.« Jessie begann, Zwiebeln zu schneiden. »Sieh mich nicht so an. Nur für ein paar Stunden. Geh spazieren. Frische Luft schnappen, dich ein bisschen bewegen.« Jessie musterte Amy-Rose von Kopf bis Fuß. »Ja, das ist genau, was du jetzt brauchst.« Dann widmete sie sich wieder voll und ganz den Vorbereitungen, so als wäre Amy-Rose bereits nicht mehr da.

Langsam legte Amy-Rose ihre Schürze ab und sammelte ihre Sachen zusammen. Jessie hatte recht. Es gab Dinge im Leben, die man nicht kontrollieren konnte. Umstände, die so groß und niederschmetternd waren, dass sie das Leben vollkommen veränderten. Liebe. Ein Sturm. Tod. Solche Dinge konnten einem das Herz so sehr brechen, dass es sich niemals vollständig davon erholte. Sie konnten einen aber auch zur äußersten Entschlossenheit anspornen, die allem widerstand.

»Na schön«, sagte Amy-Rose. »Ich habe sowieso einen Geschäftstermin.« Als Amy-Rose ihre Tasche schulterte, sagte Jessie kein weiteres Wort, aber das Funkeln in ihren Augen war Antwort genug.

Als sie die Tür von Mr Spencers Friseursalon aufmachte, war kein Laut zu hören. Amy-Rose blickte hoch und sah, dass das Glöckchen abgenommen worden war. Ein unheimliches Gefühl überkam sie, als sie über die Schwelle trat. Die große Fensterfront, die normalerweise den Raum mit Licht durchflutete, war mit braunem Papier abgedeckt, wodurch alles in einen blassgelben Schein getaucht wurde. Der Frisierstuhl im hinteren Bereich des Ladens, an dem Mr Spencer persönlich den Kunden die Haare schnitt, war nicht mehr da. Genau genommen waren alle Stühle und Waschbecken verschwunden. *Das macht die Neugestaltung leichter*, dachte sie.

»Mr Spencer?«, rief Amy-Rose. Sie vermisste das Gerede und Gelächter, das einen hier sonst jedes Mal empfing, vor allem von Mr Spencer. Als sie nichts hörte, wandte sie sich zum Gehen. Lautlos öffnete sie die Tür und schloss sie wieder hinter sich. Das ungute Gefühl in ihr nahm zu. Schnellen Schrittes wich sie auf dem Weg zur Binga Bank Kutschen und Automobilen an der Kreuzung aus. *Wahrscheinlich hat er sich einfach dazu entschieden, das Geschäft früher zu schließen.*

Als Amy-Rose die Tür zur Bank aufstieß, war ihr Rücken schweißnass und sie atmete schwer. Irgendetwas stimmte nicht.

Das hatte sie im Gefühl. Am Empfangstresen fragte der junge Schwarze Mann im steifen Anzug nach ihrem Namen, obwohl er sie schon so viele Male gesehen hatte. Er bat sie, Platz zu nehmen, während er den Bankanstellten, der sich um ihr Konto kümmerte, über ihre Anwesenheit informierte.

Hat er mich traurig angesehen?

Vor dem kleinen Holztisch ging sie unruhig auf und ab. Mr Spencer hatte gesagt, sie hätte noch genug Zeit. Er würde nicht einfach verschwinden, ohne etwas zu sagen, ohne sich von ihr zu verabschieden. Amy-Rose schien es, als hinterließen ihre Schritte schon eine Spur auf dem Holzfußboden, als sie endlich ihren Namen hörte.

»Miss Shepherd?« Ein Mann, den sie nicht kannte, erschien an der Tür zum Flur. »Wenn Sie mir bitte folgen würden.« Er führte sie in das erste von zwei Büros und bedeutete ihr, auf einem der Stühle Platz zu nehmen. Durch das Milchglasfenster konnte sie die anderen Kunden verschwommen in der Lobby sehen. Ihr Blick richtete sich wieder auf den Bankangestellten vor ihr und sie erkannte denselben bedauernden Ausdruck in seinem Gesicht wie bei dem Mann am Empfang. »Miss Shepherd, soweit ich informiert bin, haben Sie ein Sparkonto bei uns.«

»Was ist los?« Amy-Roses Puls raste und auf ihrer Stirn bildete sich ein Schweißfilm. Alles, was sie hatte entbehren können, hatte sie auf dieses Sparkonto eingezahlt. Das war fast alles, was sie überhaupt besaß. Sie würde nicht noch einmal von vorne anfangen können. Sie starrte den Mann auf der anderen Seite des Schreibtisches an und wusste, dass die Nachricht, die er gleich überbringen würde, eine schreckliche sein würde. Sie schauderte.

»Ich weiß« – er hielt inne und legte die losen Blätter auf dem Tisch zu einem ordentlichen Stapel zusammen –, »dass Sie vorhatten, eine Immobilie zu pachten. Spencers Friseursalon, um genau zu sein.«

»Das *habe* ich immer noch vor, daran hat sich nichts geändert.« Das kalte Gefühl in ihrem Magen wurde schwer wie Blei. »Ich habe beinahe schon die Summe für die Kaution zusammengespart, um die Mr Spencer gebeten hat. Das wissen Sie doch sicher. Ansonsten können Sie es gerne gleich überprüfen.«

Der Bankangestellte presste die Hände mit den Fingerspitzen kirchturmartig gegeneinander. Das Seufzen, das er seinen nächsten Worte vorausschickte, nahm ihr die Luft zum Atmen. »Wir haben heute Morgen eine Vereinbarung zwischen Mr Spencer und einem anderen Kunden verhandelt. Ich muss Ihnen leider sagen, dass die Ladenfläche nicht mehr verfügbar ist.«

Amy-Rose klammerte sich an den Armlehnen des Stuhls fest, als der Raum begann, sich zu drehen. Der Mann, sein Schreibtisch, sogar der Farn hinter ihm – alles schien ineinander überzugehen und so vor ihren Augen hin und her zu schaukeln, dass ihr fast übel wurde. Es war viel zu heiß in diesem Büro und ihr Herz pochte wie wild. Der Bankangestellte bedauerte ihre Enttäuschung und erklärte ihr, welche Möglichkeiten sie nun hätte. Sie könnte weiter sparen und auf die nächste Gelegenheit warten, um ein anderes Geschäft zu pachten. Sie hörte und sah ihn nur noch verschwommen. Die Temperatur im Raum schien noch weiter anzusteigen.

»Ich verstehe nicht.«

»Mr Spencer hat leider ein anderes Angebot angenommen.«

»Den Teil habe ich verstanden. Ich meinte – warum? Hat man ihm mehr Geld geboten? Er hat gesagt, es sei ihm wichtiger, *wer* das Geschäft pachtet, als wie viel Geld er bekommen würde.« Mit jedem Atemzug wurde ihre Stimme verzweifelter. Der Mann beobachtete sie mit unveränderter Miene. Sie wollte nichts von anderen Möglichkeiten hören. Vielmehr wollte sie wissen, warum Mr Spencer die Vereinbarung zwischen ihnen nicht eingehalten hatte. Bis ihr plötzlich klar wurde, warum. Bilder von ihrem letzten Besuch hier in dieser Bank drangen bruchstückhaft in ihr Bewusstsein. Die neugierigen Fragen, die sie selbst beinahe dazu gebracht hatten, ihre Fähigkeiten anzuzweifeln. Man betrachtete sie als riskante Investition. Jung. Unverheiratet. Eine Frau.

»Miss Shepherd, ich verstehe Ihre Enttäuschung. Nehmen Sie es nicht persönlich, Geschäft ist Geschäft.«

Amy-Rose wünschte, sie könnte das auch so sehen. Doch es war wie ein Schlag ins Gesicht, mit dem sie nicht gerechnet hatte. »Die Ladenfläche ist verpachtet.«

Der Banker nickte.

»An jemanden, der dafür besser geeignet ist als ich?« Amy-Rose sah, wie der Mann ihr gegenüber sich wappnete. Sie merkte, wie er ihr Gesicht studierte. Die Anspannung war von ihr gewichen, sie fühlte sich resigniert. Auch ihre Hände krallten sich nicht mehr an den Armlehnen fest, ihre Fingerknöchel nahmen wieder ihren normalen Braunton an. *Hat er erwartet, dass ich hier rumschreie und ihm eine Szene mache?* Sein Verhalten zerstörte den Rest ihrer Entschlossenheit. Diese Auseinandersetzung konnte sie unmöglich für sich entscheiden. »Entschuldigen Sie mich«, sagte sie. »Ich muss an die frische Luft.«

Amy-Rose stürmte nach draußen, wo gerade die Straßenbahnen in den Gleisen quietschten. Der Lärm der Stadt und die Kraft der Sonne, die den nahenden Sommer ankündigte, brachte sie augenblicklich auf den Boden der Tatsachen zurück – die Nachricht, die sie eben erhalten hatte, war ein Tiefpunkt, wie sie ihn schon seit Jahren nicht mehr erlebt hatte.

Sie nahm eine Droschke, um nach Freeport Manor zurückzukommen. Jetzt, da es nichts mehr zu pachten gab, konnte sie das Geld auch ausgeben. Der Druck, jeden Penny zu sparen, kam ihr nun unsinnig vor. Unnötig. Die Fahrt beruhigte sie und gab ihr Zeit, die Tränen wegzuwischen. *Wie konnte das passieren?* Amy-Rose hatte alles so gemacht, wie sie sollte. Sie hatte einen Plan vorgelegt. Jeden Dollar, den sie übrig hatte, zur Bank gebracht. Und wofür?

Nach der holprigen Fahrt kam ihr der Sandboden vor der

Kutschenhalle der Davenports zu fest vor. Benommen ging sie in Richtung Angestellteneingang.

»Amy-Rose!«, rief Tommy von den Ställen hinüber.

Sie beschleunigte ihre Schritte, hatte jetzt nicht die Kraft, um mit ihm zu reden.

Kleine Kiessteine spritzen auf, als er neben ihr zum Stehen kam. »Hey, warum bist du einfach weitergegangen?« Tommy stellte sich vor sie und sah sie mit gerunzelter Stirn an. »Was ist los?«, fragte er.

Amy-Rose nahm den Geruch nach Pferdeschweiß und Tommys Seife wahr. Ihre Augen brannten und fühlten sich geschwollen an. »Mr Spencer hat den Laden verpachtet.« Schwer atmend spürte sie, wie ihr neue Tränen in die Augen schossen. Tommy hielt sie fest im Arm, wartete wortlos ab, bis sie sich ein wenig beruhigt und den bitteren Geschmack in ihrer Kehle hinuntergeschluckt hatte. Dann fing sie an, ihm zu erzählen, was in der Bank passiert war. Von dem Bankangestellten zu berichten und den sogenannten Möglichkeiten, die sich ihr boten, machte das Ganze erst real, aber nicht weniger schmerzhaft. »Ich wurde überboten!«

»Moment mal – was ist passiert?«

»Mr Spencer hat den Laden an jemand anderen verpachtet. Nach all den Gesprächen, die wir geführt haben. Er hat mich ermutigt, hat mir so viele Fragen gestellt.« Amy-Rose schüttelte den Kopf. »Wie konnte er mich nur so anlügen?«

Tommy stieß mit dem Fuß ein paar Kieselsteine weg. »Du weißt nicht, ob er das wirklich getan hat.«

Amy-Rose verzog das Gesicht. »So ein Pachtvertrag braucht seine Zeit. Ich war erst vor ein paar Tagen bei ihm und er hat kein Wort gesagt.« Sie deutete zum Haus, der Werkstatt und den Ställen. »Und es ist nicht so, dass er nicht weiß, wo ich wohne. Er hätte mir die Nachricht selbst überbringen können.« Tommy öffnete den Mund, um etwas zu sagen, und Amy-Rose spürte, wie ihr der Kragen platzte. »Erzähl mir jetzt nicht, ich soll das nicht persönlich nehmen. Das musste ich mir schon in der Bank anhören. Als hätten sie nicht einfach entschieden, dass jemand wie ich nicht kompetent genug ist.« Erneut überkam sie ein Schluchzen. Tommy stand neben ihr, ein stiller Anker, als sich ihr Schmerz und die Enttäuschung erneut Bahn brachen, bis sie zu schwach war, um sich noch aufrecht zu halten. Sie lehnte sich gegen die Hauswand und ließ sich von der Sonne wärmen. »Was soll ich jetzt nur tun?«, fragte sie in einem heiseren Flüsterton.

Tommy schob die Arme hinter den vorderen Teil seines Overalls. »Du kannst mit mir in den Westen kommen. Wie ich schon sagte, da hat man jede Menge Möglichkeiten. Wir können ganz neu anfangen.«

Kalifornien.

Es schien so ganz anders zu sein als alles, was sie kannte. Aber sobald die Davenport-Schwestern das Haus verlassen hatten, gab es keinen Grund mehr für sie hierzubleiben. Früher oder später würde sie ohnehin ihr Zimmer räumen müssen.

»Du musst das ja nicht sofort entscheiden.« Tommy lächelte sie an. »Du sollst nur wissen, dass das auch eine Möglichkeit wäre.«

Amy-Rose sah ihm hinterher, als er pfeifend zurück zu den Ställen lief, den Blick auf den Himmel gerichtet. Er hatte eine Entscheidung getroffen und schien alle Bedenken hinter sich gelassen zu haben. So viele Möglichkeiten. Davon hatte auch schon der Bankangestellte gesprochen.

Als Amy-Rose die Tür zum Haus aufstieß, fragte sie sich, welche anderen Türen sich wohl noch öffnen lassen würden.

Kapitel 30

Ruby

»Ruby, Liebes, wenn ich dich noch einmal seufzen höre, dann halte ich die Kutsche an und du wirst nach Hause laufen müssen.« Mrs Tremaine warf ihrer Tochter, die ihr in dem offenen Wagen gegenübersaß, einen strengen Blick zu.

»Ich habe *nicht* geseufzt«, entgegnete Ruby. Sie kämpfte gegen den Drang an, die Arme vor der Brust zu verschränken, entschied sich stattdessen dazu, ihren schmalen Rock zurechtzuziehen, um ein wenig von ihrer Mutter abzurücken.

»Olivia und du habt die ganze Zeit nur an euren Sandwiches geknabbert und in eure vollen Teetassen gestarrt. Es war, als wären nur Emmeline und ich dort gewesen.« Ihre Mutter ließ den Blick in die Ferne schweifen.

Ruby hatte gar nicht mitbekommen, dass die Kutsche bereits Freeport Manor verlassen hatte und schon in der Nähe des Jackson Parks war, der allerdings gar nicht auf dem Weg nach Hause lag. Vielleicht wollte ihre Mutter eine kleine Rundfahrt machen. Der Wagen bewegte sich so langsam vorwärts, dass sie das Gefühl hatte, gleich in den Schlaf geschaukelt zu werden.

»Ich verstehe ja, warum Olivia abgelenkt war.« Ihre Mutter senkte die Stimme, obwohl niemand in Hörweite war. »Emmeline hat erzählt, dass sie und William dem Paar einen kleinen Schubs gegeben haben.« Sie lehnte sich nach hinten. »Sie macht sich Sorgen, dass sie damit das Gegenteil erreicht haben, aber ich habe ihr versichert, dass am Ende alles gut wird. Die Hochzeit wird mit Sicherheit ein prunkvolles Ereignis.«

Olivia war in der Tat sehr zerstreut gewesen. Aber nicht aufgeregt oder ängstlich. Sie hatte sogar erst mal ganz schön Dampf ablassen müssen, bevor sie sich so weit beruhigt hatte, dass sie ihre beiden Mütter zum Mittagessen treffen konnten. Ruby hatte überlegt, ihr mehr von ihren Liebekummer zu erzählen – Olivia hatte auch versucht, es aus ihr herauszukitzeln –, aber Ruby wusste einfach nicht, wie sie ihr Verhalten erklären sollte.

Trotz all ihrer Sorgen war es schön gewesen, mal wieder in den Teesalon zu gehen – fast wie früher, als sie sich dort beinahe täglich zum Zeitvertreib getroffen hatten, manchmal auch nur kurz, um ein bisschen Klatsch und Tratsch bei einer Tasse Tee und Kuchen auszutauschen. Die Makronen mochte Ruby am liebsten. *Habe ich heute eine gegessen?* Sie massierte sich die Schläfen. Ihr Kopf schmerzte. Ruby fand es schrecklich, wie sie die Sache mit Harrison beendet hatte. Sein verletzter Gesichtsausdruck verfolgte sie.

»Ruby!«

Sie zuckte zusammen.

Mrs Tremaine lehnte sich vor. »Wie ich bereits gesagt habe, ich verstehe ja, warum *sie* so abgelenkt war.« Die Augenbraue ihrer Mutter hob sich bis zu der Haarsträhne, die über ihr linkes Auge fiel. Ganz offensichtlich erwartete sie von Ruby eine Entschuldigung.

Und du hast dich für so schlau gehalten, rügte Ruby sich selbst. Wie hatte sie nur glauben können, dass sie es schaffen würde, ihre starken Gefühle für Harrison Barton für sich zu behalten? Sie hätte es besser wissen sollen. Und das tat sie auch.

Diese Fahrt hier führte also nirgendwo hin. Und der Grund für den Umweg war ihr mittlerweile auch klar – ihre Mutter wollte sie aushorchen. Die Kutsche war inzwischen zum Stehen gekommen und Ruby rutschte auf ihrem Sitz ein wenig hin und her. Bisher war der Tag verschwommen an ihr vorbeigerauscht, aber nun sah sie plötzlich alles ganz klar vor sich. Ein Mann saß auf einer Bank und warf ein paar Vögeln Brotkrumen zu. Zwei

Frauen unter einem Sonnenschirm kicherten. Von irgendwoher wehte der herzhafte Duft nach geschmortem Rinderfleisch zu ihnen hinüber. Rubys Magen verkrampfte sich, als wollte er sie warnen, bevor sie sagte: »Harrison Barton, der junge Mann, mit dem ich befreundet bin …«, begann sie. *Als wüsste sie nicht, wen ich meine!* »Also er glaubt, dass etwas zwischen uns nicht stimmt. Ich denke, wir werden nicht mehr so viel Zeit miteinander verbringen.«

»Ist das denn etwas, was du möchtest? Mehr Zeit mit ihm verbringen?«

Rubys ehrliche Antwort war: auf jeden Fall. In Mr Bartons Gegenwart fühlte sie sich wie in einem anderen Leben, in dem der alltägliche Druck weniger auf ihr lastete. Mit ihm konnte sie sich entspannen, sich frei fühlen. Ihr wurde warm bei dem Gedanken an ihren Besuch beim Juwelier, an sie beide am Strand, wie sie mit ihm getanzt hatte.

Ruby ging nicht auf die Frage ihrer Mutter ein, sondern nahm ihren Faden wieder auf. »Aber ich glaube, es ist sinnvoll, wenn wir so lange weiter miteinander ausgehen, bis sich meine Situation mit John geklärt hat und dieses Hin und Her ein Ende hat«, sagte Ruby nun vorsichtig.

»Liebes, es ist völlig klar, wie das zu Ende gehen wird.« Als Ruby darauf nichts erwiderte, fuhr ihre Mutter fort: »Dein Vater war nicht meine erste Liebe, weißt du.« Ruby keuchte auf und ihre Mutter zog erneut eine Augenbraue in die Höhe. Dann sah Ruby, wie die Gesichtszüge ihrer Mutter weich wurden und sie traurig lächelte. »Es gab einen jungen Mann, der ganz vernarrt in mich war. Und ich in ihn. Wir schmiedeten Pläne.« Mrs Tremaine zupfte am Leder ihres Sitzbezuges herum und war ganz in ihren Erinnerungen versunken.

Ruby fragte sich, wie ihre Mutter wohl in Rubys Alter gewesen war. Solche Gespräche führten sie nur noch selten. Ruby wartete ab, traute sich nicht nachzufragen. Ein Teil ihrer Mutter musste diesen anderen Mann noch immer lieben. Warum sonst sollte sie ihn jetzt erwähnen? War Rubys Vater die sicherere Wahl gewesen?

Mutter und Tochter sahen einem vorbeilaufenden Paar hinterher, die Arme untergehakt gingen sie wie eine Einheit im Gleichschritt. *So wie du und Papa,* dachte Ruby. Sie waren einander nie überdrüssig und trafen jede Entscheidung gemeinsam. *Sollte das nicht das Ziel sein?*

»Wir waren jung«, fuhr ihre Mutter fort. »Und in dem Alter ist einem noch nicht klar, dass es verschiedene Arten von Liebe gibt. Ich habe mich für deinen Vater entschieden und es nie bereut.« Mrs Tremaine gab dem Fahrer ein Zeichen, damit er weiterfuhr. »Die Sklaverei wird immer Teil unserer Geschichte sein, Ruby. Ich wollte gemeinsam etwas aufbauen, was so weit wie möglich davon entfernt ist, ohne es jemals zu vergessen.«

»Was ist mit dem jungen Mann geschehen?«, fragte Ruby.

»Er hat eine andere geheiratet und eine Familie gegründet.«

Die Antwort klang so sachlich, dass Ruby wie vor den Kopf gestoßen war. Sie versuchte sich vorzustellen, dass Harrison eine andere heiratete, ihr seinen Nachnamen gab und Vater ihrer Kinder wurde. Bei dem Gedanken hatte sie einen bitteren Geschmack im Mund. Sie wusste nicht, ob sie in einer Welt leben wollte, in der er nur noch eine Erinnerung war. Ruby fragte sich, womit ihr Vater ihre Mutter dazu gebracht hatte, sich gegen den anderen Mann und für ihn zu entscheiden. Sie biss sich auf die Innenseiten ihrer Wangen und überlegte, was besser war: es zu wissen oder darüber nachzugrübeln. Ihre Neugierde gewann.

»Warum hast du dich für Papa entschieden?«

Mrs Tremaine hielt ihren Blick weiter auf die vorbeiziehende Straße gerichtet. »Er war einfach die bessere Wahl.«

Der Wagen ruckelte über den Bordstein und Rubys Gedanken wirbelten durcheinander. Harrison Barton überraschte sie immer wieder. Bei ihm konnte sie sie selbst sein. Bei ihm konnte sie befreit aufatmen. Ihre gemeinsamen Unternehmungen waren die Höhepunkte ihrer Woche gewesen – jetzt zogen sich die Tage wie eine zähe Masse dahin. Von nun an jedes Abendessen, jede Veranstaltung, jeden kommenden Tag ohne ihn verbringen zu müssen war eine Vorstellung, die sie schwer ertragen konnte. Wie hatte sie nur so dumm sein können? Und so grausam? Er verdiente die Wahrheit, so viel war klar, aber das hieß auch, die *ganze* Wahrheit: dass ihre Gefühle für ihn echt waren, egal aus welchem Grund sie um ihn geworben hatte. Und sie war eine Idiotin, dass sie das nicht schon früher erkannt hatte.

Sie blickte zu ihrer Mutter. *Die bessere Wahl.* Tief im Inneren wusste Ruby, dass Harrison Barton die bessere Wahl für sie war.

Während sie die Aussprache mit ihm noch einmal in Gedanken durchging, grub sie ihre Fingernägel in die Handflächen. *Ich werde das wiedergutmachen,* dachte sie. *Irgendwie muss es mir gelingen.*

Kapitel 31

Olivia

»Hebt ihr die für später auf?« Olivia zeigte auf die vom Mittagessen übrig gebliebenen Sandwiches.

Ihr Vater runzelte die Stirn. »Du willst sie doch nicht etwa mitnehmen, oder?«

»Das Dach des Schulhauses wird von Freiwilligen repariert und ein paar Frauen wollten sich versammeln, um über das Wahlrecht zu diskutieren. Ich dachte, es wäre nett, die Sandwiches zu den anderen zu tun, die Jessie vorbereitet hat, und sie dort vorbeizubringen.« Sie wartete die Antwort nicht ab, sondern fing an, die Sandwiches in Mulltücher zu wickeln. Sie vermied Blickkontakt mit ihrer Mutter, tat ganz beschäftigt und konzentrierte sich darauf, einen entspannten Eindruck zu machen.

Mr Davenport lehnte sich in seinem Stuhl zurück und musterte seine ältere Tochter. Ein kleines Lächeln lag auf seinen Lippen, das die Falten um seinen Mund deutlich sichtbar machte. Er stand auf und umarmte Olivia. »Du hast in den letzten Wochen viel Zeit in der South Side verbracht. Ich bin mir sicher, die Menschen dort wissen deine Hilfe zu schätzen.«

Olivia stieß mit der Hand eine Teetasse um. Sie brachte es schnell wieder in Ordnung, während ihr Vater lachte. Ihr eigenes Lächeln war gezwungen. Helen hatte sie schon zwei Mal beinahe erwischt, als sie wieder spät nach Hause gekommen war, und Jessie fragte sich allmählich, warum in der Speisekammer immer wieder etwas fehlte. Das Gemeindezentrum war eine nahezu perfekte Ausrede, die beste, die sie vorbringen konnte. Zudem diente es als Treffpunkt von Aktivisten und Freiwilligen, die sich für die Tremaine-Kampagne engagierten. Dort trafen die beiden Gruppen aufeinander und arbeiteten zusammen. Als Vertreterin ihrer Mutter und als enge Freundin der Familie Tremaine fiel sie nicht weiter auf. *Es ist die ideale Tarnung.*

»Triffst du dich dort mit Mr Lawrence?«, fragte Mrs Davenport.

Olivia hielt inne und sah zu ihrer Mutter, die sie aufmerksam musterte. Mrs Davenport wusste, dass etwas nicht stimmte. Olivia fand es schrecklich, ihre Eltern zu hintergehen. Sie hatte sich eingeredet, dass sie ihre Familie gar nicht richtig belog. Was sie, Mr DeWight und die anderen taten, stand im Dienste der Gemeinschaft, wenn man es auch nicht wirklich als Wohltätigkeitsarbeit bezeichnen konnte. Doch jedes Mal, wenn Olivia aus dem Haus ging, verkrampfte sich ihr Magen.

Und jedes Mal, wenn sie Washington DeWight sah, löste sich diese Anspannung wieder auf. Egal ob er eine Rede hielt oder mit den Menschen auf der Straße sprach, er ermutigte die Aktivisten, in ihrem Kampf für Gerechtigkeit die Hoffnung aufrechtzuerhalten.

»Mr Lawrence wird heute nicht dort sein.«

»Olivia, ich mag es nicht, wenn du allein unterwegs bist.«

»Ich bin nicht allein«, entgegnete Olivia. »Tommy fährt mich. Und dort, wo ich hingehe, ist eine ganze Menschenmenge versammelt. Tommy wird so lange draußen auf mich warten, bis ich fertig bin. Ich werde es aber vermutlich nicht rechtzeitig zum Abendessen zurückschaffen, weil ich eventuell in der Suppenküche aushelfe. In den letzten Wochen hatten sie viel zu wenig Leute, die das Essen ausgeteilt haben.«

»Vielleicht sollte ich dich begleiten«, sagte Mrs Davenport.

»Nein!« Olivia schenkte ihr ein breites Lächeln. »Danke für das Angebot, aber ich denke, wir schaffen das. Es steht auch noch gar nicht fest, ob meine Hilfe wirklich gebraucht wird.« Sie packte das letzte Sandwich ein, raffte ihre Röcke zusammen, nahm den Korb und verließ den Speisesaal, bevor ihre Eltern sie noch länger aufhalten konnten.

Sie hatte schon fast die Ställe erreicht, als Helen ihr in den Weg trat. »Wo fährst du hin, Livy?«

Olivia zuckte erschrocken zusammen. »Zum Gemeindezentrum«, sagte sie dann. Tommy wartete bereits auf sie und sie wollte nicht, dass Mr DeWight sich wunderte, wo sie blieb.

Helens Augen verengten sich. »Du verbringst ziemlich viel Zeit im Zentrum. Versuchst du, dort für einen schrecklichen Skandal Abbitte zu leisten?« Olivia erstarrte. »Ha! Du solltest mal dein Gesicht sehen«, sagte Helen lachend.

»Schön, dass dich das so amüsiert.« Mit rasendem Herzen ging Olivia an ihrer Schwester vorbei. Während der gesamten Fahrt hallte Helens Lachen in ihren Ohren nach, und sie musste an all die Male denken, bei denen sie in den vergangenen Wochen nur knapp entkommen war, ohne Misstrauen zu erwecken, doch ihr war bewusst, dass das nicht mehr lange so weiterging. Ihre Eltern hatten deutlich zu verstehen gegeben, dass sie einen offiziellen – und vorzugsweise in der Öffentlichkeit stattfindenden – Antrag von Mr Lawrence erwarteten. Mrs Davenport hatte sich inzwischen mit einer Hochzeit im Herbst arrangiert, um ihnen mehr Zeit zu geben. Für Außenstehende fügte sich nun alles so zusammen wie erwartet.

Olivia hatte allerdings viel praktischere Sorgen, falls es trotz allem zu einer Hochzeit mit Mr Lawrence kommen sollte. Zum Beispiel die Frage, wo sie leben würden. Musste sie dann nach England ziehen? Mr Lawrences Familie lebte dort und er sollte irgendwann das Familienunternehmen weiterführen. Und was würde er dazu sagen, dass sie sich gemeinsam mit den Demonstranten und Aktivisten für mehr Gleichberechtigung engagierte? Zudem wäre sie den Menschen in Chicago keine Hilfe mehr, wenn sie als verheiratete Frau das Land verlassen würde.

Vor dem Gemeindezentrum kam die Kutsche abrupt zum Stehen.

»Ich werde in zwei Stunden wieder hier sein«, sagte Tommy.

»In zwei Stunden? Das reicht nicht.«

»Das würde es, wenn Sie nur Essen an die Tagelöhner verteilen würden.«

Olivia biss sich auf die Innenseiten ihrer Wangen. Er hatte recht. »Können Sie bitte noch etwas Zeit hinausschinden? Ich werde länger brauchen.«

»Miss, ich halte das für keine gute Idee und wir beide werden ganz schön in Schwierigkeiten geraten, wenn Sie erwischt werden. Ich bewundere ja, was Sie tun, deshalb habe ich dem Ganzen zugestimmt. Aber so langsam fordern Sie das Schicksal wirklich heraus.«

Olivia wusste, dass ihre Eltern irgendwann davon erfahren würden, aber sie tat nichts Falsches. Und was war das Schlimmste, was passieren konnte? Dass sie die hässliche Realität weiter vor ihr verbargen und sie beschützten? Dafür war es bereits zu spät. »Ich versuche, so schnell es geht zurück zu sein.«

Tommy nickte, fuhr davon und Olivia betrat das Gemeindezentrum. Die Energie, die diese Räume ausstrahlten, war unwiderstehlich. Da Olivia jetzt regelmäßig herkam, kannte sie die Leute hier inzwischen recht gut. Es erfüllte sie, außerhalb des eigenen Hauses eine Aufgabe zu haben – noch dazu eine bedeutsame –, und dass es einen Ort gab, an dem sie für mehr stand als nur für ihre Herkunft. Sie fand Washington DeWight in einem kleinen Klassenraum, der für die Erwachsenenbildung genutzt wurde. Er war gerade dabei, mit zwei Herren ein Schriftstück zu studieren. Sie genoss es, ihn aus der Ferne bei der Arbeit zu beobachten und zu sehen, welchen Effekt er auf andere hatte. Sein Jackett hatte er ausgezogen und die Hemdsärmel bis zu den Ellbogen hochgekrempelt. Der Mann zu seiner Rechten fuhr mit dem Finger die Worte entlang und bewegte den Mund beim Lesen. Leise und geduldig stand Mr DeWight daneben.

»Olivia, wir haben heute gar nicht mit Ihnen gerechnet«, sagte Mrs Woodard.

Olivia reichte ihr den Korb mit dem Essen. »Ich habe Sandwiches mitgebracht. Clarence sagte, sie hätten nach dem letzten Mal drei Tage ohne Wasser und Brot im Gefängnis verbracht.«

Mrs Woodard legte ihr eine Hand auf den Arm. »Die werden das hier zu schätzen wissen. Die Zeitungen haben von weiteren Lynchmorden am Wochenende berichtet. Dagegen müssen wir heute auf die Straße gehen und da brauchen wir was im Magen, vor allem, wenn es Ärger gibt. An der Wand dort drüben steht das Schild, das Sie gemacht haben.«

Olivias Blick fiel auf die Sperrholzplatte, die sie letzte Woche mit einem Spruch versehen hatte:

CHANCENGLEICHHEIT IST EIN MENSCHENRECHT

Die Worte lösten eine Welle der Gefühle in ihr aus. Mit ruhiger Hand – trainiert durch stundenlange Stickarbeiten – hatte sie ein Banner gestaltet, das, so hoffte sie, der allgemeingültigen Botschaft gerecht wurde.

Mr DeWight tauchte hinter ihr auf, griff nach dem Pfosten, an dem das Schild befestigt war, und hielt es ihr hin. »Bereit?«

Da sie ihrer Stimme nicht traute, nickte sie nur.

Er strich ihr über die Schulter und nahm mit der freien Hand sein eigenes Banner vom Tisch. »Dann los.«

Hand in Hand verließen sie das Gemeindezentrum und schlossen sich der Menge an, die sich seit Olivias Ankunft verdoppelt hatte. Die Straße war voller Menschen, die sich gegen das auflehnten, was von ihnen erwartet wurde – egal welche Folgen das für sie haben könnte. Jetzt war sie eine von ihnen. Olivia fragte sich, ob es ihrer Schwester ähnlich erging. *Sie gibt nie auf*, dachte Olivia. Dass Helen so viel Zeit in der Werkstatt verbrachte, war das am schlechtesten gehütete Geheimnis von ganz Freeport Manor. Doch obwohl Helen sich im Klaren darüber war, dass ihr Ungehorsam letztendlich zu großer Enttäuschung führen und ihr das Herz brechen würde, kämpfte sie trotzdem unablässig für das, was ihr wichtig war. Olivia bewunderte den Mut ihrer Schwester – wie erfüllend es doch war, etwas zu tun, wofür man brannte!

Mr DeWight drückte ihre Hand und gemeinsam liefen sie an die Spitze der Menge. Die Menschen verstummten, als sie an ihnen vorbeigingen. Die Stille um sie herum verstärkte ihre Aufregung noch, die durch ihren ganzen Körper flutete. Sie war kein bisschen mehr müde oder schwerfällig, weil sie zu wenig geschlafen hatte. Nein, das Gegenteil war der Fall – wilde Energie strömte durch sie hindurch, sodass sie das Gefühl hatte, gleich in Flammen aufzugehen.

»Brüder und Schwestern«, rief Mr DeWight den versammelten Menschen zu. Die Zuversicht und Überzeugung in seiner Stimme ließen Olivias Herz schneller schlagen. »Denkt daran, dass dies eine friedliche Demonstration ist. Wir sind hier, um den Brüdern und Schwestern im Süden unsere Solidarität zu bekunden. Ihnen zu zeigen, dass sie die schreckliche Bürde der Jim-Crow-Gesetze nicht alleine tragen müssen. Das tun wir ohne Gewalt. Unsere Stimmen« – er hielt das Schild mit der Aufschrift ICH BIN EIN MENSCH in die Höhe – »genügen als Schwerter und Schilde.« Seine Hand, die immer noch Olivias hielt, schoss gen Himmel. Ihre zusammengefügten, erhobenen Hände waren das Startsignal. Die Menge hielt Schilder und Poster, Banner und Flaggen in die Höhe und bewegte sich vorwärts, teilte sich, als sie Olivia und Washington DeWight wie einen Fels in der Brandung passierte. Männer und Frauen aller Hautfarben und jeden Alters schritten wie eine Einheit voran. Ohne auf Washington zu warten, hielt sie ihr eigenes Schild mit beiden Händen in die Höhe. Er schloss sich ihr im gleichen Tempo an.

Am Rande der Menge wurden blaue Flugblätter an alle Passanten verteilt, die sie entgegennehmen wollten. Es war das gleiche blaue Pamphlet, das Olivia bei ihrem allerersten Besuch im Samson House gelesen hatte. Die Reaktion darauf war so verschieden wie die Einwohner dieser Stadt. Sie spürte einen Funken von Stolz, wenn jemand stehen blieb, um Fragen zu stellen. Ein anderer warf das Blatt auf den Boden. Und der Nächste wollte noch mehr bekommen. In jedem Fall zeigte Mr DeWights Mission Wirkung.

Mrs Woodard drängelte sich zu Olivia durch. Am Revers ihres taubengrauen Kostüms steckte eine weiße Rose. Ihr Duft vermischte sich mit dem Gestank nach Pferden und Abgasen. »Ich dachte, hier würden mehr Frauen mitlaufen.« Mrs Woodard seufzte.

Olivia blickte sich in der Menge um. »Es sind weniger, als wir erwartet haben, das stimmt, aber immer noch genug.« Hetty war weiter vorne, zusammen mit ihrem Cousin und anderen Dienstmädchen.

»Eine größere Frauengruppe von der Textilfabrik wurde gewarnt, dass sie ihre Jobs verlieren würden, wenn sie hier mitmachen. Selbst wenn sie dadurch gar nicht ihre Schicht verpassen würden.« Mrs Woodard schnaubte. »Die reinste Ausbeutung. Und noch schlimmer, wenn Sie mich fragen.« Sie schüttelte den Kopf und hielt ihr Schild höher. Dann fiel sie in den Sprechgesang ein: »Chancengleichheit ist ein Menschenrecht.«

Olivias Herz schlug wie wild und ihre Stimme wurde von dem lauten Sprechen allmählich heiser. Sie schaffte es kaum, alles um sie herum schnell genug aufzunehmen. Obwohl sie die Straßen hier kannte, erschien ihr heute alles viel heller und größer, mitgetragen in dem Meer von Menschen, das ihren Körper, ihren Verstand und ihre Seele beschwingte. Auf ihrem Weg blieben sie immer wieder stehen, um mit Passanten zu sprechen. Es war, als wäre die Versammlung aus dem Kellerraum auf die Straße verlagert worden, nur in viel größerem Ausmaß. Bei Tageslicht waren die Konturen schärfer, die Menschen wirkten kühner, genau wie sie. Ihre Nervosität, die sie beim Verlassen des Gemeindezentrums noch verspürt hatte, war verschwunden – und hatte sich in etwas anderes verwandelt.

Du bist genau dort, wo du hingehörst.

»Nicht schlecht für Ihr erstes Mal, was?« Mr DeWight schenkte ihr ein schwaches Lächeln.

Selbst wenn sie gewollt hätte, hätte sie das Grinsen nicht aus ihrem Gesicht verbannen können. »Das hier ist unglaublich«, sagte sie, als die fast fertiggestellte Fassade des Rathauses in Sicht kam und ihren Schatten auf die Aktivisten warf. Olivias Arme schmerzten vom Halten des Schildes, aber die Solidarität der Menschen um sie herum verlieh ihr Stärke. Trotz des ernsten Hintergrundes dieser Zusammenkunft schallte auch immer wieder ein Lachen zu ihr hinüber. Unter ihren Füßen vibrierte die North La Salle Street von den Automobilen, Kutschen und den Arbeiten im zwölfstöckigen Gebäude hinter ihr. Die Menge teilte sich, um an den Bauarbeitern vorbeizugehen. Und da bemerkte Olivia eine Veränderung. Die Straße war voller Menschen und Fahrzeuge. Manche waren stehen geblieben oder hatten angehalten, um die Demonstranten anzustarren oder zu verspotten. Ein Ziegelstein wurde in ihre Kolonne geschleudert, schlug manchen gegen die Füße, aber dann sortierte sich die Gruppe neu und ging weiter.

Wieder zog Olivia die Kraft zum Weitergehen aus den Menschen an ihrer Seite. Sie ignorierte die Blicke der Ladenbesitzer, die zum Teil die Sprechchöre der Demonstranten mit Zwischenrufen störten, deren Worte aufgrund der allgemeinen Lautstärke nicht zu verstehen waren. Einige der Aktivisten liefen im Kreis, ihre Schilder wippten im Rhythmus ihrer Lieder auf und ab, Olivia kannte sie alle nicht. Über ihr saß ein ungefähr drei Jahre alter Junge auf den Schultern seines Vaters. Er hielt sich am Kinn des Mannes fest und lächelte zu Olivia hinunter.

»Wie war denn Ihre erste Demonstration?«, frage sie Mr DeWight.

»So ähnlich wie diese hier, nur mit weniger Leuten. Wir standen vor einem örtlichen Gefängnis, bis die Sonne unterging.« Er lächelte. »Ich hatte solche Angst. Damals war ich vierzehn und die anderen erzählten mir Geschichten davon, wie es war, im Gefängnis zu sein.« Er senkte das Kinn. »Es gibt Schlimmeres im Leben, als dafür eingesperrt zu werden, dass man für sich und andere eingestanden ist.«

Olivia nickte und ließ den Blick über die Straße schweifen.

»Chicago ist für uns Neuland«, fuhr er fort, »und von den Dingen, die ich anderswo schon erlebt habe, noch unberührt. Indem wir mitten am Tag demonstrieren und nur so kurz, vermeiden wir einige der Gefahren, die sonst mit so einem Marsch einhergehen.« Er legte ihr eine Hand auf den Rücken. Sie ließ zu, dass er sie an seine Seite drückte, seine Lippen nur einen Hauch entfernt, als ein Schrei die Luft zerriss.

Die Menge wandte sich gleichzeitig um, Menschen pressten sich gegen Olivia, ihr Schild fiel zu Boden. Mr DeWight bahnte sich einen Weg hindurch, schob sich vorsichtig an den Leuten vorbei, um zum Mittelpunkt des Tumults zu gelangen. Olivia folgte ihm.

»Bleibt weg von unseren Straßen!« Ein Mann in einem dunklen Anzug spuckte auf die Schuhe eines Demonstranten. Dann setzte er seinen Hut zurück auf seinen weißblonden Haarschopf und sah auf. Olivia duckte sich hinter Washingtons Schulter. Sie wusste nicht, wie der Mann hieß, aber sie erkannte sein Gesicht. Chicago war eben auch nur ein Dorf und sie wollte nicht riskieren, von ihm gesehen zu werden. Als sie aufsah, stand der kleine Junge direkt vor ihr. Sein Vater hatte ihn offensichtlich von den Schultern genommen. *Sieh mich nicht so an*, dachte sie.

Die Augen des Jungen wurden so groß wie Untertassen, als sein Vater ihn sich im nächsten Moment unter den Arm klemmte und losrannte. Alles, was dann geschah, war ein einziges Durcheinander. Ein Pfeifen ertönte und die Schultern, die gerade erst gegen sie gestoßen waren, trafen sie nun mit einer Wucht, die sie zu Boden gehen ließ. Sie fing sich mit den Handflächen auf, die über den Gehweg rutschten und sofort brannten. Ein Knie stieß gegen ihren Kopf. Als sich eine Hand um ihren Oberarm legte, schlug sie blind um sich.

»Au!« Mr DeWight rieb sich die Wange, ließ sie aber nicht los. Um sie herum herrschte Chaos. Die Polizei war eingetroffen. Sie blockierte beide Enden des Gehwegs und schob die Aktivisten gegen das Gebäude hinter ihnen. Olivia suchte die Menge nach dem Vater und dem Kind ab, konnte sie aber nirgends sehen. Sie hoffte, dass sie sicher davongekommen waren.

»Sind Sie verletzt?« Washingtons Blick flog über ihr Gesicht.

»Nein«, stieß sie hervor. Zum Glück hatte ihr Hut das meiste von dem Stoß gegen ihren Kopf abgefangen, aber ihre Handflächen brannten und ihre Handgelenke schmerzten vom Aufprall. Die anderen hatten sie gewarnt. Jetzt zu jammern war aber das Letzte, was sie wollte. Olivia blinzelte ihre Tränen weg und erwiderte schnell sein entschlossenes Lächeln. Die Aktivisten neben ihnen hakten sich gegenseitig unter. Die Schilder lagen auf der Erde verstreut, doch die Lieder begannen von Neuem. Sie beobachtete Mr DeWight, der beunruhigt dreinblickte und zu zögern schien, ob er mit einstimmen sollte. Aber sie war aus einem Grund hier. Entschlossen ergriff sie seine Hand. »Wollen Sie nicht mitsingen?«

»Vorsicht!«, schrie Mr DeWight. Er ließ ihre Hand los und schob sie hinter sich.

Gegen die untergehende Sonne zeichnete sich ein Schlagstock ab, der gegen einen Mann am Rand der Demonstration geschwungen wurde. Hand in Hand im friedlichen Widerstand vereint, konnte er nichts tun, um den Schlag abzuwehren. Olivia zuckte vor Entsetzen zusammen, als der Mann zu Boden fiel. Da versuchte die Menge zu entkommen. Doch dafür war es zu spät. Sie hatten zu lange gewartet und nun waren sie eingepfercht.

Mr DeWight machte einen Schritt nach hinten und trat auf

ihren Fuß. »Entschuldigung«, sagte er über seine Schulter. Da er sie hinter sich gezogen hatte, versperrte er ihr die Sicht. Der Gesang war inzwischen in Rufe und Schreie übergegangen. Die Enge inmitten der dicht gedrängt stehenden Menschen versetzte sie in Panik. Dann spürte sie, wie er zusammenzuckte.

»Was ist los?«, fragte sie. Ihre Hände waren schweißnass und taten immer noch weh. Ihr Atem ging stoßweise. Das Schlagen ihres Herzens war so laut, dass sie es trotz der Schreie um sie herum zu hören glaubte. »Washington?«

Er wandte sich zu ihr um und sagte: »Wir müssen hier weg.« Sein Blick flog über die Menge. *Wie kann er nur so ruhig bleiben?* »Da hinten ist George«, sagte er und deutete hinter sie beide. Olivia erkannte den groß gewachsenen Mann zwischen weiteren Aktivisten, die regelmäßig ins Samson House kamen. George hatte damals bei der ersten Versammlung, in die sie hineingestolpert war, oben auf der Treppe gestanden.

»Hier entlang«, sagte George, als sie bei ihm ankamen. Er hob ein Schild auf und führte Olivia und Mr DeWight durch die Menge. »Hören Sie, Washington, wenn ich losschlage, sollten Sie und Ihre Lady die Beine in die Hand nehmen.« Und bevor sie ihn daran hindern konnten, griff er den am nächsten stehenden Polizisten an – und sorgte damit für einen Durchgang. Olivia, Mr DeWight und noch einige andere Demonstranten drängten sich hindurch, begleitet von Schüssen und Schreien.

Olivia rannte. Sie rannte mit Washington DeWight an ihrer Seite, der mit einer Dringlichkeit an ihrem Arm zog, die morgen blaue Flecke versprachen.

Innerhalb kürzester Zeit senkte sich Dunkelheit über sie, die Sonne war vollständig untergegangen. Die plötzliche Kälte kroch Olivia in die Knochen. Noch immer drangen Rufe zu ihnen herüber und Mr DeWight griff erneut nach ihrer brennenden Hand und zog sie weiter. Und so rannten sie über den unebenen Weg davon. Ihr keuchender Atem war bald das lauteste Geräusch in der Dunkelheit. Mit seiner warmen, rauen Hand in ihrer schaffte sie es, einfach weiterzulaufen. Doch in Gedanken kehrte sie zu dem Jungen und dessen Vater zurück. Hatte er die Gewalt mit ansehen müssen? Hatten die beiden fliehen können?

Washington lief unablässig weiter. Inzwischen waren sie nicht mehr weit vom Gemeindezentrum entfernt. Er bestand darauf, nicht auf direktem Wege dorthin zu gehen. Ihre Angst ließ jedes Geräusch ohrenbetäubend erscheinen. Frischer Schweiß brannte in ihren Handflächen, ihre Füße schmerzten. Und die ganze Zeit überlegte sie, mit welcher Ausrede sie oder Tommy begründen könnten, dass sie in diesem Zustand nach Hause zurückkehrte.

Mr DeWight blieb stehen, hielt sie zurück. Sie hörten Hufschläge auf der Straße. Ein berittener Polizist wandte sich um und leuchtete die Straße hinunter. »Hier hinein«, sagte Mr DeWight. Olivia folgte ihm in die angrenzende Gasse, ging gebückt hinter ihm, während sie von Schatten zu Schatten liefen und schließlich in einer Nische stehen blieben, die nicht breiter war als der Dienstbotengang auf Freeport Manor. Dort, nur wenige Häuserblocks entfernt von der Stelle, an der ihre Kutsche stehen sollte, warteten sie ab. Olivia wehrte sich nicht dagegen, dass er sie in seinen Armen hielt.

»Sie sind verletzt. Warum haben Sie nichts gesagt?«, fragte er und drehte sanft ihre Handflächen nach oben. Sie waren rot und geschwollen. Olivia betrachtete sie und wusste, dass sie morgen früh dafür kaum eine plausible Erklärung parat haben würde. Vielleicht könnte sie sich gleich nach dem Aufstehen zu den Ställen schleichen und vorgeben, sie wäre vom Pferd gefallen. Sie kaute auf ihrer Unterlippe und überlegte fieberhaft, während er ein Taschentuch aus seiner Jackentasche zog und um ihre Hand wickelte. Dann zog er sie enger an sich und vertrieb damit für einen Moment ihre Sorgen. Allmählich entspannte sie sich. Als sie aufblickte, starrte er sie an. »Sie gehören nun ganz offiziell dazu«, sagte er. »Jeder Mann und jede Frau, die heute dabei war, trägt eine Narbe davon und hat eine Geschichte zu erzählen.«

Olivia musste an ihre Eltern denken. An die Narben, die ihr Vater versteckt hielt, selbst vor seinen Kindern. Ihre wunden Hände waren nichts dagegen. In ein paar Tagen würde alles wieder verheilt sein und aussehen wie zuvor. Doch sie hoffte, dass sie und die anderen heute eine länger anhaltende Wirkung erzielt hatten.

Er strich ihr das Haar aus dem Gesicht. Olivia holte tief Luft. Wieder hatte sie das Gefühl, in Flammen zu stehen. Ob ihre Demonstration heute viele Leute erreicht hatte, ob sie damit etwas in den Herzen und Köpfen der Menschen bewegten, wusste sie nicht. Doch sie wusste, dass sie genau dort gewesen war, wo sie sein wollte – an der Seite all derer, die für ein besseres Chicago kämpften. Und an der Seite eines Mannes, der ihren Geist mehr schätzte als ihre Herkunft. Olivia erwiderte seinen Blick, in dem diesmal weder sein übliches Feuer noch sein Tatendrang oder Charme lagen, sondern in dem sie nichts als Zärtlichkeit erkannte.

Diesmal schnappte er nach Luft, denn Olivia zog ihn am Revers zu sich herunter und küsste ihn. Kurz war er wie erstarrt, dann schloss er sie noch fester in seine Arme. Sie drückte sich an ihn und er sich an sie, bis zwischen ihnen kein Raum mehr existierte. Trotz ihrer Kühnheit war Olivia sich ihrer Unerfahrenheit bewusst. Sie überließ ihm die Führung, passte sich dem Druck seiner Lippen an, bis ihr ein Seufzen entfuhr. Bei diesem Laut spannte sich sein ganzer Körper an. Seine Zunge fuhr forschend über ihre, sein Geschmack war atemberaubend. Ihr war klar, dass sie weiter in Richtung Gemeindezentrum gehen sollten, doch die Art, wie er sich dem Kuss hingab, verdrängte jegliche Vernunft. Sie knabberte an seinen Lippen, die so sanft die ihren berührten, und rief ein Stöhnen bei ihm hervor, das ein warmes Gefühl in ihr auslöste. Sie spürte den hämmernden Puls in ihren Schläfen.

Sie wollte ihm noch näher sein. Er sah so gut aus, war so stark, nicht nur äußerlich, sondern auch in seiner Überzeugung. Und mehr als je zuvor fühlte Olivia sich in ihrer ganz gefestigt.

»Vielen Dank«, sagte Olivia vor dem Kutschenhaus.

»Ich bin bloß froh, dass wir Sie gefunden haben.« Hetty schlug Tommy leicht gegen den Arm. »Nicht wahr?«, fragte sie und schielte zu ihm hinüber. Als Olivia nicht wie vereinbart beim Gemeindezentrum aufgetaucht war, hatten die beiden nach ihr gesucht.

»Natürlich«, entgegnete Tommy. Über Olivias Schulter hinweg sah er zu Freeport Manor. Als er seine Augen wieder auf sie richtete, schien er ihr mit seinem Blick sagen zu wollen: *Hören Sie auf, das Schicksal so herauszufordern.* »Sind Sie sicher, dass Sie keine Hilfe brauchen?«, fragte er laut.

Olivia hielt ihre verletzten Hände hoch und sagte: »Danke, aber nein, die brauche ich nicht.« Voller Dankbarkeit schlich sie zum Haus. Sie zog ihre Schuhe aus, lief auf Zehenspitzen durch die Küche und hoch in das Badezimmer, das sie sich mit Helen teilte. Die Ereignisse dieses Tages kamen ihr unwirklich vor, aber die Menschen hatten ihre Rufe nach Unterstützung gehört, es hatte sich also gelohnt. Sie wusch sich die Hände und wusste, wie glücklich sie sich schätzen konnte, dass ihr nicht mehr passiert war. Dann wanderten ihre Gedanken zu ihrem Kuss mit Washington DeWight. Wasser tropfte von ihren Händen auf ihre bloßen Füße und brachte sie ruckartig in die Gegenwart zurück. Im nächsten Moment nahm sie eine Bewegung im Flur wahr.

»Olivia Elise«, sagte Helen kopfschüttelnd. »Ich bin zutiefst enttäuscht von dir.« Olivia konnte das Lächeln ihrer Schwester mehr hören als sehen. Helen stand im Türrahmen, die Ärmel ihres dunkelblauen Overalls um die Hüften gebunden und ein seidenes Tuch auf dem Kopf, aus dem ihr Haar herausschaute, das in einem Zopf zusammengehalten wurde.

»Sch, sonst hört dich noch jemand«, flüsterte Olivia.

»Entspann dich, Mama und Daddy sind ausgegangen.« Helen ging auf sie zu, nahm Olivias Handgelenke und drehte sie so, dass man die kleinen Risse sehen konnte. »Unter dem Waschbecken sind Reinigungsalkohol und Verbandsmaterial.«

Olivia sah zu, wie Helen in dem Schränkchen kramte und eine kleine Box herausholte. Sie ließ sich von ihrer jüngeren Schwester die Wunden reinigen, wobei sie die Luft scharf einsog, als der Alkohol auf ihre Haut traf. »Wo hast du das gelernt?«

»Die Mechaniker haben es mir gezeigt. Autoteile können scharf sein.« Helen wickelte einen sauberen Verband um Olivias Hand. »Will ich wissen, wie das passiert ist?«

Olivia erwiderte den kritischen Blick ihrer Schwester. »Ich bin hingefallen.« Was keine richtige Lüge war.

Helens Mund öffnete sich. Olivia bemerkte, wie eine merkwürdige Gefühlsregung die Miene ihrer Schwester veränderte. »Warst du mit Mr Lawrence unterwegs?«, fragte Helen dann.

Die Frage erwischte sie unvorbereitet. »Ich …«, begann Olivia. Sie und Mr Lawrence hatten vereinbart, ihre Eltern in dem Glauben zu lassen, dass sich die Dinge zwischen ihnen schnell weiterentwickelten. Doch sie beide hatten nicht über die längerfristigen Konsequenzen nachgedacht. Jetzt so weit wie möglich bei der Wahrheit zu bleiben, schien die sicherste Wahl zu sein. »Nein, war ich nicht«, sagte sie deshalb. Die Anspannung in Helens Schultern ließ nach. Olivia überkam ein Anflug von Schuldgefühlen. Sollte ihr Sich-aus-dem-Haus-Schleichen auffliegen, würde das nicht nur ihr eigenes Kommen und Gehen behindern, sondern auch das ihrer Schwester.

»Sind denn die Gerüchte wahr? Die über eure Verlobung?«

Helens Frage verwirrte Olivia. Sonst hatte ihre Schwester nie Interesse an ihren Beziehungen gezeigt. Andererseits war

Olivia auch noch nie so kurz davor gewesen zu heiraten. *Macht sie sich Sorgen darüber, dass ich sie bald verlasse?* Sie nahm Helen in den Arm. »Nicht offiziell. Aber ich verspreche dir: Sollte ich von hier wegziehen, dann erfährst du es als Erste.« Olivia drückte Helen noch fester an sich – und schließlich gab ihre Schwester endlich nach und erwiderte die Umarmung.

Kapitel 32

Amy-Rose

Amy-Rose lief vor den Ställen auf und ab, ungeachtet der Tatsache, dass der aufwirbelnde Staub an ihren Schuhen und ihrem Rocksaum hängen blieb. Immer wieder ging sie ihr letztes Gespräch mit Tommy im Kopf durch. Und jedes Mal kam sie zu dem Schluss, dass es keinen guten Grund gab, auf Freeport zu bleiben.

Die Binga Bank unterstützte nur widerwillig ihr Kaufgesuch, um einen Friseursalon zu eröffnen. Ohne eine eigene Ladenfläche war ihr Traum jedoch wieder in weite Ferne gerückt. Tommy war davon überzeugt, dass der steigende Bedarf an Geschäften aller Art im Westen eine Chance war, die man sich nicht entgehen lassen sollte. Und es war nicht gerade so, als hätte sie außer den Davenports noch andere Kunden, die sie zum Bleiben bewegen könnten. Sie würde von Grund auf neu anfangen müssen. Warum nicht gleich an einem anderen Ort?

Sie schüttelte ihren Rock aus und betrat den Stall. Eine Mischung aus Licht und Schatten empfing sie, das Schnauben der Pferde und das Scharren ihrer Hufe schuf eine wohltuende Atmosphäre, die ihre Nerven beruhigte. Trockenes Heu raschelte unter ihren Schuhen und sie stützte sich an einem groben Holzbalken ab. Der Geruch nach Pferden, Heu und Schweiß kitzelte ihr in der Nase. »Tommy?«

Ihr langjähriger Freund trat aus einer der Boxen. Er hatte sich die Ärmel hochgekrempelt und ein dünner Schweißfilm glitzerte auf seiner Haut. Als er sie sah, schenkte er ihr ein breites

Lächeln. Das Gefühl, das seine Reaktion bei ihr auslöste, erinnerte sie daran, warum sie hier war. Sie brauchte einen Freund.

»Hallo, Amy-Rose. Nimm dir eine Bürste«, sagte er.

Sie blickte zu dem Tisch in der Ecke und griff sich eine. Tommy führte eine Stute aus ihrer Box und redete ihr gut zu. »Amy-Rose ist Expertin, wenn es darum geht, schön auszusehen. Sie wird dich ganz schnell wiederherrichten.«

»Tommy, ich bin auf die zweibeinige Version von Mädchen spezialisiert, die Haarpflege brauchen.« Die Stute sah sie mit großen, wässrigen Augen an, ihr Schweif peitschte hin und her.

»Ich bin mir sicher, das stört Bess nicht. Außerdem ist sie eine wunderbare Zuhörerin.« Er tätschelte den Hals der Stute und bedeutete Amy-Rose, seine breiten Streichbewegungen nachzuahmen. Also drehte sie die Bürste in der Hand und tat, wie ihr geheißen. Bess' Ohren zuckten hin und her, und sie schob sich näher an Amy-Rose ran, als wollte die Stute ihr zeigen, wo sie am liebsten gebürstet wurde. Schon bald verstand Amy-Rose, wovon Tommy oft redete: Auch auf sie übte die Stille der Scheune ihren Zauber aus. Jede rhythmische Bewegung beim Striegeln war wie ein tiefer beruhigender Atemzug. Die Wärme des Pferdes umgab sie und löste ihre angespannten Nackenmuskeln. Selbst der Geruch nach Mist und Heu ließ ihre Zweifel und die Enttäuschung über ihren geplatzten Traum in den Hintergrund treten.

Amy-Rose dachte über ihre Möglichkeiten nach. Ohne die Ablenkungen, die das Haus und ihre Bewohner mit sich brachten – Jessies laute, wenn auch gut gemeinte Ausrufe zum einen und die schmerzhaften Erinnerungen an ihre Mutter zum anderen –, traf sie eine Entscheidung. Sie räusperte sich. »Ich habe über dein Angebot nachgedacht.«

Tommy trat langsam näher, als befürchte er, dass eine schnelle Bewegung sie erschrecken könnte.

Amy-Rose hielt die Hände hinter ihrem Rücken. »Ich möchte nach Kalifornien gehen. Mit dir.«

»Wirklich?«, fragte er ungläubig.

»Ja.«

Tommy entließ einen Freudenschrei und warf seinen Hut in die Höhe.

Amy-Rose lachte auf, um ihre Erleichterung zu überspielen, und verfiel in echtes Gelächter, als er auf sie zustürmte, sie hochhob und sie durch die Luft wirbelte. Sie breitete die Arme aus und genoss das Gefühl von Schwerelosigkeit.

»Ich freue mich wirklich sehr«, sagte er und setzte sie wieder ab.

Amy-Rose versuchte sich an seinen Worten festzuhalten, als er über die vielen Möglichkeiten im Westen sprach – über Strände, Sonnenuntergänge, ein neues Zuhause und neue Arbeitsplätze. Ein ganz anderes Leben erwartete sie dort. Sie krallte sich an seine Ideen, als wären sie ihr Rettungsanker. Sein überschäumender Optimismus nährte ihre zunehmende Erleichterung. *Das ist die richtige Entscheidung.* Sie wusste, dass sie dazu bestimmt war, einen eigenen Salon zu eröffnen, der sich Schwarzer Schönheit widmete – und das auf eine Art und Weise, die ihr nicht nur Freude brachte, sondern auch ihre Fähigkeiten forderte. Genau das wollte sie.

»Wirst du rechtzeitig fertig sein? Der Zug fährt schon morgen Abend.«

Seine einfache Frage hing tonnenschwer in der Luft. Das ging alles sehr schnell. Mrs Davenport würde sicher traurig über ihren plötzlichen Weggang sein, aber Tommy hatte recht: Sie brauchten diesen Neustart.

»Ich sollte packen gehen.«

Tommy begleitete sie zu dem Dienstboteneingang des Herrenhauses. Den ganzen Weg über redete er, doch das meiste davon rauschte an ihr vorbei.

Im Haus lief sie zu ihrem Zimmer im dritten Stock, nahm alle Dinge, die ihr auf dem Weg begegneten, noch einmal genau in Augenschein, als würde sie sie zum letzten Mal sehen. Vielleicht war es so. Es dauerte nicht lang und ihre Kommodenschubfächer waren leer und der Inhalt lag auf dem schmalen Bett verteilt. Einfache, zweckmäßige Kleider und einige hochwertigere, ausrangierte der Davenport-Schwestern. Grobe Baumwolle und Seide. Alle würden nicht in den Koffer ihrer Mutter passen. Sie wünschte, sie hätte auch einen bodenlangen Spiegel wie Olivia und Helen, doch sie gab ihr Bestes, mit dem kleinen runden auf ihrem Nachttisch zurechtzukommen.

Am Ende entschied sie sich für die eleganteren Kleider. Sie war dabei, eine Friseurin und Salonbesitzerin zu werden. Es war also höchste Zeit, sich auch wie eine erfolgreiche Geschäftsfrau zu kleiden. Die Sachen waren das Einzige, was sie von ihrem Leben bei den Davenports mitnehmen würde – abgesehen von den Erinnerungen.

Vorsichtig wickelte Amy-Rose die Habseligkeiten ihrer Mutter in altes Zeitungspapier und setzte sich auf den Koffer, um ihn zuzubekommen. Das Bett knarrte unter ihrem Gewicht. Sie hielt sich die Hände vors Gesicht. Sie wusste ja, dass sie nicht für immer auf Freeport bleiben konnte, aber ein kleiner Teil von ihr hatte dennoch das Gefühl, dass es falsch war, Tommy zu begleiten. Dass es einer Flucht gleichkam.

Da klopfte jemand an die Tür.

»Ich mochte keine weiteren Scones, Jessie«, sagte sie und rieb sich die Schläfen.

»Das ist gut«, sagte John von der Türschwelle aus. »Ich habe nämlich keine dabei.«

»Was machst du denn hier?« Selbst für ihre eigenen Ohren klang ihre Stimme schwach und heiser.

»Können wir kurz reden?« Leicht außer Atem stand er immer noch im Türrahmen und wartete. Der oberste Knopf seines Hemdes stand offen und sein Haar, das für gewöhnlich glatt nach hinten gekämmt war, stand ein wenig ab.

»Das ist mein Zimmer.« Sie blickte sich um und stellte sich vor, wie es auf ihn wirken musste. Eine seltsame Mischung aus alten und neuen Kleidungsstücken, ein vollgestopfter Koffer und die Briefe ihrer Mutter. Sie wollte, dass er ging. Er musste gehen.

John sah sie betrübt an. »Es tut mir leid.« Er zog sich zurück und sie machte einen unbedachten Schritt in seine Richtung. Sie sah, dass er innehielt. Vom Flur aus sagte er: »Was ich auf der Party getan habe, war absolut inakzeptabel. Ich hätte dich niemals so behandeln dürfen – oder zulassen, dass andere dich so behandeln. Meine Mutter und ich haben uns gerade darüber gestritten, wie ich meine Zeit verbringe. Sie hat mir vorgeworfen, abgelenkt zu sein, und ich glaube –«

»Das ist keine Entschuldigung für das, was du getan hast.«

»Ich weiß. Darf ich kurz reinkommen?«

Sie seufzte, setzte sich aufs Bett und gab damit die Tür frei. Die mit einem weißen Band zusammengehaltenen Briefe ihrer Mutter drückte sie zum Trost an sich.

Er trat ins Zimmer, musste sich wegen der Dachschräge bücken. Dann nahm er den Raum genauer in Augenschein: den Koffer, die leere Kommode, das kleine Bündel an ihrer Brust. »Du gehst.«

Amy-Rose legte die Briefe zurück aufs Bett, erhob sich und nahm die Kleider zur Hand, die sie hierlassen wollte. »Ja, ich gehe nach Kalifornien.« Sie wandte sich zu ihm um und unterdrückte das Bedürfnis, ihr Kleid glatt zu streichen.

John fuhr sich mit den Händen übers Gesicht. »Kalifornien?«

Sie warf ihm einen schnellen Blick zu. Das hier gehörte nicht zu ihrem Plan. Sie hätte erst Johns Eltern Bescheid geben müssen. Mr und Mrs Davenport brauchten Amy-Rose nicht, sie hatten sie nur aus Großzügigkeit und Zuneigung zu ihrer Mutter weiter angestellt. Sie hätten sicher nichts dagegen einzuwenden gehabt, wenn Amy-Rose schon früher weitergezogen wäre, denn genau das hatten die Davenports auch getan, als sie sich hier ihr Leben neu aufbauten. Amy-Rose zupfte an einem losen Faden eines ausrangierten Kleides und versuchte, die Gefühle zu unterdrücken, die sie zu überwältigen drohten. Sie hatte sich keine Gedanken darüber gemacht, wie sie es den Schwestern sagen sollte. Oder John. Ein Teil von ihr hatte gedacht, es würde gar nicht dazu kommen.

»Amy-Rose?«

Von den unzähligen Dingen, die sie sagen konnte, nannte sie Tommys Grund. »Ich brauche einen Neuanfang und Kalifornien scheint dafür so gut geeignet zu sein wie jeder andere Ort.«

»Du kannst doch nicht alles wegwerfen, um ans andere Ende des Landes zu ziehen.«

»Man kann nichts wegwerfen, was man nicht hat«, rief sie aus und war im nächsten Moment von sich selbst schockiert. Sie holte tief Luft und Tränen traten ihr in die Augen. Zwei ganze Tage hatte sie es geschafft, nicht wegen Mr Spencers Laden zu weinen, hatte die schmerzhaften und schrecklichen Gedanken daran verbannt, um den Alltag besser meistern zu können. »Die Ladenfläche wurde an jemand anderen verpachtet.« Sie sah, wie er seine Augen schloss, und es zerriss ihr das Herz – nicht nur wegen des Salons, sondern auch wegen dem, was sich zwischen ihnen entwickelt hatte. *Er versteht, wie sehr mich das trifft*, dachte sie. Schweigend sah er sie an. Und falls da gerade eine verwirrende Gefühlsregung in seinen Augen aufleuchtete, so konnte sie es sich nicht erlauben, darüber nachzudenken. »Ich habe keinen Grund hierzubleiben«, sagte sie. »Es ist Zeit für mich weiterzuziehen, neu anzufangen in einer Stadt, in der man mich nicht als *das Dienstmädchen* kennt.« Jetzt erst konnte sie Tommys Beweggründe, Freeport den Rücken zu kehren, wirklich verstehen.

John holte tief Luft. »Und wenn … diese Ladenfläche nicht die einzige Möglichkeit wäre, einen Salon zu eröffnen?«

»Dann würde ich sagen, dass auch schöne Träume noch Träume bleiben. Ich habe die komplette Innenstadt auf der Suche nach einem Laden durchkämmt, den ich mir leisten kann. Es gibt keinen.«

Seine Augen leuchteten – dieser verwirrende Ausdruck in seinen Augen war wieder da. »Doch, den gibt es.« Johns Gesicht verzog sich zu einem jungenhaften Grinsen. Er griff in die Innentasche seiner Jacke und ein Bündel Papiere kam zum Vorschein, das er ihr hinhielt.

Amy-Rose nahm es ihm ab. »Was ist das?« Ihr stockte der Atem. Das Papier raschelte, als sie es auseinanderfaltete, ihre Augen immer noch auf John gerichtet.

»Lies.«

Das tat sie. Zumindest versuchte sie es. Tränen machten es ihr schwer, den Text weiter zu entziffern, nachdem sie auf die Urkunde für einen Salon gestarrt hatte, auf der ihr Name stand. »Das verstehe ich nicht.«

»Greenie arbeitet bei der Binga Bank«, sagte John. Bei der Nennung des Spitznamens wurde Amy-Rose ganz flau. Sie wusste, dass damit Johns Freund gemeint war, der für ihren öffentlichen Fehltritt mit verantwortlich gewesen war. »Ihm tut auch leid, was auf der Party passiert ist«, fuhr John fort. »Er hat erwähnt, dass du mit der Ladenfläche von Mr Spencer liebäugelst, aber dass der kurzfristig sein Geschäft an jemand anderen verpachtet hätte.« Seine Stimme wurde sanfter. »Ich weiß, wie sehr du es dir gewünscht hast.«

»Du wusstest …?« Sie sprach nicht weiter, sondern schaute noch einmal auf die Urkunde.

»Geh nicht. Du bist nicht nur *das Dienstmädchen* und … bitte bleib einfach hier.«

Amy-Rose konnte ihren Ohren nicht trauen. »Warum?«, fragte sie.

»Weil ich es nicht ertragen könnte, wenn du nicht mehr hier wärst«, entgegnete er mit gequälter Miene, den Blick unverwandt auf sie gerichtet.

Dann begann er, in ihrem Zimmer auf und ab zu gehen, konnte in dem beengten Raum aber nur enge Kreise ziehen, den Kopf gesenkt. Sie betrachtete ihn eingehend und ging auf ihn zu, blieb so dicht vor ihm stehen, dass sie ihn berühren könnte. Er verharrte auf der Stelle, nur sein Brustkorb hob und senkte sich in einem schnellen Rhythmus, sein Atem fast so flach wie ihr eigener. Sie legte eine Hand auf seine Brust und spürte das heftige Pochen seines Herzens.

Das, was er getan hatte, konnte die Bloßstellung auf der Party nicht ungeschehen machen. Aber dies hier hatte er für sie getan. Für ihren Traum. Und weil er wusste, was dieser Salon ihr bedeutete. Amy-Rose schüttelte ungläubig den Kopf. »Wie hast du … wie hast du das angestellt?« Wieder sah sie auf die Urkunde, konnte noch immer nicht fassen, was dort stand. Die Ladenfläche war noch größer als Mr Spencers Salon. Und sie wurde gekauft, nicht gepachtet. Das musste ein Vermögen gekostet haben. Mit zitternder Hand fasste sie sich an die Stirn. Ihr Atem ging immer noch flach und unregelmäßig. »Das ist zu viel.« Amy-Rose faltete die Papiere wieder zusammen und hielt sie John hin. Sanft schob er ihre Hand zurück, doch sie schüttelte noch einmal den Kopf. »Ich kann das nicht annehmen.«

Da zeigte sich Johns Grübchen. »Doch, das kannst du, Amy-Rose. Du brauchst nur zu unterschreiben.«

Amy-Rose blinzelte, um wieder klar sehen zu können, und las noch einmal die Urkunde. Sie hielt ihren Traum in Händen. Und John hatte ihn möglich gemacht. Ein Kichern entwich ihrer Kehle. Fast konnte sie mit dem Auf und Ab ihrer Gefühle nicht mithalten. Das alles war vollkommen überwältigend. Und in seinen Augen erkannte sie den Grund, warum sie hierbleiben sollte. Amy-Rose küsste ihn und der ganze Schmerz war dahin.

Kapitel 33

Helen

Die frisch gestärkten weißen Servietten bildeten eine Brücke über Untertasse und Teller, umrahmt von sorgfältig poliertem Tafelsilber. Der Tisch aus Mahagoniholz war mit einem bestickten Tischtuch versehen und für sechs Gäste und fünf Gänge eingedeckt. Helen hatte das Tafelsilber eigenhändig poliert, das Blumengesteck in der Mitte zusammengestellt und das Menü geplant.

Das alles habe ich vollbracht.

Sie betrachtete ihr Werk, in das sie so viele Stunden harter Arbeit investiert hatte, um Mrs Milfords hohen Anforderungen gerecht zu werden. Den heutigen Abend hatte Helen bis ins kleinste Detail organisiert.

Selbstkasteiung, dachte sie. Dafür, dass sie den Verehrer ihrer Schwester begehrte.

Aber im Grunde waren dieser Tisch und dieser Abend für ihre Eltern gedacht. Natürlich war es noch lange nicht genug, um ihr Vertrauen wiederzuerlangen. So wie sie sich früher um Olivia gesorgt hatten, so sorgten sie sich jetzt um Helen, als wäre es für sie die schlimmste aller möglichen Zukunftsversionen, unverheiratet zu sein, selbst wenn sie einer Tätigkeit nachgehen würde, die sie liebte.

Für heute erhoffte sich Helen, dass sie ihre Eltern zumindest dazu überreden konnte, die Nachmittage wieder für sich zu haben, statt Anstandsunterricht über sich ergehen lassen zu müssen. Sie wurde es leid, die Arbeiten an den Automobilen, die die anderen Mechaniker verrichtet hatten, zu unmöglichen

Tag- und Nachtzeiten zu korrigieren. Zudem frustrierte es sie, nicht der Arbeit nachgehen zu dürfen, die ihr gefiel, die sie tatsächlich interessierte. Bei dem Gedanken vibrierte die Oberfläche der Anrichte leicht unter ihrer geballten Faust.

»Hat der Tisch Sie verärgert?«

Helen fuhr herum.

Jacob Lawrence stand auf der Türschwelle. Er sah umwerfend aus. So umwerfend, dass ihr der Atem stockte. In dem gedämmten Licht saugten sie beide den Anblick des jeweils anderen in sich auf. Helen hatte keine Ahnung, warum er diese Wirkung auf sie ausübte. Sie sortierte ihre Gedanken. »Der Tisch? Nein. Die Vorstellung, dass von mir erwartet wird, mit so etwas wie dem hier meine Zeit zu verbringen, verärgert mich.«

Mr Lawrence begutachtete ihre Arbeit. Er nahm die Hände aus den Taschen und verschränkte die Arme. Helen bemühte sich, nicht darauf zu achten, wie der Stoff seines Jacketts sich dabei wellte oder wie sein Mund sich gedankenverloren verzog. Sie atmete mehrmals tief ein und aus, um sich zu beruhigen, doch jedes Mal benebelte sein Rasierwasser ihren Verstand – stärker, als es der Sherry vermochte, an dem sie manchmal heimlich beim Abendessen nippte.

»Also, wenn Sie mich fragen«, sagte er, »mir gefällt es.«

»Ich habe nicht vor, es zu einer Gewohnheit werden zu lassen.«

»Vielleicht als Plan B?«, schlug er vor. Sie sah ihn böse an und er lächelte. »War nur ein Scherz.« Er legte eine Hand an ihren Ellbogen und sie verließen den Raum und entfernten sich ein paar Schritte vom Speisesaal. Er schirmte sie von ihrer Familie ab, als diese vom Salon zum Speisesaal hinüberging. Mrs Davenports freudig überraschte Ausrufe ärgerten Helen nur noch mehr. *Wie kann ein vornehm gedeckter Tisch wichtiger sein, als zu lernen, wie man das Familienunternehmen führt?*

»Amüsant war das nicht gerade«, sagte Helen und rollte mit den Schultern, wobei ihr Ellbogen sich von seiner Hand löste.

Die Stelle, die er kurz zuvor noch berührt hatte, fühlte sich ganz kalt an. »Wo wollen Sie hin? Wir sollten wieder reingehen.«

»Helen, bitte warten Sie.« Mr Lawrence sah sie an, in seinem Ausdruck lag ein seltener Anflug von Zweifel. »Ich bin mir nicht sicher, wie lange ich noch so tun kann, als wäre nichts zwischen uns.« Er strich sich über den sorgfältig gestutzten Schnurrbart.

Helen erwischte sich dabei, wie sie an seine Lippen auf ihren dachte. Schnell schüttelte sie den Gedanken ab. »Sie haben doch selbst gesagt, dass Sie Olivia Ihr Wort gegeben haben, Jacob. Und sie ist meine Schwester.«

»Aber sie ist nicht die Frau, mit der ich zusammen sein will«, sagte er. »Diese Frau bist du.«

Sein Geständnis brachte ihre Ohren zum Klingeln. Ihr Mund wurde trocken, alle Worte verflüchtigten sich im Strudel ihrer Gefühle, die zu groß und zu furchtbar waren, um sie zurückzuhalten. Sie befeuchtete ihre Lippen, bevor sie antwortete, ihre Stimme nicht mehr als ein Flüstern. »Ich habe auch Gefühle für dich.« Sie sah, wie seine Miene sich aufhellte. Diese pure Freude brach ihr das Herz. »Doch obwohl Olivia und ich nicht mehr so ein enges Verhältnis haben wie früher, würde ich ihr das niemals antun.« Nun sah sie schweigend zu, wie ihre Worte zu ihm durchdrangen. Der Schmerz war schlimmer als das, was sie erst wenige Augenblicke zuvor empfunden hatte. Wenigstens konnte sie ihrer Schwester solche Gefühle ersparen. Olivia würde die Möglichkeit haben, ihr Leben so zu leben, wie sie es sich erträumt hatte – mit einem hingebungsvollen Ehemann an ihrer Seite. Falls ihre Schwester sich ihre Zukunft noch immer so vorstellte. Helen konnte das nicht mehr mit Bestimmtheit sagen. Erst schlich Olivia sich nachts ins Haus, nachdem sie in geheimnisvoller Begleitung unterwegs gewesen war, und im nächsten Moment versprach sie Helen, es als Erste zu erfahren, wenn die Verlobung mit Mr Lawrence offiziell wäre.

Helen zwang sich dazu, seine geflüsterten Protestworte zu

ignorieren. Es gab nichts, was sie beide tun konnten. Na ja, doch, Mr Lawrence könnte die Beziehung zu ihrer Schwester beenden. Es als einvernehmliches Auseinandergehen bezeichnen, um den Schaden – der wohl kaum zu vermeiden sein würde – zu minimieren. Natürlich wünschte Helen auch ihm, glücklich zu werden. Olivia könnte ihn zu einem glücklichen Mann machen.

Sie hob ihre Hand, ihre Finger berührten nur beinahe seinen Arm. »Ich werde nicht Olivias Glück zerstören. Bitte – wenn ich dir irgendetwas bedeute –, tu das, was du ihr versprochen hast. Denk an Olivia. Und vergiss mich«, fügte sie mit fester Stimme hinzu.

»Das könnte ich nie.«

Seine Worte kamen ihr vor wie eine Herausforderung. Doch es war die erste, der sich Helen nicht stellen wollte.

Helen öffnete einen Spaltbreit die Tür zur Bibliothek und sah eine einzelne Lampe brennen. John saß in einer Ecke. Das Buch lag ungelesen in seinen Händen, während er in den kalten Kamin starrte.

»Ich habe gedacht, hier ist niemand«, sagte sie.

John setzte sich auf und das Buch fiel mit einem lauten Knall zu Boden. »Mir war noch nicht danach, ins Bett zu gehen.«

Als Helen näher kam, bemerkte sie, dass ihr Bruder ungewöhnlich müde aussah. Beim Abendessen war er fast so schweigsam gewesen wie Mr Lawrence und sie. Glücklicherweise hatte ihre Mutter die Unterhaltung in Gang gehalten.

»Hast du heute gar nicht vor, in die Werkstatt zu gehen?«

Helen schüttelte den Kopf. Das späte Zubettgehen begann allmählich, sich bemerkbar zu machen. »Ich möchte lieber hierbleiben. Ich liebe diesen Raum. Hier verstecke ich mich immer, wenn wir Gesellschaft haben.« Sie fuhr mit dem Finger über die Regale, betrachtete die Mischung aus ledergebundenen

Büchern und kleinen Kunstgegenständen, die ihr Vater bei Straßenhändlern erworben hatte. Sein Lieblingsstück war ein kleines hölzernes Pferd, das von einem ehemaligen Sklaven, den er gekannt hatte, geschnitzt worden war. Der Mann war am grauen Star erkrankt und hatte dadurch eine eingeschränkte Sicht, aber seine Finger waren noch so geschickt, dass er ein kleines Meisterwerk erschaffen konnte. Helen nahm das Pferd in die Hand und setzte sich ihrem Bruder gegenüber in den Sessel. »Niemand kommt je auf die Idee, mich hier zu suchen.«

»Oh, ganz im Gegenteil«, entgegnete er mit einem schiefen Lächeln. »Dass du gern hier bist, ist nicht so ein großes Geheimnis, wie du denkst. Manchmal ist deine Gegenwart nur so unerfreulich, dass wir dich deinen Büchern überlassen.« Er grinste, als sie ihm einen halbherzigen Tritt verpasste. »Ich brauchte einen Ort zum Nachdenken.«

Helen lehnte sich, ein Ellbogen auf ihr Knie und das Kinn auf die Faust gestützt, nach vorn. »Willst du mir erzählen, was dich beschäftigt? Zum Beispiel, wie eine ganz bestimmte Unterhaltung mit Daddy gelaufen ist?« Jede Ablenkung von den rasenden Gedanken in ihrem Kopf war ihr willkommen. Zudem wollte sie unbedingt wissen, wie der Stand der Dinge war.

John rutschte auf seinem Sessel hin und her, öffnete den Mund, schloss ihn aber gleich wieder.

Sie wagte nicht, zu sehr zu hoffen. »John? Hast du mit Daddy über die Automobilherstellung gesprochen?«

Er sah betrübt drein. Das Schweigen zog sich so in die Länge, dass Helen schon glaubte, er würde nicht mehr antworten. Als er es endlich doch tat, war seine Stimme rau und niedergeschlagen. »Das Mittagessen mit den Vorstandsmitgliedern lief gut …«

»Aber?«

»Aber er ist immer noch nicht überzeugt.«

Obwohl sie das nicht überraschte, entfuhr ihr ein frustriertes Schnauben. Wider besseres Wissen hatte sie doch Hoffnung gehabt.

John zupfte ihr sanft am Ohr. »Mach dir keine Sorgen. Wir bleiben dran.« Aber auch er sah immer noch traurig aus.

»Ich weiß.« Helen ließ sich zurückfallen, setzte sich dann aber sofort wieder auf. »Moment – das war aber eigentlich nicht das, worüber du dir den Kopf zerbrochen hast, oder?«

»Nein.« Ihr Bruder seufzte. »Amy-Rose wollte nach Kalifornien ziehen.«

»Was?« Davon hatte Helen nichts gewusst. Amy-Rose gehörte schon so lange zu ihrem Leben, wie sie denken konnte.

John nickte. »Sie möchte ein Geschäft eröffnen, einen Friseursalon, und glaubt, dass ihre Chancen dafür besser stehen, wenn sie ganz weit von hier weggeht.«

»Das klingt gar nicht nach ihr.« Helen ging im Kopf ihre letzte Begegnung mit Amy-Rose noch einmal durch. *War sie unglücklich und ich zu sehr mit mir selbst beschäftigt, dass ich es nicht gemerkt habe?*

»Ich glaube, ich habe mich in sie verliebt, Helen«, sagte John. »Und beinahe hätte ich sie verloren.« Ihr Bruder seufzte erneut. Helen hatte wohl noch nie ein Geräusch gehört, das so nach Einsamkeit klang. »Auf der Party letztens habe ich sie vor meinen Freunden bloßgestellt … Wenn es ihr dabei auch nur ein bisschen so ging wie mir, als sie mir gesagt hat, dass sie wegzieht –«

»John! Wie konntest du nur?«

»Ich weiß.« Er fuhr sich mit den Händen über das Gesicht.

»Es wird dauern, bis sie so eine Kränkung überwunden hat. Das muss furchtbar für sie gewesen sein …« Helen wusste, wie das war. Die anderen Mädchen in ihrem Alter … Die Übelkeit und das Benommenheitsgefühl, wenn sie Helen gedemütigt hatten. Sie hatte schon lange aufgegeben, sich ständig anzupassen.

»Es war ein Verrat, das ist mir klar«, sagte er, »aber ich denke, wir sind bereits auf einem guten Weg, die Sache hinter uns zu lassen.«

Helen sah John mit zusammengekniffenen Augen an. »Sie hat dir verziehen? Wie hast du das denn hinbekommen? Und sag jetzt nicht, mit deinem *Charme*. Ich bin nicht der Meinung, dass du welchen besitzt.«

Er grinste sie übertrieben an, woraufhin sie die Augen verdrehte. Wieder normal dreinblickend sagte er: »Ich denke nicht, dass sie mir schon verziehen hat. Sie plant, ihren eigenen Salon hier in der Stadt zu eröffnen. So habe ich die Möglichkeit, es wiedergutzumachen und gleichzeitig Daddy davon zu überzeugen, mir mehr Verantwortung für die Firma zu übertragen. Ich bin mir nicht sicher, wie Mama und Daddy zu unserer Beziehung stehen werden, aber dadurch, dass Amy-Rose hierbleibt, bekomme ich zumindest eine Chance, es herauszufinden.«

Helens Blick wanderte zu dem dunklen Kamin. »Mama und Daddy werden mit sich reden lassen. Wenn sie Amy-Rose akzeptieren, wird sich alles fügen. Das Leben ist zu kurz und so eine Entscheidung zu wichtig.« Helen dachte daran, was Mrs Milford zu ihr gesagt hatte – dass man sein Glück festhalten sollte, solange es einem möglich war. *Selbst wenn es nur für ein paar Stunden in einem Museum ist, in dem niemand einen kennt.*

»Danke, Helen«, flüsterte er. Minuten vergingen, nur das Ticken der Uhr auf dem Kaminsims war zu hören. Schließlich ergriff John erneut das Wort: »Sagst du mir auch, was dich beschäftigt? Ich habe dir von mir erzählst, also bist du jetzt an der Reihe.«

Helen hielt sich die Hände vors Gesicht. Durch die Begegnung mit Jacob Lawrence kam sie sich so verwundbar vor. Das Letzte, was sie wollte, war, das Ganze noch einmal zu durchleben. Wegen des Abendessens lagen ihre Nerven noch immer blank, und als sie an die sorgsam geplanten fünf Gänge dachte, von denen sie kaum gekostet hatte, rumorte ihr Magen vor Hunger.

Doch John ließ nicht locker, stellte Fragen, eine lächerlicher als die andere. »Hast du beschlossen, einer Akrobatengruppe als Seiltänzerin beizutreten?« Er stieß sie mit dem Fuß an und sie fläzte sich in dem Sessel wie eine Stoffpuppe.

»Schon gut, ich erzähle es dir, aber du darfst mich nicht unterbrechen oder irgendetwas sagen, bis ich fertig bin.« Helen sah ihn wieder mit zusammengekniffenen Augen an. Er setzte sich aufrechter hin und nickte. Seine ernste Miene machte sie noch nervöser. *Das hier ist John.* Helen wusste, dass sie ihm alles sagen konnte. Also tat sie es auch.

Jedes Detail, jedes verwirrende Gefühl.

»Ich fühle mich schrecklich und ich weiß, dass das meine eigene Schuld ist«, sagte sie, als sie zum Ende der Geschichte kam – und so fühlte es sich auch an. Wie das Ende von Jacob Lawrence und ihr.

John hatte sich an sein Versprechen gehalten, hatte zugehört, ohne etwas zu sagen oder Fragen zu stellen. Helen fühlte sich so ausgelaugt wie selten, doch sie riss sich zusammen, hielt die drohenden Tränen noch zurück. »So, nun darfst du wieder reden.« Sie wappnete sich für eine Schelte seinerseits, die ihren Schuldgefühlen und ihrem Elend recht geben würde.

Doch es kam keine. Stattdessen sagte ihr Bruder: »Glaubst du, was er sagt? Dass er dich lieben könnte?«

Helen bezweifelte das nicht eine Sekunde. »Ja.«

»Dann sollten er und Livy nicht heiraten. Es wäre nur vorgetäuscht, eine Zukunft ohne Liebe für beide. Und was soll daraus werden? Wir alle leben unglücklich bis ans Ende unserer Tage? Mr Lawrence und du würdet euch aus dem Weg gehen, um dem Liebeskummer zu entfliehen, und du würdest die Liebe *und* deine Schwester verlieren. Du wirst es ihr sagen, nicht wahr?«

John stand auf und quetschte sich neben sie auf den Sessel. Seine Worte forderten sie heraus. Er hatte recht und sie hasste, wenn er recht hatte – vor allem, wenn er ihr wie jetzt fast die Luft zum Atmen nahm.

Ihre Hüfte begann unter seinem Gewicht wehzutun. Er wartete bewegungslos auf ihre Antwort, als hätte er nicht vor, sie wieder freizulassen, bevor er nicht die gewünschten Worte von ihr hörte.

»Ja, das werde ich«, sagte sie.

John küsste sie auf den Kopf, strich über ihre Schultern und ließ Helen mit dem kalten Kamin und verwirrter als zuvor allein zurück.

Kapitel 34

Ruby

Die Luft roch nach frisch geschnittenem Gras. Der Duft beruhigte Rubys blank liegende Nerven, während sie die Umgebung absuchte. Zum Schutz vor der Mittagssonne hielt sie den Sonnenschirm höher und blieb in der Nähe des Wäldchens am Lake Michigan stehen, in dem Harrison Barton und sie sich geküsst hatten. Dieser Kuss hatte ihr beinahe alle Sinne geraubt und bei dem Gedanken daran schnellte ihr Puls in die Höhe. Mit Olivias Hilfe hatte er ihre Nachricht rechtzeitig erhalten, um sie hier zu treffen. Rubys Hoffnung war, dass dieser Ort ihn daran erinnern würde, wie glücklich sie beide an jenem Nachmittag gewesen waren.

Was ihre Eltern anging, so glaubten sie, Mr Barton würde Ruby so lange den Hof machen, bis die Sache mit John in trockenen Tüchern war. Was ihre Eltern aber nicht wussten, war, dass das mit John nichts werden würde.

Ein Schweißtropfen lief Rubys Rücken hinab. Eine aufkommende Brise brachte zum Glück etwas Abkühlung – und den Duft von Mr Bartons nach Wald riechendem Rasierwasser zu ihr hinüber. Sie wandte sich um und sein Anblick versetzte ihr einen Stich. Das durch die Blätter fallende Sonnenlicht ließ kleine Sprenkel auf seinem Gesicht tanzen.

»Guten Tag, Miss Tremaine«, sagte er höflich.

Ruby schluckte schwer und richtete sich auf. *Wenn er dich nicht hätte sehen wollen, wäre er nicht gekommen,* redete sie sich gut zu. »Danke, dass du gekommen bist.« Sie wusste nicht, wo sie anfangen sollte. Ihr Mund war dermaßen trocken. Dies hier war womöglich ihre einzige Chance, Harrison Barton davon zu überzeugen, dass ihre Gefühle für ihn echt waren. Als sie sah, wie sein Blick zu dem Wäldchen flog und wie sich in seinem Gesicht Erkenntnis breitmachte, wusste sie, dass sie die richtige Wahl getroffen hatte. Sosehr er eine Erklärung von ihr brauchte, so sehr hatte sie auch das Bedürfnis, sie loszuwerden.

»Warum sind wir hier, Ruby?«, fragte er angespannt.

»Ich möchte mich entschuldigen. Für alles.«

Er schüttelte den Kopf. »Das hast du bereits getan. Das hier« – er deutete auf das Wäldchen – »war nicht nötig.« Er trat einen Schritt zurück.

»Ich habe nicht aufgehört, an dich zu denken, Harrison«, platzte es aus ihr heraus.

Er hielt inne und Erleichterung durchflutete sie. Ihre Fingerspitzen zitterten, sie befeuchtete ihre Lippen. Entschlossen sah sie ihm in die Augen, legte all ihre Gefühle, die sie nicht aussprechen konnte, in ihren Blick.

»Ich habe dir vertraut.«

»Ich weiß«, sagte sie. »Ich kann nicht ändern, was ich getan habe, aber ich werde es nie bereuen, dir begegnet zu sein … dich zu kennen. Du bist einer der wunderbarsten Menschen, die ich je getroffen habe.« Ruby räusperte sich. Er musterte sie und sie wich seinem Blick nicht aus. Schließlich stellte sie die Frage, deren Antwort sie am meisten fürchtete: »Gibst du mir noch eine zweite Chance?«

Er schloss die Augen, ihre Augen füllten sich mit Tränen. »Ja.«

Rubys Knie gaben nach und sie ließ sich aufs Gras plumpsen. Er setzte sich neben sie und zog sie an sich. Sie legte ihren Kopf auf seine Brust, hörte seinen Herzschlag. Ihre Angst vor seiner Zurückweisung war so groß gewesen, dass sie beim nächsten Atemzug erschauderte. Sie hielten sich gegenseitig fest. Mr Barton malte kleine Kreise auf ihren Rücken. Ruby konnte nicht sagen, wie lange sie so nebeneinandersaßen. Jedenfalls lang genug, um Schmerzen in ihrem Nacken auszulösen und ihre Füße in den hochhackigen Schuhen einschlafen zu lassen. Irgendwann löste er sich sanft von ihr. Ruby wischte sich die Tränen aus dem Gesicht.

Er hielt ihr sein Taschentuch bin. »Und was ist mit deinen Eltern?«

»Sie werden es einsehen müssen. Sie wollen schließlich nur, dass ich glücklich bin«, sagte sie schnell, nicht bereit, sich von irgendeinem sorgenvollen Gedanken diesen Moment des Glücks kaputt machen zu lassen. *Ich werde Mutter heute noch die ganze Wahrheit sagen,* dachte sie. *Kein John. Nur Harrison. Mir bleibt noch Zeit.*

Er zögerte einen Moment, dann stand er auf und zog sie auf die Füße. Forschend sah er sie an. Und dann küsste er sie, erst ruhig und sanft, dann fester, tiefer. Die Anspannung, die Ruby vollständig im Griff gehabt hatte, fiel von ihr ab, sie stellte sich auf die Zehenspitzen und drückte sich eng an ihn. Er schlang seine Arme um sie. Ruby spürte das Salz ihrer Tränen und seinen süßlichen Geschmack auf ihren Lippen – und sie hoffte, sie würde es wagen, daran festzuhalten.

Im Ankleideraum hielt Ruby sich an einem Pfosten fest und versuchte, nicht auszuatmen, während ihr Korsett zugeschnürt wurde. Sie würde jeden Atemzug brauchen, wenn sie diese Kleideranprobe mit ihrer Mutter überleben wollte. Was Mrs Tremaine auf einmal dazu bewegt hatte, die familiären Ausgaben nicht mehr so stark zu reglementieren wie sonst, war Ruby ein Rätsel. Und es machte sie nervös. Doch darauf eine Antwort zu finden stand ganz unten auf ihrer Prioritätenliste. Es waren erst ein paar Stunden vergangen, seit Mr Barton ihr eine zweite Chance gewährt hatte, und sie hatte nicht vor, wieder mit einer Lüge anzufangen. *Zumindest nicht lange.*

Auf der anderen Seite des Vorhangs sprach Mrs Tremaine – mutmaßlich mit Mrs Davenport, aber eher mit sich selbst – über Rubys Vater und die bald anstehende Wahlkampfveranstaltung, die im Hause Davenport stattfinden sollte. Chicagos Oberschicht und namenhafte Schwarze Politiker von Springfield bis New York waren dazu eingeladen worden. Nicht alle Worte ihrer Mutter drangen durch den dicken Stoff zu ihr durch, der den Vorraum vom Ankleideraum trennte, in dem eine Schneiderin gerade ein ziemlich schweres Seidenkleid über Rubys Kopf zog.

Sie waren bei Madame Chérie's, das sich gleich neben dem Geschäft des Hutmachers befand. Niemand kannte den echten Namen der Schneiderin, aber sie war die beste auf dieser Seite des Lake Michigan. Wie keine andere hatte sie ein Auge für Muster und Farben. Und nachdem sie sämtliche Fabrikjobs ausprobiert hatte und niemand sie anstellen wollte, begann sie – wie so viele andere ehemals Versklavte –, von einer kleinen Wohnung aus zu arbeiten, sich selbst mit eigentümlichen Nebenjobs über Wasser zu halten, bis die Einnahmen ihrer Schneiderei ausreichten. Inzwischen war ihr Geschick in ganz Illinois, im Norden Indianas und im südlichen Wisconsin sehr gefragt. Gerade legte sie ihre magischen Hände an Ruby an, raffte den Stoff zusammen, sortierte und steckte ihn ab, wie es ihr beliebte. Als die Schneiderin mit ihrem Werk zufrieden war und alles so saß, wie es sollte, zog sie den Vorhang zurück. Ruby sah zu ihrer Mutter, die auf einem Sofa zwischen Olivia und Mrs Davenport saß.

Mrs Tremaine schnappte nach Luft, legte sich entzückt die Hände an die Wangen.

Rubys Schultern sackten erleichtert nach unten. Sie hatte bereits ein halbes Dutzend Kleider anprobiert. Vom stundenlangen Stillstehen taten ihr die Füße weh und sie hatte schrecklichen Hunger. Vielleicht würde dieses maßgeschneiderte Kleid ihre Mutter endlich zufriedenstellen.

»Das ist im Allgemeinen der Schnitt, an den ich gedacht habe«, sagte Madame Chérie und zog den festgesteckten Stoff an Rubys Schulter glatt. »Wie finden Sie ihn?«

»Sie sieht hinreißend aus«, sagte Mrs Tramaine. Sie erhob sich, beugte sich zu Ruby, damit nur sie ihre nächsten Worte hörte: »John wird sich nicht an dir sattsehen können.«

Ruby ging nicht darauf ein, konzentrierte sich stattdessen auf die Bilder in ihrem Kopf – wie Mr Barton den Arm um sie gelegt hatte, wie sich seine Hand an ihrem Rücken angefühlt hatte. Die Aussicht darauf, solche Dinge in der Öffentlichkeit tun zu können, war ihr ein unangenehmes Gespräch mit ihrer Mutter wert. *Vielleicht sollte ich Papa zuerst davon erzählen?*

Ruby warf Olivia einen Blick zu. Ihre beste Freundin sah sie mit großen Augen an, als wüsste sie, wo Ruby gerade mit den Gedanken war.

Ruby hatte schon immer eine große Familie haben wollen. Die meiste Zeit ihrer Kindheit hatte sie mit den Davenport-Geschwistern verbracht, doch abends war sie stets zu ihren Eltern zurückgekehrt, zurück in das riesige Haus mit den stillen Fluren. Eine Hochzeit mit John hätte ihre Familie mehr als verdoppelt und die wichtigsten Menschen in ihrem Leben vereint. Ruby hatte sich davor gescheut, Olivia einzugestehen, dass sie keine Gefühle mehr für John hatte und sie und ihre beste Freundin nie richtige Schwestern werden würden. Aber während der gemeinsamen Kutschfahrt vom Park hierher hatte Ruby ihr endlich die Wahrheit gesagt und Olivia teilte ihre Meinung – Rubys Eltern sollten so bald wie möglich davon erfahren. »Deine Eltern werden sich freuen, dass du glücklich bist«, hatte Olivia gesagt. »Genau wie ich mich für dich freue. Und was uns beide angeht – zwischen uns wird es immer so sein, als wären wir eine Familie.«

Als wären wir eine Familie. Das waren Olivias Worte gewesen.

Das Einzige, was Ruby davon abhielt, auch ihren Eltern die Wahrheit zu sagen, waren ihre Schuldgefühle, weil sie sie enttäuschen würde. Sie atmete tief ein und aus. Dem Leben, das sie sich wünschte, war sie einen Schritt näher gekommen.

Olivia erhob sich und kam zu ihr. »Du siehst wunderschön aus, Ruby.« Sie befühlte mit den Fingern die Seide, ein aufrichtiges Lächeln auf den Lippen, der Blick, mit dem sie Ruby bedachte, vielsagend.

Ruby kniff panisch die Augen zusammen. Auf ihrer Haut prickelten Schweißperlen. Mit den vielen Menschen hier im Raum konnte sie es ihrer Mutter unmöglich sagen. Oder sollte sie es vielleicht gerade deswegen hier ansprechen? In Madame Chéries Geschäft würde ihre Mutter ihr sicher keine Szene machen. Oh, sie wollte das Ganze so schnell wie möglich hinter sich bringen.

»Es fehlt noch etwas«, sagte Mrs Tremaine da, den Kopf schief gelegt, die Augen verengt und den Mund nachdenklich verzogen.

»Also, ich weiß nicht«, sagte Mrs Davenport. »Ich bin der gleichen Meinung wie Olivia. Wenn das Kleid fertig ist, wird Ruby wunderschön aussehen.«

Madame Chéries Angestellte seufzte, während die Schneiderin selbst ihren Ärger besser verbergen konnte. Sie hatten bereits den ganzen Nachmittag hier verbracht. Bisher war an jedem Kleid etwas auszusetzen gewesen – die falsche Farbe, der falsche Schnitt, immer wieder hatte Mrs Tremaine irgendetwas nicht gefallen.

»Mutter, niemand wird Notiz von mir nehmen«, sagte Ruby. »Das ist eine Spendengala. Die Leute kommen dorthin, um Papa über seine Pläne sprechen zu hören. Nicht, um zu begutachten, was ich für ein Kleid trage.«

Mrs Tremaine gab ein Schnauben von sich. »Es werden auch Reporter vom *Defender* und vom *Tribune* anwesend sein, die vielleicht ein Foto des Kandidaten mit seiner Familie machen und über die Familie berichten wollen.« Sie sah Ruby bedeutungsschwanger an. »Wir müssen so erfolgreich und kompetent aussehen, wie wir sind.«

Ruby raffte ihre Röcke zusammen und stieg vom Podium hinab. »Ich sehe mal nach, ob das rote Kleid, das wir am Eingang gesehen haben, meine Größe hat.«

»Ich hoffe, du meinst nicht das mit der Empiretaille«, sagte ihre Mutter. »Solche Kleider sind eher für Mädchen mit schmaleren Hüften.« Ruby krallte sich an ihren Röcken fest. Mrs Tremaine folgte ihr, genau wie Ruby vermutet hatte. Sie gab Olivia ein Zeichen, bei Mrs Davenport zu bleiben. Im vorderen Teil des Ladens, allein mit ihrer Mutter, sammelte sie all ihren Mut zusammen, um Mrs Tremaine die Wahrheit zu sagen.

»Mutter, ich will mit dir über John reden.« Als ihre Mutter seinen Namen hörte, hellte sich ihr Gesicht auf. *Ruhig bleiben.* »John und ich kennen uns schon so lange. Wir haben ein paar gemeinsame Ausflüge unternommen, bevor er zur Universität gegangen ist –«

»Ja, Liebes, das weiß ich.« Mrs Tremaine schnupperte an dem roten Kleid. »Es war ein Hin und Her mit ihm, das muss ich schon sagen, aber er wurde dir gegenüber wieder aufmerksamer, nachdem Mr Barton Interesse an dir gezeigt hat.«

»Also eigentlich wollte ich auch über ihn reden.« *Jetzt ist es so weit.* Ruby holte tief Luft. »Harrison Barton und ich sind uns nahgekommen. Das war nicht Teil meines Plans, das weiß ich –«

»Ruby, du bist eine sehr hübsche und liebreizende junge Dame.« Ihre Mutter zupfte an dem Korsett des Kleides. »Du musst Mr Barton die Enttäuschung nur auf nette Art und Weise beibringen. Ich bin mir sicher, er findet ein anderes Mädchen, mit dem er glücklich wird. Mädchen wie du haben aber nur das Beste verdient. Alles andere würden dein Vater und ich auch nicht hinnehmen.«

Rubys Gefühle für Harrison Barton lagen ihr auf der Zunge, die sich inzwischen wie ein Fremdkörper in ihrem Mund anfühlte. *Sie würden es nicht hinnehmen?*

Panik stieg in ihr auf. Sie wussten doch sicher, wie glücklich sie Mr Barton machte. Olivia hatte gemeint, das wäre nicht zu übersehen. Schockiert starrte Ruby ihre Mutter an. Was würde passieren, wenn sie sich weigerte, John zu heiraten? Ihr Magen zog sich schmerzhaft zusammen. Der Ausflug zu Madame Chéries Laden sprach dafür, dass sie nicht länger auf finanzielle Unterstützung der Davenport'schen Firma angewiesen waren, um für die Ausgaben der Wahlkampagne aufzukommen. Aber der Name Davenport genoss einen höheren Bekanntheitsgrad und wurde stärker anerkannt als der Name Barton. Das Familienwappen schmückte unzählige luxuriöse Kutschen in der Stadt und im Bundesstaat. Die Davenports konnten sich in verschiedenen gesellschaftlichen Kreisen bewegen und ihr Einfluss, den sie durch den geschäftlichen Erfolg erlangt hatten, war weitreichend. Es stimmte, was die Frau, die Ruby damals bei der Party in ihrem Elternhaus belauscht hatte, prophezeit hatte. Ihr Vater würde die Stimmen der Weißen brauchen.

Mrs Tremaine betrachtete das rote Kleid skeptisch. »Probier es an, ich bin neugierig.«

Ruby sah ihrer Mutter hinterher, als diese zurück zu den anderen ging, und griff wie betäubt nach dem Kleid. Ein Kloß bildete sich in ihrem Hals, genau dort, wo der Rubin an seiner Kette hing. Sie berührte ihn und dachte daran, wie verloren sie sich ohne ihn vorgekommen war. Vielleicht hatte ihr Gefühl sie doch nicht getäuscht. Das Geschäft hier war nicht der richtige Ort für dieses Gespräch.

Nachher sage ich es Mutter und Papa gemeinsam. Noch heute Abend.

Ruby warf sich das rote Kleid über den Arm und ging zum Ankleideraum zurück.

Kapitel 35

Olivia

Eine halbe Stunde nachdem sie sich in ihr Zimmer zurückgezogen hatte, machte Olivia sich bereit. Sie hatte vor dem Abendessen erneut über Kopfschmerzen geklagt, war dann lautlos in ihrem Zimmer auf und ab gegangen, die Uhr auf ihrem Kaminsims stets im Blick, bis es endlich so weit war. Im Laufe des Tages hatte sie immer wieder den Brief von Washington DeWight gelesen, den Hetty ihr heute Morgen gebracht hatte. Das Papier an die Brust gedrückt, hatte sie versucht, ihre Nerven zu beruhigen, die bei dem Geruch, der von dem Brief ausging, verrücktspielten – eine Mischung aus seinem Rasierwasser, Tabak und frischer Tinte. Sie stellte sich vor, wie er die Zeilen in der Ecke eines überfüllten Cafés geschrieben hatte.

Danach fiel es ihr leicht vorzutäuschen, dass es ihr nicht gut ginge. Sie konnte an nichts anderes denken als daran, wie sie aus dem Haus kommen sollte.

Als sie ihre Sachen zusammensammelte, um den kleinen Salon, der Helens und ihr Zimmer miteinander verband, zu verlassen, betrat ihre Schwester den Raum. Olivia betrachtete Helens ölverschmiertes Gesicht und seufzte. »Wenn Daddy dich so sieht, ist Mrs Milford dein geringstes Problem.«

»Das musst du gerade sagen«, gab Helen zurück und zog sich das Tuch vom Kopf. »Warum fährst du andauernd mit den Angestellten in die Stadt und kommst ohne Einkaufstaschen zurück?« Olivia verschränkte nur die Arme. »Schon gut, du musst es mir nicht sagen. Ich möchte nur, dass du das hier« –

Helen deutete auf ihre Kleidung – »für dich behältst. Jedenfalls so lange, bis John noch einmal mit Daddy über unsere Pläne gesprochen hat, pferdelose Fahrzeuge zu fertigen.«

Der Wunsch, der Familie gerecht zu werden und gleichzeitig Teil von etwas Größerem zu sein, bildete die seltsame Grundlage für diesen Waffenstillstand der Schwestern.

Olivias Gedanken kehrten zu den Frauen zurück, die ihr aus ihren Leben erzählt hatten, von den ausbeuterischen Arbeitsbedingungen, der dürftigen Bezahlung. Andere hatten von ihren Erlebnissen in den Südstaaten berichtet. Täglich kamen Dutzende von ihnen mit dem Zug in Chicago an – traumatisiert, hungrig und auf der Suche nach einem Neuanfang.

Olivia konnte nicht verhindern, sich bildlich vorzustellen, wie ihr Vater wohl damals ausgesehen haben musste, als er verwundet und erschüttert von den Schrecken der Plantage hier angekommen war. Er hatte eine Fähigkeit vorzuweisen, einen scharfen Blick für Details und den Wunsch zu arbeiten – und war zudem entschlossen, nicht nur zu überleben, sondern auch Erfolg zu haben. Erst als Olivia die Gesichter der Menschen aus den Südstaaten gesehen, ihre Ängste und Verunsicherungen hautnah erlebt hatte, wurde ihr das ganze Ausmaß des Elends bewusst, das er nach seiner Ankunft hier hatte überwinden müssen. Sie fühlte den Schmerz des jungen William Davenport.

Sie wünschte, sie könnte Helen all das erzählen. Es belastete Olivia, ihre Arbeit für sich behalten zu müssen, aber es war besser so. Sie sagte sich, dass es nicht für immer so sein würde. Und sie wünschte Helen, dass sie ihre Arbeit irgendwann auch nicht mehr verheimlichen müsste.

»Schon gut«, wiederholte Olivia nun Helens Worte und ihren Tonfall von eben. »Ich sage niemandem, dass du an Johns Automobil arbeitest. Erst mal. Aber ihr beide solltet lieber eine andere Lösung dafür finden. Ich kann euch helfen. Wenn ihr mich lasst.«

Helen warf Olivia die Arme um den Hals und drückte sie fest an sich. »Danke, Livy.«

»Du müffelst«, sagte Olivia. Helen umarmte sie nur noch fester und lachte.

Als sie an einer befahrenen Kreuzung aus der Straßenbahn stieg, um Washington DeWight zu treffen, konnte Olivia noch immer Helens Arme um sich spüren.

Sie sah ihn sofort. Sein Gesicht hatte er der untergehenden Sonne entgegengestreckt, der Hut hing ihm schief auf dem Kopf. Im Restaurant hinter ihm war reger Betrieb. Einige Tische standen bereits auf dem Gehweg, der Duft nach Essen ließ ihr das Wasser im Munde zusammenlaufen. Und Olivias Magen erinnerte sie lautstark an die ausgelassene Mahlzeit, die dieses Rendezvous möglich gemacht hatte. Als sie sich ihm näherte, nahm sie die Hand von ihrem grummelnden Bauch und tippte ihn auf der Schulter an.

»Du hast es geschafft.« Ein Lächeln breitete sich in seinem Gesicht aus. Der Anblick ließ ihr Herz schneller schlagen.

»Das habe ich«, sagte sie, ebenfalls lächelnd.

Er hielt ihr seine Hand hin. »Hast du Hunger?«

»Und wie.« Seine Finger schlossen sich um ihre und die Aufregung, die sie schon den ganzen Tag über gespürt hatte, nahm noch weiter zu.

Er führte sie an den draußen stehenden Tischen vorbei und ins Innere des winzigen Restaurants, in dem jeder Quadratzentimeter besetzt zu sein schien. Hinter dem Tresen sah sie den Koch, der einen Pfannenwender wie den Taktstock eines Dirigenten schwenkte. Von allen Seiten drang Stimmengewirr auf sie ein und der kleine Raum war voller Leben – alles war so ganz anders als das gesittete, prunkvolle Dinieren, das sie gewohnt war. Manche saßen mit aufgestützten Ellbogen am Tisch oder nahmen sich etwas zu essen vom Teller des anderen und alle sprachen sehr laut, um in dem Gewirr gehört zu werden. Es war ein Durcheinander, das gleichzeitig etwas sehr Vertrautes an sich hatte – und Olivia fand es herrlich.

»Stimmt etwas nicht, Washington?«, fragte sie, als er auf einmal stehen blieb. Alle Plätze um sie herum waren besetzt und auch am Tresen war nichts mehr frei. Er hielt noch immer ihre Hand. Seine war so warm, dass sie wieder das Gefühl hatte, ihr ganzer Körper würde in Flammen stehen.

Mr DeWight beugte sich zu ihr und sprach genauso leise wie Olivia. »Sie haben sich während der Aufstände in Atlanta 1906 aus den Augen verloren.« Olivia folgte seinem Blick zu einem Paar, das in der Ecke saß, die Köpfe dicht beieinander. Die Art, wie die beiden sich ansahen, ließ Olivia erröten. »Durch Zufall haben sie sich bei der Ringstraße in der Nähe der Wabash Avenue wiedergefunden. Du hast die Zeremonie und das Eheversprechen verpasst, aber jetzt wird gefeiert.« Olivia sah den Ausdruck in Washingtons Gesicht, den sie am liebsten mochte: den voller Hoffnung.

»Happy End«, sagte sie. »Mein Vater sucht immer noch nach seinem Bruder. Leider fällt es schwer zu glauben, dass er nach all den Jahren noch immer irgendwo da draußen sein könnte.« Sie dachte an die Briefe und Treffen, die alle nie zu etwas führten, außer zu noch mehr Enttäuschungen. »Immerhin hatten sie das Glück, als Kinder nicht getrennt worden zu sein. Erst als sie die Plantage verlassen haben, verloren sie sich aus den Augen. Mein Vater geht jedem Hinweis über den letzten Aufenthaltsort meines Onkels nach, versucht, Leute ausfindig zu machen, die auf seine Beschreibung passen. Wir beten für seine Rückkehr, doch mit jedem Jahr, das vergeht, scheint sie unwahrscheinlicher zu werden.«

Mr DeWight malte mit dem Daumen Kreise auf ihre Handfläche. »Die beiden da vorn sind der Beweis dafür, dass es geschehen kann. Hab Vertrauen.« Sein Blick verweilte noch einen

Moment auf dem Paar, dann zog er sanft an ihrer Hand, um weiterzugehen. Auch Olivia sah noch einmal in die Ecke und hoffte, dass er recht behalten würde.

Sie gingen um die von Lärm erfüllte Küche herum, einen schmalen Flur entlang und schließlich eine Treppe hinauf. Eine warme Brise vertrieb die vielen unterschiedlichen Gerüche, die Olivia noch in der Nase hingen. Als sie auf dem Dach angekommen waren, blickte Olivia sich staunend um. Ganz Chicago breitete sich vor ihren Augen aus. Die in der Ferne untergehende Sonne tauchte den kleinen runden Tisch mit mehreren Kerzen in der Mitte, der für zwei gedeckt war, in ein warmes Licht. Musik wehte mit dem lauen Wind zu ihnen hinüber und eine von der Sonne ausgeblichene, in der Ecke stehende Couch sorgte für Gemütlichkeit.

»Wie schön!«, sagte Olivia.

Er stellte sich vor sie und legte eine Hand auf ihren Rücken. Instinktiv verfiel sie in den Rhythmus der Musik. Er führte eine ihrer Hände auf seine Brust und umschloss sie mit seiner freien Hand. Olivia legte ihre Wange an seine. »Da hat aber jemand geübt«, bemerkte sie.

»Es hat sich herausgestellt, dass ich bloß die richtige Partnerin brauchte.« Seine Stimme jagte einen Schauer über ihren Rücken. Olivia war sich seiner Hand darauf mehr als bewusst, mit der er – etwas tiefer als angemessen – einen sanften Druck auf sie ausübte. Sein Duft war berauschend und vernebelte ihr die Sinne.

In dem Moment wurde die Dachterrassentür aufgestoßen und zwei Kellner kamen mit dampfenden Tellern zu ihnen hinaus. »Passt bloß mit der Tür auf. Die lässt sich nur in die eine Richtung öffnen«, sagte der größere der beiden, der mit langen, trägen Schritten auf den Tisch zuging. Er murmelte dem anderen Mann Anweisungen zu und senkte den Kopf, als er an Olivia vorbeiging, die immer noch dicht vor Mr DeWight stand. Beim Gehen stieß er ein kleines Holzstück unter den Türrahmen, das sie schon beim Hinaufsteigen bemerkt hatte und das ihre einzige Verbindung zum Rest der Welt war.

Olivia und Mr DeWight gingen zum Rand des Daches und beobachteten, wie die Sonne zwischen den Häusern verschwand, es schien, als würde sie sich wie eine bernsteinfarbene Flamme hinter der Stadt auflösen. »Wie wunderschön das ist«, sagte Olivia. Sie blickte ihn an. »In der Nacht vor der Demonstration und in der danach habe ich kaum ein Auge zugetan.« Mit fester Stimme sprach sie weiter. »Es hat sich für mich so richtig angefühlt, dabei zu sein, so als wäre ich genau dort, wo ich hingehöre, obwohl ich keine Ahnung gehabt habe, was ich da eigentlich mache. Erst als wir um unser Leben fürchten mussten und geflüchtet sind, wurde mir allmählich klar, worum es überhaupt ging, und es ergab alles einen Sinn. Es war Liebe. Für diese Stadt. Für« – sie räusperte sich – »für die Person, die ich bin, wenn … ich mit dir zusammen bin.«

Inzwischen war die Dämmerung hereingebrochen, aber Washington DeWights Augen funkelten im Kerzenschein. »Liebe für die Stadt und dich selbst, ja?« Seine Mundwinkel zuckten.

Olivia musste lachen. »Also, da gibt es noch diesen unermüdlichen Anwalt, der mir ans Herz gewachsen ist.«

»Verstehe.« Er zog sie an sich und musterte ihr Gesicht. Sie befreite eine Hand aus seiner, fuhr sanft mit einem Finger über seine Augenbrauen, seine hohen runden Wangenknochen. Sie erschrak, als er auflachte, weiße Zähne blitzten ihr entgegen und sein Adamsapfel hüpfte. Ihre Hand glitt tiefer, sie beide erschauderten und sie wollte ihre Finger in seinen Hemdskragen festkrallen, seine Lippen zu ihren hinabziehen, aber er löste sich von ihr, als ihr Magen lautstark zu verstehen gab, dass er Hunger hatte.

»Lass uns essen, bevor es kalt wird«, sagte er leicht amüsiert.

Sie nahmen am Tisch Platz und ließen sich die reichhaltige Suppe und das Brot schmecken. Washington erzählte Geschichten darüber, wie er durch seine Erziehung schon früh mit gesellschaftspolitischen Themen in Berührung gekommen war. Mit einer Lehrerin und einem Anwalt als Eltern hatte er von klein auf viele Fragen gestellt und stets nach Antworten verlangt. Nach dem Essen tanzten sie und legten sich dann auf die Couch, wo er auf Sternenbilder deutete und erzählte, wie man sich anhand ihrer Konstellationen orientieren konnte. An seiner Seite fühlte sie sich sicher. Er zog sein Jackett aus und legte es über sie beide, um sie warm zu halten. Olivia war davon überzeugt, dass ihr Körper genug Hitze abstrahlte, um die Kälte aus einem großen Bankettsaal zu vertreiben. Mr DeWights Beine verhakten sich mit ihren und sie kuschelte sich an ihn.

»Kommst du nächste Woche zu dem Treffen über das Wahlrecht?«, fragte sie und hatte Mühe, mit den Gedanken nicht abzuschweifen, weil Washington träge Kreise auf ihren Arm malte und damit eine Gänsehaut auslöste.

Bei ihrer Frage hielt er inne. Zum ersten Mal an diesem Tag wurde ihr ein wenig kalt.

»Wir ziehen in ein paar Tagen weiter nach Philadelphia und dann nach Washington.«

Olivia stützte sich auf ihre Ellbogen. »Was? Wann hattest du vor, mir das zu sagen?«

»Heute Abend.« Er schenkte ihr ein entwaffnendes Lächeln. »Du kannst uns natürlich begleiten, wenn du möchtest.«

Olivia fand zunächst keine Worte. *Ihn begleiten?* Nein, nicht ihn. Sie. »Ihr zieht *alle* weiter? Was ist mit Chicago?«

»Wir kommen zurück«, sagte er.

Ihr Magen krampfte sich zusammen. Sie hatte die Stadt noch nie verlassen. War noch nie dem wachsamen Blick ihrer Mutter oder ihrer Freunde entflohen. Aber wenn sie solche Reisen für andere plante, wurde sie stets von einer wundervollen Energie erfüllt. Die Vorstellung, in der Hauptstadt des ganzen Landes an einer Demonstration teilzunehmen, noch dazu mit Washington DeWight an ihrer Seite – diese Vorstellung löste ein Verlangen in ihr aus, das sie kaum in Worte fassen konnte.

Sie könnte es tun.

Ich finde bestimmt einen Weg. Vielleicht gäbe es die Möglichkeit, sich mit einer anderen Aktivistin ein Zimmer zu teilen.

Mr DeWights süffisantes Grinsen wurde breiter. Für ihn war sie ein offenes Buch.

»Ich muss darüber nachdenken«, sagte sie mit so viel Unbekümmertheit in der Stimme, wie sie aufbringen konnte. »Aber du hättest mir das wirklich früher sagen sollen.«

»Ja, du hast recht. Ich hatte Angst, du würdest Nein sagen.«

»Ich habe noch nicht Ja gesagt.« Doch sie wurde wieder von einem warmen Gefühl erfüllt. In Gedanken hatte sie schon angefangen, Pläne zu schmieden. Sie lehnte ihren Kopf wieder an seine Brust. Wie würde sie zum Beispiel eine Unterkunft finden?

»Olivia«, sagte er in ihr Haar.

»Hm.«

»Sieh mich an.«

Sie schaute zu ihm auf, fing bereits an, im Kopf Listen zu schreiben.

»Mach dir bloß nicht zu viele Gedanken darüber«, sagte er. Und dann küsste er sie.

Auf einem geliehenen Pferd ritt Olivia zurück nach Freeport Manor. Noch immer konnte sie Mr DeWights Arme um sich spüren. Mit angehaltenem Atem schlich sie zu ihrem Schlafzimmer, und als die Tür hinter ihr zu war, lauschte sie.

»Wo warst du?«

Beinahe hätte Olivia vor Schreck aufgeschrien – und das mitten in der Nacht. Oder war es bereits früher Morgen? Sie fuhr herum und sah Helen an ihrem Schminktisch sitzen.

»Was machst du hier?«, fragte Olivia im Flüsterton. Dass Helen plötzlich so viel Interesse für sie zeigte, machte sie nervös. Aber besser ihre Schwester stellte ihr ständig Fragen als ihre Eltern. Olivias Augen brannten und ihr tat alles weh, weil sie in einer unbequemen Haltung, an Mr DeWight gelehnt, eingeschlafen war. *Das war es wert*, dachte sie, das Gefühl von seinem Körper an ihrem noch fast greifbar. Sie berührte ihre geschwollenen, empfindlichen Lippen. Bisher war ihr nicht bewusst gewesen, dass sich zwei Menschen so lange küssen konnten, ohne genug davon zu kriegen. Nachdem sie festgestellt hatten, dass das Holzstück unter der Tür weggerutscht war, sie also nicht mehr nach unten kamen, war ihnen nichts anderes übrig geblieben, als zur Couch zurückzukehren und auf Rettung durch die Frühschicht im Restaurant zu hoffen. Bei dem Gedanken daran, womit sie sich die Zeit vertrieben hatten, bevor sie in seinen Armen eingeschlafen war, wurde sie rot.

Helen sah sie mit zusammengekniffenen Augen an. »Ich bin aufgestanden, um mir ein Glas Milch zu holen, und habe dein leeres Bett gesehen, und zwar nachdem du behauptet hast, krank zu sein. Weichst du meiner Frage etwa aus?«

»Nein!«, flüsterte Olivia. Sie ergriff Helens Hand und führte sie in den kleinen Salon. Helen entzog sich Olivias Griff und setzte sich mit einem Schnauben auf einen Stuhl. Ihr Buch lag aufgeschlagen auf dem Tisch und überall brannten Kerzen. Sie musste auf Olivias Rückkehr gewartet haben. Helens Gesichtsausdruck zeigte auf die ihr eigene Art an, dass sie stur bleiben würde und erst lockerließe, wenn Olivia nachgeben und ihr alles erzählen würde. »Ich war in der South Side. Um jemanden zu treffen«, sagte Olivia also schließlich und sah, wie Helen die Stirn runzelte. »Warum warst du in meinem Zimmer?«

»Das erzähle ich dir, wenn du mir erzählst, wen du getroffen hast. Und sag jetzt nicht, es war Ruby, die war nämlich hier, um dich zu sehen.«

Verflixt! Aus diesem Gespräch kam sie nicht ohne Weiteres wieder heraus. Olivia seufzte und setzte sich. Dann begann sie, Helen alles zu erzählen: angefangen bei der ersten Versammlung, in die sie zufällig hineingeraten war, über die Bemühungen der Gemeinde zu demonstrieren, zu mobilisieren und auszubilden. Sie sprach über Washington DeWight, den leidenschaftlichen Anwalt, der sie herausforderte, der mehr von ihr erwartete als nur das, was man ihr bisher beigebracht hatte. Olivia spürte, wie ihr Puls sich beschleunigte, während sie über die Einzelheiten der vergangenen Nacht hinwegging.

Helen zog ihre Augenbrauen fast bis zum Haaransatz hoch. »Ich hätte nie gedacht, dass du ein geheimes Leben als Rebellin und Idealistin führst«, sagte sie kichernd.

»Wir sind Aktivisten, Helen.«

Ihre Schwester wurde ernst. Mit festem Blick hob sie ihr Kinn. »Ich hätte nicht gedacht, dass du so mutig bist.«

Olivia warf einen Blick auf die geschlossene Tür. Dabei hatte sie Helen noch nicht einmal etwas von ihrem Plan erzählt, womöglich die Stadt zu verlassen. Jetzt erwischt zu werden, wäre das Letzte, was sie brauchte, bevor sie überhaupt entschieden hatte, ob sie das auch wirklich wollte.

»Liebst du ihn?«, fragte Helen.

Die Frage ließ Olivia zunächst innehalten. Sie genoss seine Gegenwart. Sie wollte unbedingt mit der gesamten Aktivistengruppe in die Hauptstadt reisen, um dort zu demonstrieren, um für mehr Rechte zu kämpfen – und um nicht mehr über Stickereien und Partys sprechen zu müssen. Ihr zukünftiges Leben war zum großen Teil vorherbestimmt, sie hatte sich nie gestattet, über die vielen Möglichkeiten nachzudenken, die es ihr auf andere Art und Weise bieten könnte. Früher, vor ihm, hatte es für sie keinen Sinn ergeben, überhaupt darüber nachzudenken.

Hat er auch Gefühle für mich? Zumindest ergriff er jede Gelegenheit, um sie herauszufordern, ihr bewusst zu machen, was für ein privilegiertes Leben sie führte, und sie darauf hinzuweisen, dass sie eine Verantwortung hatte. Aber er schätzte auch genau die Dinge, die sie selbst an sich mochte – ihre Stärke und

Entschlossenheit. Und die Art, wie er sie küsste, sprach auf jeden Fall dafür.

»Du liebst ihn!« Helen griff mit beiden Händen nach Olivias Handgelenk. »Du solltest mal dein Gesicht sehen.« Ihre Schwester wurde wehmütig. »Du siehst genauso aus wie Mama, wenn Daddy weg ist und sie an ihn denkt: einerseits trübselig, andererseits glücklich.« Helens Miene wurde wieder ernst. »Olivia – was wirst du jetzt tun?«

»Ich weiß es nicht.« Auf einmal wurde ihr ganz schwindelig. »Alle erwarten von mir, Jacob Lawrence zu heiraten. Oder jemanden, der so ist wie er.«

Helen setzte sich im Schneidersitz neben Olivia auf die Couch und bald saßen sie Knie an Knie, genau wie früher, als sie noch jünger waren, nur hatten sie damals noch viel mehr Platz auf der Couch. »Ich kümmere mich darum«, sagte Helen und drückte Olivias Hand. »Du hast bisher immer das Richtige getan. Wenn du vor Ende des Sommers ein Eheversprechen eingehen musst, hast du es verdient, bis dahin noch ein bisschen was zu erleben, Spaß zu haben.«

Olivia schnappte nach Luft. »Helen!« Erneut schnellte ihr Blick zur Tür.

Helen zuckte mit den Schultern. »Sieh es als Entschuldigung an. Schließlich musstest du viel mehr Druck aushalten, den richtigen Ehemann zu finden, als ich. Damit habe ich dich allein gelassen.«

»Jetzt bist du ja hier und das Ganze ist wirklich nicht deine Schuld.«

»Komm schon, lass mich das einfach für dich tun«, sagte Helen und haute mit einem Kissen auf Olivias Arm.

»Du musst nichts wiedergutmachen. Ich habe das alles genossen.« Dann dachte Olivia an all die langweiligen Aufgaben und Pflichtveranstaltungen, die ihr aufgebürdet wurden, weil Helen sich einfach rausgezogen hatte. »Also meistens jedenfalls.«

Mehr als alles andere hatte Olivia ihre Schwester vermisst. Es war nur noch eine Frage der Zeit, bis sie tatsächlich heiraten, ausziehen und Helen zurücklassen würde. Ihre Zukunft war so ungewiss wie die ihrer Schwester. Wer wusste schon, wann und wo die Jüngste der Davenport-Geschwister der Liebe begegnen und wo sie dann ein neues Zuhause finden würde. *Wie viele von diesen gemeinsamen Augenblicken bleiben uns noch?* Olivia zog Helen in eine feste Umarmung.

Helen ließ es eine Weile zu, bevor sie sich von Olivia löste und ihrem Blick auswich. »Ich glaube, ich habe mich auch verliebt.«

Olivia verbarg ihren Schock unter einem Lächeln. Der Tag, vor dem sie Helen gewarnt hatte und den Helen so gefürchtet hatte – nun war er tatsächlich da und erwischte Olivia völlig unvorbereitet. Sie schob ihre Überraschung für einen Moment beiseite, um ihrer Schadenfreude zumindest etwas Raum zu gönnen. Doch ihre kühne, widerspenstige Schwester wirkte auf einmal ganz schüchtern. Olivia sah sie forschend an und das *Ich-hab's-dir-doch-gesagt* blieb ihr im Halse stecken. »Oh nein, Helen, geht es ihm nicht genauso?«

»Doch, ich denke schon. Es ist nur so, dass er an eine andere gebunden ist. Oder womöglich ist er es nicht mehr?«

»Wer ist es denn? Vielleicht ist das Ganze nicht so ernst, wie du denkst.«

Helen sah zu ihr auf, die Augen voller Tränen.

Olivia drückte die Hand ihrer Schwester und lehnte die Stirn gegen Helens. »Du kannst es mir sagen, wirklich. Wer ist es?«

Ihre Schwester holte zitternd Luft. »Es ist Jacob Lawrence.«

Olivia löste ihren Griff um Helens Hand. Dann ließ sie sich schwungvoll gegen die Rückenlehne fallen. In ihrem Kopf wirbelten so viele Fragen umher, die sie unfähig war zu stellen.

Helen musterte sie vorsichtig. »Wir sind uns auf der Party der Tremaines begegnet … Er gab mir eine Zigarette, ich gab ihm

Feuer und wir unterhielten uns über defekte Stromkabel und …« Helen ließ den Satz unvollendet. »Er bewundert, dass ich meinen Interessen nachgehe. Wir bringen uns gegenseitig zum Lachen.« Helen stieß geräuschvoll den Atem aus. »Ich habe noch nie so etwas empfunden, Livy. Und er … ich weiß, dass es ihm genauso geht.«

Olivia hörte verblüfft und ohne ein weiteres Wort zu, als ihre Schwester von ihren kurzen, aber vertraulichen Begegnungen mit dem Mann erzählte, den ihre Eltern für *sie* ausgewählt hatten. Als Helen zum Ende kam, kämpfte sie gegen einen Schluckauf an und verbarg das Gesicht in ihren Händen.

»Bist du mir böse?«

Mr Lawrences distanziertes Verhalten Olivia gegenüber ergab auf einmal Sinn. Es hatte nie etwas mit ihr zu tun gehabt. Es lag nicht daran, wer sie war – sondern wer sie nicht war. Auch wenn der britische Junggeselle und sie in der Theorie ein ausgezeichnetes Paar abgaben – der Funke, auf den Olivia gehofft hatte, war nicht übergesprungen. Es kam ihr so vor, als hätte ihr jemand eine Last von den Schultern genommen. Sie umfasste Helens tränenüberströmtes Gesicht und hob es leicht an, damit sie sich in die Augen sehen konnten. »Ich könnte dir nie böse sein, Helen.« Sie nahm ihre Schwester erneut in den Arm und hielt sie fest. Der Druck in ihrer Brust verschwand, als Helen sich langsam entspannte. »Jedenfalls nicht lange. Und Mr Lawrence und ich sind nicht aneinander gebunden.«

Helen lehnte sich zurück. »Seid ihr nicht?«

»Ich habe Panik bekommen, als Mama und Daddy so von unserer Hochzeit gesprochen haben, als wäre sie beschlossene Sache. Er und ich sind übereingekommen, sie in dem Glauben zu lassen, ein Antrag würde kurz bevorstehen. Ich brauchte mehr Zeit und er hat sich wie ein wahrer Gentleman verhalten. Glaub mir, wenn ich gewusst hätte, was du für ihn empfindest, dann hätte ich ihn nie darum gebeten. Warum hat er mir nichts davon gesagt? Mit unserer Vereinbarung ist er doch völlig zwischen die Stühle geraten.« Olivia zog die Stirn kraus, dann lachte sie. »Ich kann nicht glauben, dass du verliebt bist.«

»Ich auch nicht.« Helen sah ganz benommen aus.

Olivia strich ihr über die Wange. »Sag ihm, dass ich möchte, dass du glücklich bist. Dass ihr beide glücklich seid.« Sie sah, wie die Miene ihrer Schwester sich aufhellte, und genoss die Leichtigkeit zwischen ihnen.

Kapitel 36

Helen

Ihr blieb keine Zeit, über die Ungehörigkeit ihres Vorhabens nachzudenken. Von ihren Gesprächen – die sie geführt hatten, als Helen noch dachte, dass es für sie beide keine Chance gäbe – wusste sie, wo Jacob Lawrence wohnte.

Am Morgen zog sie sich eine schlichte weiße Bluse an, dazu einen dunkelblauen Rock und Blazer. Sie entfernte die Nadeln, die Olivia in ihr Haar gesteckt hatte, und hielt es so ordentlich wie möglich zusammen.

Noch lange, nachdem ihre Schwester in den frühen Morgenstunden zu Bett gegangen war, hatte Helen wach gelegen und nachgedacht.

Er hatte sie in einem alten Overall von John gesehen und nicht einmal mit der Wimper gezuckt deswegen!

Jetzt, im hellen Sonnenschein des Vormittags, sorgte Olivia für Ablenkung, damit Helen – obwohl es Mrs Milfords freier Tag war und obwohl ihre Eltern nur selten nach ihr sahen – unbemerkt das Haus verlassen und die nächste Straßenbahn Richtung Innenstadt nehmen konnte.

Die Stadt erschien ihr auf einmal strahlend und unbekannt. Der Sommer stand kurz bevor. Das Paar neben ihr faltete einen Stadtplan auseinander, dann blätterte der Mann in einem kleinen Reiseführer, der in einer anderen Sprache verfasst war. In der State Street fiel Helen auf, dass sich die Anzahl der pferdelosen Fahrzeuge verdoppelt hatte. Viele davon waren das robuste Ford-Modell T, aber sie erkannte auch ein paar von kleineren Firmen aus Ohio wie zum Beispiel Studebaker und Patterson. Deutliche Zeichen dafür, dass sie John und ihren Vater dazu bringen musste, ihre Firma den modernen Gegebenheiten anzupassen.

Als die Straßenbahn an Helens Haltestelle hielt, hatten sich ihre Nerven beruhigt. Sie war sich sicher, wie es um die Gefühle von Mr Lawrence für sie stand.

Dann erreichte sie das steinerne Gebäude am Ende des Geschäftsviertels. *Jetzt ist es so weit*, dachte sie, während sie die wenigen Stufen zum Eingang emporstieg. Die Lobby des Hotels war karg gehalten, ein paar hoch gewachsene Pflanzen an der Tür waren die einzigen Farbkleckse in dem spärlich beleuchteten Raum, der durch das in dunklem Holz gehaltene Mobiliar noch trister wirkte. Helen ging auf die Rezeption zu. Das hier war nicht das, was sie sich vorgestellt hatte, aber dann dachte sie an den Scherz, den Mr Lawrence über das nicht funktionierende Licht in seinem Zimmer gemacht hatte.

Hinter dem Tresen kauerte ein Mann mit tiefen Falten zwischen den Augen und las Zeitung. Sie wartete darauf, von ihm wahrgenommen zu werden, hustete einmal in ihre Armbeuge – nichts. Schließlich sagte sie: »Entschuldigen Sie, ich würde gern mit Ihrem Gast in Zimmer 309 sprechen.«

Der Rezeptionist spähte über die Zeitung zu ihr. »Schwester?«

»Nein«, sagte Helen und errötete. Die Gefühle für Mr Lawrence mussten ihr ins Gesicht geschrieben stehen.

Der Mann weigerte sich, sie zu Mr Lawrence gehen zu lassen. Es gehörte sich nicht, ohne Begleitung das Zimmer eines Mannes aufzusuchen, wenn er nicht zur Verwandtschaft gehörte.

»Es ist aber wichtig«, sagte sie flehend.

»Da bin ich mir sicher.«

»Könnten Sie ihm wenigstens sagen, dass ich hier bin?«

»Wenn es so *wichtig* ist, weiß er das dann nicht schon?« Der Mann widmete sich wieder seiner Zeitung und summte vor sich hin. Helen gab auf und schritt händeringend in der Eingangshalle auf und ab.

»Halten Sie Ausschau nach dem Briefträger«, erbarmte sich der Rezeptionist schließlich, gab ihr genaue Anweisungen, dass sie den Briefträger aufhalten sollte, falls er genau jetzt eintreffen würde, und ging zu den Zimmern hinauf, um sie eigenhändig anzukündigen. Nur wenige Minuten später kam Jacob Lawrence die Treppe herunter, hinter ihm der Rezeptionist. Jacob war vollständig angezogen, aber sein Haar war verstrubbelt und ganz ohne Pomade, mit der er sonst die Wellen glatt und ordentlich nach hinten strich.

Der Rezeptionist nahm wieder hinter dem Tresen Platz und tat so, als würde er sich seiner Zeitung zuwenden, doch stattdessen beobachtete er, wie Mr Lawrence und sie sich beinahe umarmten. »Lass uns rausgehen«, sagte Mr Lawrence, hielt ihr die Tür auf und sie liefen ohne bestimmtes Ziel vor Augen die Straße hinunter. »Womit habe ich diesen unerwarteten Besuch verdient?«, fragte er schließlich.

»Ich wollte dich sehen.« Sehr sogar. Es war etwas ganz anderes, ihn ganz offen anzusehen, als ihm nur verstohlene Blicke zuzuwerfen, wenn sie sich unbeobachtet fühlte. Oh, wie schön war es zu wissen, dass Olivia in einen anderen verliebt war und Helen ihr demnach nicht, wie sie angenommen hatte, mit ihren Gefühlen für Jacob Lawrence wehtun konnte. Helen war einfach nur hier, um ihm zu sagen, wie sie empfand. Sie spazierten zum Gemeinschaftsgarten um die Ecke, wobei sich ihre Hände immer wieder streiften. Zusammen mit ihm unter den Baumkronen zu gehen gab Helen das Gefühl, als wäre sie Teil eines Märchens. Im Schutz des vielen Grüns um sie herum nahm sie Mr Lawrences Hand in ihre.

Jetzt, da sie vor ihm stand, brachte sie keins der Worte hervor, die sie sich zurechtgelegt hatte. Es half auch nicht gerade, dass er noch einen Schritt näher trat – so nah, dass sie den schwachen Duft seiner Seife wahrnahm. Das Gefühl von seiner Haut auf ihrer verzauberte sie geradezu, dabei berührten sie sich nur an den Händen.

»Helen.« Er senkte die Stimme. »Ich wünschte, ich hätte dich zuerst getroffen. Ich kann meine Gefühle nicht leugnen, aber ich weiß, dass du … und Olivia –«

»Ich liebe dich«, sprudelte es aus Helen heraus. Ihr rasendes Herz pochte wie wild gegen ihre Brust, sie fürchtete schon, es würde ihr ein paar Rippen brechen. Sie hatte eine Rede vorbereitet, einen Plan gehabt, aber das war keine Beichte bestehend aus drei Worten gewesen. Doch sie konnte nicht mehr an sich halten. Schließlich hatte Olivia Helen ihren Segen gegeben. Sie war trunken vor Freude, während sie auf seine Antwort wartete.

Mr Lawrence lockerte den Griff um ihre Hand und blickte sie traurig an. Sie wusste, dass sie dafür verantwortlich war. »Und ich liebe dich, Helen.« Kaum hatte er die Worte ausgesprochen, da küsste sie ihn auch schon. Sie atmete tief ein, als er nach der ersten Überraschung den Kuss erwiderte. Sie ließ seine Hände los und griff in sein Revers, um sich zu ihm hochzuziehen. Er schlang seine Arme um sie, drückte sie an seinen Oberkörper. Helen verlor buchstäblich den Boden unter den Füßen und sie waren beide überrascht, als ihr mitten im Kuss ein Jauchzer entfuhr.

»Helen, wir dürfen nicht … Du hast gesagt … Olivia …«

»… ist in einen anderen verliebt«, beendete Helen den Satz für ihn. »Sie hat mir alles erzählt und mir einen Brief für dich gegeben, in dem sie dich von deinem Versprechen freigibt.« Sie umarmte ihn erneut und legte eine Hand auf seine Brust, dorthin, wo sie sein schnell klopfendes Herz spüren konnte. Mit der anderen Hand hielt sie ihm den Brief hin. Für den nun freudestrahlenden Ausdruck in seinem Gesicht hatte es sich mehr als gelohnt, früh aufzustehen und durch die Stadt zu fahren. Helen rang nach Luft, als er sie zu sich hochzog und küsste. Sie lachten beide und küssten sich wieder.

»Wir müssen es aber noch für uns behalten, bis Olivia und ich einen Weg gefunden haben, wie wir es unseren Eltern beibringen«, sagte sie.

Die Intensität von Jacob Lawrences Umarmung ließ langsam nach, aber die seines jungenhaften Grinsens keineswegs. »Ich werde warten.«

Kapitel 37

Ruby

Der kleine Salon, den sich die Davenport-Schwestern teilten, war zu Olivias Party-Planungs-Zentrale umfunktioniert worden. Jede noch so kleine Fläche war mit verschiedenen Mustern von Tischdecken, Gedecken und Kostproben mehrerer Restaurants übersät. Ruby sah ihrer Freundin dabei zu, wie sie etwas in ein Notizbuch schrieb und zwischendurch immer wieder an ihren Haaren zupfte, die heute zu zwei Zöpfen geflochten waren.

»Ich finde immer noch, dass Jessie das Dessert machen sollte«, sagte Ruby und spuckte ungeniert ein Stück Zitronentarte in eine Serviette. »Wir wollen doch, dass die Leute Papa wählen, nicht, dass sie ihm Lebensmittelvergiftung vorwerfen.«

Olivia lachte. »Dann streichen wir die Zitronentarte wohl von der Liste«, sagte sie und schrieb etwas mit dem Bleistift in ihr Notizbuch. »Gibt es sonst noch etwas, was ich wissen sollte?«

Ruby hatte schon verstanden, wonach Olivia eigentlich fragte: was Ruby davon hielt, dass sie den jährlich stattfindenden Maskenball der Davenports in eine Spendengala verwandelt hatte. Eigentlich war die Zitronentarte gar nicht so schlecht. Das Problem war nur, dass nichts gegen den bitteren Geschmack in Rubys Mund ankam. Das Chaos, das sie angerichtet hatte, verdarb alles, selbst ihre Vorfreude auf diese Party.

»Harrison denkt, meine Eltern wissen über uns Bescheid«, gab sie zu und überlegte, was sie sagen sollte, wenn sie ihn sah.

Er glaubte außerdem, dass die Tremaines nichts gegen ihre

Beziehung einzuwenden hätten. Dass Rubys zielstrebiges Buhlen um John Davenport – auf Geheiß ihrer Eltern – vorüber war und dass sie und Harrison Barton nun befreit ihr Leben gestalten könnten. Sie hatten so viel Zeit wie möglich miteinander verbracht – und währenddessen war sie einem Gespräch über ihre Eltern immer wieder aus dem Weg gegangen.

»Und warum denkt er das? Hast du ihnen denn jetzt alles erzählt?« Olivias Blick schien sie zu durchbohren. Es war schrecklich. »Oh, Ruby, du hast es ihnen noch gar nicht gesagt.« Die Enttäuschung, die in Olivias Stimme mitschwang, war noch schrecklicher. »Du musst ihnen die Wahrheit sagen! Was, wenn Harrison deinem Vater in einem der Herrenclubs begegnet? Dass es bisher noch nicht zu so einer Katastrophe gekommen ist –«

»Ich weiß!«, unterbrach Ruby sie. Am Fenster fächelte sie sich selbst Luft zu. Es war schwül und stickig, was dafür sorgte, dass ihre Laune noch schlechter wurde. »Es ist nur – ich will sie nicht enttäuschen. Ich weiß ja auch nicht, wann ich von ›bloß keine Fehler machen‹ zu ›alles ins Unheil stürzen‹ übergegangen bin. Und sie sind so mit dem Wahlkampf beschäftigt – das ist ihnen natürlich unglaublich wichtig, Olivia, da kann ich einfach nicht mithalten.«

Ihre Freundin stand auf, durchquerte den Raum und zog Ruby zu sich auf die Couch. »Ich verstehe, dass du Angst davor hast, die Wertschätzung deiner Eltern zu verlieren. Und diese Angst kann zu unüberlegten, tollkühnen Entscheidungen führen. Glaub mir, das weiß ich«, sagte sie lächelnd. »Aber in deiner Situation wird der Schwindel mehr Schmerz verursachen als die Wahrheit. Euch allen.«

Ruby fläzte sich in die Kissen zurück und hielt sich die Hände vors Gesicht. Olivia hatte ja recht.

»Ruby – sag es ihnen!«

»Schon gut!«

Olivia nahm ihr Notizbuch wieder in die Hand. »Wenn du mit Hetty in die Stadt fahren willst, solltest du jetzt los.«

Ruby erhob sich von der Couch und sammelte ihre Sachen zusammen. An der Tür hielt sie inne und wandte sich noch einmal zu ihrer Freundin um. Als Olivia zu ihr aufsah, sagte sie: »Danke.«

Doch anstatt das Gespräch mit ihren Eltern zu suchen, nahm Ruby eine Einladung ins Museum an.

Ich bin spät dran.

Sie rannte die Treppen zur großen Eingangstür des Museums hinauf, Harrison wartete drinnen bereits auf sie. Ruby drosselte ihr Tempo, um ihn von Weitem unbemerkt zu beobachten. Er trug einen neuen, perfekt auf ihn zugeschnittenen Anzug. In der Hand einen Strauß roter Rosen, lief er auf und ab und schien genauso nervös zu sein wie sie.

Beim Klang ihrer Schritte, die in der riesigen Eingangshalle ein Echo hinterließen, wirbelte er herum. Rubys Atem ging stoßweise und beschleunigte sich noch, als er sie ansah. Er roch nach frisch aufgetragenem Rasierwasser und Salbei, seine Schuhe waren auf Hochglanz poliert. Ruby versuchte, sich erst einmal zu beruhigen, langsam und bewusst ein- und auszuatmen.

»Guten Tag, Miss Tremaine«, sagte er ganz förmlich und überreichte ihr die Blumen.

Sie bemerkte nicht nur seinen Tonfall, sondern auch die Art, wie er an den Ärmeln seines Sakkos zupfte und das Gewicht von einem Fuß auf den anderen verlagerte.

»Vielen Dank, werter Herr. Sie sind exquisit.« Sie warf einen Blick auf das Gemälde hinter ihnen, das zwei Liebende zeigte, die sich an einem Fluss im Arm hielten. »Dieses Bild –«, begann sie.

»Ruby«, unterbrach er sie so zärtlich, dass sie sofort verstummte. Er hielt inne, holte tief Luft und trat näher an sie heran. »Ich will, dass du weißt, dass ich auch nie aufhöre, an dich zu denken. Du überraschst mich jeden Tag mit deinem Humor, deinem Lachen. Ich bewundere deine Leidenschaft und deine Stärke, vor allem in den ruhigen Augenblicken, wenn wir Gedanken austauschen, die wir mit niemandem sonst teilen. Und ich bewundere deinen Mut, das zu wählen, was du möchtest.« Er räusperte sich. »Ich liebe dich, Ruby.«

Harrison Barton kniete sich vor sie nieder und hielt ihr eine samtene kleine Schachtel entgegen. Alles, was Ruby auf seine Worte erwidern wollte, war wie weggeblasen. Ihr ganzer Körper begann zu kribbeln, ihre Hände fühlten sich taub an. Es erforderte all ihre Kraft, den Blumenstrauß nicht fallen zu lassen. Er sah zu ihr auf, als wäre sie die Sonne. Ihr Herz schien anzuschwellen und machte es ihr schwer zu atmen.

»Miss Tremaine«, sagte er, »willst du mich zum glücklichsten Mann auf der ganzen Welt machen?« Er öffnete die Schachtel und ein großer Rubin, umringt von funkelnden Diamanten, kam zum Vorschein, der auf einem zarten goldenen Ring leuchtete. »Ruby, willst du mich heiraten?«

»Ja!« Das Wort brach einfach so aus ihr heraus, sie musste nicht darüber nachdenken.

Mr Barton sprang auf und legte die Arme um sie. Ein Gefühl von Leichtigkeit überkam sie, das nichts damit zu tun hatte, dass er sie hochhob und herumwirbelte. Ihr Lachen hallte von den Wänden wider.

Das ist wahre Freude.

Es war ein Gefühl, an dem Ruby so lange wie möglich festhalten wollte.

Kapitel 38

Amy-Rose

Die Bäume in dem kleinen Obstgarten standen in voller Blüte. Amy-Rose liebte diese Jahreszeit. Freeport Manor und das weitläufige Anwesen, das sie von der weißen Oberschicht Chicagos trennte, kam ihr vor wie ein Stück vom Paradies, ein ruhiger Zufluchtsort vor der geschäftigen Stadt, auch wenn bei ihr Arbeit und Muße oft fließend ineinander übergingen. Was sie jetzt wohl machen würde, wenn John Davenport – der gerade neben ihr herging – sie nicht darum gebeten hätte zu bleiben, indem er ihr ihren Traum auf einem Silbertablett serviert hatte?

Tommy war vor ein paar Tagen mit Glanz und Gloria abgereist. Seine Abschiedsfeier ging bis in die frühen Morgenstunden und Jessie hatte ihm mehr als genug Gebäck für seine Reise eingepackt, die eine Woche dauern würde. »Du weißt schon, dass es in Kalifornien auch Essen gibt, oder?«, hatte er gekrächzt, als die Köchin ihn so fest an sich gedrückt hatte, als wäre er noch ein kleines Kind.

Amy-Roses Abschied von Tommy hatte einen bittersüßen Beigeschmack. Noch lange, nachdem die anderen zu Bett gegangen waren, hatten Tommy und sie sich Geschichten aus ihrer Kindheit erzählt, mit immer wiederkehrenden Satzanfängen wie *Weißt-du-noch-als* und *Es-war-einmal*. Am darauffolgenden Tag hatte sie Tommy und seinen Vater Harold zum Bahnhof begleitet und nicht protestiert, als er ihr seine Visitenkarte mit seiner neuen Adresse im Westen in die Hand drückte. Danach waren Harold und sie schweigend nach Freeport zurückgefahren. Sie hatte so getan, als würde sie die Tränen in Harolds Augen nicht bemerken, als sie sich den Ställen näherten, wohl wissend, dass Tommy nicht mehr da war, um die müden Pferde in Empfang zu nehmen oder um ihr aus der Kutsche zu helfen.

»Ich bin froh, dass du hier bist«, riss John sie aus ihren Gedanken. Er hielt ihre Hand, während sie an den Bäumen vorbeischlenderten, weit genug vom Haus entfernt, um offen sprechen zu können. Mit dem Daumen malte er Kreise auf ihre Handfläche. In seiner dunklen Hand wirkte ihre klein und blass. Ihre miteinander verschränkten Finger bildeten eine schöne Mischung, fand sie.

Dass Tommy weitergezogen war, fühlte sich seltsam und zugleich richtig an. »Tommy wollte schon lange fort«, sagte sie. »Doch das muss nicht zwangsläufig zu meinem Lebensplan gehören.«

John stieß hörbar die Luft aus und seine Anspannung legte sich. War er ihretwegen – weil sie vorgehabt hatte wegzuziehen – so verkrampft gewesen? Amy-Rose kaute auf ihrer Unterlippe, unsicher, wie sie es finden sollte, einen solch starken Einfluss auf eine andere Person zu haben.

»Ich bewundere deine Zielstrebigkeit«, sagte John. Er suchte ihren Blick und verlangsamte seine Schritte. »Ich habe keinen Zweifel daran, dass du damit Erfolg haben wirst.«

»Genau wie du«, entgegnete sie.

»Ich habe all diese Ideen im Kopf, das stimmt. Wir müssen schnell handeln, Automobile sind die Zukunft. Wir können eine weitere Fabrik eröffnen, sodass ihre Fertigung die der Kutschen nicht beeinträchtigt.«

»Helen hat mir davon erzählt, sie ist vollkommen begeistert. Und ich bin ganz ihrer Meinung.«

John lächelte zwar, aber seine Miene wirkte dennoch düster. »Ich möchte die *Davenport Carriage Company* in die Zukunft führen, unser Geschäftsmodell auf den neusten Stand bringen.« Inzwischen waren sie stehen geblieben und nun ließ er ihre

Hand los, ging mit schnellen Schritten vor ihr auf und ab und knetete seine Nackenmuskeln. Ihre mögliche Abreise war nun nicht mehr der Auslöser für seine Anspannung, das wusste sie.

Amy-Rose griff nach ihm, zog ihn zu sich, sodass er sie ansehen musste. Unter ihrer Berührung wurde er ruhiger. »Was hält dich davon ab?«, fragte sie. Genau diese Frage hatte Tommy ihr gestellt, nachdem sie ihm offenbart hatte, dass sie ihn doch nicht begleiten würde. Sie hatte keine richtige Antwort darauf gefunden, aber sie vermutete, ihr Grund war in etwa der gleiche wie Johns. Etwas hielt ihn davon ab, ein Wagnis einzugehen.

Er nahm einen tiefen Atemzug, bevor er antwortete. »Nichts. Ich bin bereit.«

Amy-Rose lächelte ihn an. »Das freut mich.«

John küsste sanft ihren Handrücken, bevor er weitersprach. »Mein Vater hält an alten Gewohnheiten fest. Er wischt alles beiseite, was ich sage, als wäre ich noch immer in der Schule und würde in seinen Verkaufsräumen nur so tun als ob. Es scheint ganz egal zu sein, was ich tue, er wird mich immer so sehen. Aber der Plan, den Helen und ich ausgearbeitet haben, ist tadellos. Er wird funktionieren … Ich muss nur meinen Vater davon überzeugen … Das ist die wahre Herausforderung.«

Amy-Rose verstand ihn nur zu gut, denn sie hatte die gleichen Ängste. Was wusste ein Dienstmädchen schon darüber, wie man einen Salon führte, wie man ein Haarserum herstellte und verkaufte, wie man saldierte und Löhne bezahlte? Sie wurde häufiger ausgelacht und des Hauses verwiesen, als sie gern zugab. Dennoch hatte sie es immer wieder versucht, hatte an die nächste Tür geklopft. Und das würde sie so lange tun, bis sie den Schlüssel zu ihrem eigenen Salon in den Händen hielt. Auch sie war bereit dazu. Nichts konnte sie aufhalten.

Deshalb war sie hiergeblieben. Trotz ihrer ungleichen Voraussetzungen verstand John sie wie kein anderer. Sie waren zwei Seiten derselben Medaille. Oder nein, er war eher ein Spiegel.

Jemand, der ihren Tatendrang verstand, ihr lange Arbeitstage verzeihen würde und der von Beginn an wüsste, dass ihr Traum nicht verhandelbar war, ihre Stimme nicht zum Schweigen gebracht werden konnte. Und mehr noch. Trotz des Kloßes in ihrem Hals hoffte sie, dass sie ihm ihr Herz anvertrauen konnte und er es beschützen würde.

»Mein Vater –«

»Dein Vater war einmal in derselben Position wie du jetzt, auch er stand auf der Schwelle zwischen Angst und Hoffnung. Er verstand nichts davon, ein Geschäft zu führen, als er in die Stadt kam. Aber er hat es gelernt. Er wird den Wert deines Plans erkennen.«

Ein zögerliches Lächeln stahl sich auf Johns Gesicht. Er blickte sie durchdringend an. In seinen dunkelbraunen Augen erkannte sie den Wunsch, ihr zu glauben.

»Helen wird sich auf jeden Fall sehr freuen, wenn du Erfolg hast«, fügte Amy-Rose hinzu. »Spielt sie in deinem Plan eine größere Rolle?«

John rieb sich erneut den Nacken. »Das könnte noch schwieriger durchzusetzen sein als die Automobile.« Eine Falte bildete sich zwischen seinen Augenbrauen. Er hielt inne. »Ohne ihre Hilfe hätte ich die ganze Planung nicht geschafft. Sie hat genauso eine Chance verdient wie ich auch.«

Amy-Rose drückte seine Hand. »Vielleicht … statt weiter zu versuchen, euren Vater umzustimmen, solltet ihr darüber nachdenken, es einfach selbst zu machen. Du und Helen. Ihr beide könntet euer eigenes Vermächtnis erschaffen.«

Kurz musterte er sie. »Nein, wir kriegen das hin.« John drückte ihre Finger an seine Lippen. Es war eine unschuldige Geste, die ein Kribbeln in ihr auslöste. Er atmete tief aus. »Gemeinsam.«

Kapitel 39

Olivia

Olivias geheime Sammlung politischer Pamphlete, Bücher und Zeitungsartikel lag über ihr ganzes Bett verstreut. Helen saß am Fußende und ließ die Beine baumeln, während sie die Schriftstücke studierte. »Wusstest du das?«, platzte es jedes Mal aus ihr heraus, wenn sie von irgendetwas überrascht war.

»Wo hast du das alles eigentlich her?«, fragte Helen irgendwann.

Olivia versuchte, die Artikel in so etwas wie eine Reihenfolge zu bringen. »Hetty gibt meistens alles an mich weiter.« Sie schob Helen ein Stück zur Seite, um einen Zeitungsartikel unter ihrem Bein hervorzuziehen. »Denk bitte daran, ihr das Buch zurückzugeben, wenn du damit durch bist.«

»Mach ich«, entgegnete Helen, legte sich auf den Bauch und stieß dabei gegen das Teetablett, das zwischen ihnen auf der Bettdecke stand. Olivia stellte es auf den Schminktisch, bevor irgendetwas umfallen konnte. »Was ist mit dem Rest?« Kurz blickte sie zu Olivia hoch, das Kinn auf die Faust gestützt. Helen schien gewachsen, kurviger geworden zu sein. Seit sie sich nicht länger in den abgelegten Overalls ihres Bruders versteckte, konnte man ihr Dekolleté sehen und ihre Wespentaille, die in eigensinnig ausladende Hüften überging. Die große Nase ihres Vaters stand auch ihr gut zu Gesicht. Die Farbe ihrer Haut hatte ein sattes, dunkles Braun. Und ihr Lachen war ansteckend – und genau das, was Jacob Lawrence brauchte, um aus seinem Schneckenhaus zu kommen. Die beiden passten gut zusammen.

Helen bewegte beim Lesen ihre Lippen und auf einmal überkam Olivia ein Anflug von Nostalgie. Das hatte ihr so gefehlt – Zeit mit ihrer Schwester zu verbringen. Sie war neidisch darauf, wie oft Helen und John gemeinsam in der Werkstatt bastelten und sich miteinander austauschten. Der Gedanke daran versetzte ihr einen Stich. Sie hatten so viel Zeit vergeudet, doch jetzt hüteten Olivia und Helen gegenseitig ihre Geheimnisse. *Und ich werde bald das Haus verlassen*, dachte sie mit einem tiefen Seufzer. Und Helen war verliebt – wer hätte das alles gedacht?

Jetzt sah Helen sie wieder mit großen, fragenden Augen an.

»Also die meisten von denen habe ich von Washington oder anderen Aktivisten bekommen.« Olivia warf einen Blick auf das Durcheinander.

»Ich kann es kaum erwarten, dass wir endlich auch wählen gehen können.« Helen legte den Artikel über das Frauenwahlrecht beiseite. Ihre Hand strich über ein Foto, das demonstrierende Frauen mit hochgehobenen Schildern zeigte. Helen sah Olivia forschend an. »Dass du bei solchen Sachen dabei warst! Und wir dachten, du bist bei einem deiner Ehrenämter oder bummeln.«

»Ach, bummeln gehe ich immer noch«, sagte Olivia lachend. »Bloß nicht mehr so oft für mich selbst. Die Sammelstellen für Altkleider brauchen immer Unterstützung – einen Anzug für ein Bewerbungsgespräch zum Beispiel oder etwas für die Kinder; nach robusten Schuhen wird ständig gefragt. Und die Speisekammern der Suppenküchen sind in der Regel ein paar Tage nach dem Sonntagsgottesdienst leer. Deswegen war ich tatsächlich bei einem meiner Ehrenämter, denn streng genommen gehört das auch dazu.« Es gab so viel zu tun. Ein kräftezehrender Kreislauf, der genauso viel Freude wie Frustration brachte.

»Hey.« Helen zog sie an sich und schmiegte ihren Kopf an ihre Schulter. »Guck nicht so. Ich bin mir sicher, die Leute wissen das alles zu schätzen.«

»Ich weiß. Ich wünschte nur, wir würden schneller vorankommen. Ich kann es kaum erwarten, dass sich Dinge endlich verändern … zum Guten. Am liebsten wäre mir, wenn ich noch mehr tun könnte.«

»Dir wird bestimmt etwas einfallen.«

»Ja, wahrscheinlich«, erwiderte Olivia, war sich aber nicht sicher, ob dem wirklich so war. Den Blick nach oben auf den Baldachin gerichtet, versuchte sie sich vorzustellen, sie würde Arm in Arm mit den Frauen auf dem Foto durch die Straßen ziehen oder die Stimme bei einer Versammlung im Gemeindehaus erheben, bei der die Jim-Crow-Gesetze diskutiert wurden. Sie wusste, dass es half, viel Geld zu haben. Doch egal wie viele Schecks mit dem Namen *Davenport* sie aushändigte, es würde immer eine Art Barriere zwischen ihr und den anderen geben. Nach dem gewaltsamen Ende ihrer Demonstration war die Arbeit von Mr DeWight und seiner Gruppe auf Zeitungen und Zeitschriften angewiesen.

»Olivia«, holte Helen sie ins Hier und Jetzt zurück, »was sagen wir denn nun Mama und Daddy über dich und Jacob?«

Olivia ließ sich der Länge nach aufs Bett plumpsen. »Du meinst wohl, über *dich* und Jacob?«

Helen pikte ihr in die Seite. »Das ist jetzt wirklich nicht der richtige Zeitpunkt, um Scherze zu machen.«

Olivia zog sich ein Kissen vors Gesicht. Ihre Schwester kam hinterhergekrabbelt, als sie sich wegdrehte, und bohrte ihr hartnäckig einen Finger in den Arm. Olivia wusste nicht, ob sie lachen oder schreien sollte.

Helen zog ihr das Kissen weg. »Livy.«

Olivia seufzte. »Wir sollten Mama und Daddy die Wahrheit sagen.«

»Aber erst nachdem du weg bist, oder? Du bist ja ganz offensichtlich verliebt in Mr DeWight und in dieses vollkommen andere Leben, das ihr beide miteinander teilt. Du kannst doch gar nicht anders, als deine große Flucht zu planen, oder tust du das etwa nicht?«

Olivia setzte sich so plötzlich auf, dass ihr schwindelig wurde, doch gleichzeitig war sie vollkommen klar im Kopf. Helen hatte recht. Sie war verliebt, und zwar auf eine Art und Weise, von der sie immer geträumt hatte. Washington DeWights Gesicht erschien vor ihrem inneren Auge. Sein Lächeln, das sein markantes Gesicht zur Geltung brachte, und die Wangenknochen, die jedes Mädchen gern selbst hätte. Dazu seine Güte, seine Leidenschaft und selbst die Art, wie er sie provozierte. Bei dem Gedanken wurde ihr ganz warm. Wie konnte sie überhaupt noch zögern? Olivia sah, wie ihre Schwester sie angrinste. »Du hast recht«, gab sie zu und bewarf Helen mit dem Kissen. »Ich glaube nicht, dass sie mich aus den Augen lassen, sobald sie von dir und Mr Lawrence erfahren. Allein der Skandal. Dann wäre ich genauso gefangen wie du jetzt. Daddy will nicht, dass wir uns an Protesten beteiligen, weil er solche Angst hat, dass uns etwas passiert.« Olivia hielt inne. »Wenn sie von Washington erfahren …«

»Weißt du was«, begann Helen und verdrehte die Augen, »vielleicht kann Mrs Milford uns helfen. Sie hat das alles schon lange vor uns kommen sehen.«

Mit einem kurzen Nicken gab Helen Olivia zu verstehen, dass ihre Eltern viel zu vertieft in das Gespräch mit dem Pastor und seiner Frau waren, um ihr Verschwinden aus der Kirche zu bemerken. Dank ihrer Schwester – und, wie Olivia vermutete, deren Anstandsdame – hatte ihre Nachricht gestern ihren Weg zu Mr DeWight gefunden. Sie hatte ihn gebeten, sie nach dem Gottesdienst hier zu treffen.

Während ihre Familie Höflichkeiten mit den Mitgliedern der Gemeinde austauschte, lief sie nur wenige Meter die Straße hinunter bis zu dem Mietshaus, in dem Mr DeWight ein Zimmer bewohnte. Es war ein einfacher Backsteinbau ohne Portier oder andere Annehmlichkeiten, die sie gewohnt war. Es erfüllte seinen Zweck, hatte er gesagt, als sie vor einigen Wochen daran vorbeigelaufen waren. Jetzt starrte sie auf die lange Liste von Namen neben der Tür und war froh, dass gerade jemand das Haus verließ, sodass sie durch die schmiedeeiserne Tür hineinschlüpfen konnte. Olivia stieg die Treppen hinauf und verfluchte währenddessen ihre unbequemen Sonntagsschuhe.

Sein Apartment war oben im dritten Stock. Starr blickte Olivia auf die große 3A, die an der Tür auf Augenhöhe hing. Mit hocherhobener Hand hielt sie plötzlich inne. Sollte sie wirklich klopfen? Was sie hier tat, würde Folgen haben. Nicht nur für sie, sondern auch für Helen, für den Ruf ihrer Familie. Es war eine Sache, davon zu träumen, mit einem gut aussehenden jungen Anwalt fortzugehen, aber es war eine ganz andere Sache, sein Apartment zu betreten. *Es wird noch viel schlimmer, sobald du in den Zug gestiegen bist*, schalt sie sich selbst. Aber ihr Entschluss stand fest.

Auf ihr Klopfen hin folgte nur Stille. Olivia trat einen Schritt zurück, um die Apartmentnummer noch einmal zu überprüfen. Aber hier war sie richtig. »Washington«, rief sie. Wieder keine Antwort. Ihr Magen zog sich angstvoll zusammen. Olivia warf einen Blick über ihre Schulter und drehte dann mit zitternder Hand den Türknauf. Die Tür gab ein lautes Quietschen von sich, öffnete sich aber problemlos.

Es war ein einzelnes Zimmer. Ein schmales Bett stand an der Längsseite, ein Stuhl und ein Tisch gegenüber, und gleich rechts neben dem Eingang befand sich eine Küchenzeile, kaum groß genug, um sich eine dürftige Mahlzeit zuzubereiten. Er hatte gesagt, er lebe in einfachen Verhältnissen, aber das hier war jenseits dessen, was sie erwartet hatte. Sie stand in dem Zimmer, das kleiner war als der Salon der Davenports, und fragte sich, was sie als Nächstes tun sollte. Sie konnte ihn nicht suchen gehen – sie wüsste gar nicht, wo sie anfangen sollte.

Ihre Handflächen kribbelten. Sie zog sich die Handschuhe

von ihren feuchten Fingern, bevor sie die Seide durchnässten. Panik stieg in ihr auf. Washington DeWight wohnte hier, es roch nach ihm. Schwungvoll öffnete Olivia den Schrank – leer. Die Küchenschränke – ebenfalls leer. War er ohne sie abgereist? Kleine Sterne begannen vor ihren Augen zu tanzen. Sie versuchte, ihre Atmung zu kontrollieren, aber sie war den Tränen nahe. *Habe ich meine Chance verpasst?*

Der nächste Atemzug blieb ihr im Hals stecken, sodass sie husten musste, doch dann sog sie einen starken Duft nach Kieferholz ein – und sah auf.

»Olivia, ist alles in Ordnung?« Mr DeWight stand in der Tür.

Sie sah ihn mit großen Augen an. »Ich dachte, du seist ohne mich abgefahren.«

»Ich würde nie gehen, ohne mich zu verabschieden«, entgegnete er und ging auf sie zu.

»Wo sind dann all deine Sachen?«

»Reverend Andrews hat mir das Zimmer auf seinem Dachboden angeboten, so lange, bis ich nach Philadelphia aufbreche. Der vorherige Bewohner ist ausgezogen. Ich wollte gerade nur die Schlüssel zurückgeben.« Er legte sie neben den Herd. Erleichterung durchflutete sie genauso heftig wie zuvor die Panik. Er zog sie an sich, legte die Arme um sie und sofort legte sich auch ihre Anspannung. Sie spürte sein Lächeln an ihrer Stirn, als er sie küsste, spürte seine glatte, frisch rasierte Haut an ihrer. »Heißt das, du hast dich entschieden?«

Olivia hielt ihren Blick auf einen Riss im Holzfußboden gerichtet. Sie war sich all ihrer Unzulänglichkeiten aufgrund ihres privilegierten Lebens nur allzu bewusst. »Weißt du noch, dieser Abend im Samson House? Als ich deine Rede verpasst habe? Ich habe trotzdem zugehört.« Sie schüttelte den Kopf. »Die Menschen haben mir von ihrem Schicksal erzählt – und von den größten Tragödien haben sie völlig gleichmütig berichtet. Sie haben einfach die Tatsachen geschildert.« Sie sah zu seinen honigbraunen Augen auf und sagte: »Ja, ich möchte dich begleiten.«

Mr DeWight strich mit einer Hand über die empfindliche Kuhle an ihrem Hals und als Antwort pochte ihr Puls wie wild. Dann nahm er ihre Hände und sie atmete tief ein. Kaffee, Kiefernholz und die Wärme seiner Haut. Sie war berauscht von seinem Duft, viel mehr, als es ein Champagner je vermochte.

»Dieses Leben ist nicht einfach«, sagte er. »Das Risiko, verletzt oder gefangen genommen zu werden – oder Schlimmeres –, ist immer da. Wir wissen im Vorhinein nie, wie die Unterkünfte beschaffen sind. Und die Erfolge enthalten häufig eine Portion Schmerz. Die Demonstration, bei der du dabei warst … sie war nichts im Vergleich zu dem, was ich schon erlebt habe. Ich möchte, dass du dir ganz sicher bist.«

Seine abschreckenden Worte, die ohne Zweifel der Wahrheit entsprachen, hatten genau die gegenteilige Wirkung auf Olivia. Es war zwar nicht so, dass sie sich gern in Gefahr begab, aber die Vorstellung, nichts zu tun …

»Ich bin mir sicher.«

Er zögerte einen Moment, bevor er sich zu ihr runterbeugte. Der Kuss begann langsam, aber Olivia wollte mehr. Sie stellte sich auf die Zehenspitzen und drückte sich an ihn, bis sie so zusammenpassten wie zwei Puzzleteile. Sie seufzte, seine Zunge schob sich in ihren Mund, streifte dabei die empfindliche Unterseite ihrer Lippe. Der Kuss wurde intensiver, sie zog ihn noch dichter an sich, sodass ihr schwindelte. Olivia riss sich los, trat einen Schritt zurück und schnappte nach Luft. Kalter Schweiß klebte an ihrer Haut.

»Vielleicht sollten wir es langsam angehen lassen«, sagte er, ebenfalls ganz außer Atem.

Olivia legte ihre Hand auf seine Brust. »Du meinst, so langsam wie dein Herz?« Sie spürte, wie es raste, so als wollte es sie zu einem Wettrennen auffordern. Er sah sie mit halb geschlossenen Augen an, in dessen Tiefe sie zu versinken drohte. Die Form seiner Lippen, die hohen Wangenknochen, die sein Gesicht einrahmten – er war so wunderschön. Sie wollte seine Lippen wieder auf ihren spüren. Ihn durchfuhr ein Schauer, als ihr Mund den Weg zu seinem suchte. Sie schob das Jackett von seinen Schultern, mit einem dumpfen Laut fiel es zu Boden. Als ihre Lippen wieder aufeinandertrafen, summte Olivias Körper voller Erwartung. Sie wollte es gar nicht langsam angehen lassen. Und selbst wenn – sie war sich nicht sicher, ob das überhaupt möglich wäre.

Kapitel 40

Helen

Helen lehnte an der Brüstung von Freeports großer Veranda, während Lieferanten und Blumenhändler an ihr vorbeieilten. Orchideen- und Liliensträuße würden den großen Ballsaal zieren, dessen Dekoration für den Maskenball in Gold und Schwarz gehalten war. Zumindest würde die Qual, an dem Ball teilnehmen zu müssen, durch das Rätselraten, wer sich hinter den raffinierten Kostümen verbarg, gelindert werden. Und da niemand sie erkennen würde, konnte Helen sich schon früh und problemlos aus dem Staub machen.

Die Party war außerdem die erste große Veranstaltung, seit Jacob Lawrence und sie sich ihre Gefühle füreinander gestanden hatten. Zwar mussten sie ihre Absichten noch für sich behalten, aber wenigstens brauchte Helen ihm nicht mehr aus dem Weg zu gehen, damit er ihr nicht das Herz brach.

»Was machst du denn hier, junge Dame?«, fragte Mrs Davenport, verschränkte die Arme und warf Helen einen vielsagenden Blick zu. »Du solltest dich langsam mal fertig machen.« Da traf die Musikband ein – ein Streichquartett vom Negro Orchestra. Die Instrumente in schwarz glänzenden Koffern in der Hand, begrüßten sie Mrs Davenport und Helen mit einer tiefen Verbeugung. Ihr Eintreffen bedeutete, dass die allerletzten Vorbereitungen in vollem Gange waren, obwohl ihnen noch viel Zeit blieb. Ihre Mutter wies den Musikern den Weg in den Ballsaal, wo Amy-Rose ihnen den Warteraum zeigen würde, der für die Künstler reserviert war. Als Mrs Davenport sich wieder an ihre

Tochter wandte, bedachte sie Helen mit einem misstrauischen Blick.

»Mama, es dauert noch mindestens vier Stunden, bis die ersten Gäste kommen. Jessie hat mich schon aus der Küche gescheucht.«

»Sieh doch mal nach, was deine Schwester gerade treibt«, sagte Mrs Davenport.

Helen stieß sich von der Brüstung ab. »Großartige Idee.« Sie schenkte ihrer Mutter ein Lächeln und folgte der Band nach innen.

Helen wusste genau, was Olivia gerade trieb: Sie hatte sich in ihrem Zimmer eingeschlossen, um zu entscheiden, was – wenn überhaupt – in ihrem Schrank für eine Reise nach Philadelphia geeignet war. Sie hatten ihre Ersparnisse zusammengelegt, damit Olivia Geld für die Unterkunft und das Nötigste dabeihatte. Was Olivia dort erwarten würde, wussten sie beide nicht. Aber Washington DeWight würde an ihrer Seite sein. Und so nahm die jüngere Miss Davenport den größtmöglichen Umweg zum Zimmer ihrer Schwester.

Obwohl sie es nicht noch einmal wagte, die Küche zu betreten, lauschte sie den Geräuschen von Töpfen und genoss den Duft nach herzhafter Brühe und Jessies gebratenem Hähnchen. Helens Magen protestierte lautstark und sie machte einen kleinen Abstecher, um sich ein süßes Teilchen zu holen, bevor sie ihren Weg im ersten Stock fortsetzte. Neben der Standuhr in der Eingangshalle stand ein mit Leinen gedeckter Tisch, auf dem Masken in verschiedenen Formen und Größen lagen. Manche waren mit Edelsteinen oder dick mit Glitzer besetzt – sie versprachen ein funkelndes Durcheinander. Andere glichen Tieren mit Hörnern oder Schnurrhaaren.

Im Ballsaal waren die silbermatten Kerzenhalter und die anderen Tischdekorationen gegen solche mit Messing- und Eisenbeschlägen ausgetauscht worden, was dem Raum ein altertümliches Ambiente verlieh, aufgelockert von den frischen Blumen in den Ecken. Alle Türen, die hinaus in den Hof führten, standen offen. Das Abendessen würde draußen serviert werden. Es war windstill und warm – das perfekte Wetter für die nahezu zweihundert Gäste, die sie erwarteten. Als eine leichte Brise aufkam, vermischte sich der Lilienduft mit dem Geruch nach frisch geschnittenem Gras und verbranntem Holz vom Außenkamin.

»Helen!« Mrs Davenports laute Stimme ließ nicht nur Helen zusammenzucken, sondern auch mehrere Dienstboten, die heute Abend aushalfen. »Geh dich jetzt bitte umziehen.«

Sie unterdrückte ein Stöhnen. »Ja, Mama.« Helen warf einen letzten Blick auf das Arrangement um sie herum. *Vielleicht kommt Jacob nächstes Jahr als mein Gast zu diesem Ball.*

Sie war hin- und hergerissen, ob sie bei Olivia hereinschauen oder sich irgendwo verstecken sollte, wo ihre Mutter sie nicht finden würde. Die Werkstatt kam leider nicht infrage. Obwohl sie alle Teile in das Modell T wieder eingebaut hatte, hatte sie noch keine Gelegenheit gehabt, es zum Laufen zu bringen.

Helen entschied sich für ihre Schwester.

Den gesamten Morgen über hatte sie Olivia dabei beobachtet, wie sie – genauso effizient wie ihre Mutter – die Angestellten anwies. Ihre Schwester war mehr als bereit, ihren eigenen Hausstand zu führen, ein Ausbund an Fleiß und Tüchtigkeit. Als Helen jetzt in ihr Zimmer trat, war das allerdings eine ganz andere Geschichte.

»Was ist denn hier passiert?«, fragte Helen, als sie das heillose Durcheinander sah. Der komplette Schrankinhalt war übers ganze Zimmer verteilt, auf jeder Oberfläche lagen Kleidungsstücke. Helen durchforstete die Stapel und stieß auf einen hellen Stoff, der noch in Seidenpapier eingeschlagen war. Er war wunderschön. »Kann ich den haben?«, fragte Helen. Die Seide ergoss sich auf dem Bett wie flüssiger Sonnenschein.

Olivia sah zu ihr hinüber. »Natürlich.« Sie ging zu Helen, nahm ihr den Stoff ab und warf ihn mit einer lockeren Bewegung über Helens Schultern. Wie ein warmes Flüstern schmiegte sich die Seide an ihre Haut. Helen kam sich glamourös und erwachsen vor – bis sie Olivias gerunzelte Stirn bemerkte.

»Spuck sie wieder aus, Helen. Das ist eine ekelhafte Angewohnheit.« Helen ließ die Perlen aus ihrem Mund fallen. Bevor sie den Ausschnitt ihres Kleides berühren konnten, fing sie sie mit der Hand auf. »Hier«, sagte Olivia und reichte ihr ein Taschentuch.

»Entspann dich bitte mal«, sagte Helen, als Olivia anfing, an dem Perlenstrang zu zupfen. Sie griff nach Olivias Hand. »Wir haben das alles doch schon so oft besprochen. Mama und Daddy werden es verstehen. Du wirst mit dem Mann zusammen sein, den du liebst.« Sie stand auf und nahm ihre Schwester in den Arm. »Und um unser beider Ruf zu schützen, darf Jacob dich nicht gegen jemand Neues eintauschen, jedenfalls nicht sofort.«

»Helen! Ich wusste ja, dass du frech bist, aber wann bist du so vernünftig geworden?« Olivia schniefte.

»Ich habe viel von Mrs Milford gelernt.«

Noch nie hatten sich die beiden Schwestern so oft umarmt wie in letzter Zeit. Helen wurde das Herz schwer. Wenn das wirklich die letzte Umarmung für lange Zeit sein sollte, wollte sie sie voll und ganz genießen.

Dann löste sich Olivia sanft von ihr, ließ ihre Hände aber auf Helens Schultern liegen. Sie merkte, wie Olivia ihren Anblick in sich aufsaugte.

»Du meine Güte, du tust so, als würden wir uns niemals wiedersehen«, sagte Helen, als hätte sie nicht gerade denselben Gedanken gehabt. Olivias Augen waren jetzt schon rot unterlaufen, verdächtig glänzend und geschwollen. »Wenn du anfängst zu weinen, muss ich mitmachen, also hör bitte sofort damit auf.«

»In Ordnung«, sagte Olivia. »Ich höre auf, wenn du versprichst, nicht anzufangen. Meinst du wirklich, ich soll Mama und Daddy nicht wenigstens noch sagen, dass Mr Lawrence und ich keine gemeinsame Zukunft haben?«

»Wenn du unbedingt willst, dass sie dich in deinem Zimmer einsperren, bis sie rausgefunden haben, warum du deine Meinung geändert hast – dann nur zu.«

»Ich glaube kaum, dass sie das tun würden.«

Helen zog eine Augenbraue in die Höhe. »Willst du das wirklich riskieren?« Olivia biss sich auf die Unterlippe. »*Ich* werde es ihnen sagen. Wenn die richtige Zeit dafür gekommen ist«, fügte Helen hinzu.

Olivia legte sich ihre kühlen Hände an die Wangen. Nach ein paar tiefen Atemzügen widmete sie sich wieder ihrer Aufgabe und zog einen Koffer unter dem Bett hervor. Der Verschluss ging auf und Olivia fing an, die Kleidungsstücke um sie herum einzupacken.

»Ich hab dich lieb«, flüsterte Helen, als sie ihre Schwester noch einmal von hinten umarmte. »Und jetzt pack deine Sachen.«

Sie verließ Olivias Zimmer und sang dabei laut und schief vor sich hin, was das Zittern in ihrer Stimme verbarg.

Helen überlegte, doch noch in der Werkstatt vorbeizuschauen, aber womit sie ihre Zeit verbrachte, war nach wie vor ein empfindliches Thema zwischen ihr und ihrem Vater. Heute würde sie darauf verzichten. Als sie am Salon vorbeiging, nahm sie eine seltsame Bewegung auf der Veranda wahr. Schnell eilte Helen zur nächstgelegenen Tür und riss sie auf.

Draußen stand Jacob Lawrence, blinzelte in die Sonne, die Hand voller Kieselsteine. Dann warf er einen. Mit einem hellen *Pling* prallte der Kiesel von einer Fensterscheibe ab.

»Was machst du da?«, fragte sie und starrte zum Fenster hinauf.

Mr Lawrence erschrak. Er rieb sich den Nacken und ließ die restlichen Steinchen ins Gebüsch fallen. »Ich habe versucht, deine Aufmerksamkeit zu erregen.«

»Indem du Steine an das Fenster der Wäschekammer wirfst?«

Er lachte in sich hinein. Sein verlegenes Grinsen ließ ihn gar nicht mehr so erwachsen aussehen wie damals, als sie ihn zum ersten Mal gesehen hatte. Er war in den vergangenen Wochen hier in Chicago viel entspannter geworden. Helen fragte sich, welche anderen Seiten an ihm sie in den nächsten Monaten oder gar Jahren noch entdecken würde.

»Verlässt sie tatsächlich die Stadt?« Mr Lawrence warf einen Blick durch die noch offen stehenden Türen ins Innere des Hauses.

»Ja«, bestätigte Helen und das Wort klang in ihrem Ohr bittersüß. Sie schloss die Türen und lief voraus, führte sie beide außer Sichtweite des Hauses. Sie konnte kaum glauben, dass Mr Lawrence und sie tatsächlich eine Chance hatten. Helen war immer davon überzeugt gewesen, Liebe wäre nur etwas für andere Mädchen. Ihre Leidenschaft für das Familienunternehmen war trotz der Steine, die ihr in den Weg gelegt wurden, bisher das Einzige, was sie interessiert hatte, das Einzige, was sie wirklich wollte. Jetzt, mit Mr Lawrence an ihrer Seite, hatte sie jemanden, mit dem sie diese Leidenschaft teilen konnte.

Als sie weit genug vom Haus entfernt und im Schutz der Bäume stehen blieben, drehte sie sich zu ihm und stellte sich auf die Zehenspitzen, doch da, wo sie seinen Mund erwartet hatte, war nichts als Leere. Helen öffnete die Augen und sah seinen gequälten Gesichtsausdruck. »Was ist los?«, fragte sie. Auf einmal wurde ihr ganz kalt und sie wünschte, sie hätte nicht gefragt. Sie wollte diese Blase der Glückseligkeit nicht verlassen.

»Ich muss dir etwas sagen.«

Helen lachte nervös auf. »Bitte nicht, dass ich noch einer Verlobten helfen muss, die Stadt zu verlassen.«

Mr Lawrence schien sie nicht zu hören, sein Blick verlor sich im Nichts. Je länger er vor sich hin starrte, desto größer schien der Abstand zwischen ihnen zu werden.

Da berührte sie ihn, umfasste sein Gesicht mit beiden Händen und zwang ihn so, sie anzusehen.

»Ich liebe dich, Helen«, sagte er.

»Das weiß ich doch.« Ihre Worte klangen schroffer als beabsichtigt. In ihren Ohren schrillten die Alarmglocken. Was auch immer er versuchte, ihr zu sagen, sie wollte es nicht hören.

»Ich muss dir etwas gestehen.« Sein kompletter Körper war angespannt. »Ich habe dich belogen, deine ganze Familie. Ich bin pleite. Die Reederei gehört meinem Großonkel. Mein Vater hat dem Familienunternehmen den Rücken gekehrt, als er so alt war wie ich jetzt, und wurde von meinem Großvater enterbt.« Er seufzte. »Ich bin, wie sie es nennen, der arme Verwandte. Ich wollte …« Er unterbrach sich. All sein Stolz und sein Wagemut waren dahin.

»… ein vermögendes Mädchen finden?«

»Nein, ich hatte vor, mich selbst in die Firma einzukaufen. Mithilfe anderer oder durch eine Anstellung. Dass ich deinem Vater am Zeitungsstand begegnet bin, war reiner Zufall. Schicksal.«

Helen ließ ihn los. Kälte hatte sich in ihr ausgebreitet und ihre Fingerspitzen kribbelten wie von tausend Nadelstichen.

»Ich liebe dich wirklich. Meine Gefühle sind echt. Aber ich kann dir momentan nicht viel bieten. Willst du trotzdem mit mir zusammen sein?«

Er streckte eine Hand nach ihr aus, aber Helen fühlte sich wie gelähmt. Die aufkommenden Tränen brannten ihr in der Nase und trübten ihre Sicht. Ihr war klar, dass er auf eine Reaktion von ihr wartete. Doch zum ersten Mal in ihren Leben fehlten Helen Marie Davenport die Worte. Keine Anstandsregel hatte sie auf diese Beichte vorbereiten können. Sie dachte an ihre gemeinsam verbrachten Stunden, in denen sie sich gegenseitig Dinge aus ihrem Leben anvertraut hatten. Reichte sein Vertrauen ihr gegenüber nicht weit genug? Warum hatte er ihr das nicht schon längst gesagt? Hätte er Olivia geheiratet, wenn Helen sich nicht in ihn verliebt hätte?

Als er sie berührte, reagierte sie ganz instinktiv – sie wich zurück. Dann fand Helen ihre Stimme wieder und sagte, bestimmter, als sie erwartet hatte: »Ich weiß es nicht. Du gibst zu, dass du gelogen hast, dass du uns alle belogen hast. Sagst mir, dass du meine Schwester benutzt hast, meine Eltern.« Sie schlang die Arme um ihren Körper, als könnte sie damit verhindern auseinanderzufallen. »*Du* bist mir wichtig, Jacob, nicht das, was du mir bieten kannst. Ich habe mich in dich *verliebt*. Doch jetzt weiß ich gar nichts mehr. Was soll ich mit deinem Geständnis anfangen?« Ein Schluchzen, das eher wie Schluckauf klang, entwich ihrer Kehle. Sie zitterte am ganzen Körper. »Ich möchte, dass du jetzt gehst.«

»Helen, bitte –«

»Geh einfach, bitte«, sagte sie. Wenigstens war sie die Einzige, die wusste, was er getan hatte. Sie fand es schrecklich, wie ihre Stimme auf einmal klang – nicht mehr stark und bestimmt, sondern klein und zerbrechlich. Kein bisschen wie sie. Warum hatte er ihr die Wahrheit nicht früher anvertraut?

Mr Lawrence hielt ihrem Blick stand, seine Miene schmerzerfüllt. Dann fasste er sich, nickte ihr zu und ging.

Helen sah ihm nach und ließ den Tränen freien Lauf.

Kapitel 41

Ruby

»Das übertrifft wirklich alle Erwartungen.« Mr Barton ließ seinen Blick durch den Ballsaal wandern, in dem jeder Millimeter sorgfältig geschmückt war. Während er sich umsah, beobachtete Ruby ihn, wie er da in seinem gut sitzenden Smoking stand; die weiße Weste und Fliege bildeten einen schönen Kontrast zu seiner Haut und dem glänzenden Schwarz und Gold seiner Maske. Ruby legte ihren Arm auf seinen und starrte auf ihren Ringfinger. Harrison hatte versucht, ihr den Ring überzustreifen. Ein wunderschönes Schmuckstück, das ihrem Rubinstein-Kettenanhänger nachgebildet worden war, das es aber nicht über den letzten Fingerknöchel geschafft hatte. Nun war der Ring zur Größenanpassung in den Händen desselben Juweliers, der auch ihren Rubin poliert hatte.

Sie war überglücklich. Dass der Ring noch nicht an ihrem Finger steckte, verschaffte ihr Zeit, wenn auch nicht viel, um ihren Eltern reinen Wein bezüglich Harrison einzuschenken. Glaubten sie etwa, dass ihre Freundschaft zu den Davenports ohne Rubys Vermählung mit John nicht stark genug wäre, um weiterhin auf ihre Hilfe zählen zu können? Immerhin waren über zweihundert Gäste im Hause Davenport erschienen, um den Wahlkampf ihres Vaters zu unterstützen!

Ruby hielt Ausschau nach ihren Eltern, die mit einem anderen Paar herfahren wollten. Hoffentlich konnte sie sie abfangen, bevor sie ihr purpurfarbenes Mieder ganz durchgeschwitzt hatte – solche Angst hatte sie vor ihrer Reaktion. Aber sie würden doch wohl verstehen, dass wahre Liebe besser war als die unbestimmte Beziehung, die sie inzwischen zu John pflegte. Sie wollte daran glauben, dass ihre Eltern sich mehr für sie wünschten als nur den Namen Davenport.

»Möchtest du tanzen?«

Ruby musste lächeln. Ein Tanz konnte nicht schaden. Sie ließ sich von Mr Barton mitten auf das Parkett führen. Er legte seine Arme um sie und sie begannen, sich zu bewegen. Er war wirklich ein hervorragender Tänzer – mit ein Grund, warum sie von Beginn an seine Gesellschaft genossen hatte. Die Musik erfüllte den Saal, die Paare um sie herum verschwammen in einem Gewoge aus Farbe, Seide und Satin.

»Erinnerst du dich an unseren ersten Tanz?«, fragte sie.

Seine Mundwinkel zuckten und er beugte sich zu ihr runter. »Um ehrlich zu sein, habe ich mich wohl schon da in dich verliebt.« Behutsam lenkte er sie in eine Drehung. Als er sie wieder zu sich zurückführte, zog er sie dicht an seine Brust. Seine Wärme verscheuchte all ihre Zweifel. »Ich wusste«, flüsterte er, »dass ich niemals wieder so jemanden wie dich finden würde.« Erneut entließ er sie in eine Drehung und danach legte Ruby ihren Kopf auf seine Schulter. Sie stellte sich vor, wie sie ein Leben lang so tanzen würden. Vielleicht konnten sie einfach den ganzen Abend hierbleiben, verborgen in der Menge.

Noch zwei weitere Tänze taten sie genau das. Aber dann wollte Mr Barton ihnen etwas zu trinken holen. Ruby folgte ihm, mit angehaltenem Atem huschte ihr Blick dabei in alle Richtungen. Überall mischten sich farbenfrohe Kleider mit schwarzen Smokings, die Gesichter hinter Masken versteckt. Seinen Arm fest im Griff, suchte sie die Menge nach ihren Eltern ab. Als sie sich dem glücklicherweise verlassenen Getränketisch näherten, stieß sie einen Seufzer aus.

»Ist alles in Ordnung?«, fragte er und legte eine Hand auf ihre feuchte Stirn. »Lass uns mit den Drinks nach draußen gehen. Ein bisschen frische Luft wird dir guttun.«

Sie wollte seinen Vorschlag gerade bejahen, als ein stechender Schmerz in ihren Ellbogen fuhr. Ihre Mutter war wie aus dem Nichts neben ihr aufgetaucht, wie ein Schreckgespenst, und zog Ruby in eine Nische, Mr Barton im Schlepptau. Ruby versuchte, sich aus dem Griff ihrer Mutter zu befreien, aber es war zu spät. Nun brachte sie sich zwischen den beiden in Stellung in der Hoffnung, dass – egal was gleich geschah – er danach noch immer ihre Hand halten würde.

»Wie schön, Sie zu sehen, Mrs Tremaine«, sagte er herzlich, wenn auch ein wenig unsicher. Ihre Mutter lächelte zwar, aber alles andere als freundlich. Alle drei zogen sie die Masken herunter und Ruby sah, dass ihre Mutter eine Augenbraue hochgezogen hatte.

»Was soll dieser Unsinn, dass du verlobt bist, Ruby? Mrs Davis macht hier die Runde und erzählt jedem, der es wissen will, dass Mr Barton und du verlobt seid.«

Harrison sah zu Ruby. »Das sind wir.«

Mrs Tremaine musterte ihre Tochter mit verengten Augen.

Rubys Herz hämmerte gegen ihre Rippen. »Harrison und ich sind ineinander verliebt.«

»Verliebt?«, fragte ihre Mutter. »Wir haben über die Liebe und über die Ehe gesprochen, Ruby, und du heiratest John Davenport.«

»Moment mal«, sagte Mr Barton. »Ruby, du hast ihnen doch von uns erzählt, bevor ich dir den Antrag gemacht habe.«

Mrs Tremaine zog scharf die Luft ein und wandte sich an ihre Tochter. »Meine Rede – du enttäuschst uns immer wieder aufs Neue. Bring dieses Fiasko so schnell wie möglich in Ordnung.« Ihre Mutter zog sich die Maske wieder über die Augen und verschwand in der Menge.

Langsam blickte Ruby zu Harrison.

»Du hast gesagt, sie sind damit einverstanden, dass die Sache mit Davenport vorbei ist – und das ohne jeden Zweifel.«

»Es tut mir leid, Harrison. Ich hatte vor … ich habe es einmal versucht –«

»Einmal?« Er entzog ihr seine Hand – und es fühlte sich so an, als hätte er ihr dabei den Arm ausgerissen.

»Ich habe es wirklich versucht. Aber der Wahlkampf und alles drum herum – das alles war so stressig, sie hatten rund um die Uhr zu tun, haben sich Sorgen gemacht. Ich wollte nicht auch noch dazu beitragen.«

»Zu beschäftigt und zu besorgt also …« Er mahlte mit dem Kiefer, bevor er weitersprach. »Bist du dir sicher, dass du ihnen nur nichts gesagt hast, weil du immer noch in John Davenport verliebt bist?«

Ruby sah ihn erschrocken an. »Wie kannst du das auch nur denken? Natürlich nicht.«

»Ich weiß eigentlich nie genau, woran ich bei dir bin, Ruby. Manchmal glaube ich es zu wissen und im nächsten Moment …« Er warf die Hände in die Höhe. »Warum bist du nicht einfach ehrlich zu mir? Diese Machenschaften von dir …« Mit steifer Haltung und finsterer Miene wandte er sich zur Tanzfläche. »Du weißt einfach nicht, was du willst.«

»Doch, das tue ich.«

»Ach ja? Für mich sieht es eher so aus, als wäre das Einzige, was du willst oder was dir wichtig ist, die Anerkennung deiner Eltern. Und zwar zu ihren Bedingungen. Etwas – oder jemand – anderes hat da keine Chance. Dein ganzes Getue und dein Gerede darüber, dass dich die Meinung anderer nicht interessiert, sind bloß eine Lüge.« Er hatte die Stimme so weit gesenkt, dass nur Ruby hören konnte, wie sie zitterte. »Und jetzt bist du die Einzige, die noch daran glaubt. Du bist ein Feigling, Ruby Tremaine.« Mit immer noch starrer Miene wandte er sich ab.

Heiße Tränen liefen ihr über die Wangen. »Harrison, warte.« Die Musik verschluckte ihre Worte, ihre Fingerspitzen streiften nur seinen Ärmel, die Tränen trübten ihre Sicht. Und dann, einfach so, war er verschwunden.

Kapitel 42

Amy-Rose

Amy-Rose stellte ihre Schüssel zu dem Geschirr in der Spüle, das Hetty dort einweichen ließ. *Wo ist sie nur hin?* »Jessie, weißt du, wo Hetty ist?« Ihr Magen war gefüllt, aber ihr Körper schmerzte. Tagelange Vorbereitungen für das heutige Fest lagen hinter ihr und gipfelten nun darin, für eine perfekt ablaufende Spendengala zu sorgen. Es war *das* soziale Event des Sommers und entscheidend für Mr Tremaines Wahlkampf. Amy-Rose hatte sich den ganzen Abend hinter den Kulissen aufgehalten, dort nach dem Rechten gesehen. Sie wollte nicht einen weiteren unangenehmen Vorfall riskieren. Aber es fiel ihr keineswegs leicht, in der Küche zu bleiben. Sie sehnte sich danach, den prunkvollen Ballsaal zu sehen, die Frisuren der Damen zu bewundern, die Masken. Das war viel besser, als nur einen Katalog durchzublättern.

»Die war weg, sobald das Dessert serviert wurde«, beantwortete Jessie kopfschüttelnd Amy-Roses Frage. »Na, der Gesichtsausdruck kommt mir bekannt vor.« Sie sah Amy-Rose verständnisvoll an. »Du kannst dich bestimmt lang genug zusammenreißen, um einen Blick zu riskieren.«

»Nur ganz kurz, das sollte nicht schaden.« Sie legte ihre Schürze ab und strich ihr Haar glatt. Der viele Wasserdampf beim Kochen hatte ihre Locken noch widerspenstiger gemacht. Als sie die Küchentür öffnete, wurde sie von einem lautstarken Stimmengewirr, vermischt mit der Musik des Streichquartetts, empfangen. Das alles zog sie magisch an, versprach den Anblick von Prunk und Schwarzer Eleganz.

Sie wurde nicht enttäuscht. Es war, als würde sie ein Gemälde betrachten. Die funkelnde Schönheit entlockte ihr ein Seufzen. Überall sah sie kunstvoll frisiertes Haar, das mit edlen Schmucksteinen oder Blumen verziert war. Die Fotos, die von dieser Veranstaltung in der Sonntagzeitung zu sehen sein würden, würden diesem Anblick nicht gerecht werden können. Amy-Rose war stolz darauf, wie hübsch die Davenport-Schwestern aussahen, leuchtend wie die Sonne. Helen war wunderschön in ihrem schulterfreien, bodenlangen Etuikleid in Blassgrün, das ihr Dekolleté und ihre Taille betonte. Es war moderner als Olivias Kleid – eine hochgeschnittene elfenbeinfarbene Robe. Die Kristallperlen, die den Ausschnitt zierten, und die Flatterärmel verliehen ihr ein engelsgleiches Aussehen. Ihre Frisuren hatte Amy-Rose schlicht gehalten: Helens Haar war zu einem tief sitzenden Chignonknoten zusammengefasst und Olivia trug einen French Twist. Sie waren beide zu sehr ins Gespräch vertieft, um zu bemerken, welche Aufmerksamkeit sie auf sich zogen.

Amy-Rose erhaschte einen Blick auf Mrs Davis und bahnte sich ihren Weg zu der älteren Dame. »Guten Abend, Mrs Davis.«

»Miss Shepherd.« Mrs Davis zog ihre mit Kristallen besetzte Maske herunter. »Es tut mir leid zu hören, was aus der Sache mit Mr Spencers Laden geworden ist.«

Amy-Rose wusste noch zu gut, wie schmerzhaft die unerwartete Wendung für sie gewesen war. Ihr Traum verlief nicht wie geplant, aber er war in greifbarer Nähe. »Das war wirklich eine furchtbare Enttäuschung, aber ich habe einen anderen Laden gefunden, der sich genauso gut eignet.« Ihre Brust schwoll an vor Stolz. Sie suchte die Menge nach Johns breiten Schultern ab, nach seinem Grübchenlächeln und der Schar Mädchen, die ihm meist auf den Fersen war.

Zu ihrer Überraschung sah sie ihn weder auf der Tanzfläche noch an der Bar. Auch von seinen Eltern fehlte jede Spur.

»Das sind ja hervorragende Neuigkeiten!«, sagte Mrs Davis.

»Allerdings kann ich nicht verhehlen, dass ich ein bisschen enttäuscht bin.«

Amy-Rose schenkte der älteren Frau wieder ihre volle Aufmerksamkeit.

Nun lachte Mrs Davis. »Meine Liebe, ich bin eine wohlhabende, kinderlose Frau mit einem Händchen fürs Geschäft. Ich dachte, wenn ich Sie mit einer kleinen Reise nach New York ködere, lassen Sie mich mit ins Geschäft einsteigen. Jetzt, wo ich darüber nachdenke, klingt das allerdings eher durchtrieben.«

New York? Erstaunt erwiderte Amy-Rose den Blick der dreifach verwitweten Dame.

Mrs Davis lachte erneut auf. »Ich freue mich aufrichtig für Sie, dass Ihnen das Glück noch einmal hold war. Lassen Sie mich wissen, wie Ihr Geschäft läuft, ja?«

»In Ordnung«, flüsterte Amy-Rose.

»Schön.« Mrs Davis setzte sich die Maske wieder auf und verschwand auf der Tanzfläche.

Als Amy-Rose genug von dem Prunk in sich aufgesaugt hatte, schlenderte sie nach draußen zu der Bank am Rande des Gartens. Zu dem Ort, an dem John ihr das erste Mal seine Gefühle für sie gestanden hatte, der Ort, an dem sie sich das erste Mal geküsst hatten. Seit dem Tod ihrer Mutter hatte sie sich einer anderen Person nicht mehr so nah gefühlt. Hier auf dieser Bank hatte sie Hoffnung verspürt und vielleicht konnte dieser Platz heute Abend noch ihren Entschluss stärken. Sie malte sich aus, wie sie hier zukünftig romantische Augenblicke mit John verbrachte, diesen Ort aufsuchte, um in Erinnerungen zu schwelgen. Mit geschlossenen Augen glaubte sie fast, seine Stimme zu hören.

»Ich habe versucht, es auf deine Art zu machen.«

Nein, er ist es tatsächlich. Sie öffnete ihre Augen und spähte in die Dunkelheit jenseits des hell erleuchteten Hauseingangs. Hinter der hohen Hecke machte Amy-Rose John und Mr Davenport aus. Der ältere Herr stützte sich auf seinen Stock, während sein Sohn in Kreisen um ihn herumschritt. Johns Unruhe irritierte Amy-Rose. Sein sonst so kühles, unnahbares Auftreten war wie weggeblasen. Die beiden Männer blieben in der Nähe des Hauses stehen, mit dem Rücken zu Amy-Rose. Sie überlegte, auf sich aufmerksam zu machen, aus den Bäumen hervorzutreten, damit man ihr nicht vorwerfen konnte zu lauschen. Hetty war es, die Klatsch und Tratsch mochte, nicht sie. Aber etwas an der Art, wie John die Schultern hochzog, ließ sie innehalten.

»Ruby und ich kennen uns schon seit unserer Kindheit. Zwischen uns ist nichts«, sagte John in einem Tonfall, der vermuten ließ, dass er darüber nicht zum ersten Mal sprach. Amy-Rose spürte ein aufgeregtes Flattern in der Brust. »Sie liebt mich nicht, sie hat Gefühle für Barton.«

»Deine Mutter und Mrs Tremaine sind sich ziemlich sicher, dass es sich dabei nur um eine vorübergehende Schwärmerei handelt.« Mr Davenport tätschelte Johns Wange und lächelte.

Bei der Berührung seines Vaters wurde John plötzlich ruhig, als würde dessen Hand die innere Unruhe seines Sohnes vertreiben. Amy-Rose konnte Johns Miene von ihrer Position aus nicht sehen, doch ihr fiel auf, wie seine Schultern nach unten sackten, sein Kopf leicht gesenkt.

»Was hast du gesagt?«, fragte Mr Davenport.

Amy-Rose verließ den Schutz der Bäume und lief an der Hecke entlang. Sie achtete darauf, langsam zu gehen und im Schatten verborgen zu bleiben.

»Ich liebe Ruby nicht.« Johns Worte waren nun deutlich. Er richtete sich wieder auf und sah seinem Vater in die Augen. »Ich entscheide mich für Amy-Rose. Ich weiß, sie ist nicht die, die du und Mutter für mich vorgesehen habt, aber das ist mir egal. Ruby und ich würden einander nicht glücklich machen.«

»Und du glaubst, dieses Mädchen wird dich glücklich machen?« Mr Davenport schüttelte den Kopf. »Meinst du, die Ehefrauen deiner Freunde werden sie herzlich in ihren Kreis aufnehmen? Dass sie sich mit ihr anfreunden, mit ihr zu Abend essen wollen – mit der Frau, die sie früher bedient hat? Was soll aus euren Kindern werden? Sie ist die Tochter eines *Sklavenhalters.* Ein Blick genügt und die Leute werden ins Grübeln kommen. Es ist schon so schwer genug, einen guten Tisch im Restaurant zu bekommen oder sich in der Öffentlichkeit zu bewegen, ohne dass wir uns gegenseitig den Platz wegnehmen. Ein paar werden sie wohl akzeptieren, sie sogar vorziehen, aber viele andere werden um sie rumschwarwenzeln und ihr gleichzeitig vorwerfen, sich aufzuspielen. Diese Verbindung würde dir nur Kummer und Ärger bereiten.«

John schüttelte den Kopf. »Ich möchte mit Amy-Rose zusammen sein. Egal was andere darüber denken.«

»Und was ist mit deiner Mutter und mir? Sind wir dir auch egal?«

Noch immer konnte Amy-Rose Johns Gesicht nicht sehen, aber bei der Frage seines Vaters wurde sein gesamter Körper ganz starr. Ihr Magen zog sich zusammen, als er nichts darauf erwiderte. Übelkeit stieg in ihr auf. Auch wenn sie es keineswegs zugeben wollte – Mr Davenport hatte recht. Nichts würde für John und sie je einfach sein. Er war immer gut zu ihr gewesen. Doch jetzt fragte sie sich, ob sie nicht eine personifizierte Erinnerung an das Leben war, vor dem er wegrannte. *Ich lebe in seinem Zuhause.* Ihre Knie zitterten, als sie sich auf den feuchten Boden fallen ließ. Ihr war klar, dass sie besser gehen sollte, doch sie hatte einfach nicht die Kraft, wieder aufzustehen.

»Solche Leute wie der Mann, der ihre Mutter in Schwierigkeiten gebracht hat – sie nehmen sich, was sie wollen.« Mr Davenports Stimme zitterte. »Sie ist ein nettes Mädchen. Niemand würde das Gegenteil behaupten. Wenn du die Tochter eines Sklavenhalters heiraten willst, werden deine Mutter und ich dir nicht im Weg stehen.« Er legte beide Hände auf den Stock, richtete sich zu seiner vollen Größe auf. Amy-Rose glaubte zu erkennen, wie er vor Ärger bebte. »Wir werden dir allerdings auch nicht den Weg ebnen. Du wirst für dich – und sie – selbst sorgen müssen. Ohne jegliche Hilfe von unserer Seite.«

John zuckte zusammen, als wäre er geschlagen worden.

»Bist du dir sicher, dass du alles aufgeben willst«, fuhr Mr Davenport fort, wobei er den Blick über das Herrenhaus und das Anwesen schweifen ließ, »für ein Mädchen?«

Amy-Rose hielt die Luft an, wartete auf Johns Antwort, darauf, dass er erneut sagen würde, er entscheide sich für sie. Kleine Schweißtropfen bildeten sich auf ihrer Oberlippe. Sie blinzelte zu ihm hinüber. *Vielleicht komm ich noch näher ran?* Sie zwang sich, auf wackligen Beinen – und mit nach unten gerichtetem Blick, um nicht auf trockene Blätter und Äste zu treten – weiterzugehen, bis sie fast aus der Dunkelheit trat, die sie bislang verborgen hatte. Als sie wieder aufblickte, sah sie, dass Mr Davenport bereits in Richtung Haus lief.

»John«, rief er über die Schulter zurück. »Ich dachte, die Universität sei dir wichtig. Die Firma. Noch habe ich das letzte Wort.«

John rührte sich nicht von der Stelle. Und schwieg. Das ließ sie innehalten. Mr Davenport köderte seinen Sohn mit der einen Sache, die John am allermeisten wollte. *Mehr als mich?* Amy-Roses Füße schienen sich zu weigern, auch nur einen Schritt weiterzugehen. Das Atmen fiel ihr schwer. Inzwischen war es ihr egal, ob sie entdeckt wurde. Die erneute Zurückweisung und der Kummer brannten in ihren Augen. Mr Davenport hatte John die perfekte Alternative angeboten. Wenn er einen Neuanfang wagte, die Automobilbranche von Grund auf erobern und eine gemeinsame Zukunft mit ihr wollte … dann wäre er raus.

Doch sein Schweigen war Antwort genug. John Davenport war nicht bereit dazu. Vielleicht würde er es nie sein.

Bevor sie wusste, was sie tat, trat sie aus der Dunkelheit hervor und auf ihn zu.

»Ich werde nie genug sein, nicht wahr?«, fragte sie.

Noch immer den Rücken zu ihr gewandt, fuhr bei ihren Worten ein Schreck durch seine Glieder. Er blickte über die Schulter, als würde er sicherstellen, dass sie keine weiteren Zuhörer hatten. »Amy-Rose, ich –«

»Du wusstest nicht, dass ich hier bin?«

»Hast du alles gehört?« Er rieb sich den Nacken.

Sie spürte, wie ein Feuer in ihr brodelte, so heiß wie die Tränen auf ihren Wangen. »Er hat recht. Eine Zukunft mit mir wäre schwierig. Mein ganzes Leben ist und war schon immer schwierig. Glaubst du, ich weiß nicht, wie man mich nennt? Wie andere meine Mutter nennen, dafür, dass sie mit einem weißen Mann geschlafen und sein Kind bekommen hat?«

Sie erwartete gar keine Antwort von ihm. Das alles war schwer genug. Obwohl Mr Davenport sie immer freundlich behandelte und seine Worte nicht für sie bestimmt gewesen waren, schmerzten sie genauso sehr wie Johns Reaktion darauf. Sie waren eine weitere Erinnerung daran, dass Menschen wie sie nie wussten, wo sie hingehörten. Diese immerwährende Unsicherheit quälte sie nach wie vor, auch wenn sie von ihrer Mutter gelernt hatte, so zu tun, als gehörte sie überallhin.

Doch tief in ihrem Inneren saß die Angst, dass sie nirgendwo hingehörte.

Sie sah zu John, wütend darüber, dass er ihren Entschluss zu gehen mit einem Versprechen und einem Geschenk zunichtegemacht hatte. Wie hatte sie sich nur darauf einlassen können? Ihr lodernder Ärger verwandelte sich in kalte Verbitterung, als der Schmerz ihr Innerstes traf. *Du hast es zugelassen*, sagte sie sich selbst. Sie hatte geglaubt, sie und er hätten eine Chance. Dass, solange John an ihrer Seite wäre, sie beide jegliche Hindernisse überwinden würden.

»Jedes Mal wenn ich dieses Haus verlasse«, sagte sie, deutete auf die Flügeltüren des Herrenhauses und versuchte mit ruhiger Stimme zu sprechen, »wappne ich mich vor den Blicken, den Kommentaren, den Beleidigungen. Oft ist das gar nicht nötig, aber ich habe auf die harte Tour gelernt, dass es besser ist, vorbereitet zu sein, als unbewaffnet überrumpelt zu werden. Ich bin Schwarz und ich bin weiß, und manchmal, an manchen Orten, bin ich keines von beidem. Aber ich dachte, hier, mit dir, könnte ich diesen Schutzschild ablegen. Dass ich meine Sommersprossen nicht verbergen müsste, mich nicht klein machen oder entschuldigen müsste dafür, wie ich aussehe oder welche Arbeit ich hier verrichte. Ich dachte, ich müsste mich nicht für meinen Vater entschuldigen und könnte einfach ich selbst sein.« Amy-Rose fasste sich. »Du bist nicht für mich eingetreten und, schlimmer noch – du bist nicht mal für dich selbst eingetreten.« Sie ging bereits Schritt für Schritt rückwärts, verschwand aus seiner Reichweite, während seine Freunde in der Ferne nach ihm riefen. John schien hin- und hergerissen zu sein.

Nein, er ist nicht bereit für den nächsten Schritt.

»Du tust mir leid.« Sie stieß die Luft aus. »Du kannst diesen Laden behalten, ihn als Geschäft, Salon oder Ausstellungsort für deine Automobile nutzen. Ich will ihn nicht haben«, sagte sie und ging, bevor er sehen konnte, wie sie zusammenbrach.

Kapitel 43

Olivia

Olivia ging um den Polsterhocker herum und setzte sich auf den Koffer. Die »wesentlichsten Dinge« so zu reduzieren, dass sie in ein Gepäckstück passten, hatte sich als schwierig erwiesen – *immerhin verließ sie ihr Zuhause* –, so schwierig sogar, dass sie wider besseres Wissen die elfenbeinfarbene Robe angezogen hatte und auf dem Ball erschienen war. Ihre Abwesenheit wäre sonst aufgefallen, sagte sie sich.

Nur kurz hatte sie Helen gesehen, die trotz geschwollener Augen beherrscht gewirkt hatte. Irgendetwas war vorgefallen, aber Helen hatte sich geweigert, darüber zu reden. Die Hände ihrer Schwester hatten gezittert, als sie Olivias Angebot zu bleiben kategorisch ablehnte. Im Grunde hatte Helen sie halb aus dem Ballsaal gejagt.

»Was geht hier vor?«

Ihre Mutter betrat das Zimmer, in ihrer Hand baumelte ihre Maske, deren kompliziertes goldenes Muster zu der Krone passte, die in ihr Haar eingeflochten war. Beides bildete einen kühnen Kontrast zu ihrer burgunderroten Robe. Sie sah aus wie eine Königin. Eine müde Monarchin. Ihr Blick huschte durch den Raum und stockte, als sie den Koffer unter ihrer Tochter bemerkte. Sogleich ging sie noch ein paar Schritte in den Raum hinein.

Obwohl Olivia fast alles, was sie nicht mitnahm, wieder weggeräumt hatte – das sperrige Gepäckstück konnte sie nicht verbergen. Während ihre Mutter auf den Schminktisch zuging, atmete Olivia mehrmals tief ein und aus. Ihr ganzer Körper sirrte vor sorgenvollem Unbehagen, ihr Magen verkrampfte sich. Sie hatte gehofft, bereits fort zu sein, wenn ihre Mutter nach ihr sah, doch vielleicht war es so besser. Dann musste das alles nicht an Helen hängen bleiben, vor allem jetzt, wo ihre Schwester offensichtlich noch mit etwas anderem fertigwerden musste – was auch immer es war.

»Das hier ist ein Zugticket nach Philadelphia. Olivia, erklär mir das bitte.«

»Ich habe mich dazu entschlossen, mit einigen Aktivisten, die ich kennengelernt habe, gen Süden zu reisen.« Sie merkte, wie sich auf dem majestätischen Gesicht ihrer Mutter Schock in Entschlossenheit verwandelte. »Ich weiß, dass du und Daddy euch etwas anderes für mich gewünscht habt, aber das ist das Leben, das ich möchte.«

»Du meinst wohl, der junge Mann ist es, den du möchtest.« Ihre Mutter seufzte und legte die Fahrkarte wieder zurück auf den Schminktisch. »Ich war auch mal jung.« Mrs Davenport schenkte ihr ein trauriges Lächeln.

»Ich streite nicht ab, dass ich mich auch verliebt habe.« Olivia ging auf ihre Mutter zu. »In Washington DeWight – und in seine Arbeit. Mama, das Engagement unserer Familie hat auch seine Grenzen.«

»Es ist gefährlich, Olivia.«

»Ich weiß.«

»Nein, du *glaubst* nur, es zu wissen. Wahrscheinlich nimmst du an, dass Züchtigung oder Gefängnis das Schlimmste ist, was passieren kann.« Mrs Davenport schüttelte den Kopf. »Du warst noch zu jung, um dich daran zu erinnern, wie wir Drohungen in Form von Ziegelsteinen erhielten, als die Firma andere Unternehmen abzuhängen begann. Nach den Aufständen in Springfield wurden auch hier von Schwarzen geführte Geschäfte angegriffen. Den Ausstellungsraum haben wir nicht aus ästhetischen Gründen renoviert. Jemand hat eine brennende Schnapsflasche durch eines der Fenster geworfen.« Mrs Davenport seufzte. »Vielleicht hätte ich Mrs Tremaines Rat beherzigen und euch Kinder nicht so sehr behüten sollen.«

Olivias Herz pochte wie wild. Sie sah ihrer Mutter an, wie schmerzvoll diese Erinnerungen waren. Trotz der milden Abendluft, die durch das geöffnete Fenster hereinwehte, fröstelte Olivia. Die Geräuschkulisse vom Fest nahm sie kaum noch wahr.

»Vor Johns Geburt versuchten dein Vater und ich, genau das zu tun, was du und Mr DeWight macht und vorhabt. Wir gingen auf die Straße.« Sie ergriff die Hand ihrer Tochter. »Doch es gibt auch andere Wege, um Dinge zu verändern, und zwar solche, mit denen man nicht sein Leben riskiert. Und mit diesen Dingen bewirkt man auch viel mehr.«

»Warum hast du mir das alles nicht schon früher erzählt? Du und Daddy – ihr verbergt so viel vor uns.« Olivia gab sich Mühe, die brodelnde Wut in ihr abzuschütteln. »Stattdessen habt ihr uns zu Hause unterrichten lassen. In der Stadt stellen wir unseren Reichtum zur Schau und bewegen uns dabei in Kreisen, in denen wir so gut wie die einzigen Schwarzen Menschen sind. Dort geben wir unser Bestes und das ist besser als das Beste aller um uns herum, und dennoch behandeln sie uns von oben herab. Und gehen wir dann in die South Side, so ist die Wahrscheinlichkeit hoch, sowohl gelobt als auch verflucht zu werden. Ein Korb voller Gebäck hier, ein Scheck da – das ist ja schön und gut, aber die Leute dort wollen vor allem eins: eine Chance.«

Mrs Davenport seufzte erneut. »Indem du einer Person hilfst, hilfst du vielen.« Sie strich Olivia eine lose Haarsträhne hinters Ohr. »Es tut mir leid. Wir wollten dich, deinen Bruder und deine Schwester vor dem Schlimmsten bewahren. Mit allem, was wir hatten. Bist du dir wirklich im Klaren darüber, worauf du dich da einlässt?«

Der Zweifel bahnte sich einen Weg durch Olivias Mauer der

Entschlossenheit, nahm mehr und mehr Raum ein und machte es ihr schwer, konzentriert zu bleiben. Ihre Mutter hielt immer noch ihre Hand, schenkte ihr Wärme und Sicherheit. Schon immer hatten diese vertrauten Hände sie getröstet, wenn sie krank war, ihre Tränen abgewischt, ihr das Haar aus dem Gesicht gestrichen – genau wie jetzt auch.

Sie senkte den Blick. Ihr Koffer war gepackt.

»Ich möchte, dass du sorgfältig über diese Entscheidung nachdenkst«, sagte Mrs Davenport.

»Das habe ich. Ich mache nichts anderes, als darüber nachzudenken. Jetzt ist der richtige Zeitpunkt, um zu handeln. Vielleicht gewinnt Mr Tremaine die Wahl und kann auf diese Weise für Veränderung sorgen, aber das ist keine Garantie.«

»Warte bis zum Ende des Sommers.«

»Mama, ich muss nicht bis zum Ende des Sommers warten.«

Mrs Davenports Augen glänzten und sie hielt ihre Maske so krampfhaft fest, dass sie knitterte. »Und was ist, wenn es mit diesem Mann nicht funktioniert? Dann kommst du nach Hause zurück von« – sie fuchtelte mit der Maske herum – »wo auch immer, dein Ruf wäre ruiniert und du würdest keinen geeigneten Ehemann mehr finden. Mr Lawrence ist gerade da unten. Er ist ein guter Mann und er wird ein wundervoller Ehemann sein.«

Olivia schoss die Röte in die Wangen. »Ehemann? Mama, ich weiß, dass ich gehe, ist nicht, was du willst –«

»Nein, keineswegs!«

»Aber *ich* will es. Ich weiß, was ich tue.«

»Das hoffe ich.« Mrs Davenport drückte ihrer Tochter einen Kuss auf die Stirn. »Dein Vater und ich werden womöglich den Schaden nicht beseitigen können, wenn du zurückkommst.«

»Wer sagt denn, dass das überhaupt nötig sein wird?«

»Die Hoffnung stirbt zuletzt«, sagte Mrs Davenport. Als sie fortfuhr, hatte ihre Stimme einen flehenden Unterton. »Warte wenigstens bis morgen früh. Wenn du dann immer noch gehen willst, werden dein Vater und ich dir jemanden an die Seite stellen, der dich begleitet.«

Olivia kaute auf ihrer Unterlippe. Sie hatte selbst schon darüber nachgedacht, auch wenn sie es vorgezogen hätte, dafür jemanden unter den Anwälten und Aktivisten zu finden. Außerdem hatte sie den Verdacht, dass ihre Eltern dann versuchen würden, sie noch so lange wie möglich vom Gehen abzuhalten. *Wäre es nicht besser, heute Abend gemeinsam mit den anderen die Stadt zu verlassen?* Sie blickte auf den Koffer hinab. »In Ordnung«, sagte sie dann. »Ich warte.«

Mrs Davenport atmete erleichtert aus. »Gut. Wir sehen uns dann gleich unten.«

»Ja, Mama.« Als ihre Mutter das Zimmer verließ, schaute Olivia ihr nach und sah sich dann in ihrem Zimmer um. Als sie die gerahmten Fotos, eins nach dem anderen, in die Hand nahm, spürte sie einen Stich im Herzen.

»Verflixt!« Die kleine Uhr neben dem Foto ihres Vaters sagte ihr, dass sie spät dran war. Sie hatte keine Zeit mehr, sich umzuziehen. Olivia griff nach dem langen Mantel, den sie immer zum Reisen nutzte, und warf ihn sich über. An der Tür lauschte sie einen Moment, ob Schritte sich näherten. Als sie nichts hörte, nahm sie ihren Koffer und schlich leise aus dem Haus.

Olivia erreichte den Bahnhof noch rechtzeitig. Sie verabschiedete sich von dem Fahrer, den sie sich samt Kutsche einfach ausgeliehen hatte – er gehörte zu einem der Gäste ihrer Eltern und würde nach Freeport zurückkehren, um auf seinen Arbeitgeber zu warten –, und beeilte sich, die Treppen hinaufzukommen. Im Bahnhofsgebäude blieb sie kurz stehen und reckte den Kopf, um den fünfundzwanzig Meter hohen Bogen über dem Van-Buren-Street-Eingang zu bewundern. In der riesigen Bahnhofshalle kam sie sich klein vor, die vielen an ihr vorbeihastenden Menschen gaben ihr das Gefühl, unsichtbar zu sein. *Ich könnte einfach verschwinden, eine ganz neue Person werden.*

Schon jetzt hatte der Druck nachgelassen, der sonst aufgrund der gesellschaftlichen Erwartungen auf ihr lastete. Staunend blickte Olivia einer Gruppe von Tagelöhnern hinterher, die große Leinentaschen trugen, ihre Werkzeuggürtel um die Hüften geschnallt. Geschäftsmänner saßen Zeitung lesend auf Bänken, und Damen fuchtelten mit ihren Einkaufstauschen, um ungezogene Kinder zu verscheuchen. Olivia kam sich vor, als stünde sie in einer Schneekugel, bevor sie geschüttelt wurde. Ihre Absätze klackerten auf dem polierten Marmorboden, bis sie schließlich das Bahngleis erreichte. Sie drängelte sich durch die Menschenmassen und hielt dabei Ausschau nach Washington DeWights vertrautem Gesicht.

Die Luft schien von dem im Gleis stehenden Zug zu vibrieren. Er stand unter Spannung, genau wie sie. Ihre Handflächen waren schweißnass. Sie korrigierte den Griff um ihren Koffer und wünschte, sie hätte bei ihrer Ankunft am Bahnhof doch einen Gepäckträger engagiert. Aber nun war es zu spät dafür, der Zug würde gleich abfahren. Leicht panisch sah sie sich um.

Endlich fiel ihr Blick auf Washington DeWight, er stand auf der Trittstufe zum Zug, den Arm ausgestreckt, weil er sich am Haltegriff festhielt. Sie spürte ein aufgeregtes Flattern im Bauch, das das ohnehin emotionale Durcheinander in ihr noch verstärkte. Sie war noch nie in Philadelphia oder Washington gewesen, hatte noch nie den Bundesstaat ohne ihre Familie verlassen. Jetzt war sie kurz davor, durch das halbe Land zu reisen.

»Miss Davenport?« Ein junger Mann mit einem blutgetränkten Taschentuch an einer Augenbraue ging auf sie zu. »Sind Sie Miss Davenport?«

»Ja«, sagte sie unsicher. Er kam ihr bekannt vor. Doch Olivia war in den vergangenen Wochen so vielen Menschen begegnet, dass sie ihn nicht zuordnen konnte – bis sie etwas an der Art, wie er seinen Mund bewegte, wiedererkannte. *Hetty*. Dieser Mann hier war ihr Cousin. »Ist alles in Ordnung mit Ihnen?«

Er blinzelte, allerdings nur mit einem Auge, da das andere zugeschwollen war. »Es sieht schlimmer aus, als es ist. Ich bin wegen Hetty hier. Sie braucht Ihre Hilfe.«

»Ist sie verletzt?« Olivia sah sich um. »Wo ist sie?«

»Im Gefängnis. Ich habe ihre Kaution bezahlt, aber die ließen sie nicht gehen, als ich sie abholen wollte.«

»Alles einsteigen bitte!«, rief der Schaffner zwei Waggons weiter.

»Man glaubt Ihnen nicht, dass Sie beide verwandt sind?«

Er faltete das Taschentuch neu und legte es wieder auf sein Auge. »Sie haben mir das Geld abgenommen und dann erst gesagt, dass sie Hetty nur einem direkten Verwandten übergeben würden. Wegen ihres Alters.« Sein Gesichtsausdruck zeigte mehr als deutlich, was er von dieser Erklärung hielt.

Je länger Olivia auf dem Bahngleis stand, desto schwerer fiel es ihr weiterzugehen. Sie blickte sich um und sah, dass Washington DeWight sie nun auch in der Menge entdeckt hatte. Seine Miene hellte sich auf. Er winkte sie zu sich. Freude und Erleichterung standen ihm ins Gesicht geschrieben.

Olivia fühlte sich wie in einem Sturm gefangen. Sie hatte seine Worte wieder im Ohr: Er reiste von Stadt zu Stadt, versammelte die Menschen um sich, bevor er sie mit neuen Informationen, mit neuem Handwerkszeug, mit allem, was sie brauchten, um weiterzumachen, wieder verließ. Die restliche Arbeit – die für langfristige, bedeutsame Veränderung sorgte – übernahm die Gemeinde.

Diejenigen, die bleiben.

Sie beobachtete, wie sich Enttäuschung in seinem Gesicht breitmachte und seine Miene veränderte.

Zunächst verschwand sein Lächeln und mit ihm die hohen Wangenknochen. Dann ließ er seinen winkenden Arm sinken, die dunklen Brauen zogen sich zusammen. Aus der Ferne konnte sie nicht die Falte erkennen, die sich stets dazwischen bildete, wenn er sich konzentrierte. Doch Olivia sah sie vor ihrem inneren Auge. Mit einem letzten Nicken duckte er sich in den Waggon.

»Auf Wiedersehen«, sagte sie, den Geschmack ihrer Tränen auf den Lippen.

Der Ball war auf seinem Höhepunkt angelangt, als Olivia und Hetty wieder auf Freeport ankamen. Hettys Verletzungen waren zum Glück nicht schlimm und stammten nur von den Rangeleien während der Festnahme. Jessie und Ethel umarmten sie beide. Niemand verlor ein Wort über Olivias Koffer. Oder darüber, woher sie gewusst hatte, dass Hetty ihre Hilfe brauchte.

»Vielen Dank, Olivia«, sagte Hetty. »Bringt Harold Sie zurück zum Bahnhof?«

Olivia lächelte gezwungen. »Ich glaube, dafür ist es zu spät.«

Hetty öffneten den Mund, schloss ihn aber wieder. Sie legte eine Hand auf Olivias Wange. »Danke«, flüsterte sie. Dann umarmten sie sich.

Eine ganze Weile nachdem Hetty Arm in Arm mit den anderen beiden Frauen ins Haus gegangen war, beschloss Olivia, zur Party zurückzukehren. Auf der Veranda und der Einfahrt schlenderten Gäste umher, der Rauch ihrer Zigaretten kratzte in Olivias rauer Kehle. Sie hatte die richtige Entscheidung getroffen, dessen war sie sich sicher. Sie war nur so schrecklich müde. Sowohl Koffer als auch Mantel ließ sie einfach stehen und liegen. Mithilfe eines Spiegels in der Eingangshalle und einer Serviette wischte Olivia die verschmierte Wimperntusche weg. Dann schnappte sie sich eine volle Champagnerflöte von einem Tablett und gesellte sich zu den auf den Sofas sitzenden Damen.

»Dieser Abend ist wieder mal ein voller Erfolg, Mama«, sagte sie, ihre Haltung einwandfrei, gerader Rücken, zurückgezogene Schultern.

Mrs Davenport zog ihre Tochter an sich. »Ja, du kannst stolz auf dich sein.«

Kapitel 44

Helen

Während Helen den Tanz mit Josiah Andrews über sich ergehen ließ, hoffte sie, dass Olivia bereits auf dem Weg nach Philadelphia war. Helen musste ihre Eltern nur so lange beschäftigen, bis sie Olivia nicht mehr aufhalten konnten. *Was man nicht alles für seine Schwester tut*. Über Mr Andrews Schulter hinweg beobachtete Helen Jacob Lawrence, der am Rande einer Gruppe von Männern stand. Jedes Mal wenn sie zu ihm hinübersah, erwiderte er ihren Blick, schien ihr etwas mit den Augen sagen zu wollen. Doch sie spürte nichts als heiße Wut. Was würde sie bloß dafür geben, jetzt in der Werkstatt sein zu können.

»Grün steht Ihnen wirklich hervorragend«, sagte Mr Andrews.

»Danke, das ist sehr freundlich von Ihnen«, entgegnete sie mit zusammengebissenen Zähnen und schob seine Hand auf ihrem Rücken etwas weiter nach oben. Im Laufe des Tanzes hatte er sie tiefer und tiefer sinken lassen.

Er errötete und trat ihr auf den Fuß. »Entschuldigung«, grummelte er.

Als das Lied endlich vorbei war, befreite sie sich aus seinen Armen. »Es war ein Vergnügen, mit Ihnen zu tanzen«, sagte sie und ließ ihn mitten auf der Tanzfläche stehen. Das war eindeutig genug.

»Miss Davenport?«, rief Jacob ihr nach. Helen beschleunigte ihr Tempo, aber sie konnte gegen seine langen Schritte nichts ausrichten. »Helen, bitte«, sagte er. »Das alles tut mir so leid.«

»Du hast mich und meine Eltern angelogen. Du hast Olivia belogen, dann hast du *für* sie gelogen. Ich weiß einfach nicht mehr, was ich noch denken soll.«

»Ich habe einen Plan, ich brauche nur mehr Zeit. Bitte«, sagte er noch einmal.

Der Schmerz in seiner Stimme sorgte dafür, dass Helen sich matt und ausgelaugt fühlte. Noch nie zuvor hatte sie einen so starken Drang empfunden, einfach zu verschwinden. Doch Olivia brauchte sie. Helen musste dafür sorgen, dass ihre Eltern im Ballsaal blieben, die Party genossen und nicht bemerkten, wie ihre Schwester das Anwesen verließ. Helen schluckte die aufkommenden Tränen hinunter. »Ich möchte, dass du gehst«, sagte sie. Und um dem gerecht zu werden, was Mrs Milford ihr beigebracht hatte, setzte sie ein Lächeln dabei auf. »Danke, dass du gekommen bist.« Sie wandte den Blick ab, um ihm nicht in die Augen sehen zu müssen. Schließlich zog er sich zurück und verschwand in der Menge.

Genau der richtige Zeitpunkt, um sich in die Bibliothek zurückzuziehen. Helen kam abrupt zum Stehen. Ihr Vater versperrte ihr den Weg zur Freiheit.

»Versuchst du schon zu entkommen, Helen?«

Ihre Augen huschten über seine Schultern hinweg. »Natürlich nicht, Daddy«, sagte sie, um Worte ringend. »Ich wollte dich um einen Tanz bitten.«

Sein überraschtes Lachen bereitete ihr Schuldgefühle. Helen konnte sich nicht erinnern, wann sie ihren Vater das letzte Mal so ergriffen und sprachlos erlebt hatte.

Mr Davenport hielt seiner Tochter eine Hand hin und führte sie zurück ins Getümmel. In seinen Armen fühlte sie sich wieder wie ein kleines Mädchen. Sie spürte seine leuchtenden Augen auf sich. Trotz seiner Gehbehinderung hatte er einen festen Stand. »Weiß du noch, wie du früher mit deinen kleinen Füßen auf meinen Zehen balanciert bist?«

»Ich kann aufsteigen, wenn du willst«, scherzte sie.

Er lachte erneut auf und Helen konnte nicht anders, als mit einzufallen. Der Knoten in ihrem Magen löste sich zumindest so weit, dass sie trotz der Schuldgefühle auch ein wenig Glück verspürte. War es das, was sie verpasst hatte, während sie in ihrem Zimmer, in der Bibliothek oder der Werkstatt saß? Vater-Tochter-Tänze? Hatte er sie vermisst und war das der Grund dafür, dass er so wenig Geduld mit ihr hatte? Warum all ihre Ideen immer wieder vom Tisch gefegt wurden?

»Was ist los, Süße?«, fragte er und neigte den Kopf, um ihren Blick einzufangen. Sie musterte ihn, die neu hinzugekommenen Falten um seine Augen, die prominente Nase, die sie von ihm geerbt hatte.

»Nichts«, antwortete sie. »Das hier ist schön.«

»Das sollten wir öfter tun.«

Als das Lied endete, begleitete Helen ihren Vater dorthin, wo er seinen Gehstock hatte stehen lassen.

»Wenn du deiner Schwester begegnest, dann schick sie bitte zu mir. Ich möchte heute Abend mit all meinen Mädchen tanzen.« Er gab ihr einen sanften Kuss auf die Wange, und als er sie wieder ansah, blieb Helen Olivias Alibi im Hals stecken. »Helen?«, fragte er eindringlich.

»Ja, Daddy«, erwiderte sie schnell und blickte zu der Tür, die in die Eingangshalle führte.

»Was ist los?«

»Nichts! Ich glaube, Livy ist schon zu Bett gegangen, sie fühlte sich nicht so gut.« Helen versteckte ihre Hände hinter ihrem Rücken, damit er nicht sah, wie sie an ihren Nägeln zupfte.

»Ihr geht es in letzter Zeit häufig nicht besonders gut. Vielleicht sollte ich mal nach ihr sehen.«

»Nein!« Helen stellte sich ihm in den Weg. *Immerhin ist mein Weg zur Tür kürzer.* »Ich sehe nach ihr und gebe dir dann Bescheid.« Sie rang verzweifelt nach Worten. Normalerweise hatte sie keine Probleme, sich aus einer misslichen Lage herauszureden. Dieser Anstandsunterricht hatte sie vollkommen durcheinandergebracht! In diesem Moment war sie sich sicher, dass sie genau die falschen Sachen gelernt hatte. Mrs Milford wäre zwar stolz auf sie, doch sie war gerade dabei, ihre Schwester zu enttäuschen. Olivia würde am Boden zerstört sein.

»Da ist sie ja«, sagte ihr Vater auf einmal. Helen war genauso überrascht, wie er erfreut war. Dort, wo ihre Mutter gemeinsam mit ein paar anderen Damen entspannt auf der Sofagarnitur saß, erschien tatsächlich ihre Schwester, ein Traum in Weiß.

»Ich sage ihr, dass du sie suchst.« Helen wartete die Antwort ihres Vaters nicht ab. Sie winkte und wich Greenfield aus, der sie wahrscheinlich bloß um ein gemeinsames Picknick oder etwas ähnlich Langweiliges bitten wollte.

»Livy.«

Ihre Schwester drehte sich zu ihr um. »Du und Daddy seid ein schönes Paar, Helen.« Obwohl Olivias Worte fröhlich klangen, hörte Helen ein Zittern heraus. Mrs Davenport beobachtete ihre Töchter von ihrem Platz auf dem Sofa aus.

»Ich dachte, dir geht es nicht gut«, sagte Helen.

»Ich fühle mich schon viel besser. Ich musste mich nur ein wenig ausruhen.« Olivia lächelte Helen verkrampft an. Irgendetwas stimmte nicht, und zwar ganz und gar nicht.

»Wunderbar. Kann ich kurz mit dir reden?« Damit hakte Helen sich bei ihrer Schwester ein und zog sie mit sich.

Als sie die Bibliothek erreicht hatten, verlangte Helen nach einer Antwort. »Was machst du hier?«

»Ich weiß es nicht«, sagte Olivia. »Ich stand auf dem Bahnsteig, als Hettys Cousin mich angesprochen hat. Er hat mir gesagt, dass sie verhaftet worden ist –«

»Hetty wurde verhaftet?«

»Ich habe sie von der Wache abgeholt. Sie ist jetzt bei Jessie und Ethel.«

»Du bist so dort hingegangen?«, fragte Helen mit Blick auf Olivias Robe.

Das Lachen ihrer Schwester klang bitter. »Du hättest mal das Gesicht des Polizisten sehen sollen.« Ihr Kinn begann zu zittern, sie ließ sich in einen der Sessel sinken und hielt sich die Hände vors Gesicht.

Helen seufzte. »Was hast du jetzt vor, Livy?«

Olivia zuckte nur mit den Schultern. Noch nie hatte Helen ihre Schwester so unsicher gesehen.

»Mama hat mich doch noch erwischt, bevor ich gegangen bin. Sie hat mir erzählt, wie sie und Daddy früher ebenfalls versucht haben, aktiv zu werden, auf die Straße zu gehen – und wie wenig sie damit erreicht haben. Wusstest du davon?« Als Helen den Kopf schüttelte, fuhr Olivia fort: »Ich habe es nur knapp geschafft, rechtzeitig am Bahnhof zu sein, und die ganze Zeit über konnte ich bloß an das denken, was sie mir erzählt hat.« Etwas ruhiger fügte sie hinzu: »Und dann ist mir klar geworden, dass es hier noch so viel zu tun gibt. Angefangen damit, den Wahlkampf von Mr Tremaine zu begleiten – wie kann ich da auf die Idee kommen, die Stadt zu verlassen?« Sie unterbrach sich für einen kurzen Moment. »Ich habe gesehen, wie er nach mir Ausschau gehalten hat, und als er mich entdeckt hat, konnte ich mich nicht mehr bewegen.« Olivia räusperte sich. »Ich werde die Arbeit hier fortführen. Nur weil er weitergezogen ist, heißt das nicht, dass auch ich das tun muss.« Sie schlang die Arme um ihren Körper. »Was ist mit Mr Lawrence und dir?«

Beim Klang seines Namens schien die noch lange nicht verheilte Wunde wieder aufzuplatzen. Tränen liefen Helen über die Wangen.

»Oh, Helen.« Sogleich war Olivia an ihrer Seite, strich ihr das Haar aus dem Gesicht und Helen fühlte sich wieder wie ein kleines Mädchen. Sie legte den Kopf auf Olivias Schulter und erzählte ihr alles. Als sie fertig war, fühlte sich ihr Gesicht ganz geschwollen und verspannt an. Sie hätte einfach in die Werkstatt gehen und dort bleiben sollen. Doch als ihre Schwester sie hin und her wiegte und ihr beruhigende Worte zuflüsterte, die sie gar nicht richtig hörte, da wusste sie, dass dieser Moment unbezahlbar war.

Kapitel 45

Amy-Rose

Die ersten Tränen liefen bereits, als Amy-Rose durch die Schwingtür in die Küche trat. Ein Blick in ihr Gesicht und Jessie legte das Nudelholz zur Seite. Amy-Rose ging um den Tisch herum und fiel der Köchin in die Arme, die sie wortlos hielt, während sie an Jessies Schulter schluchzte. »Ich bin bloß ein Dienstmädchen«, sagte Amy-Rose. »Ich werde immer ein Dienstmädchen sein.«

Jessie nahm Amy-Roses Gesicht in beide Hände und trat einen Schritt zurück. Diese kleine Geste ließ Amy-Rose verstummen. Sie hatte schon mehr als genug Tränen vergossen.

»Niemand ist *bloß* irgendwas. Vor allem du nicht. Und du brauchst keinen Mann, der dir deine Träume erfüllt. Denn das ist es doch, worum es hier geht, oder?«

Amy-Rose nahm einen tiefen Atemzug, auch wenn es schmerzte. Sie dachte an ihre Mutter, daran, wie sie einen Ausweg gefunden hatte – den würde sie ebenfalls finden. Das Gewicht ihres Notizbuchs, das sie in der Schürze trug, gab ihr Halt. Jessie hatte recht: Sie würde es auch allein schaffen. Allerdings nicht hier auf Freeport Manor …

Gut, dass ihre Tasche noch gepackt war. Dieses Mal würde sie gen Osten ziehen.

Kapitel 46

Ruby

Zum Glück befand sich abgesehen von Ruby, ihrer Mutter und ein paar älteren Damen niemand sonst im Teesalon, dessen türkis gestrichene Wände von großen, bodentiefen Fenstern unterbrochen wurden. Die strahlend weißen Tischtücher waren beinahe schon grell. Alle waren noch ganz erschöpft von der Spendengala, doch Mrs Tremaine hatte darauf bestanden, dass sie trotzdem beim sonntäglichen Brunch erschienen.

Nachdem Mr Barton vom Ball verschwunden war, hatte Ruby nur noch nach Hause fahren und ihrer üblen Laune freien Lauf lassen wollen. Die Veranstaltungen, die sie im Rahmen der Wahlkampagne ausrichteten, waren meist erträglich, manchmal machten sie sogar Spaß. Doch jetzt sah Ruby nur noch, was sie wegen ihres Pflichtgefühls verloren hatte: Harrison Barton, eine Chance auf die Liebe, ihre Freiheit. Noch vor ein paar Monaten hätte Ruby damit geprahlt, als Erste in dieser Ballsaison einen Antrag bekommen zu haben. Stattdessen war sie nun hoffnungslos traurig.

Die Vorstellung, Harrison Barton könnte sich in ein anderes Mädchen verlieben, war allerdings noch schlimmer. Doch ihr war bewusst, dass sie diesen Schmerz verdiente. Sie hatte ihn verletzt, hatte ihre Chance, gemeinsam glücklich zu werden, vertan – und damit womöglich auch ihre eigene Chance, die wahre Liebe zu finden. Eine Ehe mit John wäre zweckmäßig und würde die nostalgischen Gefühle ihrer Eltern bedienen sowie das Bedürfnis ihres Vaters nach Sicherheit erfüllen. Schon jetzt profitierten Ruby und ihre Familie von der Macht und dem Einfluss der Davenports – und das nur, weil ihre Eltern klargestellt hatten, dass eine Verbindung der beiden Familien in Form einer Eheschließung immer noch möglich wäre.

»Trink deinen Tee, meine Liebe«, sagte Mrs Tremaine mit zusammengebissenen Zähnen. »Wir wollen nicht den Anschein erwecken, als würden wir das Angebot nicht genießen. Die Menschen hier setzen sich sehr für deinen Vater ein.«

Ruby tat, wie ihr geheißen, und spielte mit dem Kettenanhänger an ihrem Hals herum.

»Als Nächstes gehen wir zum Hutmacher. Ein paar neue Hüte wären nicht schlecht. Oh, und was hältst du davon, bei *Marshall Field's* vorbeizuschauen?« Als sie beide allein waren, flüsterte ihre Mutter: »Dein Plan ist in mehrfacher Hinsicht aufgegangen. Mr Barton hat dir nicht nur deine Kette zurückgekauft, sondern auch eine ordentliche Summe für den Wahlkampf deines Vaters gespendet.«

»Tatsächlich?«, fragte Ruby. Bei der Erwähnung seines Namens stockte ihr der Atem. »Wann?«

»Vor mehreren Wochen. Mr Barton wollte nicht, dass du davon erfährst, du warst ja auch so schon verwirrt genug …«

Angesichts seiner Herkunft ergab Mr Bartons Interesse an der Wahl ihres Vaters durchaus Sinn, doch sie hatte nicht erwartet, dass er ihrer Familie auf diese Art helfen würde. Er glaubte daran, dass ihr Vater etwas bewegen könnte. Der erste Schwarze Bürgermeister zu sein war etwas Bedeutsames.

Ausnahmsweise hatte sie heute keine Lust auf einen Einkaufsbummel, doch ihre Mutter hielt Wort. Sie bestellte für sie beide neue Hüte, dann machten sie sich auf den Weg zu dem großen Kaufhaus. Mrs Tremaine blieb alle paar Meter stehen, um mit den Ladenbesitzern, Zeitungsverkäufern oder mit Bekannten zu sprechen, die ihnen über den Weg liefen. Ruby kam es so vor, als würde ihre Mutter schon für den Wahlsieg trainieren. Und Ruby selbst wurde immer wieder in die Pflicht genommen. Ständig ermahnte ihre Mutter sie zu lächeln oder sich mehr am Gespräch zu beteiligen.

Als sie *Marshall Field's* erreichten, hatte sie das Gefühl, kaum noch Luft zu bekommen. Und es lag nicht nur an dem Kleid, das sie ihrer Mutter zuliebe anprobierte und dessen Korsett straff zusammengezogen wurde. Die abgebrühte Art, wie Mrs Tremaine auf einmal Geld ausgab, brachte Rubys Blut in Wallungen. Es war, als hätte es die letzten Monate, in denen sie jeden Penny umgedreht hatten, nie gegeben. Oder als könnte so etwas nie wieder vorkommen.

Die Verkäuferin breitete den Rock aus und justierte die Rüschen an den Schultern. Ruby bewunderte den feinen Stoff auf ihrer Haut. Der tiefe Ausschnitt wurde durch einen spitzenbesetzten Saum abgeschwächt, der von einer Schulter zur anderen verlief und ihr Schlüsselbein umspielte.

»Miss Tremaine, möchten Sie Blumen an der Taille haben?«, fragte die Schneiderin und hielt ein Seidengesteck in der Größe ihrer Handfläche an die Empire-Taille des Kleides.

Das ist mir egal, dachte Ruby und fragte sich, wie viele Anproben wohl noch vor ihr lagen. Sie sagte Ja, hauptsächlich, um Zeit zu haben, sich zu beruhigen. Von Sekunde zu Sekunde wurde ihr heißer und ihr Herzschlag immer schneller.

Sie warf noch mal einen Blick auf ihr Spiegelbild, holte tief Luft und verbarg ihre wahren Gefühle hinter ihrem schönsten Lächeln. Das Musterkleid war viel zu weit und viel zu lang. Der überschüssige Stoff an ihren Schultern und um die Taille wurde mit Klammern und Stecknadeln zusammengehalten und es zwickte überall. Wenigstens kamen so ihre Kurven zur Geltung. Über den Schnitt des Kleides hätte Ruby am liebsten die Nase gerümpft. Er war altmodisch und ließ sie klein wirken. Der Stoff hingegen war wirklich schön. Mit einem Nicken zog die Verkäuferin den Vorhang zurück.

»Oh, Ruby«, sagte ihre Mutter. »Der Spitzensaum macht wirklich etwas her.«

Als die Schneiderin Ruby das Maßband um die Schultern legte, blieben ihre flachsblonden Locken darin hängen. Mit geröteten Wangen sah sie erwartungsvoll von Ruby zu ihrer Mutter.

Mrs Tremaine zupfte die Blumen an Rubys Taille zurecht. Ruby kniff die Augen zusammen und hätte sich am liebsten das Kleid vom Leib gerissen, doch sie hielt still. Als sie die Augen wieder öffnete, bemerkte sie den sanften Ausdruck auf dem Gesicht ihrer Mutter.

»Mein wunderschönes Mädchen«, sagte Mrs Tremaine und tätschelte ihre Wange.

Ruby ergriff ihre Hand. In diesem Moment wurde ihr plötzlich etwas klar: Wenn sie glücklich sein wollte, dann musste sie ihrer Mutter das Herz brechen.

»Könnte ich bitte ein Glas Mineralwasser haben?«, fragte sie.

»Kommt sofort, Miss.« Die Verkäuferin verschwand in einem anderen Raum.

»Mutter, könntest du zum Vergleich eine Brosche heraussuchen? Ich glaube, das wäre für dieses Kleid passender.«

»Ich weiß auch schon genau, welche!«

»Oder nein, ich hab es mir anders überlegt.« Es steckten schon genug Nadeln in dem Kleid, die sie pikten.

Mrs Tremaine griff nach der Perlenkette um ihren Hals. »In Ordnung, aber ich verbitte mir diesen Ton. Ich glaube kaum, dass John dir das durchgehen lassen würde, und außerdem sollte man Kindern ein gutes Vorbild sein.«

»Deine Pläne interessieren mich nicht mehr, Mutter«, sagte Ruby mit ruhiger Stimme. »Ich werde John nicht heiraten. Ich liebe Harrison Barton und es ist mir egal, wenn ich damit deine Pläne durcheinanderbringe. Ich möchte glücklich sein. Es ist mein Leben und meine Entscheidung. Ich werde mich nicht mehr von Papa und dir herumkommandieren lassen.«

Nach diesen Worten war ihr hämmernder Puls das einzige Geräusch in ihren Ohren. Hastig schlüpfte sie in ihre Schuhe.

Luft, sie brauchte frische Luft. Ruby kehrte den Broschen den Rücken zu, lief los und ignorierte die Blicke der anderen Kunden und der Verkäuferinnen.

Gibt es hier keine Fenster?

»Ist das nicht Ruby Tremaine? Oh ja, sie ist es.«

Ruby zuckte zusammen.

Nur wenige Meter von ihr entfernt stand Agatha Leary mit verschränkten Armen und musterte Ruby von oben bis unten. »Interessante Aufmachung«, bemerkte sie.

»Nett, dich zu sehen, Agatha, auch wenn ein paar mehr Stunden Schlaf dir bestimmt gutgetan hätten.«

Agatha lachte kurz auf und warf ihr einen stechenden Blick zu. »Sag mal, Ruby, kannst du für mich mal was klarstellen? Ich habe gehört, dass es zwischen dir und Mr Barton aus ist. Heißt das, er ist wieder zu haben?«

Einen Moment lang sah Ruby rot, rubinrot. Am liebsten hätte sie Agatha Leary gleich hier in der Kosmetik-Abteilung erwürgt. Hätte die kühle Brise sie nicht nach draußen gelockt, hätte sie es womöglich auch getan.

»Mir ist zu Ohren gekommen, dass er bereits vergeben ist.« Ruby straffte die Schultern und lief dem Ausgang entgegen. Sie ließ sich von ihren Füßen dorthin tragen, wohin ihr Herz sie führte. Die seltsamen Blicke, die ihr zugeworfen wurden, ignorierte sie einfach. Nach und nach verlor sie die Klammern und Stecknadeln, die das Kleid zusammenhielten. Ruby kümmerte es nicht.

Nach einer kurzen Fahrt mit der Straßenbahn stieg sie die Treppen eines eleganten Stadthauses hinauf, vor dem ein großer, blühender Baum stand. Sie klopfte, pochte mit der Faust gegen die Tür, bis eine Frau in gebückter Haltung ihr öffnete. Hinter ihr, auf dem Treppenabsatz zum Obergeschoss, stand Harrison Barton und blickte ihr erstaunt entgegen.

Kurz zögerte sie. »Entschuldigen Sie mich«, sagte sie dann mit einem Lächeln, noch ganz außer Atem. Sie quetschte sich an der Hausangestellten vorbei ins Haus, gleichzeitig gingen Mr Barton und sie aufeinander zu, bis sie schließlich am Fuße der Treppe voreinanderstanden. »Ich weiß, was ich will. Ich will ein Leben mit dir. Ich will dieses Hin und Her nicht mehr. Ich habe es meiner Mutter gesagt. Von mir aus kannst du es der ganzen Welt verkünden. Ich liebe dich, verdammt noch mal!«

Er war wie erstarrt, sagte kein Wort, sodass Ruby schon fürchtete, ihn für immer verschreckt zu haben. Dann legte er seine Hand um ihren Nacken, zog sie zu sich ran und küsste sie. Ruby stellte sich auf die Zehenspitzen, öffnete die Lippen, als der Kuss intensiver wurde. Das hier war, was sie wollte. Nichts anderes.

Ein lautes Geräusch ließ sie auseinanderfahren. Die ältere Frau hatte die Tür ins Schloss geworfen. Ruby und Harrison Barton starrten einander an, beide mit strahlenden Augen und einem Grinsen, das von einem Ohr zum anderen ging.

»Sonst noch etwas, was du mir sagen willst?«, fragte er.

Ruby sah an sich herab. »Ich glaube, ich habe aus Versehen dieses Kleid gestohlen.«

Kapitel 47

Olivia

Die aufgehende Sonne tauchte den Horizont in ein golden schimmerndes Blau, das die Sterne am dunkelvioletten Himmel vertrieb. Das, was Olivia ihrer Schwester in der vergangenen Nacht versichert hatte, entsprach der Wahrheit: Am nächsten Morgen sah die Welt wieder ganz anders aus. Von ihrem Fenster mit Blick auf die Terrasse konnte sie sehen, dass die Überbleibsel der Party längst weggeräumt worden waren. Die Extratische für die lange Tafel mitsamt den Tischdecken und Tafelaufsätzen waren ebenfalls bereits abgeholt worden. Alle Gläser und Champagnerflaschen, die sich um die Sitzgelegenheiten herum angesammelt hatten, waren verschwunden. Sämtliche Spuren ihrer harten Arbeit waren beseitigt worden.

Olivia stieß die Luft aus und sah zu, wie ihr Atem das Fenster beschlug. Wenn sie die Augen schloss, war es, als stünde sie noch einmal auf dem Bahngleis. Mitten in der Menschenmenge beobachtete sie, wie Washington DeWight nach ihr Ausschau hielt. Sie blieb, wo sie war, während ihr gleichzeitig das Herz brach. Als sie die Enttäuschung in seinem Gesicht sah, drehte sich ihr der Magen um. Die Entscheidung, die sie in dem Augenblick getroffen hatte, war die schwerste in ihrem ganzen Leben gewesen. Und danach zu der Party auf Freeport zurückzukehren, als wäre sie nie weg gewesen, hatte alles noch schlimmer gemacht.

Mama und Helen wissen Bescheid, dachte sie.

Helen war geschockt gewesen, während sie ihrer Mutter die

Erleichterung, aber auch den Triumph anmerkte. Olivia selbst war einfach nur vollkommen ausgelaugt.

Als sie bereits im Bett gelegen hatte, den Blick auf den Baldachin über ihr geheftet, war sie von einem Klopfen an der Tür überrascht worden. Helen hatte ebenfalls nicht schlafen können und sich, eingemummelt in ihre eigene Decke, neben Olivia gekuschelt. So hatten sie bis tief in die Nacht über alles und nichts geredet – über all die Dinge gesprochen, die sie in den letzten paar Jahren nicht miteinander geteilt hatten.

Irgendwann waren ihre Stimmen heiser geworden und die Kerzen ausgebrannt. Helen wollte Pläne schmieden: einen, um Olivia wieder mit Mr DeWight zu vereinen, und einen anderen, um ihren Eltern von Mr Lawrences Betrug zu berichten. Olivia dagegen wollte lieber abwarten. Wenn sie Mr Lawrences Ansehen ruinierten, würde er wahrscheinlich nie wieder das Vertrauen ihrer Eltern zurückgewinnen können – falls Helen sich das irgendwann wünschte. Zudem musste der Anstand gewahrt werden, schließlich waren er und Olivia erst vor Kurzem noch miteinander verbunden gewesen. Helen hatte behauptet, das wäre ihr egal. Doch Olivia wusste, dass nur der Schmerz aus ihr sprach.

»Du bist ja schon wach.« Helen hob den Kopf von ihrem gemeinsamen Schlaflager.

»Tja, irgendjemand der hier Anwesenden hat die ganze Nacht über geschnarcht.«

»Ich schnarche nicht.«

»Und diese Person hat auch alle Decken in Beschlag genommen.«

»Das hätte ich nicht tun müssen, wenn du wie jeder normale Mensch mit geschlossenen Fenstern schlafen würdest.« Helen warf die Decke zu Boden und reckte sich wie eine Katze. »Weißt du schon, was du jetzt tun willst?«

Olivia wollte sich am liebsten gleich wieder an die Arbeit machen. Hetty finden und die Gruppe neu formieren. Sie wollte eigene Pläne schmieden. Ihre Gefühle für Washington DeWight halfen ihr dabei, das zu erkennen. »Lass uns erst mal frühstücken, dann können wir weiterplanen.«

»Gute Idee. Ich kann schon die gebratenen Eier riechen.«

Als sie den Frühstückraum betraten, saß John bereits am Tisch, vor ihm ein vollbeladener Teller. Der aufsteigende Dampf aus seiner Tasse, in die er gerade Kaffee goss, vernebelte sein Gesicht, sodass seine Miene schwer zu deuten war. Seine Kleidung sprach dafür, dass er vorhatte, das Haus zu verlassen.

»Wo sind Mama und Daddy?«, fragte Helen und ließ sich auf einen Stuhl neben John fallen.

Er zuckte mit den Schultern. Seine Augen waren rot, so als hätte er nicht geschlafen. Seine angespannten Mundwinkel machten Olivia deutlich, dass sein Abend anscheinend genauso unerfreulich gewesen war wie ihrer und Helens. Als Olivia sich setzte, reichte er den Schwestern je einen Teller. Beim Anblick des üppigen Büfetts – Eier, Speck und Unmengen von gebutterten Toastscheiben – lief Olivia das Wasser im Mund zusammen. Schweigend nahmen die Davenport-Geschwister ihr Frühstück zu sich.

»Was ist los, Helen?«, fragte John irgendwann genervt. Während der letzten paar Minuten hatte sie mit dem Fuß gegen das Tischbein getreten.

»Schnauz sie nicht so an«, sagte Olivia.

»Habe ich gar nicht.« Seine Miene wurde weicher und er entschuldigte sich, warf Olivia aber einen Blick zu, der sie daran erinnern sollte, dass er der Älteste war. Sie verdrehte nur die Augen.

Helen nahm sich eine Toastscheibe von seinem Teller. Bevor er etwas dagegen sagen konnte, fragte sie: »Wie ist es mit Amy-Rose gelaufen?«

Olivia hob ruckartig den Kopf.

John aber zuckte zusammen. »Daddy hat es nicht gut aufgenommen. Sie hat alles mit angehört und jetzt …« Er sprach nicht weiter, schüttelte nur den Kopf. Sein Blick schien ins Leere zu gehen, als er auf seinen Teller hinabsah.

»Oh, was habe ich verpasst?«, fragte Olivia. »Was hat Daddy nicht gut aufgenommen und was hat das alles mit Amy-Rose zu tun?«

»John ist in sie verliebt«, stellte Helen klar.

Das hatte Olivia tatsächlich nicht mitbekommen. Ihr wurde ganz komisch zumute, als sie erkannte, dass sie nicht nur ihre Beziehung zu Helen vernachlässigt hatte.

»Ich habe sie enttäuscht. Schon wieder.« Er hatte sich seit gestern nicht rasiert und rieb sich über den Bartansatz. »Ich glaube nicht, dass ich es wiedergutmachen kann.«

Helen griff nach seinem Arm. »Was hast du getan?«

»Erst habe ich sie nicht verteidigt, als Greenie sie bloßgestellt hat, und als Daddy mein Erbe als Druckmittel eingesetzt hat, um eine Beziehung zwischen Amy-Rose und mir zu verhindern, habe ich mich auch nicht zu ihr bekannt.« Helen und Olivia rangen erschrocken nach Luft. »Ich dachte, sie würde bleiben, wenn ich ihr einen Salon kaufe … doch dann hat sie gestern alles mit angehört …«

Helen stieß ihm gegen das Schienbein. »Du hast ihr einen Salon gekauft? Ach, John. Hast du geglaubt, du musst nur mit den Wimpern klimpern und Amy-Rose vergisst alles, wofür sie so hart gearbeitet hat? Dass sie jemand anderem die Kontrolle überlässt, obwohl sie jedes Recht hat, ihr Ziel eigenständig zu erreichen? Würdest du das auch von mir erwarten?« Sie schüttelte den Kopf. »Männer.«

»Sie war so niedergeschlagen, als sie Mr Spencers Laden verloren hat.«

»Also dachtest du, ihr einen anderen zu kaufen wäre die Lösung«, sagte Helen.

Olivia war noch immer verwirrt. »Du bist also in Amy-Rose verliebt und du bist in Mr Lawrence verliebt –«

»Du hast es ihr erzählt?« Johns Blick flog zu Helen.

»Du wusstest davon?« Olivia schwirrte der Kopf. Unglaublich, wie viel ihr entgangen war. Ihr Blick fiel auf den Stapel Briefe, der auf dem Tisch lag und den sie aus der Eingangshalle mitgebracht hatte. »Der hier ist an Amy-Rose adressiert. Er kommt aus Georgia. Vielleicht solltest du ihr den Brief bringen und dich entschuldigen. Dich noch einmal entschuldigen.«

John nahm den Brief zur Hand. »Ich kenne das Siegel. Es war auch auf all den Briefen, die ihr Vater ihrer Mutter geschrieben hat. Ich glaube, das ist sein Familienwappen. Damals wussten Amy-Rose und ihre Mutter nicht, warum er aufgehört hat zu schreiben, wussten nicht, dass er längst tot war.« Sein wippendes Knie brachte seinen ganzen Körper in Bewegung, als stünde er unter Strom.

»Er ist ungeöffnet.« Olivia versuchte, ihm den Brief zu entziehen, aber er drückte ihn an sich, als würde Amy-Rose allein dadurch hier auftauchen. »Und die Schrift scheint von einer Frau zu stammen.«

John stand auf und verließ den Raum. Sie lauschten seinen hastigen Schritten, die durch das Haus hallten, dann herrschte Stille.

Der Kaffee war stark und bitter. Helen trank ihn, ohne zu zögern, Olivia gab Zucker und Sahne dazu, bis die Flüssigkeit so blass war wie unlackiertes Eichenholz. Sie wollte sich gerade den Speck von Johns Teller angeln, als ihre Schwester ihr auf den Arm tippte und hinter sie deutete.

John war zurück, in einer Hand hielt er einen Zettel, der wie ein Blatt im Wind zitterte. Olivia und Helen wechselten einen Blick, als er das Papier zerknüllte und auf den Tisch warf. Hilflos sah Olivia ihm dabei zu, wie er sich auf seinen Stuhl fallen ließ, die Augen verdächtig feucht. Helen strich das Papierstück glatt, und während sie las, füllten sich auch ihre Augen mit Tränen.

»Ist sie weg?«, fragte Olivia mit erstickter Stimme.

John nickte. Noch immer hielt er den an Amy-Rose adressierten Brief aus Georgia in der Hand. »Ich muss einen Weg finden, ihr diesen Brief zu geben.«

»Wohin ist sie gegangen?«

»Das hat sie nicht geschrieben.«

»John –«

Mit einer Handbewegung hielt er sie davon ab weiterzusprechen. »Ich werde ihr den hier überbringen«, wiederholte er mit entschlossener Miene. »Was machen wir jetzt mit euch beiden?«

Helen wischte sich die Tränen aus dem Gesicht, steckte sich eine volle Gabel in den Mund und sagte: »Wir müssen Olivia irgendwie nach Philadelphia bringen.«

»Helen, ich werde Chicago nicht verlassen. Dafür ist es zu spät und Philadelphia ist auch nicht der Ort, an dem ich gebraucht werde. Hier gibt es mehr als genug zu tun. Ich habe dir doch gesagt, wir brauchen keinen ausgeklügelten Plan oder so was. Ich habe mich entschieden zu bleiben. So leicht werdet ihr mich nicht los.« Sobald die Worte ihren Mund verlassen hatten, wusste sie, dass sie falsch ankommen würden. Es klang wie eine Herausforderung. Und nichts mochten ihre Geschwister lieber, als sich einem Problem zu stellen.

Helen musste grinsen und John fragte: »Was ist denn in Philadelphia?«

Doch bevor Olivia zu einer Antwort ansetzten konnte, ergriff Helen mit leuchtenden Augen und etwas atemlos das Wort und erzählte John, womit Olivia sich die letzten Monate die Zeit vertrieben hatte. Ihre Schwester stellte sie als Furcht einflößende Aktivistin dar, die jede Herausforderung annahm. Das erinnerte sie daran, wie andere Leute – sie eingeschlossen – von Washington DeWight sprachen. Tränen brannten erneut in ihren Augen und Helens Stimme trat in den Hintergrund. Bis ihre Schwester sagte: »Siehst du nicht, dass sie ihn liebt, John? Wir müssen ihr helfen.«

Er runzelte die Stirn. »Und was ist mit dir und Mr Lawrence?«

Olivias Blick flog zu Helen, deren Miene erstarrte, als der Name des britischen Junggesellen fiel.

Helen ließ ihren Kopf auf den Tisch sinken und John sah fragend zu Olivia.

»Das ist eine komplizierte Geschichte«, begann Olivia. »Mama und Daddy glauben, dass er mir einen Antrag machen wird.« Sie wandte sich an ihre Schwester. »Er wollte damit nur helfen, wollte mir Zeit verschaffen. Jetzt befürchten wir, dass sie ihn für opportunistisch halten könnten.«

»Er hat uns angelogen«, ergänzte Helen.

»Genau wie ich euch angelogen habe.« Sanft drückte Olivia Helens Arm in der Hoffnung, ihr damit etwas Trost zu spenden.

John lehnte sich zurück, den Kopf in die immer noch zitternden Hände gelegt. »Tja, wir sind schon drei traurige Tropfe, was?«

Er hat recht, dachte Olivia, *wir sind alle unglücklich verliebt*. Und aus irgendeinem unerklärlichen Grund brach sie im nächsten Moment in Gelächter aus. Es kam tief aus ihrem Bauch und übermannte sie so sehr, dass ihre Schultern zuckten.

»Ich glaube, sie hat den Verstand verloren«, sagte John und musste mitlachen.

Es dauerte nicht lange, bis Helen den Kopf vom Tisch hob. In ihren Augen schimmerten noch immer ein paar Tränen, aber sie lächelte. Dann kicherte sie. Und lachte schließlich ebenfalls los.

Olivia wischte sich über die Augen, aus denen nun Lachtränen rollten. Ihre Gefühle für Washington DeWight waren nicht verschwunden, aber die plötzlich fröhliche Stimmung hatte zumindest einen Teil ihres Kummers vertrieben. »Und was machen wir jetzt?«, fragte sie.

John zuckte mit den Schultern. »Lasst uns eine kleine Spritztour machen. Da steht ein frisch reparierter Ford in der Werkstatt – dank einer Person, die ich ziemlich gut kenne.«

Helens Miene hellte sich auf. »Kann ich fahren?«

Anmerkung der Autorin

Die Davenports ist einem vergessenen Teil der Geschichte entsprungen – den belegten Erfolgen Schwarzer im mittleren Westen der USA, in Städten wie Chicago, zu Beginn des 20. Jahrhunderts. An Orten, die Schwarzen Menschen Fortschritt und Chancen boten, aber die auch für Ungerechtigkeit und Diskriminierung standen. Dem Roman liegt die Geschichte von *C. R. Patterson & Sons Carriage Company* zugrunde, gegründet von einem stolzen Familienvater, der der Sklaverei entkommen ist und zu einem wohlhabenden, angesehenen Unternehmer wurde.

Charles Richard Patterson wurde 1833 in Virginia in die Sklaverei hineingeboren. Unklar ist, wann und wie er es nach Greenfield, Ohio, schaffte, aber es ist bekannt, dass er bereits früh ein erfolgreicher Schmied in einer Kutschenfabrik war. 1873 wurde er Partner von J. P. Loew, mit dem er ein Unternehmen gründete, das Kutschen herstellte. Die Firma fertigte und verkaufte sage und schreibe achtundzwanzig verschiedene Modelle pferdebetriebener Kutschen, manche mit einer so luxuriösen Ausstattung, wie sie in diesem Roman beschrieben wird.

Zwanzig Jahre später war er vermögend genug, um seinem Partner eine Abfindung zu zahlen und das Unternehmen in *C. R. Patterson & Sons* umzubenennen. Als sein Sohn Frederick Patterson die Firma übernahm, waren Automobile bereits im Kommen und das Unternehmen stellte auf deren Herstellung um. Nachdem *C. R. Patterson & Sons* über drei Generationen erfolgreich gewirtschaftet hatte, musste der Betrieb bedauerlicherweise aufgrund des Drucks der Industrialisierung schließen.

Ich habe mir über die Familie von C. R. Patterson Gedanken gemacht – vor allem über seine Töchter. Nur in wenigen Berichten war von ihnen die Rede und noch seltener wurden ihre Namen genannt: Dorothea (Dollie), Mary und Kate. Ich habe mich gefragt, wie das Leben für Frauen in ihrer Situation wohl gewesen ist. Mit den Davenports wollte ich ein repräsentatives Beispiel dafür geben – eines, das ich als Jugendliche gern gelesen hätte –, wie junge Schwarze Frauen damals den Mut fanden, für ihre Träume – und die Liebe – zu kämpfen, obwohl beides in dieser Zeit sowohl von den Jim-Crow-Gesetzen als auch von Angst und Misstrauen bedroht wurde.

Die vier jungen Frauen in *Die Davenports* sind fiktiv. Aber ihre Träume, Ängste und Ambitionen sind echt. Sie vereinen Entschlossenheit mit Leidenschaft, während sie versuchen, die an sie gestellten Erwartungen mit Liebe und dem eigenen Glück in Einklang zu bringen, denn oft findet sich Letzteres auf ungewöhnlichen, meist nicht akzeptablen Wegen. (Und mal ehrlich, wer hat nicht etwas übrig für ein großes Anwesen, einen glamourösen Ball und eine pikante Liebesgeschichte – oder gleich vier?)

Während meiner Recherchen für diesen Roman habe ich viele ähnlich erfolgreiche Familienunternehmen wie die der Patterson-Familie gefunden. Nach der Wiedereingliederung der Südstaaten – die während des Sezessionskriegs (1861–1865) aus der Union ausgetreten waren – waren viele Schwarze Amerikaner*innen bestrebt, auf eigene Faust ihren Platz in der Gesellschaft zu finden, aus der sie lange Zeit ausgeschlossen worden waren. Sie wurden Anwälte, Ärzte und Amtsträger. Manche waren so erfolgreich, dass sie weltweite Bekanntheit erlangten. Ein Beispiel dafür ist Madam C. J. Walker, deren Hartnäckigkeit und Einfallsreichtum die Grundlage für Amy-Roses Charakter und ihre unternehmerischen Bestrebungen bildeten.

Nach dem Sezessionskrieg wurde vor allem Chicago zum Mittelpunkt Afroamerikanischer Kultur- und Unternehmerszene. Aus diesem Grund habe ich die Stadt als Setting für die Geschichte gewählt. Zu Beginn des 20. Jahrhunderts erlebte Chicago ein starkes Wachstum und auch die Demografie veränderte sich. 1910 deklarierten mehrere Zeitungen Chicagos die Kreuzung State Street/Madison Street – auch bekannt als *Great Central Market* – als die geschäftsträchtigste Ecke der Welt. Die Stadt wurde zum Tourismusmagneten: Amerikaner*innen und Europäer*innen gleichermaßen genossen in Scharen das quirlige Nachtleben, die Strände und den wunderschönen Lake Michigan.

Der Strom an gerade befreiten Menschen, die Zuflucht in Städten wie Chicago, New York, Boston, Los Angeles, Detroit und Philadelphia suchten, wurde später als *The Great Migration* bezeichnet. Daraus resultierten vorwiegend afroamerikanisch geprägte Viertel, in denen von Schwarzen geführte Geschäfte und Kulturstätten Erfolg verbuchen konnten. Für die Geschichte der Davenports wurden die Auswirkungen dieser Massenflucht um ein Jahrzehnt vorgezogen – so konnte deutlich gemacht werden, wie Olivia zu ihrer Erkenntnis gelangte, was für ein privilegiertes Leben sie führt. Zudem wird damit bereits aufgezeigt, wie gewaltig die Unterdrückung während der Bürgerrechtsbewegung *(Civil Rights Movement)* in der Mitte des 20. Jahrhunderts war.

So inspirierend die Recherche zu den Errungenschaften Schwarzer im Laufe der Geschichte war – und speziell während der Zeit, in der der Roman spielt –, so traurig hat mich die Tatsache gemacht, dass davon fast nichts in meinen Schulbüchern zu finden war. Stattdessen bekam ich nur eine Handvoll typischer Biografien zu lesen und hier und da ein paar Höhepunkte der Geschichte: *Brown v. Board of Education* von James T. Patterson, die Reden von Dr. Martin Luther King Jr. sowie Rosa Parks' berühmte Busfahrt. Heutzutage gibt es Lehrbücher, in denen Sklaven in »eingewanderte Arbeiter«, die landwirtschaftliche Arbeiten verrichteten, umbenannt worden sind. Die wahren

Schrecken der Sklaverei und die frühen Vorstöße in Richtung Gleichstellung sind nur eine Randnotiz in der amerikanischen Geschichte. Beispiele für den Erfolg Schwarzer, wie das der Pattersons, werden gar nicht erwähnt, sie existieren nicht mehr. Ich glaube, dass diese Ausradierung von Teilen der Geschichte mit ein Grund dafür ist, dass People of Color und ihre Verbündeten immer noch auf die Straße gehen.

Und obwohl man wegen der Gewalt, die im Laufe der Geschichte dieses Landes gegen Schwarze gerichtet wurde, leicht Entmutigung verspüren könnte, wurde mir während meiner Recherchen auch die Schwarze Widerstandsfähigkeit bewusst. Ob nach der Vertreibung aus dem Seneca Village – in dem zwei Drittel Afroamerikaner*innen lebten und das für die Errichtung des Central Parks in New York City abgerissen wurde – oder nach dem Massaker von Tulsa 1921 – es gab immer so etwas wie die Harlem-Renaissance. Nach dem Springfield-Massaker 1908 wurde das *National Association for the Advancement of Colored People* (NAACP) gegründet. Ausbildungseinschränkungen für Schwarze führten zur Errichtung von *Historical Black Colleges and Universities* (HBCUs). Mit dem Aufkommen moderner Technologien haben Schwarze Amerikaner*innen und andere Minderheiten immer stärker ihre Wahrheiten dokumentiert, auf diese Weise Kunst und Kultur geteilt und ihre Stimme erhoben. Man kann einen merklichen Vorstoß beobachten, was die Wiederentdeckung von weitgehend außer Acht gelassenen Teilen der amerikanischen Geschichte angeht. Bücher wie Isabel Wilkersons *The Warmth of Other Suns: The Epic Story of America's Great Migration* und Carole Bostons Weatherfords *Unspeakable* heben die Erfolge und Tragödien hervor, die Schwarze Amerikaner*innen während kritischer Phasen in der Geschichte durchlebt haben – voller Hoffnung, Aufopferung und Verluste. *Juneteeth* – der nationale Feiertag zur Erinnerung an die Befreiung der afroamerikanischen Bevölkerung der USA aus der Sklaverei – ist seit 2021 offiziell zum Feiertag ernannt worden.

Jedes Jahr am 19. Juni wird dieser Gedenktag auf so unterschiedliche Art und Weise gefeiert, wie die traditionsliebenden Menschen vielseitig und bunt sind. Zudem versammeln sich Amerikaner*innen sämtlicher ethnischer Gruppen in den Straßen der USA, um für Veränderung und Gleichbereitung zu kämpfen.

Dr. LaGarret King von der University of Missouri in Columbia sagte: »Es würde keine Black-Lives-Matter-Bewegung geben, wenn das Schwarze Leben, die Schwarze Kultur bereits im Klassenzimmer eine Rolle spielen würde.« Wir können nur darüber spekulieren, wie die Vereinigten Staaten sich entwickelt hätten, wenn die Lehrpläne an den Schulen die Hochs und Tiefs unserer Geschichte sowie die Diversität der Gesellschaft besser veranschaulichen würden. Aber, liebe Lesende, ich glaube daran, dass ihr genauso optimistisch seid wie ich, dass der Fokus auf Büchern wie diesem und die Darstellung von BIPOC – Black, Indigenous and People of Color – nur der Anfang sind.

Ich hoffe, ihr hattet genauso viel Spaß dabei, die Geschichte dieser jungen, entschlossenen Frauen – Olivia, Helen, Amy-Rose und Ruby – zu lesen, wie es mir Spaß bereitet hat, sie zu schreiben.

Danke, dass ihr dieses Buch gelesen habt.
Bis zum nächsten Mal auf Freeport.

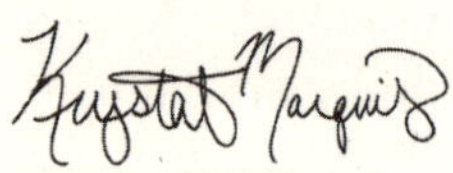

Danksagung

Liebe Lesende, vielen Dank, dass ihr mich bis hierher begleitet habt. Mit diesem Buch ist ein Traum für mich in Erfüllung gegangen und ich bin überglücklich, ihn mit euch teilen zu können. Ich bin unglaublich dankbar für die Liebe und die Unterstützung aller, die *Die Davenports* möglich gemacht haben.

Meinen Eltern: Ich liebe euch. Danke, dass ihr an mich geglaubt habt und mir einen sicheren Ort geschaffen habt, um auch an mich selbst zu glauben. Daddy, danke, dass ich dir jedes Mal über die Schulter gucken durfte, wenn du an einem Auto rumgewerkelt hast, und für deinen ruhigen Stolz, der mir Antrieb verliehen hat. Mom, danke, dass du mir so lange vorgelesen hast, bis ich selbst lesen konnte. Und dafür, dass du alle Versionen dieses Romans gelesen hast, bis er so weit war, ihn mit der Welt zu teilen. Du bist die beste Testleserin, die ich mir vorstellen kann, deine Anmerkungen sind unbezahlbar. Die Liebe zu Geschichten habe ich von dir gelernt.

Den besten Geschwistern der Welt: Danke, Anthony und Hillary (und Miles), für eure Freude und eure Zuversicht. Kuchen ist immer willkommen. Kimberly, danke für deine Geduld (und Entschuldigung, dass ich sie so strapaziert habe), während ich dir alles, was mir durch den Kopf ging, erzählt habe; dafür, dass ich deinetwegen demütig geblieben bin, und für das wunderschöne Autorenfoto. Brandon, danke, dass du mir den Mut gegeben hast, einen Versuch zu wagen, und dafür, dass du mich immer wieder herausforderst und mich mit der Organisation NaNoWriMo (National Novel Writing Month) vertraut gemacht hast. Das hier war mein bisher größtes Abenteuer. Ich liebe euch, ihr Gremlins.

Tamar Rydzinski, danke, dass du mir eine Chance gegeben hast. Deine Klugheit und deine Ratschläge waren genau das, was *Die Davenports* gebraucht haben. Danke dafür, wie meisterlich du mit meinem Werk umgegangen bist. Du bist meine Traumagentin.

Danke an meine Lektorin Jessica Dandino Garrison für deine hervorragende Arbeit. Und dafür, wie spielend leicht du damit umgegangen bist, dass das letzte Drittel des Romans in den Entwürfen mehrmals umgeschrieben wurde. Deine Sorgfalt und deine Leidenschaft für diese vier jungen Frauen und für Chicago haben die Geschichte zu dem gemacht, was sie jetzt ist. Ich kann es kaum erwarten, mit dir persönlich über Geschichte und Liebesromane zu fachsimpeln. Du bist einfach großartig!

Ein großes Dankeschön an das fantastische Team von Dial Books. Regina Castillo – aka Herrscherin der Logik und Kontinuität –, dein Auge fürs Detail verleiht diesem Roman einen wundervollen Glanz. Danke an Deanna Halsall für das eindrucksvolle Cover, Theresa Evangelista für das wunderschöne Coverdesign und Jenny Kelly für den Innenteil – eure Gestaltungen haben meine Erwartungen mehr als übertroffen. Danke an Lauri Hornik und Jen Klonsky und alle anderen bei Dial Books und Penguin Random House. Ich weiß sehr zu schätzen, wie viel Zeit und Leidenschaft in mich und diesen Roman investiert wurde.

Viana Siniscalchi, deine Begeisterung war unglaublich! Danke, dass du immer zur Verfügung stehst, um einzelne Abschnitte durchzugehen. Du hast Ordnung in meine Gedanken gebracht und dafür bin ich dir sehr dankbar. Danke an Sara Shandler, du warst die Stimme der Vernunft, die mich geerdet hat. Danke auch an das restliche Team von Alloy Entertainment: Les Morgenstein, Joelle Hobeika, Romy Golan, Josh Bank, Matthew

Bloomgarden, Laura Barbiea und alle anderen, die hinter den Kulissen arbeiten.

Danke an die großartigen Leute hinter NaNoWriMo und Pitch Wars: Ihr seid die Wegbereiter in eine Welt, die mich willkommen heißt und durch die ich einige Menschen kennenlernen durfte, die zu den wundervollsten, hilfsbereitesten gehören, die ich je getroffen habe.

An Paulicia Jean Baptiste, an meine Familie in St. Lucia und alle, die mir gute Wünsche geschickt haben, die das Buch empfohlen und mich ermutigt und angefeuert haben: Danke! Ale Barzola, Kendriana Gonzalez, Fiza Awan, Candice Dodd, Jessica Santiago und Nkechi Wamou: Danke für eure ermutigenden Worte, die Memes und dass ihr euch an meinen Zeitplan angepasst habt. Ihr seid Goldstücke.

Danke an BDL-wer? An die BDL2 Community für ihre Unterstützung (#safetyfirst), besonders an Meghan Flynn, die eine eingehaltene Deadline stets mit tosendem Applaus zelebriert hat, und an Chris Eaton für die aufmunternden Worte mitten in der Nacht und die Junkfood-Verpflegungspakete. Ich schätze dich sehr.

Danke an die vielen Lehrer, die meine Liebe zum Lesen gefördert haben, vor allem Mrs DiMassa, Mrs Gallagher und Mrs Gibson an der Lauralton Hall. Mrs Gibson, Sie haben ein Essay über ein Konfirmationskleid (und später über eine Cheerleader-Schleife) gelesen und mir gesagt, ich hätte Talent. (Ich habe noch immer die blaue Mappe.) An alle Lehrer*innen, Bibliothekare und Bibliothekarinnen, Buch-Blogger*innen und Buchhändler*innen: danke. Ich hoffe, Sie wissen, wie besonders Sie alle sind.

Liebe Lesende, falls ihr noch immer dabei seid – gebt nie auf. Folgt euren Träumen.